DAVID L. ROBBINS

KRIEG DER RATTEN

Roman

Aus dem Amerikanischen
von Ernst Leitner

WILHELM HEYNE VERLAG
MÜNCHEN

HEYNE ALLGEMEINE REIHE
Nr. 01/13349

Die Originalausgabe
WAR OF THE RATS
erschien 1999 bei Bantam

Umwelthinweis:
Das Buch wurde auf
chlor- und säurefreiem Papier gedruckt.

2. Auflage

Redaktion: Verlagsbüro Oliver Neumann
Deutsche Erstausgabe 4/2001

Printed in Germany 2001
Landkarte: © James Sinclair
Umschlaggestaltung: Nele Schütz Design, München
Satz: Pinkuin Satz- und Datentechnik, Berlin
Druck und Bindung: Ebner Ulm

ISBN 3-453-19001-7

http://www.heyne.de

Dieses Buch ist meinem Vater Sam und meiner Mutter Carol gewidmet, beide Veteranen des Zweiten Weltkriegs; meinem Bruder Barry, der in Vietnam diente, und all jenen tapferen Männern und Frauen aller Waffengattungen und Ränge, die sich im Kampf ehrenvoll geschlagen haben und auf Grund ihrer großen Zahl in den Geschichtsbüchern ungenannt bleiben.

Durch mich gelangt man zu der Stadt der Schmerzen,
Durch mich zu wandellosen Bitternissen,
Durch mich erreicht man die verlorenen Herzen.

Gerechtigkeit hat mich dem Nichts entrissen;
Mich schuf die Kraft, die sich durch alles breitet,
Die erste Liebe und das höchste Wissen.

Vor mir ward nichts Geschaffenes bereitet,
Nur ewges Sein, so wie ich ewig bin:
Lasst jede Hoffnung, die ihr mich durchschreitet.

DANTE ALIGHIERI

Göttliche Komödie, Die Hölle, III. Gesang
(Inschrift über dem Tor zur Hölle)
Deutsche Übersetzung: Wilhelm G. Hertz
(Dante Alighieri: Göttliche Komödie, dtv, 9. Auflage, München 1997)

Nach einer verlorenen Schlacht ist das größte Unglück eine gewonnene Schlacht.

HERZOG VON WELLINGTON

(nach der Schlacht von Waterloo)

Einführung

Nicht einmal Napoleon war so tief nach Russland vorgerückt wie die deutsche Armee im August 1942.

Hitlers Truppen stießen mehr als 1500 Kilometer durch die endlosen Ebenen Russlands bis an das Ufer der Wolga vor. Damit drangen sie tiefer nach Asien ein als jede ausländische Macht in der Geschichte.

Der Plan der Deutschen war einfach. Sie beabsichtigten, Moskau zu belagern, um die umfangreichen russischen Verteidigungskräfte zu binden. Anschließend wollten sie nach Süden in die Kaukasusregion stürmen, um die strategisch wichtigen Ölfelder zu erobern. Sobald Hitler den Kaukasus in seiner Hand hätte, könnte er ein Friedensabkommen nach seinen Bedingungen schließen und Russland in zwei Hälften teilen. Um seinen Traum einer arischen Welt und eines ›Tausendjährigen Reichs‹ unter der Herrschaft der Nationalsozialisten zu verwirklichen, würde er den Westen der riesigen russischen Nation unterjochen.

Ende Juni 1942 verlagerte Hitler den Schwerpunkt seiner Russlandinvasion von den Ölfeldern im Süden vorübergehend nach Osten, um eine Schwäche seiner linken Flanke auszugleichen. In einem Bogen der Wolga lag Stalingrad – mit mehr als 500 000 Einwohnern eine bedeutende Metropole und zugleich ein Industriezentrum, in dem mehr als die Hälfte des Stahls und der Traktoren Russlands erzeugt wurden. Hitler witterte einen wichtigen – und einfachen – Sieg.

Die Folgen seines Vorhabens wurden in mehr Blut und Zerstörung geschrieben als die jeder anderen Schlacht. Wegen des strikten Befehls von Stalin (nach dem das einstige Zarizyn im Jahr 1925 benannt worden war, aus Dankbarkeit für seine Rolle bei der Verteidigung der Stadt gegen die weißrussischen Streitkräfte während des russischen Bürgerkriegs), »nicht einen Schritt zurückzuweichen«, leisteten die Truppen der Roten Armee den Deutschen unerwartet erbitterten Widerstand.

Stalingrads fünf Monate andauernde Feuerprobe begann am 23. August 1942, als die ersten Panzergrenadiere der 6. deutschen Armee am äußersten nördlichen Stadtrand die Wolga erreichten. Die deutschen Truppen standen unter dem Befehl von General Friedrich Paulus. Er und sein russisches Pendant, der Oberbefehlshaber der 62. Armee der ruhmreichen Roten Armee, General Wassili Tschuikow, führten Regie bei einer grauenvollen Schlacht. Nach dem heftigen Artilleriebeschuss Ende August verwandelte sich die Stadt in eine Leichenhalle. Soldaten kämpften und starben in Kellern, Gängen, schmalen Gassen und in den weitläufigen Labyrinthen der in Trümmer geschossenen Fabriken, die am Flussufer glosten. Monatelang kämpfte man Gasse um Gasse und Haus um Haus. Die Frontlinie verschob sich mit jedem neuen Zusammenstoß, und der Kriegserfolg wurde in Metern gemessen. Die deutschen Infanteristen bezeichneten diese Kriegführung als ›Rattenkrieg‹.

Die 6. Armee verfügte in der Stadt über eine Truppenstärke von annähernd 100 000 Mann und wurde von den eine Million starken Reserveverbänden deutscher, italienischer, ungarischer und rumänischer Divisionen unterstützt, die auf der ausgedehnten Steppe rund um Stalingrad positioniert waren. Die russischen Streitkräfte in der Stadt überstiegen nie 60 000 Mann und sanken zuweilen auf 20 000 ab, die verzweifelt ums Überleben kämpften, bis Verstärkung auf Fähren über die Wolga eintraf. Die beiden Armeen zermalmten einander mit unglaublicher Willensstärke. Eine bislang ungekannte Anzahl an Soldaten wurde getötet oder verwundet.

Mitte Oktober standen die Russen buchstäblich mit dem Rücken zur Wand – dem Fluss. An einigen Stellen lagen sie kaum mehr als einhundert Meter von den Klippen der Wolga entfernt. Irgendwie gelang es ihnen durchzuhalten, bis die Rote Armee am 19. November 1942 ihre »Novemberoffensive« startete. Die Russen brachen unerwartet an den Flanken im Norden und Süden aus und umschlossen die Deutschen und ihre Verbündeten mit eineinhalb Millionen rachedurstigen Soldaten. Hitler bezeichnete seine umzingelte 6. Armee als »Festung Stalingrad« und erklärte gegenüber der Welt, dass diese Männer bis zum Tod an ihrem Platz ausharren und kämpfen würden. Seine eingekreisten Truppen, die von Kälte, Hunger und Läusen geplagt wurden und ständig einen Angriff der Russen erwarten mussten, nannten ihre Stellung »Kessel«. Von der Viertelmillion Soldaten, die Mitte November umzingelt wurden, waren bei der Kapitulation zweieinhalb Monate später nur noch weniger als 100 000 Mann am Leben.

Die quälende Belagerung der Stadt endete am 31. Januar 1943, als Feldmarschall Paulus, ein ausgehungertes Gespenst von einem Mann mit einem nervösen Zucken im Gesicht und einer toten Armee, das zusammengeschossene Univermag-Kaufhaus im zerstörten Stadtzentrum verließ und sich ergab.

Die Belagerung hatte bei beiden Armeen etwa 1 109 000 Todesopfer gefordert, ein trauriger ›Rekord‹ in den Kriegsannalen. Die Rote Armee meldete 750 000 Tote, Verwundete oder Vermisste. Die deutschen Verluste betrugen 400 000 Mann. Die Italiener hatten 130 000 Todesopfer von ihrer ursprünglichen Truppenstärke von 200 000 Mann zu beklagen. Die Ungarn vermeldeten 120 000 gefallene Soldaten und die Rumänen 200 000. Von der Bevölkerung von Stalingrad, die vor dem Krieg mehr als 500 000 Einwohner gezählt hatte, waren nach den Kampfhandlungen lediglich 1500 Zivilisten am Leben.

Für beide Armeen spielte der Ausgang der Belagerung von Stalingrad eine Schlüsselrolle. Nie zuvor war eine gesamte deutsche Armee in einer Schlacht vernichtet worden. Der Mythos, dass die Deutschen unbesiegbar seien, war gebrochen. Die Rote Armee hatte einen bedeutenden Sieg errungen. Russland hatte Hitlers schwerstem Angriff widerstanden und ihm den Todesstoß versetzt. Weiter als bis

Stalingrad sollten die Deutschen nicht kommen. Für sie wurde die Zeit bis zum Ende des Krieges zu einem einzigen Rückzugsgefecht. Zwei Jahre später feierten die Streitkräfte der Roten Armee in den Straßen von Berlin ihren Sieg.

Inmitten dieses grauenvollen Gemetzels auf einem der wichtigsten Kriegsschauplätze tauchten zwei Männer auf: der russische Starschina Wassili Saitsew und der deutsche SS-Standartenführer Heinz Thorwald.

Jeder der beiden galt in seiner Armee als geschicktester Menschenjäger, als Scharfschütze von außergewöhnlichen Fähigkeiten. Jeder hatte den Auftrag, den anderen zu finden und zu vernichten. Beide wussten, dass ein Gegenspieler in dem endlosen Labyrinth aus Zerstörung und Tod, zu dem Stalingrad geworden war, nach ihnen suchte.

Drei der vier Hauptdarsteller von *Krieg der Ratten* – Saitsew, Thorwald und die Scharfschützin Tanja Tschernowa – kämpften tatsächlich in Stalingrad. Ihre Abenteuer und die verschiedener ihrer Kameraden wurden in zahlreichen historischen Büchern dokumentiert, die diesem Roman zugrunde liegen (s. Bibliographie). Während Saitsews persönlicher Hintergrund und Familiengeschichte wahrheitsgetreu dargestellt werden, habe ich bei denen von Thorwald und Tanja aus dramatischen Gründen einige Details hinzugefügt oder abgeändert. Die Erlebnisse und Schicksale der amerikanisch-russischen Partisanin und des deutschen Scharfschützen in Stalingrad blieben jedoch unangetastet. Die vierte Hauptperson, Hauptgefreiter Nikki Mond, ist eine aus mehreren deutschen Soldaten ›zusammengesetzte‹ Gestalt, deren Leben in Stalingrad so authentisch wie möglich geschildert wird.

Die in ›Krieg der Ratten‹ angeführten Daten, Truppenbewegungen und übergeordneten Kampfdetails sind historische Tatsachen. Die meisten kleineren Begebenheiten, persönlichen Kämpfe und Reaktionen haben sich ebenfalls ereignet und wurden aus Interviews mit Überlebenden und schriftlichen Berichten zusammengetragen. Selbstverständlich ist es unmöglich, die Gedanken und unbeobachteten

Handlungen eines anderen zu beschreiben. Hingegen lässt sich durch eingehende Untersuchungen und Verständnis das wiedergeben, was eine Einzelperson getan haben könnte, so dass ihre Art zu handeln zwar erfunden ist, gleichzeitig aber authentisch bleibt.

David L. Robbins
Richmond, Virginia

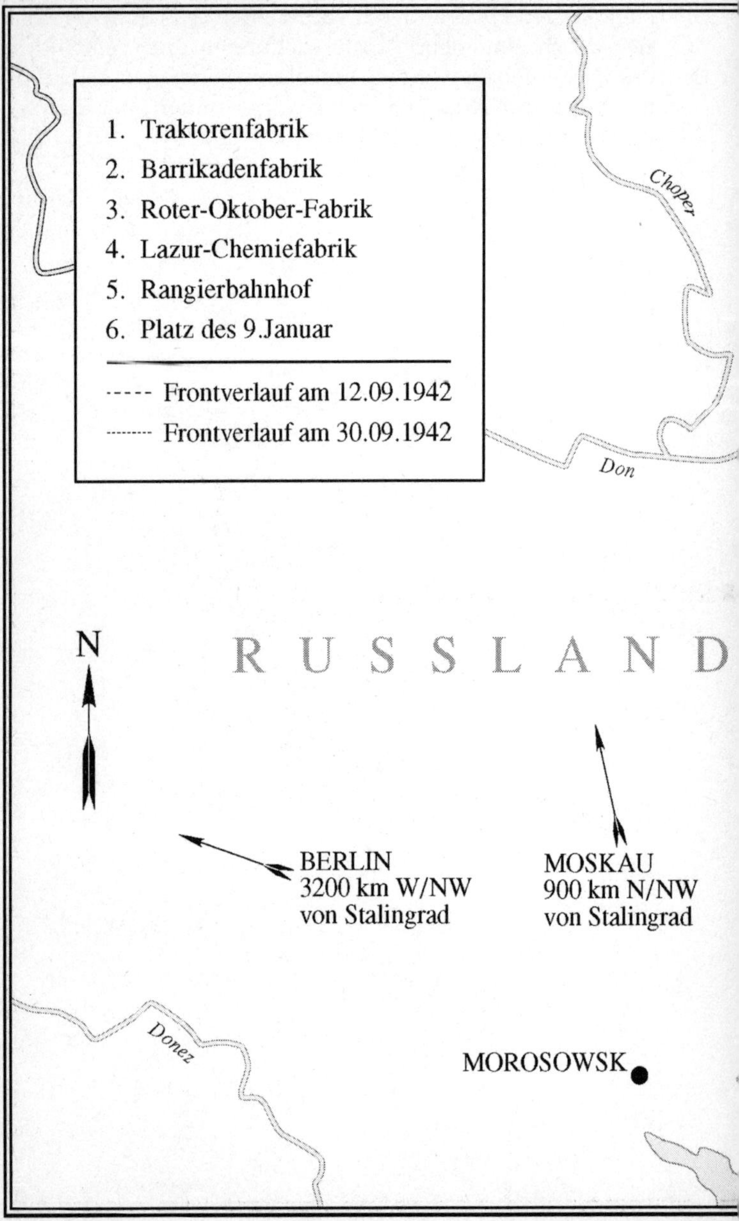
1. Traktorenfabrik
2. Barrikadenfabrik
3. Roter-Oktober-Fabrik
4. Lazur-Chemiefabrik
5. Rangierbahnhof
6. Platz des 9.Januar
----- Frontverlauf am 12.09.1942
-------- Frontverlauf am 30.09.1942
Choper
Don
N
RUSSLAND
BERLIN
3200 km W/NW
von Stalingrad
MOSKAU
900 km N/NW
von Stalingrad
Donez
MOROSOWSK

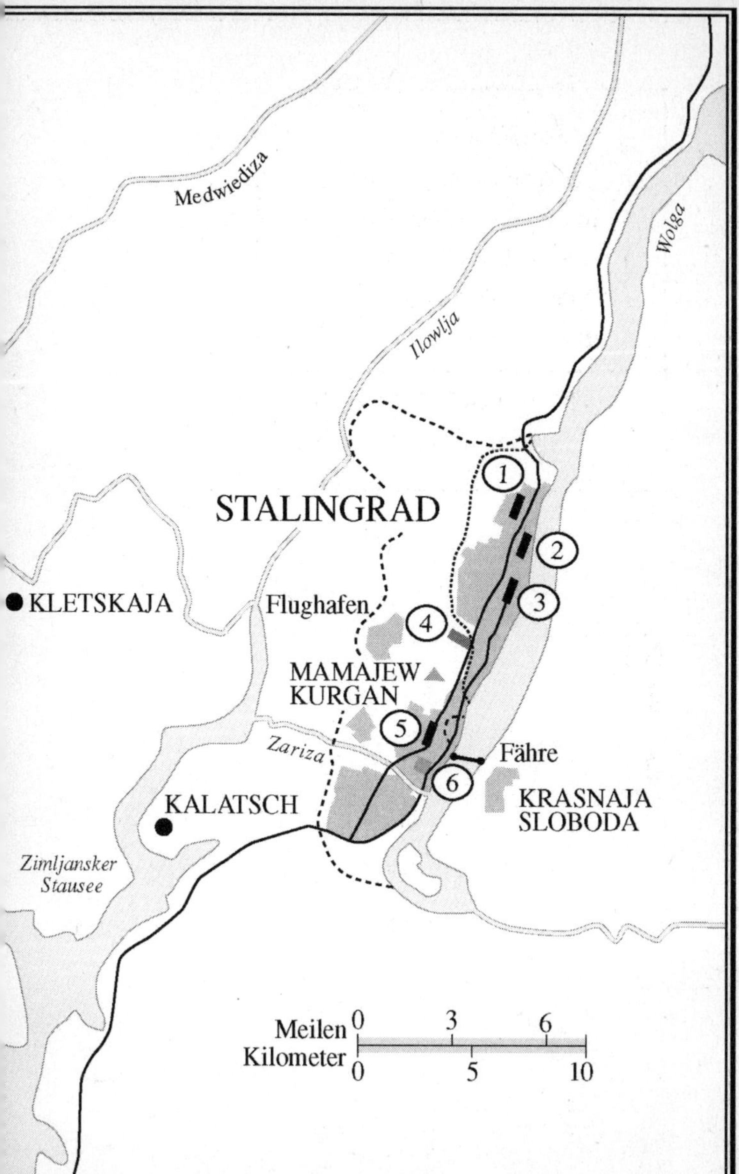
Medwiediza
Wolga
Ilowlja
STALINGRAD
1
2
3
KLETSKAJA
Flughafen
4
MAMAJEW
KURGAN
5
Zariza
Fähre
6
KALATSCH
KRASNAJA
SLOBODA
Zimljansker
Stausee
Meilen
0
3
6
Kilometer
0
5
10
© 1999 James Sinclair

I.

DER HAUPTGEFREITE, DER HASE,
DIE PARTISANIN UND DER KOMMISAR

1.

Nikki Mond sah aus dem Schützengraben in die schmutzig graue Morgendämmerung hinaus.

Das erste Licht dieses späten Oktobertages war in Rauch und Staub gefangen. Zwischen den Trümmern knisterten die Feuer der nächtlichen Bombardierung. Aus den brennenden Panzern und schwelenden Lastwagen an der vierhundert Meter entfernten Frontlinie stieg schmieriger Ölrauch hoch. Der Staub der Ziegel und des Betons trocknete die Kehle aus und hinterließ bei jedem Atemzug einen kalkigen Geschmack im Mund.

Nikki legte sein leichtes Maschinengewehr auf die Erde und streckte Rücken und Beine. Dann öffnete er seine Feldflasche. Er trank jedoch nicht, sondern spülte mit dem ersten Schluck bloß den Staub aus dem Mund. Die ganze Nacht über hatte er die Feldflasche nicht angerührt. Der Durst half ihm, während der Wache nicht einzuschlafen.

»Gib mir auch einen Schluck«, forderte ihn der Gefreite Pfizer auf, der zur Wachablöse kam. »Ich habe das Gefühl, die ganze Nacht über trockenen Dreck eingeatmet zu haben.«

Nikki reichte ihm die Feldflasche.

Fünfzig Meter entfernt trat Oberleutnant Hofstetter aus dem Offiziersbunker und warf sich seinen grauen Mantel über. Während er auf die beiden Soldaten zuging, knöpfte er ihn gemächlich zu. Sobald Nikki und Pfizer ihn bemerkten, nahmen sie Haltung an. Gähnend bedeutete er ihnen, bequem zu stehen.

»Dafür ist es zu früh am Morgen.«

»Jawohl, Herr Oberleutnant«, antwortete Nikki.

»Etwas zu berichten, Hauptgefreiter?«

»Nein, Herr Oberleutnant.«

»Na, bei den Russen bleibt es nie lange ruhig. Schauen wir mal, wie es aussieht.«

Hofstetter nahm Nikkis Feldstecher und stieg auf eine Erdstufe. Behutsam schob der Offizier den Kopf über die Brüstung und hob den Feldstecher an die Augen. Den Kopf stets auf gleicher Höhe haltend, überblickte er langsam die Ruinen der Traktorenfabrik von Stalingrad.

»Nichts«, erklärte er dann. »Gut. Ich glaube, die Iwans haben sich heute Nacht frei genommen.«

Pfizer streckte dem Oberleutnant die Feldflasche entgegen. »Darauf sollten Sie einen trinken, Herr Oberleutnant.«

Hofstetter setzte den Feldstecher ab und machte eine Vierteldrehung, sodass seine Schulter zur Brüstung zeigte. Er hob die Flasche und legte den Kopf in den Nacken, um einen langen Zug zu nehmen.

Plötzlich zuckte er zusammen und schleuderte Pfizer die Feldflasche ins Gesicht. Das aus dem Mund des Offiziers rinnende Wasser dämpfte einen gurgelnden Schrei. Sein Kopf wurde zur Seite geschleudert, und die Flasche und der Feldstecher entfielen seinen erhobenen Händen. Dann brachen ihm die Knie.

Der Knall eines einzelnen, weit entfernt abgefeuerten Schusses hallte über den Schützengraben. Er kreiste wie ein Bussard am Morgenhimmel, ehe er verklang.

Der Oberleutnant stürzte quer über Pfizers Beine. Einen Moment lang verharrte der Gefreite wie gelähmt. Dann stieß er die Leiche von sich, sprang hastig auf und floh zur gegenüberliegenden Wand. Den Rücken gegen die Erde gepresst, starrte er zu dem leblosen Körper hinüber.

Nikki handelte augenblicklich. Er warf sich neben Pfizer auf den Boden und kauerte sich zusammen. Vorsichtig streckte er die Hand aus und berührte den Rücken des Offiziers. Kein Lebenszeichen.

Dann betrachtete er den Helm des Oberleutnants, der noch immer unter dem Kinn festgebunden war. Ein rot umrandetes Loch war über dem schwarzen Adler auf goldenem Grund erschienen, dem Wahrzeichen des Dritten Reiches. Blut quoll unter dem Helm hervor, benetzte das

Haar und die Ohren und bildete eine Lache auf der russischen Erde. Der linke Fuß des Oberleutnants zuckte einmal inmitten der Pfütze, die sich rund um die am Boden liegende Feldflasche gebildet hatte.

»Verfluchte Scharfschützen«, murmelte Pfizer. »Wir sind einen halben Kilometer von der Front entfernt. Wie können die uns hier treffen?«

Nikki nahm Feldstecher und Wasserflasche an sich und blickte zu dem auf der Erde liegenden Oberleutnant hinab. In den letzten beiden Monaten hatte er eine Flut von Toten gesehen. Der Tod gehörte zur Landschaft von Stalingrad, war untrennbar mit den zerbrochenen Ziegelsteinen und dem in sich zusammengestürzten Stadtbild verbunden. Nikki trug ihn auf seinem Rücken wie die Striemen von Peitschenhieben.

Er schob seine Hand unter den Arm des Gefreiten. »Komm, hilf mir, die Leiche wegzutragen.«

Pfizer erhob sich hastig. Ohne einen weiteren Blick auf den Toten eilte er gebückt davon, um das Strafkommando zu holen. Es bestand aus Soldaten, die beim Trinken, einer Schlägerei oder auf Wache schlafend ertappt worden waren und denen man als Strafe die Aufgabe zugewiesen hatte, die Leichen einzusammeln.

Nikki zog sich von Hofstetter zurück und setzte sich. Die Morgendämmerung war hereingebrochen. Grüne und rote Leuchtraketen erhoben sich in die Luft und sanken dann zu Boden. Sie wiesen die Position der Deutschen aus, damit ihre Luftwaffe nicht unabsichtlich bei den morgendlichen Flugeinsätzen die eigenen Männer traf. Russische Leuchtspurgeschosse zischten hoch und versuchten, die Kampfflugzeuge abzuschießen, die sich mit heulenden Motoren näherten. Flammen tanzten zwischen den dezimierten Gebäuden, während immer wieder Leuchtraketen nach oben stiegen und flackernd verlöschten.

Während Nikki auf Pfizers Rückkehr wartete, verfasste er in seinem Kopf Briefe. An seinen Vater, der in Westfalen einen Milchbetrieb führte, schrieb er eine Lüge. Er erklärte dem alten Mann, dass es keinen Grund zur Sorge gebe. Der russische Widerstand breche zusammen, und der Krieg im Osten nähere sich seinem Ende. Seiner älteren Schwester, die als Krankenschwester in Berlin arbeitete, schrieb er die Wahrheit, da sie die gebrochenen Überreste dieses Feldzuges mit eigenen Augen in ihren Krankenbetten und Stationen sah. Schließlich entwarf er einen Brief an sich selbst, einen 21-jährigen Hauptgefreiten der Wehrmacht, der sich nur wenige Meter von einer frischen Leiche entfernt in einem Schützengraben an der Ostfront zusammenkauerte. In diesem Brief gelang es ihm weder, überzeugend zu lügen, noch die volle Wahrheit zu erzählen.

Wassili Saitsew zog rasch den Verschluss zurück. Lautlos landete die rauchende Patronenhülse auf der Erde neben ihm.

An seinem Ellbogen spähte der groß gewachsene Viktor Medwedew durch das Zielfernrohr. Saitsew war der erste Schuss zugefallen. Sollte nun über dem deutschen Schützengraben ein zweites Ziel auftauchen, würde Viktor es erledigen.

Saitsew zählte kaum hörbar bis sechzig. Unabhängig davon, ob Viktor einen Schuss abfeuerte oder nicht, würden sie ihren Standort nach einer Minute verlassen. So lautete die erste Überlebensregel für Scharfschützen: den Abzug drücken und verschwinden. Jeder Schuss konnte den Augen die eigene Position verraten, die unablässig das gesamte Schlachtfeld beobachteten, ohne dass man sie sah. Man durfte nie so lange an einem Platz bleiben, dass er zum Grab wurde.

Saitsew war davon überzeugt, dass seine Kugel getroffen hatte. Zunächst hatte er nur die Feldflasche gesehen. Ein runder Gegenstand, der über dem Schützengraben aufgetaucht war. Beinahe hätte er sofort geschossen. Auf eine Entfernung von 450 Meter war eine Feldflasche kaum von einem menschlichen Kopf zu unterscheiden. Er hatte den Druck auf den Abzug erhöht und gewartet.

Fünf Sekunden später erschien der Kopf direkt im Fadenkreuz seines Suchers. Ein leichtsinniger, dummer, toter Deutscher.

Viktor wartete nun darauf, dass sich ein weiteres Ziel vor das Objektiv schob. Wenn eine Kugel einem Mann den Hinterkopf wegriss, griff häufig der daneben stehende Soldat zu seinem Gewehr oder seinem Feldstecher. Rachedurstig suchte er dann die Umgebung nach dem russischen Scharfschützen ab, der seinen Offizier oder Freund getötet hatte. Wo verbarg sich der Mann, der in den Ruinen lautlos das Fadenkreuz auf ihn angelegt und ihm mit einem einzigen Schuss das Lebenslicht ausgeblasen hatte? Mitunter beging der erschütterte Überlebende neben der noch zuckenden Leiche in einem Akt des Mutes und der Loyalität einen tödlichen Fehler. Saitsew und Viktor jagten Mut ebenso wie Dummheit.

Sobald die Minute um war, drängte Saitsew Viktor zum Gehen.

»Bär, es ist Zeit.«

Medwedew ließ die Waffe sinken und entfernte sich mit Saitsew kriechend von dem Ziegelstapel, hinter dem sie sich seit Sonnenaufgang verborgen hatten. Er lag nur fünfzig Meter hinter der Front im Niemandsland. In einer flachen Mulde zogen die beiden die schmutzig grauen Musselinsäcke aus ihren Rucksäcken, steckten die Gewehre hinein und verschlossen sie mit Schnüren. Dann verschwanden sie in den sie umgebenden Trümmern. So nahe an der Front könnten die beiden Scharfschützen durch ein unbeabsichtigtes Klirren der geschulterten Gewehre unliebsame Aufmerksamkeit auf sich ziehen.

Sie benötigten fünf Minuten, um dreißig Meter weit über einen offenen Boulevard zu gleiten, ehe sie in den Ruinen eines Gebäudes untertauchten. Langsam zogen sie die Säcke nach, um sich im Licht des anbrechenden Morgens nicht durch eine Bewegung zu verraten.

Eine Stunde lang verharrten sie in dem Gebäude für den Fall, dass sie ein deutscher Scharfschütze beim Betreten gesehen hatte und nun darauf wartete, dass sie es wieder verließen. Die lange Wartezeit würde die Geduld des Feindes auf die Probe stellen – er würde sich fragen, ob er sie nicht vielleicht übersehen hatte. Ebenso sein körperliches Durchhaltevermögen, denn es war keine Kleinigkeit, sechzig leere Minuten lang ein Ziel mit dem Fadenkreuz anzuvisieren.

Saitsew holte sein Scharfschützen-Tagebuch aus dem Rucksack und schrieb etwas hinein. Dann gab er das abgegriffene Notizbuch an Medwedew weiter. »Deine Unterschrift, Viktor.«

Medwedew las den Bericht über den heutigen Treffer: *17/10/42. NO-Quadrant, Sektor Traktorenfabrik. Deutscher Bunker. Beobachtungsposten. 450 Meter. Kopfschuss.*

Er unterzeichnete: *Kundschafter – Medwedew, V. A., Unteroffizier*. Mit einem flinken Federzug skizzierte Viktor ein Paar runde Ohren, eine fauchende Schnauze und zu Schlitzen zusammengekniffene wütende Augen. Darunter schrieb er: »Der Bär.« Marineunteroffzier Viktor Medwedew stammte aus Sibirien und war ein breitschultriger, dunkler, kräftiger Mann. Sein Name leitete sich von *medwed* ab, dem russischen Wort für »Bär«. Sein Partner, Starschina Wassili Saitsew, stammte ebenfalls aus Sibirien und hatte das runde flache Gesicht der Mongolen. Er war kleiner als Viktor, drahtig, blond und schnell. Sein Name ging auf das Wort *sajats* zurück, das ›Hase‹ bedeutet.

Saitsew und Medwedew arbeiteten als einzige Scharfschützen ihrer Einheit direkt an der Frontlinie. Das übrige Dutzend verkroch sich in den Trümmern einige hundert Meter weiter hinten. Die unmittelbare Nähe zu den Deutschen forderte von den beiden Sibirern all ihre Jagdfähigkeiten und stellte ihre Nervenstärke und Schläue auf die Probe. Gleichzeitig waren sie dadurch imstande, mehrere hundert Meter tiefer in das Hinterland der Deutschen zu schießen. Ihr Fadenkreuz fiel nicht nur auf Infanteristen, Maschinengewehrschützen und Artilleriebeobachter – das Kanonenfutter des Krieges –, sondern auch auf nichts ahnende Offiziere.

Viktor fischte aus der Tiefe seines Rucksacks eine halb volle Flasche Wodka hervor und deutete mit ihr auf Saitsew. »Guter Schuss, Hase.« Nachdem er einen tiefen Zug genommen hatte, legte er die Flasche in Saitsews ausgestreckte Hand, der ebenfalls trank.

»Du bist geduldiger als ich«, sagte Viktor grinsend.

Saitsew wischte sich mit dem Handrücken über die Lippen. »Wie meinst du das?«

»Ich hätte die verdammte Feldflasche erschossen«, gestand Viktor lachend.

SS-Standartenführer Heinz von Krupp Thorwald wandte sich den Applaudierenden zu.

15 seiner Schüler klatschten Beifall. Sie hatten sich in der Ferne versammelt, um mitanzusehen, wie ihr Lehrer, der Direktor der SS-Eliteschule für Scharfschützen, die Wette gewann.

Oberleutnant Brechner trat mit zehn Mark in der Hand vor. Er legte das Geld in die offene Handfläche seines Standartenführers und verbeugte sich anschließend in einer theatralischen Anwandlung.

Thorwald nahm das Geld an sich und erwiderte die Verbeugung. Dann streckte er seine Hand nach der papierenen Schießscheibe aus, die ihm ein Soldat atemlos entgegenhielt – immerhin war er mehr als eintausend Meter über das Feld gelaufen.

Thorwald hob die Schießscheibe vor Brechners Augen, steckte seinen Zeigefinger durch das Loch in der Mitte des Schwarzen und bewegte ihn hin und her. »So sieht ein Wurm aus, der aus dem Kopf eines Russen hervorlugt«, erklärte er.

Die Männer lachten. Gewiss war es eine bemerkenswerte Fähigkeit ihres Standartenführers, ein Ziel über eine derart große Distanz zu treffen. Militärtaktisch war sie allerdings nutzlos, da es unmöglich war abzuschätzen, ob ein Ziel in dieser Entfernung einen Schuss wert war. Um diese beeindruckende Meisterleistung mit eigenen Augen zu sehen, war Brechner bereit gewesen, zehn Mark zu setzen.

»Auf diese Weise habe ich sie in Polen zur Strecke gebracht«, erzählte Thorwald, während er seinem Begleiter seinen Mauser Karabiner 98 mit dem 6-fach-Zielfernrohr von Zeiss übergab. »Zweihundert an der Zahl. Damals im Jahr 1939.«

Thorwalds Lehrphilosophie zielte darauf ab, dass seine Studenten seinem Vorbild nacheiferten: selbstbewusst und ruhig, sobald der Finger am Abzug lag. Sie mussten keineswegs *so* gelassen und clever sein wie er; eine Kombination aus Treffsicherheit und Intelligenz wollte er jedoch bei jedem seiner Männer vorfinden. Sie sollten ihre Schüsse mit Vernunft planen und den unvollkommenen Körper – diesen Feind des Scharfschützen mit all seinen Ablenkungen und ruckartigen Bewegungen – durch einen Geist ausgleichen, der sich lautlos auf ein Ziel konzentrierte. Sie sollten in ihrem Verhalten und ihrer Tätigkeit echte Deutsche sein.

Als Teil ihrer Ausbildung in Gnössen, einer Ortschaft bei Berlin, erzählte er täglich von seinen Heldentaten auf dem Schlachtfeld.

Nach dem morgendlichen Unterricht und der Wette mit Brechner versammelte er seine Schüler unter einer großen Eiche und ließ Kaffee servieren. Während sie sich trinkend im Gras niederließen, berichtete Thorwald den jungen, kampfbegierigen Scharfschützen vom Angriff auf die polnische Kavallerie.

Innerhalb von 48 Stunden nach dem Einmarsch Deutschlands in Polen, der am 1. September 1939 stattfand, war Thorwald der 14. Armee unter General Heinz Guderian als Scharfschütze zugeteilt worden. Guderian und sein Stab hatten die Blitzkriegtaktik entwickelt, in der Wellen von Luftangriffen und Artillerieschlägen mit einer überaus beweglichen Panzerdivision und gepanzerten Infanterieeinheiten kombiniert wurden. In den ersten Tagen der Invasion in Polen blieb für Thorwald, der damals den Rang eines Hauptsturmführers bekleidete, bei seinem ersten Einsatz auf einem Schlachtfeld wenig zu tun, während die deutschen Streitkräfte die Polen ohne große Mühe zu Splittergruppen zerrieben. Über der Front rissen die gellenden Stuka-Bomber vom Typ Ju-87 die Reihen des Feindes mit ihren aus geringer Höhe präzise abgeworfenen Bomben auf. Auf sie folgte eine Flut von Panzerwagen, Motorrädern und Panzern. Hinter diesen erklang das Grollen von Artillerie und Infanterie. Sobald eine Schwachstelle entdeckt wurde, stieß die deutsche Infanterie vor, fächerte sich im Rücken des Feindes auf und schnitt sämtliche Verbindungslinien und Nachschubstationen ab.

Am Morgen des dritten Tages zerfiel die polnische Armee. In Thorwalds Sektor vor den Toren von Krakau wehrten sich isolierte Einheiten verbissen gegen die Frontalangriffe. Schließlich erhielt Thorwald von seinem Befehlshaber den Auftrag, mit seiner acht Mann starken Scharfschützengruppe im Schutz des Kampflärms vorauszukriechen und die polnischen Stellungen zu beschießen. Die Scharfschützen sollten den Kampfgeist des Feindes brechen.

Vier Tage lang krochen Thorwald und seine Männer bei Tagesanbruch bis auf fünfhundert Meter an den Feind heran. In dieser Zeit verbuchte Thorwald allein 71 bestätigte tödliche Treffer. Dies war mehr, als die gesamte übrige Einheit zustande brachte.

Während die anderen Scharfschützen beim Abendessen mit ihren Leistungen prahlten und ihre Tagebücher verglichen, las Thorwald ein Buch. Für jeden tödlichen Treffer erhielt man vom Befehlshaber der Division eine Marke aus Zinn. Am Ende des Krieges konnte man sie gegen jeweils einhundert deutsche Mark eintauschen. Dies war das militärische Pendant zu Kopfgeld. Thorwald verschenkte seine Zinnmarken.

In der zweiten Woche der Invasion umzingelte seine Kompanie eine große polnische Einheit. Eines Morgens hallte ihm bei Tagesanbruch in seinem Versteck der Klang von Trompeten und donnernden Hufen entgegen. Ungläubig beobachtete er, wie eine polnische Kavalleriebrigade über die Brüstung setzte und in die offene Ebene hinaus galoppierte. Durch seinen Feldstecher sah er die farbenfrohen Uniformen berittener Soldaten, die mit Flaggen und erhobenen Lanzen in den behandschuhten Händen ihre Kameraden zu sammeln versuchten.

Auf eine Entfernung von sechshundert Meter legte er auf sein erstes Ziel an und feuerte. Der Reiter fiel zu Boden. Bevor er einen zweiten Treffer verbuchen konnte, ertönte hinter ihm der Knall von Panzerkanonen. Säulen aus Erde und

Flammen stiegen von der Ebene auf. Er betrachtete das Geschehen durch sein Zielfernrohr; innerhalb weniger Minuten verwandelte sich die prachtvolle polnische Kavallerieeinheit in ein wüstes Durcheinander aus verstümmelten Männern und Pferden.

»Was ist eurer Meinung nach die Moral dieser Geschichte?«, fragte er die versammelte Klasse.

Thorwald lächelte den jungen Männern zu. Nicht einer hob die Hand. Sie wussten, dass es besser war, während seiner Geschichten zu schweigen, selbst wenn er sie zum Reden aufforderte.

Sie sind bereit, dachte Thorwald, während er die Gesichter musterte. Ihre Bewegungen verraten Leichtigkeit und Selbstvertrauen, und durch ihre Adern strömt die Kraft der Jugend. Sie zerren an den Zügeln, um endlich in den Kampf zu ziehen, sich einen Namen zu machen und ihr Fadenkreuz auf das Herz wirklicher Feinde anzulegen. Ich weiß, dass Männer zum Töten bereit sind. Dennoch frage ich mich, warum sie dafür so begierig ihr Leben aufs Spiel setzen.

»Die Moral der Geschichte ist folgende, meine kleinen, unwissenden Jungen«, erklärte er mit ausgebreiteten Händen, als wollte er ihnen den Umfang seiner grenzenlosen Weisheit zeigen. »Versucht keine Heldentaten, weder zu Pferd noch auf sonstige Weise. Bleibt immer in Deckung.«

2.

Wenige Minuten, nachdem Hofstetters Leiche hinter die Linie getragen worden war, erhielt Nikkis Kompanie den Befehl, ihren Standort westlich der Traktorenfabrik zu verlassen. Der entscheidende Angriff auf das nächste Werk, die Barrikadenfabrik, stand unmittelbar bevor. Mit dieser Offensive würden sie zum vernichtenden Schlag ausholen. In ein bis zwei Wochen würde man die Russen aus der Barrikadenfabrik in die Wolga treiben.

Hauptmann Mercker teilte die achtzig Mann starke Kompanie in Patrouillen zu zehn Mann auf, da er fürchtete, dass Scharfschützen und tragbare Maschinengewehre eine Bresche in seine Truppe schlagen und sie in einer Feuersalve vernichten würden, wenn sie sich als geschlossener Verband verlagerten. Er zählte die ersten zehn Männer ab.

»Hauptgefreiter.« Er deutete auf Nikki. »Kennen Sie unser Ziel?«

Nikki nickte knapp. »Jawohl, Herr Hauptmann.«

»Sie übernehmen die Führung des ersten Trupps, nähern sich der Barrikadenfabrik bis auf fünfzehnhundert Meter und suchen einen sicheren Ort, um die Kompanie wieder zu versammeln.«

»Jawohl, Herr Hauptmann.«

»Kopf auf den Boden und Abmarsch.«

Nikki sah zu den neun Soldaten hinüber, die angewiesen worden waren, mit ihm den vor ihnen liegenden Spießrutenlauf zu wagen. Ihre jungen, bleichen Gesichter trugen denselben Ausdruck grimmiger Entschlossenheit wie seines. Austauschbar, jeder Einzelne entbehrlich wie ein abgenutzter Stofflappen, dachte er. Hastig sprach er ein stilles Stoßgebet, dass ihm auch beim nächsten Mal, wenn er sie zählte, neun Gesichter entgegenblickten.

»Setzt eure Füße genau in meine Schritte und bewegt euch nur, wie ich mich bewege«, wies er sie an.

Nikki beugte Rücken und Knie, so dass das leichte Maschinengewehr in seiner Hand beinahe den Boden berührte, streckte den Hals wie eine Schildkröte und hob den Kopf. Diese Haltung war eine reine Qual, machte einen Mann jedoch zu einem möglichst kleinen Ziel, wenn er seine Deckung verlassen und auf eine offene Straßenfläche hinauslaufen musste.

Er bewegte sich in Etappen vorwärts und folgte den Konturen von Gebäuden und Trümmerhaufen. Die neun Mann seiner Truppe ahmten jeden seiner Schritte nach. Einer nach dem anderen duckte sich und wartete hinter demselben Mauerrest, hinter dem er sich verborgen hatte, lag, nach Atem ringend, in denselben Kratern und Gräben, in denen er gelegen hatte. Nikki wählte die einzelnen Positionen mit äußerster Vorsicht, da er wusste, dass jeder seiner Schritte neunmal wiederholt werden musste. Er vermied es, mehr als zehn Meter ohne Deckung zurückzulegen. Bei dieser geringen Entfernung musste ein Scharfschütze über außerordentliche Fähigkeiten oder besonderes Glück verfügen, um auf ihn anlegen und ihn treffen zu können. Sollte er in das Schussfeld eines russischen Maschinengewehrs laufen, blieb ihm möglicherweise genug Zeit, um sich zu Boden zu werfen oder sich hinter etwas zu verkriechen. Würden seine Nerven das aushalten? Das war seine größte Sorge. Er wusste, dass ein von ihm begangener Fehler nicht nur ihn selbst töten, sondern vielleicht dem fünften oder letzten Soldaten hinter ihm zum Verhängnis werden konnte.

Zweimal erklangen Gewehrschüsse. Augenblicklich hielt Nikki inne. Keine der Kugeln traf seine Männer, und es folgten auch keine weiteren Aktionen. Sie gehörten lediglich zu den willkürlichen Scharmützeln von Stalingrad, als bräche man durch eine zu lange andauernde Stille ein ungeschriebenes Gesetz. Tief einatmend, hastete er weiter.

Lange Zeit hindurch hatte Nikki sein Ziel vor Augen. Mit der Rückseite zum Fluss standen die drei riesenhaften Werke in einer Reihe: die Traktorenfabrik, die Barrikadenfabrik und die Roter-Oktober-Fabrik. An allen Seiten waren sie von einem einen Kilometer breiten, offenen Schlachtfeld umgeben, das von Bomben umgepflügt war. Überall lag zerstörtes Kriegsgerät herum, als hätte man eine Schaufel Kohlen über den Boden ausgestreut. In 1500 Meter Entfernung von der mittleren Anlage, der Barrikadenfabrik, sprintete Nikki über die Überreste eines breiten Boulevards und tauchte in einen verlassenen Schützengraben. Er winkte seinen Männern, sich neben ihm zu versammeln, und wartete auf die übrigen Einheiten seiner Kompanie.

Nachdem sie unter Einsatz all ihrer Kräfte in drei Stunden die sechs Kilometer lange Strecke quer durch die Stadt hinter sich gebracht hatten, wurde Nikki mit neun verschwitzten Gesichtern belohnt. Die Soldaten rollten die Augen, als wollten sie sagen: Hauptgefreiter, zwingen Sie uns nicht, das jemals wieder zu tun!

Wie die anderen beiden Werke war auch die Barrikadenfabrik während der Kampfhandlungen beschädigt worden und ausgebrannt, bis sie in sich zusammenstürzte. Eine Reihe schwer getroffener Schornsteine erhob sich über dem gigantischen Stahlgebirge. Aus dieser Entfernung wirkte die Fabrik verlassen. Nikki wusste jedoch, dass dies nicht der Fall war.

Links von ihm lagen die geisterhaften Überreste verschiedener Backsteinhäuser. Das Gebäude an der Ecke war das größte. Ihm fehlte das Dach, das in sich zusammengesunken am Fuß des Bauwerks lag wie ein zu Boden geglittener Rock. Dieser Trakt würde einen ausgezeichneten Stützpunkt ergeben, dachte Nikki. Wir könnten mehrere Etagen besetzen und alle Seiten überwachen.

Die Truppe wartete in dem Schützengraben, bis der Rest der Kompanie eintraf. Nikki fragte sich, was mit Oberleutnant Hofstetters Leiche geschehen war. Wo befand sie sich nun, sechs Stunden nach seinem letzten Atemzug? Wurde sie für den Flug in die Heimat in einen Kiefernsarg gelegt, um mit Flaggen und Ehrenbezeugungen in einem militärischen Begräbnis bestattet zu werden, wie man es ihnen allen versprochen hatte? Oder hatte man sie mit hundert anderen Leichen in ein anonymes Grab in russischer Erde geworfen? Landete sie mit verdrehten Armen und Beinen auf den anderen Toten, um bis in alle Ewigkeit in dieser Haltung zu verharren, ehe sie den Hügel hinabglitt, um mit dem Kopf voran vor das Jüngste Gericht zu treten?

Ich möchte nicht wie Hofstetter sterben, dachte er, mit einer Kugel im Kopf, die einen halben Kilometer entfernt abgefeuert wurde und mir die Rückseite des Schädels wegreißt. Er hatte lediglich aus einer Feldflasche getrunken, nicht einmal gekämpft. Man hatte ihm keine Gelegenheit gegeben, wild um sich schlagend und schreiend sein Leben in einer Art von Abschied oder letztem Augenblick von Wichtigkeit hinzugeben. Er hatte aus einer Feldflasche getrunken, ohne zu wissen, dass bereits das Fadenkreuz eines

Scharfschützen auf ihm lag, eines jener verdammten Mörder, die ohne Blut an den Händen davonkrochen.

Ich will nicht wie er sterben. Gebrandmarkt mit einem unsichtbaren schwarzen Kreuz, wie ein Stück Vieh inmitten von zehn Millionen Tieren. Dieser Tod ist eines Soldaten nicht würdig. Er ist bloß ein Ende. Ein dummes, fürchterliches Ende, bei dem man mit dem Gesicht auf der nackten Erde mit aufgerissenem Schädel liegen blieb.

Ich will nicht in Russland begraben werden, dachte Nikki. Ich will nach Hause zurückkehren.

Nach zehn Minuten traf der erste Soldat der zweiten Patrouille in den Ruinen hinter seiner Truppe ein. Nikkis Männer bedeuteten ihm, zu ihnen in den Graben zu steigen. Während in den nächsten zwei Stunden die Nachmittagssonne am Himmel sank, versammelte sich der Rest der Kompanie. Hauptmann Mercker erschien mit der letzten Zehnergruppe in der Abenddämmerung. Keine einzige Einheit war mit dem Feind zusammengetroffen. Vermutlich zogen sich die Russen zurück, um sich in den Fabriken zu konzentrieren und auf den kommenden Hammerschlag der Deutschen vorzubereiten, überlegte Nikki.

Mercker hielt eine kurze Besprechung mit seinem Oberleutnant, fünf Unteroffizieren und Hauptgefreiten.

»Meine Herren, wir werden dieses große Eckgebäude einnehmen. Die Männer sollen weiterhin in ihren Zehnergruppen operieren.« Und mit einem Blick auf Nikki fügte er hinzu: »Hauptgefreiter, Sie gehen wieder als Erster. Wie es scheint, sind Sie gut darin.«

Nikki nickte. Bringt leider nicht viel, darin gut zu sein, dachte er.

»Melden Sie, wenn das Gebäude sicher ist. Wenn wir Kampflärm hören, gehen wir zum Sturmangriff über.«

»Zu Befehl, Herr Hauptmann.« Nikki versammelte seine Patrouille.

Erneut führte er seine Männer, sich immer wieder duckend und ihnen zuwinkend, an. Sie stürzten durch die Vordertür hinein und hasteten mit angelegten Waffen und wurfbereiten Handgranaten einen langen, dunklen Korridor entlang. Wenn sie in einen weiteren Raum vordrangen, schoben sie sich erst mit dem Rücken zur Wand bis zur Tür. Mit zum Zerreißen gespannten Nerven durchkämmten sie die Schatten nach Hinweisen auf russische Soldaten. Die letzte Tür brach Nikki mit der Schulter auf. Sie gab den Weg in einen großen Versammlungssaal frei, der möglicherweise als Ballsaal gedient hatte. Er schickte einen Soldaten mit der Botschaft aus, dass Mercker nachkommen solle, und schlug vor, dass sich die Einheit in dem großen Raum am Ende des Saals versammelte und von dort ausschwärmte, um das Gebäude zu sichern.

Nachdem alle achtzig Mann eingetroffen waren, verteilte der Hauptmann verschiedene Aufgaben. Die Scharfschützen, großkalibrigen Maschinengewehre und Granatwerfer sollten sich im obersten Geschoss einrichten. Die Panzerabwehreinheit wurde in die mittleren Etagen entsandt, um die russischen Panzer unschädlich zu machen. Und für die Verteidigung auf Straßenniveau sollten sich die leichten Maschinengewehre und die übrigen Männer im Erdgeschoss bereit halten. Der Gefechtsstand wurde in dem großen Saal eingerichtet.

Nikki stand neben der Tür zum Korridor. Auf Merckers Signal sollten alle Männer der Einheit die ihnen zugewiesene Position einnehmen. Nikki bereitete sich vor, die Tür aufzustoßen, seinen Fuß fest auf den Boden zu setzen und das Maschinengewehr in den Gang zu richten, um den Männern Feuerschutz zu bieten, während sie die Treppe hinaufjagten.

»Bereit?«, fragte der Hauptmann. »Los!«

Nikki stieß die Tür auf.

Eine Handgranate flog an seinem Gesicht vorbei. Am anderen Ende des Ganges wurde eine Tür zugeschlagen.

»Runter!«, brüllte Nikki und warf sich zu Boden.

Die Handgranate rollte mitten in die versammelten Männer hinein und explodierte zehn Meter von ihm entfernt. Etwas dämpfte den Knall. Nikki hob den Kopf von den Armen und sah den zuckenden Körper eines Soldaten, der sich auf die Granate geworfen hatte.

Hastig wichen die Männer von der Tür zurück. Sämtliche Waffen waren nach vorne gerichtet, während sie sich vorsichtig zurückzogen. Der Knall der Explosion war noch nicht verklungen, als achtzig Hände klirrend die Patronenkammern in Gefechtsposition brachten und sich achtzig Finger auf die Abzüge legten. Einsam lag der Körper des heldenhaften toten Soldaten rauchend in der Nähe der Tür.

»Russen!«, rief eine Stimme. »Die gottverdammten Russen sind am anderen Ende des Korridors!«

»Wie sind die hereingekommen?«, fragte Mercker wütend. »Zum Teufel, ich dachte, wir hätten dieses Stockwerk überprüft!«

Der Hauptmann zeigte mit dem Finger auf sechs Männer; Nikki war der Sechste. Er bedeutete ihnen, sich neben der Tür aufzustellen, und ballte dann die Hand zur Faust. Dies war das Kampfsignal für einen sofortigen Angriff.

Gemeinsam mit den anderen Soldaten stürmte Nikki vorwärts. Rasch kniete er nieder, hob den Kolben seines Maschinengewehrs an die Wange und zielte auf den Türknopf am anderen Ende des Korridors. Wenn er sich bewegt, blase ich die Tür aus den Angeln, dachte er. Einer der Männer glitt an der Wand entlang und schlug die Tür ihres Raumes zu.

Der Hauptmann befahl, zwei schwere Maschinengewehre aufzustellen und auf die Tür zu richten für den Fall, dass die Russen zum Angriff übergingen. An den drei Fenstern des Raumes wurden Wachen aufgestellt. Die Iwans könnten versuchen, um das Gebäude herumzukriechen und tragbare Sprengladungen durch das Fenster zu werfen. Nachdem die Sicherheit für den Augenblick hergestellt war, trat der Hauptmann in die Mitte des Raumes.

»Uns wurde der Befehl erteilt, dieses Gebäude zu halten«, knurrte er. »Und das werden wir tun. Ich weiß nicht, aus wie vielen Mann die Einheit am anderen Ende des Korridors besteht, daher werden wir unsere Position halten, bis wir über mehr Informationen verfügen. Oder bis wir eine Möglichkeit finden, die Russen von dort zu vertreiben.«

Ein Soldat meldete sich zu Wort. »Warum überrennen

wir sie nicht einfach? Es können nicht mehr als ein paar Mann sein.«

»Woher wissen Sie das, Gefreiter? Immerhin befinden sich in diesem Raum achtzig Deutsche. Würden Sie uns gerne mit einigen wenigen Soldaten in Schach halten? Die Russen wohl ebenso wenig. Ich bezweifle, dass sie nur mit ein paar Mann gekommen sind.«

Nikki betrachtete die auf den Hauptmann gerichteten schmutzigen Gesichter.

»Nein, ich werde dieses Gebäude nicht in ein Schlachthaus verwandeln«, erklärte Mercker. »Wir werden ihre Geduld auf die Probe stellen. Mal sehen, wer es zuerst mit der Angst bekommt. Vielleicht kriechen sie heute Nacht aus einem Fenster, um zu melden, dass die Wehrmacht dieses Gebäude besetzt hält.«

Nikki trat in die Mitte des Raumes und setzte sich. Er beobachtete, wie zwei Mann den als Märtyrer gestorbenen Soldaten aus seinem kochenden Blut hoben und zu einem Fenster trugen. Es war Gefreiter Kronnenberg, ein Junge seines Alters, vielleicht 19 oder zwanzig Jahre alt. Sie hatten ein paar Mal miteinander gesprochen. Kronnenberg war neu. Man hatte ihn eben erst einberufen. Er war optimistisch gewesen, noch immer davon überzeugt, dass Deutschland russische Erde brauchte. Ein junger Patriot. Nun war er nicht mehr jung, dachte Nikki. Nun war er tot. Älter als er jetzt war, konnte er nicht werden. Vorsichtig ließ man die Leiche aus dem Fenster gleiten.

Nikkis Augen ruhten auf der Tür. Dort drüben warten hundert Russen, dachte er. Sie drängen sich in der Mitte eines großen Raums zusammen, schmieden Pläne für die Nacht und stellen sich vor, dass wir aus dem Fenster kriechen, sobald wir entschieden haben, dass wir nicht bereit sind zu sterben, nur um dieses Gebäude zu halten.

Nikki empfand Angst. Er wunderte sich, dass er noch immer um sein Leben fürchtete. Wann würde ihn die Angst ganz verlassen? Wann würde er genug gesehen haben und genug gelaufen und gekrochen sein? Früher hätte er nach einem solchen Angriff gezittert und sich in eine Ecke gedrängt, bis sich der Rauch gehoben hätte. Früher hätte er atemlos auf die Toten beider Armeen gestarrt. Nun nicht mehr. Das war ein schlechtes Zeichen. Er wollte sich nicht an all dies gewöhnen. Und doch geschah es.

3.

»Genosse Starschina, kommen Sie, und setzen Sie sich.«

Saitsew stieg in Oberst Nikolai Batjuks Bunker hinab. Batjuk erhob sich und deutete auf ein auf dem Erdboden stehendes Fass, das als Stuhl diente. Der Befehlshaber der 284. Division war größer als Saitsew, aber ebenso schlank. Er trug sein dunkles Haar zurückgekämmt, sodass eine hohe, bleiche Stirn sichtbar wurde.

Batjuks Tisch bestand aus einigen Planken, die man über zwei Fässer gelegt hatte. Im Gegensatz zu dem Bunker, den Saitsew gemeinsam mit Viktor bewohnte, war diese Höhle nicht von einer deutschen Bombe, sondern von Pionieren in die Kalkklippen oberhalb der Wolga südöstlich der Barrikadenfabrik gegraben worden. Die Wände und das Dach waren mit Balken verstärkt worden und erinnerten an eine sibirische Sauna. Hinter Batjuk bedienten zwei Frauen die Feldfunkgeräte. In hohem Tempo steckten sie Kontaktstifte in Buchsen und zogen sie wieder heraus, während sie mit leiser Stimme in ihre Mikrophone sprachen. Drei Stabsoffiziere beugten sich über einen zweiten, roh gezimmerten Tisch, um Linien in eine Karte einzutragen.

Saitsew ließ sich auf dem Fass nieder, stellte den Rucksack neben seinen Füßen ab und legte sein Präzisionsgewehr quer über die Knie. »Sie wollten mich sprechen, Genosse Oberst?«

»Ja, Wassili. Bevor Sie hierher versetzt wurden, waren Sie in Wladiwostok stationiert, bei der Marine. Als Buchhalter?«

»Jawohl, Genosse Oberst.« Nun bin ich kein Buchhalter mehr, dachte Saitsew.

Batjuk deutete auf Saitsews Hals. »Wie ich sehe, tragen Sie noch immer das Marinetrikot unter der Uniformbluse.«

Saitsew fingerte an dem blau-weiß gestreiften Unterhemd unter seinem Oberhemd herum.

»Ja, Genosse Oberst. In der Marine sagen wir, dass das Blau das Wasser des Ozeans und das Weiß der Schaum der Brandung ist.«

Batjuk lächelte. »Ich habe den Pazifik nie gesehen. Aber ich hörte, dass er wunderschön sei. Vielleicht eines Tages.«

Die beiden Männer schwiegen. Auf ihren Gesichtern lag ein dünnes, verträumtes Lächeln. Schließlich blinzelte Batjuk und räusperte sich.

»Zeigen Sie mir Ihr Scharfschützen-Tagebuch.«

Saitsew reichte ihm das in schwarzes Leder gebundene Buch über den Tisch.

Der Oberst blätterte es durch. »Wie Sie wissen, haben uns die Deutschen in den letzten beiden Wochen bis auf die nordöstliche Ecke aus der Traktorenfabrik vertrieben«, sagte er, ohne aufzusehen. »Sie bedrohen auch unsere Stellungen in der Barrikadenfabrik und in der Roter-Oktober-Fabrik.«

Batjuk legte das Tagebuch auf den Tisch. »Unser Brückenkopf schwindet. Ich werde Ihnen einige Einzelheiten erzählen, die Sie vielleicht noch nicht wissen. Da Sie allerdings zu den Männern gehören, die diese Linien auf der Karte hin und her bewegen« – er deutete auf seine Stabsoffiziere, die an ihrem Tisch Linien eintrugen und andere löschten – »wissen Sie möglicherweise selbst eine ganze Menge.«

Saitsew blickte seinen Oberst unverwandt an. Dieser griff unter den Tisch, zog eine Flasche Wodka und zwei Gläser hervor und schenkte ein.

Die beiden Männer hoben ihre Gläser zu einem Toast, stürzten den Wodka hinunter und atmeten anschließend durch ihre Hemdsärmel tief ein. Mit diesem russischen Ritual verlängerte man das Brennen des Wodkas um einen weiteren Augenblick.

»Leider kann ich Ihnen keinen Kohl anbieten«, erklärte Batjuk und atmete genussvoll aus.

Saitsew lächelte. »Ein andermal, Genosse Oberst.«

Batjuk beugte sich über den Tisch. »Etwas ist im Gange. Sicher ist Ihnen aufgefallen, dass unsere Munition in der letzten Woche von Tag zu Tag gekürzt wurde. Das bedeutet, dass man sie anderswo verteilt hat.« Der Oberst nahm einen Brieföffner und klopfte damit in seine geöffnete Hand. »Wir müssen durchhalten, Wassili. Wir müssen dafür sorgen, dass den Deutschen der Boden unter den Füßen zu heiß wird. Ich kann Ihnen den Grund dafür nicht nennen, denn ich kenne ihn selbst nicht. Aber ich weiß, dass etwas Großes im Gange ist.«

Batjuk bedeutete Saitsew, ihm zum Kartentisch zu folgen. Er wies auf die drei weitläufigen Fabriken, um die sich rote und schwarze Linien zu einem Wirrwarr von Kampfaktivitäten verflochten. Wie wenig diese Linien doch über die Zerstörung und das Entsetzen im Inneren dieser Gebäude aussagen, dachte Saitsew.

»Wir haben vierzigtausend Mann vor Ort«, begann Batjuk. »Solange wir Verstärkung bekommen, können wir diese Truppenstärke beibehalten. Wenn die Deutschen unseren Brückenkopf dezimieren, packen wir die Männer noch dichter hinein. Selbst wenn unsere Stellungen kleiner werden, werden sie nicht schwächer. Die Deutschen sind zu langsam, um damit Schritt zu halten. Schukow und die übrigen Generäle, die wissen, was vor sich geht, sorgen sich nicht um das Gelände. Wenn es uns gelingt, irgendwo in der Stadt diese Anzahl an kämpfenden Männern aufrechtzuerhalten, können sich die Deutschen nicht zurückziehen. Außerdem würde Hitler dies nicht zulassen. Er hat bereits der ganzen Welt verkündet, dass er Stalingrad kontrolliere. Ich glaube, es ärgert Hitler bloß, dass die Stadt nach Stalin benannt ist.« Batjuk lachte in sich hinein. »Wer weiß. Einerlei. Solange es den Deutschen nicht möglich ist weiterzumarschieren, erfüllen Sie und ich unseren Auftrag.«

Der Oberst ließ seine Hand über ein offenes Gebiet zwischen Stadtzentrum und Fabrikbezirk gleiten. Über einem schwarzen Kreis hielt sein Finger an. »Dies ist Hügel 102,8«, erklärte er, indem er auf die Höhe des Hügels über dem Meeresspiegel verwies. Sein wirklicher Name lautete Mamajew Kurgan, Grabhügel von Mamaj, einem alten Tatarenkönig. »Die Deutschen kontrollieren diesen Hügel. Von ihm aus können sie alles sehen, was sich hier abspielt.« Dabei zog er einen Kreis rund um das Stadtzentrum. »Und hier.« Batjuk deutete auf den fünf Kilometer langen Streifen, auf dem die Ruinen der drei großen Fabriken standen. Vor dem Krieg hatten diese Anlagen vierzig Prozent der Traktoren der Sowjetunion und dreißig Prozent ihres Edelstahls erzeugt. Die Bombenangriffe von August und September hatten aus ihnen ein riesenhaftes Durcheinander aus Stahl, verbogenen Schienen und zerstörten Ziegelfassaden gemacht.

»Und hier. Und das ist das Schlimmste.« Batjuk deutete mit seinem Finger auf die drei Landungsstege an der Wolga: die Skudri-Kreuzung hinter der Traktorenfabrik, Kreuzung Nr. 62 hinter der Barrikadenfabrik und den Anlegeplatz südlich des Banny-Kanals, direkt gegenüber von Krasnaja Sloboda, dem wichtigsten Einschiffungshafen der Roten Armee am Ostufer.

»Von 102,8 aus dirigieren die deutschen Scharfschützen ihre Artillerie und Luftwaffe gegen unsere Nachschublieferungen und Verstärkungstruppen am Fluss.« Batjuk ging an seinen Tisch zurück. »Da unsere Rationen ohnehin bereits reduziert wurden, könnten wir in ernstliche Schwierigkeiten geraten, wenn wir nicht den größtmöglichen Nutzen aus dem ziehen, was wir vom Ostufer erhalten.«

Saitsew setzte sich erneut auf das Fass. »Wollen Sie, dass ich auf dem Mamajew Kurgan jage? Ich kenne ihn ziemlich gut.«

Batjuk winkte ab. »Noch nicht.« Er öffnete die erste Seite von Saitsews Tagebuch. »Erzählen Sie mir, wie Sie Scharfschütze wurden.«

Saitsew hatte 18 Tage zuvor, während des Kampfes um die Traktorenfabrik, zum ersten Mal Scharfschützen gesehen. Zwei geschmeidige Männer krochen den Kugeln entgegen, während andere hastig in Deckung gingen. Er hatte ihren Mut bewundert und war erstaunt, wie gut sie allein zurechtkamen.

»Gefällt es Ihnen, allein zu arbeiten?«, erkundigte sich Batjuk.

»Ich bin daran gewöhnt. Ich jage auch allein.«

»Wer hat Sie zum Scharfschützen ernannt, und wann geschah das?«

»Am 8. Oktober. Wir wurden von einem Maschinengewehr belagert und saßen in einer Werkhalle der Traktorenfabrik fest. Ich weiß nicht, was in mir vorging. Ich kroch einfach ein Stück nach vorne, zielte und feuerte.«

»Entfernung?«

»175 Meter.«

»Sie haben den Soldaten am Maschinengewehr ausgeschaltet?«

»Ja.«

»Und auch die nächsten beiden Soldaten, die das Maschinengewehr nach ihm bedienen wollten.«

»Ja.« Saitsew war überrascht, dass Batjuk davon wusste.

»Oberleutnant Deriabyn sprach Sie daraufhin an und forderte Sie auf, sich bei der Scharfschützeneinheit meiner Division zu melden. Richtig? Gemeinsam mit Ihrem sibirischen Freund Viktor Medwedew – einem weiteren Meisterschützen, wie ich höre – brachen Sie am nächsten Tag, mit Zielfernrohren ausgerüstet, als Scharfschützen auf.«

Saitsew nickte. Batjuk lud ihn zu keinem Kommentar ein.

»Welche Ausbildung haben Sie erhalten?«

Saitsew schwieg.

»Hm?«, Batjuk nahm erneut den Brieföffner zur Hand und klopfte damit auf den Tisch. Antworten Sie, Starschina, bedeutete das leise Trommeln.

Saitsews erster Tag als Scharfschützenneuling war von Grabesstille gekennzeichnet gewesen. Die neun anderen Schützen seiner Truppe sprachen nur selten. Niemand schien sich sicher zu sein, wie lange er noch leben würde. So etwas wie Kameradschaft gab es nicht. Die Scharfschützeneinheit bestand aus bartlosen Jungen und wieseläugigen Männern, langgliedrigen Sportlern und stämmigen Möpsen, die sich alle freiwillig gemeldet hatten. Von ihren Zugkommandanten waren sie als Scharfschützen vorgeschlagen worden, da jeder von ihnen die Fähigkeit besaß, aus großer Entfernung ein einzelnes Zielobjekt zu Fall zu bringen. Wie es schien, waren auch alle entschlossen, auf diese Weise zu überleben – jeder für sich allein und auf große Entfernung.

Die Truppe bewohnte einen Erdbunker, den ein schweres Artilleriegeschoss gegraben hatte und den sie mit Sparren und Trümmern abgedeckt hatten, um ihn vor den deutschen Stukas zu tarnen. Wenn Saitsew und Viktor nachts zum Bunker der Scharfschützen zurückkehrten, unterhielten sie sich beim Schein einer Laterne unter vier Augen über Strategien und ihre Kindheit im Ural. Sie sprachen von der Jagd auf den Feind in Stalingrad, als wären die Deutschen wilde Tiere, die mehr durch ihren Instinkt als ihren Verstand getrieben wurden. Die beiden Männer stimmten darin überein, dass der Krieg dem Menschen seine Menschlichkeit nahm und die Bestie in seinem Inneren enthüllte. Diese Bestie spürten Saitsew und Viktor auf, um sie zu vernichten.

Für die Scharfschützen gab es vor Ort weder eine Befehlsstruktur noch einen Ausbildungsplan; Erfahrung war ihr Lehrmeister, und ihre Befehle erhielten sie vom Kampfgeschehen. Manche der Männer waren mürrisch, andere stets gut gelaunt und bereit, ihren Wert unter Beweis zu stellen. Die einen hatten Kraft, die anderen Geduld und einige Verstand. Nur die wenigsten besaßen alle drei Eigenschaften. Saitsew und Viktor sahen Gesichter kommen und gehen. Sie verschwanden in dem riesenhaften Fleischwolf des Krieges in den zerbombten Straßen, Kellern, zwischen dem rostenden Metall und den pockennarbigen Wänden.

»Keine Ausbildung, Genosse«, antwortete Saitsew.

Batjuk blätterte zurück zur ersten Seite des Tagebuchs. »Erzählen Sie mir von Ihrem ersten Abschuss.« Sein Finger deutete auf eine bestimmte Stelle der Seite. »8. Oktober. Sie erzielten zwei tödliche Treffer in der Nähe der Eisenbahngleise hinter der Chemiefabrik.«

Bei seinem ersten Einsatz als Scharfschütze hatte Saitsew eine feindliche Einheit entdeckt, die einen Graben aushob, um zwei zerstörte Eisenbahn-Wagons miteinander zu verbinden. Am Abend dieses Tages ersuchte er den Anführer seiner Einheit, einen Hauptgefreiten, um die Erlaubnis, zurückkehren zu dürfen, um Jagd auf sie zu machen. Da er aufgrund seiner Jahre als Marinebuchhalter den Rang Starschina bekleidete, war er der ranghöchste Soldat im Bunker und erhielt als Antwort, dass er tun solle, was ihm beliebe. Vor der Morgendämmerung kroch er mit Viktor etwa dreihundert Meter von dem Graben entfernt in Position.

Im Licht der aufgehenden Sonne beobachteten sie die Deutschen durch ihre Ferngläser. Die beiden Scharfschützen ließen die Deutschen bewusst unbehelligt, wenn sie sich über der Brüstung des Grabens zeigten, um ihnen das Gefühl zu vermitteln, dass die Gegend sicher sei. Sie warteten darauf, dass einer der grabenden Soldaten seine Arbeit beendete und die Schaufel auf den Boden warf oder sich auf sie stützte. Das wäre der geeignete Augenblick für einen Schuss in die Brust.

»Warum in die Brust?«, unterbrach Batjuk ihn.

Ein Schuss in die Brust würde das Opfer eher dazu bewegen, die Schaufel von sich zu werfen oder sie auf der Brüstung zurückzulassen, während er zu Boden stürzte. Bei einem Schuss in den Rücken war die Wahrscheinlichkeit größer, dass er die Schaufel mit in den Graben nahm. Wie geplant, gab der erste Soldat mit Medwedews Kugel im Herzen die Schaufel frei, ehe er rücklings in den Graben fiel. Viktor und Saitsew richteten daraufhin ihre Zielfernrohre auf das Werkzeug, das für sie gut sichtbar auf der Brüstung lag. Wenige Minuten später erschienen über dem Erdwall ein Kopf und ein Arm, um die Schaufel zu bergen.

»Du«, flüsterte Viktor.

Saitsews Kugel durchbohrte die Wange des Deutschen.

»Wo haben Sie diese Taktik gelernt?« Batjuk hatte sich vorgebeugt und spielte mit den Finger unter dem Kinn.

»Das ist ein einfacher Jagdtrick aus dem Ural, Genosse. Wölfe und andere Tiere der Taiga wählen sich ihren Partner für das ganze Leben. Um den einen zu erwischen, lockt man ihn mit dem Körper des anderen als Köder.«

Batjuk hob die Hände. »Ach ja, natürlich. In Sibirien. Ich fürchte, dass uns in meiner ukrainischen Heimat die Wölfe ausgegangen sind.« Er blätterte in dem Tagebuch einige Seiten weiter. »Und dies hier? Letzte Woche jagten Sie am Südhang des Mamajew Kurgan feindliche Scharfschützen.« Batjuk hielt das Buch dichter an seine Augen. »Was ist der ›Mörserkartuschentrick‹?«

Saitsew erläuterte dem Oberst auch diesen Trick. Er hatte ihn von einem deutschen Scharfschützen übernommen, der während der Evakuierung verwundeter Russen durch eine Schlucht in der Nähe des Mamajew Kurgan ein wahres Schlachtfest gefeiert hatte. Saitsew war zu einer Stelle hoch über der Schlucht gekrochen und hatte stundenlang aus seiner Deckung die Umgebung durch sein Artillerieperiskop beobachtet. Das Periskop war ein ausgezeichnetes Gerät. Es erlaubte ihm, unbemerkt zu bleiben und gleichzeitig einen weiten Raum in vierfacher Vergrößerung zu beobachten. Sein Scharfschützenfeldstecher besaß dieselbe Vergrößerung. Bis auf 250 Meter funktionierte es mit äußerster Präzision. Als Saitsew auf den Kamm des Hügels hinüberblickte, sah er einen Stapel leerer Mörserkartuschen. Er zählte 23 Stück. Ihm fiel auf, dass eine der Kartuschen in dem Stapel keinen Boden hatte.

»Sie haben die Kartuschen gezählt?« Batjuk klopfte mit seinem Taschenmesser in seine Handfläche. »Ihre Fähigkeit, Einzelheiten zu registrieren, erstaunt mich. Das ist fantastisch.«

»Nicht wirklich, Genosse Oberst. Einzelheiten wahrzunehmen ist wichtiger als Treffsicherheit auf große Entfernung. Bewegungen im Gelände und selbst die geringste Verschiebung in einem Felsen oder ein neues Loch in einer Wand sind möglicherweise die einzigen Hinweise auf den Standort eines Scharfschützen. Wir lesen diese Spuren wie Fußabdrücke im Schnee oder die Fährte eines Tieres im Waldboden.«

Batjuk nickte. Saitsew wusste, dass er seinem Oberst von Dingen erzählte, die dieser nicht kannte und nicht kennen konnte. Nun gut, Batjuk hat mich danach gefragt, dachte er. Was bleibt mir anderes übrig, als es ihm zu erzählen? Er mahnte sich jedoch, nicht zu prahlen. Du bist bloß ein Jäger, der jagt. Das ist eine Aufgabe, die du gut erfüllst. Deine Taten sollen für sich selbst sprechen.

»Als ich die Mörserkartusche ohne Boden sah, erkannte ich, dass sie sich ausgezeichnet als Schussröhre eignen würde. Mann konnte sie in die Brüstung eines Schützengrabens einbauen oder unter anderen Kartuschen verbergen, wie es dieser Scharfschütze getan hatte. Dadurch wurde er nahezu unsichtbar.«

Saitsew hatte sein Periskop auf die Kartusche gerichtet, während er mit der freien Hand seinen auf das Bajonett gesteckten Helm hoch hielt. Ein Blitz zuckte in der Kartusche auf. Mit einer Beule an der Vorderseite sprang der Helm vom Bajonett. Saitsew anerkannte die Geduld und Gerissenheit des deutschen Scharfschützen. Er hatte ihm den ersten Schuss gegönnt. Der Nächste gehörte dem Hasen.

Am nächsten Morgen kroch Saitsew an dieselbe Stelle und blickte erneut zu dem Stapel Mörserkartuschen hinüber. Wieder zählte er sie. Diesmal waren es bloß 22. Die Schussröhre war verschwunden. Dieser Scharfschütze war kein Neuling. Er schoss ausgezeichnet und wusste, dass er danach den Standort verlassen musste. Die offene Kartusche hatte er mit sich genommen. Wohin? Mit Hilfe des Periskops suchte Saitsew jede Vertiefung und Erhebung des Bodens ab. Nach drei erschöpfenden Stunden fand er die Messingkartusche in der Nähe der Brüstung eines Grabens etwa einhundert Meter östlich ihrer ursprünglichen Position. Sie war nachlässig getarnt. Ein Teil des Rohres ragte aus dem Graben hervor. Die gelbe Spiegelung des hereinbrechenden Sonnenlichts genügte Saitsew, um sein Ziel nicht wieder zu verlieren.

Dann kroch er an eine andere Stelle, wo die Sonne über seiner Schulter stand und dem Deutschen direkt in die Augen schien. Er legte sein Gewehr zwischen zwei Felsbrocken auf und visierte mit dem Zielfernrohr die Mündung des Rohres an. Ohne sein Gewehr mitzunehmen, glitt er zu einem drei Meter entfernten Ziegelhaufen hinüber. Wieder hob er seinen Helm auf dem Bajonett, und wieder traf ihn der Deutsche mit seiner Kugel. Saitsew hastete zu seinem

Gewehr zurück und legte sein Fadenkreuz auf die offene Kartusche in zweihundert Meter Entfernung an. Am anderen Ende des Messingrohrs bückte sich der Scharfschütze einen Augenblick lang, um die ausgeworfene Patronenhülse vom Boden des Grabens aufzuheben. Noch immer ganz nach Vorschrift, wie alle guten Scharfschützen, dachte Saitsew. Lass nie eine Spur zurück.

Saitsew wartete, bis er sich wieder aufrichtete. Sobald er das tat, spaltete er die Augenbrauen des Deutschen mit seinem Fadenkreuz. Die Kugel, Saitsews einziges Angebot in diesem Kampf Mann gegen Mann, traf den Deutschen zwischen die Augen. Das Gewehr lag nun herrenlos in der schimmernden Hülle.

»Zwischen die Augen?«, wiederholte Batjuk zweifelnd.

»Ja, Genosse Oberst.«

Saitsew hielt dem Blick des Obersten stand. Es war sein Schuss gewesen, sein Treffer. Eine Kugel, ein Deutscher. Das war Saitsews Credo, seine besondere Gabe. Für ihn gab es keinen Zweifel. Er hob den Finger und legte ihn zwischen seine Augenbrauen. »Genau hier.«

Batjuk wandte seine Aufmerksamkeit wieder Saitsews Tagebuch zu. Er überflog die letzten Eintragungen und legte es dann auf den Tisch. »Heute Morgen haben Sie einen Offizier in der Nähe der Traktorenfabrik getötet.«

Saitsew streckte den Rücken. Er saß nun bereits nahezu eine Stunde auf dem Fass. »Die Deutschen haben in der Früh Wachablöse. Die Soldaten der neuen Wachmannschaft zünden sich häufig eine Zigarette an oder tun etwas ähnlich Törichtes, wie sich recken. Die müden Wachen werden nachlässig.«

»Was hat dieser getan?«

»Er nahm einen Schluck Wasser aus einer Feldflasche. Sein Kopf schoss hoch wie ein Korken.«

Batjuk wartete.

»Und ich blies ihn weg«, erklärte Saitsew mit einem Schulterzucken.

Batjuk klopfte auf das Tagebuch. »Hier heißt es, dass Sie in zwölf Tagen zweiundvierzig Deutsche erledigt haben.

Wie viele Kugeln haben Sie in diesen zwölf Tagen verbraucht?«

»43, Genosse Oberst.«

Batjuk lächelte. »Was ist schief gelaufen?«

»Ich hatte einige Offiziere am Mamajew Kurgan aufgespürt und kroch hoch über ihnen auf dem Hang. Sie badeten in einem Teich aus Regenwasser, das sich in einem Krater gesammelt hatte. Ich vergaß zu berücksichtigen, dass ich abwärts schoss.«

»Und?«

»Und ich war müde und erhöhte die Entfernung nicht um ein Achtel. Mein Schuss ging zu tief und die Offiziere sprangen unverletzt aus dem Teich.«

Batjuk lächelte noch immer. »Was haben Sie dann getan, Wassili?«

»Ich gestand mir meinen Fehler ein und verschwand.«

Der Oberst beugte sich mit erhobenen Händen vor. »Sie haben nicht noch einmal auf die Offiziere geschossen? Ich nehme an, sie waren lange genug sichtbar, um noch einen zweiten Schuss anzubringen.«

»Ja, ich hätte noch mal schießen können. Aber das wäre nicht günstig gewesen. Ein Scharfschütze sollte nicht schießen, nachdem er seine Position preisgegeben hat. Ein oder zwei Offiziere im Tausch gegen einen Scharfschützen ist kein guter Handel.«

Batjuk erhob sich und nickte mehrmals knapp. Dann klatschte er einmal in die Hände. »Wassili, ich habe einen Auftrag für Sie.«

Viktor Medwedew faltete sein Exemplar des *Roten Stern* in der Mitte.

»Er will *was* von dir?«

Die beiden waren an diesem Spätnachmittag allein im Bunker der Scharfschützen. Viktor streifte üblicherweise von Sonnenuntergang bis zum Mittag umher und ruhte während des Nachmittags.

»Er will, dass ich eine Schule für Scharfschützen errichte«, gab Saitsew zur Antwort.

»Du?« Viktor schleuderte Saitsew den *Roten Stern* gegen die Brust.

Saitsew knüllte eine Seite zu einem Ball und warf sie seinem sibirischen Kameraden an die Stirn. »Batjuk sagt, dass er Helden braucht.«

»Mir wird gleich übel.« Viktor stand schwerfällig vom Boden auf, hob in gespielter Verzweiflung die Hände und wanderte auf und ab. »Er braucht Helden. Was hat er denn jetzt? Schafe? Kleine Knaben?«

Er bückte sich nach der zerknüllten Zeitungsseite. »Das solltest du nicht mit meiner Zeitung machen. Immerhin lese ich sie noch. Möglicherweise interessiert dich nicht, was hier steht, aber mich schon«, erklärte er, während er den Ball hochhielt.

Die Gereiztheit des kräftigen, hoch gewachsenen Mannes amüsierte Saitsew. Er beobachtete seinen Freund, während dieser das Papier auseinander zog und auf dem Tisch glatt strich. Er sieht wie eine bügelnde Riesin aus, dachte er.

»Selbstverständlich wirst du meine Hilfe benötigen«, meinte Viktor.

»Natürlich. Es gibt so vieles, das ich nicht weiß.«

Viktor faltete die zerknitterte Seite sorgfältig. »Diese verdammten Neulinge, die man uns schickt. Sie sind zu schnell, zu heiß. Sie halten kaum eine Woche durch, ehe man ihnen den Schwanz abschießt.«

»Jungen aus der Stadt und Bauerntölpel«, stimmte Saitsew zu.

Er lächelte Viktor an, der ein ebenso guter Jäger war wie er selbst und in mancher Hinsicht sogar ein besserer. Der Bär kannte keine Furcht und war ein ausgezeichneter Nachtjäger. Trotz seines beträchtlichen Körperumfangs bewegte er sich erstaunlich leise und war bei der Jagd geduldig und klug. Auf 350 Meter Entfernung traf er innerhalb von fünf Sekunden zweimal präzise sein Ziel. Saitsew benötigte dafür sechs Sekunden. Wenn ich jedoch für jeden Schuss ausreichend Zeit habe, gelingen mir auf fünfhundert Meter gegen den Wind mit zehn Kugeln zehn Kopfschüsse, dachte er. Das sollte der Bär ihm erst einmal nachmachen.

Wir werden eine Scharfschützeneinheit zusammenstellen, die genau das tut, was Batjuk will. Wir trainieren sie, bis jeder deutsche Soldat in Stalingrad täglich 24 Stunden lang um sein Leben zittert, einerlei ob an der Front oder tief im Hinterland. Die Deutschen werden sich fürchten, den Kopf zu heben, aus Angst, dass man ihn ihnen abschießt. Wir werden die Vollstrecker der Roten Armee sein. Wir werden überall sein.

Er nahm sein Tagebuch aus dem Rucksack und wog Gewicht und Inhalt.

Ich werde überall sein.

»Verzeihung, Genosse. Darf ich eintreten?«

Saitsew öffnete die Augen und warf einen Blick auf seine Uhr. Es war 4 Uhr früh. Eine Hand schob die Decke zur Seite, die vor dem Eingang zum Bunker hing. Eine Laterne erschien, gefolgt von einem runden Kopf mit dunklen Augen. Auf diesem Kopf saß eine Pelzmütze, verziert mit dem roten Stern, dem Zeichen eines Kommissars.

Saitsew sammelte all seine Sinne und erhob sich.

»Habe ich Sie geweckt?« Der Kommissar trat in den Bunker. Der Mantel des kleinen, dicken Mannes hing beinahe bis zum Boden herab und berührte die Spitzen seiner glänzend polierten Stiefel. Dies sind die glänzendsten Stiefel, die ich im ganzen letzten Monat gesehen habe, dachte Saitsew.

»Kommen Sie nur herein, Genosse.«

»Sie sind Wassili Gregorewitsch Saitsew?«

Ohne auf eine Antwort zu warten, streckte der Kommissar Saitsew die Hand entgegen. »Hauptmann Igor Semionowitsch Danilow. Reporter vom *Roten Stern*. Oberst Batjuk hat mich gebeten, mit Ihnen zu sprechen.«

Saitsew schüttelte die Hand des Kommissars. Dann deutete er auf den nackten Erdboden.

Danilow setzte sich mit dem Rücken zur Wand und nahm einen Notizblock und einen Bleistift aus der Tasche seines Mantels. Saitsew ließ sich auf seinem zusammengerollten Schlafsack nieder.

»Oberst Batjuk hat uns beiden einen Auftrag erteilt. Sie

sollen eine neue Scharfschützentruppe innerhalb der 284. Division errichten. Ich habe die Aufgabe, Ihnen dabei als politischer Berater zur Seite zu stehen. Er hat mir viel über Sie erzählt, Wassili Gregorewitsch.« Der Kommissar notierte etwas und fuhr dann fort. »Ich weiß, dass Sie zum Leiter der neuen Schule für Scharfschützen ernannt wurden, Genosse. Ich bin davon überzeugt, dass Sie Rekruten für Ihre Schule leichter finden, wenn darüber im *Roten Stern* berichtet wird.«

Saitsew zuckte die Achseln. »Das weiß ich nicht. Ich lese ihn nicht.«

Danilow hob die Hand und berührte den Handrücken des Scharfschützen. Saitsew zuckte bei dieser unerwarteten Vertraulichkeit leicht zusammen.

»Das sollten Sie. Im *Roten Stern* findet sich eine ganze Menge nützlicher Informationen. Erzählungen von Heldentaten, Tipps, Hinweise, Instruktionen, Ankündigungen, Parteineuigkeiten und sogar der Theaterkalender von Moskau.«

Saitsew schwieg.

»Wassili, Sie haben in zehn Tagen mehr als vierzig Deutsche getötet. Sie sind ein Held.«

Etwas schwoll in Saitsews Brust an und spannte sich. Er wusste nicht, ob dies ein gutes oder schlechtes Gefühl war. Es war, als dehnte sich ein Luftballon aus. Wurde er zu groß, explodierte er. Pumpte man genau die richtige Menge Luft hinein, war er leicht und schwebte.

Wieder fuhr Danilow fort, ohne eine Antwort abzuwarten. »Sie haben in Ihrer Tätigkeit als Scharfschütze Techniken entwickelt, die alles übersteigen, was andere Scharfschützen tun. Ihre Methoden sind überaus wirkungsvoll. Sie müssen sie an die übrigen Verteidiger der Stadt weitergeben. Sie haben gezeigt, was ein Mann mit einer Kugel erreichen kann. Ihre Geschichte muss erzählt werden. Sie muss erzählt werden, damit sie in ganz Stalingrad wiederholt wird.«

Der Kommissar blickte Saitsew fest an. »Lassen Sie mich offen sprechen, Genosse. Es kümmert mich nicht, ob Sie ein Held sein wollen oder nicht. Das ist nicht meine Sorge. Mir ist nur wichtig, dass man im übrigen Russland erfährt, wie wir hier die Stellung halten. Ebenso wichtig ist mir, dass die Soldaten in den Ruinen und Schützengräben glauben, dass neben ihnen ein Held kniet. Wie Sie wissen, ist nicht jeder Soldat der Roten Armee ein Held. Wir sollten sie jedoch zumindest wissen lassen, dass sie an der Seite von Helden kämpfen.«

Saitsew betrachtete Danilows graues Grinsen, das im Gewirr eines dichten Barts unterging. Es wäre ein Fehler, dieses Gespräch als Bitte um Zusammenarbeit zu deuten, dachte er. Dieser Kommissar hat mich nicht eingeladen, unter mehreren Möglichkeiten zu wählen. Gestern war ich noch ein Scharfschütze, der seine Aufgabe erfüllte. Und heute bin ich was? Ein Held?

Aber ich kann es. Ich kann dieser Held sein.

Danilows Bleistift berührte den Block. Er begann. »Wie ich höre, stammen Sie aus dem Ural?«

Saitsew nickte. »Ja. Ich bin Jäger.«

4.

Während Japan und Deutschland 1937 der Welt gegenüber mit dem Säbel rasselten, trat der 22-jährige Wassili Saitsew in die sowjetische Marine ein. Diesen Schritt tat er aus romantischen Überlegungen, da er als gebürtiger Sibirer den Ozean nie zuvor gesehen hatte. Er wurde in Wladiwostok an der Pazifikküste stationiert. Fünf Jahre lang führte er die Buchhaltung und wartete auf einen Angriff des nur siebenhundert Kilometer entfernten Japan.

Saitsew las Berichte über die deutsche Belagerung von Leningrad, die Besetzung der Ukraine und den Kampf um Moskau. Er hörte sich die Parteireden an und las Artikel über den unvorstellbaren Plan der Deutschen, das westliche Drittel der Sowjetunion einzunehmen. Dieses weitläufige Gebiet sollte zu einer Sklavenkolonie von Landwirtschaftsbetrieben und Zwangsarbeit werden, um das wachsende arische Reich mit Nahrungsmitteln zu versorgen.

In seiner dienstfreien Zeit jagte Saitsew in den Wäldern nahe der Marinebasis. Wenn er inmitten von Blättern auf dem reichhaltigen Humusboden lag und zur Übung auf Hasen und Rehe schoss, stellte er sich vor, dass sie deutsche Soldaten wären. In den Wäldern fühlte er sich zu Hause. Einen Großteil seiner Kindheit hatte er in der Taiga gejagt, in den aus weißen Birken bestehenden Wäldern in der Nähe seines Heimatortes Ellininski am Fuß des Urals in Westsibirien. Sein Großvater Andrej gehörte einer langen Reihe von Waldläufern an. Der alte, dürre Mann, dessen Gesichtsfarbe an die weißen Stämme der Birken erinnerte, machte Wascha in einem Alter mit der Taiga bekannt, in dem der Junge noch kaum imstande war, das Fleisch der Tiere zu kauen, die sie erlegten. Als Wascha acht Jahre alt war, schenkte ihm Andrej Pfeil und Bogen. Da der Junge entweder den verschossenen Pfeilen nachjagen oder neue anfertigen musste, suchte er nach Möglichkeiten, seine Munition zu rationieren. Er schoss nur, wenn er sich seines Erfolges sicher war. Wascha lernte, Fährten zu lesen und regungslos im Hinterhalt zu liegen, flach zu atmen und seine Konzentration zu vertiefen.

Im Sommer 1927 nahm Andrej den zwölfjährigen Wascha auf die Jagd nach einem Wolf mit, der ihre Kühe mehrmals angegriffen hatte. Einige Kilometer von ihrem Zuhause entfernt sprang das Tier die beiden in einem lichten Wäldchen an. Andrej wirbelte herum und tötete den Wolf mit der scharfen Spitze seines Gehstocks. Dies, erklärte Andrej, sei eine Lektion in Sachen Mut für den Jungen, während er seinen Speer in das Herz des noch zuckenden Tieres stieß. Er durfte nie vergessen, wie leicht es war zu töten. Nie vor dem tödlichen Streich zurückschrecken, wenn es notwendig war. Andrej wischte einen warmen Blutspritzer vom Gesicht des Jungen und beobachtete ihn, während er den Wolf aus der Decke schlug. Danach schenkte er ihm das Gewehr, das er bei sich trug. Auf dem Rückweg zu ihrem Dorf schoss Wascha zwei Hasen und eine wilde Ziege. Nun war er ein Jäger mit eigenem Gewehr und drei Fellen, die er auf den Stapel beim Jagdhaus werfen konnte.

Häufig verbrachte Wascha mehr Zeit in den Wäldern als

unter Menschen. Mitunter bestrich er seinen Körper und sein Gewehr mit Bärenfett, um seinen menschlichen Geruch mit dem Gestank des Fetts zu tarnen. Wenn ihn seine Mutter dann nicht ins Haus ließ, schlief er gerne bei seinen Hunden im Freien.

Großmutter Dunja lehrte ihn Lesen und Schreiben. Saitsew war davon überzeugt, dass der offene Geist seiner breithüftigen Babuschka und ihr ungebrochener Wille die Familie zusammenhielten. Seine Schwestern, Eltern, Cousins und selbst die Hunde gehorchten ihr und knurrten bloß hin und wieder, wenn sie energisch den Birkenbesen schwang.

Dunja hielt an ihrem Glauben fest und stritt immer wieder mit Andrej über Gott, weil sie fest entschlossen war, in ihrem Haus die religiösen Feiertage beizubehalten. Andrej glaubte zwar nicht an Dunjas Heilige, wagte es jedoch auch nicht, sie zu beleidigen. Vermutlich hatte dies weniger mit Dunjas Gott als mit ihrem schwungvoll eingesetzten Stock zu tun.

Einmal fragte Saitsew seinen Großvater, woran er glaube. »Großmutter sagt, dass nach unserem Tod die Seele den Körper verlässt und zum Himmel aufsteigt, Großvater. Ist das auch bei Tieren so?«

Andrej versetzte ihm einen Klaps auf den Kopf. »Weder Menschen noch Tiere haben zwei Leben«, schnaubte er. »Komm mit.«

Der alte Mann ging mit Wascha in die Räucherkammer, wo eine Hirschhälfte hing. »Heute Morgen hast du diesen Hirsch erlegt«, sagte er, während er mit seiner dürren Hand, die an einen Speer erinnerte, auf das Stück Fleisch deutete. »Wenn ich sehe, dass du ihn noch mal tötest, werde ich *dich* erschießen!«

Dann wies er auf das Hirschfell, das an der Wand des Schuppens aufgespannt war. »Die Decke trocknet bereits. Das Fleisch steht auf dem Tisch, und die Eingeweide werfen wir den Hunden zum Fraß vor. Das mit der Seele ist Unsinn. Vergiss das nie, Wascha. Gott hat mit Angst zu tun, er soll dich das Fürchten lehren, damit du gehorchst. Der Mann der Wälder kennt keine Angst.«

Allmählich schwand das Interesse der Familie an Wassilis Heldentaten bei der Jagd. Als er an seinem 14. Geburtstag am Morgen mit mehreren Wolf- und Luchshäuten auf seinem Rücken zurückkehrte, beachtete ihn niemand. An jenem Abend riet ihm Andrej, von einer guten Jagd stets vor dem Morgengrauen oder nachts nach Hause zurückzukehren, sodass niemand Anzahl und Qualität der Felle erkennen konnte, die er nach Hause brachte. Stolz sei für einen Jäger eine gute Sache, Großspurigkeit nicht, erklärte Andrej. Wassili wusste, dass man ihn jetzt als Erwachsenen betrachtete. Man erwartete von ihm, dass er sich wie ein Mann der Taiga verhielt. Sein Lohn bestand nun aus einem Glas Wodka, ein wenig Ruhe von seinen Schwestern, möglicherweise sogar etwas Respekt und einem Sitz in der Jagdhütte, die den Männern vorbehalten war.

Im Alter von 16 schickte man Wassili in das dreihundert Kilometer entfernte Magnitogorsk, wo er die Technikschule der größten russischen Eisenhütte besuchte. Zunächst schloss er in der Arbeitersiedlung die Grundschule ab und nahm danach Buchhaltungskurse, da ihm der Umgang mit Zahlen leicht fiel. In seiner Freizeit jagte er in den Hügeln rund um die Stadt.

Nach sechs Jahren, in denen er den Beruf des Buchhalters erlernte, und weiteren fünf, in denen er in der Marine Papiere ordnete, drängte es den 27-jährigen Unteroffizier Wassili Saitsew, gegen die Deutschen zu kämpfen, die in Russland einmarschiert waren. Japan konnte warten.

In einem blutigen Juli-Feldzug hatte Hitler die Stadt Rostow eingenommen, um während seines Vorstoßes in den Kaukasus seine rechte Flanke zu stabilisieren. Ehe die Deutschen weiter nach Süden vordringen konnten, mussten sie auch ihre linke Flanke sichern. In der Mitte dieser Flanke, an einer Biegung der Wolga, lag die Stahlstadt Stalingrad.

Auf der Steppe westlich der Stadt entwickelte sich ein erbitterter Kampf. Den gesamten Sommer über zog die Rote Armee aus, um sich mit den Deutschen auf den weiten Feldern und in den steilen Schluchten heftige Panzerschlachten zu liefern. Zunächst waren die Russen dem Blitzkrieg nicht gewachsen, der sie überrollte. Um ihre Wunden zu lecken, zogen sie sich über den Don nach Osten zurück. Auf der Landbrücke zwischen Don und Wolga formierte sich die Rote Armee neu.

In der ersten Septemberwoche des Jahres 1942 wurden Saitsew und zweihundert weitere sibirische Seeleute aus Wladiwostok als Marinesoldaten in der 284. Infanteriedivision der 62. Armee angemustert. Sie wurden der Westfront und jener Schlacht zugewiesen, die Winston Churchill als »Scharnier des Schicksals« bezeichnete.

Man schickte sie nach Stalingrad.

Der Zug ratterte Tag und Nacht und hielt nur nachmittags an, um Treibstoff und Nahrungsmittel aufzunehmen. Die Ortschaften, in denen er stoppte, wirkten verschlafen. Die bleierne Trägheit des Alters und der Erschöpfung drückte sie nieder. In den Straßen spielten Kinder Armee, Enten auf dem Teich oder Oktoberrevolution. Selbst ihr Lachen belebte das Leichentuch nicht, das über den Ziegeldächern und schwerfälligen rauchlosen Walzwerken lag. In diesen Städten sah man keine jungen Männer, da alle in den Krieg gezogen waren.

Die Einwohner der Stadt traten mit Tränen in den Augen an den haltenden Truppentransport heran und hoben Brot, Gemüse, Wodka, Kleider und Fotos von Stalin und Lenin zu den Fenstern empor. Üppige Mädchen streckten den aus den Fenstern ragenden uniformierten Armen Briefe entgegen. Als Adressat stand häufig »An einen mutigen jungen Mann« auf den Umschlägen.

Am fünften Tag hielt der Zug in einer waldlosen, von wogendem Weizen bedeckten Landschaft, in der die Marinesoldaten ihre Zelte errichteten. Batjuk sprach zu ihnen und ordnete für die Wartezeit auf den Weitertransport drei Tage Kampfübungen in der Steppe an.

Während der Abend über dem flachen, eintönigen Land hereinbrach, tauchte tief am westlichen Himmel eine zitternde orange Scheibe auf. Stille verbreitete sich wie Nebel unter den Männern, die neben dem Zug bei ihren Zelten standen, jeder für sich, und einander zum Schweigen aufforderten, um besser hören zu können. In der Abenddämmerung erklang aus der leuchtenden Lichtkuppel im Westen ein kaum wahrnehmbares Donnern und Heulen, dessen Ursprung hinter dem Horizont verborgen lag. Die Matrosen um Saitsew flüsterten alle ehrfurchtsvoll dasselbe Wort wie er: *Stalingrad*.

Drei Tage und Nächte lang übte sich die Kompanie im Straßenkampf. Die Männer lernten zu kriechen und zu laufen und mit dem Bajonett, dem Gewehr, dem Messer, der Schaufel und der Faust zu töten. Entsicherte Handgranaten wurden geworfen, gefangen und schließlich in Gräben geschleudert, wo sie explodierten. Strohpuppen wurden aufgeschlitzt oder von Kugeln zerfetzt und viele echte Nasen blutig geschlagen.

Am Morgen des 20. September erhob sich eine Staubwolke über der Schotterstraße. Ein Stabswagen raste heran und hielt neben dem Wagon. Ihm entstieg der Divisionsbefehlshaber Konstantin Konstantinowitsch Schukow. Er war aus Stalingrad gekommen, um die Marinesoldaten der 284. Division bei ihrem Training zu beobachten.

Die Männer stürzten sich mit Feuereifer in ihre Übungen und gaben dem General ihre wildeste Vorstellung. Während einer Nahkampfübung stolperte einer der Matrosen über seine weiten Hosenbeine. Schukow schlug sich auf den Oberschenkel, um die Aktion abzubrechen.

»Warum tragen diese Männer keine Armeeuniformen?«, fragte er.

Oberleutnant Bolschoschapow trat vor und nahm Haltung an. »Wir sind Matrosen und stolz darauf, als Matrosen zu kämpfen, Herr General«, bellte er über Schukows Kopf hinweg.

»Hat man an Sie Armeeuniformen ausgegeben, Oberleutnant?«

»Jawohl, Herr General.«

»Dann ziehen Sie sie augenblicklich an. Diese verdammten Dinger« – Schukow deutete auf die sich blähenden Hosenbeine – »werden Sie noch töten. Wo ist Ihre Marinedisziplin?«

Schukow wirbelte herum, um zu seinem Stabswagen zurückzukehren. »Herr General«, rief Bolschoschapow. »Mit Ihrem Einverständnis würden wir unter der Uniform gerne unsere Marineunterhemden tragen.«

Schukow wandte sich um und salutierte vor Bolschoschapow. »Im Namen der Roten Armee und der Partei erteile ich gerne meine Zustimmung. Selbstverständlich, Matrose. Und kämpfen Sie tapfer in Ihren Marineunterhemden.«

Die Sibirer jubelten und entkleideten sich bis auf die Unterhosen und ihre gestreiften Marineunterhemden. Offiziersburschen liefen zum Zug, um die fahlgrünen Uniformen der sowjetischen Armee zu holen.

An diesem Abend trafen mehrere Dutzend amerikanischer Studebaker-Lastwagen ein, um die Division an die Wolga zu transportieren. Zwei Stunden lang wurden die Männer auf den offenen Ladeflächen der Lkw hin und her geschüttelt. Jeder einzelne Soldat beobachtete das Glühen, das sich im Westen ausbreitete. Während ihnen der Horizont entgegenrollte, drang aus der Ferne das dumpfe Grollen von Explosionen an ihre Ohren.

Als die Lastwagen am Rande eines Waldes anhielten, formierten sich die über eintausend Mann der 284. Division auf einem Weg, der in einem dichten Pappelgehölz verschwand, zu einer langen Doppelreihe. Zu zweit nebeneinander marschierten die Soldaten, beladen mit ihren Gewehren und Rucksäcken. Saitsew widerstand dem Drang, durch das Blätterdach zu dem flackernden Himmel emporzublicken. Stattdessen konzentrierte er sich auf den Rücken seines Vordermannes. Der Baldachin aus Bäumen dämpfte die Geräusche und Lichter, als wollte der Wald, sein ewiger Freund, ihn und seine Kompanie beschwichtigen und den Konflikt vor ihren rastlosen Ohren verbergen.

Plakate und Wahlsprüche waren entlang ihres Weges an die Stämme der Papeln genagelt. *Wenn ihr den Feind in Stalingrad nicht stoppt, wird er in euer Heim eindringen und euer Dorf zerstören!* stand darauf zu lesen. *Der Feind muss in Stalingrad niedergerungen und vernichtet werden!* und *Soldaten, euer Vaterland wird euren Mut nicht vergessen!*

Nach drei Kilometern wurde der Zug mitten im Wald angehalten. Batjuk befahl den Männern, ihre Gesichter und Hände abseits des Pfades mit Fett und Erde zu schwärzen. Während der Topf mit Tarnfett von Hand zu Hand ging, stolperten etwa hundert verwundete Soldaten an ihnen vorüber, weg vom Kampfgeschehen der nahen Schlacht.

Jeder der verbundenen und blutüberströmten Soldaten hielt einen anderen fest; jene, die noch gehen konnten, stützten die Hinkenden, die Sehenden führten die Blinden, und wer zwei gesunde Hände hatte, trug eine Tragbahre. Die Männer wirkten, als hätte sie die sengende Hitze der Schlacht zusammengeschweißt, sodass sie sich nun als riesenhaftes, verstümmeltes Geschöpf fortbewegten.

Mit offenem Mund bestaunten die Sibirer das Elend der marschierenden Soldaten. Unter den Verwundeten entdeckten sie auch einen Matrosen, der noch immer seine weiten Hosen trug. Als sie ihn zum Straßenrand winkten, bemerkte er die Marineunterhemden, die am Hals unter den Uniformblusen der Roten Armee hervorlugten.

»Genosse Matrose! Komm, setz dich zu uns!«, riefen sie.

Mit vor Schmerz verzerrtem Gesicht verließ er die Straße und setzte sich auf einen Rucksack. Mehrere Hände streckten sich ihm mit Zigaretten und Zündhölzern entgegen. Der erschöpfte Mann nahm eine Zigarette und bat, dass man sie ihm anzünde. Als er seinen rechten Arm hochhielt, sahen sie, dass ihm die Hand fehlte.

Eine Flasche Wodka tauchte aus der Menge auf.

Während der Matrose gierig an der Zigarette zog, musterte er die getarnten Gesichter um sich.

»*Na sdorowje*«, sagte er und nahm einen tiefen Schluck. Dann hob er seinen Armstumpf. »Macht euch darum keine Sorgen. Ich habe ihn um einen hohen Preis verkauft.« Sein Blick wanderte von einem zum anderen. »Woher kommt ihr?«

»Aus Sibirien. Wir haben einen langen Weg zurückgelegt, um zu kämpfen.«

Der Mann blinzelte. »Die Deutschen auch.«

Als sein Kopf auf die Brust sank, schossen zahlreiche

Hände vor, um ihn aufzufangen für den Fall, dass er zusammenbrach.

Schließlich stand er auf, um sich wieder der sich vorwärts schleppenden Gruppe von Verwundeten anzuschließen. Die Männer gaben ihm den Weg frei und boten ihm nochmals Zigaretten an.

Vor Saitsew hielt der Matrose an und blickte in das breite sibirische Gesicht. Mit den Fingern, die die Zigarette hielten, tippte er sich gegen die Brust. Die glühende Asche fiel auf sein abgenutztes Marineunterhemd. Er schob die Zigarette in den Mundwinkel und presste seinen Daumen gegen Saitsews Brust.

»Sieh zu, dass du einige tötest.«

Die Sibirer traten am Ostufer der Wolga aus den Wäldern heraus. In zwei Kilometer Entfernung sahen sie auf der anderen Seite des Flusses eine Stadt, die an einen Vulkan erinnerte. Einst war Stalingrad die Heimat einer halben Million Menschen gewesen, doch nun wirkte es, als könnte nicht eine einzige Person dort überleben.

Die Stadt war von tausenden Feuern erleuchtet. Über den Kalksteinklippen am Fluss erhoben sich verkohlte, dachlose Wände neben den mit rauchenden Trümmern übersäten Straßen. Rote Säulen aus Staub und Ziegelsteinen wurden in die Luft geschleudert. Die Gebäude schwankten und stürzten zusammen, als wäre die bebende Stadt nichts als eine zerklüftete Ruine, die von einer gewaltigen, entschlossenen Macht aus dem Untergrund an die Oberfläche gestoßen wurde.

Saitsew lag im Sand und starrte zu dem Feuersturm am anderen Ufer der schwarzen, öligen Wolga hinüber. Was er sah, erinnerte an Babuschka Dunjas Beschreibung der Hölle. Ein warmer Windstoß berührte seine Wange. Er trug die Hitze und den Kohlengeruch eines Hochofens mit sich. Wie kann man in solch einer Verdammnis kämpfen? fragte er sich.

Der Politkommissar Hauptmann Ion Lebedew ließ sich neben ihm im Sand nieder. »Sind Sie bereit, Genosse Starschina?«, fragte er.

Saitsew blickte zu dem Politkommissar hinüber. Die schwarzen Augen des Mannes flackerten rot. Eine Zahnlücke spaltete sein Lächeln.

»Hat je ein Soldat gesagt: ›Nein, ich bin nicht bereit?‹, Genosse Lebedew?«, fragte Saitsew zurück.

»Wir haben hier am Ufer zweihundert Mann. Einige von ihnen benötigen ein wenig Aufmunterung, um da hinein zu gehen«, erklärte Lebedew, während er mit seiner Nase auf die lodernde Stadt deutete.

Saitsew empfand keine Sympathie für Kommissare. Seit Wochen war er ihren Reden und »Aufmunterungen« ausgesetzt. Stundenlang war er gezwungen gewesen, ihnen zuzuhören – im Zug, in der Steppe und nun hier im Sand, am Rande einer Schlacht. Er brauchte keine banalen Ratschläge in Sachen Mut und fand es merkwürdig, dass man ihm den Willen absprach, mit vollem Einsatz zu kämpfen und für das Vaterland zu sterben. Saitsew war ein gutes Komsomol-Mitglied gewesen und hoffte nun, Mitglied der Kommunistischen Partei zu werden. Die Deutschen waren jedoch nicht in die Partei eingedrungen, sondern hatten Russland angegriffen. Deshalb würde er für sein Vaterland kämpfen.

Viele der Männer fürchteten Lebedew und die anderen Politruks, und dies aus gutem Grund. Stalin hatte den Politoffizieren – alle ohne Ausnahme loyale Idealisten – den Auftrag erteilt, innerhalb der Armee die Parteiordnung aufrechtzuerhalten, vom höchsten General bis zum eben eingezogenen Soldaten. Ihre Macht resultierte aus Stalins Verordnung Nr. 227, die auch als ›Eiserne-Faust-Regel‹ bezeichnet wurde. Sie waren von Stalin nicht nur angewiesen worden, die Soldaten der Roten Armee selbst während des verheerendsten Kampfes auf das politische Ziel zu konzentrieren, sondern auch die Leistung jedes einzelnen Soldaten auf dem Schlachtfeld zu beurteilen. Gemeinsam mit den sowjetischen Offizieren trugen die Kommissare die Verantwortung, dass die Truppen bis zum letzten Blutstropfen kämpften. Mangelte es einem Soldaten an Kampfgeist, hatte der Kommissar den Auftrag, ihn zu unterstützen, zu ermuntern, zu mahnen und sogar zu bedrohen.

Zeigte er jedoch Feigheit vor dem Feind oder widersetzte sich Befehlen, war der Politruk angewiesen, mit eiserner Faust durchzugreifen. Wie Saitsew und die übrigen Männer wussten, bedeutete »Durchgreifen mit eiserner Faust« nur allzu oft, dass man dem widerspenstigen Soldaten eine geladene Pistole an die Schläfe setzte.

Lebedew reichte Saitsew einen Zeitungsausschnitt.

»Dies wurde letzte Woche in der *Prawda* abgedruckt. Ich zeige es Ihnen, Towaritsch, weil die Männer zu Ihnen aufsehen. Sie werden Ihnen folgen.«

»Wir kommen aus Sibirien, Genosse Kommissar. Wir werden auch ohne Artikel aus der *Prawda* kämpfen.«

Lebedew legte Saitsew die Hand auf die Schulter. Er schüttelte sie leicht und zeigte erneut sein von der Zahnlücke gespaltenes Lächeln. »Lesen Sie. Uns bleibt noch Zeit, ehe wir übersetzen.«

Der Artikel trug den Titel »Zu Hause wissen sie, wie du kämpfst«. Saitsew blinzelte, um in dem sich ständig wechselnden Licht lesen zu können:

> Ob du von nah oder fern kommst, ist einerlei. Zu Hause werden sie immer erfahren, wie du kämpfst. Wenn du nicht selbst schreibst, wird es einer deiner Kameraden oder dein politischer Ausbilder tun. Sollte der Brief sie nicht erreichen, werden sie aus der Zeitung von dir erfahren. Deine Mutter wird das Kommuniqué lesen und kopfschüttelnd sagen: »Mein lieber Junge, du solltest Besseres leisten.« *Du irrst dich, wenn du glaubst, dass sie zu Hause einzig und allein wünschen, dich lebend zurückkehren zu sehen.* Sie wollen, dass du Deutsche tötest. Sie sind die Schande und die Angst leid. Wenn du bei dem Versuch stirbst, den Vormarsch der Deutschen zu stoppen, werden sie dein Andenken ewig in Ehren halten. Dein heldenhafter Tod wird das Leben deiner Kinder und Enkelkinder wärmen und erhellen. Wenn du die Deutschen passieren lässt, wird dich selbst deine eigene Mutter verfluchen.

Saitsew gab Lebedew das Blatt zurück. »Danke, Genosse Kommissar. Man braucht Mut, um so direkt zu sein.«

Lebedew tätschelte Saitsews Schulter. »Das ist wahr. Ich sehe Sie auf der anderen Seite wieder, Genosse Starschina.«

Noch bis lange nach Mitternacht lagen die Sibirer am Ufer, blickten hinüber und lauschten dem Aufschrei Stalingrads. Eine Flottille von übel zugerichteten Fischerbooten, Frachtkähnen, Dampfern und Schleppern erschien. Ein Frachtkahn warf direkt vor ihnen im seichten Wasser Anker. Saitsew sah die Löcher im Holzrumpf des Schiffes. Zwei Mann am Bug und vier am Heck schöpften, so schnell sie konnten, das Wasser mit Eimern über das Dollbord. Rasch lud man Vorräte in den Lagerraum des Kahns. Hölzerne Munitionskisten wurden auf der Schulter über die Planken getragen und in die Unterdecks hinabgelassen. Zusätzlich verstaute man mehrere Dutzend Kartons, aus denen das freundliche Klirren von Wodkaflaschen erklang. Kisten mit Schinkenkonserven aus Amerika wurden gebracht. Die Soldaten der Roten Armee bezeichneten sie scherzhaft als »zweite Front«. Ein Jahr zuvor hatte Stalin England und die Vereinigten Staaten ersucht, die Deutschen im Westen anzugreifen, um den Druck auf Russland zu verringern. Die Alliierten führten stets zahlreiche Gründe für die Trägheit und Zurückhaltung ihrer Aktionen an. Für die russischen Infanteristen stellten diese Konserven mit wohlschmeckendem rosafarbenem Schinken aus Georgia und Virginia die einzige Hilfe dar, die sie von den USA je erhalten würden. Der Schinken würde eine gesamte zweite Front aufwiegen müssen.

Kaum waren die Kähne wieder auf die Wolga hinausgefahren, zerrissen flackernde Blitze den glitzernden Nachthimmel. Die Männer starrten mit gespannten Gesichtern empor und suchten in den über ihnen hängenden Rauchschwaden nach den ersten Hinweisen auf ein Sturzkampfflugzeug der Luftwaffe.

Als die Schiffe die Mitte des Stroms erreicht hatten, jagte ein Stuka mit schrillem Pfeifen vorüber. Die Männer bereiteten sich auf das Schlimmste vor, doch weder Bomben noch

Kugeln hagelten auf sie herab. Das Kampfflugzeug zog eine scharfe Kurve und stieg wieder hoch, um den von der Stadt auflodernden Flammen auszuweichen. Die Männer warteten: Kam nach diesem Flugzeug ein weiteres? Als sie erkannten, dass auf den Stuka kein anderer folgte, stießen sie einen tiefen Seufzer aus, der an das Gebrüll eines Riesen erinnerte.

Die leckende Flottille schob sich an den zentralen Landungssteg heran, ohne von weiteren Flugzeugen behelligt zu werden. Saitsew wertete die Tatsache, dass die Nachschubtransporte nicht angegriffen wurden, als schlechtes Zeichen. Es machte deutlich, wie überzeugt die Deutschen davon waren, die Stadt fest im Griff zu haben.

Am Ufer drängte sich die Kompanie gegen die kalten Kalksteinklippen. Die Stadt über ihnen schwankte und knisterte, während zu ihren Füßen das Wasser des Flusses mit leisem Plätschern gegen die Steine schlug. Es rauschte beruhigend in der Dunkelheit und gaukelte den Soldaten eine allzu durchsichtige Lüge von Frieden und Stille vor.

Mit dem Morgen erwachte ein neuer Geist: Keiner der Männer war bereit, sich seine Angst anmerken zu lassen. Entschlossen streckten sie das Kinn vor und spannten die Schultern. Mit der aufgehenden Sonne stiegen der Mut in ihren Stimmen und der Kampflärm, der von den Klippen zu ihnen herabsickerte.

Ein von Ruß geschwärzter Bote überbrachte Oberleutnant Bolschoschapow neue Befehle. Die Sibirer sollten am Ufer entlang drei Kilometer nach Norden marschieren, um eine andere Kompanie zu verstärken, die in der Chemiefabrik eingeschlossen war. Eine Reihe zerstörter Treibstofftanks am Ufer kennzeichnete die Stelle.

Nach einem zügigen Fußmarsch von einer halben Stunde entdeckte Bolschoschapow die Treibstofftanks direkt vor sich. Von den Klippen herab ertönte das Knattern von Gewehrfeuer, durchbrochen vom durchdringenden Knall von Granaten. Hastig kletterten die Sibirer den Abhang hinauf und gingen in den Trümmern in Stellung. Zweihundert Meter entfernt versuchte eine russische Kompanie, vor dem Granat- und Maschinengewehrfeuer Deckung zu finden.

Saitsews Einheit näherte sich der rechten deutschen Flanke. Die von der Verstärkungseinheit überraschten Deutschen richteten ihre Maschinengewehre auf die neue Bedrohung. Die Sibirer gerieten unter Beschuss. Zum ersten Mal hörte Saitsew das durchdringende Pfeifen von Kugeln, die auf ihn abgefeuert wurden. Auf diesen Augenblick hatte er in einer Mischung aus Verwirrung, Angst und Begierde gewartet. Dies war die höchste Stufe der Jagd. Die an ihm vorüberzischenden Geschosse flüsterten ihm dasselbe zu, was ihm sein Großvater im Wald mit gedämpfter Stimme zugeraunt hatte: Los, Wascha, schnell, vorsichtig und leise. Jetzt!

Ohne einen Befehl abzuwarten, glitt er durch die Trümmer auf den ersten Treibstofftank zu. Er suchte nach einer freien Schussbahn, ehe sich der Feind aus seinem Blickwinkel wieder in Deckung bringen konnte.

Aus einer Entfernung von 150 Metern schlug Saitsew zu. Mit seinen ersten drei Patronen streckte er drei Maschinengewehrschützen nieder. Sobald die drei MGs zum Schweigen gebracht waren, sprang seine Kompanie aus der Deckung und griff die Deutschen brüllend und feuernd an.

Ein pfeifendes Heulen drang durch den Rauch. Bevor sich Saitsew bewegen konnte, explodierte hinter ihm eine Artilleriegranate mitten unter seinen Kameraden. Die Männer wurden von den Füßen gerissen oder warfen sich zu Boden, um Deckung zu finden. Erschrocken stellte Saitsew fest, dass einer der drei Treibstofftanks beim letzten Bombenangriff schwer verbeult, wenn auch nicht durchlöchert worden war. Seine Frage, ob er noch Treibstoff enthielt, wurde von der nächsten Salve beantwortet.

Der Tank explodierte mit donnerndem Knall und schleuderte Feuerbälle hoch in die Luft und über die Sibirer. Entflammter Treibstoff regnete aus der pilzförmigen Wolke herab. An Saitsews Kleidung leckten kleine gierige Flammen.

Er riss sich Uniformbluse, Marineunterhemd, Hose und Munitionsgürtel vom Leib. Seine Haut wurde versengt, doch sein Verstand blieb kühl. Mit beiden Händen schlug er auf seinen Kopf, um sicherzustellen, dass sein Haar nicht Feuer gefangen hatte.

Rund um ihn lagen seine Freunde auf der Erde, tot. Ihre Leichen waren in eine Decke aus Rauch gehüllt. Wie gelbe Hornissen schwärmten die Flammen um ihre toten Körper, während der deutsche Beschuss unvermindert anhielt.

Als Saitsew über das schwelende Schlachtfeld blickte, musste er gegen sein Entsetzen ankämpfen. Die Deutschen hatten ihren Standort verlagert, ihre Maschinengewehre neu geladen und feuerten wieder Salve auf Salve. Mit vom Rauch feuchten Augen ließ er sich fallen, griff zum Gewehr und zielte auf einen Deutschen, der eben einen Feldstecher an die Augen hob. Möglicherweise ein Offizier, der den Angriff leitete. Saitsews geschwärzte Hände zitterten; er konnte nicht warten, bis sich sein pochendes Herz beruhigt hatte und das Zielfernrohr seines Gewehrs zu schwanken aufhörte. Vielleicht war dies sein letzter freier Schuss, ehe die Deutschen das Feuer erneut eröffneten und mehr Artillerie herbeiriefen.

Saitsews Blick folgte dem wogenden Zielfernrohr. Er war begierig, den Schuss zu lösen, der seine Position preisgeben würde. Plötzlich hörte er einen Aufschrei: »Hurra! Hurra! Vaterland!« Oberleutnant Bolschoschapow sprang hinter einer verkohlten Ziegelwand hervor, lediglich bekleidet mit seiner weißen Unterhose, dem Munitionsgürtel und den Uniformstiefeln. Er hielt sein Gewehr über dem Kopf und stürmte, gefolgt von einer Schar halb nackter, rauchender Sibirer, vorwärts. Saitsew erstarrte. Er traute seinen Augen nicht. Ohne zu überlegen, sprang er aus seiner Deckung, holte tief Atem und brüllte: »Hurra!« Mit hocherhobenem Gewehr schloss er sich dem Angriff an.

Während er aus vollem Lauf auf die Deutschen schoss, fühlte sich Saitsew wie ein Dämon. Allein ihr Anblick, furchtlos in ihrer Unterwäsche und den Stiefeln, die Feuer speienden Waffen in der Hand, trieb ihn und seine Kompanie mit einer bislang ungekannten Grimmigkeit in die Reihen der Deutschen. Sein Zorn steigerte sich in solchem Maß, dass er aufschreiend die Augen schloss. Er verlor das

Gleichgewicht und stolperte über seine eigenen Füße. In dem Augenblick, als er auf dem Boden aufschlug, traf eine Kugel den vor ihm laufenden Matrosen in die Brust. Mit weit von sich gestreckten Armen gaben seine Knie nach, und er sank wie eine auf dem Wasser landende Ente vor Saitsew zu Boden.

Über die Leiche hinweg sah Saitsew, wie der Oberleutnant mit seinen Männern auf die Deutschen zujagte. Während die angegriffenen Soldaten durch eine schmale Gasse zu fliehen versuchten, schossen sie über die Schulter zurück.

Einer der eingeschlossenen Russen half Saitsew wieder auf die Beine.

»Ihr Kerle seid wirklich verrückt!«, lachte er. »So etwas habe ich in meinem ganzen Leben noch nie gesehen. In Unterhosen!«

Saitsew berührte sein blutendes Knie. »Ich bin gestolpert«, murmelte er.

Mit einem Blick auf die zahlreichen am Boden liegenden Leichen klopfte der Soldat Saitsew aufmunternd auf den Rücken. »Geh jetzt zu deiner Einheit zurück.«

Die Männer versammelten sich an der Stelle, an der sie sich ihrer brennenden Uniformen entledigt hatten, und zogen die übel zugerichteten Überreste ihrer versengten Marineunterhemden über den Kopf.

Nachdem die Kompanie ihr Nachtlager aufgeschlagen hatte, erhielten die Soldaten neue Uniformen und Verpflegung. Von den Kurieren erfuhren sie, welche Mitteilung Schukow gegenüber Batjuk gemacht hatte. Der General hatte sich über die Heftigkeit erstaunt gezeigt, mit der die sibirischen Matrosen ihre neuen Armeeuniformen ablehnten. Wie es schien, hatte der Oberbefehlshaber der Kompanie tatsächlich zugetraut, dass sie ihre Uniformen am eigenen Leib verbrannten.

Die Gewalt, mit der in den letzten Septemberwochen um jedes Haus gekämpft wurde, prägte sich unauslöschlich in Saitsews Gehirn ein. Vor jedem Angriff kauerte er sich in einem Schützengraben oder Bunker zusammen und lauschte dem Rat der Veteranen, die einen erbitterten Monat lang in der Stadt überlebt hatten.

Häufig wurde im Nahkampf um ein Gebäude gefochten. Dann wurde der Kolben des Gewehres zu einer ebenso tödlichen Waffe wie die Kugel. Und der Atem und das Blut des Feindes kamen Saitsew so nah, als stammten sie von ihm selbst. Für zahlreiche Sibirer erwies sich die dreitägige Übung in der Steppe als nutzlos. Viele von Saitsews Freunden waren in den ersten Kampftagen gefallen, weil sie zu große Risiken eingegangen waren. Doch kein Einziger war desertiert, und nicht einer war ohne Waffe in der Hand gestorben. Während die Tage vorüberzogen, wuchs der Leichenstapel unter dem rauchgeschwärzten Himmel zu grausiger Höhe an.

Saitsew bewegte sich mit der Geschmeidigkeit und Sicherheit eines Tieres zwischen den Ruinen. Ohne zu rasten, schob er sich mit seinem hageren Leib und seinen kräftigen, sehnigen Armen durch die Trümmer und teilte seine Kräfte so ein, dass ihm stets genug Reserven blieben, um sein Gewehr mit tödlicher Präzision anzulegen und eine Handgranate nahezu ebenso weit zu schleudern wie sein riesenhafter Freund Viktor Medwedew. Im Nahkampf wurde Saitsew zum Barbaren. Mit seinem Armeemesser, das um einiges schwerer war als die Messer, die er in seiner Jugend zum Abhäuten verwendet hatte, holte er wie mit einer Klaue zum Hieb aus.

Den Deutschen fiel es schwer, sich an die für den Straßenkampf erforderlichen Taktiken anzupassen. Während die Russen strategisch wichtige Gebäude mit kleinen Kampfeinheiten eroberten, die als »Sturmtruppen« bezeichnet wurden, warfen die Deutschen einfach mehr Männer in die Schlacht, als könnten sie eine Straße für sich gewinnen, wenn sie sie nur in ausreichendem Maße mit Blut tränkten. Mitunter stapelten sich während eines Angriffs die Leichen in einer Straße so hoch auf, dass der durch sie aufgeworfene Wall genügte, um den Vormarsch der Deutschen zu verhindern.

Am Ende von Saitsews zweiter Woche in Stalingrad hatten sich die Deutschen im Stadtzentrum bis an die Wolga durchgekämpft. Sie kontrollierten die Innenstadt und den wichtigsten Landungssteg der Russen in Krasnaja Sloboda. Mitte Oktober war die 62. Armee in eine Nord- und eine Südeinheit aufgespalten worden.

Die stärkste russische Stellung befand sich in einer Ruine im Fabrikviertel, etwa fünf Kilometer nördlich des Stadtzentrums. Die Sibirer erhielten den Befehl, das 73. Garderegiment bei der Verteidigung der Traktorenfabrik zu verstärken, der nördlichsten der drei großen Fabrikanlagen.

Nach einem 36 Stunden dauernden Artilleriesperrfeuer gingen die Deutschen in den Morgenstunden des 5. Oktober zum Angriff auf die Traktorenfabrik über. Während sich Saitsew in einem Schwarm von Kugeln durch die Ruinen vorwärts schob, stieß er zum ersten Mal auf zwei russische Scharfschützen. Diese Soldaten waren klein und mager und wirkten auf den ersten Blick nicht wie gefährliche Krieger. Der eine der Männer trug einen zu großen Helm, der ihm bis über die Ohren reichte. Um sehen zu können, wohin er kroch, musste er ihn immer wieder hochschieben. Die Gewehre beider Scharfschützen waren mit Zielfernrohren ausgerüstet.

Während Saitsews Einheit auf der Suche nach Deckung tiefer in den Wirrwarr aus Trümmern tauchte, krochen die Scharfschützen wie Jäger durch die Ruinen auf ihre Beute zu.

5.

Tanja Tschernowa stand mit ihrer Kompanie von 150 Soldaten der 284. Division am Ufer. Vor ihr rollte ein Lastkahn im schwarzen Flachwasser des Docks.

Am anderen Ufer der Wolga zeichneten sich hochzüngelnde Flammen ab, während aus dem nächtlichen Wolkenhimmel deutsche Schlachtflugzeuge hervorschossen. Ihre

Unterseiten glühten rot von den unter ihnen wütenden Feuern. Die Flugzeuge tauchten tief herab, um ihre Bomben aus geringer Höhe abzuwerfen. Mit heulenden Motoren und pfeifenden Flügeln entledigten sie sich ihrer Ladung und trugen die Piloten in raschem Flug aus den Explosionen und dem aufsteigenden Rauch hinaus.

Tanja starrte zu der unglücklichen Stadt hinüber. Dies war das heldenhafte Schlachtfeld von Stalingrad, ein Name, der auf den Lippen aller Russen lag. Stalin, der oberste Heerführer, hatte einen unmissverständlichen Befehl ausgesprochen: Die apokalyptische Stadt am anderen Wolgaufer musste um jeden Preis gehalten werden.

Elf Frauen gehörten Tanjas Kompanie an. Sie trugen Stulpenstiefel und Uniformen ohne Abzeichen und waren unbewaffnet. Als Funkerinnen und Feldkrankenschwestern benötigten sie keine Gewehre.

Auf der Straße zum Fluss war Tanja an hunderten Artilleriegeschützen vorübermarschiert, die von Frauen bedient wurden. Sie hätte ebenfalls darum ersuchen können, an den großen Maschinengewehren und Katjuschas zum Einsatz zu kommen, den glühenden Raketenwerfern, die auf den Ladeflächen amerikanischer Ford-Lastwagen montiert waren. Tanja hatte das letzte Jahr im russischen Widerstand in den Wäldern von Weißrussland und der Umgebung von Moskau gekämpft. Vor einem Monat hatte sie die Partisanen verlassen, um in Stalingrad ihre Blutrache gegen die ›Nazistöcke‹ zu befriedigen. Es war ihr unmöglich, die Deutschen als Menschen zu betrachten. Für sie waren Deutsche nichts anderes als Holzstöcke, die man zerbrechen musste. Menschen konnten nicht das tun, was Tanja die Deutschen tun gesehen hatte.

Ein General mit rasiertem Kopf beendete soeben inmitten ihrer Gruppe eine Rede. »Die Verteidiger von Stalingrad brauchen unsere Unterstützung, um den angreifenden Feind abzuwehren«, brüllte er. »Die Traktorenfabrik im Norden der Stadt ist unter schweren Beschuss geraten. Aber kein einziger in der Fabrik oder anderswo in Stalingrad kämpfender Soldat wird auch nur einen Schritt zurückweichen. Ihr Leben und das von Mütterchen Russland hängen jetzt von frischen Truppen ab, die sich dem Kampf anschließen.«

Der General stieß seine Faust in die Luft und schrie: »Hurra!« Tanja und ihre Einheit hoben ebenfalls die Fäuste und widerholten brüllend seinen Schlachtruf: »Hurra! Hurra!« Rund um sie blickten ihre Kameraden von dem sie ermutigenden General zu der brennenden Stadt hinüber. Angst zeigt sich zuerst in den Augen, dachte sie.

Der gebrechliche Kahn am Dock war mit Nachschub beladen worden und wartete nun auf seine menschliche Fracht. Der General beendete seine Ansprache. Wachen trieben die Soldaten an, sich in einer langen Reihe aufzustellen, um an Bord zu gehen.

Tanja schulterte ihren mit Käse, Brot und einer Flasche Wodka beladenen Rucksack. Diese Vorräte hatte sie von den Bewohnern der Ortschaften entlang der Straße erhalten. Ein klein gewachsener Mann mit rundem, hartem Bauch trat an die Spitze der Reihe. Mit überraschender Behändigkeit rannte er die Laufplanke hinauf und sprang über das Dollbord an Deck. Tanja erkannte in ihm den Politkommissar Hauptmann Danilow, der sich vor der Ansprache des kahlköpfigen Generals an die Soldaten gewendet hatte. Er forderte die Soldaten auf, sich ihm anzuschließen und »in die Geschichte einzutreten«.

Die ersten Männer gingen an Bord und setzten sich auf das Deck. Zwei Soldaten, die vor Tanja in der Reihe gestanden hatten – sie waren kaum älter als 18 Jahre – traten einen Schritt vor und blieben dann wie erstarrt stehen. Die anderen Männer beachteten sie nicht und marschierten an ihnen vorüber, als wären sie gar nicht vorhanden.

Tanja trat von hinten an sie heran. »Bewegt euch«, flüsterte sie ihnen hastig zu. »Vorwärts. Sie beobachten euch.«

Als sie ihnen ins Gesicht blickte, sah sie, dass sie wie gebannt auf die Flammenhölle am gegenüberliegenden Ufer starrten.

Sie rüttelte einen von ihnen an der Schulter. »Ins Boot! Vorwärts!«

Die jungen Soldaten sahen erst Tanja an und dann einander. Einer von ihnen befeuchtete sich die Lippen. Ein alter Soldat fasste Tanja am Arm und zog sie mit sich fort.

»Auf diese beiden wartet ihr eigenes Schicksal, Genossin. Wir haben das unsere. Komm.«

Den Blick auf die Jungen gerichtet, ließ Tanja es zu, dass er sie vorwärts zog. Schließlich wandte sie sich um und marschierte mit den anderen in der Reihe weiter.

Nach wenigen Schritten hörte sie Danilows aufgeregte Stimme vom Deck des Kahns.

»Halt! Augenblicklich still gestanden!«

Alle Soldaten hielten an und blickten zu dem dicht gedrängten Landungssteg hinüber. Die Jungen waren aus der Reihe ausgebrochen und rannten auf die Bäume zu, die an den Strand grenzten. Sie schleuderten ihre Gewehre, Munitionsgürtel und Rucksäcke von sich, um leichter über die verstreuten Fässer und Schachteln springen zu können. Hart und hohl klangen ihre eiligen Schritte auf der Landeplanke. Das Geräusch vermischte sich mit dem gedämpften Dröhnen, das vom anderen Ufer der Wolga herüber drang. Stille senkte sich über das Dock, während die beiden jugendlichen Feiglinge um ihr Leben rannten.

Tanja hörte die Worte, die sie einander mit von Angst gefärbter Stimme erregt zuriefen: »Lauf! O Gott! Lauf weiter!«

Die Wachen feuerten über die Köpfe der Jungen hinweg und brüllten ihnen nach, stehen zu bleiben und umzukehren. Doch die beiden liefen weiter.

Drei weitere Wachen in langen Uniformmänteln tauchten am Rand des Ufers unter den Bäumen auf. Sie feuerten, während sie auf sie zuliefen.

Einer der Jungen stürzte getroffen zu Boden. Der andere hielt an. Er wandte sich um, warf einen letzten Blick zurück und starb, wo er stehen geblieben war. Ein Wachsoldat trat an den Gestürzten heran, hielt ihm die Pistole an die Stirn und drückte ab.

Tanja und die anderen Soldaten setzten sich wieder in Bewegung. Neben ihr schritt der alte Mann auf den Kahn zu.

»Was für eine Verschwendung«, sagte sie zu ihm.

Er blickte zu ihr hinab. »Sie waren Jungen«, gab er zurück. »Jungen im Alter meiner Kinder.«

Tanja schob ihren Rucksack höher auf ihre Schultern und entfernte sich von ihm. »Vergiss deine Kinder«, sagte sie.

Tanja wählte einen Platz neben der Geschützluke und setzte sich mit an die Brust gezogenen Knien auf die Planken. Mehrere Männer forderten sie auf, sich einen sichereren Platz in der Mitte des Schiffes zu suchen. Tanja warf lediglich ihr schulterlanges Haar in den Nacken und blieb, wo sie war.

Der Kahn steuerte auf den Fluss hinaus.

Schon bald erspähten drei Stukas das Boot. Die Kampfflugzeuge mit den abgewinkelten Flügeln legten sich in die Kurve, stiegen in Dreiecksformation hoch und stürzten sich dann auf den Kahn herab. Wasserfontänen stiegen im weißen Licht der Phosphorsignale hoch. Tanja sah blinzelnd zu den aufspritzenden Wassersäulen hinüber, die nach dem Kahn griffen.

Entlang der Reling standen als »Grünkappen« bekannte NKWD-Wachen mit verschränkten Armen. Einige vergruben die Hände in den Uniformmänteln. Den Finger am Abzug, für den Fall, dass jemand Anstalten traf, über Bord zu springen, dachte Tanja. Sie kannte die Grünkappen gut und wusste, dass sie das erbittertste und rücksichtsloseste Organ des Kommissariats darstellten. Tanja hatte viele von ihnen bei ihrer Arbeit beobachtet. Sie überprüften Referenzen und stellten knappe Fragen. Mit einem Soldaten, der die Front ohne ausdrücklichen Befehl verließ, machten sie kurzen Prozess. Hunderte Leichen hatten die Straße nach Stalingrad gepflastert. Sie mahnten potenzielle Deserteure der Roten Armee auf grauenvolle Weise, ihre Ängste zu überdenken.

Eine weitere Detonation ertönte unterhalb der Reling an Steuerbord. Bombensplitter bissen in den Rumpf. Kaltes Wasser durchtränkte die Soldaten an Deck. Kein herabtauchender Stuka hatte die Explosion angekündigt. Dies war eine von einem Minenwerfer abgefeuerte Granate, dachte Tanja. Die schweren Kanonen leisteten der Luftwaffe Feuerunterstützung. Offenbar hat uns die gesamte deutsche Armee ausgemacht.

Wasser lief über die sich neigenden Decks. Kommissar Danilow marschierte in theatralischer Geste zum Bug und kletterte, seinen kastenförmigen Leib und seine Arme schwingend, auf einen hohen Stapel Munitionskisten, so dass alle ihn sehen konnten. Er hob die Hände über den Kopf und streckte seine Arme wie Flugzeugabwehrgeschosse in den dröhnenden, todbringenden Nachthimmel.

»Seid verflucht, ihr Hundesöhne! Ihr Hurenböcke!«, brüllte er. Dann blickte er grimmig auf die Soldaten hinab, die sich durchnässt auf dem bebenden Deck drängten.

»Kommt, ihr russischen Helden! Zeigt es den verdammten Deutschen! Lasst sie hören, was wir von ihnen halten!«

Erst ertönten nur wenige Stimmen, doch dann brüllten alle Soldaten ihre Flüche hinaus, wie eine Maschine, die dröhnend zu Hochtouren auflief. Sie entledigten sich ihrer Ängste, indem sie die Flugzeuge, die Flammen und die Explosionen zu Wasser und zu Land verwünschten und verdammten.

Tanja stieß die Faust in die Luft. »Ihr Hurensöhne!«, schrie sie mit sich überschlagender Stimmte. »Ihr Mörder!«

Während sich die Truppen ihrer Wut hingaben, beorderte Danilow den Postboten zu sich. »Postverteilung!«, rief er.

Der Bote reichte ihm den Leinensack mit den Briefen, und Danilow griff tief hinein. Beim Schein einer Taschenlampe rief er die Namen auf den Umschlägen auf. »Tagarin!«

»Hier!«

»Antsiferow!«

»Hier drüben!«

Der Postbote übernahm die Briefe von Danilow und verteilte sie hastig unter den Männern. Zweimal fiel er in den Schoß eines Soldaten, wenn das Boot auf dem aufgewühlten Fluss schwankte.

Eine weitere Wasserfontäne erhob sich in der Nähe des

Hecks. Tanja fühlte eine Hand auf ihrer Schulter. Hinter ihr saß der alte Soldat, der sie von den beiden Deserteuren am Landungssteg weggezogen hatte.

»Möchtest du ein Stück Brot?«, fragte er.

»Nein, danke. Ich habe selbst genug.«

»Bitte«, drängte er, »nimm ein Stück von meinem.«

Tanja betrachtete den kurz gestutzten Bart und das vom Wetter gegerbte Gesicht. Die in tiefe Falten eingebetteten blauen Augen des Mannes erinnerten an indigofarbene Murmeln auf einem Untergrund aus Stroh.

»Gerne, aber nur, wenn wir meinen Käse teilen«, erklärte sie.

Während sie in ihren Rucksäcken kramten, streckte ihnen ein junger Soldat eine halb volle Flasche Wodka entgegen. »Wie wäre es mit einem Picknick?«, fragte er.

Die drei begannen, ihre Vorräte und Getränke auszutauschen. Auf Hafenseite explodierte näher als das letzte Mal eine Panzergranate. Tanja schützte das Brot gegen das hochspritzende Wasser.

Der junge Soldat streckte den anderen beiden seine Hand entgegen. »Ich bin Fjodor Iwanowitsch Michailow aus Moskau.« Er schien 18 oder 19 Jahre alt zu sein, ein Neuling. Selbst im flackernden Licht dieser Nacht war etwas Besonderes an seinem Gesicht. Tanja konnte sich nicht erinnern, je zuvor ein solches Gesicht gesehen zu haben, das in seiner Gesamtheit an einem Lächeln teilnahm. Seine Stirn, seine Nase, sein Kinn und seine Augen zogen sich gleichzeitig zusammen. Er strahlt, dachte Tanja.

»Ich bin Schriftsteller«, erzählte er, während er den Käse nahm.

»Was schreibst du, Fedja?«, fragte der alte Soldat.

»Liebesgeschichten und Gedichte«, erwiderte er achselzuckend. »Was sollte ich sonst schreiben? Ich bin Russe. Da kann ich lediglich wählen zwischen Liebe, Regierung und Mord.«

»Wenn du über Stalin schreibst, hast du von allem etwas.« Der alte Mann lachte als Einziger über seinen Scherz. »Juri Georgiowitsch Pankow«, erklärte er, während er Fjodors Hand schüttelte. »Aus Frunse. Ursprünglich stamme ich aus Taschkent.«

»Ein Usbeke«, meinte Fjodor.

»Ein einfacher Mann.« Dabei klopfte sich Juri gegen die Brust. »Kein Träumer wie du. Ich habe mein ganzes Leben hellwach verbracht.«

Tanja beobachtete, wie die beiden Männer einander die Hand drückten. Juris Finger waren dick und kräftig und hatten stumpfe Nägel. Arbeit hatte die Knöchel knotig gemacht. Sie vermutete, dass er in einer der Millionen sowjetischen Landwirtschaftsgenossenschaften arbeitete. In Fedjas weichem weißem Griff erinnerte Juris schwielige Hand eher an einen braunen, mit Kastanien gefüllten Sack als an Fleisch.

»Jetzt bin auch ich hellwach, das kann ich euch versichern«, meinte Fedja mit einem Blick über den Fluss auf Stalingrad.

Juri lächelte Tanja an. »Und du, kleines, zähes Mädchen? Fräulein-halte-dich-immer-an-die-Regeln? Hast du auch einen Namen?«

»Ja.« Sie wischte ihre mit Käsekrümeln bedeckten Hände an der Hose ab. »Tanja Alexejewna Tschernowa.«

»Und woher kommst du?«

Tanja schürzte die Lippen und zögerte. »Aus New York.«

Juri riss seine blauen Augen weit auf. »Aus New York in Amerika?«

Fedja beugte sich über den Käse und das Brot. »Aus New York City?«

»Yes«, sagte sie.

Eine weitere Bombe explodierte nur zehn Meter von der hafenseitigen Reling entfernt. Kaltes Wasser stürzte auf sie herab. Das Brot und der Käse vor Tanja wurden über Bord gespült. In der Nähe des Bugs sank ein Soldat stöhnend in sich zusammen.

Juri und Fedja lösten sich aus ihrem Erstaunen über Tanjas Eröffnung. Alle Männer auf dem Deck schwiegen, mit Ausnahme des stöhnenden Soldaten. Seine Kameraden traten auseinander, um ihn auf den Boden zu legen und zuzudecken.

Fedja umklammerte die Wodkaflasche. Als er sich erhob, bemerkte Tanja erst seine außergewöhnliche Körpergröße und die Breite seiner Schultern und seiner Brust.

»Setz dich!«, brüllte eine kniende Grünkappe.

Fedja reichte der Wache die Flasche. »Hier! Geben Sie ihm davon. Kommen Sie schon! Nehmen Sie!«

Die Wache griff nach der Flasche und bahnte sich einen Weg zu dem verwundeten Soldaten. Als Tanja das Pfeifen einer sich nähernden Granate hörte, sank ihr Mut. Dies war die erste, die sie im Flug hörte und sie wusste, warum.

»Auf den Boden!«, rief sie Juri und Fedja zu.

Die drei kauerten sich an Deck eng aneinander. Die Granate schlug mittschiffs ein und riss das Deck auf. Große Splitter und Trümmer flogen in einem Feuerball auseinander. Die Explosion betäubte Tanja und schleuderte sie rücklings über die Reling in das aufblitzende Wasser der Wolga.

6.

Nikki richtete sein Maschinengewehr auf die Tür und vergewisserte sich, dass der Munitionsgurt gespannt war. Mit der Hand strich er über den breiten runden Lauf. Er war kälter als der russische Herbst.

Dann blickte er durch das Visier. Es war töricht, auf einen Rückzug der Russen zu warten, dachte er. Sie würden sich nicht zurückziehen. Die Iwans starben in ihren Löchern. Sie werden das Gebäude ebenso wenig verlassen wie wir.

Er stellte sich vor, wie er den Abzug drückte, während die Russen aus der Tür herausstürmten und herumwirbelnd direkt vor seinem Maschinengewehr zusammenbrachen. Immer mehr kamen und versuchten, ihn anzugreifen, doch er traf sie mit seinen Kugeln. Noch mehr eilten herbei, bis ihre Leiber den Gang versperrten. Das Maschinengewehr spie Kugel um Kugel aus und mähte sie dröhnend nieder. Unaufhörlich schoben sie die Leichen ihrer Kameraden zur Seite, um zu ihm durchzudringen. Er ließ den Abzug los, doch das Gewehr feuerte weiter. Er rannte durch den Raum und die Ruinen. Seine Einheit folgte ihm. Die Soldaten sprangen aus den Fenstern, während die Russen in diesem leeren Raum unbeirrt auf das Maschinengewehr losstürmten, vor ihm zusammenbrachen und einen Hügel aus Leichen bildeten. Immer mehr fielen, stürzten vor ihm zu Boden ...

»Mond. Hauptgefreiter Mond.«

Die Stimme riss Nikki abrupt aus seiner Vision. Hauptmann Mercker kniete an seiner Seite. Er legte Nikki die Hand auf die rechte Faust, die den Griff so fest umklammerte, dass die Knöchel weiß hervortraten.

»Beruhigen Sie sich, Hauptgefreiter. Wir sind alle ein wenig angespannt. Versuchen Sie, sich zu lockern.«

Nikki gab den Griff frei und bewegte seine Finger, während ihm der Hauptmann eine Zigarette und ein Feuerzeug anbot.

»Mond, Sie waren doch bei der ersten Gruppe. Haben Sie den Raum auf der anderen Seite der Halle überprüft?«

»Jawohl, Herr Hauptmann. Er war leer.«

»Wie groß ist der Raum?«

»Etwas kleiner als dieser, auch mit drei Fenstern.«

Mercker zog an seiner Zigarette. Seine Wangen wölbten sich nach innen. »Vermutlich wollten sie dieses Gebäude auch einnehmen. Wir stürmten durch die Vordertür, während sie durch die Fenster kletterten.«

Ruhe strahlte Nikki aus den Augen des jungen Offiziers entgegen.

»Sind Sie neu, Herr Hauptmann?«, fragte er.

Mercker lächelte. »Das hängt davon ab, was Sie als neu bezeichnen. Ich war letztes Jahr in Leningrad dabei und im Frühling in Moskau.«

Nikki drückte seine Zigarette aus, um die Hände wieder auf die Griffe des Maschinengewehrs zu legen.

»Stalingrad ist etwas anderes. Es gibt nichts wie dies hier. Die Front kann einige tausend Meter lang sein oder die Decke eines Raumes. Oder eine lang gestreckte Halle«, fügte er mit einem Blick über den Lauf seines Maschinengewehrs hinzu.

Nikki fühlte sich durch Merckers Schweigen aufgefordert fortzufahren. »Die Russen sind gut im Kampf Haus um Haus. Besser als wir. Wären sie vor uns hier gewesen, wären wir nie hereingekommen. Wir hätten das Gebäude mit ihnen darin in die Luft jagen müssen.« Nikki schüttelte den Kopf. »Sie werden es nicht freiwillig verlassen, Herr Hauptmann.«

Mercker zündete sich eine weitere Zigarette an. »Was sagten Sie, sie alle in die Luft jagen?«

Drei Wochen zuvor hatte Nikkis Einheit in der Arbeitersiedlung westlich der Traktorenfabrik ein Haus besetzt. Sie trafen fünf Russen an, die sich im Keller verschanzt hatten. Die Männer waren weder bereit, sich zu ergeben, noch abzuziehen. Nach einer dreitägigen Pattsituation, in der die Russen mit verbissener Ausdauer kämpften, mussten sie den Boden aufreißen, um Handgranaten in den Keller werfen zu können. Wegen fünf Russen war die Einheit gezwungen gewesen, das gesamte Haus in die Luft zu sprengen.

Nikki erzählte seinem Hauptmann die Geschichte. Kaum hatte er geendet, erklangen von der anderen Seite der Halle gedämpfte Stimmen. Ein Lied. Die Russen sangen! Innerhalb von Sekunden bildete sich ein starker Chor, dessen Gesang kräftig anschwoll. Aus dem begleitenden Gelächter folgerte Nikki, dass es sich um eine schlüpfrige Ballade handelte. Die Russen schickten der deutschen Kompanie am anderen Ende der Halle eine Botschaft. Sie verkündeten, dass sie in großer Zahl anwesend waren, dass sie für die Deutschen sangen und nicht gewillt waren abzuziehen.

Eine glänzende Idee nahm vor Merckers innerem Auge Gestalt an. »Ihr habt wegen fünf Russen ein ganzes Haus in die Luft gejagt«, wiederholte er über den Lärm vom anderen Ende der Halle hinweg. »Wir werden dasselbe wegen fünfzig Russen tun.«

Er rief einen Melder zu sich.

Nach zwei Stunden, in denen die Russen ohne Unterbrechung gesungen hatten, verstummten sie.

Zwanzig Minuten später kehrte Merckers Melder durch das Fenster zurück. Er brachte drei Pioniere mit, ausgerüstet mit zwanzig Kilo Dynamit, sechs Schaufeln und Spitzhacken.

Einer der Pioniere hob in der Mitte des Raumes seine Spitzhacke und schlug sie mit lautem Klirren in den Beton. Die hochfliegenden Trümmer huschten wie Mäuse über den Boden.

Mercker hob die Hand. »Einen Augenblick.« Dann wandte er sich an seine Soldaten. »Diese Iwans haben wirklich miese Stimmen, findet ihr nicht auch, Männer? Wir sollten ihnen zeigen, wie gut Deutsche singen können. Und wie laut. Nämlich so laut, dass sie nichts anderes hören.«

Der Hauptmann stimmte das Parteilied der Nationalsozialisten an, »Horst Wessel«. Die Männer fielen ein. Selbst jene schlossen sich an, deren Gewehre auf die Tür und aus den Fenstern gerichtet waren. Mercker stand in der Mitte, schwang die Arme wie ein Dirigent und feuerte seine Männer zu größtem Einsatz an. Die Stimmen der Soldaten steigerten sich zu einem Brüllen. Nun gab Mercker dem Pionier mit schwungvoller Geste das Zeichen, auf den Beton einzuschlagen. Als der Pionier die Hacke mit all seiner Kraft herabsausen ließ, öffnete sich ein gezacktes Loch im Boden. Die Männer lächelten und applaudierten, während sie nichts hörten als ihre Stimmen.

Drei Stunden lang sangen sie unermüdlich. Volkslieder, Bräuhausballaden, beliebte Melodien, selbst Ausschnitte von Opern hallten von den Wänden wider, um die Grabungstätigkeiten zu übertönen. Als der Hauptmann seinen Männern, wiederum mit der schwungvollen Geste eines Dirigenten, das Zeichen gab, den Gesang abzubrechen, war unter dem Boden ein Tunnel entstanden.

Nikki, der für eine dreißig Minuten lange Schicht die Schaufel übernommen hatte, warf Erdbrocken aus dem Loch. Eineinhalb Meter unter dem Boden hatte der Tunnel bereits eine Länge von fünf Metern bei einer Breite von zwei

Metern erreicht. Er bot gerade genug Raum, dass zwei Männer nebeneinander knieend die Spitzhacken schwingen konnten. Der Plan sah vor, einen Gang bis zur gegenüberliegenden Seite der Halle zu graben. Sobald sie sich etwa zweieinhalb Meter unter der Stellung der Russen befänden, würden sie den Zünder aktivieren. »Zwanzig Kilo Dynamit«, murmelte einer der Pioniere grinsend und spuckte auf den Boden des Tunnels. »Das sollte genügen, um die bolschewistischen Hurensöhne den halben Weg bis zum Himmel hochzujagen … oder wohin auch immer.«

Müde und schmutzig lehnte sich Nikki an die Wand. Drei weitere Männer schaufelten nun Erde im Tunnel. Da sie dabei kaum Lärm erzeugten, war es nicht notwendig, ihre Arbeit durch Gesänge zu übertönen. Mercker befahl den Männern, einige Stunden auszurasten, da vor Tagesanbruch ein weiteres kräftiges Potpurri erforderlich war. »Lasst euch ein paar neue Lieder einfallen«, meinte er, »aber keine Opern. Ich hasse dieses Zeug. Mir gefallen Lieder über Frauen.«

Erschöpft und schmutzig ließ sich Mercker neben Nikki nieder, bot ihm eine Zigarette an und schloss die Augen. Nikki mochte den jungen Hauptmann. Er hatte Humor und stärkte die Moral. Darüber hinaus schien er ein guter Anführer zu sein, der für alles ein offenes Ohr hatte und immer Unmengen von Zigaretten bei sich trug. Nikki hoffte für ihn das Beste – dass er nicht hier in Stalingrad starb und lange genug lebte, um noch als alter Mann Opern hassen zu können.

Die Russen auf der anderen Seite der Halle setzten zu einem weiteren Chor an. »Verdammt!«, stieß Mercker mit nach wie vor geschlossenen Augen hervor. »Können sie nicht mal fünf Minuten vergehen lassen ohne ein verfluchtes Lied?«

Plötzlich riss er die Augen auf, stieß sich von der Wand ab und blickte Nikki aus nächster Nähe ins Gesicht. »Natürlich nicht«, fauchte er.

Damit sprang er auf, ergriff eine Spitzhacke und übergab sie einem Soldaten, der noch nicht schmutzig war. »Hinunter mit dir und graben!« Dann bedeutete er einem Pionier, wieder in das Loch hinab zu steigen und reichte einem weiteren Soldaten eine Spitzhacke.

»Los, nun ist keine Zeit mehr zum Rasten«, drängte er. »Wir dürfen nicht einen Augenblick länger warten.«

Mit der letzten Schaufel in der Hand ging Mercker zur Mitte des Raumes und deutete mit dem Werkzeug in Richtung der singenden Russen am anderen Ende der Halle. »Diese Hurensöhne versuchen, *uns* in die Luft zu jagen!«

Nikki schlug seinen Kopf gegen die Wand. Natürlich. Verdammt.

Die Russen hatten einen Vorsprung von etwa zwei Stunden.

Alle Männer waren nun wach und starrten auf das Loch im Boden. Nikki stellte sich das unterirdische Rennen vor und fragte sich, wer wohl vorne lag und wie groß der Vorsprung in Metern gemessen war. Angst ergriff ihn, als er daran dachte, dass möglicherweise zwei Meter unter ihm bereits eine Kiste Dynamit zischte.

»Haltet euch bereit, ein Lied zu singen, sobald die Russen aufhören. Und laut. Habt ihr verstanden?«, rief Mercker. Alle nickten. Dann verschwand Mercker selbst in dem Loch.

Der Wettlauf hatte begonnen. Die Männer gruben mit verzweifelter Kraft. Solange die Russen sangen, arbeiteten sie in Schichten von einer Stunde im Schutz ihres Gesangs, und wenn dieser abbrach, setzte ihr eigener Chor ein. Sobald ihre Stimmen verebbten, hob der Feind zu singen an. Sie beurteilten den Wettlauf in den Tunnels nach der Zahl der Verse, die von der anderen Seite der Halle zu ihnen herüber schallten. Wir müssen aufholen, dachte Nikki. Immerhin werden unsere Lieder jetzt schon von einer Mundharmonika begleitet, und die Russen haben keine Mundharmonika.

Das flackernde Licht einer Lampe schimmerte aus dem Tunnel. Silhouetten verschwanden in der Tiefe und gebückte, von Erde überzogene Gestalten taumelten aus ihr empor. Das runde, glühende Loch inmitten des Bodens wirkte auf Nikki wie die Schwelle zur Unterwelt, in der ein reges Kommen und Gehen schattenhafter Dämonen herrschte.

Bei Tagesanbruch tauchte Mercker mit von schlammigem Schweiß überzogenem Gesicht auf. Kaum hatte er sich gesetzt, winkte er Nikki zu sich.

Mercker wirkte erschöpft und sprach mit krächzender Stimme, während sein Kopf vornüber hing. »Die Pioniere sagen, dass wir noch eine Stunde graben müssen. Sag den Männern, dass sie sich in ihren Zehnergruppen sammeln sollen.«

Nikki nickte. Der Hauptmann zog Nikki mit schmutzstarrender Hand an der Uniformbluse. »Du bist in der ersten Gruppe. Sichere den Graben und halte ihn, bis die übrigen eintreffen.«

Nikkis Patrouille griff zu den Waffen und hastete zu den Fenstern. Auf ein Nicken der Wache beugte sich Nikki vor und spähte in die mit Trümmern übersäte Straße hinaus. Dann sprang er aus dem Fenster und bedeutete seinen Männern, ihm zu folgen. Einer nach dem anderen landete auf der Straße und wurde von ihm in Richtung des Schützengrabens gedrängt.

Als der Gesang der Russen abbrach, lächelte Nikki der Wache am Fenster zu. »Lasst sie ein paar Opern hören.« Mit diesen Worten wandte er sich um und rannte los.

Als er zehn Meter von dem Schützengraben entfernt war, schlug eine dröhnende Welle über ihm zusammen. Der Boden hob sich und wich zuckend zurück, sodass er in die Luft geschleudert wurde. Eine Macht hatte von ihm Besitz ergriffen, die ihn zu Boden warf, emporhob und mit einem Salto von dem explodierenden Gebäude wegtrug.

Er landete auf dem Rücken und schlitterte auf den Schultern weiter. Der Teil des Gebäudes, den seine Kompanie gehalten hatte, erhob sich mit grauenvoll gewölbten Mauern aus seinen Grundfesten. Taub und mit von der Explosion geröteter Haut, hastete Nikki auf den Graben zu und taumelte in die Arme seiner Männer, während sich hinter ihm ein gigantischer Feuerball bildete, der in orangen und blauen Flammen auseinander barst. Die Seitenwand des Gebäudes zerriss mit verheerendem Knall und fiel dann gerade zu Boden, als hätte sich eine Falltür unter ihr geöffnet. Sie löste sich auf, bis auch die letzten pulverisierten Teilchen zur Ruhe kamen. Über dem zerstörten Bauwerk erhob sich ein Pilz aus sich kräuselndem Staub und Rauch. Er zeigte grau und geisterhaft an, wo noch Sekunden zuvor die Wände gestanden waren.

Meine Kompanie ist tot, dachte Nikki. Für Mercker und all die anderen gab es keine Hoffnung.

In der morgendlichen Brise schien von überall gleichzeitig ein Lied zu erklingen. Es mischte sich mit den Geräuschen der umkämpften Stadt, prallte von den zerborstenen kahlen Wänden rundum ab und hallte in den toten Ruinen wider.

Es war ein russisches Lied.

7.

Wild um sich schlagend, kämpfte sich Tanja an die Oberfläche des eisigen Flusses und blickte zurück auf das brennende Wrack des Kahns. Bug und Heck waren in einzelne Stücke aufgespalten worden. Hoch in den Nachthimmel aufragend, drehten sie sich in langsamen, rauchigen Kreisen.

Etwas berührte Tanja im Nacken. Als sie sich hastig umdrehte, klatschte die ausgestreckte Hand eines toten Soldaten gegen ihr Gesicht. Sie stieß die Leiche heftig von sich und paddelte rückwärts. Wieder fühlte sie den Griff einer Hand auf ihrer Schulter. Diese war jedoch kräftig und lebendig – es war die Hand von Fedja, dem Schriftsteller. Neben ihm trat Juri Wasser.

Sie konnte nicht hören, was Fedja sagte, denn ihre Ohren waren noch von der Explosion taub. Dennoch wusste sie, dass sie von Lärm umgeben war – von den Schreien der Verwundeten, die im Wasser wild um sich schlugen, den Bomben, die flussaufwärts nach den übrigen Booten ihrer Flottille suchten, und den Rufen von Fedja und Juri. All dies drang lediglich wie ein in einer Flasche eingeschlossenes Murmeln an ihr Ohr.

Juri griff nach einem vorüberschwimmenden Stück Holz. Sie waren vom Landungssteg der Traktorenfabrik weit nach Süden abgetrieben worden. Die Entfernung bis zum Strand betrug etwa vierhundert Meter. Tanja nahm an, dass die Strömung sie in der Nähe des Stadtzentrums ans Ufer spülen würde, wenn sie kräftig paddelten. Sie fragte sich, wer wohl das Gelände kontrollierte, das sie betreten würden.

Mit einem Blick auf Stalingrad fasste sie nach dem Balken. Sie ignorierte die nervösen, gedämpften Stimmen der beiden Männer, die sich neben ihr an das Holzstück klammerten. Zum einen konnte sie sie nicht deutlich vernehmen, zum anderen würden sie ohnehin bald verstummen. In ihrer Abgeschlossenheit ballte sie die Hände zu Fäusten und leistete im Anblick der Ruinen einen Schwur, den sie wie eine Lanze in das Herz jedes Deutschen rammte, der sich in den Trümmern verbarg. Sie schwor, ihre Blutfehde gegen die Deutschen wieder aufzunehmen, die ein Jahr zuvor während der Besetzung von Minsk begonnen hatte, als die Wehrmacht ihre Großeltern, einen Arzt und seine als Ballettlehrerin tätige Frau, ermordet hatte.

Tanja hatte ihre Großeltern erst zwei Monate vor ihrem Tod von der Wohnung ihrer Eltern in Manhattan aus besucht. Sie versuchte die beiden geliebten alten Menschen, bei denen sie viele Sommer verbracht hatte, zu überreden, mit ihr nach Amerika zurückzukehren, um dem Sturm zu entfliehen, der sich über Europa zusammenbraute. Es bleibe nicht viel Zeit, warnte sie. Hitlers Nichtangriffspakt mit Stalin sei eine Farce, der sie keinen Glauben schenken sollten. Ihr Vater, Alexander, der Sohn der Familie Tschernow, hatte ihr Geld gegeben, damit sie ihre Großeltern mitnehmen konnte. Der Arzt und seine wunderschöne, tanzende Frau – beider Haare waren bereits grau, aber nicht wie kalte, alte Asche, sondern wie glänzendes Silber – wollten Minsk jedoch nicht verlassen. Hier gebe es viel Arbeit, erklärten sie ihr, Kranke müssten geheilt und Kinder unterrichtet werden. Die aus zwei Töchtern und den Enkelkindern bestehende Familie müsse beschützt werden, und dann beherberge Minsk noch die Familiengeschichte, die Gräber, Relikte und Erinnerungen. Überdies sei Stalin zu stark für Hitler, und Russland ebenfalls; Hitler wisse das.

Tanja schrieb einen drängenden Brief an ihre Eltern in New York und flehte sie an, selbst zu kommen, um die Großeltern zur Reise zu bewegen. Als einzige Antwort erhielt sie ein Telegramm, das sie zur augenblicklichen Rückkehr nach New York aufforderte und ihren Großeltern Glück für die bevorstehenden schweren Tage wünschte. Tanjas Vater war bei ihrer Abreise wütend gewesen. Das Unternehmen sei zu gefährlich, hatte er gesagt. Sie war erst 19 Jahre alt. Tanja forderte ihn auf, sie mit ausreichenden Geldmitteln zu versorgen, um die beiden alten Menschen retten zu können. Wenn er sie ohne Geld gehen ließe, würde sie es selbst verdienen, um die beiden Alten zurückzubringen.

Der Vater hatte in den letzten Tagen der Zarenherrschaft im Jahr 1912 als aufstrebender Wissenschaftler seine junge Braut nach Amerika gebracht. Ihn hatten die marktschreierischen Versprechungen angezogen, mit denen Amerika als Land angepriesen wurde, in dem ein junges, auf ein Kind hoffendes Paar ein angenehmes neues Leben führen könne. Nun weinte er, als dieses Kind sein Gepäck die Treppe hinunter zu dem wartenden Taxi trug. Auch Tanja weinte, doch bei ihr waren es Tränen der Wut auf ihre Eltern, die sie Russisch gelehrt und sie mit einer Liebe zu allem Russischen großgezogen hatten. Sie brachten ihr bei, das gestürzte russische Herrscherhaus zu verhöhnen, sich über den Aufstieg des Sowjetkommunismus als Retter des russischen Volks zu freuen und stolz auf ihr Erbe zu sein. Sie nahm die leeren Worte ihrer Eltern ernst, schloss sich als Teenager der kommunistischen Partei Amerikas an und besuchte das Land ihrer Vorfahren so oft wie möglich.

Tanja lernte diese weit entfernten Orte, Menschen und Mythen lieben, die auch in ihrem Blut durch den Körper kreisten. Minsk und das sowjetische Russland wurden zu ihren spirituellen Heiligtümern und ihre Großeltern zu Sinnbildern russischer Schlichtheit und russischen Mutes.

Nun hatte sie ihre Eltern als doppelzüngig enttarnt, als große Denker und Geschichtenerzähler, die nur durch Geburt Russen waren, aber nicht in ihrem Geist. Sie verbargen sich mit ihrem Reichtum in der Sicherheit von New York, eingehüllt in die Selbstgefälligkeit ihrer intellektuellen Versandhausloyalität für Russland. Wenn jedoch der Zeitpunkt kam, um sich zu erheben und für ihre sowjetrussischen Eltern zu kämpfen, weigerten sie sich und zogen sich in ihr Sandsteinhaus, ihre amerikanische Lebensweise und ihre Freiheit zurück.

Als Tanja die Tür ins Schloss warf, schwor sie sich, dass dies die letzten Tränen seien, die sie vergießen werde, bis sie ihre Großeltern nach Amerika oder anderswo in Sicherheit gebracht hatte. Damals wusste sie noch nicht, dass sie schon bald um ihren Tod weinen sollte. Am 22. Juli 1941, sechs Wochen nach ihrer Ankunft in Minsk, überquerten drei Millionen deutsche Soldaten die russische Grenze. Zwei Wochen später war Minsk umzingelt und erobert und mehr als 150 000 sowjetische Soldaten gefangen genommen. Deutsche Panzer hielten in allen Straßen Wache. Strom und Wasser gelangten weiterhin in die Stadt, die Markthallen blieben geöffnet, und doch hatte sich ein dunkler Schleier über Minsk gelegt. Die Menschen bewegten sich mit hängenden Köpfen, schweren Füßen und hastig um sich blickenden Augen durch die Stadt. Wo war die Rote Armee, wo blieb die Befreiung?

Dunkel gekleidete deutsche Schwadronen, die als »schwarze Krähen« bezeichnet wurden, traten überall in der Stadt Türen ein. Bald schon tauchten sie auch in dem Stadtviertel auf, in dem die Tschernows wohnten. Erst bei den Häusern jüdischer Familien, dann bei anderen und schließlich selbst bei den angesehensten Bürgern. Drei Wochen nach der Einnahme der Stadt holte man Dr. Tschernow und seine Frau aus ihrer kleinen Wohnung, während sie mit Tanja bei Tisch saßen. Tanja selbst wurde mit einem Gewehrkolben niedergeschlagen, als sie sich der Abholung widersetzte. Noch ehe sie sich von dem Schlag erholen konnte, hatte man ihre Großeltern auf den nur drei Blöcke entfernten Hauptplatz der Stadt getrieben und erschossen. Man beschuldigte sie der Kollaboration mit der Untergrundbewegung. Diese Anklage stützte sich einzig auf die Tatsache, dass Dr. Tschernow viele Patienten behandelte, die die Zeichen der brutalen Verhörmethoden der deutschen Besatzer auf ihrem Leib trugen. Beim Knall der Gewehre schreckte Tanja hoch. Blutend und benommen rannte sie dem Geräusch entgegen und traf auf dem Platz ein, noch ehe sich der Pulvergeruch der Gewehrsalven verzogen hatte. Die Nachbarn der Familie hielten die unablässig schreiende junge Frau zurück. In dieser Nacht suchte Tanja ihre Tante Vera auf und erzählte ihr, was geschehen war. Von Krämpfen geschüttelt, strömten die Tränen über ihre Wangen. Als sie sich schließlich beruhigte, war sie vollkommen ausgetrocknet. Sie hatte keine Tränen mehr. Vera musste dies an den verschwollenen Augen ihrer jungen Nichte abgelesen haben. »Bleib hier bei mir. Geh nicht wieder fort«, forderte sie das Mädchen auf. »Ich verlasse die Stadt, um mich dem Widerstand anzuschließen«, gab Tanja entschlossen zurück.

Die ältere Frau umarmte das Mädchen. »Dann kämpfe tapfer, meine russische Nichte«, flüsterte sie, ehe sich die Tür hinter Tanja schloss.

Sie verließ die Stadt und folgte eine Woche lang dem aus Wäldern und Dörfern ertönenden Kampflärm. Als sie in der Ortschaft Vianka in einer Scheune schlief, umringten sie einige düster blickende Männer mit über dem Arm hängenden Gewehren. Nach einer eingehenden Befragung gestatteten sie ihr, sich ihnen anzuschließen.

Im Kreis der Widerstandskämpfer verlor Tanja rasch den Geschmack für ihr ehemaliges privilegiertes Leben in Manhattan und Minsk. Stattdessen eignete sie sich von den Partisanen die Kunst des Tötens an. Sie legte entlang von Eisenbahngleisen und unter Transportfahrzeugen Minen und Dynamitladungen, übte sich im Umgang mit Gewehr, Pistole und Stilett und lernte, mit bloßen Händen im Nahkampf zu töten. Der gemeinsame Schmerz verband sie mit den anderen Kämpfern. Alle Männer und Frauen ihres Kaders hatten unter den Grausamkeiten der Deutschen gelitten. Tanja hatte den Kummer um ihre Großeltern und die Wut auf ihre Eltern durch Abscheu gegen die Deutschen ersetzt. Der Kampf gegen die Deutschen wurde zu ihrer Trauerbewältigung und ihrer Entschuldigung für das, was sie als Feigheit ihrer amerikanischen Verwandtschaft empfand.

Nach einem Jahr, in dem sie frierend und todbringend durch die Wälder gestreift war und über die bescheidensten Erfolge gejubelt hatte, verließ sie die Wälder, um sich der vorüberziehenden Kolonne regulärer Soldaten anzuschließen. Bereits vor langer Zeit hatte sie ihre amerikanischen Papiere weggeworfen. Nun behauptete sie, in Minsk in der Straße ihrer Großeltern zu wohnen. Sobald man ihr Papiere für die 284. Division ausgehändigte, kletterte sie auf einen Lastkraftwagen und fuhr fünfhundert Kilometer in südlicher Richtung nach Stalingrad.

Plötzlich stießen Tanjas Füße im eisigen Wasser der Wolga auf eine Sandbank. Sie ließ den Balken los und eilte ans Ufer, gefolgt von Fedja und Juri. Ihre Ohren funktionierten wieder einwandfrei, sodass sie den Kampflärm hörte, der flussaufwärts aus der Ferne zu ihr drang. Kein anderer Laut durchbrach die tiefe Stille.

Ausgekühlt und tropfnass kauerten sich die drei auf dem kühlen Ufer aneinander. Der Strand war mit verlassenem Militärgerät und Kratern übersät. Tanja entschied, dass die sicherste Marschroute nicht in die Stille führte, sondern nach Norden, zurück in den Kampf um den Fabrikbezirk. Dort würden sie auf Russen stoßen.

Sie waren den Fluss mehrere Kilometer hinabgetrieben. Wenn wir nicht gefasst werden, können wir die Fabriken bei Tagesanbruch erreichen, dachte sie. Sollten die Deutschen das Stadtzentrum jedoch bereits eingenommen haben, würden Wachmannschaften entlang des Ufers patrouillieren, um das Einsickern feindlicher Kräfte zu verhindern.

»Folgt mir. Wir gehen nach Norden«, flüsterte Tanja.

Fedja erhob sich, während Juri zögerte. »Sag mir noch einmal deinen Namen«, forderte er sie auf.

»Soldatin Tanja Tschernowa.«

»Also Tanja. Tanja, ich kann keinem Mädchen folgen. Nicht einmal einem amerikanischen. *Ich* werde den Weg weisen.«

Ausdruckslos betrachtete sie den alten Mann. Juri gegenüber musste sie sich nicht beweisen. Er hatte gesehen, dass sie vor der im Wasser treibenden Leiche zurückgeschreckt war, aber er wusste nicht, dass sie einem Dutzend Männern die Kehle durchgeschnitten und Minen unter Nachschubtransporte gelegt hatte, um danach mit ihrer Pistole unter den Verwundeten ihren Auftrag zu vollenden. Er hatte nicht mit eigenen Augen gesehen, wie die Enkelin des Arztes einen Gefangenen mit dem Halseisen hingerichtet hatte, nachdem er ihrer Kampfeinheit seine Geheimnisse verraten hatte, oder wie sie sich einen Tag lang verborgen gehalten hatte, um auf dreihundert Meter Entfernung einen tödlichen Schuss abzufeuern.

Doch der alte Landarbeiter war nun bei ihr und bereit, Deutsche zu töten. Dies war Grund genug zu versuchen, ihn am Leben zu halten. Wenn er schon sterben musste, dann zumindest einen nützlichen Tod und keinen törichten, dachte sie.

»Juri, ich habe das letzte Jahr im Widerstand verbracht. Ich habe in den Wäldern von Weißrussland gekämpft und nicht wie du die Felder gepflügt. Ich kenne die Deutschen und weiß, wie wir am Leben bleiben können. Entweder ich führe uns an, oder ich gehe allein. – Dasselbe gilt für dich«, sagte sie, an Fedja gewandt.

Damit machte sie sich am Ufer auf den Weg. Hinter sich hörte sie zunächst ruhige, aber bestimmte Worte und dann die knirschenden Schritte zweier Männer.

Nach einer Stunde, in der sie bei jedem Geräusch angehalten hatten, stand fest, dass sie den Fabrikbezirk nicht vor dem Morgengrauen erreichen würden. Tanja suchte nach einem Ort, wo sie das anbrechende Tageslicht abwarten konnten, um ihren Marsch im Schutz der Dunkelheit wieder aufzunehmen.

Eine Stunde lang schlichen sie entlang der Klippen dahin

auf der Suche nach einer verlassenen Höhle oder einem Bunker. Als das erste Licht den Horizont umspielte, wehte ihnen aus der Nacht ein fauliger Geruch entgegen. Tanja rümpfte die Nase und beschleunigte ihren Schritt. Eine zwei Meter hohe Röhre tauchte aus der Dunkelheit auf. Sie verlief unweit von ihnen vom Fuß der Klippen zum Fluss hinab. Stinkende Luft drang aus ihrer Mündung hervor. Tanja konnte den Gestank durch ihre Haut fühlen.

»Ein Abwasserkanal«, keuchte Fedja.

Juri und Tanja blickten einander an und nickten.

Angewidert von dem Gedanken, trat Fedja einen Schritt zurück. »O mein Gott, das ist doch wohl nur ein Scherz. Wir können da nicht hineingehen. Das ist *Scheiße*! Da drin ist alles voll mit *Scheiße*. Wir können nicht ... das ist unmöglich!«

Tanja näherte sich Fedja und legte zur Ruhe mahnend ihren Finger auf den Mund. »Wir haben keine Wahl. Bald wird es hell.«

Juri schritt voran. »Es ist bloß Scheiße, Fedja. Die streuen wir täglich auf unsere Felder. Davon wirst du wachsen.«

»Davon werde ich kotzen!«

Tanja ging zur Mündung des Rohrs und wandte sich dann zu Fedja um. »Hier drin wird es niemand merken. Komm schon.«

Die ersten Schritte in dem Abwasserkanal setzte sie, als kämpfte sie gegen einen Sturm an. Sie hob die Innenseite ihres Ellbogens zur Nase, um den Gestank mit ihrer Uniformbluse zu filtern. Dennoch kroch ihr der Geruch in Augen und Ohren.

Sie blickte zu Juri und Fedja zurück. Juri hatte die Arme über der Brust verkreuzt und hielt seinen Kopf hoch, als könnte er auf diese Weise seine Nase über den Gestank emporheben. Fedja holte zu langen, langsamen Schritten aus, schlug mit den Armen und fächelte mit den Händen wie ein Drahtseilkünstler.

»Weiter, Fedja«, flüsterte Tanja, »wir sind erst am Anfang.«

»O Gott«, murmelte er.

Zwanzig Meter von der Mündung des Abwasserkanals entfernt verlor sich das dämmrige Licht der Öffnung, so dass sie von völliger Dunkelheit eingehüllt wurden. Als Orientierungshilfe für ihre Schritte ließ Tanja die Hand an der schlüpfrigen Wand entlanggleiten. Eine kühle Brise strich über ihre Wange.

»Über uns ist eine Öffnung«, erklärte sie.

Ihre Hand glitt von der Wand ins Leere. Ein weiteres Rohr war in die Hauptleitung eingemündet. »Dieses Rohr scheint in nördlicher Richtung zu verlaufen. Wir gehen bis Sonnenaufgang weiter und suchen dann eine Luke, um hinauszuklettern. Mit etwas Glück befinden wir uns dann hinter unseren Linien.«

Tanja schüttelte ihre Stiefel. Kot klebte daran und an ihren Hosenbeinen. Sie fühlte die schlammige Feuchtigkeit bis zu den Oberschenkeln hochspritzen. Hinter ihr watete Fedja, ohne das schlammige Wasser aufzuwirbeln. Vermutlich geht er auf Zehenspitzen, dachte sie. Als wäre es möglich, in einem Abwasserkanal nicht in Scheiße zu treten.

»Tanja«, rief Juri gedämpft, »erzähl uns von Amerika.«

Als sich Tanja die Lippen befeuchtete, schmeckte sie das Salz auf der Zunge. Ihr war nicht nach Reden zumute, aber sie begriff, dass Juri lediglich versuchte, ihrer aller Angst zu überwinden.

»Kannst du lesen, Väterchen?«

»Selbstverständlich.«

»Was liest man über Amerika?«

»Dass es ein verkommenes Land ist, mit strahlenden Lichtern, Huren, Geschäftsleuten, die den Armen Geld abpressen, Gangstern und Reichen.«

»Und glaubst du das?«

»Nur das über die Reichen und die Huren. Die guten Dinge.«

Damit entlockte er Tanja ein Lachen und hielt sie davon ab, ihm zu sagen, dass er im Unrecht sei und viel Gutes und Schlechtes unerwähnt gelassen habe. Dass Amerika ein riesenhaftes, friedliches Land mit unermesslichen Möglichkeiten sei und gewiss auch in vielfacher Hinsicht dekadent.

Und dass Amerika wundervoll sei, insbesondere für weiße Männer mit englischen Nachnamen. Dass Amerika auch ein Feigling sei und sich vor diesem Krieg gegen die Deutschen ebenso gefürchtet habe wie ihre Eltern. Und dass sie Russin sei und für Russland kämpfe und die Nazis hasse, selbst wenn Amerika dazu nicht imstande wäre.

Tanja zog es vor, die Aufmerksamkeit von sich abzulenken. »Fedja, rezitier uns eines deiner Gedichte«, forderte sie ihn auf, während ihre klatschenden Schritte von den Wänden widerhallten.

»Ja, lass uns dein Lieblingsgedicht hören«, nahm Juri ihren Vorschlag auf.

»Hier? Jetzt?« Fedja klang schockiert. »Ich meine ... ihr wollt tatsächlich, dass ich jetzt ein Gedicht rezitiere? Ich kann hier unten kaum atmen.«

»Na los. Wo hast du eine bessere Akustik als hier?«

Gut, dachte Tanja, Juri lenkt den furchtsamen Jungen aus Moskau von seinen Ängsten ab.

»In Ordnung. Aber ich habe nie behauptet, gut zu sein.«

Er hielt an, und Tanja und Juri folgten seinem Beispiel. Die plätschernden Echos erstarben. »Das Gedicht heißt ›Fluss der Wäscherinnen‹. Ich kann mich im Augenblick ziemlich deutlich daran erinnern. Warum, weiß ich nicht. Ich stehe in einem gottverdammten Abwasserkanal und fürchte mich zu Tode. Aber hier habt ihr es.« Er begann im Flüsterton und einer angesichts der Umgebung seltsam ehrfurchtsvollen Stimme:

»Ihre Hände sind groß und gefurcht
und hart wie der Stein, neben dem sie kauert.
Auf dem Weg hinunter zum Fluss
habe ich ihren Atem gerochen.
Der Nebel legt sich auf unsere Gesichter.
Wir breiten die schwere, schmutzige Wäsche aus.
Das Klatschen der Seife und der Fluss durchdringen meine Glieder.
Schaumiges Wasser quillt zwischen ihren roten Fingern hervor

und tropft zurück in den stillen Fluss.
Sonnenstrahlen fallen auf ihr gütiges, gerötetes Gesicht.
Ich beobachte die Spur der Seifenflocken, die den Fluss hinabtreiben.
Während wir den schweren Stoff in unsere Körbe legen, blicken wir zurück auf das blaue Wasser.
Ihre saubere, kühle Hand ruht auf meinem Nacken, und einen Augenblick lang denkt sie nicht an Arbeit.
Wo bist du, Mutter, frage ich, während ich meine Hände an das Gesicht hebe,
während ich mit schmerzlicher Sehnsucht die Falten darin betrachte.
Heute ist mein Rücken gebeugt,
doch noch immer höre ich das dumpfe Klatschen der Wäsche.
Hier an diesem Ort fließt du durch meine Glieder.«

Fedja räusperte sich. »So, das war's.«

Tanja hatte das Gedicht tief berührt. Fedjas Stimme hatte sich mit ihrem Inneren verwoben. Das durch seinen Vortrag in der Dunkelheit des Abwasserkanals unvergleichliche Gedicht war für wenige Momente zur einzigen Wirklichkeit ihrer Sinne geworden. Sie war mit den Worten allein gewesen. Nun, nachdem das letzte Wort verklungen war, hallte das Gedicht in ihrem Inneren wider und prallte gegen Erinnerungen und die Felsen in ihrem Herzen.

Juri watete zu Fedja und klopfte ihm auf den Rücken. »Wie kommt es, dass ihr Poeten euer eigenes Werk immer hasst? Das war wunderschön. Es hat mich an meine Mutter erinnert.«

»Ich hasse es nicht. Warum behauptest du, dass ich es hasse?«

»Ich musste dir den Arm ausrenken, damit du es rezi... rezitierst.«

»Um Himmels willen, Juri, wir stehen in einem Abwasserkanal!«

»Unserem Poeten entgeht nichts«, erklärte Juri lachend. Dann trat er auf Tanja zu und fasste sie an der Hand. »General Tanja, ich kann meine Hand genauso gut an dieser scheußlichen Wand entlanggleiten lassen wie du. Mit deiner Erlaubnis werde ich für eine Weile die Führung übernehmen.«

Sie lächelte, obwohl Juri es nicht sehen konnte. »Gerne. Ich danke dir.«

Sie lauschte, während sich die Schritte des Landarbeiters gurgelnd entfernten. Fedja war hinter ihr. Tanja wartete auf ihn. Die Hand des großen jungen Mannes stieß gegen sie und drängte sie vorwärts. Sie hielt einen Augenblick inne, während sie die Berührung seiner Finger in ihren Körper einsinken ließ. Mit geschlossenen Augen nahm sie die Hand mit den fast vergessenen Empfindungen einer Frau wahr. Irgendetwas in ihr, ein Schmerz, eine Qual, zog sie zu Fedja hin. Sie erfasste das Gefühl und hielt es einen Atemzug lang fest, ehe sie es verbarg.

Eine weitere Stunde marschierten sie in vollkommener Dunkelheit. Das plätschernde Echo ihrer Schritte verlief sich an den Wänden in der nachtschwarzen Röhre. Tanja beschlich das Gefühl, in einen endlosen Schacht zu fallen. Der Gestank versengte ihre Nasenlöcher. Ihr schwindelte, und sie wurde von würgender Übelkeit geschüttelt.

Als sie das Gleichgewicht zu verlieren drohte, griff sie Hilfe suchend in die Dunkelheit, um Fedja zu berühren. Ihre Finger trafen seine Brust.

»Alles in Ordnung?«, fragte er.

»Ja, nur etwas erschöpft. Ich habe das Gefühl, bei jedem Atemzug einen Müllhaufen einzuatmen.«

»Warum haben wir noch keine Einstiegsluken gesehen? Ich bin sicher, dass es bereits Morgen ist.« Vielleicht glaubte er, dass sie die Antwort kannte.

Sie atmete aus und starrte in eine so undurchdringliche Dunkelheit, dass es schien, als dehnte sie sich bis in alle Ewigkeit, während sie in Wirklichkeit einen halben Meter über ihren Köpfen endete.

»Vermutlich sind sie durch die Bombardierung mit Trümmern bedeckt«, meinte sie. »Komm, wir werden eine Öffnung finden.«

Tanja schleppte sich einen elenden Schritt weiter. »Fedja,

geh vor. Wenn es dir recht ist, würde ich dir gerne eine Weile folgen.«

Fedja drückte ihren Arm, und Tanja setzte sich wieder mühsam in Bewegung.

Nach einigen Minuten stieß Fedja plötzlich einen Schrei aus. »Juri!«

Um ihr Gleichgewicht nicht zu verlieren, griff Tanja nach der schlammigen Wand. Die andere Hand streckte sie aus, um Fedja und Juri zu finden. Als sie gegen Fedja stieß, kämpfte dieser mit etwas im Morast. Als sie ihm beide Hände auf den feuchten Rücken legte, erkannte sie, dass er versuchte, Juri vom Boden des Kanals hochzuziehen.

»Juri!«, schrie er verzweifelt. »Juri, steh auf! Er ist bewusstlos, Tanja! Was sollen wir tun?«

»Schnell, heb ihn hoch!« Tanja half Fedja, Juri aus dem Morast zu ziehen. Das Hemd und das Haar des alten Mannes waren mit Wasser und Exkrementen durchtränkt. Während Tanja ihn eng an ihren Körper hielt, um ihn aufzurichten, und dabei ihre eigene Kleidung mit Unrat bedeckte, kämpfte sie gegen ihren Abscheu an.

»Er ist wegen der Gase ohnmächtig geworden«, erklärte Tanja keuchend. Gemeinsam lehnten sie Juri gegen die Wand. »Verdammt, er wirkte ganz in Ordnung.«

»Das war er auch«, meinte Fedja. »Es ging ihm gut, und es wird ihm auch wieder gut gehen. Er braucht bloß ein paar Augenblicke, bis er wieder erwacht.«

Tanja legte Juri die Hand auf die feuchte Brust. Er atmete flach. »Halt ihn fest.« Sie trat einen Schritt zurück, mass die Entfernung in der Dunkelheit mit der ausgestreckten Hand und versetzte ihm einen Schlag in sein vornüber gesunkenes Gesicht. Nichts. Sie schlug ihn noch einmal. Feuchtigkeit spritzte von seiner Wange in ihre Augen. Auch diesmal gab Juri keinen Laut von sich.

»Du wirst ihn tragen müssen«, erklärte Tanja. »Schaffst du das?«

»Ja, selbstverständlich.«

Tanja dachte daran, wie beschwerlich es für Fedja sein würde, Juri in dem Abwasserkanal quer über den Schultern zu tragen. Schon nach kürzester Zeit würde auch er den tückischen Gasen erliegen.

»Nein, warte. Lass ihn uns ziehen. Leg ihm den Arm um den Nacken.«

Fedja und Tanja hoben sich Juris Arme auf die Schultern. Juris Beine hingen schlaff herab, während die beiden vorwärts taumelten. Tanja lauschte angestrengt. Sie hoffte, aus dem Mund des alten Landarbeiters einen Hinweis darauf zu erhaschen, dass sein Bewusstsein zurückkehrte.

Nach zehn anstrengenden Minuten, in denen ihre Furcht wuchs, hatte sie noch immer nichts von Juri gehört. Sie stieß ihn mit dem Ellbogen in die Rippen. Ein unbewusstes Keuchen entrang sich seiner Brust.

»Wie geht es dir?«, fragte Tanja Fedja.

»Ich kann noch.«

Ich nicht mehr, dachte Tanja, während sie die nächsten Schritte setzte. Ich bin erschöpft und möchte mich übergeben. Noch ein paar Minuten länger, und mir knicken die Knie ein, wenn ich nicht gleich mit dem Gesicht in die Scheiße falle. Es tut mir Leid, Juri.

Sie drehte Juri gegen die Wand und zog Fedjas Hände weg. Sobald Juri in eine sitzende Position gesunken war, hielt sie seinen Kopf hoch. »Zieh ihm das Hemd aus«, forderte sie Fedja auf.

»Warum? Damit er besser atmen kann? Das ergibt keinen Sinn.«

»Nein. Unter seiner Uniform trägt er ein langärmeliges Unterhemd. Leg dein Uniformhemd ab und zieh es über.«

Fedja schreckte zurück. »Wir lassen ihn hier zurück? Damit er in einem Abwasserkanal verreckt? Nein! Nein! Ich kann ihn tragen! Du wirst ihn nicht hier lassen!«

Tanja lehnte sich an die gegenüberliegende Wand. Auch du wirst hier sterben, Fedja, dachte sie, ebenso wie ich.

Sie war erschöpft und zu müde, um ihre Enttäuschung zum Ausdruck zu bringen, dass sie ihr Leben unter den Straßen von Stalingrad in Dunkelheit und Schmutz beenden würde, anstatt im Licht und Lärm einer erbitterten

Schlacht. Ich hätte auch in hohem Alter, umgeben von meinen Kindern, im Bett sterben können. Tod war Dunkelheit. Er roch nach Fäulnis. Sieh nur, wo ich gelandet bin. Vielleicht bin ich bereits tot.

Während sie an Fedja vorüberschwankte, lauschte sie dem Klang ihrer schleppenden Schritte. Ihr schwindelte. Kaum hatte ihre Hand die stützende Wand gefunden, krampfte sich ihr Magen zusammen, und sie übergab sich. Der würgende Laut, der sich ihrer Kehle entrang, flog wie eine Fledermaus in die Leere.

Tanja richtete sich auf. Die Schwäche kroch an ihren Beinen empor. Dies war ihr Todesgeläut. Ohne es zu beabsichtigen, stieß sie sich von der Wand ab und schwankte weiter. Sie wollte zumindest in Bewegung sterben. Als die Schwäche sie zu übermannen drohte, ertönte hinter ihr das Geplätscher hastiger Schritte. Eine Hand tauchte auf und hielt sie hoch. Die Hand umfasste sie mit einer Kraft, die sie in diesem Loch nicht mehr für möglich gehalten hatte. Sie griff nach Fedjas Arm und fühlte, dass er Juris Unterhemd in der Hand hielt.

Tanja verlor jeglichen Zeitbegriff, während sie schweigend weiterstapfte. Sie vergaß ihren Vorsatz, mehrere Stunden zu marschieren, um einen bestimmten Punkt in der Stadt über ihnen zu erreichen. Ihre Schritte wurden jetzt von den ihr verbleibenden Kräften bemessen. Frischluft, Sonnenschein und eine Umgebung, in der kein Echo widerhallte, waren nun ihr einziges Ziel. Ihre Füße waren bleischwer, und ihr Atem ging stockend und schwerfällig. Mit Fedja als Krücke, schwankte sie ungelenk weiter, während sie sich ausschließlich auf ihre Waden und Oberschenkel konzentrierte, um dem nahenden Ende ihrer Kräfte zu widerstehen. Sie schleppte sich vorwärts, als trüge sie Beineisen, und klammerte sich an den Arm um ihre Taille. Die Dunkelheit der Röhre drohte alles an ihr zu infizieren, ihr das Bewusstsein zu rauben und sie in die endgültige Finsternis zu stoßen. Während sie weiter stolperte, hakte sie an einer Liste ab, welche Sinne sie bereits verlassen hatten: Ich kann den Tunnel nicht mehr riechen, dachte sie. Ich kann meine Hände und Fedjas Arm nicht mehr fühlen. Ich kann meine Schritte nicht mehr hören. Ich kann …

In der Dunkelheit über ihren Köpfen schimmerte etwas. Mein Tod, dachte sie. Das ist er. Zumindest empfängt er mich mit Licht.

Sie löste sich von Fedja. Ein weißer Speer funkelte zehn Meter über ihr und schoss schräg zu ihr herab. Tanja stieß ihr Gesicht in den Lichtstrahl, als wäre er eine strömende Fontäne. Staubpartikel tanzten in dem Strahl und schwebten langsam durch ihn hindurch wie winzige Ballerinen durch das Scheinwerferlicht einer Bühne.

Tanja warf sich mit der Brust gegen die Wand und tastete sie fieberhaft mit den Händen ab. Dann sprang sie auf die gegenüberliegende Seite.

»Hier!«, rief sie mit brechender Stimme. »Eine Leiter! Es ist eine Einstiegsluke!«

Fedja schnellte auf die Leiter zu. »Vorwärts!« Als sie fühlte, dass er sich zum Klettern bereit machte, griff sie nach ihm, um ihn zurückzuhalten. Durch die Berührung der Leiter, ihrer Rettung, hatte sie ihre Kräfte teilweise zurückgewonnen.

»Nein. Zieh Juris Hemd über und beruhige dich«, flüsterte sie ihm zu. »Wir werden es schaffen. Aber ich …« Plötzlich drang ihr der sie umgebende Gestank in die Nase, als wäre es das erste Mal. Sie taumelte und musste sich fest halten. »Ich gehe zuerst.«

»Ich nehme an, es hat keinen Sinn, mit dir darüber zu streiten«, gab er zurück, während er die Uniformbluse der Roten Armee aufknöpfte.

»Nein. Ich werde dir ein Zeichen geben, sobald du nachkommen kannst. Entfern dich von der Eingangsluke. Sollte ich auf Deutsche stoßen, könnten sie hinunterklettern, um nachzusehen, ob ich Begleiter hatte. Verhalt dich ruhig und leg dich flach auf den Boden, wenn du sie kommen hörst. Sobald sie unten angekommen sind, werden sie schießen. Sie werden dich aber gewiss nicht verfolgen. Versuch dann, bei einer anderen Luke hinauszusteigen.«

Kaum hatte Tanja die Hände auf die Sprossen der Leiter

gelegt und die zweite Stufe erklommen, berührte Fedja ihr Bein.

»Tanja ...«

»Nein. Geh ein Stück weg.«

Sie wartete, bis er im Tunnel verschwunden war, stieg dann zum Deckel der Einstiegsluke hinauf und schob ihn so leise wie möglich zur Seite.

Tageslicht drang in ihre Augen. Sie zog den Kopf bis unter die Straßenoberfläche zurück und blinzelte.

Sobald sich ihre Augen an das Licht gewöhnt hatten, hob sie langsam den Kopf. Sie hatten Glück. Die Luke wurde auf allen vier Seiten von einem Wall aus Trümmern umgeben. An dieser Stelle waren die Fassaden einer Reihe großer Ziegelgebäude auf die Straße gestürzt. Einzelne Bruchstücke hatten sich rund um die Luke gelegt, ohne sie zu bedecken. Tanja kletterte aus dem Loch und legte sich bäuchlings auf die Trümmer. Während sie in der Morgenluft tief durchatmete, hörte sie nichts als das ferne Knattern von Gewehrfeuer.

Schließlich steckte sie den Kopf in die Luke und rief leise in die Dunkelheit hinab: »Komm rauf.«

Sobald Fedja sich auf die Straße hinausschob, atmete er die frische Luft in tiefen, dankbaren Zügen ein. Nun sah Tanja, wie schmutzig Fedja war und wie verschlissen die Vorderseite von Juris langärmeligem Unterhemd. Trotz seiner Armeestiefel und der olivfarbenen Uniformhose hoffte sie, dass ihn das Unterhemd und der allgemeine Zustand seiner Kleidung vor einer eingehenden Musterung bewahren würden. Dann blickte sie an sich selbst hinunter. Wie Fedja war sie von einer rostfarbenen Kruste von Schmutz überzogen. Sie war bloß ein junges, mit Exkrementen verdrecktes Mädchen.

Als die beiden auf die Spitze des Trümmerhügels hinaufkletterten, sahen sie nördlich davon eine Reihe Deutscher, die mit dem Blechgeschirr in der Hand vor einem Küchenzelt warteten. Fedja erstarrte bei ihrem Anblick. Es sah so aus, als wollte er augenblicklich wieder in die Trümmer hinabspringen. Tanja raunte ihm zu, aufrecht stehen zu bleiben.

»Keine plötzlichen Bewegungen. Wir sind hinter den feindlichen Linien und dürfen weder laufen noch klettern. Wir müssen raus*gehen*.«

Fedja blickte sie ungläubig an, während sie sich die Lippen befeuchtete.

Er fasste nach ihrer Hand. »Nein, Tanja. Das ist doch bloß ein Scherz.« Sie schüttelte seine Hand ab. »Tanja«, flehte er, »niemand ist so verrückt.«

Als sie den Hügel hinabstieg, erhob sich eine Staubwolke. Kaum hatte sie den Boden erreicht, wandte sie sich zu Fedja um, der wie gelähmt die Hände von sich streckte. »Komm schon!«, rief sie und winkte ihm mit großen Gesten. »Wir müssen essen. Ich bin erschöpft und halb verhungert. Vielleicht ist das für uns die letzte Gelegenheit in den nächsten vierundzwanzig Stunden.«

Fedja verharrte unbeweglich auf dem Trümmerhügel.

»Sie wissen nicht, dass wir in der russischen Armee sind«, rief sie. »Immerhin tragen wir keine Waffen und bewegen uns frei umher. Sie werden glauben, dass du ein armer Arbeiter aus der Umgebung bist, der heute Latrinendienst hatte und eine Essenspause einlegt.«

»Und was ist mit dir?«, fragte er zurück.

»Mit mir?« Tanja zuckte die Achseln. »Ich nehme an, sie werden mich für eine Hure halten, die mit dir zusammenarbeitet, um etwas zu essen zu bekommen. Wen kümmert es? Sie werden sich eine Geschichte zusammenreimen, solange wir den Mund halten.«

Fedja schlug resignierend die Hände auf die Hüften und stieg dann mit gemessenen Schritten von dem Hügel herab. Wie kann ein so großer Mann, der über und über mit Scheiße bedeckt ist, so kleine Schritte machen?, fragte sich Tanja.

Stirnrunzelnd blieb Fedja neben ihr stehen. »Du bist der Teufel, weißt du das?«

»Ich kann es sein, wenn ich will. Nun komm, aber sag kein Wort.«

Sie überquerten die freie Fläche und stellten sich an das Ende der Essensschlange. Ungeduldig schlugen die Soldaten mit ihren Messern und Gabeln auf die Teller.

Wenn diese Deutschen sorglos vor dem Küchenzelt warten, müssen wir weit hinter ihren Linien sein, dachte Tanja. Sie benehmen sich, als wären sie hier in völliger Sicherheit.

Die Reihe schob sich einige Schritte weiter. Tanja blickte Fedja ins Gesicht. Er starrte auf seine Stiefel, die noch immer von Exkrementen überzogen waren und nun zusätzlich eine Staubschicht trugen. Er sah wie ein Landarbeiter aus einem der Dörfer aus und nicht wie ein Poet aus Moskau.

»Was in aller Welt ...«

Einer der Deutschen rümpfte angewidert die Nase. Er stapfte auf Fedja zu, stieß ihn aus der Reihe und bedeutete auch Tanja, sich zu entfernen.

Die beiden traten einige Schritte zurück und warteten, bis der letzte Soldat im Zelt verschwunden war. Dann schoben sie sich mit untertänigem Gesichtsausdruck weiter. Kaum hatten sie das Zelt betreten, warf ihnen der Koch Teller zu und schöpfte hastig Knackwurst mit Sauerkraut darauf.

»Lass uns draußen essen«, flüsterte Fedja, während sie durch das Zelt gingen.

»Nein, ich möchte nicht, dass sie auf uns aufmerksam werden.«

»Dass sie nicht auf uns aufmerksam werden?«, fragte er verblüfft. »Tanja, wir stinken wie Kamele. Wie sollen wir ihre Aufmerksamkeit da *nicht* erregen?«

Sie bedeutete ihm zu schweigen und ging weiter. Rund um sie herum saßen hundert deutsche Soldaten beim Essen. Sobald sie an einem Tisch vorüberschlenderten, wandten alle die Köpfe nach ihnen um. Mit angewidertem Gesicht hielten sich die Männer hastig die Nase zu.

Schließlich fanden sie einen freien Tisch und setzten sich. Eilig schaufelten sie das Essen in den Mund aus Angst, hinausgeworfen zu werden, ehe ihr Hunger gestillt war.

Sie hatten ihre Mahlzeit halb gegessen, als sich ihnen ein Offizier näherte. Geziert hielt er sich ein Taschentuch vor die Nase, während er sie ansprach. Als seine Stimme einen schrillen Ton annahm, erhoben sich Tanja und Fedja zögernd.

Dem Offizier schien es nicht schnell genug zu gehen. Er

steckte sein Taschentuch ein, zog einen Lederknüppel aus dem Gürtel und ließ ihn auf Fedjas Rücken herabsausen. Die Soldaten an den umstehenden Tischen applaudierten lachend.

Das Gesicht des Deutschen verfärbte sich dunkelrot, während er Fedja einen weiteren Hieb versetzte, sich dann über den Tisch beugte und Tanja auf den Kopf schlug.

Fedja sprang auf und schob ihn zur Seite. »Lass sie in Ruhe, Hurensohn!«

Nach Gleichgewicht ringend, starrte der Offizier tief in Fedjas Augen. Dann steckte er langsam den Lederknüppel in den Gürtel zurück und knöpfte den Halfter seiner Pistole auf. »Ah.« Ein dünnes Lächeln erschien auf seinem Gesicht.

Er trat einen Schritt zurück und zog mit dramatisch schwungvoller Geste seine Waffe, während sein Blick durch das still gewordene Zelt schweifte. Schließlich setzte er die Pistole auf Fedjas Herz an und sah sich wieder im Zelt um. Die hundert Soldaten schwiegen.

Der grinsende Deutsche deutete die Wortlosigkeit seiner Kameraden als stillschweigende Zustimmung. Er hatte ihre Erlaubnis, diese beiden unendlich stinkenden Russen zu erschießen.

Tanja trat an Fedjas Seite.

»*Do swidanija, Russ*«, sagte der Offizier.

In der Küche entstand ein Aufruhr. Das Klirren von den zu Boden fallenden Töpfen und Pfannen drang in das Zelt hinein. Der Offizier wandte sich von Fedja ab.

Ein kurz gewachsener, rundlicher Mann in fettiger Schürze stürzte in das Küchenzelt. »Halt! Bitte nicht!«, rief er, drängte sich durch die sitzenden Soldaten und sprang mit ausgestreckten Armen vor Fedja und Tanja. In einer Hand hielt er einen hölzernen Schöpflöffel.

Der Koch flehte den Offizier in gebrochenem Deutsch an. Er deutete erst auf Fedja und Tanja, dann auf sich und ließ schließlich den Kopf hängen. Daraufhin senkte der Deutsche die Pistole und schrie den Koch an. Der pausbäckige kleine Mann zuckte zusammen und wrang verzweifelt seine Schürze. Dann richtete er sich plötzlich auf und versetzte

Fedja mit dem Löffel einen Schlag vor die Brust. Mit der anderen Hand fasste er Tanja am Ohr und drehte sie herum. Auf Russisch schimpfend, trat er ihr ins Gesäß und stieß Fedja erneut mit dem Löffel. Während er die beiden in die Küche trieb, rief er auf Deutsch in beschwichtigendem Ton über die Schulter zurück:

»Danke. Danke schön, mein Herr. Danke.«

Er schob Fedja durch die Küchentür und stieß Tanja hinterher. Noch immer schimpfend und fluchend drängte er die beiden durch die Hintertür in einen kleinen, mit Abfall gefüllten Hof.

Im Freien beruhigte sich der Koch. »Wer seid ihr, und was tut ihr in meinem Küchenzelt?«, erkundigte er sich, hastig flüsternd, auf Russisch.

Tanja stieß den Koch in die fleischige Brust. »Wie kommst du dazu, diesen verdammten Deutschen Essen zu servieren? Du bist ein verfluchter Verräter!«

Fedja trat zwischen die beiden. »Tanja! Der Mann hat dir gerade das Leben gerettet, und mir auch. Sei still und zeig ein wenig Dankbarkeit.«

»Dankbarkeit? Das Schwein kocht für diese Hurensöhne. Er ist schlimmer als sie! Er ist ein Verräter, Fedja! Ein Kollaborateur!«

»Tanja.« Fedja legte ihr die Hände beschwichtigend auf die Schultern. »Ich übernehme jetzt die Führung, und du wirst mir folgen. Verstanden? Du bringst uns noch alle um. Schweig jetzt.«

Tanja holte Atem, um weiterzusprechen. Sie wollte Fedja von den Verrätern erzählen, die ihre Partisanengruppe gefangen genommen und erschossen hatte, und von den Schildern, die man über ihren Köpfen angebracht hatte, um andere zu warnen, nicht mit den Eindringlingen zusammenzuarbeiten. Als Fedja sie jedoch heftig an den Schultern schüttelte, grub sie die Fäuste tiefer in die Taschen und starrte den fetten Verräter wütend an.

Fedja streckte dem Koch die Hand entgegen. »Danke. Du hast uns das Leben gerettet. Was hast du dem Deutschen gesagt?«

»Dass ihr russische Landarbeiter seid, die für mich arbeiten. Ich sagte ihm, dass ich euch den Auftrag gegeben habe, die Latrinen auszuheben, und dass ihr offenbar reingefallen seid.«

»Tatsächlich?« Fedja wandte sich an Tanja. »Eine gute Geschichte. Ist er nicht ein schneller Denker?«

Tanja spie auf den Boden. »Verfluchter Verräter.«

Fedja drehte sich wieder zu dem Koch. »Beachte sie einfach nicht. Kannst du uns saubere Kleidung besorgen?«

»Nein«, gab der Koch zurück. »Wer seid ihr, und wie seid ihr hierher gekommen?«

»Wir gehören zur 284. Division. Unser Transport wurde versenkt. Nachdem wir das Ufer erreicht hatten, hat uns das Mädchen durch die Abwasserkanäle geführt.«

»Du bist ihr gefolgt?«, fragte der Koch, während er mit dem Löffel auf Tanja deutete.

Als sie einen Schritt vortreten wollte, hielt Fedja sie mit der Schulter zurück. »Das würde ich nicht tun«, warnte er den Mann leise.

Der Koch senkte den Löffel.

»Kannst du uns vielleicht noch etwas zu essen geben?«, fuhr Fedja nach wie vor freundlich fort.

»Natürlich«, gab der Koch zurück, während er sich zur Küche wandte. In der Tür hielt er an. »Ich werde es euch herausbringen.«

Fedja wirbelte zu Tanja herum. »Was ist los mit dir? Wie kannst du einen Mann, der dein Leben gerettet hat, so behandeln?«

»Er hilft den Deutschen.«

»Er ist bloß ein kleiner Koch. Kennst du seine Geschichte? Vielleicht halten sie seine Frau und seine Kinder gefangen. Vielleicht ist er aber auch nur ein verängstigter, fetter Mann, der irgendwie in all das verstrickt wurde und zu überleben versucht.«

Tanja lehnte sich gegen den Deckel eines metallenen Abfalleimers. »Wenn er ein Feigling ist, sollte man ihn erschießen«, knurrte sie.

Fedja verschränkte die Arme. Sie sah zu seinen blauen

Augen empor und betrachtete seine kräftige Gestalt. Auch ich will das alles überleben, dachte sie. Fedjas scheltende Worte hatten in ihr eine Traurigkeit ausgelöst, die sie zu übermannen drohte. Ich möchte so gerne überleben, aber ich bin bereits tot. Die Deutschen haben mir das Leben genommen, meine Heimat und meine Großeltern. Mir ist nichts anderes geblieben als dieser seelenlose Körper. Und ich habe bei meinem Blut geschworen, dass ich gegen sie kämpfen werde, bis mein Körper zusammenbricht oder mein Leben und meine Tränen zurückkehren, sobald die Deutschen vertrieben sind. Aber ich, Fedja, Juri, dieser Koch und Russland, wir alle sind bereits tot. Um wieder leben zu können, müssen wir kämpfen. Uns bleibt keine andere Wahl.

Fedja ließ die Arme sinken. »Wir sind nicht alle so tapfer wie du.«

Dann griff er nach Tanja und umarmte sie leicht. Sie legte den Kopf an seine Schulter und zog ihn sogleich wieder zurück.

»Du stinkst.«

Der Koch kehrte mit zwei Tellern dampfendem Sauerkraut und einem dicken braunen Haschee zurück und stellte beides auf einem Abfalleimer ab.

»Zumeist hört man aus dieser Richtung Kampflärm«, erklärte er und deutete auf den zerstörten Horizont. »Die Front ist drei Kilometer entfernt. Auf der anderen Seite liegt die Wolga. Dorthin solltet ihr nicht gehen, am Ufer patrouillieren Wachen.«

Der Koch sah Fedja an und nickte. Dieser erwiderte die freundliche Geste. Dann spähte der Koch hastig zu Tanja hinüber, unsicher, was er dort vorfinden würde.

Schließlich streckte er ihr die Hände entgegen. Seine schwammige Brust bebte unter der mit Flecken übersäten Schürze, als wollte er in Tränen ausbrechen. »Du verstehst das nicht«, begann er.

»Wer versteht es schon«, antwortete Fedja an Tanjas Stelle.

Der Koch wischte sich die Nase mit dem Ärmel ab und

kehrte in die Küche zurück, während die beiden Geretteten ihre Teller leerten. Dann kletterten sie aus dem Hof und tauchten auf der Suche nach den russischen Linien in die Ruinen ein. Auf der Straße gab es wenig Bewegung. Deutsche Wacheinheiten patrouillierten in den Schatten. Mit Sandsäcken geschützte Gefechtsstände für Maschinengewehre glitzerten inmitten der durchlöcherten Wände, die an offene Wunden erinnerten. Obdachlose, in Lumpen gekleidete Stadtbewohner zogen in kleinen Gruppen wie in Trance durch die verkohlten, pockennarbigen Ruinen, über denen eine unheimliche Stille lag. Sie gruben zwischen den Trümmern nach Kleidungsstücken und anderen Gegenständen, die ihnen das Überleben in der zerstörten Stadt erleichtern würden. Die Deutschen ließen diese sterblichen Phantome unbehelligt. Tanja und Fedja hofften, ebenso wenig beachtet und zu den vom Schicksal Verlassenen gezählt zu werden.

Tanja hatte Fedja aufgetragen, sich wie ein geistig Behinderter zu verhalten und zu geifern und zu murmeln, sollten sie auf eine misstrauische Patrouille stoßen. Sie würde den Soldaten durch Gesten irgendwie erklären, dass die städtische Irrenanstalt durch einen Bombentreffer zerstört worden und der große Junge bloß ein harmloser Insasse sei. Sie habe ihn in den Straßen aufgelesen und werde ihn nun in das russische Hinterland führen. Mit Exkrementen bedeckt seien sie, weil sie in einen aufgebrochenen Abwasserkanal, eine Latrine oder Ähnliches gefallen seien. Wenn Fedja einen Idioten spielen konnte, müssten sich die Deutschen täuschen lassen – zumindest bis ihr ein besserer Plan einfiel.

»Aber keine Sorge, sie werden uns nicht aufhalten«, versicherte Tanja ihrem skeptischen Begleiter. »Da wir unbewaffnet sind und uns frei bewegen, bilden wir keine Bedrohung für sie. Außerdem sind wir mit Scheiße überzogen.«

»Oh, das vergesse ich immer wieder«, gab er zurück. »Wunderbar. Ich glaube, ich werde bis zum Ende des Krieges Scheiße tragen. Das ist die sicherste Möglichkeit zu überleben, meinst du nicht auch? Es wirkt wie eine Rüstung.«

Den ganzen Nachmittag über wanderten sie im Zickzack durch die Ruinen. Als ein Trupp deutscher Soldaten mit dröhnenden, schweren Stiefeln und klappernden Rucksäcken an ihnen vorüberzog, fluchte Tanja mit gellender Stimme in einem weißrussischen Dialekt, während Fedja wie ein Idiot gröhlte. Nur ein Soldat der Patrouille blickte zu ihnen herüber – und hielt sich die Nase zu. Die Truppe betrat im Laufschritt die Überreste eines Gebäudes und verschwand auf der nach oben führenden Treppe.

Dreihundert Meter vor ihnen, auf der anderen Seite eines verlassenen Boulevards, lag ein Rangierbahnhof, der mit den verbogenen Stahlprofilen zerbombter Gleise und ausgebrannter Wagons übersät war. Östlich davon erhob sich ein fünfstöckiges, zwei Blöcke langes Gebäude. Die Glasscheiben waren geborsten, und Rauchspuren über den zerbrochenen Fensterrahmen zeugten von einem Feuer. Geschwärzte deutsche Panzer standen im Gelände verstreut. Von Tanjas und Fedjas Standort aus betrug die Entfernung zu dem schwer gezeichneten Gebäude auf der anderen Seite des schutzlosen Rangierbahnhofs weniger als achthundert Meter.

Tanja sah zu dem Bauwerk zurück, in dem der Trupp deutscher Soldaten verschwunden war. Gewehrmündungen stachen aus allen nach Westen, zu den Gleisen gerichteten Fenstern hervor.

Dies ist die Front, dachte sie. Hier begann das Niemandsland.

Ihr Blick glitt zur Nachmittagssonne empor. Es wäre gefährlich, die Gleise bei Tageslicht zu überqueren. Sie konnten allzu leicht ins Kreuzfeuer geraten oder von der einen oder der anderen Seite für Deserteure oder Spione gehalten werden. Auf der anderen Seite des Boulevards stand das aus Ziegeln errichtete Bahnwärterhäuschen. Tanja zog Fedja am Ärmel.

»Wir werden in dieser Hütte warten und nach Einbruch der Dunkelheit über die Gleise kriechen.« Dabei deutete sie auf das fünfstöckige Haus vor ihnen. »Da ist die Rote Armee.«

Fedja blickte über den Rangierbahnhof. »Woher weißt du das?«

Sie ging auf die Hütte zu und deutete mit dem Daumen über die Schulter auf den Feind im Gebäude hinter sich. Das Geräusch von Schritten und klirrend aufeinander schlagendem Metall drang bis zu ihr, als die Soldaten im Inneren ihre Granatwerfer und Dreibeine an den Fenstern postierten. »*Sie* wissen es.«

Die Regale hinter der Holztür der Hütte enthielten nichts als Staub und Glassplitter. Schrauben und ölige Zwingen lagen auf dem Boden verstreut. Die Scheiben der Fenster waren zerbrochen, doch das Dach war unbeschädigt geblieben.

An der Wand fanden sie den mit Glas und Staub bedeckten Rahmen eines Bettes und eine Baumwollmatratze. Tanja wendete die Matratze, sodass die saubere Seite zum Vorschein kam. Sie war hellblau und grau gestreift, zeigte rostbraune Flecken und roch nach stinkendem Öl und Leere. Tanja schlug mit der flachen Hand auf die Matratze und schreckte zurück, als eine Staubwolke aufstieg.

»Jetzt fehlen nur noch Vorhänge und Blumen im Fenster«, erklärte sie zu Fedja gewandt, der in der Tür stand. »Ich könnte auch einen Gemüsegarten anlegen.«

»Gemütlich.« Er trat durch die Tür und setzte sich auf das Bett. »Ein Schriftstellerhäuschen an einer Eisenbahnlinie. Züge hatten für mich immer schon etwas Romantisches an sich.«

Tanja trat vor ihn. »Zieh dieses erbärmliche Unterhemd aus. Es stinkt und erinnert mich an den armen Juri.«

Sie zerrte an dem überkrusteten Unterhemd. Als Fedja die Arme hob, zog sie ihm das Unterhemd über den Kopf und schleuderte es aus dem Fenster.

»Jetzt die Stiefel.« Dabei deutete sie auf seine Füße. »Die kannst du allein ausziehen.«

Fedja löste die Riemen, während Tanja ihre Jacke ablegte und in eine Ecke warf. Ihre Bluse war aus rau gesponnenem Flachs in der Farbe von Stroh. An den Achseln und am Kragen zeichneten sich dunkle Schweißflecken ab. Sie griff nach dem obersten Knopf.

Fedja sah von seinen Stiefeln auf, und sie folgte seinem Blick zur Wölbung ihrer Brüste.

»Tanja«, sagte er leise. »Ich, hm ...« Seine Augen schwenkten zu ihren an den Hals gehobenen Händen. »Wirst du deine Bluse ausziehen?«

»Ja, das werde ich.« Sie öffnete den ersten Knopf und einen weiteren. »Wir können ohnehin erst nach Einbruch der Dunkelheit weiterziehen. Ich bin erschöpft, und ich nehme an, du auch. Ich dachte, wir könnten vielleicht ein wenig schlafen.«

Als sie sich neben ihn auf die schwankende Matratze setzte, quietschten die Spiralfedern.

»Glaubst du, dass uns hier jemand stören wird? Sollen wir beide gleichzeitig schlafen?«, fragte er mit einem Blick über den Rangierbahnhof.

»Der Einzige, der dich hier stören wird, bin ich«, erklärte sie, während sie sich bückte, um die Bänder ihrer Stiefel zu lösen.

Sie schleuderte die Stiefel in eine Ecke, wo sie auf ihrer Uniformbluse liegen blieben, streckte dann die Hand aus und ließ ihre Finger über Fedjas breiten Rücken gleiten. Das Kinn in den Händen und die Ellbogen auf die Knie gestützt, beugte er sich vor, während sie die Muskeln an seinen Schulterblättern knetete.

»Ah, das ist herrlich«, flüsterte er mit geschlossenen Augen. »Wirklich. Ganz besonders nach dem heutigen Tag.« Als sie die Hände von seinem Rücken nahm, öffnete er die Augen. Ein fragender Blick lag auf seinem Gesicht. »Habe ich was Falsches gesagt?«

Sie schüttelte langsam den Kopf. »Heute? Das war gar nichts.«

Dann warf sie das Haar in den Nacken, damit er ihr Gesicht sehen konnte, ihr ganzes Gesicht. Sie wusste nicht, ob er erkannte, was in ihren Augen lag. Drang es zu ihm durch? Konnte sie es ihm je zeigen, es ihm gegenüber je zum Ausdruck bringen? All die Monate, die sie durch die Wälder gehetzt war, gekämpft, getötet und ums Überleben gerungen hatte? Überlebt wofür? Um jahrelang von Schmerz gezeichnet zu leben, die Seiten weiterer fünfzig Kalender umzublättern, Geburtstage zu feiern, ohne Unterbrechung und erfüllt von Hass, bis sich ihre Zeit dem Ende entgegenneigte? Ein Hass ohne Erbarmen, Menschlichkeit und Moral. Von allem anderen hatte sie sich entledigt, nun war sie nackt wie kahle Gebeine in der Sonne. Dies war ihre Mitgift, das, was sie erwartete, selbst wenn sie Stalingrad überlebte. Dem konnte sie nie entfliehen, es nie überleben. Es würde sie verfolgen, selbst wenn sie eines Tages in das strahlende Amerika zurückkehrte. Aber würde sie es je Fedja oder einem anderen Menschen begreiflich machen können? Oder trug sie es allein mit sich, bis ins Grab?

Sie nahm seine Hand. »Juri ist heute gestorben, aber er war bereits tot. Er ist gestern Nacht während der Überfahrt über den Fluss gestorben. Auch du bist gestorben. Ich bin vor einem Jahr in Minsk gestorben, als die Deutschen meine Großeltern ermordet haben. Und ich bin vor Scham gestorben, als sich meine Eltern geweigert haben mitzukommen, um sie zu retten. Verstehst du?«

Fedja ergriff ihre Hand. Seine Lider röteten sich, und er blinzelte. Eine Träne stieg in sein Auge.

»Die Politruks, der NKWD, der *Rote Stern*, die Partei – wohin wir uns auch wenden, alle erzählen uns dasselbe. Du bist tot. Du hast kein Leben. Die Deutschen haben es dir genommen. Sie haben es unter ihren Stiefeln zermalmt«, fuhr sie fort.

Tanja hob die Hand zu Fedjas Gesicht und wischte die Träne mit einem Finger weg. »Feduschka, für den Einzelnen bleibt nichts mehr. Keine Liebe, keine Angst, keine Familie. Wir leben nicht. Nichts, was wir tun, ist von Bedeutung. Wir sind wie Geister, die nichts wirklich berühren können. Nur in einem einzigen Augenblick tauchen wir auf und sind wirklich vorhanden: wenn wir Deutsche töten. Wenn wir sie nicht töten, existieren wir nicht.«

Sie entwand sich seinem Griff, um mit ihren Händen über seine Wangen zu streicheln. Dann zog sie sein Gesicht näher heran und küsste ihn.

Mit geschlossenen Augen lauschte sie ihren erregten

Atemzügen und murmelte unter der Heftigkeit des Kusses. In ihrem ganzen Körper meldeten sich ihre Bedürfnisse, erwarteten seine Berührung und sehnten sich danach, dass er ihre Brüste und ihre Lenden liebkoste. Sie kostete das Salz von Tränen, doch ob es ihre oder seine waren, wusste sie nicht.

Sie schob ihren Mund höher und zog seine Lippe zwischen ihre Zähne. Als er seufzte, fühlte sie die Glut in sich aufsteigen.

»Wir leben nicht, Fedja«, flüsterte sie. »Wir stecken nicht in diesen Körpern, selbst wenn wir sie fühlen.«

Tanja suchte wieder nach der Berührung seines Körpers. Sie griff nach seinen Händen, legte sie auf ihre Brüste und presste seine Finger darum. »Liebe mich, Fedja.«

Seine Hände lagen auf ihrem Körper, eine auf ihrer Brust, die andere auf ihrem Bauch. Tanja sog den Atem tief ein. Ihre Lenden strafften sich, als würden sie von außen oder von oben gespannt. Langsam erhob sie sich vom Bett.

Fedja stieß sie von sich. »Tanja … Nein.«

Verwirrt und schwankend öffnete sie die Augen. Fedja ließ die Arme sinken, während sie hastig nach seinen Schultern griff, um ihr Gleichgewicht wieder zu finden und sich von ihm abzustoßen.

»Tanja, nein«, wiederholte er zu ihr aufblickend. »Es wäre nicht …«

Sie hob die Arme. »Es wäre nicht was? Was ist los?«

Fedja erhob sich vom Bett und starrte gegen eine Wand, während sie auf das quietschende Bett sank.

»Fedja, was hast du?«

Schweigend strich er mit dem Fuß die Wand entlang.

Tanja setzte sich auf ihre Hände. Als das Bett erneut quietschte, dachte sie wütend daran, welche Geräusche sie auf diesen Sprungfedern hätten machen können. »In Ordnung«, sagte sie. »Sprich nicht mit mir. Sprich mit der Wand. Wenn du aufbleiben und Wache schieben willst, tu es. Ich werde schlafen.«

Fedja lehnte sich mit dem Rücken gegen die Wand. »Es ist nicht richtig«, erklärte er. »Wir sollten es nicht tun.« Dabei deutete er auf die Ecke, in der ihre Jacke und ihre Stiefel lagen.

»Was sollten wir nicht tun?« Sie zog ihre Hände unter ihrem Körper hervor und verschränkte sie im Schoß. »Uns lieben? Hier? Auf einem Schlachtfeld? Ist an einem Schlachtfeld etwas Heiliges?« Als sie aus dem Fenster sah, fiel ihr Blick auf eine verwüstete Welt. »Was bleibt uns denn anderes, Fedja? Das ist alles, was wir haben.«

Fedja trat an sie heran. »Damit bin ich nicht einverstanden. Ich empfinde nicht wie du, dass ich tot bin und gar nicht existiere. Aber du! Du handelst, als ob es dir gleichgültig wäre, was mit dir geschieht, als könnten sie an dir nichts mehr töten.« Er deutete in Richtung der feindlichen Linien. »Sieh nur, welche Risiken du eingehst! Ich erinnere mich noch an das Boot. Du musstest unbedingt auf dem gefährlichsten Platz sitzen und warst nicht bereit, dir einen anderen zu suchen. Nach drei Stunden im Wasser und sechs Stunden in einem Abwasserkanal hast du mich direkt in ein deutsches Küchenzelt geführt! Du hast eine Patrouille von deutschen Soldaten angebrüllt … auf Ukrainisch oder was das auch immer war! Und als Vorsichtsmaßnahme sagst du mir, dass ich wie ein Idiot stammeln soll, wenn man uns aufhält. Ein wirklich großartiger Plan! Sind alle Amerikaner geisteskrank?«

Während Fedja mit schwingenden Armen hin und her stapfte, widerstand sie dem Lächeln, das an ihren Mundwinkeln zerrte. Selbstverständlich hatte er Recht. Lieber Fedja, er verlor nie seinen Charme. Weder in dem Abwasserkanal, wo er sich vor der Dunkelheit und dem Kot gefürchtet hatte, noch hier, wo er sich vor ihr fürchtete.

Mit wenigen Schritten überbrückte er die geringe Entfernung zwischen den Wänden und hob bei jeder Wendung die Arme. Tanja blickte in ihren Schoß, um ihr Lächeln zu verbergen. Er erinnerte sie an eine riesenhafte, verrückte Gans.

»Ich glaube, dass du über diese Dinge nicht genug nachdenkst«, erklärte er. »Du handelst, als wärst du unsichtbar. Für dich mag das in Ordnung sein, aber vergiss nicht, dass ich direkt hinter dir stehe und nicht von einem deutschen

Offizier in einem Küchenzelt hingerichtet werden will! Dafür bekommt man keinen Orden!«

Er hob den Blick zur Decke. »Oh, ich kann die Nacht kaum erwarten!« Er wandte sich auf dem Absatz um, hob die Arme hoch und verharrte in dieser Stellung. »Heute Nacht werde ich schließlich hinter dir durch ein möglicherweise von Minen bedecktes Niemandsland kriechen und darüber nachdenken, von wem ich erschossen werde, von den Russen oder den Deutschen! Aber davor müssen wir uns lieben, als wäre das etwas, das wir aus einem Menü bestellen, als wäre es bedeutungslos. Es ist falsch, Tanja. Es ist falsch zu handeln, als wäre alles bedeutungslos, wenn es nicht so ist.«

Fedja ließ die Arme sinken, setzte sich ihr kopfschüttelnd zu Füßen und blickte sie unverwandt an. »Ich glaube nicht, dass ich dafür bereit war. Ich habe mich der Roten Armee angeschlossen, weil Stalin es gefordert hat, weil es in Wirklichkeit die einzige Möglichkeit war. Nach vier Wochen Ausbildung hat man mich auf den Weg geschickt. Schließlich bin ich bei der Überfahrt über die Wolga im Wasser gelandet und habe mich an einem Rest des Bootes festgeklammert. Ich bin nicht wie du. Ich habe nicht aus freien Stücken an diesem Krieg teilgenommen und nicht ein Jahr unter Partisanen verbracht. Ich fürchte mich vor allem. Juri starb einfach so in einem Abwasserkanal, und in dem Küchenzelt wimmelte es von Deutschen … Du hast nicht Recht, Tanja. Das war ein besonderer Tag. Für mich war er bedeutungsvoll, weil ich mir vor Angst beinahe in die Hosen gemacht hätte. Nur hätte das niemand bemerkt …«

Er rieb sich mit dem Finger hinter dem Ohr und wandte seinen Blick von ihr ab. »Ich bin an so etwas nicht gewöhnt. Du vielleicht, aber ich nicht.«

Tanja nahm Fedjas Hand von seinem Ohr, zog ihn auf das Bett und legte seine Hand hoch auf ihren Oberschenkel. Dann lehnte sie ihren Kopf an seine Wange und liebkoste ihn mit ihrem Haar. »Bist du daran gewöhnt?« Sie rieb seine Hand, befühlte seine Adern und Fingernägel und presste sie höher auf ihren Schenkel.

»Ich komme aus Moskau, Tanja. Das ist das Einzige, an das wir dort gewöhnt sind.«

»Nun, ich komme aus New York«, flüsterte sie, »da kann man sich leicht verirren. Warum führst du mich nicht eine Weile?«

Ihr Mund schwebte über seinem Ohr. »Nur zu, Feduschka. Führ mich. Ich übernehme, sobald wir zum Minenfeld kommen.«

Tanja fühlte die Wärme seines Atems an ihrem Hals, als er flüsternd antwortete. »Das Minenfeld, Tanjuschka? Zu spät. Ich bin schon mittendrin.«

Fedja hatte sich getäuscht – der Rangierbahnhof war nicht vermint. Während Tanja in der Dunkelheit vorwärts kroch, suchten ihre Finger die Umgebung nach Minenzündern ab, schwarzen Nadeln, die nur wenige Zentimeter aus der Erde herausragten. Sie fanden keine.

Tanja glitt in einer so geraden Linie, wie das Gelände es erlaubte, über die Erde. Beim Rumpf eines deutschen Panzers hielt sie an. Eine der Ketten war von einer Panzerfaust abgesprengt worden. Für sie war das ein weiterer Hinweis darauf, dass die Rote Armee das Gebäude direkt vor ihnen besetzt hielt. Wäre dies nicht der Fall, hätten die Deutschen den Panzer gewiss weggeschleppt, um die Kette zu reparieren.

Sie rasteten unter dem Panzer. Die Hälfte der Strecke über den Bahnhof bis zu dem grauen Gebäude, das sich in die Nacht erhob, hatten sie bereits zurückgelegt. Weitere vierhundert Meter mussten sie noch überwinden.

Die Entfernung bereitete Tanja keine Sorgen. Die Nacht war ruhig und dunkel. Keine Leuchtsignale durchzuckten den Himmel. Zudem gab es genug Trümmer, hinter denen man sich verbergen konnte. Sie wusste jedoch, dass vor und hinter ihr Augen durch Ferngläser den Bahnhof absuchten, einander misstrauisch und hasserfüllt anstarrten und jede Bewegung beobachteten. Ihre Hauptsorge war das erste Aufeinandertreffen mit Russen. Sie würden sich in den vorgelagerten Schützengräben verbergen, um ihre Hochburg gegen nächtliche Eindringlinge wie Fedja und sie zu schützen.

Tanja blieb regungslos liegen, bis ihre Kräfte zurückkehrten. Fedjas Atem beruhigte sich lange vor ihrem. Er ist stark, dachte sie, während sie sich an seine Ausdauer im Abwasserkanal und seine Umarmung auf der staubigen Matratze erinnerte.

Schließlich kroch sie unter der Deckung des Panzers hervor und führte Fedja über weitere Gleise und unter weiteren Wagons hindurch, bis das Gebäude nur noch 75 Meter von ihnen entfernt war. Die Mauern ragten bereits vor ihnen empor, als Fedja an ihrem Fuß zog und sich an ihre Seite schob.

»Was jetzt?«, flüsterte er.

»Ich weiß es nicht.«

Fedja verdrehte die Augen und barg die Stirn in seinen auf der Erde liegenden Händen.

Tanja starrte zu dem Gebäude hinauf. Dann suchte sie das Gelände mit den Augen ab und studierte jeden Wall und jeden Hügel der Verteidigungsanlage, denn sie wusste, dass irgendwo vor ihr die Wachen der Roten Armee lagen. Diese Wachen in der Dunkelheit zu überraschen wäre fatal. Bei Sonnenaufgang im Niemandsland angetroffen zu werden, ehe sie sich als Russen zu erkennen geben konnten, würde ebenfalls ihren sicheren Tod bedeuten.

Sie berührte Fedjas Kopf. »Bleib hier.«

»Was? Wohin gehst du?« Sein Kopf schoss hoch. »Tanja?«

Sie stieß seinen Kopf auf die Hände zurück. »Kopf runter, wenn du ihn behalten willst.«

Mit über den Kopf erhobenen Händen stand Tanja auf. *»Nicht schießen!«*, rief sie auf Deutsch, während sie sich von Fedja entfernte. *»Nicht schießen, bitte!«*

Die nächtliche Stille wurde von metallischem Klicken von Patronenkammern zerrissen. Tanja wusste, dass die Gewehrläufe auf ihr Herz gerichtet waren.

»Nicht schießen!«, rief sie erneut auf Deutsch.

Aus den etwa zwanzig Meter vor ihr liegenden Trümmern ertönten russische Stimmen. »Wer ist da? Geben Sie sich zu erkennen!«

Sie atmete tief ein, um zu antworten. Ihre Lippen formten bereits die ersten Laute auf Russisch. *Ja russkaja.* Ich bin Russin. Sie brach jedoch rechtzeitig ab und schritt vorsichtig weiter. *»Bitte nicht schießen!«*, rief sie den Stimmen erneut auf Deutsch zu.

Plötzlich sprang eine dunkle Gestalt aus der Erde hervor und rannte auf sie zu. Der Soldat zog mit festem Griff einen ihrer erhobenen Arme herunter. Tanja ließ es geschehen, dass er sie hinter sich herschleppte und über einen Brüstungswall in einen Graben stieß, wo sie auf dem Erdboden aufschlug.

Mit einem Fußtritt rollte er sie auf den Rücken und setzte ihr den Gewehrkolben an die Kehle. Unter dem Druck des Kolbens rang sie mühsam nach Atem.

»Wer zum Teufel sind Sie?«, fragte ein Schatten.

Zwei weitere Soldaten standen mit Gewehr im Anschlag neben ihm. »Sprechen Sie!«

»Sprechen!«, forderte sie eine wütende Stimme auf Deutsch auf.

Tanja verharrte regungslos, nur ihre Lippen bewegten sich. »Ich bin Russin und von der 284. Division. Mein Transport wurde letzte Nacht während der Überfahrt über die Wolga bombardiert. Ich trieb flussabwärts hinter die feindlichen Linien.«

Der Gewehrkolben wurde fester gegen ihre Kehle gepresst. Hände suchten ihre Arme und Beine nach Waffen ab.

»Wie kommt es, dass Sie Deutsch sprechen?«

»Ich war Partisanin in Weißrussland. Wir mussten ein wenig Deutsch lernen«, stieß sie mit gurgelnder Stimme hervor.

Der Druck des Gewehrkolbens auf ihrem Hals ließ nach. Sie atmete tief ein und räusperte sich. »Nicht wie ihr russischen Schlappschwänze, die nichts anderes können, als auf Wache zu schlafen und Frauen herumzustoßen.«

Eine der Stimmen lachte, und das Gewehr verschwand.

»Von der 284.?«

»Ja. Unter Batjuk.«

Ein Soldat beugte sich zu ihr hinab. Sie hörte, dass er an ihr roch.

»Verdammt, was ist das für ein Gestank?«

Nun lachte Tanja. Das ist Fedjas Rüstung, dachte sie. »Das ist Scheiße. Sie klebt überall an mir. Aber das ist eine lange Geschichte.«

»Dann erzähl sie mir nicht.« Der Soldat half Tanja, vom Boden des Grabens aufzustehen. »Tut mir Leid«, meinte er. »Wir wussten nicht, wer du bist. Ich sah bloß direkt vor mir eine Gestalt, die etwas auf Deutsch rief, und hielt dich für eine Spionin.«

Tanja betrachtete die drei Soldaten. Sie hatte keine andere Behandlung erwartet. »Wenn ich eine Spionin wäre, hätte ich euch dann auf Russisch oder auf Deutsch angerufen?«

Zwei der drei Soldaten antworteten nach kurzem Nachdenken. »Auf Russisch.« Der Dritte nickte.

Tanja lächelte. Sie hatte richtig geraten. Wieder einmal war sie ein Risiko eingegangen, was ihr Fedja bestimmt vorwerfen würde.

Nachdem sie den Soldaten mitgeteilt hatte, dass sie Fedja zwanzig Meter entfernt auf der Erde liegend zurückgelassen hatte, rief sie ihn.

»Fedja, alles in Ordnung. Du kannst kommen. Wir sind daheim!«

Hastig kroch er auf den Graben zu. Sobald er in ihn hinabgekullert war, wurde er auf Waffen untersucht.

Tanja ging nicht zu ihm hinüber. »Genosse Michailow«, sagte sie.

»Genossin Tschernowa.« Er nickte ihr zu, schüttelte den Soldaten lächelnd die Hände und dankte jedem Einzelnen von ihnen dafür, dass sie nicht auf ihn geschossen hatten. »Gut gemacht«, sagte er. »Gute Arbeit. Ganz ausgezeichnet.«

Tanja wandte sich an die Männer. »Könnt ihr uns saubere Kleidung besorgen? Und etwas zum Essen?«

Einer der Wachsoldaten trat vor. »Die saubere Kleidung

wird bis morgen warten müssen, da wir unseren Posten nicht verlassen dürfen. Aber was das Essen betrifft …«

Der Soldat griff in seine Jacke und zog eine kleine Wodkaflasche hervor, die er zuerst Fedja reichte. »Willkommen in Stalingrad.«

8.

»Alle aufgestanden. Vorwärts!«

Viktor Medwedew trat in die riesige Maschinenhalle. Dreißig Soldaten sprangen von den Eimern, Fässern und Kisten auf, die vereinzelt umherstanden.

Die hohen Ziegelwände des massiv gebauten Kellergeschosses erglühten im lachsfarbenen Licht der Morgendämmerung. Die schweren Maschinen dieser zur ehemaligen Chemiefabrik gehörenden Halle waren zu Beginn des Sommers über die Wolga evakuiert worden. Lediglich die graue Oberfläche des nackten Bodens war zurückgeblieben. Wie alle großen Gebäude in Stalingrad war auch die Chemiefabrik durch die Bombenangriffe der Luftwaffe auf eine Anhäufung von verdrehtem Stahl und Asche reduziert worden, in der nichts mehr zusammenbrechen oder verbrennen konnte. Die Rote Armee hatte sich durch die Trümmer der Chemiefabrik und den die Anlage umgebenden Rangierbahnhof gegraben und war auf das Kellergeschoss gestoßen, das unter Hügeln zusammengebrochener Ziegel und Stahlträger unversehrt erhalten geblieben war. Es war Ende Oktober, und durch die hoch über den Köpfen der Soldaten angebrachten zerborstenen Fenster drang kühle Morgenluft ein. Im Raum war es still, da seine Größe jeden Laut aufzehrte.

Die dreißig Soldaten, die nun vor Viktor standen, gehörten zu den ersten Freiwilligen der 284. Division, die sich zur Ausbildung zum Scharfschützen gemeldet hatten. Kommissar Igor Danilow hatte dem Hasen und dem Bären erklärt, dass er die erste Klasse der neuen Schule auf Soldaten der

284. beschränken wolle, um andere Divisionen anzuspornen, eigene Schulen einzurichten.

Die meisten Freiwilligen hatten über die Errichtung der Scharfschützeneinheit und die Leistungen von Starschina Saitsew in dem dünnen Nachrichtenblatt *Die Verteidigung unseres Landes* gelesen, das zweimal wöchentlich von den Kommunisten für die Verteidiger von Stalingrad herausgegeben wurde.

Viktor drückte seine Zigarette aus und begann. »Ihr alle seid aus einem einzigen Grund hier: um das Handwerk des Scharfschützen zu erlernen und Deutsche zu töten.«

Der Bär hielt ein Gewehr mit Zielfernrohr hoch. »Welche Kampferfahrungen ihr bis zum heutigen Tag auch gesammelt habt, der Kampf des Scharfschützen ist anders. Dafür benötigt ihr Fähigkeiten, die weit über die eines Infanteristen hinausgehen. Ihr werdet mehr Intelligenz und Disziplin brauchen, da ihr nun nicht mehr Teil eines tausend Mann starken Bataillons seid, das lediglich Befehle ausführt. Als Scharfschützen handelt ihr nach eigenem Ermessen. Ihr müsst erst denken, euch dann bewegen und schließlich handeln. Tut ihr das nicht, werdet ihr getötet. Das garantiere ich euch.«

Viktor trat näher an die erste Reihe der Rekruten heran. »Diese Truppe ist die erste ihrer Art. Bis zum heutigen Tag war der russische Scharfschütze ein mutiges, aber größtenteils unorganisiertes und wirkungsloses Instrument. Wir haben unsere Aufgabe gut erfüllt, aber wir können viel mehr leisten. In den nächsten Tagen werdet ihr lernen, wie ihr euren Gegner zur Strecke bringt. Ihr werdet ihn aus großer Entfernung lautlos in seinem Schlupfwinkel töten und damit weithin Schrecken verbreiten. Ihr werdet in seinen verwundbarsten Augenblicken zuschlagen: während er sich morgens eine Zigarette anzündet, wenn er austritt, wenn er abends seine Bohnen löffelt und sich den Mund mit Pferdefleisch voll stopft. Ihr tötet ihn, sobald er auch nur den kleinsten Fehler begeht. Ständig wird er von der Angst geplagt sein, das stumme Brandmal eures Fadenkreuzes auf seinem Leib zu tragen. Er wird nicht wissen, wann die Kugel auf ihn oder den Mann neben ihm abgefeuert wird. Aber er wird wissen, dass es nirgendwo in Russland einen sicheren Ort für ihn gibt. Das ist unsere Aufgabe.«

Viktor hob die Waffe. »Das Zielfernrohr wird euch eure Beute nahe heranholen. Ihr werdet den Feind möglicherweise stunden- oder tagelang ausforschen und beobachten. Ihr werdet sein Gesicht sehen, seine Zähne, und ihr werdet zusehen, wie sein Kopf explodiert.«

Der Bär ließ die Waffe wieder sinken. »Diese Tötungsart benötigt Geduld, Leidenschaftslosigkeit. Wir verbreiten den kalten Tod. Ihr werdet den Mann kennen, den eure Kugel durchschlägt.« Mit dem Gewehr über den Knien setzte er sich auf eine leere Kiste, als rastete er sich vom Rudern aus.

Saitsews Schritte hallten auf dem Betonboden, als er durch die Tür der Maschinenhalle trat. Er betrachtete die Rekruten mit demselben musternden Blick, mit dem er Viktors einleitenden Worten gefolgt war. Sechs der Soldaten im Raum kannte er bereits: Baugderis, Schaikin, Morozor, den Riesen Griasew, Kostikew und den kleinen Kulikow. Nachdem er sie in Aktion gesehen hatte, hatte er in den letzten Tagen jeden von ihnen persönlich aufgefordert, sich den Scharfschützen anzuschließen.

Baugderis, Schaikin und Kostikew hatte er bei der Jagd auf dem Mamajew Kurgan getroffen und beobachtet, wie die drei Bauernjungen aus dem georgischen Tiflis auf zweihundert Meter Entfernung mit bloßem Auge gelassen ein paar Deutsche niedergestreckt hatten. Griasew, ein Riese mit Armen und Händen wie Vorschlaghämmer, war Viktor bei der Traktorenfabrik aufgefallen, als er Handgranaten mit erschreckender Genauigkeit über fünfzig Meter weit warf. Eine bislang unbekannte Meisterleistung. Kostikew war ein Sibirer aus Saitsews Kompanie in der 284. Division. Er war im Umgang mit dem Stilett ebenso gewandt wie mit dem Gewehr und zeigte im Nahkampf eine Ruhe, wie Saitsew sie noch nie gesehen hatte. Den kleinen Nikolai Kulikow hatte Saitsew bei der Barrikadenfabrik stundenlang beobachtet, während er unter feindlichem Beschuss ein Dutzend Mal mit Nachschub zu einer in einem Graben festgenagelten Einheit gekrochen war.

Die erste Klasse von Freiwilligen wirkte hart gesotten und kampfgestählt. Ihre Körpergröße reichte von dem wuchtigen Griasew bis zu einer klein gewachsenen, schwammigen Armenierin, einer von zwei Frauen in der Gruppe.

»Ich bin Starschina Wassili Saitsew, euer Ausbilder. Mein Assistent ist Marineunteroffizier Viktor Medwedew.« Viktor hob seine Zigarette in die Höhe. »Und selbstverständlich steht mir Kommissar Danilow zur Seite.« Saitsew lächelte dem Kommissar zu; dieser lehnte schreibend an einer Wand, ohne aufzusehen.

»Eure Ausbildung zum Scharfschützen wird drei Tage dauern. Heute werden wir die Waffen, das Feldhandwerk und die Taktiken besprechen. Morgen werden wir euch beibringen, mit einem Gewehr mit Zielfernrohr zu zielen und zu schießen. Am dritten Tag wird jeder von euch mit einem Auftrag ausgeschickt. Wer bis zum vierten Tag überlebt, wird seiner Kompanie als Scharfschütze zugewiesen.« Damit wandte sich Saitsew auf dem Absatz um. »Viktor.«

Der Bär erhob sich von der Kiste und griff nach zwei Gewehren. Auf beiden Läufen waren Zielfernrohre angebracht. Vor den Schülern legte er eines der Gewehre auf den Boden. »Als ihr heute Morgen diesen Raum betreten habt, hat man euch aufgefordert, euer altes Gewehr im Korridor abzulegen. Diese Gewehre werden an die Infanterie weitergegeben. Ihr werdet morgen Abend neue Waffen erhalten.«

Viktor betrachtete die Gesichter der Soldaten. Nicht einer sah weg. Der Bär forderte Aufmerksamkeit. »Wie ich gehört habe, sind zwei von euch ohne Waffen gekommen«, bemerkte er kopfschüttelnd. Dann lächelte er. »Ihr müsst wirklich ganz gefährliche Kämpfer sein.«

Die Gruppe stimmte in Viktors Lachen ein, der nun eines der Gewehre hochhob.

»Dies ist die Waffe eures Feindes, ein Mauser-Karabiner 98. Er ist mit einem Vierfach-Zielfernrohr ausgerüstet und verwendet 8-mm-Patronen. Dieses Gewehr ist ein Stück Scheiße, das euch töten kann.«

In Sekundenschnelle riss Viktor den Kolben an seine Schulter und legte auf einen Soldaten an, der zehn Meter von ihm entfernt saß. Der Mann zuckte zusammen. Einen Augenblick später hatte er seine Fassung wiedergewonnen und richtete sich auf.

Viktor verzog das Gesicht, während er zielte. »Die Optik ist schlecht und das Sehfeld begrenzt. Das Zielfernrohr besitzt ein Fadenkreuz, das meiner Meinung nach das Abschweifen fördert. Das Gewehr ist zudem schlecht ausgewogen. Es blockiert häufig, und der Zündmechanismus versagt mitunter bei kaltem Wetter.«

Er drückte auf den Abzug, und der Hammer klickte. Augenblicklich nahm er die Waffe von der Wange, zog den Verschluss zurück und tat, als legte er eine neue Patrone ein. »Der Verschluss ist direkt über dem Abzug, um ein rasches Wiederladen zu ermöglichen. Ein durchschnittlicher deutscher Scharfschütze kann mit diesem Gewehr zwei Schüsse in viereinhalb Sekunden abfeuern.«

Viktor ließ den Mauser klappernd zu Boden fallen und versetzte ihm mit dem Fuß einen Tritt, sodass er gegen eine Mauer schlitterte. Dann nahm er das zweite Gewehr und hielt es mit beiden Händen über den Kopf. »Auch dies ist die Waffe eures Feindes«, erklärte er, während er es wie einen Stab umherwirbelte. »Das ist eine russische Moisin-Nagant, Modell 91/30, mit einem Vierfach-Zielfernrohr für Scharfschützen. Sie verwendet Patronen vom Kaliber 7,62, ist unter allen Kampfbedingungen zuverlässig, insbesondere bei Kälte, und wird von russischen und deutschen Scharfschützen gleichermaßen bevorzugt.«

Die Schüler lächelten Viktor zu, ohne dass der Bär das Lächeln erwiderte. »Eure Aufgabe ist es, nicht zu sterben und diese Waffe in die Hände des Feindes fallen zu lassen. Sollen sie nur ihren deutschen Mist verwenden. Dies hier sind russische Gewehre. Verstanden?«

Wieder riss Viktor das Gewehr ans Kinn und zielte auf den Kopf desselben Soldaten. Zum zweiten Mal überrascht, zuckte der Soldat vor dem Lauf weg, ehe er sich verlegen wieder aufrichtete.

»Eine ausgezeichnete Optik, mit einem Fadenkreuz mit Zielstachel und Querbalken, sodass der obere Teil des Sehfeldes frei bleibt. Das Zielfernrohr ist mit einem internen Richtungsausgleich und einer Höheneinstellung ausgerüstet. Darüber hinaus ist es so hoch über dem Lauf angebracht, dass ihr darunter hindurch blicken könnt, um bei Schüssen unter einhundert Meter Entfernung mit freiem Auge zu zielen. Das Gewehr ist gut ausgewogen, aber einige Gramm schwerer als der Mauser.«

Er ließ die Waffe sinken und lächelte nun dem jungen Soldaten zu, auf den er angelegt hatte. »Aber zum Teufel, wir sind Russen. Das macht uns nichts aus.« Wieder hob Viktor das Gewehr in Schussposition, wieder zielte er auf den ausgewählten Soldaten, der diesmal jedoch ungerührt sitzen blieb. Er drückte den Abzug, repetierte, ohne die Waffe von der Wange zu nehmen, und drückte erneut den Abzug. »Es hat nur einen Makel«, erklärte er, während er das Gewehr in Brusthöhe hielt. »Der Verschluss ist zu weit vorne, um rasch einen zweiten Schuss lösen zu können. Der durchschnittliche russische Scharfschütze kann zwei Schüsse in einem Abstand von fünf bis fünfeinhalb Sekunden hintereinander abfeuern. Dies bedeutet, dass euer erster Schuss treffen muss, weil euer Feind mit der nächsten Kugel um eine Sekunde schneller ist.«

Er klemmte sich die Moisin-Nagant unter den Arm. »Ihr werdet heute Abend ein solches Gewehr ausgehändigt bekommen.« Dann wandte sich Viktor von den Schülern ab. »Wascha.«

Saitsew erhob sich von der Kiste und tauschte seine bis zur Hälfte gerauchte Zigarette gegen das russische Gewehr. Dann sah er zu Danilow hinüber. Der Kommissar beugte sich weiterhin über seinen Notizblock, blätterte auf eine neue Seite und schüttelte die Finger seiner Schreibhand.

Saitsew hob die Waffe und ging zu dem Soldaten, der zweimal zusammengezuckt war, als Medwedew auf ihn angelegt hatte. Er saß mit fünf anderen auf einem Metallrohr. »Wie heißt du?«

Der Soldat wollte sich erheben, um zu antworten, doch Saitsew bedeutete ihm, sitzen zu bleiben.

»Wie heißt du?«

»Tschekow, Starschina. Anatoli Petrowitsch.«

Saitsew betrachtete Tschekows zerrissene Uniform und seine abgenutzten Stiefel. Die Augen des Mannes zeigten keine Furcht. Seine Lippen waren geschlossen, und er atmete ruhig und gleichmäßig. »Du hast wohl schon einiges erlebt?«

Tschekow kniff die Augen zusammen und straffte das Kinn. »Ja.«

»Hast du auch als Zivilist gejagt, Tschekow?«

»Ja. Ich war Wilderer in der Ukraine.«

Saitsew zog die Brauen hoch. Ein Wilderer? Das bekomme ich, wenn ich Danilow die Voraussetzungen für die Eignung festlegen lasse. Nun, dies war nicht die Zeit, um über andere zu urteilen. Er nickte und schritt die Reihe weiter ab, fragte nach den Namen, mitunter nach dem Heimatort, und ob sie Jäger seien – oder Wilderer.

»Wasiltschenko. Hm, ich habe auch ein wenig gewildert.«

»Drujiker, aus Estland. Ich bin lieber fischen gegangen. Aber ich kann mit einem Gewehr umgehen. Das werden Sie sehen.«

»Woljiwatek. Aus der Nähe von Kischinew in Moldawien. Ich habe täglich gejagt, bis ich eingezogen wurde. Bin der beste Hahnschütze im ganzen Dorf.«

»Slepkinian, aus Armenien«, antwortete eine dunkle Frau mit kräftigen Beinen. »Mein Ehemann wurde vor Jahren in der Fabrik zum Krüppel. Ich musste lernen zu jagen, um meine Kinder zu ernähren.«

Landbewohner, dachte Saitsew, wie ich. Wir alle kommen vom Land. Umso besser. Wir sind Entbehrungen gewöhnt.

Saitsew trat vor ein großes geschmeidiges Mädchen mit blondem Haar. Als Erstes fiel ihm ihr Blick auf. Sie kommt gewiss nicht vom Land, dachte er.

»Tschernowa«, sagte sie.

Der hoch gewachsene junge Mann an ihrer Seite rief seinen Namen, noch ehe sich Saitsew von dem Mädchen entfernt hatte.

»Michailow, Fjodor Iwanowitsch. Aus Moskau.«

Saitsew betrachtete die beiden eingehend. Im Vergleich zu den anderen, die ziemlich heruntergekommen aussahen, wirkten sie wie frisch geschrubbt. »Eure Uniformen sind neu. Wann seid ihr in Stalingrad eingetroffen?«

Der Junge antwortete rasch; es schien, als würde er für sich und die junge Frau sprechen. »Vor zwei Tagen. Unser Transportkahn wurde auf der Wolga versenkt. Wir ... ähm ...« Die Augen geradeaus gerichtet, brach er ab. »Unsere Uniformen waren ... äh ...«

»Ihr seid die beiden, die in die Scheiße gefallen sind«, vollendete Saitsew.

Viktor rieb sich kichernd die Stirn.

Saitsew sah sich Fjodor Iwanowitsch Michailow näher an. Der Junge war ebenso groß wie Viktor. »Schon in Ordnung, Soldat«, meinte er. »Geschichten wie diese verbreiten sich nur schnell. In Wirklichkeit hast du Mut bewiesen.« Saitsews Blick wanderte zu der jungen Frau. »Ihr beide«, fügte er lächelnd hinzu.

Mit der Moisin-Nagant unter dem Arm trat er in die Mitte des Raumes. Nun wäre ein günstiger Augenblick, um den Helden zu spielen, dachte er und hob mit lauter Stimme zu sprechen an. Wie Viktor stieß er die Worte knapp hervor. »Bevor wir beginnen, möchte ich euch etwas erzählen, das Genosse Danilow bisher nicht veröffentlicht hat.«

Der Kommissar blickte von seinem Notizblock auf wie ein Tier, das einen seltsamen Laut gehört hatte. Hastig schlug er eine neue Seite auf und senkte den Schreibstift.

Saitsew fuhr fort. »Ich will, dass ihr alle wisst, warum ich den Auftrag angenommen habe, euch zu unterweisen. Ich betrachte euch als meine Rache. Sollte ich im Kampf sterben, werdet ihr die Kugeln sein, die ich den Deutschen nach wie vor entgegensende. Selbst aus meinem Grab heraus werde ich sie durch euch noch bekämpfen.«

Er hielt inne, um die aufmerksamen Gesichter der Soldaten zu betrachten. »Durch jeden von euch«, wiederholte er mit feierlicher Stimme. Mit seiner offenen Handfläche beschrieb er einen Bogen über den Köpfen der Schüler, als wollte er sie segnen. »Ebenso wie ich weiß jeder von euch, warum er hier ist. Das wird euch am Leben erhalten.«

Saitsew streckte dem Wilderer Tschekow das Gewehr entgegen. Der Soldat ergriff es, und Saitsew hielt es einen Augenblick lang gemeinsam mit ihm fest.

»Und für euren Tod wird man einen hohen Preis zu zahlen haben«, erklärte er, ehe er das Gewehr dem Soldaten überließ.

Im Raum war es still, bis auf das Echo von Saitsews Stimme und das Rascheln von Papier, als Danilow eine neue Seite aufschlug.

Den restlichen Morgen verbrachten sie mit dem, was Saitsew und Viktor als ›Feldhandwerk‹ bezeichneten.

Viktor machte die Soldaten auf einfache Weise mit dem Thema vertraut: Das Feldhandwerk war nichts anderes als die Jagd bis zu dem Augenblick, in dem der Abzug gedrückt wurde. Sich lautlos und unbemerkt bewegen zu können zählte zu den wichtigsten Eigenschaften, die ein Scharfschütze entwickeln musste. »Eure Treffsicherheit wird sich durch Übung bessern«, erklärte er. »Ein Fehlschuss aus dreihundert Meter Entfernung wird euch nicht töten, solange der Feind euren Standort nicht kennt.

Stalingrad ist nicht wie die Wälder und Weizenfelder eurer Heimat. Es ist ein riesiger Hügel aus Ziegelsteinen, Beton und Metall. Einen Deutschen in Stalingrad zu jagen, ist nicht dasselbe wie die Eichhörnchenjagd auf dem Land. Eichhörnchen schießen nicht zurück. Um in dieser Stadt überleben zu können, müsst ihr euch anders bewegen und verbergen. Ihr müsst lernen, die Ruinen und Krater zu nutzen und mit fast bis zu den Knien gesenktem Kopf zu laufen. Wir werden auch üben zu kriechen, während ihr eure Waffe in einem Sack hinter euch her zieht. Eine günstige Route durch die Trümmer zu finden erfordert ein scharfes Auge und Geduld. Das Wichtigste jedoch ist – und das werdet ihr vermutlich bereits wissen, wenn ihr echte Jäger seid –, dass ihr stundenlang reglos warten müsst, bis sich der eine Schuss von selbst anbietet. Eine vorzeitige Bewegung kann eure letzte sein.«

Viktor und Saitsew führten die Soldaten die Treppe aus dem Keller hinauf in das Erdgeschoss der Chemiefabrik. Zu Boden gestürzte Decken und Träger bildeten eine riesige Trümmereinöde. Vier Stunden lang beobachteten die beiden Unteroffiziere und riefen Anweisungen, während die Schüler über und um die Bruchstücke krochen und Gewehrattrappen in Säcken hinter sich her zogen. Sobald ein Kopf oder eine Schulter über den Trümmern sichtbar wurde, rief Viktor: »Peng! Ein toter Iwan. *Unten* bleiben!«

Die kleineren Soldaten eigneten sich besser dafür, unbemerkt durch die Ruinen zu schleichen. Viele der größeren, wie Griasew und der Neuling Michailow, bahnten sich ihren Weg durch die Trümmer geräuschvoller und gegen Hindernisse stoßend.

Um diese Unterschiede zu nutzen und die Gefahren zu minimieren, teilte Saitsew die Klasse in zwei Teams. Die Truppe der »Hasen« stand unter seiner Schirmherrschaft. Zu ihnen zählten die kleineren, schlankeren Soldaten – wie Saitsew selbst –, die sich unentdeckt durch die Trümmer bewegten. Viktors Gruppe der »Bären«, den größeren Männern, die zusätzliche Anweisungen benötigten, um ihren Kopf unten zu halten und einander nicht in die Quere zu kommen, verfügte über größere Körperkraft.

Gegen Mittag aßen sie eine Mahlzeit, die aus Tee, Suppe und Brot bestand. Die voneinander getrennten Einheiten der Hasen und Bären unterhielten sich lachend, während in jeder Gruppe die Wodkaflasche kreiste.

Einen Stapel von Notizen in der Hand, trat Danilow an Saitsew heran. »Sagen Sie mir, Genosse Saitsew, was halten Sie von unseren neuen Helden?«, begann er, während er Saitsew eine Zigarette anbot.

Saitsew nahm die Zigarette an. »Die Frauen.«

»Lehnen Sie es ab, dass Frauen an unserer Ausbildung zu Scharfschützen teilnehmen?«

»Sie verursachen Probleme unter den Männern. Das tun sie immer.«

»Nun, Wassili, vielleicht können Sie sie lehren, den Deutschen mehr Probleme zu bereiten als uns.« Danilow legte seine Notizen zur Seite. »Sie wissen, warum es sein muss. In der Roten Armee dienen tausende Frauen an der Seite von Männern. Sie arbeiten als Funkerinnen in den Bunkern, stillen als Krankenschwestern das Blut der Männer und bedienen die schweren Geschütze. Diese erste Scharfschützeneinheit bietet uns die Gelegenheit, der Welt zu zeigen, dass die Deutschen nicht nur durch russische Männer auf dem Schlachtfeld geschlagen werden, sondern durch das *gesamte* russische Volk, Männer und Frauen gleichermaßen. Wir könnten erklären, zu einer Einheit des Kampfes aufgestiegen zu sein. Die kommunistische Ordnung sieht wahre Einigkeit vor, ohne Unterschied der Klassen und Geschlechter. Stellen Sie sich nur vor, welche Wirkung es auf die Zivilisten zu Hause hätte, wenn sie ihre Schwestern, bewaffnet und gefährlich, im *Roten Stern* abgebildet sehen. Nicht einmal die Amerikaner können von sich sagen, dass ihre Frauen den Feind mit Waffen bekämpfen.«

Saitsew trat seine Zigarette mit dem Absatz aus. »Mein Einwand betrifft weniger Ihre Entscheidung als die Tatsache, dass ich nicht gefragt wurde«, erklärte er. »Bitte tun Sie Viktor und mir in Zukunft den Gefallen, uns um unsere Meinung zu fragen. Inzwischen werden wir Ihre Frauen in tödliche Kämpferinnen verwandeln.« Wenn sie das nicht schon sind, dachte Saitsew, während er sich von dem Kommissar entfernte. Die Armenierin Slepkinian bewegte sich trotz ihres beträchtlichen Körperumfanges gewandt und hatte erklärt, eine erfahrene Jägerin zu sein. Viktor hatte ihm von der Blondine erzählt, Tschernowa. Der Bär hatte eine Flasche Wodka mit jenen Wachen getrunken, die das Mädchen und den großen Jungen, Michailow, von den vordersten Gräben am Niemandsland hereingebracht hatten. Sie hatte behauptet, eine Partisanin aus Weißrussland zu sein. Als sie hörte, dass in der Chemiefabrik eine Schule für Scharfschützen errichtet werden sollte, hatte sie auf ihrer Aufnahme beharrt.

Was hatte sie gesehen? Von den besetzten Regionen drangen nur spärliche Nachrichten durch. Wie man hörte, war die Lage dort besonders schwierig. War sie eine zuverlässige Kämpferin, wurde sie dem Ruf der Partisanengruppen gerecht, oder konnte sie bloß einen herausfordernden Blick auf ihr hübsches Gesicht zaubern? Wir werden es herausfinden, dachte er.

Saitsew sah zu Tschernowa hinüber, die mitten unter den Männern saß. Ihr Löffel steckte in ihrem Stiefel wie bei einem regulären Fußsoldaten. Nachdem sie einen Schluck Wodka genommen hatte, inhalierte sie durch ihren Ärmel. Die Männer genossen ihre Gesellschaft, während sie die dickere Frau ignorierten.

Anstatt weiter zwischen den Männern umherzugehen, beobachtete er nur Tschernowa. Selbst als er in die Hände klatschte, um das Mittagessen zu beenden und die Übungen wieder aufzunehmen, hielt sie seine Aufmerksamkeit gefangen. Ihre Stimme erklang über der aller anderen. Die Hände in die Hüften gestemmt, stand sie hinter ihm. Ignoriere sie, dachte er.

Sie bringt nur Schwierigkeiten.

Saitsew schritt zum Fuß der verkohlten Mauer. Er wandte den Soldaten den Rücken zu, von denen die meisten mit überkreuzten Beinen in einem Halbkreis auf dem Boden der Maschinenhalle saßen. Das Licht des späten Nachmittags ergoss sich durch die hohen, zerbrochenen Fenster. Wie Glimmer glitzerte der über seinem Kopf umher wirbelnde Staub.

»Dort draußen« – Saitsew deutete auf das Fenster über sich – »ist es mitunter sehr still. Diese Ruhe kann trügerisch sein. Sie kann eure Aufmerksamkeit einschläfern.«

Er kehrte in die Mitte der Gruppe zurück.

»Vergesst nicht, dass ihr keine Infanteristen mehr seid. Ihr seid Scharfschützen. Ihr braucht neue Gewohnheiten und eine neue Art zu denken. Die Schlachten der Infanterie werden mit Lärm, Explosionen, Schreien und umherlaufenden Soldaten geschlagen. Ihr kämpft in der Stille. Glaubt nicht, dass ihr allein seid, nur weil es um euren Graben oder euer Versteck ruhig ist. Überall in den Ruinen gibt es Arme,

Beine und Augen. Jedes Gebäude, jedes zerstörte Haus, jeder Trümmerhaufen wird beobachtet. Nachschubeinheiten laufen mit Munition, Minen und Verpflegung durch die Schützengräben. Von den Dächern der Gebäude richten Artilleriebeobachter ihre Ferngläser in alle Richtungen. Pioniere kriechen durch die Trümmer, um feindliche Bunker und Tunnels aufzuspüren. Melder überbringen eingeschlossenen Einheiten ohne Funkverbindung Befehle aus dem Hauptquartier. Vergesst nie, dass das Schlachtfeld lebt, selbst wenn ihr nichts seht oder hört. Als Scharfschützen werdet ihr inmitten von alledem liegen, unsichtbar, unhörbar, und alles beobachten und jeden vorüber lassen, bis es Zeit ist zuzuschlagen.«

Er hielt inne, während aller Augen auf ihn gerichtet blieben. Begierig warteten die Soldaten auf seine nächsten Worte.

Saitsew sah zu Danilow hinüber. Der Bleistift des Kommissars bewegte sich heftig, während er einen Bericht über diese ersten Übungsstunden der neuen Scharfschützenschule der Roten Armee verfasste.

Wassili Saitsew, oberster Scharfschütze, schrieb er vermutlich. *Held.*

»Als russische Scharfschützen werdet ihr die folgenden Aufgaben erfüllen müssen, sobald ihr zu euren Einheiten zurückkehrt. Ihr werdet auf die wichtigsten Ziele, die ihr finden könnt, in dieser Reihenfolge Jagd machen: Offiziere, Artilleriebeobachter, Melder, Granatwerfer- und Maschinengewehreinheiten, Panzerabwehrschützen und motorisierte Kuriere. Gebt nie eure Position durch einen Schuss auf ein geringeres Ziel preis, wenn mit etwas mehr Geduld ein Offizier euren Weg kreuzen könnte.

Der Kommandant eurer Kompanie wird eurem Zugführer das Ziel des Tages bekannt geben. Ihr werdet vor der Front vorrücken und den Angriff unterstützen, indem ihr die Ziele erledigt, die ich soeben in ihrer Reihenfolge genannt habe. Nachdem der Angriff begonnen hat, werdet ihr euch an die Flanken begeben, um eure Männer gegen Maschinengewehre und Granatwerfer zu schützen.«

Saitsew schwieg, um seine Worte eindringen zu lassen, obwohl er wusste, dass er sie noch mehrmals würde wiederholen müssen, ehe der Tag vorüber war.

Er rieb seine Hände aneinander. »Wie der Wolf in der Taiga hat der russische Scharfschütze nur einen natürlichen Feind.« Dann sprach er, als wollte er seinen Mitverschwörern ein Geheimnis mitteilen. »Euer Gegenspieler ist der deutsche Scharfschütze. Er ist eure gerechte Strafe, und ihr seid seine. In der Liste von Zielen, die ich euch genannt habe, hat ein feindlicher Scharfschütze immer Priorität.«

Er lächelte zu dem Bären hinüber, der hinter den Schülern stand, eine Zigarette rauchte und in die Ferne blickte, als sähe er über eine weite, offene Fläche.

»Nichts«, erklärte Saitsew, während er nach der Moisin-Nagant griff und durch das Zielfernrohr blickte, »absolut nichts wird euch stärker erregen und gefährden als ein Duell mit einem anderen Scharfschützen auf Leben und Tod.«

Saitsew drückte den Abzug. Ein Klicken erklang in der Kammer. »Er ist euer schlimmster Gegner.«

Viktor spuckte auf den Betonboden und zerrieb den Speichelfleck mit dem Fuß. Dann trat er in die Mitte der Gruppe neben Saitsew. »Und wir werden euch zeigen, wie ihr ihn tötet.«

Saitsew klopfte seinem großen Freund auf den Rücken. »Eine Kugel, ein tödlicher Treffer.«

An diesem Nachmittag erfuhren die Soldaten, was Saitsew und Viktor über die Taktiken und Fähigkeiten feindlicher Scharfschützen in Erfahrung gebracht hatten. Es hatte sich gezeigt, dass die deutschen Scharfschützen nicht für die innerstädtische Zerstörung von Stalingrad, sondern für Operationen im Rahmen der Blitzkrieg-Taktik trainiert worden waren. Sie waren gewöhnt, in schnellem, wildem Vorstoß offenes Gelände zu überqueren und verlassene, von Bomben zerstörte Städte zu umgehen. Wo sollten sie Geduld erlernen, überlegte Viktor laut, wenn sie einfach hinter den Panzern her liefen und in einem einzigen Streich ganze Nationen eroberten, wie Polen in einem Monat oder das nutzlose, mutlose Frankreich in einer Woche?

Hingegen waren die Deutschen gut in der Verwendung von Tarnfarben wie Fett und Erde, um Lichtspiegelungen zu vermeiden und eins zu werden mit ihrer Umgebung. Sie umwickelten die Mündung ihrer Gewehre mit hellem oder dunklem Tuch. Einmal hatten sich Viktor und Saitsew von einem deutschen Scharfschützen mit einem falschen Standort täuschen lassen. Er hatte einen Draht an seinem Gewehr befestigt und dann aus zwanzig Metern Entfernung den Abzug ausgelöst. Saitsew hatte auf den Standort geschossen und war überzeugt gewesen, einen tödlichen Treffer erzielt zu haben. Der Preis war eine Kugel, die von seinem Helm abprallte, und ein schmerzlicher Sturz auf die harte Erde.

Was ihre Treffsicherheit anlangte, bildeten die deutschen Scharfschützen eine tödliche Gefahr bis auf eine Entfernung von fünfhundert Meter. Daneben waren sie jedoch auch sorglos. Sie waren sich ihres Erfolgs zu sicher und unterließen es häufig, nach einem Schuss ihre Position zu verlassen. Mit ihrer Munition gingen sie nicht allzu sparsam um. Oft feuerten sie aus derselben Stellung zwei bis drei Kugeln auf ein einziges Ziel. Das bot einem geduldigen russischen Scharfschützen die Gelegenheit, einen deutschen Fehlschuss mit einem Treffer zu begleichen. Die Deutschen wiederholten häufig denselben Trick, und ließen drei- bis viermal in einer Stunde einen Helm auf einem Stock über den Wall eines Schützengrabens emporragen, als wäre der russische Scharfschütze ein Fisch, der bei jedem Wurm anbiss. Mitunter hatte sich Viktor von den Deutschen beleidigt gefühlt. Sie rauchten nach Einbruch der Dunkelheit Zigaretten oder Pfeifen und warfen beim Ausheben eines Schießverstecks die Erde achtlos auf das freie Feld. Manchmal machten sie auch unnötige Bewegungen oder Geräusche. »Verlasst euch nicht darauf, dass euer Gegenspieler einen Fehler macht«, erklärte Saitsew den Soldaten, »aber bietet ihm jede Gelegenheit dazu. Und straft ihn dann dafür. So etwas wie einen kleinen Fehler gibt es nicht, wenn man euch dafür den Kopf wegpustet«, erinnerte er sie.

Der deutsche Scharfschütze arbeitete in relativer Sicherheit, üblicherweise etwa zwei- bis dreihundert Meter von der Front entfernt. Seine Vierhundert-Meter-Schüsse reichten daher nur etwa einhundert Meter in das russische Hinterland. Diese Taktik bedeutete für die russischen Offiziere nur eine geringe Gefahr, weil sie sich meist weit hinter den Linien aufhielten. Der moderne, für den Einsatz im Feld besser ausgebildete russische Scharfschütze würde vor der Nase des Feindes entlang der Frontlinie umherstreifen, um einen unaufmerksamen deutschen Oberst oder General einen halben Kilometer hinter dem eigentlichen Kampfgeschehen zu erreichen. »Aufgrund dieser Kühnheit werden selbst unsere weiblichen Scharfschützen bessere Männer abgeben«, erklärte Saitsew.

Die deutschen Scharfschützen arbeiteten nie nachts, was den russischen die Gelegenheit bot, zwölf Stunden des Tages zu operieren, ohne Entdeckung befürchten zu müssen. »Ich jage nicht gerne nach Einbruch der Dunkelheit«, meinte Saitsew. »Unteroffizier Medwedew ist hingegen eine wahre Nachteule«, fügte er lachend hinzu. Feindliche Maschinengewehrschützen, die unbesonnen genug waren, Leuchtspurgeschosse abzufeuern, oder Artilleriekundschafter, die die grünen und roten Leuchtsignale liebten, die sie über der russischen Flottille auf der Wolga hochsteigen ließen, wurden häufig zu Viktors Opfern.

Saitsew war davon überzeugt, dass die erschwerten Bedingungen, unter denen die russischen Scharfschützen arbeiteten, ihre Sinne schärften. Die Arbeit aus dem Hinterland und das Operieren ausschließlich bei Tageslicht schwächten hingegen die Konzentration der deutschen Scharfschützen. Der gemeinsame Kampf der Scharfschützen mit den Truppen der Roten Armee bot diesen zusätzliche moralische Unterstützung. Im Gegensatz dazu sahen die deutschen Infanteristen ihre Scharfschützen nie.

»Die deutschen Scharfschützen wähnen sich in Sicherheit, weil sie weit hinter den Linien von Schützengräben aus operieren«, erklärte Saitsew. »Aber auch dort sind sie nicht sicher. Warum? Weil sie noch immer in Russland sind.«

Das genügt für heute, dachte er. Außerdem weiß ich nicht, was ich ihnen noch erzählen soll. Ich wusste nicht einmal, dass ich selbst so viel weiß.

Saitsew suchte den Raum nach Danilow ab. Unglaublich, der Kommissar hatte den ganzen Vormittag und Nachmittag geschrieben. Nun sah er auf und blickte Saitsew direkt an. Dann schloss er den Notizblock und streckte den Daumen hoch, als Zeichen seiner Zustimmung. Mit zufriedenem Gesichtsausdruck hob er den Notizblock, als wäre er eine Trophäe. Die langen Schöße seines Mantels sprangen wie Hunde hoch, die an seiner Seite liefen, als er mit hastigem Schritt die Maschinenhalle verließ.

Saitsew klatschte in die Hände. »Alle aufgestanden! Morgen werden wir mit dem eigentlichen Handwerk des Scharfschützen beginnen. Nun aber kommen die Hasen mit mir und die Bären mit Unteroffizier Medwedew. Wir werden euch die Unterkunft zeigen. Vorwärts!«

Jeweils 15 Soldaten folgten einem Unteroffizier hinauf ins Erdgeschoss der Chemiefabrik und dort in unterschiedliche Ecken des Gebäudes. Sobald die Entscheidung gefallen war, die Gruppe aufzuteilen, hatten Saitsew und Viktor beschlossen, den beiden Teilgruppen eine eigene Identität zu verleihen und ihre militärischen Ziele an ihre körperlichen Fähigkeiten und Persönlichkeiten bestmöglich anzupassen. Danilow hatte dem Vorschlag zugestimmt. Die Bären würden in der Nähe der Fronttruppen operieren, vor einem Angriff den Widerstand brechen und die Flanken der 284. Division während der Kampfhandlungen schützen. Neben dem Präzisionsgewehr würden sie mit Maschinenpistolen und Handgranaten ausgerüstet werden. Die hoch gewachsenen Männer würden überdies eine Nachtausbildung erhalten, Viktors Spezialität.

Die Hasen wiederum würden als Tötungsmaschinen der Division zum Einsatz kommen. Die kleinen, mobilen Männer – und Frauen – würden mit ihren speziellen Fähigkeiten für den Feldkampf und ihren stählernen Nerven nach Viktors Worten »in den Mund des Feindes kriechen und ihm die Zähne herausschießen«. Sie würden von Saitsew lernen, mit der Front zu verschmelzen und mit eiserner Geduld und unfehlbarer Präzision mit einem einzigen Schuss zu töten.

Saitsew führte seine Gruppe in einen großen, fensterlosen Raum, dessen Eingang mit einer Decke verschlossen war. Eine Laterne schimmerte in einer Ecke. Drei Wassereimer standen neben einem Waschbecken aus Zinn. Darüber hinaus war der Raum leer.

»Das Abendessen wird in ein paar Stunden gebracht. Versucht, euch ein wenig kennen zu lernen, da ihr schon bald in Teams eingeteilt werdet.«

Als Saitsew das Fabrikgebäude verließ, traf er auf Viktor.

»Was hältst du von ihnen?«, fragte der Bär, sobald sie im Schutz des riesigen Bauwerks in einen Schützengraben getaucht waren. Die Sonne war bereits beinahe untergegangen, die Schatten hatten sich aufgelöst, und eisige Kälte stieg aus dem Boden auf. Saitsew kannte Viktors Tagesablauf: Er würde nun zu ihrem Bunker zurückkehren, rasch eine kleine Mahlzeit zu sich nehmen, einige Artikel aus der heutigen Ausgabe der *Verteidigung unseres Landes* oder des *Roten Stern* lesen und nach einem kurzen Schlaf in die Nacht hinausziehen.

Saitsew sah zu seinem Freund hinüber. »Vor dem ersten Schuss ist das schwer zu sagen«, meinte er. »Aber ich bin froh, kein Deutscher zu sein.«

»Das ist gut.« Viktor bückte sich tief, um nicht über die Brüstung des Grabens hinaus zu ragen. Was für ein großer Mann, dachte Saitsew. Von seinem Körperbau her nicht wirklich zum Scharfschützen geeignet. Wie schaffte er es bloß?

»Ich bin auch überglücklich, kein Bär zu sein«, fügte er lachend hinzu.

Viktor nahm eine Hand voll Erde und warf sie nach Saitsew. Den Kopf stets gesenkt, lief der Hase durch den Graben bis zu ihrem Bunker, auf dem Fuß gefolgt von dem brummenden Bären.

9.

Einige Minuten vor Mitternacht betrat Saitsew das Lager der Hasen.

»Wie geht es meinen Hasen?« Seine Laterne warf bernsteinfarbene Schatten auf die blinzelnden Gesichter.

Die Soldaten setzten sich in ihren Schlafsäcken auf. Gut, dachte Saitsew, sie können schlafen. Eine wichtige Fähigkeit für einen Scharfschützen. Es galt zu ruhen, wann und wo es möglich war.

Er hockte sich auf den Boden. »Ich habe einen Auftrag.« Dunkle Schatten spielten auf ihren Gesichtern, während er die Lampe auf den Boden stellte. »Nach Beendigung der heutigen Unterrichtseinheit erhielt ich Befehle vom Divisionshauptquartier. Wie es scheint, haben einige deutsche Gefangene die Position eines deutschen Kundschafterpostens preisgegeben. Das Kommando fragt, ob ich mit einigen Scharfschützen im Niemandsland Stellung beziehen kann, um zu sehen, ob wir am Morgen mit etwas Glück ein paar Ziele für unsere Kugeln finden. Ich habe geantwortet, dass wir das gewiss tun könnten, dass ich aber eine bessere Idee habe. Warum sollen wir nur ein paar deutsche Offiziere durchlöchern? Warum kümmern wir uns nicht um alle gleichzeitig?«

»Wir jagen sie mit Dynamit in die Luft«, meinte der kleine Tschekow.

Saitsew deutete auf den Soldaten. »Schüler Tschekow erhält einen Stern. Richtig geraten. Ich nehme vier von euch mit. Wir werden augenblicklich aufbrechen. Ich habe die Sprengladungen und einen Lageplan bei mir. Freiwillige?«

Alle Hände schossen in die Höhe. Einige Soldaten erhoben sich sogar auf die Knie, um ihre Hände höher zu strecken. Saitsew klopfte den Soldaten auf den Kopf, die er für diesen Auftrag mitnehmen wollte: Tschekow, den Wilderer. Er war ein ausgezeichneter Schütze und intelligent; Kostikew, den schweigsamen sibirischen Jäger; Kulikow, weil er der Beste der Klasse war, wenn es darum ging, wachsam zu sein und lautlos zu kriechen, und weil er buchstäblich mit den Trümmern verschmolz; und die Widerstandskämpferin Tschernowa.

Die Ausgewählten erhoben sich und gingen zur Tür. »Versucht nun, wieder zu schlafen«, sagte er zu denen, die zurückblieben. »Auch ihr werdet eure Chance bekommen. Wir sind vor Sonnenaufgang zurück.«

Die vier folgten Saitsew in die dunkle Oktobernacht hinaus. Das nervöse Knattern eines weit entfernten Gewehrs oder Maschinengewehrs war das einzige Geräusch, das die eisige Stille durchbrach. Saitsew hielt die Laterne tief am Boden, während er an der hohen Mauer entlangging. Die Schatten seines Trupps zeichneten sich an der Wand hinter ihnen ab.

Neben einem Stapel aus sechs Rucksäcken und fünf Gewehren stellte er die Lampe ab und zog einen Tiegel mit Tarnfarbe hervor. »Tarnt euch«, forderte er sie auf. Tschekow tauchte zwei Finger in den Topf, ehe er ihn weitergab.

Während sich die Soldaten Hände und Gesichter schwärzten, breitete Saitsew neben dem zischenden Licht eine Landkarte aus und legte seinen Finger auf das Papier.

»Das ist die Chemiefabrik. Hier liegen die Nebengebäude der Roter-Oktober-Fabrik. Dort ist die Fliegerschule von Stalingrad. Hier, zwischen diesen beiden, liegen einige Kühlhäuser. Im ersten Stock dieses Gebäudes befindet sich das deutsche Hauptquartier.«

Er beschrieb mit dem Finger auf der Landkarte eine Linie über den nördlichen Teil des Bahnhofs, der die Chemiefabrik an drei Seiten einschloss. »Wir kriechen nach Norden durch das Niemandsland. Unsere Vorposten liegen hier und hier. Sie wurden unterrichtet, damit wir keinen Schuss in die Kehrseite bekommen. Wir werden das Gebäude von der Südseite betreten, in den dritten Stock hinaufklettern, unsere Ladungen anbringen, zünden und wieder verschwinden.«

Er blickte von der Karte in die schwarzglänzenden Gesichter der Soldaten, aus denen die weißen Augen hervorstachen. Alle starrten auf die Karte hinab – mit Ausnahme von Tschernowa, die ihn ansah. Er lächelte ihr zu.

»Eine saubere Sache, wie es dir gefällt, Partisanin. Richtig?«

»Richtig.«

»Dann los.« Saitsew faltete die Karte zusammen. »Jeder von euch nimmt ein Gewehr und einen Rucksack. Ihr tragt das Dynamit, ich die Zündschnur.« Er hob zwei der Rucksäcke auf seine Schulter. »Sollte mir etwas zustoßen, müsst ihr auf jeden Fall meine Rucksäcke mitnehmen.«

Nachdem er die Lampe ausgelöscht hatte, die an der Mauer zurückblieb, zog er Tschekow an seine Seite. »Kennst du den Weg?«

Der Soldat nickte. »In den letzten beiden Monaten habe ich mehrere Lebensjahre in der Roter-Oktober-Fabrik verbracht. Ich kenne alle Wege dort, Starschina. Ich kenne auch das Kühlhaus.«

Saitsew klopfte Tschekow auf den Rücken. Der Soldat war um einen halben Kopf kleiner als er, hatte ein fein geschnittenes Gesicht und schwarzes Haar. Tschekow besaß das Selbstvertrauen eines Athleten; er wird einen guten Scharfschützen abgeben, dachte Saitsew. Er hat seine Eigenheiten, ist kaltblütig und unberechenbar.

»Gut. Du wirst uns führen, Tschekow.« Saitsew berührte Kostikew am Arm. »Du bist der Nächste. Wenn wir auf Schwierigkeiten stoßen, kümmerst du dich darum.«

Der Sibirer fuhr mit den Fingern zu den Messern, die in der Nähe seiner Hände vom Gürtel herabhingen. Wortlos schulterte er das Gewehr und den Rucksack und trat von hinten nahe an Tschekow heran.

»Nikolai«, redete Saitsew Kulikow an. »Sollte mir etwas zustoßen, übernimmst du das Kommando. Daher gehst du jetzt in der Mitte. Vorwärts!«

Dann wandte er sich an Tschernowa, deren Haar selbst in der Nacht goldfarben schimmerte.

»Du gehst vor mir, Partisanin. Du untersuchst das Gebäude, um sicherzustellen, dass die Ladungen richtig platziert sind. Wenn wir fertig sind, wirst du die Zündschnur anzünden. Danilow würde das gefallen.«

Die junge Frau hob die Brauen, während sie ihr Gewehr

überwarf. »Ist das der Grund, warum ich ausgewählt wurde? Um in Danilows Artikel über dich vorzukommen?«

Saitsew zog sie am Arm. »Wenn du deine Aufgabe gut erfüllst, könnte es ein Artikel über dich werden.«

Die fünf Soldaten gingen in einer Reihe etwa hundert Meter nach Norden. Auf Saitsews Zeichen kletterten sie in einen Graben, der zum Rand des Bahnhofs führte. Am Ende des Schützengrabens trafen sie auf sechs Wachsoldaten hinter schweren Maschinengewehren, die ins Niemandsland zielten. Als Saitsew Tschekow zunickte, schob sich der geschmeidige Anführer über die Brüstung auf die dreihundert Meter breite Ebene, die von Kratern und verbogenen Gleisen bedeckt war.

In einem Intervall von zehn Sekunden bedeutete Saitsew jeweils dem Nächsten in der Reihe, aus dem Graben zu kriechen. »Bleibt auf Tschekows Spur.«

Sobald die vier Hasen auf dem Bahnhofsgelände waren, warf sich Saitsew seine Rucksäcke über die Schulter und tarnte Gesicht und Hände ebenfalls mit der Fettschmiere. Er nahm sein Gewehr, kletterte aus dem Graben, wandte sich zu den Wachen um und hob seinen geschwärzten Daumen.

Auf dem Bauch liegend, konnte er kaum Tschernowas Beine ausmachen, die sich zehn Meter vor ihm über den Boden schlängelte. Weder sie noch einer der anderen Schüler verursachten auch nur das geringste Geräusch.

Den Blick unablässig auf Tschernowas Fersen geheftet, schob sich Saitsew in gekrümmter Linie zehn Minuten lang über den Boden. Allmählich ärgerte er sich über den Zickzackkurs, den Tschekow wählte. Je länger jedoch die Route durch Krater, unter Wagons hindurch und um Trümmer herum verlief, desto mehr Bewunderung nötigte ihm Anatoli Tschekows Wahl ab. Er war langsam, geduldig und lautlos, anerkannte Saitsew lächelnd.

Plötzlich stieg über ihnen ein weißes Leuchtsignal hoch. Augenblicklich drückte Saitsew das Kinn auf die Erde. Vor ihm verharrten Tschernowa, Kulikow und Kostikew regungslos wie Steine. Er war davon überzeugt, dass sie auf dem dunklen, welligen Untergrund kaum zu erkennen waren.

Die Leuchtkugel blitzte auf und verlosch wieder, während sie an einem kleinen Fallschirm hängend zu Boden sank. Im Schein des vorbeitreibenden Lichts sah Saitsew zu der riesenhaften Silhouette der zweihundert Meter vor ihm liegenden Roter-Oktober-Fabrik hinüber. Fünfzig Meter rechts davon, von ihrer Position aus nahezu auf der Seite, befand sich die Fliegerschule von Stalingrad. Sie würden dem jetzigen Kurs nur noch etwa fünfzig Meter weit folgen und sich dann nach links wenden. Von dieser Position aus lag das Kühlhaus nur wenige Meter von ihnen entfernt an der Straße.

Die Leuchtkugel schwebte hinter eine Reihe geisterhafter Ruinen und verlosch. Saitsew folgte Tschernowa über den Rand eines Kraters. Auf der anderen Seite warteten die Hasen auf ihn.

Saitsew deutete auf ein vierstöckiges Gebäude in dreißig Meter Entfernung. Die südliche Mauer des Bauwerks fehlte, sodass die Treppe zu den Obergeschossen frei lag.

Tschekow nickte. Das Kühlhaus.

Saitsew berührte Kostikews Bein. »Du gehst als Erster. Lass dein Gewehr und deinen Rucksack hier. Zünde auf dem Treppenabsatz im ersten Stock eine Zigarette an.«

Kostikew gab den Rucksack an Tschekow weiter, während Tschernowa sein Gewehr nahm.

Dann zog er eines seiner Messer aus der Scheide und steckte es wie ein türkischer Pirat in den Mund. Als er seinem sibirischen Landsmann Saitsew zulächelte, blitzte es golden zwischen seinen Zähnen auf. Seine zähen Halsmuskeln stachen wie Streben unter dem Kinn hervor. »Ich sehe euch in einer Minute«, murmelte er um das Messer.

Dies waren die ersten Worte, die Saitsew an diesem Tag von ihm hörte.

Der Hase setzte sich auf den Rand des Kraters und beobachtete, wie der Sibirer in den Trümmern der zusammengestürzten Wand verschwand.

Dann löste sich aus den Schatten des Treppenabsatzes im

ersten Stock eine dunkle Gestalt und näherte sich der Kante. Die Gestalt wandte sich um und verschwand mit schleppendem Schritt um eine Ecke, ohne eine Zigarette anzuzünden.

Eine Minute später tauchte eine weitere Gestalt auf dem Treppenabsatz auf. Sie entzündete eine Zigarette, tat einen tiefen Zug, sodass ein orange glühender Punkt erschien, und schleuderte die Zigarette in die Trümmer hinab, wo sie in einem Schauer von Funken einmal hochsprang.

»Haltet euch bis zum Gebäude auf dem Boden, und dann rasch die Treppe hinauf. Kein Laut«, flüsterte Saitsew. »Vorwärts, Nikolai!«

Nachdem Kulikow sein Gewehr und das von Kostikew geschultert hatte, glitt er aus dem Krater. Tschekow griff nach Kostikews Rucksack und folgte ihm.

»Los, Partisanin«, zischte Saitsew.

Er wartete, bis Tschernowa mit Gewehr und Rucksack vor ihm davonglitt und kroch dann hinter ihr über den Rand des Kraters. Von seinen dahinhuschenden Hasen hörte er lediglich ein kaum vernehmbares Kratzen in den Trümmern. Im Schatten am Fuß der Treppe kauerte Kulikow als Wache. Saitsew eilte auf Zehenspitzen hinter Tschernowa die Treppe empor. Vom Treppenhaus blickte er ins Freie, wo eigentlich eine Wand stehen sollte. Er fühlte sein pochendes Herz bis in die Hände, die das Gewehr umklammerten. Saitsew war es nicht gewöhnt, so ausgesetzt zu jagen, wie auf dieser Treppe. Hier gab es nichts, wo er sich hätte verbergen können, keinen Graben, lediglich Stille und eine grauschwarze Nacht.

Zwei Schritte vor ihm schreckte Tschernowa zurück. Sie hatte das obere Ende der Treppe erreicht und trat eben in den ersten Stock hinaus. Die junge Frau taumelte rücklings gegen ihn und brachte hastig ihr Gewehr in Anschlag.

Er fasste sie um die Taille und zog sie auf seine Stufe hinunter. Dann wendete er sein Gewehr, sodass der Kolben nach vorne gerichtet war, und sprang, zum Schlag bereit, vorwärts.

Ein deutscher Wachsoldat lehnte in der Dunkelheit an

der Wand. Sein Gewehr hing über seiner Schulter. Er trug einen Helm und starrte durch die fehlende Wand ins Freie. Saitsew wusste, was geschehen war. Sein Befehl war mit einer Ausschmückung ausgeführt worden. Er rieb seinen Fuß an der Spitze des Stiefels des Deutschen und fühlte das glitschige Blut auf dem Boden.

Als er ihm unter das Kinn griff, stießen seine Finger gegen den Griff von Kostikews Messer. Der deutsche Soldat war an eine Holzwand genagelt worden. Sein Kopf ruhte auf der Klinge, sein Kinn auf dem weißen Elfenbeingriff.

Tschernowa trat auf den Treppenabsatz hinaus, während Kulikow auf der Treppe darunter auftauchte. Er hatte seinen Posten im Erdgeschoss verlassen, sobald er vom Treppenabsatz verhaltene Geräusche gehört hatte.

Von der Treppe, die zum nächsten Geschoss hinaufführte, vernahm Saitsew ein leises »Psst«. Kostikews Goldzähne glitzerten inmitten eines gelösten Grinsens.

»Ich wusste nicht, was ich mit ihm tun sollte, Wascha, und wollte verhindern, dass ihr über ihn stolpert.« Der Sibirer zuckte die Achseln und kletterte die nächste Treppe empor.

»Bewach die Rückseite«, trug Saitsew Tschernowa auf. »Sag Kulikow, dass er seinen Rucksack raufbringen soll. Ich hole dich, sobald die Ladungen angebracht sind.« Dann folgte er Kostikew die Treppe hinauf.

Im zweiten Stock führte Tschekow die anderen in die Mitte eines großen, leeren Raumes. Dicke Holzsäulen standen am Außenrand eines alten Eichenbodens. Das ist ein altes Gebäude, dachte Saitsew, es wird schnell zusammenstürzen.

Sie legten in jede Ecke einen der Rucksäcke. In der Mitte des Raumes verband Kulikow die Zünder mit den Zündschnüren. Saitsews Uhr zeigte 2.50 Uhr.

»Fertig?«, fragte er Nikolai flüsternd.

»Noch eine Minute.«

Saitsew kroch die Treppe in den ersten Stock hinunter. Während er hinabstieg, hörte er kein Flüstern, sondern einen Befehl.

»*Hände hoch!*«

Sein Magen verkrampfte sich. Adrenalin verschweißte seine Fäuste mit dem Kolben seines Gewehrs. Auf seinen Lippen formte sich ein unausgesprochener Fluch. Tschernowa war von einem Deutschen auf der Treppe überrascht worden, einer Wache, die Kostikew übersehen hatte. Zweifellos starrte sie in diesem Augenblick in die Mündung eines Gewehres. Der Auftrag und ihrer aller Leben waren in Gefahr. Die nächsten fünf Sekunden würden sie retten oder vernichten.

Saitsew glitt die Treppe so leise wie möglich hinab. An der Ecke spähte er auf den Treppenabsatz hinunter.

Der Soldat verharrte unbeweglich, während die Pistole in seiner rechten ausgestreckten Hand auf den Kopf der jungen Frau gerichtet war. Saitsew nahm an, dass der Deutsche nicht wusste, was er machen sollte. Was tat man mit einem Gefangenen? Der Mann musste wissen, dass sich mehrere Feinde im Gebäude befanden – die Russen schickten keine Frau allein hinter die Frontlinie. Sein an die Holzwand genagelter, toter Kamerad, aus dessen durchschnittener Kehle Blut tropfte, war ein abschreckender Hinweis. Sollte er fliehen und seine eigene Haut retten oder seine Gefangene die Treppe hinunter- oder hinaufbringen? Und wer würde antworten, wenn er um Hilfe rief?

Der Deutsche schwenkte die Pistole vor Tschernowas Gesicht. »*Wo sind die Russen? Wo sind sie*?«

Wieder nahm Saitsew sein Gewehr mit dem Kolben voran in die Hand, um dem deutschen Soldaten damit einen Schlag zu versetzen, sobald er die Gelegenheit erhielt. Ein Schuss würde zu viel Aufmerksamkeit auf sich ziehen.

Hinter der Wand verborgen, flüsterte er: »Partisanin.«

Augenblicklich ertönte ein dumpfer Schlag, gefolgt von einem schmerzerfüllten Stöhnen. Der Soldat stand vornüber gebeugt. Zwischen seinen Beinen war Tschernowas Fuß eingeklemmt. Klappernd fiel die Pistole der Wache auf den Treppenabsatz und weiter hinunter auf die Straße.

Ehe Saitsew vorschnellen konnte, um dem Deutschen das Gewehr auf den Kopf zu schmettern, sprang ihm Tschernowa wie ein Panther an die Kehle und presste ihm die Luftröhre zu. Der Soldat rang gurgelnd nach Atem und wehrte sich mit all seinen Kräften. Saitsew ließ seinen Gewehrkolben an Tschernowas Schulter vorbei auf die Nase des Deutschen niedersausen. Der Soldat fiel rücklings zu Boden und starrte mit wässrigen, von Panik gezeichneten Augen in die Höhe. Saitsew schwang erneut sein Gewehr und hieb auf das Gesicht des Soldaten ein, sodass sein Schädel auf dem Beton zersplitterte. Mit dem Stiefel rollte er den erschlafften Körper an die Mauer.

Tschernowa trat mit geballten Fäusten zurück. »Vorwärts, rasch«, flüsterte ihr Saitsew aus nächster Nähe zu.

Die beiden sprangen die Treppen zum zweiten Stock hinauf, wo eben die Zünder mit dem Dynamit verbunden wurden. Tschekow hielt die zentrale Zündschnur in der Hand.

Saitsew und Tschernowa eilten zu ihm, während sich die anderen zur Tür zurückzogen. »Du tust es«, befahl Saitsew. Sie nahm die Streichholzschachtel und entzündete die Zündschnur. Funken sprühend kam sie zum Leben. »Lauft!«, rief Saitsew den an der Tür stehenden Männern mit voller Stimme zu. »Lauft!«

Ohne jegliche Vorsichtsmaßnahmen stürzten die Hasen mit dröhnenden Schritten die Treppe hinab. Auf dem Treppenabsatz im ersten Stock rannte Saitsew an Kostikew vorüber, der neben dem angenagelten Deutschen stehen geblieben war und sein Messer herauszog. Augenblicklich stürzte die Leiche zu Boden.

Sie jagten die Treppe hinunter in die kühle Nacht. Über ihnen erklangen Stimmen. Maschinengewehrfeuer ertönte, während sie über Ziegelhaufen sprangen, um das mit Trümmern bedeckte Gelände so rasch wie möglich hinter sich zu legen. Die Kugeln sausten in der Dunkelheit durch die Luft. Keine kam den Hasen jedoch so nahe, dass sie ihren Lauf gehemmt hätte. Mit fliegenden Armen und Beinen tauchten sie in eine enge Gasse ein.

»Vorwärts! Lauft!«, rief Saitsew seinen Begleitern zu. In dem von ihm erwarteten Augenblick zerriss ein Dröhnen die Nacht. Plötzlich schwankten die Schatten in den Ruinen, und rote Blitze zerbarsten an ihren zusammengestürzten, traurigen Gesichtern. Sie schienen Saitsew und den übrigen Hasen zu winken, die über eine breite Straße auf den Bahnhof und ihre eigenen Linien zu jagten. Das Donnern der Explosion und des zusammenbrechenden Gebäudes rollte durch die toten Bauwerke und übertönte ihre Flucht durch das Niemandsland in die Sicherheit der vordersten Schützengräben der Roten Armee.

Die fünf schlugen auf dem Boden eines Grabens auf. Schwer atmend, hielten sie sich die Brust. Fröhlich blickte Saitsew in die erregten Gesichter der Soldaten. Mit wild bewegtem Brustkorb begann er zu sprechen.

»Verdammt!«, sagte er. »Glaubt ihr, dass wir genug Dynamit verwendet haben?«

Tschekow und Kulikow klopften einander lachend und atemlos auf den Rücken. Kostikews Goldzähne blitzten in seinem Lächeln auf. Hustend rang Tanja nach Atem. Sie legte Kostikew die Hand auf die Schulter. Als sie sie zurückzog, war sie blutverschmiert.

»Keine Sorge«, erklärte Kostikew strahlend, während die anderen verstummten. »Ich bin in eine Krankenschwester verliebt und werde sofort bei ihr vorbeisehen.«

Einer der Wachposten in dem Graben reichte ihnen zwei Flaschen Wodka. Saitsew überließ Kostikew den ersten Schluck. Der Verwundete nahm einen tiefen Zug. Als er sie Saitsew zurückgab, war das durchsichtige Glas mit blutigen Fingerabdrücken beschmiert.

Saitsew blickte zu Kulikow hinüber. »Nikolai.«

Sobald Kulikow dem verletzten Kostikew auf die Beine geholfen hatte, gab Saitsew ihnen die Wodkaflasche. Arm in Arm verschwanden die beiden Männer in der Dunkelheit des Grabens.

Saitsew erhob sich und sah zu dem Kühlhaus hinüber. Das Gebäude selbst konnte er nicht mehr erkennen, aber das Glühen der emporzüngelnden Flammen am Himmel zeigte ihm, wo es einst gestanden hatte.

»Ich denke, ich werde ein wenig schlafen, Starschina«, sagte Tschekow. »Gute Nacht, Tanja.«

»Gute Nacht, Tschekow.«

Der kleine Soldat übergab Saitsew die zweite Flasche Wodka und entfernte sich gähnend.

Bis auf die schweigende Wache am Maschinengewehr waren Saitsew und Tschernowa allein, während sie zu dem flackernden Licht des brennenden Kühlhauses hinübersahen.

»Keine schlechte Arbeit für eine Nacht, meinst du nicht auch, Partisanin?«

»Mein Name ist Tanja, Starschina«, gab sie zurück, ohne den Kopf zu wenden.

»In Ordnung, dann werde ich dich Tanja nennen«, sagte er leise, nahm einen Schluck Wodka und legte die Flasche auf die Brüstung. »Gute Nacht, Tanja«, verabschiedete er sich und ging durch den Graben davon.

10.

Saitsew weckte Tanja, indem er ihr Bein unter dem Schlafsack mit dem Stiefel anstieß. Träge nahm sie den Becher mit Tee, den er ihr in der Dunkelheit unter die Nase hielt. Während sie trank, erzählte Saitsew, dass Kostikew lediglich eine Schürfwunde an der Schulter erlitten hatte und nach einigen Stichen und einer Nummer mit seiner Krankenschwester wieder so gut wie neu sein würde.

Bei Tagesanbruch versammelten sich die Hasen und Bären im weitläufigen Keller der Chemiefabrik. Eine feuchte Kühle sickerte aus dem Betonboden und von den schweren Mauern. Einen Meter über dem Boden waren auf der etwa einhundert Meter entfernten Schmalseite des Raumes mehrere weiße Kreise aufgemalt worden. Sie waren in Dreiergruppen angeordnet. Der erste Kreis war klein, kaum sichtbar und hatte ungefähr die Größe einer Faust. Der Ring links davon war etwas größer, und der dritte hatte wiederum die Größe des ersten. Über jeder Gruppe stand eine Zahl von eins bis dreißig. An der nahe gelegenen Schmalseite des Raumes war eine Reihe von Fässern und Kisten aufgestellt.

Die beiden Unteroffiziere Saitsew und Medwedew wiesen die Soldaten an, sich mit ihren Gewehren vom Typ Moisin-Nagant 91/30 hinter die Kisten und Fässer zu legen. Jeder erhielt eine Nummer und den Befehl, auf den größten Kreis zu zielen. Dieser Kreis würde einem Schuss in die Brust aus vierhundert Meter Entfernung gleichkommen, erklärte Saitsew.

Sobald die Hasen und Bären in Deckung gegangen waren und durch ihre Fernrohre das Ziel anvisierten, setzten sich die beiden Unteroffiziere hinter sie. Tanja roch den Rauch ihrer Zigaretten und hörte Medwedew lachen. Vielleicht erzählte ihm Saitsew von dem Einsatz beim Kühlhaus in der letzten Nacht.

Die Soldaten mussten eine Stunde hinter den Fässern und Kisten ausharren und unverwandt durch ihr Zielfernrohr blicken. Sobald sich einer umwandte, um mit den Ausbildern zu sprechen, oder bloß den Blick vom Zielfernrohr nahm, hob Medwedew lautstark zu einer Lektion über Geduld und Ausdauer an.

Durch das Fadenkreuz beobachtete Tanja, wie das Licht des Morgens an der gegenüberliegenden Seite der Maschinenhalle anschwoll. Nach den ersten zehn Minuten hatte der weiße Kreis auf und ab zu schwenken begonnen; ihr Herzschlag war in ihre Hände vorgedrungen. Sie hatte versucht, ihre Atmung zu verlangsamen und den Griff um die Waffe zu lockern. Lange, nachdem ihre Beine und Hüften durch die vom Betonboden aufsteigende Kälte zu kribbeln begonnen hatten, hörte sie, wie Saitsew die Reihe hinter ihr abschritt.

»Einer nach dem anderen, sobald ich eure Nummer nenne«, sagte er mit ruhiger Stimme.

Mehrere Minuten vergingen, während er regungslos hinter den Soldaten verharrte.

»28, Feuer.«

Rechts von Tanja dröhnte ein Schuss. Sie hielt den Atem an, um das Fadenkreuz erneut auf das Ziel anzulegen.

»15.« Ein weiterer Schuss.

»10.« Tschekow, der unmittelbar an Tanjas rechtem Ellbogen lag, drückte ab. Der Knall ließ sie nach links zucken. »9«, rief Saitsew augenblicklich, Tanjas Nummer. Sie korrigierte ihren Anschlag um einen Millimeter, drückte den Abzug, fing den Rückstoß ab und versuchte rasch, das Ziel wieder zu finden. Eine Staubwolke löste sich von der Ziegelmauer direkt im Mittelpunkt des Kreises. Sie lächelte, an den Kolben geschmiegt, und blieb regungslos liegen, während andere Nummern aufgerufen wurden und weitere Schüsse in der Maschinenhalle erdröhnten.

Nach der Übung inspizierten Saitsew und Medwedew die Kreise. Als sie zurückkehrten, gaben sie den Freiwilligen die Erlaubnis, ab jetzt frei auf das Ziel zu schießen, um die Treffgenauigkeit der Waffe und den Druck des Abzugs kennen zu lernen.

»Stopft euch etwas in die Ohren«, riet Saitsew den Soldaten, die in ihren Taschen nach Papierstückchen und Zigarettenstummeln kramten.

Im Verlauf des Morgens feuerte Tanja mehr als einhundert Patronen ab. Ihre Schulter schmerzte, als hätte sie eine Kugel abbekommen. Während die beiden Ausbilder hinter der Schusslinie auf und ab gingen, erteilten sie zu jedem Schuss lautstark eine eigene Lektion: du drückst den Abzug zu stark. Du ziehst nach rechts. Zu weit nach links. Nicht so nahe mit der Wange an den Kolben. Entspann dich. Du bist nicht konzentriert. Schneller. Nimm dir Zeit.

Nach einer weiteren Stunde inspizierten sie erneut die Ziele. Als sie mit ernsten Mienen zurückkehrten, wurden jene Schüler, die zu viele Fehlschüsse aufwiesen, für eine weitere Übungseinheit hinter die Linie kommandiert. Tanja gehörte nicht dazu, Fedja ebenso wenig.

Mit weichen Knien erhob sie sich hinter der Kiste und schwankte zur Wand, wo sie sich neben Fedja auf den Boden sinken ließ. Wie gut er aussah, dachte sie. Er hatte sich in den drei Tagen, seit sie in die Wolga geschleudert worden waren, nicht rasiert, seine neue Uniform war schmutzig und auf seinem großen Gesicht lag nicht mehr der alles sehende, sich über alles sorgende Blick eines Poeten oder einer verrückten Gans, sondern Anzeichen für die stählerne Härte eines Scharfschützen. Etwas in seinem Blick war verschwunden; das große Staunen, das ihn durchschaubar gemacht hatte. Nun war sein Körper vor Erregung gespannt, während er das Gewehr festhielt, das quer über seine Oberschenkel lag.

»Gut geschossen, nicht wahr? Wir beide sind gute Schützen«, meinte er.

Tanja berührte ihn am Knie. »Ich wusste nicht, dass du so gut mit einem Gewehr umgehen kannst.«

Fedja richtete sich auf. »Der Bär hat mich gestern Nacht mitgenommen.«

»Er hat was? Was hast du getan?« Tanja konnte es nicht glauben. Während sie mit den Hasen durch die Trümmer gekrochen war, hatte Fedja mit Medwedew die Dunkelheit durchstreift. Es hatte sie gedrängt, Fedja von ihrem Abenteuer im Kühlhaus zu erzählen, doch nun hielt sie sich zurück. Um ihm seine Geschichte zu entlocken, machte sie eine Geste, als würde sie eine Angelleine einholen.

Fedja verlagerte sein Gewicht. »Unteroffizier Medwedew sagte, dass er mich als einzigen Neuling in der Gruppe von Beginn an persönlich unterrichten wird. Dann muss ich mir nichts abgewöhnen. Um Mitternacht schlichen wir durch die Gräben zur Dolgi-Schlucht. Vom Kamm aus feuerte ein Maschinengewehrschütze auf die Verwundeten, die über den Fluss evakuiert wurden. Medwedew gestattete mir, ihn zu erschießen.«

Tanja beugte sich vor. »Einfach so? Und du hast ihn erschossen?«

Der Poet aus Moskau hatte seinen ersten Deutschen erschossen und besaß am nächsten Morgen so wenig Worte dafür, staunte Tanja. Sie hatte angenommen, es würde ihm das Herz zerreißen.

Fedja fuhr sich mit der Hand durchs Haar. »Ich weiß nicht, Tanja. Es war … er hat auf Verwundete und Krankenschwestern geschossen. Das hat mich so wütend gemacht, dass es mir nicht schwer fiel, ihn zu töten. Ich habe einfach …« Fedja blickte auf seine Füße.

Nach einem Augenblick rückte er das Gewehr auf seinen

Oberschenkeln zurecht. »Ja«, sagte er, während er ihr in die Augen blickte, »ich habe ihn erschossen.« Er zog einen neuen schwarzen Notizblock aus seiner Tasche und zeigte ihr die erste Seite. »Hier: 26. Oktober 1942, 2.15 Uhr, Maschinengewehrschütze, dreihundert Meter, Brustschuss, Dolgi-Schlucht. Zeuge: V. Medwedew.«

Tanja blätterte durch die sauberen weißen Seiten. Jede Seite ein Leben. Ein deutsches Leben. Ein zerbrochener Stock. Ich möchte auch ein Notizbuch haben, dachte sie neidisch. Ich werde fünfzig davon füllen.

Fedja steckte das Büchlein in die Tasche zurück. »Ich habe von eurem Überfall auf das Kühlhaus gestern Nacht gehört. Der Unteroffizier und ich hörten den Knall. Das war wirklich eine große Sache.«

Fedja wartete darauf, dass sie sprach. »Ich habe mit mir gewettet, dass du dabei warst«, fügte er hinzu.

Sie nickte. »Das war wirklich eine große Sache.«

Als er ihr die Hand entgegenstreckte, verschränkte sie die Arme fest über der Brust und sah zu den anderen im Raum hinüber. Einige spazierten umher, andere saßen in Gruppen zusammen, und wieder andere konzentrierten sich noch auf ihr Gewehr. Nahezu zitternd schüttelte sie den Kopf.

»Alles in Ordnung mit dir?«, fragte Fedja, während er seine Hand sinken ließ.

»Ja.«

Dann erhob sie sich und beugte sich nahe zu seinem Gesicht herab. »Berühre mich nie vor den anderen. Niemals.«

»Es tut mir Leid.«

»Ich darf es nicht zulassen, Fedja.« Sie wandte sich um, hielt dann jedoch inne. »Ich muss so gut sein wie die anderen – noch besser«, flüsterte sie ihm wütend zu. »Und ich werde es nicht zulassen, dass ich von ihnen bloß als Frau betrachtet werde. Ich will keine Krankenschwester oder Funkerin in einem Bunker sein, und dort werde ich landen, wenn man mich Hand in Hand mit dir sieht. Es gibt den richtigen Zeitpunkt und den richtigen Ort. Aber nicht, ehe ich es sage. Hast du verstanden?«

Sie blickte in Fedjas Gesicht und erwartete oder erhoffte, einen Hinweis auf Schmerz zu finden. Stattdessen las sie Sorge. Entschlossenheit anstatt Zögern.

Was habe ich getan?, dachte sie. Der Junge ist in mich verliebt.

»Ich wollte lediglich sichergehen, dass mit dir alles in Ordnung ist, Tanja.« Nun erhob auch er sich, schulterte sein Gewehr und brach auf, um sich wieder den Bären anzuschließen. »Und – nein, ich verstehe nicht und stimme dir nicht zu.«

Sie hielt ihn zurück. »Fedja?«

»Ja?«

»Hast du irgendjemandem erzählt, dass ich Amerikanerin bin?«, fragte sie leise.

»Nein. Und weißt du, warum nicht?«

Er kehrte die wenigen Meter zurück, die er sich bereits entfernt hatte. Nun, da er ihr so nahe und seine breite Brust so dicht vor ihr war, fühlte sie die Hitze, die von ihm ausging. Der todbringende Schuss hatte ihn nicht kälter gemacht, sondern entzündet. Der Poet, der verängstigte Junge, hatte für die Waffe in seiner Hand Leidenschaft entwickelt.

»Wenn ich es täte, würden sie dich tatsächlich anders behandeln«, sagte er langsam. »Dann würden sie dich beschützen und wie ein Zirkuspferd vorführen. So viel Verstand habe ich, um das zu wissen, Tanja. Das kannst du mir glauben.«

Dann machte er auf dem Absatz kehrt und ging davon, das Gewehr fest in der Hand.

Nach dreißig Minuten riefen Saitsew und Medwedew die Schüler wieder hinter die Kisten und Fässer zurück. Der mittelgroße Kreis stellte einen Kopfschuss auf dreihundert Meter Entfernung dar. Der kleinste Kreis war ebenfalls ein Kopfschuss, doch auf 450 Meter, die maximale Entfernung für einen sicheren Scharfschützen. Auf diese Ziele durften sie nun nach eigenem Belieben schießen.

»Los!«, rief Medwedew und trat hinter die Schüler. Saitsew verharrte fünf Minuten lang in Tanjas Nähe. Durch einen Feldstecher beobachtete er die von ihrem Ziel abgesprengten Ziegelsteinrosetten. Nach jedem Schuss drangen aufmunternde Worte oder kritische Bemerkungen an ihr Ohr. Saitsew und Medwedew schritten die Reihen der Freiwilligen ab. Aus ihnen würden sie so schnell wie möglich Scharfschützen formen, deren Auftrag es war, den Feind zu peinigen.

Tanja setzte das Gewehr ab. Sie fühlte sich körperlich nicht mehr in der Lage, auch nur eine weitere Patrone abzuschießen. Ihre Ellbogen, Knie, Augen und insbesondere ihre rechte Schulter waren geschwollen. Ihre Hüften fühlten sich an, als wären sie in einen Schraubstock eingespannt. Sie musste sich aus ihrer sitzenden Haltung auf den Bauch rollen und sich dann vom Boden abstoßen, um aufstehen zu können.

Die Schüler humpelten zur Ausspeisungsreihe. Jeder erhielt eine Schüssel warme Schleimsuppe, eine Scheibe Fleisch mit Brot und einen Zinnbecher mit Tee. Von ihrem Platz aus sah sie zu der Reihe hinüber, in der Fedja stand. Als er ihr zunickte, deutete sie auf die Kiste neben sich.

Sie wollte ihre verärgerten Aussagen vom Morgen entschärfen. Vielleicht konnte sie Fedja ihre Gefühle verständlich machen, ohne sie mit Gewalt in seine Ohren zu stopfen. Sie hatten einander geliebt, und es war gut, leidenschaftlich und erlösend gewesen. Aber welche Bedeutung hatte dieser Akt gehabt? Waren ihre Seelen nun ebenso miteinander vereint, wie es ihre Körper gewesen waren? Hatte Fedja sie zu Liebenden erhoben, zu einem hübschen Bild in einem seiner Gedichte? Oder waren sie, was Tanja fühlte, zwei Krieger am Rande eines Schlachtfeldes, die die letzten Reste ihres Lebens miteinander teilten? Tanja war nicht in die Tiefen der Liebe hinabgetaucht, während sie mit dem großen Fedja das Bett aufgewühlt hatte. Gewiss, sie hatten beide aufgeschrien, doch nur er hatte ihren Namen gerufen.

Tanja beobachtete ihn, während er seine Essensration abholte. Sie sah, wie angenehm selbstbewusst er sich bewegte, und dachte: In mir ist kein Platz für Fedjas unschuldige Liebe. Die Trauer und Bitterkeit in mir reichen für hundert Herzen. Ich werde ihm ein Freund sein, und vielleicht schlafe ich wieder mit ihm. Aber ich werde mich nicht in ihn verlieben. Er wird das akzeptieren oder sich zurückziehen müssen.

Ehe sich Fedja zu Tanja setzen konnte, tauchte Danilow vor ihr auf. Der Kommissar grüßte mit einem Kopfnicken und ließ sich auf der Kiste neben ihr nieder. Das Holz krachte, als der rundliche kleine Politruk seinen Mantel aufknöpfte. Er zog einen Schreibstift hervor und legte seinen Notizblock geöffnet auf seinen Schoß. Ein Gewirr von Buchstaben bedeckte jede Zeile und jeden Rand, wie sie sah, während er bis zu einer der wenigen leeren Seiten blätterte.

»Meine Liebe«, begann er, »ich bin Hauptmann Danilow. Ich glaube, Sie wissen, wer ich bin, und kennen meine Aufgabe innerhalb dieser Scharfschützeneinheit. Selbstverständlich darf ich mich nicht der Ehre rühmen, selbst ein Scharfschütze zu sein. Ich besitze jedoch großes Interesse an den Aktivitäten dieser ersten Ausbildungsklasse und werde eure Übungen und Lektionen durch meinen Artikel in dem Nachrichtenblatt *Die Verteidigung unseres Landes* der übrigen Armee bekannt machen. Vielleicht haben Sie den einen oder anderen bereits gelesen?«

»Nein, Genosse Kommissar.«

»Nun«, erwiderte er lächelnd, während seine zusammengewachsenen Brauen wie eine Wolke über seinen dunklen Augen hingen. »Vielleicht werden Sie den nächsten Artikel lesen. Immerhin werden Sie darin aufgrund Ihrer Teilnahme an dem Angriff auf das Kühlhaus erwähnt. Was können Sie mir über diese Aktion erzählen?«

Tanja blickte zu Saitsew hinüber, der mit einigen Hasen sprach. Sie wünschte, er würde sie von diesem salbungsvollen, gefährlichen Mann befreien, der sich mit weit von sich gestreckten Beinen quakend wie eine Kröte neben ihr niedergelassen hatte. Ein Wort von diesem Kommissar genügte, um sie aus der Scharfschützenschule in eine am Kampf unbeteiligte Stellung zu verbannen. Fedja hatte Recht: Wenn dieser Kommissar erfuhr, dass eine Amerikanerin in ihren Reihen kämpfte, würde sie zu einer Kuriosität, einem politischen Propagandacoup. Sie wäre für Russland zu wertvoll, als dass man sie einer Kugel aussetzen würde.

»Haben Sie schon mit Genosse Saitsew gesprochen?«, fragte sie. »Er war der Anführer des Einsatzes.«

»Wir haben bereits miteinander gesprochen, und er war es, der darauf bestand, dass ich mit Ihnen reden soll. Offensichtlich haben Sie letzte Nacht einen Deutschen mit bloßen Händen getötet. Zusätzlich haben Sie die Zündschnur in Brand gesetzt, die die Kommandostelle in die Luft jagte.«

Tanja blickte auf die kleinen Füße des Kommissars. Seine ebenholzfarbenen Stiefel glänzten. Wie schafft er es, dass sie so sauber bleiben?, fragte sie sich.

Danilow sprach weiter. »Was halten Sie von Genosse Saitsew? Und was empfinden Sie dabei, zu seinen Hasen zu gehören?«

Tanja überlegte, was sie sagen sollte. Zu ihrer Überraschung fand sie in ihrem Kopf mehr Worte, als sie erwartet hatte. Gleichzeitig wusste sie, dass der Kommissar etwas anderes von ihr hören wollte. Er erwartet von mir eine heroische Beschreibung, dachte sie. Wie großartig uns Saitsew bei unserem gefährlichen Einsatz gestern Nacht angeführt hat. Welche Ehre es ist, unter einem solchen Mann zu dienen. Auf keinen Fall darf ich diesem Kommissar die Wahrheit erzählen: dass ich nicht weiß, ob Saitsew ein Held oder ein arroganter Feigling ist. Er scheint sein wachsendes Ansehen als Titelzeile für *Die Verteidigung unseres Landes* zu genießen, als eine der vielen aufsteigenden Ikonen für die russische Sache. Ebenso wenig kann ich diesem kleinen Kommissar sagen, dass mich Saitsew beunruhigt, dass ich seine Hand mit den hervortretenden Adern und sein flaches sibirisches Gesicht berühren möchte; dass mein Körper gehorcht, wenn mir seine Stimme befiehlt, zu laufen, anzuhalten, nach links zu zielen oder nach rechts zu springen; und wie sehr ich mir wünsche, dass er jener Held ist, zu dem ihn Danilow macht.

»Genosse Saitsew ist ein kühner Mann«, erklärte sie, während sich der Kommissar mit fliegendem Bleistift über seinen Notizblock beugte. »Er ist wahrlich ein Held, und alle, die an seiner Seite kämpfen, werden ebenfalls Heldentaten verrichten. Ich empfinde es als Ehre, ein Scharfschütze zu sein und unter ihm als Hase zu dienen.«

»Und nachdem ihr letzte Nacht das Gebäude in die Luft gejagt habt, seid ihr einfach durch die Straßen zu den russischen Linien gelaufen?«

»Die Explosion übertönte unsere Schritte, sodass ich mich nicht einmal selbst hören konnte. Starschina Saitsew rannte vor uns, und wir folgten ihm einfach. Es war nicht meine Entscheidung, aber sie war richtig.«

Danilow klappte seinen Notizblock zu. »Noch eine letzte Frage, Soldatin Tschernowa. In diesen gefährlichen Zeiten ist es wichtig, dass Russland, sagen wir, von einsatzbereiten Kämpfern verteidigt wird. Würden Sie als Frau für das Vaterland sterben? Wären Sie dazu bereit?«

Dieser kommunistische Hurensohn, dachte sie. An dieser Frage hängt derselbe Gestank wie an den Fragen der Grünkappen auf der Straße nach Stalingrad.

»Genosse Kommissar, ich würde für das Vaterland nicht als Frau sterben, sondern als Russin.« Tanja neigte ihren Kopf, als legte sie ihr Präzisionsgewehr an. »Und gewiss nicht als Feigling, Genosse.«

Danilow klemmte seinen Notizblock unter den Arm und zog die Beine an. Als er sich von der Kiste erhob, sah Tanja, dass er im Stehen kaum größer war als im Sitzen.

»Selbstverständlich, meine Liebe.« Er knöpfte mit einer Hand den Mantel zu, hielt dann inne und streckte Tanja die andere entgegen. Als er wieder sprach, war seine Stimme frei von Dramatik und Falschheit. »Selbstverständlich, Genossin.«

Tanja schüttelte die weiche Hand und blickte Danilow nach, während er sich entfernte. Saitsew sah auf und nickte Danilow zu, als dieser an ihm vorübereilte.

Tanja steckte ihren Löffel in den Stiefel zurück, legte den Teller auf die Kiste und kehrte zum Schießstand zurück. Drei andere Soldaten nutzten die Zeit ebenfalls für zusätzliche Schießübungen. Ihre Schüsse hallten in dem großen Raum wider, während sie sich hinter ihre Kiste kniete. Sie fegte die leeren Patronenhülsen zur Seite, die sich klirrend über den Boden verstreuten. Nachdem sie sich Papierpfropfen in die Ohren gesteckt hatte, zog sie den Verschluss zurück und legte eine weitere Patrone ein. Während sie durch das Zielfernrohr den kleinsten Kreis anvisierte, krümmte sie die zweite Beuge ihres Zeigefingers um den Abzug. Das Ziel schwankte mit ihrem Herzschlag auf und nieder. Sie wartete, bis sich Atmung und Hand beruhigt hatten. In Sekundenschnelle wurde das Ziel in ihrem Fadenkreuz totenstill. Es wirkte riesenhaft groß, nicht zu verfehlen, als würde es die Kugel rufen. Langsam und gleichmäßig drückte sie den Abzug. Der Schuss löste sich mit lautem Knall, während der Kolben gegen ihre zarte Schulter schlug. Durch ihr Zielfernrohr fand sie die plötzlich rot gewordene Stelle der Ziegelmauer direkt im Mittelpunkt des kleinsten Kreises. Sogleich zog sie den Verschluss für den nächsten Schuss zurück.

Die nachmittägliche Übungseinheit begann mit Saitsews Aufforderung: »Vorwärts, Hasen! Bringt eure Gewehre!«

Sein eigenes Gewehr hing ihm wie ein Joch über den Schultern, als er sie die Kellertreppe hinaufführte. Die Soldaten folgten ihm in das Erdgeschoss der Chemiefabrik. Sie schlängelten sich durch ein Labyrinth aus verdrehtem Metall und verkohlten Deckenbalken bis zu einer Reihe verrußter Fenster, die auf das Niemandsland des Bahnhofs hinausblickten. Saitsew hielt einige Schritte vor den großen Öffnungen an. Die Fensterrahmen waren bereits vor langer Zeit bei einer Explosion herausgerissen worden. Seine Stiefel knirschten auf dem zerbrochenen Glas.

Er deutete aus dem Fenster auf das am anderen Ende des Niemandslandes von den Deutschen gehaltene Gebäude. Kühle Luft strömte herein und kündigte bereits die weiße Blütezeit des russischen Winters an.

»Ihr seht hier nach Westen«, erklärte Saitsew. »Im Augenblick steht die Sonne direkt hinter euch. Versucht, wann immer es möglich ist, eure Schüsse mit der Sonne im Rücken anzusetzen. Dadurch wird es für den Feind schwerer, euch aufzuspüren. Zudem verhindert ihr damit, dass sich die Sonne in eurem Zielfernrohr spiegelt.«

Tanja blickte auf den mit Kratern übersaten Bahnhof hinaus, den sie zwei Nächte zuvor mit Fedja kriechend überquert hatte, und auf das Bahnwärterhäuschen und den Graben, in den sie gestürzt war. Im Licht der Nachmittagssonne sah sie ein Dutzend russischer Maschinengewehre in einem Abstand von fünfzig Metern, die auf den Bahnhof gerichtet waren. Fedja und ich hätten in jener Nacht eine ganze Menge Kugeln abbekommen können, dachte sie. *Nicht schießen.*

Auf allen vieren kroch Saitsew zur Brüstung und legte sein Gewehr auf die Fensterbank. Aus seiner Tasche nahm er ein Paar Handschuhe, die er mit einem Riemen zusammengebunden hatte. Auch sie legte er auf die Fensterbank. »Fertigt euch eine Art Bett für das Gewehr an«, sagte er über seine Schulter. »Das verhindert, dass der Lauf abgleitet.«

Während er durch das Zielfernrohr spähte, sprach er weiter, ohne den Kopf zu bewegen: »Seht ihr den zweiten deutschen Panzer, den, dessen Kette abgesprengt ist?«

Saitsew drückte ab. Durch den Knall hindurch hörte Tanja, wie in der Ferne Metall klirrend auf Metall traf.

Nach dem Schuss wandte sich der Hase um. »Das eiserne Kreuz auf dem vorderen Schutzblech des Panzers ist genau vierhundert Meter von dieser Mauer entfernt. Diese Fensterreihe wird als ›Schießgalerie‹ bezeichnet. Ihr werdet hierher kommen, um eure Zielfernrohre regelmäßig zu eichen, oder wann immer ihr an der Genauigkeit eures Gewehrs zweifelt. Seid vorsichtig, wenn ihr euch den Fenstern nähert. Immer nur zwei gleichzeitig. Stellt eure Zielfernrohre auf die richtige Entfernung ein und wartet mit dem Schuss auf meinen Befehl.«

Tanja kroch auf das nächstgelegene Fenster zu, während sich neben ihr Slepkinian bereit machte, die Frau aus Armenien. Sie stellte ihr Zielfernrohr auf vierhundert Meter ein und legte sorgfältig auf das Wappenzeichen auf dem deutschen Panzer an.

Saitsew glitt vom Fenster zurück und erhob sich. Sobald

er hinter die beiden Hasen am ersten Fenster getreten war, hob er seinen Feldstecher.

»Schaikin. Feuer.«

Tanja zuckte bei dem Knall rechts von ihr zusammen. Von draußen vernahm sie nichts, das auf einen Treffer hindeutete.

»Nikolai.«

Der neben Schaikin kauernde Kulikow drückte den Abzug. Auch er verfehlte das Ziel.

Saitsew schritt zum nächsten Fenster. Wieder wies er die Schüler an, einer nach dem anderen zu feuern. Auch diese beiden schossen fehl.

»Partisanin«, erklang sein Kommando. Tanja richtete das Fadenkreuz ruhig auf die vordere Abdeckung des Panzers und drückte flüssig ab. Während das Gewehr zurückprallte, lauschte sie begierig auf das *Klick* des Einschlags. Nichts.

Nach dem letzten Schuss zeigte sich, dass keiner der Hasen das Wappenzeichen getroffen hatte. Zufriedenheit klang aus Saitsews Stimme, als er von hinten sprach. Seine List hatte funktioniert.

»Wie ihr seht, ist es etwas anderes, in einem Keller auf eine Wand zu schießen oder auf ein Ziel im Freien. Auf dem Schlachtfeld müsst ihr den Wind, die Luftfeuchtigkeit und die Temperatur berücksichtigen, einberechnen, ob ihr aufwärts oder abwärts schießt und auch die Tageszeit beachten. Die meisten von euch sind erfahrene Jäger. Keiner von euch ist jedoch daran gewöhnt, mit einem Zielfernrohr auf diese großen Entfernungen zu schießen. Nun müsst ihr den Schießinstinkt eines Scharfschützen entwickeln. Ihr müsst die Hinweise lesen, die euch das Gelände und die Natur geben. Seht jetzt durch eure Fernrohre zum Ziel hinüber.«

Tanja legte ihr Fadenkreuz auf das Wappen auf dem Panzer an, während Saitsews Stiefel auf dem Boden hinter ihr knirschte.

»Blickt ein wenig über die Abdeckung hinweg. Heute ist ein kalter, aber strahlend sonniger Tag. Die Abdeckung ist dunkel, das bedeutet, dass sie Hitze speichert. Ihr werdet sehen, dass Hitzewellen von ihr aufsteigen. In welcher Richtung bewegen sich diese Wellen, nach links oder nach rechts?«

»Nach links«, antworteten mehrere Stimmen gleichzeitig.

»Ja. Das sagt euch, dass der Wind von rechts nach links weht. Wenn sich die Hitzewellen kaum bewegen, wie in diesem Fall, ist es nur ein leichter Wind. Da ihr jedoch über eine weite, offene Fläche schießt, müsst ihr berücksichtigen, dass er ungehindert bläst. Würde es regnen, oder wäre es früh am Morgen nach einer kalten Nacht, müsstet ihr eure Zieleinstellung auf diese Gegebenheiten abstimmen. Zudem schießt ihr leicht abwärts. Achtet darauf. Die Bahn eurer Kugel wird schneller absinken, und der Schuss geht zu kurz. Das Gegenteil ist bei einem aufwärts gerichteten Schuss der Fall. Eure Kugel wird höher steigen, und ihr werdet überschießen. Dreht euch jetzt um.«

Tanja ließ ihr Gewehr sinken, während Saitsew eine Patrone zwischen den Fingern seines gerade nach vorne gestreckten Arms hochhielt.

»Wisst ihr, wie lange eine Kugel in der Luft bleibt, wenn ihr sie über eine freie Ebene schießt?« Saitsew ließ die Patrone fallen. »So lange. Eure Fernrohre tun für euch mehr, als nur das Ziel zu vergrößern. Sie helfen euch, eurer Kugel die richtige Höhe für die jeweilige Schussentfernung zu geben. Dadurch bleibt die Kugel länger in der Luft. Ihr müsst euer Zielfernrohr unterstützen, damit es seine Aufgabe gut erfüllt, und all jene Faktoren berücksichtigt, die auf die Kugel einwirken, bis sie ihr Ziel erreicht. Dreht euch nun um und versucht es noch einmal auf mein Zeichen. Denkt nach, zielt und schießt.«

14 Gewehrverschlüsse schoben neue Patronen in die Kammern. Als die Schüsse auf Saitsews Kommando gelöst wurden, hörte Tanja von vielen Schützen ihrer Truppe das Klicken der von dem deutschen Panzer abprallenden Kugel.

»Ausgezeichnet!«, rief Saitsew. »Gut geschossen, meine Hasen! Die deutschen Hundesöhne in den Gebäuden dort drüben sollen euch hören!«

Tanja stellte ihr Zielfernrohr auf 425 Meter ein. Dazu hatte sie ein Achtel der Entfernung hinzugezählt, wie es für einen abwärts gerichteten Schuss erforderlich war. Zusätzlich berücksichtigte sie eine Abweichung von einem Millimeter, die durch den von rechts wehenden Wind verursacht wurde. Inmitten der um sie dröhnenden Schüsse wartete sie auf ihr Kommando. Dann drückte sie ruhig den Abzug. Der Kolben prallte gegen ihre schmerzende Schulter.

Klick.

Nach einer Stunde in der Schießgalerie tauchten hinter ihnen aus den Trümmern die Bären auf. Saitsew rief die Hasen von den Fenstern zurück und wies sie an, sich zu setzen und schweigend zuzusehen.

Wie zuvor Saitsew machte nun Medwedew seine Gruppe auf die Vorteile aufmerksam, die ein Schuss mit der Sonne im Rücken mit sich brachte. Daraufhin lenkte der große Bär die Aufmerksamkeit seiner Schüler auf den Panzer im Niemandsland. Er erklärte seine Bedeutung und kroch dann vorsichtig auf die Fensterbank zu. Kaum hatte er sein Gewehr auf das Ziel gerichtet, erklang das Klicken einer von dem eisernen Kreuz abprallenden Kugel.

Die Hasen kicherten verhalten, ohne von Saitsew gerügt zu werden, als einer der Bären nach dem anderen das Ziel verfehlte. Medwedews grimmiger Blick dämpfte ihr leises Lachen ein wenig, brachte es jedoch nicht zum Verstummen.

Nach der Demonstration mit der auf den Boden fallenden Patrone und der Lektion über das richtige Anvisieren, erreichten die Bären allmählich ihr Ziel. Sobald eine Kugel traf, hallte das Klicken von Metall auf Metall durch das unter ihnen liegende Bahnhofsgelände.

Als Medwedew mit der Leistung seiner Bären zufrieden war, rief er sie von den Fenstern zurück.

»Kommt, setzt euch neben eure Kameraden, diesen Haufen kichernder Hasen.«

Fedja ließ seinen großen Körper neben Tanja zu Boden sinken, kreuzte die Beine und legte sein Gewehr über die Oberschenkel.

Saitsew kniete sich vor die versammelten Schüler.

»Damit ist der zweite Tag eurer Ausbildung zu Scharfschützen beendet. Nun wisst ihr ebenso viel, wie der Unteroffizier Medwedew und ich euch beibringen konnten. Jetzt ist es an euch, euer Wissen mit dem aufzufüllen, was ihr auf dem Schlachtfeld lernt. Übt so lange, bis euch die Richtungs- und Entfernungsregeln zur zweiten Natur geworden sind. Und vergesst nicht: Ihr sollt nicht nur von euch selbst lernen, sondern auch von eurem Feind. Weitere Weisheiten werde ich euch ersparen, denn ich weiß, dass ihr begierig darauf seid, eure neuen Gewehre an den Deutschen auszuprobieren. Morgen wird jeder von euch seinen ersten Auftrag als Scharfschütze erhalten.«

»Das gilt nicht für mich. Bei mir wird es der zweite sein«, flüsterte Fedja der neben ihm sitzenden Tanja zu.

Medwedew trat neben Saitsew vor die Schüler hin. Er sah wie der Inbegriff des russischen Kämpfers aus – groß, dunkel und entschlossen. Neben ihm wirkte Saitsew klein und hager, doch wie eine Maschine, die von innen heraus brannte. Die beiden waren unterschiedlich wie Tag und Nacht. Tanja begriff jedoch, dass sie ihren Ruf verdienten; sie waren möglicherweise das gefährlichste Paar in der gesamten Roten Armee.

»Heute Nacht wird Sokolows 55. Infanterie die Wolga überqueren«, erklärte Medwedew. »Bis zum Morgengrauen werden zumindest zwei Bataillone hier sein. Sie haben den Befehl erhalten, den Feind auf dem Abschnitt zwischen der Barrikaden-Fabrik und der Roter-Oktober-Fabrik vom Fluss fern zu halten. Deutsche Maschinengewehrschützen haben sich der Wolga bis auf fünfhundert Meter genähert. Dadurch geriet unser letzter Fährenanlegeplatz unter direkten feindlichen Beschuss. Wenn wir das Gelände nicht sichern, wird die deutsche Infanterie den Maschinengewehren folgen, und wir werden einen weiteren Uferabschnitt verlieren. Heute Abend geht ihr südlich dieses Korridors in Stellung, um die Flanken der 55. Infanterie zu schützen, wenn sie am Morgen eintrifft. Starschina Saitsew und ich werden euch um Mitternacht abholen und zu euren Stellungen bringen. Bis dahin seid ihr entlassen. Ihr könnt in eure Quartiere zurückkehren oder in der Maschinenhalle zusätzliche Übungsschüsse absolvieren. Und versucht, etwas zu schlafen.«

Beide Gruppen erhoben sich und schulterten ihre Gewehre. Fedja ragte hoch über Tanja auf. Als sich Saitsew und Medwedew durch die Trümmer entfernten, folgten ihnen die Hasen und Bären.

»Warte hier«, sagte Tanja zu Fedja, während sie sich der Gruppe anschloss, die auf die Treppe zusteuerte. Nachdem sie dem letzten in der Reihe eine Minute lang gefolgt war, kehrte sie um. Fedja saß am Fuß des Fensters und blickte durch sein Zielfernrohr über den Bahnhof.

Tanja ließ sich neben ihm nieder, hob ebenfalls das Gewehr ans Auge und überblickte das Gelände.

»Siehst du das Bahnwärterhäuschen?«, fragte er. »Durch das Zielfernrohr wirkt es so nahe. Ich kann beinahe die Vorhänge sehen, die du für mich aufhängen wolltest.«

Tanja schwenkte ihr Fadenkreuz auf das Dach des Häuschens. Ihr erschien es nicht nahe. Ganz im Gegenteil, es sah und fühlte sich weit entfernt an.

»Feduschka.« Sie setzte das Gewehr ab, während er weiterhin unbeirrt das Schlachtfeld betrachtete. Das Gewehr liegt gut in seinen großen Händen, dachte sie. Er hält es ausgezeichnet.

Als sie ihm die Hand auf die Schulter legte, ließ er das Zielfernrohr sinken.

»Feduschka. Morgen früh werden wir in den Kampf ziehen. Dann beginnt für uns der Krieg. Wir sollten jetzt voneinander Abschied nehmen«, fügte sie leise hinzu.

Er stellte das Gewehr auf den Boden und blickte auf seine Hände hinab.

»Bitte«, sagte sie. »Bitte, noch mehr kann ich nicht ertragen. Vergrößere nicht meine Qual.« Dann nahm sie seine Hände in ihre. »Ein anderes Mal, Fjodor Iwanowitsch. Vielleicht in einer anderen Welt.« Sie lächelte. »Sag mir Lebwohl.«

Tanja erhob sich und trat von dem offenen Fenster zurück, um über das Niemandsland hinaus zu blicken. Auf der anderen Seite lag eine grässlich verwundete Stadt, durch deren Adern der Feind lief. Sie legte ihre Hände an seine Schläfen und küsste ihn auf die Stirn. Dann strich sie über sein Haar.

»Ich kann nicht, Tanja«, sagte er leise.

»Du wirst es müssen, Fedja. Ob du willst oder nicht, ist gleichgültig. Und du wirst es tun. Darum tu es jetzt.«

Sie ließ ihre Finger seinen Nacken hinab auf seine Schultern gleiten und stieß ihn von sich. Als sie ihn verließ, saß er am Fenster und starrte in die Abenddämmerung hinaus, die sich über die Ruinen senkte.

Tanja entfernte sich einige Schritte und wandte sich dann wieder um, um noch einmal seine kräftige, breite Gestalt zu betrachten. Sein Gewehr lag neben ihm. Wieder dachte sie an das stilisierte Bild eines russischen Soldaten, den Roten Iwan, den Verteidiger des Vaterlandes. Fedjas traurige Wache war ein Auszug davon, ein Porträt im sterbenden Licht, von dem Fenster umrahmt.

Das ist gut, dachte sie. Es passt, dass der Poet aus Moskau hier am Fenster sitzt und hinausstarrt. Halte deine Augen und dein Herz offen, Feduschka. Wir alle werden deine Gedichte brauchen, sobald der Krieg vorüber ist.

Kostikew weckte Tanja im Lager der Hasen. Seine Wunde war verbunden, und er trug ein neues, noch breiteres Lächeln, das seine goldenen Zähne hervorhob. Nach 15 Minuten und einem Becher Tee aus dem Samowar erschien Saitsew in der Tür.

»Seid ihr bereit, Scharfschützen?«, fragte er, sobald er die Decke zur Seite geschoben hatte.

Er führte die Soldaten in den nächtlichen Wind hinaus. Während sie durch ein Netz von Gräben eilten, hüllte sich Tanja enger in ihre Uniformbluse und schob das Haar unter die schwarze Mütze. Am Rande des Niemandslands führte Saitsew seine Truppe nicht quer durch den Bahnhof, sondern wandte sich nach Osten zur Wolga.

Während sie von den Klippen auf das dunkle Wasser

hinabsahen, entdeckte Tanja die Umrisse einer Flottille, die auf dem gefährdeten Landungssteg hinter der Roter-Oktober-Fabrik hunderte Mann ausspie. Dies waren die ersten Kompanien von Sokolows Division. Am Himmel herrschte Stille. Weder die Artillerie noch die Flugzeuge der Luftwaffe durchbrachen den Frieden unter dem verhüllten Mond und der an der Kleidung zerrenden Brise.

Die Hasen erreichten einen breiten Boulevard zwischen der Roter-Oktober- und der Barrikadenfabrik. An der Südseite der Straße verteilte Saitsew seine Scharfschützen in Zweier- und Dreiergruppen in den höchsten Gebäuden. Sie hatten den Auftrag, so hoch zu steigen wie möglich, um nach Norden hin den Boulevard zu kontrollieren. Man erwartete die Deutschen in den zerstörten Gebäuden und Straßen, sobald die Nachricht von der Landung der 55. Infanterie das deutsche Hauptquartier erreicht hatte. Die Schüler sollten lediglich den deutschen Aufmarsch überwachen. Sie sollten nur schießen, wenn sie direkt von Saitsew oder Medwedew den Befehl erhielten. Als Signal wurden zwei rote Leuchtkugeln am westlichen Ende der Straße vereinbart.

»Es hätte keinen Sinn, in ein Hornissennest zu stechen, wenn wir Sokolow auch friedlich an Land bringen können«, erklärte Saitsew. »Jagen werden wir später.«

Vor der Morgendämmerung wurde Tanja mit dem hageren georgischen Landarbeiter Schaikin und der untersetzten Armenierin Slepkinian in einem fünfstöckigen Gebäude abgesetzt, in dem sie bis zum obersten Geschoss hinaufstiegen. Saitsew versicherte ihnen, dass diese Seite der Straße gründlich gesäubert sei und sich fest in russischer Hand befinde. Der misstrauische kleine Schaikin erklärte Tanja jedoch, dass er bereits zu oft eine unerwartete Änderung der Frontlinie mitgemacht habe.

»Sie schlängelt sich wie eine Schlange«, sagte er über die unsichtbare Linie zwischen den Armeen. Mit wurfbereiten Handgranaten schlichen sie auf Zehenspitzen die Treppe empor. Tanja bedauerte, dass Kostikew nicht ihrer Einheit angehörte. Der wie eine weiße Peitsche gebaute Schaikin sah aus, als wäre er imstande, im geeigneten Moment gnadenlos zuzuschlagen. Welchen Nutzen die Armenierin bringen sollte, konnte sie sich hingegen nicht vorstellen. Zwei Tage lang hatte Tanja sie hinter ihrem Rücken als »die Kuh« bezeichnet.

Die drei glitten in einen Raum an der westlichen Ecke des vierten Stocks, von dem aus sie die Straße entlang und über sie hinweg sehen konnten. Im roten Licht des Sonnenaufgangs suchte Tanja mit ihrem Vierfach-Zielfernrohr jenseits der zusammengestürzten Fassaden die deutschen Schützengräben ab.

Wie während der Übung in der Schießgalerie am Tag zuvor kauerte sie unter einem herausgerissenen Fenster. Der Lauf ihres Präzisionsgewehrs ruhte auf einem vorstehenden Ziegel im Inneren des Gebäudes, damit er vor Entdeckung sicher war. Schaikin und die Kuh knieten rechts neben ihr und spähten ebenfalls aus der Deckung durch ihre Zielfernrohre.

Sie beobachtete, wie deutsche Soldaten zwischen den Gräben hin und her eilten und folgte ihren Bewegungen aus dreihundert Meter Entfernung, das Fadenkreuz stets auf ihre Brust angelegt. Ein dutzend Mal stellte sie sich vor, den Abzug zu drücken. Im Licht des hereinbrechenden Morgens verbesserte sich ihre Sicht, und sie erinnerte sich wieder und wieder an Saitsews Grundregeln für Scharfschützen: überlege dreimal, prüfe die Waffe zweimal und schieße einmal.

Zunächst stellte sie ihr Zielfernrohr auf die richtige Entfernung ein, indem sie für einen Schuss nach unten das erforderliche Achtel hinzufügte. Dann prüfte sie den Wind; er kam von hinten und wurde durch das Gebäude abgeschirmt. Die Luft war kühl und würde diese Temperatur bis April beibehalten. Nun war sie bereit für den Befehl, ihren ersten als Scharfschützin.

Zwei Stunden lang verfolgten die drei Russen die deutschen Soldaten durch ihre Zielfernrohre. Abwechselnd entfernten sie sich in bestimmten Intervallen vom Fenster, um sich zu strecken. Tanjas Beine und Hände schmerzten von der Anspannung. Da sie unablässig das eine Auge zusammengekniffen und das andere geschlossen hielt, ließ nach einiger Zeit ihre Sehkraft nach. Ihre Wange und ihre Finger wurden vom kalten Metall des Gewehrs klamm und steif.

Während die Sonne höherstieg, wurde Tanjas Geduld auf eine harte Probe gestellt. Wie lange mussten sie noch warten? Sokolow musste längst Stellung bezogen haben. Von diesem Standort aus könnten Schaikin, Slepkinian und ich drei deutsche Maschinengewehre in zehn Sekunden ausschalten. War es nicht ihr Auftrag, den Korridor zwischen den beiden Fabrikanlagen zu sichern? Worauf warteten sie dann noch?

Schaikin rollte sich vom Fenster weg auf den Rücken und sprang mit erstaunlicher Leichtigkeit auf die Füße. Tanja wandte den Blick vom Zielfernrohr ab. Ihre Ohren vernahmen etwas, das er gehört haben musste. Schritte, die die Treppe heraufkamen!

Sie zog eine Handgranate aus ihrer Jackentasche und rollte sich auf den Bauch. Slepkinian tat dasselbe, während Schaikin mit dem Rücken zur Wand neben der Tür kauerte. Mit seiner offenen Hand bedeutete er ihnen zu schweigen. Ein Messer tauchte in einer Hand auf, eine Pistole in der anderen.

Die Schritte waren sorglos und laut und erzeugten auf den sandigen Stufen ein kratzendes Geräusch, das im Gang jenseits der Tür abbrach.

Schaikin sah zu Tanja hinüber, die ihm zunickte.

Mit gezogener Pistole sprang Schaikin in den Gang hinaus.

Wortlos und ohne sich umzusehen, richtete er sich auf und ließ die Pistole sinken. Dann machte er zwei Schritte zurück. Tanja umklammerte die Granate fester und warf einen hastigen Blick auf die Kuh. Keine Kapitulation, dachte sie mit zusammengebissenen Zähnen. Was Schaikin tut, ist mir gleichgültig.

Als Schaikin mit dem Rücken voraus den Raum betrat, zog Tanja den Zündring der Handgranate und holte aus, um sie zu werfen. Aus dem Gang hörte sie ein Flüstern.

»Tanja? Tanja, bist du da drin?«

Fedja trat ein. Er hatte die Hände noch immer erhoben, die Handflächen nach außen gerichtet, so wie er sie hochgerissen hatte, als Schaikin ihn überrascht hatte. Hinter ihm erschien der Riese Griasew.

Schaikin lächelte zu Tanja und Slepkinian hinüber.

»Wir hätten sie am Lärm erkennen können«, sagte er leise. »Echte Bären.«

Tanja steckte den Zündring zurück in die Handgranate. »Was tust du hier?«, flüsterte sie Fedja zu, ehe sie sich wieder auf den Bauch rollte und zurück ans Fenster glitt.

»Medwedew hat uns geschickt. Er stieg heute Morgen in das Stockwerk unter euch hinauf und sah, welch guter Aussichtspunkt das ist. Wir waren in einem Gebäude drei Blöcke weiter, wo sich nichts getan hat.«

»Nicht die kleinste Kleinigkeit«, bestätigte Griasew kopfschüttelnd.

»Habt ihr viele Deutsche für uns?«, fragte Fedja grinsend.

»Nimm die Fenster dort drüben«, antwortete Tanja, während sie mit der Hand auf ein Gebäude deutete.

»Und seid still«, fügte Slepkinian hinzu.

Tanja war von der Kuh beeindruckt. Sie hatte sich wenige Augenblicke zuvor bereit gezeigt, zu kämpfen und zu sterben.

Die beiden Bären krochen auf ihre Plätze. Fedja nahm eine Schießstellung mit angewinkelten Knien ein und legte sich den Gewehrriemen um Handgelenk und Ellbogen. Dann platzierte er ein zusammengebundenes Paar Handschuhe auf der Fensterbank und legte den Lauf darauf, sorgsam bedacht, dass die Mündung von der Straße aus nicht zu sehen war. Durch sein Zielfernrohr beobachtete er die Aktivitäten der Deutschen jenseits der Straße. Tanja sah zu, wie er an seinem Zielfernrohr die Distanz einstellte. Ein Achtel, dachte sie, gewiss wusste er das.

»Was meinst du, Tanja?«, fragte Fedja. »Drei fünfundzwanzig?«

Der Riese Griasew antwortete an ihrer Stelle. »Drei fünfzig.«

»Drei fünfundzwanzig«, gab Tanja zurück.

Einen Augenblick lang sah Fedja von seinem Zielfernrohr auf. Seine Augen trafen Tanja.

»Eine ganze Menge Deutsche«, flüsterte er.

Tanja runzelte die Stirn. Fedja zuckte die Achseln und neigte mit unschuldigem Blick den Kopf, als dürfte man ihn für sein plötzliches Auftauchen nicht tadeln. Dann wandte er seine Aufmerksamkeit wieder den Deutschen zu.

Während der nächsten Stunde herrschte unter den fünf Scharfschützen eisiges Schweigen. Tanja verdammte Saitsew weiterhin im Stillen dafür, dass er den Schießbefehl zurückhielt. Sie folgte den zwei Dutzend deutschen Soldaten mit ihrem Zielfernrohr und bemerkte, dass sie mit steigender Aktivität sorgloser wurden. Sie hoben neue Gräben aus, schütteten die Brüstungen von älteren Gräben auf und befüllten Sandsäcke. Einige wanderten sogar ungedeckt umher und schleppten in kaum vierhundert Meter Entfernung Munitionskisten.

Sie halten sich für unbeobachtet und klug, dachte Tanja. Vermutlich glauben sie, dass sie uns überraschen können. Aus dieser Höhe wäre es für uns jedoch ein leichtes Spiel, sie alle auszulöschen. Wenn das Signal käme. Das war das Einzige, was fehlte. Wo blieb es?

In diesem Augenblick brach aus einer kaum zweihundert Meter entfernten Nebenstraße eine Kolonne deutscher Infanteristen hervor. Tanja hob den Kopf vom Zielfernrohr. Etwa zwanzig Mann eilten direkt unter ihr in einer Reihe im Laufschritt vorüber.

Das Dröhnen der Stiefel auf der Fahrbahn hallte in ihren Ohren wider. Sie klammerte die Finger fester um die Waffe. Der bittere Geschmack von Galle stieg in ihrer Kehle hoch, während sie sich an den Anblick der Leichen ihrer Großeltern auf dem Hauptplatz ihrer Heimatstadt erinnerte. Der schräge Schatten Lenins, die im Gleichschritt über das Pflaster marschierenden deutschen Soldaten, die Arme, die sie zurückhielten, die Schreie, ihre Stimme und das Blut. Heute hatte sie ein Gewehr in der Hand, heute konnte sie das Fadenkreuz auf die Deutschen anlegen. Sie straffte das Kinn, spannte die Lippen und fletschte die Zähne. Die Sekunden krochen dahin. Tanja glaubte, sich nicht länger beherrschen zu können und explodieren zu müssen.

Sie legte ihr Auge an das Zielfernrohr und visierte den Soldaten an, der die Truppe anführte. Das schwarze Fadenkreuz schwankte im Rhythmus ihres rasenden Pulses. Die Deutschen waren ihr so nahe, dass es bedeutungslos war. Sie folgte dem Soldaten, der weniger als einhundert Meter entfernt von ihr die Straße entlanglief.

»Feuer!«, brüllte sie, überrascht über den plötzlichen Klang ihrer Stimme. Die Zeit des Nachdenkens war vorüber. Als hätte sie ein Tor aufgestoßen, durch das sie nun hindurchgehen musste, drückte sie den Abzug und hielt ihn bis über den Rückstoß hinaus fest. Der Mann in der graugrünen Uniform, der die Reihen der Soldaten angeführt hatte, sank in ihrem Zielfernrohr zusammen.

Die Deutschen erstarrten. Ihre Köpfe zuckten hoch, als der Knall des Schusses über ihnen widerhallte.

Während Tanja den Verschluss zurückriss, feuerte die Kuh. Ein Soldat in der letzten Reihe griff sich an die Brust und stürzte zu Boden.

Im nächsten Augenblick war der Raum erfüllt vom Schusslärm aller fünf Scharfschützen. Zunächst nahmen sie die Soldaten in den ersten und letzten Reihen aufs Korn und danach erst jene in der Mitte. Unter dem Kugelhagel türmte sich ein Hügel dunkler Leichen aufeinander. Tanja konzentrierte sich auf die Ersten in der Reihe und streckte jene Soldaten zu Boden, die über die Leichen ihrer Kameraden stolperten.

In weniger als 15 Sekunden war es vorüber. Blauer Pulverrauch sammelte sich an der Decke und entwich durch die Fenster in den zerstörten Morgen. Patronenhülsen bedeckten den Boden. Tanja und ihre Leute verharrten regungslos über ihre Gewehre gebeugt. In ihren Ohren dröhnte ihr Herzschlag, während sie die Straße durch ihr Zielfernrohr absuchte. Sie zählte die Opfer des Gemetzels unter sich und durchbohrte jeden der vergrößerten Leiber nochmals mit ihrem Fadenkreuz. Die meisten Toten lagen in einer Linie. Sie waren gestorben, wo sie sich in den ersten Augenblicken befunden hatten. Hinter einigen Leichen zog sich eine Blutspur über die Straße. Sie kennzeichnete ihre letzte Anstrengung im Leben, ihren letzten Versuch, kriechend Deckung zu finden.

Tanjas Bauchdecke bebte. Das Zielfernrohr in ihren Händen tanzte. »Siebzehn?«, rief sie schließlich.

»Siebzehn«, gab Schaikin atemlos zurück.

Nun blickte Tanja über die Gebäude hinweg zu den deutschen Schützengräben, die sie seit dem Morgengrauen beobachtet hatten. Die deutschen Soldaten hatten ihre Arbeiten eingestellt und waren hinter ihren Schutzmauern in Deckung gegangen. Auf der Suche nach der Quelle des Beschusses drehten sie ihre Maschinengewehre hin und her. Wir sind zu weit entfernt, dachte Tanja, während sie sich vom Fenster zurückzog. Sie können uns nicht sehen. Ausgezeichnet. Wir werden uns später um sie kümmern, und zwar mit einem Bonus von 17 zerbrochenen Stöcken. Wir haben alle erledigt.

Als sie sich zu ihren Kameraden umwandte, hatten die anderen Scharfschützen ihre Gewehre bereits gesenkt. Schaikin und Griasew schüttelten einander die Hände, und Slepkinian blickte strahlend nach links und rechts. Nur Fedja schien nicht zufrieden zu sein. Kopfschüttelnd schob er neue Patronen in sein Magazin.

Griasew schwenkte gut gelaunt seine fleischige Faust in Tanjas Richtung.

»Kein schlechter Hinterhalt«, sagte er, während er die Luft aus seinen Lungen stieß. Dann schlug er seine großen Hände zusammen und rieb sie, als wollte er ein Mahl beginnen.

Tanja legte ihr Gewehr auf den Boden und entfernte sich kriechend vom Fenster. Schaikin tat dasselbe. Slepkinian, Griasew und Fedja beobachteten weiterhin die deutschen Stellungen. Die Armenierin stieß einen anerkennenden Pfiff aus, als sie auf den Stapel von Leichen auf der Straße hinuntersah.

In sicherer Entfernung von den Fenstern trat Schaikin an Tanja heran. »Was meinst du dazu?«, fragte er.

»Ich glaube, wir sollten sie in unsere Tagebücher eintragen. Jeder drei. Die beiden zusätzlichen überlassen wir Fedja und der Kuh.«

»Und dann warten wir auf Befehle, nehme ich an.«

Tanja trat durch die Tür und setzte sich auf die Treppe, um die durch ihren Kopf jagenden Gedanken zu erfassen. Sie musste sich beruhigen und die Raserei in ihrem Inneren zum Verstummen bringen. Man hat uns gelehrt, aus eigenem Antrieb zu handeln, sagte sie sich. Gelegenheiten zum Schuss zu ergreifen und herbeizuführen. Genau das haben wir getan. Wir haben lange genug gewartet. Den ganzen Morgen über. Die Deutschen sind der Feind. 17 von ihnen sind tot. Das ist Rache. Was kann Saitsew noch von uns verlangen?

Tanja blickte zu ihren drei Kameraden hinüber, die mit den Zielfernrohren die Umgebung absuchten. Die Sonne stand nun hoch im Nordosten, sodass sich auf dem staubigen Boden hinter ihnen ihre Schatten abzeichneten.

Schatten. Die Sonne hatte ihnen ins Gesicht geschienen.

Tanja spitzte die Ohren. Ein leises Zischen drang durch die Fenster herein. Ihre Beine waren wie gelähmt, und ihre Gedanken rasten, während das Geräusch zu einem brausenden Pfeifen anschwoll.

Nein, dachte sie. Nein!

Die Wand vor ihr barst. Noch ehe sie klar denken konnte, wurde sie von einem Feuerball und einer mächtigen schwarzen Böe rückwärts geschleudert.

Überall zersplitterten Ziegelsteine, während sich die Druckwelle der Explosion ihren Weg bahnte. Tanja wurde gegen die Wand gewirbelt und brach am Boden zusammen. Übelkeit überfiel sie. Der Schlag hatte sie gelähmt und ihre Ohren taub werden lassen.

Als sie die Augen öffnete, war das Geschoss in dicke Rauchwolken gehüllt. Durch den dichten Nebel sah Tanja das große Loch in der Wand. Das hereinströmende Licht erfüllte den Raum mit umherwirbelndem Glühen.

Neben ihr lag Schaikin. Er blutete aus einer tiefen Schnittwunde am Kinn. Mühsam erhob er sich und stemmte seine Hände gegen die Wand, als wollte er klettern. Bald schon bedeckte das Blut die Vorderseite seiner Jacke.

»Los!«, schrie er zu Tanja hinüber. »Komm! Wir müssen hier raus!«

Schaikin zog Tanja aufstöhnend hoch, bis sie mit zitternden Knien stand. Dann stieß er sie gegen die Wand und hielt sie einen Augenblick dort fest, bis ihre Beine kräftig genug waren, sie zu tragen.

Während sich seine Uniform blutrot verfärbte, fasste Schaikin Tanja an der Schulter und drängte sie zum Ausgang.

»Nein«, murmelte sie und taumelte auf den Raum zu. »Warte!«

»Sie sind tot! Tot, Tanja! Vorwärts!«, brüllte ihr Schaikin ins Ohr.

Er wirbelte sie an den Ärmeln ziehend herum. Seine Stimme drang durch das Chaos zu ihr durch, und als sie die Tür sah, taumelte sie, ihre Füße über die Trümmer schleppend, darauf zu.

Saitsew schlug die Decke zurück und trat leise in die Unterkunft der Hasen.

Seit drei Stunden saß Tanja allein in einer Ecke. Schaikin, den der Blutverlust stark geschwächt hatte, war in der Obhut der Krankenschwester geblieben, die sie auf ihrer Flucht entlang der Wolga entdeckt hatte.

Saitsew hockte sich neben Tanja und lehnte sich vor, bis sein Gewicht auf den Spitzen seiner Stiefel ruhte und die Fersen in der Luft schwebten.

»Was ist geschehen?«, fragte er mit einer Stimme, die freundlicher klang, als sein Gesicht erwarten ließ.

Tanja kämpfte ihre Tränen hinunter. Sie hatte noch nicht geweint und wollte es gewiss nicht vor Saitsew tun.

Während ihr Blick auf seinen Stiefeln lag, beschrieb sie mit gleichförmiger Stimme die Ereignisse des Morgens. Sie berichtete von den Aktivitäten in den Schützengräben hinter den Gebäuden, wie leicht es gewesen wäre, die Deutschen wegzufegen, dass sie und die anderen stundenlang geduldig gewartet hatten. Dann waren sie von der Patrouille überrascht worden, die aus dem Nichts auf sie zugelaufen kam. Sie hatte rasch gehandelt, vielleicht zu rasch.

Bei diesen Worten hob Saitsew den Kopf. Als Tanja in sein flaches Gesicht blickte, sah sie, dass seine Augen glühten.

»Was heißt, du hast zu rasch gehandelt?«

Ein Gefühl der Besorgnis durchzuckte Tanjas Schultern. »Ich ...« Sie brach ab.

Saitsew kniff die Augen zusammen. Die Muskeln um sein Kinn strafften sich, während er die Lippen aufeinander presste.

»Ich habe zuerst geschossen. Ich habe den Befehl gegeben«, gestand sie.

Saitsew versetzte Tanja einen Schlag ins Gesicht, der sie umwarf. Dann richtete er sich aus seiner hockenden Stellung auf. »Aufstehen!«

Mit brennendem Gesicht erhob sich Tanja, widerstand jedoch der Versuchung, sich die Wange zu reiben. Stattdessen zog sie sich mit herabhängenden Armen an die Wand zurück. »Genosse ...«, begann sie.

»Sei still.«

Saitsew trat an sie heran, bis sein Gesicht nur wenige Zentimeter von ihrem entfernt war. Sie fühlte, wie ihre Wange von dem Schlag zu glühen begann.

»Was willst du mir sagen, Partisanin?«, brüllte er sie an. »Heraus damit! Sag mir, dass es dir Leid tut, dass du einen ausdrücklichen Befehl von mir missachtet hast. In Ordnung, Genossin Tschernowa. Das sei dir verziehen. Sag mir, dass es dir Leid tut, einen entscheidenden Auftrag in Gefahr gebracht zu haben. Auch dies sei dir verziehen, Genossin Tschernowa. Der Einsatz ging ungehindert weiter.«

Seine Stimme drang jetzt durch zusammengebissene Zähne zu ihr durch. »Und nun sag mir, dass es dir Leid tut, dass deine Aktion Slepkinian, Griasew und Michailow getötet hat. Du allein bist für ihren Tod verantwortlich. Niemand anderes.«

Tanja schluckte schwer. Angst durchflutete sie in Schwindel erregenden Wellen, als wäre sie ein zweites Mal in die Wolga geschleudert worden.

»Ihr habt nicht alle erledigt, Partisanin. Einer von ihnen ist bis zu einem Granatwerferschützen gekrochen und hat die Koordinaten eurer Position weitergegeben.«

Er ballte die Faust. »Eure Position! Du hast meine Befehle missachtet, eure Stellung preisgegeben und das Leben von drei meiner Scharfschützen eingetauscht gegen siebzehn Infanteristen! Jeder dieser Scharfschützen wäre für hundert Deutsche gut gewesen. Und du tauschst sie ein gegen siebzehn!«

Schwer atmend zog er sein Gesicht zurück. Der Blick aus seinen weit auseinander stehenden Augen drohte sie zu durchbohren. Seine Pupillen wirkten wie die dunklen Mündungen zweier Präzisionsgewehre. Tanjas Kopf war leer, sie konnte keinen einzigen Gedanken fassen. Alles was sie hörte und fühlte, all ihre Sinne lagen in Saitsews wütenden Händen. Etwas wie Reue drang aus der Tiefe ihres Inneren an die Oberfläche und vermischte sich mit dem beschämenden Glühen ihrer Wange. Alles andere wartete.

Saitsew schüttelte den Kopf. »Wir sind nicht hier, um deine Erinnerungen auszulöschen. Ich weiß nicht, was du gesehen oder verloren hast, aber was immer es war, dein Schmerz ist nicht größer als der Russlands«, erklärte er, während er sich hoch aufrichtete. »Verdammt, hier geht es um Russland, nicht um deinen Schmerz. Einzig um Russland! Dein Ein-Frauen-Krieg ist vorüber, jetzt bist du in der Roten Armee! Vergiss das nie! Niemals! Deine Dummheit und dein Egoismus haben drei russische Soldaten das Leben gekostet!«

Er drohte ihr mit dem Finger. »Von nun an wirst du buchstabengetreu befolgen, was dir befohlen wird. Tust du das nicht, werde ich dir eine Kugel in den Hinterkopf jagen! Und wenn nicht ich, dann sicher Danilow! Verstanden?«

Damit machte Saitsew auf dem Absatz kehrt und stapfte aus dem Raum. Er schlug die Decke so heftig zur Seite, dass sie von den Nägeln gerissen wurde, an denen sie gehangen hatte.

Während Tanja an der Wand zu Boden glitt, stiegen ihr Tränen in die Augen und rollten über ihre Wangen. Sie fielen auf die schlaff in ihrem Schoß liegenden Hände.

Tanja schloss die Augen und versuchte, ihrem eigenen Weinen zu lauschen. In ihren Ohren hallten jedoch Saitsews wütende Worte wider. Er hatte sie angebrüllt und geschlagen.

Ihr war, als hätte sie ihren Körper verlassen und schwebte neben ihm, als wäre ihre Seele von solch unermesslicher Trauer und Schuld erfüllt, dass sie sie von ihren Fesseln befreien musste. Während ihr Blick an ihr hinunterglitt, versuchte sie, Mitleid mit diesem weinenden, an der Wand zusammengesunkenen Mädchen zu fühlen. Aber sie empfand bloß Verachtung.

Ich habe sie getötet, erkannte sie. Ich habe sie durch meine Dummheit und meinen Egoismus getötet. Ich bin dafür verantwortlich und sitze hier weinend und zitternd und lebendig. Und sie sind tot.

Tanja schlug mit dem Kopf gegen die Wand. Sie suchte nach ihrer Stimme, um zu den Echos von Saitsews Schritten zu sprechen, die im Gang verhallten, und um dem Bild von Fedja in ihrem Kopf zu antworten, der mit gebrochenen Gliedern unter einem rauchenden Trümmerhügel gelegen hatte. Die Augen des jungen Poeten waren geöffnet gewesen, aber sie hatten nicht länger in diese Welt geblickt.

Sie hob die Hände vor die Brust, ballte sie zu Fäusten und öffnete sie wieder. Dann krümmte sie ihre Finger, als wollte sie mit bloßen Händen aus einem Gefängnis hinausklettern. Der Schmerz führte sie wieder in ihren Körper zurück.

Mit glühender Wange flüsterte sie: »Ja. Ich habe verstanden!«

II.

DAS DUELL

1.

Der Panzer schob sich dröhnend um die Ecke. Seine eisernen Luken waren fest verschlossen. Vorsichtig rollte er durch die Straße, während der Geschützturm mit metallischem Quietschen von einer Seite zur anderen schwenkte. Die Besatzung suchte nach den Russen, die sich in den Ruinen vor ihr verbargen.

Von hinten beobachtete ein zweiter Panzer den Vormarsch des ersten und bot ihm mit regungslos verharrender Kanone Feuerschutz. Verborgen hinter der Ecke, wartete eine Infanterieeinheit, die im Schutz des Panzers eingreifen sollte.

Eine schwache Explosion ertönte aus dem ersten Stockwerk eines Gebäudes am Ende der Straße. Eine russische 7,6 cm Panzerabwehrkanone hatte auf fünfzig Meter Entfernung das Feuer eröffnet und ihr Ziel verfehlt. Der erste Panzer schaltete in den Rückwärtsgang und eilte den Weg zurück, den er gekommen war, während sein Geschützturm auf die verräterisch aufblitzende Mündung der Panzerabwehrkanone anlegte. Der weiter hinten stehende Panzer feuerte eine Splittergranate in die Ruinen. Ein Trupp deutscher Infanteristen sprang aus seinem Versteck hervor und griff die nun preisgegebene russische Stellung mit Gewehren und Handgranaten an.

Während dieser Phase des Kampfes hob Hauptgefreiter Nikki Mond, wie er es in den letzten zehn Tagen in einem Dutzend derartiger Straßen gelernt hatte, seinen Feldstecher zu den Dächern der Häuser und schwankenden Fassaden über dem Gefechtslärm.

Und tatsächlich entdeckte er die Mündungen von russischen Präzisionsgewehren. Sie tauchten nur einen Augenblick lang wie schwarze Dornen auf, die aus den Gebäuden hervorstachen. Mit in der Ferne vereinzelt ertönenden Schüssen streckten sie die deutsche Infanterie Mann für Mann nieder.

Nikki wusste, dass diese Scharfschützen seit dem Morgengrauen in den skelettartigen Gebäuden bewegungslos ausgeharrt hatten. In dieser ersten Novemberwoche, die die Soldaten als »die stillen Tage« bezeichneten, war sich Nikki in zunehmendem Maß der tödlichen Anwesenheit feindlicher Scharfschützen bewusst geworden. Nun, da die Unterstützung der Luftwaffe ins Stocken geraten war und kleinere Gefechte vorherrschten, schienen diese stillen Mörder der Roten Armee in jede Ritze und Fuge entlang der Frontlinie vorgedrungen zu sein.

Nikki hatte mehrere Kämpfe miterlebt, die eskalierten, als beide Seiten mehr und schwere Waffen herbeiriefen. Unterließ man dies, legte sich das Kampfgeschehen nach einiger Zeit, und die Toten blieben auf offenem Gelände zurück. Die Verwundeten mussten sich selbst in Deckung schleppen und dort auf die Dunkelheit warten. Sie durften in ihrem Schmerz nicht einmal um Hilfe rufen, aus Angst, dass ein Scharfschütze von einem der Dächer oder ein herbeikriechender Iwan ihrem Leben ein Ende bereiten würde. Während der »stillen Tage« wurden wenige Gefangene gemacht.

Dieser langwierige Gewinn und Verlust von Gassen, Straßen und Gebäuden war für die Kämpfer beider Armeen zur wahren Schlacht um Stalingrad geworden. Im Gegensatz zu den großen Gefechten von September und Oktober, bei denen unablässig Vorstöße gegen den russischen Brückenkopf unternommen wurden, handelte es sich bei diesen Auseinandersetzungen um zusammenhanglose, lokale Scharmützel auf Kompanieebene, in denen beide Seiten versuchten, ihre Stellung Meter um Meter auszuweiten. Die erbitterte Belagerung war zu einem grimmigen Sumpf geworden, in welchem die einzelnen Schritte nur langsam und qualvoll gesetzt wurden.

Beide Armeen waren in den Untergrund gegangen. Keller, Tunnel und endlos erscheinende Netzwerke von Gräben, die als ›Rattengänge‹ bezeichnet wurden und sich wie

Kratzer über die gefrorene Haut der Stadt zogen, kennzeichneten das unter dem eisigen Himmel des hereinbrechenden Winters liegende Schlachtfeld. Die Infanteristen der Wehrmacht nannten diese Art der Kriegführung ›Rattenkrieg‹.

Nikki setzte seinen Feldstecher ab, um eilig einige Anmerkungen in sein Notizbuch zu schreiben. Dies war seine neue Aufgabe: Er war dem deutschen Nachrichtendienst als Beobachter zugeteilt worden. Es war sein Auftrag, die Aktivitäten der Infanterie an der Frontlinie zu beobachten und taktische Einzelheiten sowie stichprobenweise Zählungen weiterzuleiten.

Nachdem Hauptmann Mercker und seine Einheit unter den Trümmern begraben worden waren, hatte Nikki seine neun überlebenden Kameraden zu einem vorgelagerten Beobachtungsposten geführt. Dort war er auf den lebhaften jungen Oberleutnant Karl Ostarhild gestoßen, der ihm eine Tasse Kaffee eingoss, während er von der Katastrophe berichtete. Daraufhin hatte Ostarhild eine Landkarte vor ihm ausgerollt und sich die genaue Lage des Gebäudes zeigen lassen, in dem Mercker und seine Kompanie bei der Explosion umgekommen waren. Über die Karte gebeugt, hatte ihm Nikki alles mitgeteilt, was er über die Stellungen der Russen, ihre Stärken und Schwächen wusste. Ostarhild war nicht nur vom Umfang von Nikkis Beobachtungen und Wissen beeindruckt gewesen, sondern auch davon, auf welch schwierige Weise er sich diese angeeignet hatte. Schließlich hatte der Oberleutnant Nikki aufgefordert, unter seinem Kommando den Beobachter für den Nachrichtendienst zu machen. Dieses Angebot hatte Nikki gerne angenommen.

Seitdem folgte er dem dröhnenden Rasseln der Panzer und den knatternden Salven der Maschinengewehre quer durch die Stadt. Seit zwölf Tagen hatte er selbst keinen einzigen Schuss abgefeuert und keine Granate geworfen. Er trug nicht einmal mehr ein Gewehr bei sich.

Ostarhilds Nervosität stieg mit den Informationen, die er erhielt. Wochenlang hatte er Daten von Aufklärungsflugzeugen, Beobachtern, Verhören von Gefangenen und abgehörten Funksprüchen gesammelt. Er zweifelte nicht daran, dass von russischer Seite mit etwas Großem zu rechnen war. Wenn er auch nicht wusste, worum es sich handelte, erkannte er aufgrund der Hinweise doch, dass das Kommende wahrlich gigantische Ausmaße haben musste.

Am Vortag, dem 7. November, hatte Ostarhild seine Daten und die daraus gezogenen Schlussfolgerungen seinen Vorgesetzten in Golubinka vorgelegt, einer wenige Kilometer westlich in der Sicherheit der Steppe gelegenen Ortschaft. Er erklärte, Berichte einer groß angelegten Ansammlung von Soldaten und Material im Norden in der Region von Kletskaja erhalten zu haben, und erläuterte seine Theorie, dass es sich um eine russische Angriffsarmee handeln könnte, die sich, bewaffnet und mobilisiert, auf eine Gegenoffensive vorbereitete. Zusätzlich nannte er den versammelten Generälen Einzelheiten über die beteiligten russischen Einheiten, ihre letzten Einsatzorte und sogar die Namen ihrer Befehlshaber.

Ostarhild berichtete, dass die 66. russische Armee unter General Tschuikow vom Oberkommando der Roten Armee zu einer bedeutenden Munitionseinsparung gezwungen worden war. Wohin wurde diese Munition transportiert? An diesem Morgen, dem 25. Jahrestag der Oktoberrevolution, hatte Stalin eine überraschend triumphierende Rede gehalten, die über Kurzwelle aus Moskau abgehört worden war. In Bezug auf die Schlacht um Stalingrad hatte Stalin kryptisch verkündet, dass »bald schon in unseren Straßen gefeiert wird«.

Ostarhild stützte sich in seiner lebhaften Schilderung des derzeitigen Standes der Kämpfe teilweise auf Nikkis Beobachtungen und Kenntnisse der Frontlinie. Der Angriff auf Stalingrad war zu einer Reihe gewalttätiger, persönlicher Auseinandersetzungen geworden. Wenn es den Deutschen gelegentlich in kleinen Gruppen gelang, einen Ruinenblock oder sogar das Wolga-Ufer in oder um den Fabrikbezirk einzunehmen und sie ihre Gewinne durch neue Gräben zu sichern suchten, mussten sie nur allzu häufig feststellen, dass sie von den Russen abgeschnitten worden waren, die in ihrem Rücken den schmalen aufgerissenen Korridor wieder geschlossen hatten. Die Verwundeten waren oftmals unerreichbar, und die Toten blieben zurück und erstarrten in grauenvollen Stellungen auf dem gefrorenen Boden. Die Männer verloren jede Hoffnung zu überleben. Dennoch kämpften sie weiter. Nur allzu oft war ihre Kraft das Ergebnis von Alkohol oder geschmuggelten Amphetaminen. Ostarhild beschrieb die deutschen Soldaten als unrasiert und erschöpft durch den Mangel an Schlaf und Entspannung. Sie würden von Läusen geplagt und fürchteten sich vor einem weiteren Kriegswinter in Russland. Ihr für diese Stadt geleisteter Blutzoll hatte sie jedes Verständnis für den übergeordneten Plan des Reiches verlieren lassen. Nun kämpften sie – Ostarhild zitierte die Worte eines Kriegsreporters – »ausschließlich für das höchste Ziel: dem anderen an die Kehle zu gehen«.

Die russische Position in der Stadt war ebenso gefährdet. In einem viereinhalb Kilometer langen Streifen klammerten sich die Russen verzweifelt an ihrem immer kleiner werdenden Abschnitt fest. An einigen Stellen lag das Ufer weniger als hundert Meter von ihrem Rücken entfernt. Neben den reduzierten Munitionszuteilungen und einer hohen Opferrate stellte die Wolga – die einzige Verbindung der Roten Armee zu ihren Versorgungslinien – ein Problem dar: Innerhalb kürzester Zeit würde sie nicht mehr beschiffbar sein. Die großen Eisschollen, die von Norden kommend Jahr für Jahr den Fluss blockierten, verhakten sich bereits ineinander. Sie würden noch vier bis fünf Wochen nicht fest genug zusammenfrieren, um Transporte über das Eis zu ermöglichen. Bis dahin würden die Verstärkungseinheiten und Nachschublieferungen der Russen drastisch reduziert, wenn nicht gar vollkommen eingestellt werden.

Der junge Oberleutnant wurde daraufhin von seinen Vorgesetzten gefragt, ob dies nicht ein günstiger Zeitpunkt sei, um eine weitere Großoffensive zu starten. Ostarhild hatte diese Frage bereits erwartet. Sobald er sie hörte, wusste er, dass er sie nicht wahrheitsgetreu beantworten durfte. Die Stabsoffiziere wollten eine ehrliche Antwort weder hören noch an General Paulus weitergeben, den Oberbefehlshaber der 6. Armee. In seinem Herzen wusste Ostarhild, dass die einfachen Soldaten zu unorganisiert geworden waren und im Schatten ihres eigenen Untergangs zu gleichgültig, um auf effektive Weise an weiteren großen Angriffen teilzunehmen. Als Nachrichtenoffizier hatte er hunderte Briefe der Truppen an geliebte Familienmitglieder zu Hause zensiert. Diese Briefe hatten ausnahmslos tiefe Zweifel bezüglich ihrer vagen Aussichten gezeigt, je wieder lebend nach Deutschland zurückzukehren. Als Reaktion war von der Kommandozentrale der Befehl ergangen, sämtliche derartige Briefe abzufangen und zu beschlagnahmen. Es hätte keinen Sinn, die Heimatfront mit schwarzseherischem Geschwätz zu beunruhigen, hatte man erklärt.

Anstatt den Offizieren die nackte Wahrheit zu offenbaren, wählte Ostarhild seine Worte mit äußerster Sorgfalt und verwendete Begriffe, von denen er wusste, dass sie in ihren Ohren vorteilhaft klangen. Die deutschen Soldaten würden ungeachtet ihres Auftrags tapfer kämpfen, erklärte er. Die Generäle müssten jedoch rasch handeln, ehe sich das Fenster dieser günstigen Gelegenheit wieder schloss. Die Befürchtung, dass das Fenster bereits vor Wochen zugeschlagen worden war, behielt Ostarhild für sich. Eine weitere Offensive könne erfolgreich sein, insbesondere wenn sie die russischen Nachschublinien am Fluss bedrohe, erklärte er. Anfang November hätten sich dem Reich jedoch neue Hindernisse in den Weg gestellt. Man müsse sich zweifellos mit dem Wetter, dem physischen Zustand der Soldaten und der niedrigen Moral auseinander setzen. Ebenso gefährlich für die Anwesenheit der deutschen Armee in Stalingrad sei allerdings die zunehmende Anzahl feindlicher Scharfschützen.

Die roten Scharfschützen hatten sich viel besser an das zerstörte Stadtgelände angepasst als die deutschen, bemerkte Ostarhild. In kürzester Zeit waren sie überaus effektiv geworden. Die feindlichen Scharfschützen waren für zahllose Opfer – darunter viele Offiziere – verantwortlich. Einer vorsichtigen Schätzung zufolge betrug die Zahl der

Verwundeten und Toten durch diese Scharfschützen pro Tag ein- bis zweihundert.

Erwähnenswert sei auch die entsetzliche Art, in der diese Opfer fielen: Aus großer Entfernung wurden sie von unsichtbaren Schützen niedergestreckt, die kriechend jeder Entdeckung entkamen. Die Scharfschützen verbreiteten den Tod immer wie einen grauenvollen blutigen Schock. Die Männer in den Schützengräben waren mittlerweile davon überzeugt, dass es kein Entkommen vor ihnen gab. Jede Bewegung, jede Zigarettenpause und jedes Austreten konnte die Aufmerksamkeit eines Scharfschützen auf sich ziehen. Es war ein grässlicher, ernüchternder Gedanke, mit einem Zielfernrohr gejagt zu werden. Ohne es zu wissen, mit einem unsichtbaren schwarzen Fadenkreuz gekennzeichnet und ausgewählt zu sein, für den sofortigen Tod durch eine Kugel in den Kopf. Die Männer waren demoralisiert, schlimmer noch, sie waren vor Angst nahezu gelähmt.

Ostarhild zeigte den Generälen eine Aktenmappe mit Ausschnitten aus der russischen Militärzeitung *Rote Armee* und den lokalen Schützengrabennachrichten *Die Verteidigung unseres Landes* mit den von seinen Mitarbeitern angefertigten Übersetzungen. Er lenkte ihre Aufmerksamkeit vor allem auf die Artikel eines russischen Kommissars namens I.S. Danilow mit der Überschrift ›Von der Front‹. Darin berichtete er von einer neu gegründeten russischen Scharfschützenschule innerhalb der 284. Division unter Oberst Batjuk. »Die russischen Befehlshaber haben offenbar den Wert einer derartigen Scharfschützenbewegung erkannt«, schloss er. »Vermutlich haben jedoch nicht einmal sie selbst vorhergesehen, wie viel Unruhe und Schwierigkeiten ihre Scharfschützen hervorrufen würden.«

General Schmidt, Adjutant von Paulus und ranghöchster Offizier in der Runde, nickte, während er die Übersetzungen überflog. »In diesen Artikeln wird großes Aufheben um einen Scharfschützen namens Saitsew gemacht, einen Mann mit dem Spitznamen ›Der Hase‹. Er scheint das Gehirn dieser Scharfschützenschule zu sein.«

Ostarhild bestätigte das. »Ja, Herr General. Er stammt

aus Sibirien, ein Jäger aus dem Ural. Die rote Presse stellt ihn als Prototyp des Scharfschützen und Helden dar.«

Schmidt klopfte mit dem Handrücken auf die Unterlagen. »Dann würde es sich vermutlich überaus günstig auf die Moral unserer Männer auswirken, wenn wir diesen Helden Saitsew aufspürten und ihm seinen gottverdammten Kopf wegpusteten.« Schmidt las noch etwas weiter, ehe er wieder aufblickte und sich mit strahlendem Lächeln im Raum umsah.

»Wie es scheint, hat uns Genosse Danilow einen guten Dienst erwiesen.« Er hielt die Ausschnitte aus *Die Verteidigung unseres Landes* hoch und schwenkte sie vor Ostarhild. »Was wir hier haben, meine Herren, ist ein vollständiger Katalog von Herrn Saitsews Taktiken. Er wirkt umfangreich und komplett, was meinen Sie, Herr Oberleutnant? Wie er denkt, welche Listen er verwendet und vieles mehr. Sagen Sie mir, wird uns dies Ihrer Meinung nach eine Hilfe sein, diesen russischen Hurensohn zu fassen? Diesen kleinen roten Hasen?«

Die anderen Generäle im Raum lachten verhalten. Ostarhild nickte. »Ganz gewiss, Herr General.«

»Geben Sie dann in meinem Namen Folgendes nach Berlin durch«, erklärte Schmidt, während er sich erhob, um die Besprechung zu beenden. »Sagen Sie, dass wir beabsichtigen, den besten Scharfschützen der gesamten russischen Armee zu erledigen. Dafür sollen sie uns den besten deutschen Scharfschützen schicken. Den allerbesten. Augenblicklich.«

Zwei Tage nach Ostarhilds Treffen mit dem Generalstab am Nachmittag des 9. November stand Nikki im wirbelnden Schneetreiben auf dem Flugplatz Gumrak, 15 Kilometer westlich des Stadtzentrums. Gumraks einzige Landebahn und das einsame Blockhaus bildeten die nächstgelegene Luftverbindung zwischen Deutschland und Stalingrad. In den letzten Monaten hatte der Name Gumrak für die kampfbereiten Soldaten der Wehrmacht in Stalingrad einen freudigen und unheilvollen Beigeschmack erhalten. Gumrak bedeutete, dass sie, hin und her gerüttelt in ihren Sitzen, vielleicht nach Hause zurückkehrten, während sie aus sicherer Entfernung zusahen, wie Russland unter ihnen immer kleiner wurde und schließlich im Dunst verschwand. Es bedeutete vielleicht aber auch, dass sie – und dieser Fall war wahrscheinlicher – in der Finsternis eines Leinensackes lagen. Die Kiefernsärge waren gewiss längst ausgegangen.

Nikki spähte blinzelnd durch den peitschenden weißen Schnee, während ein Bombenflugzeug vom Typ Heinkel He-111 vierzig Meter von seinem Stabswagen entfernt auf der Rollbahn zum Stillstand kam. Dies war der erste Schnee des Winters. Er fiel einen vollen Monat früher als die ersten zarten Schneegestöber, an die sich Nikki aus seiner Heimat in Westfalen erinnerte.

Das Dröhnen der Motoren des Bombenflugzeugs erreichte einen Höhepunkt und verstummte dann. Die Propeller hielten abrupt an. Mehrere Minuten lang hing das Flugzeug seiner eigenen Stille nach. Niemand kam, um es willkommen zu heißen, niemand stieg aus. Nikki wippte auf den Zehen, um sie warm zu halten. Seine Hände hatte er tief in den Taschen verborgen, während sich auf seinen Wimpern Schneeflocken niederließen.

Schließlich öffnete sich die Ausstiegsluke in der Mitte der Maschine. Ein Sack aus grobem Tuch wurde herausgeworfen. Dann sprang ein Mann auf den Boden. Er nahm den Sack auf und schritt durch das peitschende Schneetreiben heran.

Während die Motoren des Flugzeugs aufheulten und die Propeller wirbelnd zum Leben erwachten, kam die Gestalt näher. Sie trug einen langen schwarzen Wollmantel ohne Abzeichen und einen dunkelbraunen steifen Filzhut mit breiter Krempe, der offenbar neu war. Ein brauner Schal bedeckte das Gesicht unterhalb der Nase, und die breite Krempe des Huts verbarg die Augen.

Inmitten des anschwellenden Motorenlärms übergab der Mann Nikki seine Tasche und stapfte an ihm vorüber auf den wartenden Stabswagen zu.

Aufgrund seines umfangreichen Mantels beurteilte Nikki den Fremden als rundlich und nicht größer als er selbst.

Dies ist also der Meisterscharfschütze aus Berlin, dachte er. Ich hatte einen Titanen erwartet, einen Veteranen mit stahlhartem Kinn und Augen wie blauer Granit. Aber das sind bloß romantische Vorstellungen. Dieser Mann ist offenbar ein Weichling. Wie er sich beeilt, aus der Kälte in den Wagen zu kommen. Er muss wirklich außergewöhnlich gut sein.

Nikki startete den Wagen und steuerte ihn die Rollbahn hinunter. Er verzichtete darauf, den Heizungsknopf zu ziehen. Der Motor sollte erst warm laufen, damit die Kabine mit warmer Luft versorgt wurde.

»Wo bleibt die Heizung?«, fragte der Mann durch seinen Schal hindurch. »Sie hätten den Wagen im Leerlauf warten lassen können, dann wäre es beim Einsteigen bereits warm gewesen.«

»Verzeihen Sie, aber Ihr Flugzeug hatte Verspätung, und ich wollte keinen Treibstoff vergeuden«, sagte Nikki mit einem Blick in den Rückspiegel.

Als Nikki nun den Heizungsknopf zog, strömte die noch kühle Luft in die Kabine. Die beiden Männer legten die Fahrt über die unbefestigte Straße, die zu Ostarhilds Hauptquartier führte, schweigend zurück.

Verstohlen betrachtete Nikki den Fremden immer wieder im Rückspiegel. Doch erst als es in der Kabine warm wurde, wickelte sich der Mann aus dem Schal und schob die Krempe seines Hutes in die Höhe.

Lächelnd fing er Nikkis Blick im Spiegel auf. »Wie heißen Sie, Hauptgefreiter?«

»Nikolas Mond. Aus Westfalen.«

»Ah ja«, meinte der Mann nickend, während er aus dem beschlagenen Fenster in das dichte Schneetreiben hinausblickte. »Dort habe ich oft gejagt. Zumeist Gänse, aber es gibt dort auch herrliche Enten.«

Der Mann wollte offenbar ein Gespräch anknüpfen. Seine blaugrauen Augen im Spiegel warteten auf Antwort.

»Meine Familie besitzt da einen Hof«, erzählte Nikki. »Nach jeder Ernte haben wir Getreide auf die Felder gestreut. Die Enten sind dann praktisch ins Haus geflogen und auf dem Esstisch gelandet.«

»Ja«, lachte der Mann. »Mir schmecken die dummen Enten auch besser als die klugen.«

Nachdem der Fremde Hut und Handschuhe abgelegt hatte, war sein Haar zu sehen. Es war kurz und hellbraun wie die tote winterliche Steppe, die an den Fenstern des Wagens vorübersauste. Seine bleiche, wachsfarbene Haut lag um Nacken und Ohren über Fettpolster gespannt und rundete die Konturen seines Gesichts. Nikki bemerkte, wie klein seine Ohren, seine Nase und sein Mund waren und wie sehr die Augen das Gesicht dominierten. Als wären sie zwei blaue Teiche, und alle übrigen Teile hätten sich bloß versammelt, um aus ihnen zu trinken. Das Blinzeln erfolgte langsam und bewusst, während sich der Kopf schnell und ruckartig bewegte. Er erinnerte Nikki an die Schleiereulen auf dem Hof seiner Eltern.

Nikki steuerte den Stabswagen auf die befestigte Straße. Auf dem linken vorderen Kotflügel wehte eine Hakenkreuzflagge, die den Passagier als bedeutende Persönlichkeit auswies. Der junge Hauptgefreite lenkte den Wagen langsam durch mehrere Gruppen von Fußsoldaten. Die Männer schienen ziellos umherzuziehen und drängten sich wegen des Schnees dicht aneinander. Einige waren in Decken gehüllt. Viele hatten Zeitungspapier unter ihre Helme und Jacken gestopft und erinnerten dadurch an Vogelscheuchen.

Ein von einem Pferd gezogener Karren hielt vor Nikki und brachte den Stabswagen ebenfalls zum Stillstand. Die Soldaten zu beiden Seiten würden den Wagen nicht vorüberlassen, und Nikki wollte die sich mühsam vorwärts schleppenden Männer nicht mit der Hupe verjagen. Er musste jedoch irgendwie an dem Pferdekarren vorbei kommen.

»Schon in Ordnung, Hauptgefreiter«, meinte der Mann im Rücksitz. »Warten Sie einfach einen Augenblick.«

Nikki betrachtete die Ladung des Pferdewagens. Abgestützt von den Seitenlatten, stapelten sich Leichen übereinander, deren erstarrte Hände ins Nichts griffen. Ihre Köpfe waren grauenvoll verdreht, und ihre bloßen Füße stachen aus der miteinander verwobenen Masse graugrüner Uniformen hervor. Die Stiefel und Socken waren ihnen von den Lebenden mit klammen Händen abgezogen worden. Ein zartes Leichentuch aus Schnee legte sich in die Ritzen und Spalten ihrer gebeugten Ellbogen und Beine, in ihre Augenhöhlen und offenen Münder, ohne zu schmelzen.

Sobald ein Offizier den wartenden Stabswagen hinter dem Pferdekarren erblickte, befahl er den zu beiden Seiten gehenden Männern, den Weg freizugeben, und winkte das Auto um den Karren herum. Nikki wandte sich dem Offizier im Vorüberfahren zu und bedankte sich salutierend. Der Offizier nahm jedoch in keiner Weise Notiz von ihm.

Im Spiegel sah Nikki, dass der Mann seine großen Augen geschlossen hatte. Seine Lider wirkten wie geschlossene Gardinen.

»Wissen Sie, wer ich bin?«, fragte er.

»Jawohl«, antwortete Nikki. »Sie sind SS-Standartenführer Heinz Thorwald aus Berlin.«

Thorwald öffnete die Augen. »Aus Gnössen, um genau zu sein. Ich habe das letzte Jahr über dort unterrichtet. Da Berlin nicht weit entfernt ist, gehe ich häufig dort ins Theater. Mögen Sie die Oper, Hauptgefreiter? In Westfalen gibt es auch eine Oper, das weiß ich, weil ich sie bereits besucht habe.«

»Nein, Standartenführer. Dafür bleibt auf einem Hof keine Zeit.«

Der Mann schloss erneut die Augen. »Da haben Sie Recht. Die Briten haben die Staatsoper in Berlin bombardiert. Der Führer hat sie aber wieder aufbauen lassen. Die Eröffnung wird Ende des Monats stattfinden. Wagners *Meistersinger*. Bis dahin will ich wieder zurück sein.«

Nikki konzentrierte sich auf die Straße. Nun, da sie frei vor ihm lag, trat er auf das Gaspedal, um seinen Passagier, den gefährlichsten Scharfschützen der gesamten deutschen Armee, den Meisterschützen Heinz Thorwald, so schnell wie möglich in Oberleutnant Ostarhilds Büro zu bringen.

Ostarhild trat in den Schnee hinaus, um Thorwald zu begrüßen. Er nahm Haltung an und salutierte. Nikki öffnete die hintere Tür des Wagens. Thorwald erwiderte den Gruß und ging mit dem jungen Offizier in dessen Büro. Nikki folgte den beiden Männern mit der Tasche des Standartenführers.

Ostarhild goss Thorwald eine Tasse Kaffee ein und bot ihm einen Stuhl neben einem Kohlenofen an. Nikki hatte weder den Ofen noch die Kohle je zuvor gesehen. Der Oberleutnant hatte sie eigens für Thorwalds Besuch gesammelt.

Die beiden Offiziere tauschten Höflichkeiten über Berlin und Ostarhilds Heimatstadt Stuttgart aus. Wie es schien, konnte man rund um Stuttgart ganz ausgezeichnet Fasane jagen.

Nachdem der Oberleutnant Thorwalds Kaffee erneut gewärmt hatte, nutzte er die Gesprächspause, um zu dem Auftrag des Standartenführers überzuwechseln.

Dazu nahm Ostarhild von seinem Schreibtisch eine Sammlung von Artikeln, an die die jeweiligen Übersetzungen geheftet waren. Die Ausschnitte stammten aus dem russischen Nachrichtenblatt *Die Verteidigung unseres Landes*. Der Oberleutnant hatte sie Nikki am Morgen lesen lassen und überreichte sie nun dem Meisterschützen aus Berlin.

»Standartenführer, diese Artikel wurden von einem Kommissar der Roten Armee geschrieben und befassen sich direkt mit Ihrem Ziel, dem Starschina Wassili Saitsew. Wie es scheint, wurde dieser einfache Jäger aus Sibirien für die Russen zu einem wahren Helden.«

»Und für Sie zu einem echten Problem, nicht wahr?«, meinte Thorwald, während er in seinen Kaffee starrte.

Ostarhild verschränkte die Hände. »In bedeutend größerem Umfang, als aus diesen Ausschnitten herauszulesen ist. Saitsew, der den Spitznamen ›Hase‹ trägt, wurde zum Leiter einer improvisierten russischen Scharfschützenschule. In den letzten Wochen tauchten in diesen Artikeln immer öfter Namen seiner Schüler auf. Wir haben sie für Sie in den Übersetzungen besonders hervorgehoben. Medwedew, Tschekow, Schaikin und Tschernowa. Dem Kommissar zufolge stehen diese Schüler ihrem Lehrmeister an

Kühnheit nicht nach. Keiner von ihnen übertrifft ihn jedoch in seinen Fähigkeiten. Der Hase hat drei Dutzend Scharfschützen unterrichtet, die nun direkt an der Frontlinie zum Einsatz kommen. Mit einer durchschnittlichen Reichweite von drei- bis vierhundert Metern richten sie bis weit hinter unsere Linien beträchtlichen Schaden an. Doch schlimmer als der Verlust der vielen Männer ist, dass die Moral der Soldaten mit erschreckender Geschwindigkeit sinkt.«

Thorwald blickte auf. »Drei- bis vierhundert Meter sind für einen erstklassigen Scharfschützen keine bedeutende Leistung.«

Ostarhild schüttelte den Kopf. »Diesen Artikeln zufolge liegt Saitsews Reichweite bei fünfhundert bis fünfhundertfünfzig Meter.«

»Meine liegt darüber«, erklärte Thorwald leise.

Der Oberleutnant wartete, bis Thorwald seinen Kaffee ausgetrunken und die Tasse auf der Tischecke abgestellt hatte.

»Standartenführer Thorwald, ich habe den Befehl erhalten, Ihnen in jeder Weise behilflich zu sein. Es wurde Vorsorge getroffen, Sie in meinem Büro einzuquartieren. Ihnen steht hier ein Raum zur Verfügung, den Sie bis zur Erfüllung Ihres Auftrags benützen können. Zusätzlich habe ich einen unserer Scharfschützen als Führer für Sie abgestellt. Was kann ich darüber hinaus für Sie tun?«

Thorwald wandte sich langsam um und sah dann mit einer ruckartigen Kopfbewegung zu Nikki hinüber, der unter dem Blick Haltung annahm. »Dieser Mann«, sagte Thorwald zu dem Oberleutnant, ohne den Blick von Nikki zu nehmen, »ist er mutig?«

Ostarhild zuckte die Achseln, als wüsste er nicht, was er mit der Frage anfangen sollte. »Ja, Standartenführer. Das ist er. Sehr mutig. Und kein Dummkopf.«

»Hat er gekämpft? Kennt er das Schlachtfeld?«

»Hauptgefreiter, berichten Sie dem Herrn Standartenführer von Ihren Erfahrungen«, forderte Ostarhild Nikki zu sprechen auf.

»Nein, Herr Oberleutnant, Sie berichten mir davon«, sagte Thorwald mit gleichförmiger, analysierender Stimme. »Ich will nicht wissen, was er von sich hält, sondern was Sie von seinem Mut halten. Wenn er tatsächlich ein mutiger Mann ist, wird er es nicht sagen.«

Daraufhin begann Ostarhild zu dem Standartenführer zu sprechen, der ihm den Rücken zuwandte. »Hauptgefreiter Mond hat sich in den schlimmsten Kämpfen von Stalingrad bewährt. Und ich kann Ihnen versichern, Standartenführer, dass das Schlimmste von Stalingrad die wahre Hölle ist.«

Thorwalds musternder Blick löste sich einen Augenblick von Nikki, und ein Lächeln zerriss sein Gesicht wie eine plötzlich inmitten von weißem Eis aufbrechende Spalte. »Ausgezeichnet.« Damit wandte sich der Standartenführer wieder Ostarhild zu. »Dann hätte ich ihn gerne als meinen Führer und Kundschafter.«

Der Oberleutnant beugte sich vor. »Wie ich bereits sagte, Standartenführer, habe ich einen unserer Scharfschützen als Kundschafter für Sie abgestellt. Er kennt das Schlachtfeld ebenso gut wie der Hauptgefreite und hat Erfahrung mit russischen Scharfschützen.«

»Ich will niemanden, der mit russischen Scharfschützen Erfahrung hat. Ich brauche weder Ratschläge noch die neuesten Neuigkeiten. Dieser Saitsew hat geradezu eine Wissenschaft daraus gemacht, deutsche Scharfschützen zu studieren. Ich kann niemanden an meiner Seite gebrauchen, der mein Tod wird. Ich brauche einen Mann, der tut, was ich ihm auftrage. Dieser Hauptgefreite hier kennt das Schlachtfeld und weiß offenbar zu überleben. Wie Sie sagten, ist er ein guter Kämpfer. Und ich weiß, dass ihm das Wesen der Angst nicht fremd ist. Ich sehe es in seinen Augen. Darüber hinaus weiß er, was Angst mit einem Menschen macht.«

Ostarhild schüttelte den Kopf. »Mit allem gebührenden Respekt, Standartenführer, aber einer unserer Scharfschützen würde …«

Thorwald fiel ihm ins Wort. »Scharfschützen sind Feiglinge. Wir alle sind Feiglinge. Wir töten, ohne zu kämpfen. Sie dürfen nicht vergessen, Herr Oberleutnant, dass ich Ihre deutschen Scharfschützen alles gelehrt habe, was sie wissen.« Er erhob sich. »Hauptgefreiter, haben Sie Männer getötet?«

Nikki nickte.

Thorwald wandte sich wieder an Ostarhild. »Ich habe noch nie einen Mann getötet. Ich habe hunderte erschossen, aber noch nie einen getötet. Ich nehme ihnen bloß das Leben. Sie stürzen in einem halben Kilometer Entfernung zu Boden, wenn ich den Abzug drücke. Das ist alles.« Er deutete auf Nikki. »Ich kann nicht, was er kann. Ich kann nicht kämpfen, ich kann bloß schießen. Das macht mich zum Feigling, und das weiß ich auch. Dieser Mann ist kein Feigling. Er kommt mit mir.«

Ostarhild stand ebenfalls auf. »Selbstverständlich. Hauptgefreiter, Sie werden den Herrn Standartenführer bei Sonnenaufgang begleiten. Kehren Sie jetzt in Ihr Quartier zurück, und versuchen Sie zu schlafen. Ich sehe Sie morgen früh hier wieder. Wegtreten.«

Nikki salutierte vor den beiden Offizieren und trat durch die Tür in das verbleichende Licht des Abends hinaus. Das Schneetreiben hatte nachgelassen und würde seiner Ansicht nach in einer Stunde gänzlich aufhören.

Ostarhilds Büro befand sich im Erdgeschoss der Überreste eines Warenhauses auf der gegenüberliegenden Straßenseite eines Parks. Nördlich des Parks lagen der Hauptbahnhof und ein Touristenhotel. Östlich des Warenhauses befand sich eine Betontreppe, die einst an Statuen und Springbrunnen vorbei zu einer Uferpromenade hinunter geführt hatte, über die man den großen Fährhafen erreichte. Von diesem Landungssteg aus hatten Vergnügungsboote Ausflügler zu den Sandstränden der Wolgainseln übergesetzt. Auf dem Weg zu seiner Unterkunft schlenderte Nikki an den Überresten von Geschäften, Bäckereien, Kiosken, der lokalen Zeitungsredaktion, einem Folkoremuseum, mehreren Bootsverleihen, einem politischen Versammlungssaal, einem Freiluftmarkt und einer Kirche vorüber, die ihn wie riesenhafte, zerschmetterte Skelette umgaben.

Diese Stadt war von einem Krieg zerstört worden, der so umfangreich und mächtig war, dass er ganze Häuserzeilen wie mit einer Sense niedermähte. Nun verringerte sich die Geschwindigkeit dieses alles zerstampfenden, verzehrenden Krieges allmählich, und sein Schwerpunkt verlagerte sich auf die persönliche Ebene. Jetzt hatte man gar einen Mann aus Berlin eingeflogen, um einen anderen Mann zu töten.

Wird niemand diesem Krieg entgehen?, fragte sich Nikki. Begann der Krieg nun, anhand der Namen Jagd auf den Einzelnen zu machen?

Nikki lag in seinem Quartier im Untergeschoss einer Bäckerei auf seinem Schlafsack. Backöfen und Abkühlregale reihten sich an den Wänden aneinander. Die starke Decke über ihm hatte bislang allen Bombenangriffen standgehalten. Nikki wusste, dass er sich glücklich schätzen durfte, einen derart sicheren Ort allein für sich zum Schlafen gefunden zu haben.

Viele Stunden lang hatte er im Licht einer Laterne die auf dem Boden ausgebreiteten Karten des Fabrikbezirks und der Arbeitersiedlungen studiert. Er durchforschte sein Wissen über die Front auf der Suche nach Hinweisen, wo der Hase operieren könnte. Dass Saitsew im Gebiet der nördlichsten Industrieanlage, der Traktorenfabrik, jagt, ist unwahrscheinlich, dachte er. Ende Oktober haben wir dort nahezu jeden Widerstand gebrochen. Die Barrikadenfabrik, die mittlere der drei großen Anlagen, neigt sich schließlich, nach wochenlangen Kämpfen, auf unsere Seite. Doch jeder Schritt in diesem riesenhaften Netz aus Stahl und Beton war gefährlich. Zudem warfen dort nur einfache Soldaten und Gefreite ihr Leben wie Würfel in die Barrikaden. Saitsew zog größere Fische vor, von jener Sorte, die auch Einzug in die russische Presse fanden: Offiziere, Artilleriekundschafter, Maschinengewehrschützen. Er liebte das Drama. Vermutlich operierte er in der Roter-Oktober-Fabrik oder in dem Korridor zwischen der Roter-Oktober- und der Chemiefabrik. Möglicherweise aber auch auf dem Osthang des Mamajew Kurgan. In solchen Gebieten zeigten die Russen ihre wahre Stärke. Saitsew würde seine Fähigkeiten nicht vergeuden oder sich selbst in Gefahr bringen, indem er sich in Kämpfe verwickelte, die er verlieren könnte.

Nikki schaltete die Lampe aus. Was meinte der Standartenführer damit, dass alle Scharfschützen Feiglinge waren? Galt das auch für die Russen? War auch Saitsew ein Feigling? Er dachte an seine eigenen Schlachten zurück und an andere, bei denen er für Ostarhild als Beobachter fungiert hatte. Er erinnerte sich an den russischen Soldaten, den eine Kugel traf, während er eine Flasche mit brennendem Treibstoff in der Hand hielt. Die Flasche war ihm entglitten und hatte ihn mit züngelnden Flammen umhüllt. Da er wusste, dass er ohnehin so gut wie tot war, hatte der Mann eine andere Flasche ergriffen, war trotz seiner Todesqualen auf einen Panzer zugerannt, hatte die brennende Flasche gegen das Kettenfahrzeug geschleudert und es in Brand gesetzt. Wo waren die russischen Feiglinge? Er hatte nicht einen gesehen. Vermutlich waren sie alle zu Beginn gestorben. Es konnten unmöglich noch welche übrig sein.

Während Nikki mit offenen Augen in die Dunkelheit starrte, ließ er seine Erinnerungen nochmals an sich vorüberziehen. Sein Bewusstsein schoss wie ein Falke durch die vergangenen beiden Monate. Häuser, Fabriken, die Wolga. Sein Herzschlag klang wie das Dröhnen von Granaten, sein Atem wie das Keuchen der Sterbenden. Die dunkle Kälte und Stille des Kellergewölbes drückte wie der Daumen des Todes auf ihn herab. Seine Sinne wirbelten durcheinander. Er hatte nicht nur das Gefühl zu fallen, sondern hinabgeschleudert zu werden.

Schließlich setzte er sich auf. Er musste dem Einhalt gebieten. Die Parade gewalttätiger Szenen und betäubender Explosionen überwältigte ihn. Er taumelte inmitten eines gewaltigen Feuerwerks. Überall rund um ihn knisterten und prasselten lebensechte Erinnerungen.

Aufhören, dachte er, das muss aufhören. Wo bleibt der Schlaf?

Als über ihm Schritte erklangen, setzte sich Nikki in der Dunkelheit auf. Ostarhild machte ihn durch Rufe aufmerksam, dass er sich im Gebäude befand. Dies war weniger eine Warnung für Nikki als eine Vorsichtsmaßnahme zu seinem eigenen Schutz.

Nikki entzündete seine Laterne und trug sie an das untere Ende der Treppe.

»Kommen Sie nur, Herr Oberleutnant.«

Ostarhild stieg die Treppe hinab. »Es tut mir Leid, Sie zu wecken, aber Sie müssen etwas für mich erledigen.«

»Jawohl, Herr Oberleutnant.«

»Am frühen Abend sind fünf Bataillone der 336. Pioniere eingetroffen. Paulus beabsichtigt einen weiteren Großangriff auf die Barrikadenfabrik. Die Telefonleitung zwischen meinem Büro und dem südlich der Chemiefabrik gelegenen Bahnhof wurde unterbrochen. Ich brauche diese Leitung, bis die 336. ihre Stellung bezogen hat.«

Nikki nickte.

»Ich habe bereits einen Mann ausgeschickt, aber er ist verschwunden. Nun weiß ich nicht, was geschehen ist. Da er noch ein Neuling war, kann ihm alles Mögliche zugestoßen sein. Ich hatte angenommen, dass Sie heute Nacht ruhig schlafen können, aber nun muss ich Sie doch stören.«

Ostarhild übergab Nikki eine Taschenlampe. »Machen Sie sich auf den Weg. Es sollte nicht allzu lange dauern.«

Nikki stellte die Laterne auf dem Boden ab und schaltete die Taschenlampe ein, um den Offizier die Treppe hinauf zu begleiten. Sein Gewehr ließ er in der Ecke zurück, wo es bereits seit Wochen unberührt stand.

Bei Ostarhilds Büro angekommen, senkte Nikki den Lichtstrahl auf den Boden, während Ostarhild auf den schwarzen Draht deutete, der in einer Gasse verschwand. Diese dicken, ummantelten Kabel waren von großen, auf Lastwagen montierten Spulen abgerollt worden und sollten eine Telefonverbindung zwischen verschiedenen Kommandostellen ermöglichen, während die deutsche Armee ihre Gebietsgewinne sicherte. Wo immer möglich, hatte man die Kabel entlang von Mauern oder an der Innenseite von Gleisen verlegt, um sie zu schützen und zu tarnen. Für die Überquerung von Straßen hatte man sie gelegentlich an Pfählen emporgeführt.

Während Nikki eine Zange zum Abschälen der Drähte und eine Rolle schwarzes Isolierband in die Tasche steckte, klopfte ihm Ostarhild auf den Rücken.

»Ich habe die Verbindung bis hierher überprüft. Sie muss irgendwo da draußen unterbrochen sein. Seien Sie vorsichtig. Finden Sie die Stelle, reparieren Sie das Kabel, und kehren Sie so schnell wie möglich zurück.«

Nikki richtete den Strahl der Taschenlampe auf den Draht und folgte ihm in die Gasse. Am Ende des Blocks führte der Draht bis zur Spitze eines Flaggenmasts empor und quer über eine Straße. Er heftete seinen Blick auf das Kabel und ließ sich von ihm in schlangenartigen Windungen durch die Stadt führen.

Ständig auf der Hut, schritt er langsam voran. Dieser Sektor lag zwar weit hinter der Front, und die Nacht war bisher ruhig verlaufen, dennoch war er sich deutlich bewusst, dass er ein deutscher Soldat war, der hinter einer grell leuchtenden Taschenlampe durch die russische Finsternis spazierte.

Nur selten blickte Nikki zu den schemenhaften Ruinen empor, die er alle schon früher gesehen hatte. Ihm erschien eine wie die andere. Vor mehreren Monaten war ihm aufgefallen, wie wenig vom Charakter dieser Stadt übrig war, die Stalins Namen trug und einst wunderschön gewesen sein musste. Als Nikki Stalingrad Anfang September das erste Mal sah, hatten ihm die Bombenangriffe und Kampfhandlungen bereits das Fleisch von den Gliedern gerissen und es sie in einen Trümmerhaufen mit kahlen, aufsässig hochstrebenden Fassaden verwandelt. Nun war die Stadt eine Einöde, in der eine Straße wie die andere aussah, gezeichnet von denselben Todesqualen. Nur die breite, jadegrüne Wolga und die Steppe jenseits des Mamajew Kurgan waren es noch wert, betrachtet zu werden.

Während Nikki den Draht hinter den Überresten eines Warenhauses verfolgte, stieß er auf ein halbes Dutzend leerer Kohlenwagons, die mit durchlöcherten Wänden auf den Gleisen standen. Kaum bog er in einen offenen Hof ein, hörte er Schritte in den Trümmern. Er richtete den Strahl seiner Taschenlampe auf den ersten Wagon, hinter dem ein Soldat hervortrat und die Hand zum Gruß hob. Der Mann zuckte die Achseln und deutete auf den Boden zu Nikkis Füßen. Nikki folgte dem Draht mit dem Strahl der Taschenlampe, bis er abbrach. Die Enden waren so glatt, als hätte man das Kabel mit einem Taschenmesser durchtrennt.

Was tat der Soldat hier?, fragte sich Nikki. Hatte er den ganzen Weg zurückgelegt und erst hier bemerkt, dass er Kabelzange und Isolierband vergessen hatte? Warum war er nicht einfach zurückgekehrt? Wusste er vielleicht, dass ein anderer Soldat kommen würde, um den Draht zu reparieren, und hatte er auf diesen gewartet, weil es sicherer war, den Rückweg gemeinsam anzutreten? Was auch immer seine Gründe gewesen sein mochten, als Hauptgefreiter, den man vor einem wichtigen Einsatz am Morgen aus dem Schlaf gerissen hatte, würde er den Neuling auf eine Art zurechtweisen, die dieser nie vergessen würde.

Nikki kniete nieder und zog die Kabelzange hervor. Als der Soldat ungerührt stehen blieb, wo er war, leuchtete er ihn mit der Taschenlampe an. »Komm und hilf mir. Ich zeig dir, wie man es macht, und dann wirst du es selbst versuchen. Nun komm schon.«

Der kleine Soldat kam schlurfend näher. Die Jacke hing locker an seinem Körper herab, und seine an den Knien ausgebeulten Hosen lagen in Falten über den Stiefeln. An einem Gürtel um seine Taille hing die lederne Scheide eines Messers mit Elfenbeingriff.

Das ist nicht seine Uniform, dachte Nikki.

Der Soldat blieb neben dem Hauptgefreiten stehen und senkte sein dünnes, bleiches Gesicht zu Nikki herab, der die Taschenlampe hob, um ihn anzublicken.

Der Soldat grinste. Es war ein golden blitzendes Grinsen.

Schmerz erwartete Nikki. Als er wieder an die Oberfläche des Bewusstseins zurückkehrte, durchdrang ihn ein weißer Schmerz im Nacken. Seine Hände verweigerten jede Bewegung. Wasser drang durch Nase und Mund ein.

Plötzlich brannte seine Wange. Als er den Kopf ruckartig nach rechts drehte, öffneten sich seine Lider. Sein Kieferknochen glühte vor Schmerz. Hustend befreite sich Nikki von dem Wasser in Nase und Kehle. Dann blinzelte er, um besser sehen zu können. Ein grelles Licht traf sein Gesicht.

Rasch kehrten seine Sinne zurück. Er lag mit gefesselten Händen und Füßen auf dem Rücken. Als er seine Augen weit öffnete, verschwamm das Licht zu flimmernden Sternen. Das war alles, was er sehen konnte.

Aus dem Licht tauchte eine Hand auf, die ihn am Kragen packte und in eine sitzende Position hochzog. Der Schmerz in seinem Nacken sank tiefer und breitete sich über die Schultern aus. Auch an seinen Rippen fühlte er ein qualvolles Pochen. Offenbar war er während seiner Bewusstlosigkeit getreten worden.

Sobald sich das Licht auf den Boden senkte und sich seine Augen an die Helligkeit gewöhnten, sah er drei Männer vor sich, von denen einer eine schlaff herabhängende deutsche Uniform trug. Dieser trat vor, beugte sein Gesicht nahe heran und lächelte mit einem Mund, in dem goldüberzogene Zähne blitzten. Er zog ein langes Messer aus der Scheide und legte die Klinge unter Nikkis Kinn. Sein Gesicht erfüllte Nikkis gesamtes Blickfeld.

»Es bleibt nicht viel Zeit«, ließ sich eine raue Stimme hinter dem Licht vernehmen, die Deutsch mit Akzent sprach. »Dieser Mann will Sie töten, und ich werde es zulassen, wenn Sie mir keinen Grund nennen, ihn daran zu hindern.«

Wie betäubt starrte Nikki in das Gesicht vor sich. Die blitzenden Goldzähne verschwanden hinter dünnen Lippen, während der Mann laut durch die Nase atmete.

Nikki blickte an dem Kopf vorüber in den Schatten hinein. Der sich verbreitende Schein einer Taschenlampe sagte ihm, dass er sich in einem der Kohlenwagons befand. Diese drei Männer gehörten einer Kommandoeinheit an, die hinter die Linien geschlichen war, um Gefangene zu machen und zu verhören. Er konnte nur raten, wie lange sie bereits in dem Wagon warteten. Sie hatten das Telefonkabel durchschnitten, und als der Neuling kam, um es zu reparieren, lockten sie ihn in einen Hinterhalt. Sie haben ihn getötet, und nun haben sie mich, dachte Nikki träge.

»Ihr werdet mich ohnehin töten«, gab er zurück.

Das Messer unter seinem Kinn begann, sich zu bewegen. Die Klinge fuhr kratzend über seine Kehle bis zu seinem Adamsapfel hinab und wieder zurück unter sein Kinn.

Nikki schluckte schwer und nannte schließlich Namen, Dienstgrad und Truppenteil. Der Mann vor ihm sah ihm tief in die Augen wie ein aufmerksamer Hund, der nichts verstand.

»Wir wollen es Ihnen leicht machen, Hauptgefreiter«, erklärte die Stimme hinter dem Licht. »Wir wissen von den Verstärkungseinheiten, die in die Barrikaden einziehen sollen. Es sind mehrere Bataillone, und wir haben sie selbst beobachtet. Der Kerl, der vor Ihnen hierher gewandert ist, war nervös genug, um bereitwillig zu sprechen, konnte jedoch nichts Wichtiges berichten. Ich nehme an, dass das bei Ihnen anders ist. Erzählen Sie mir ein paar wichtige Dinge, Hauptgefreiter. *Jetzt.*«

Nun fühlte Nikki die Klinge unter seinem Ohr. Ein goldenes Blitzen erschien zwischen den vor ihm schwebenden Lippen. Der Mann sprach, und es klang wie ein Zischen. Aus der Wunde, die ihm die scharfe Klinge bereits zugefügt hatte, lief Blut an Nikkis Hals hinab.

»Er will, dass Sie wissen, dass er Sie in fünf Sekunden töten wird«, erklärte der Übersetzer. »Er sagt, dass er sich schon darauf freut. Ich schlage vor, dass Sie jetzt mit mir reden, Hauptgefreiter.«

Jetzt, dachte Nikki. Er hat »jetzt« gesagt. Mein Gott, auf solch einen Tod war ich nicht vorbereitet! Mit durchtrennter Kehle, nach Luft ringend, die Hände und Füße gebunden wie ein geschlachtetes Schwein. Jetzt! Was kann ich ihnen sagen? *Soll* ich ihnen etwas sagen? Aber was? Was weiß ich denn schon? Etwas Wichtiges? Was könnte für diese Irren wichtig sein? Was weiß ich? Fang an zu reden, Nikki. Sag irgendetwas. Irgendetwas wird schon herauskommen, irgendetwas Wichtiges. Nein, sei still! Nur Verräter und Feiglinge sprechen. Stirb, stirb einfach. Sie werden dich doch töten. O Gott. Vater.

Die Klinge entfernte sich von Nikkis Kehle, und das Gesicht schob sich hinter ihn. Nikki blickte zu den beiden stehenden Männern hinüber, die in dem nach unten gerichteten Schein der Taschenlampe wie Schreckgespenster wirkten. Mit ihren weiten, ausgebeulten Jacken, den um den Leib geschlungenen Patronengürteln und den Handgranaten sahen sie wie alle anderen Russen aus, die er bisher getroffen hatte. Beide trugen die russischen Pelzmützen mit den oben zusammengebundenen Ohrenklappen.

Geblendet von dem wieder auf sein Gesicht gerichteten Lichtstrahl blinzelte er. Der Mann mit dem Messer legte seine Hand über Nikkis Augen und Nase und riss seinen Kopf brutal zurück, sodass sich sein Hals bog.

»Wir müssen jetzt aufbrechen, Hauptgefreiter«, erklärte die Stimme. »Ich gebe Ihnen eine letzte Chance.«

Gedanken überfluteten Nikkis Gehirn. Er atmete tief ein und fletschte die Zähne. Seine Hände und Füße waren gefesselt. Es war sinnlos, vorüber, aus. Er konnte ihnen nichts erzählen, weil er nichts wusste. Einfach nichts.

Als sich die Klinge auf seine Haut legte, entrang sich seiner entblößten Kehle ein Fauchen.

Das Licht verlosch.

Nikki entspannte sich.

Dann schoss ihm ein Gedanke wie eine Kugel oder ein rettender Engel durch den Kopf.

»Thorwald.«

»Warte«, sagte die Stimme. »Was war das?«

»Thorwald«, wiederholte Nikki. »Er ist hier.«

Die Stimme erteilte einen Befehl auf Russisch, und das Licht kehrte wieder direkt vor Nikkis Augen zurück. Der Mann lockerte den Griff auf seinem Gesicht.

»Sagen Sie mir, Hauptgefreiter, wer Thorwald ist.«

Nikki schloss die Augen, um nachzudenken. Sag es ihnen. Es ist doch gleichgültig. Thorwald ist nur ein einziger Mann. Du verrätst doch keine großen Truppenbewegungen oder Geheimpläne. Sag es ihnen. Es wird ihnen ohnehin nichts nützen. »Thorwald«, begann er keuchend, »ist ein SS-Standartenführer. Er wurde aus Berlin geschickt, um einen eurer Scharfschützen zu töten.«

Die Stimme erteilte einen weiteren Befehl auf Russisch. Der Henker mit den Goldzähnen trat vor Nikki und drehte das Messer unruhig in seinen Händen.

»Welchen von unseren Scharfschützen?«, fragte die Stimme.

Nikki blinzelte im Lichtstrahl. »Saitsew, den Hasen.«

Die Russen flüsterten aufgeregt. Dann tauchte der Mann mit dem goldenen Grinsen nahe vor Nikkis Gesicht auf und blockierte den Lichtstrahl. Mit seinem durchdringenden Blick und dem geneigten Kopf wirkte er wieder wie ein wachsamer Hund.

»Otkuda tui snajesch pro Saizewa?«, fragte er.

Eine andere Stimme übersetzte. »Woher wissen Sie von Saitsew?«

»Über ihn wurde in Ihrem Nachrichtenblatt geschrieben. Dort haben wir alles Wichtige erfahren.«

Die drei Männer berieten sich flüsternd. Der Mann in der deutschen Uniform deutete mit seinem Messer mehrmals auf Nikki, während der andere nickte. Der Übersetzer hörte sich die Auseinandersetzung der beiden anderen schweigend an. Offensichtlich lag die endgültige Entscheidung bei ihm.

Schließlich kniete der Mann mit den Goldzähnen neben Nikki nieder und starrte ihn von der Seite an. Er stützte sich auf sein Messer und drehte es spielerisch in ein Dielenbrett.

»Wann ist dieser SS-Standartenführer eingetroffen?«

»Gestern.«

»Ist er gut?«

Als Nikki nickte, schwoll der Schmerz in seinem Nacken an. »Er behauptet es zumindest. Ich weiß es nicht. Ich habe ihn nicht schießen gesehen. Aber er ist der Direktor der Berliner Scharfschützenschule, dieser Spezialschule in Gnössen. Die Generäle haben ausdrücklich ihn angefordert. Man hat ihn hergeflogen, um Saitsew zu erledigen. Sie sagen, dass er der Beste ist. Das ist alles, was ich weiß.«

»Der Direktor der deutschen Scharfschützenschule?« Sobald der Übersetzer seinen Kameraden berichtete, was er erfahren hatte, runzelte der Mann mit den Goldzähnen die Stirn und schüttelte an Nikkis Ohr den Kopf.

Der Anführer der drei rieb sich sein unrasiertes Kinn. »Hm. Das ist interessant, Hauptgefreiter.« Ein amüsierter Ton klang in seiner Stimme mit. »Ein aus Berlin geschickter deutscher Meisterschütze, der den russischen Meisterschützen töten soll. Ja, das ist wirklich interessant.«

Dann brach er ab und kreuzte die Hände über der Brust. »Aber ich glaube nicht, dass das alles ist, was Sie wissen.«

Nikki suchte hastig nach weiteren Informationen, nach irgendeiner Einzelheit, die den Ausschlag geben könnte. Er war Thorwald eben erst begegnet und wusste nicht mehr, als was in Ostarhilds Büro gesprochen worden war.

»Er behauptet, ein Feigling zu sein, und will mich als seinen Führer.«

Diese Antwort entlockte dem Übersetzer ein Lachen. Er gab sie sogleich an die anderen weiter.

Dann bedeutete er dem Mann neben Nikki, zu ihm zu kommen. Die beiden Männer in russischen Uniformen schulterten ihre Maschinenpistolen, während der Grinsende in der deutschen Uniform ein langes Gewehr mit Zielfernrohr ergriff und mit dem Messer in der Hand auf Nikki zutrat.

Er bückte sich und durchschnitt Nikkis Handfesseln, ließ seine Füße jedoch gebunden. Dann hielt er den Lauf seines Gewehrs vor Nikkis Stirn, öffnete den Verschluss, fing die herausfallende Patrone mit der Hand auf und ließ sie vor Nikki auf den Boden fallen.

»Wot, dai etomu trusu. A sledujuschtschuju on polutschit w lob.«

Schließlich steckte er das Messer in die Scheide und wandte sich zur Schiebetür des Kohlenwagons.

Der Übersetzer trat vor Nikki, schaltete das Licht der Taschenlampe ab und begann in der Dunkelheit zu sprechen. »Er sagt: ›Hier, gib sie dem Feigling. Die Nächste bekommt er in seine Stirn.‹ Auf Wiedersehen, Hauptgefreiter.«

Im nächsten Augenblick sprangen die Russen aus dem Wagon.

Sobald Nikki seine Füße von der Fessel befreit hatte, kroch er zur Tür, starrte in die Schatten der Nacht hinaus und versuchte mit all seinen Sinnen, im Bahnhofsgelände einen Hinweis auf seine Peiniger wahrzunehmen. Da ihm keine andere Wahl blieb, glitt er schließlich aus dem Wagon und trat auf die freie Ebene hinaus.

Sie sind gegangen und haben mich lebend zurückgelassen, dachte er.

Während er kräftig die Luft aus seinen Lungen stieß, streichelte er das warme Metall der russischen Patrone in seiner Hand und befühlte mit dem Zeigefinger ihre Spitze. Mit welcher Leichtigkeit sie in das Fleisch eines Menschen eindrang. Schließlich ließ er sie zu Boden fallen.

Auf Händen und Knien kriechend, tastete er in der Dunkelheit nach seiner Taschenlampe, der Kabelzange und dem schwarzen Isolierband, die an derselben Stelle lagen, wo er sie zurückgelassen hatte.

Mit vor Schmerzen pochendem Kopf reparierte er die durchschnittene Leitung.

2.

Heinz Thorwald starrte sein Bild in dem kleinen Handspiegel an. Seit er Gnössen verlassen hatte, war dies der dritte Morgen hintereinander, an dem er sich nicht rasierte. Lass dir einen Bart wachsen, solange du hier bist, dachte er. Dieser russische Wind sticht wie tausend Nadeln.

Dann blickte er an seinem nackten Körper hinunter. Er schlief immer nackt. Es fühlte sich wärmer an, wenn er die Decken direkt um seine bloßen Beine und bis unter sein Kinn zog. In der letzten Nacht hatte er auf der Pritsche, die Ostarhild in seinem Lagerraum vorbereitet hatte, ausgezeichnet geschlafen, doch eher aufgrund seiner Müdigkeit als wegen der Bequemlichkeit der Unterkunft.

Thorwald ließ den Spiegel sinken und rieb sich mit beiden Händen den Bauch. Die Sommersprossen seiner Kindheit bedeckten nach wie vor als rötlicher Schimmer seine weiße Haut von Kopf bis Fuß. Seine Schultern und seine Brust waren weich. Eine Fettschicht überzog Muskeln und Knochen wie eine Jacke aus Schnee. Seine Taille wölbte sich auf wie geschürzte Lippen.

Er klopfte auf seinen Bauch, als wollte er ihm sagen, dass er in wenigen Minuten Brot und Marmelade aus seinem Rucksack bekommen würde. Dann zog er den Arbeitsanzug über, den ihm Ostarhild auf seinen Wunsch hin geschickt hatte.

Am Fuß seiner Pritsche stand eine geöffnete Holzkiste. Durch die Strohschicht griff er nach einem Leinensack, der einen neuen Mauser Karabiner 98 enthielt. Er zog die Waffe aus dem Sack und löste sie aus dem Ölpapier, in das man sie in der Fabrik gewickelt hatte. Das schlüpfrige Verpackungsfett und das Konservierungsöl verbreiteten einen für seinen Geschmack ebenso verführerischen Duft wie ein Morgenkaffee. Thorwald zerlegte die Waffe in ihre Einzelteile – den Schaft, den Verschluss und den Abzugsmechanismus –, bat einen Offiziersburschen, ihm eine Waschschüssel mit heißem Seifenwasser zu bringen, und ließ die Teile in die Lauge gleiten. Danach schüttelte er den Leinensack aus, um ihn von Stroh und Staub zu befreien, und legte ihn zurück auf das Bett. Nachdem er die Gewehrteile mit sauberen Tüchern abgewischt hatte, bettete er sie auf den Sack und versah die Metalloberflächen mit einer dünnen Schicht Waffenöl. Dann hielt er den Lauf gegen das durch das Fenster hereinfallende Licht und blickte hindurch. Tief in der Mitte entdeckte er einen einzelnen Staubfleck wie ein einsames Kamel in einer weiten, bläulichen, unberührten Wüste. Thorwald wischte ihn weg, sah nochmals durch und legte den Lauf anschließend auf den Sack.

Schließlich setzte er das Gewehr wieder zusammen, wusch sich die Hände, legte den öligen Arbeitsanzug ab und warf ihn in eine Ecke. Die Kleidung aus seinem Rucksack legte er auf das Bett und zog sich zunächst langsam seine Winterunterwäsche an. Er genoss es, wie ihm jedes Kleidungsstück mehr Wärme schenkte: schwarze Baumwollsocken, graugrüne Wollhose, schwarzer Rollkragenpullover, darüber ein dicker Strickpullover und schließlich seine isolierenden hohen Stiefel. Zuletzt nahm er seinen wendbaren gefütterten Mantel mit Kapuze heraus, der auf einer Seite grün und auf der anderen weiß war. Die dazugehörigen weißen Fausthandschuhe steckten in den Taschen. Dann entrollte er eine wendbare Hose mit Durchziehband und legte sie neben dem Mantel auf das Bett.

Nachdem er drei dick mit Schwarzwälder Kirschmarmelade bestrichene Scheiben Pumpernickelbrot aus dem Rucksack gegessen hatte, nahm er einen kleinen Lederbeutel zur Hand, der sein Sechsfach-Zielfernrohr der Marke Zeiss mit eingebautem Fadenkreuz enthielt, und montierte es auf dem Gewehr.

Schließlich legte er die Hose und den Mantel mit der weißen Seite nach außen an. Bekleidet und gesättigt, rieb er sich die blonden Stoppeln am Kinn. In der Oper werden sie mich auf den Bart ansprechen, dachte er. Ich werde ihnen sagen, dass er mir bei einem Einsatz an der Ostfront gewachsen ist.

Den Mauser und eine Schachtel Patronen in der Hand, trat er in den Gang hinaus. Als er an Ostarhilds Büro vorüberkam, spähte er hinein, doch der Oberleutnant war nicht zu sehen. Ihm fiel auf, dass der Kohlenofen und die Kaffeekanne verschwunden waren. Auf dem Schreibtisch des Oberleutnants herrschte Chaos.

Am Horizont färbten die ersten grauen Flecken der Morgendämmerung den Himmel. Wird wohl ein stark bewölkter Tag, dachte er. Ausgezeichnet. Graue Tage waren häufig etwas wärmer, da die Wolken die Wärme am Boden festhielten.

Auf dem Platz vor dem Warenhaus und in den umliegenden Straßen zählte er lediglich zehn Soldaten. Weder Autos noch Motorräder durchbrachen die frühmorgendliche Stille. Er wunderte sich, dass nicht mehr geschäftiges Treiben herrschte, gleichzeitig war ihm bewusst, dass ihm der Kriegsalltag größtenteils fremd war. Um genau zu sein, wusste er nicht, wie es außerhalb des begrenzten Bereichs seines Fadenkreuzes wirklich zuging.

Heinz Thorwald hatte in der deutschen Armee nie mehr als eine ganz bestimmte Rolle gespielt. Seit er als 27-jähriger Hauptmann im Jahr 1933 die Uniform der damaligen Reichswehr angelegt hatte, war er ein hoch geschätzter, talentierter Scharfschütze gewesen.

Bereits vor seinem 15. Geburtstag war Heinz Jugendmeister im Schießen in seiner Heimatstadt Berlin. Sein Vater, Baron Dieter von Zandt-Thorwald, war in den südlichen Wäldern ein bekannter Jäger. Der alte Mann hatte einst sogar mit Hindenburg persönlich Enten und Wachteln gejagt. Heinz wuchs durch seine Mutter als Mitglied der vermögenden Industriellenfamilie Krupp auf, die verstreut in ganz Bayern Jagdrechte besaß, und wurde frühzeitig als außergewöhnlich guter Schütze erkannt.

Die Leidenschaften des Jungen deckten sich jedoch nicht mit denen seines Vaters. Das Bellen der Jagdhunde, die feuchte Morgendämmerung in den Sümpfen und das blutige Fleisch des getöteten Wildes waren nicht nach seinem Geschmack. Sein Herz schlug für den Schießstand. Er bevorzugte die Kameradschaft und Bequemlichkeit des Klubhauses, den Applaus der Bewunderer und den Wettkampf gegen Gleichgesinnte. Zu seinen liebsten Nachmittagen zählten jene, an denen ältere Schützen dem talentierten Jungen eine Lektion erteilen wollten, was nur selten gelang. Heinz gewann im Alter zwischen 16 und zwanzig Jahren die meisten Zweikämpfe, auf die er sich einließ. Die Duelle, die er verlor, waren für seine Treffsicherheit förderlicher als seine Siege. Er analysierte jeden Fehlschuss bis in das letzte schmerzliche Detail und vermied es, denselben Fehler ein zweites Mal zu begehen.

Als junger Mann wandte er sein Talent dem Tontaubenschießen zu. Er zog das seltener verwendete .410 der weithin bevorzugten 12er Schrotflinte vor. Die kleinere Flinte besaß ein definierteres Schussmuster und erforderte ein sorgfältigeres Zielen als die großkalibrigen Flinten. Heinz akzeptierte dies freiwillig als sein Handikap. Seiner Ansicht nach glich es den Wettkampf aus und half ihm, seinen Willen zu konzentrieren. Die 12er Patrone zersplitterte die Tontaube in winzige Einzelteilchen. Heinz hingegen gefiel es, die Tontauben mit seiner Flinte nur einmal zu zerbrechen und die beiden Teile fallen zu sehen. Mitunter übte er, mit seinem zweiten Schuss einen fallenden Teil der getroffenen Taube zu zerschießen.

In ganz Deutschland gelang es niemandem, Heinz zu übertreffen. Sein Wechsel von hohen zu niedrigen Zielen erfolgte mit derselben Geschmeidigkeit wie der Flug der um die eigene Achse wirbelnden Taube. Er besaß einen ausgezeichneten Gleichgewichtssinn und Reflexe wie eine Mausefalle. Auf sein entsprechendes Kommando wurde eine Tontaube für einen hohen oder für einen niedrigen Schuss gelöst. Heinz führte den Lauf seiner Waffe zunächst hinter und dann vor die Taube, die in den ersten fünf Sekunden etwa zwanzig Meter von ihm entfernt war und nach drei weiteren Sekunden etwa fünfzig Meter. Er schoss die Tontauben mit einer Sicherheit herab, als hätte man sie gegen eine Mauer geschleudert.

Während im Jahr 1928 eine Streikwelle Deutschland erschütterte, fühlte der 22-jährige Heinz auf dem Gut seiner Familie in der Nähe von Berlin die wachsende Unruhe im Land. Als Veteran des Ersten Weltkriegs unterstützte sein Vater alles Militärische. Wieder und wieder erzählte er seinem Sohn, dass die deutsche Armee die letzte Fackel sei, die dem Land den Weg zurück zu seinem einstigen Glanz und Ruhm erleuchten könne.

Der Baron schloss sich der paramilitärischen Gruppierung der ›Stahlhelmer‹ an und marschierte mit ihnen in den Straßen von Berlin gegen die sich ausbreitende Arbeitslosigkeit, die Abwertung der Mark, die Weimarer Republik und den Aufstieg des Kommunismus. Er verkündete, dass Fleiß und Arbeitskraft die wertvollsten Eigenschaften des deutschen Volkes seien. Seiner Ansicht nach waren die Politiker der Weimarer Republik für die Misswirtschaft im Frieden der Nachkriegszeit verantwortlich, durch die deutsche Arbeiter zu tausenden entlassen wurden. Das Land stürzte in Depression. Sein Anker aus harter Arbeit und täglicher Produktion habe sich vom sicheren Grund gelöst, sodass Deutschland nun steuerlos dahintreibe, erläuterte der Baron häufig beim Abendessen. Nur eine starke Armee könne dem Anker erneut festen Halt verschaffen.

Heinz begleitete seinen Vater zu einigen der rauen, streitlustigen Demonstrationen der Stahlhelmer. Da ihn die Aggressivität der Menge jedoch erschreckte, zog er sich bald in die Stille seiner Bibliothek oder auf den Schießplatz zurück.

Fünf Jahre später, im Jahr 1933, kam der Österreicher Adolf Hitler an die Macht. Im Jahr zuvor war Hitler in der NSDAP in vorderster Linie gestanden. Nun war er Kanzler. Seine mit braunen Hemden ausgerüstete Sturmabteilung marschierte im Stechschritt durch das Land, das den neuen Nationalismus begeistert annahm. Hitler machte sowohl die Kommunisten als auch die »jüdische Plage« für das Elend Deutschlands verantwortlich.

Im ersten Jahr seiner Herrschaft kam die deutsche Wirtschaft langsam in Schwung, wie eine Maschine, die jahrelang im Leerlauf gedreht hatte und nun plötzlich, frisch geölt und neu angekurbelt, zum Leben erwachte. Als die ›Schutzstaffel‹, die unter ihrer Abkürzung SS bekannt wurde, die ersten Internierungslager für politische Gegner errichtete, verstummten die Kritiker allmählich. Die Nation schloss sich zu einer einzigen Stimme zusammen, die sich zunächst selbst zurief und schließlich die ganze Welt aufschreckte. In den Straßen erhoben sich die Stimmen der Jungen, gestützt durch die wiedergewonnene Macht eines aufstrebenden Deutschlands.

Heinz wurde von seinem Vater in die NSDAP eingetragen, von wo er durch die Vermittlung von Freunden augenblicklich in die ›Sturmabteilung‹ aufgenommen wurde. Hitler bezeichnete diese mehr als eine halbe Million Mann starke, paramilitärische Organisation als seine »politischen Soldaten, die die Straßen von den Marxisten zurückerobern«. Bei Zusammenkünften und geschlossenen Veranstaltungen wurde Heinz einer armeeähnlichen Disziplin unterworfen und in das Labyrinth von Hitlers politischen

Zielen und sein gesellschaftliches Misstrauen gegen alles »nicht Arische« eingeführt.

Die Leidenschaftlichkeit seiner Kameraden erschütterte Heinz. Mit Fäusten und Flaschen bekämpfte die SA in den Straßen die Sympathisanten der Kommunisten. Als Unterstützung für Hitler marschierten ihre Angehörigen im Stechschritt durch die Hallen der Regierungsgebäude. Als man sie wegen gewalttätiger Auseinandersetzungen verhaftete, zertrümmerten sie sogar in den Polizeiwachen Bänke und warfen Telefone aus den Fenstern. Heinz war es unmöglich, an diesen Gewalttaten teilzunehmen. Als sich seine Kameraden eines Tages auf eine Gruppe von Kommunisten stürzten, wurde Heinz von einer bislang nicht gekannten Angst ergriffen. Am Rande des Handgemenges drängte er sich, erstarrt von der plötzlich in ihm aufsteigenden Furcht, auf dem Bürgersteig gegen die Wand eines Gebäudes. Zwei Monate nach seinem Beitritt sagte er sich von den Braunhemden wieder los – und wurde als Feigling gebrandmarkt.

Der Baron war nicht bereit, dieses Etikett für seinen Sohn hinzunehmen, und beharrte darauf, dass es sein Fehler gewesen sei. Die SA sei einfach zu proletarisch, erklärte er. Heinz sei viel zu kultiviert für diese Schläger. Sein Platz sei im Jungdeutschen Orden.

Hier fand Heinz eine ideologische Heimat für die Söhne des Bürgertums. Der Jungdeutsche Orden marschierte ebenfalls im Stechschritt, doch nur weil dieser in Mode war und die Mitglieder der nationalsozialistischen Sache gegenüber nicht weniger Engagement erkennen lassen wollten als andere Gruppierungen. Im Gegensatz zur Hitlerjugend und der SA traten sie nicht aus dem Glied, um eine Gruppe von Männern und Frauen auseinander zu treiben, die kommunistische Banner trugen, oder mit Steinen und Flaschen nach bolschewistischen Rednern zu werfen. Auf ihren Uniformen fanden sich weder Wappen- noch Rangabzeichen, durch die das Alter oder der Status seines Trägers hervorgehoben worden wären. Statt der Biergelage der SA hielt seine Gruppe Versammlungen ab, in denen Bruderschaft und Patriotismus vorherrschten. Die Mitglieder des Jungdeutschen Ordens fühlten sich aufgrund ihrer Herkunft eher zu einer Führungsrolle als zur Teilnahme an Handgemengen berufen. Die Wochenenden verbrachte Heinz auf Zeltausflügen, beim Sport oder auf Wanderungen.

Der Jungdeutsche Orden schrieb eine Leseliste vor, die größtenteils mit Hitlers bevorzugten Autoren übereinstimmte. Heinz wurde in die Überzeugung des großen Philosophen Nietzsche eingeführt, dass über der konventionellen Sittlichkeit eine willensstarke, heroische Überrasse auftauchen würde, um dic weltliche Dekadenz hinwegzufegen. In Schopenhauers *Die Welt als Wille und Vorstellung*, einer Lieblingslektüre von Hitler während des Ersten Weltkrieges, stieß Heinz auf das Konzept des Willens als Mittel der Macht. Er staunte über die Ausführungen der darwinistischen Auslesetheorie und die unerwarteten Parallelen zwischen Mathematik, Physik, Kultur und Geschichte, die Oswald Spengler in *Der Untergang des Abendlandes* darlegte.

Heinz' Begeisterung für Hitlers Visionen eines starken Deutschlands wuchs mit seinem Verständnis für die Einflüsse hinter den Ideen des Führers. Die Redner des Jungdeutschen Ordens und die nächtlichen Diskussionen mit Kameraden machten ihm die ›Gefahr‹ bewusst, die von der roten Bewegung ausging, und bald schon betrachtete er den jüdischen Händler als Hemmfaktor einer arischen Nation in ihrem Streben nach wirtschaftlichem Aufstieg.

Im Sommer 1933 wurde Heinz' Leben von einem Zugehörigkeitsgefühl erfüllt, das er vor seinem Beitritt zur NSDAP nicht gekannt hatte. Ungeachtet der liebevollen Fürsorge, die er innerhalb seiner Familie genoss, und der Tatsache, dass sowohl sein Vater als auch seine Mutter wohlhabenden Familien entstammten, war Heinz lange im Schatten dieser Liebe und Privilegien gewandelt. Wie die anderen Kinder des Gutes hatte er sich zu sehr an seine angestammte Position gewöhnt; er fühlte sein Leben nicht mehr wirklich. Wenn ihn auch vieles von den Arbeiter- und Bauernsöhnen trennte, die in die SA und die Hitlerjugend drängten, hatte er dies mit ihnen gemein. Das Tempo der

Wirtschaft war so stark gedrosselt worden, dass sich die deutsche Jugend isoliert fühlte. Ihre Hoffnungen und Träume waren verpfändet worden und ihre Schicksale an die Trümmer der Vergangenheit des Landes gekettet. Dies war nicht dieselbe Vergangenheit, an die sich ihre Eltern erinnerten, die Ära des deutschen Kaiserreiches. Die jungen Männer und Frauen im Deutschland des Jahres 1933 waren in den Jahrzehnten nach dem Ersten Weltkrieg aufgewachsen, mit der Erinnerung an Niederlage und Schande, in einem Deutschland, das nun in einer weltweiten Depression steckte.

Vor dem Jungdeutschen Orden hatte Heinz weder einen intellektuellen noch einen philosophischen Heimathafen gekannt. Er hatte einige Bücher gelesen, pflichtbewusst Reden angehört und war über Wiesen und durch Wälder gewandert wie die übrigen Söhne und Töchter seiner Schicht. Die meisten seiner Ansichten hatte er jedoch von seinem Vater übernommen. Nun war er durch seine nächtlichen Unterrichtsstunden bewandert in deutscher Volkskunde und mit den Worten von Thomas Mann ebenso vertraut wie mit den hochfliegenden Phrasen von Hitlers *Mein Kampf*. Er besuchte die fesselnden Aufführungen von Wagners Opern, lauschte auf dem Platz vor dem Reichstag inmitten von zehntausenden Zuhörern gespannt Joseph Goebbels' Aufruf für einen ›Kampf um Berlin‹ und marschierte mit seinem Vater und einer Viertelmillion Stahlhelmer mit flatternden Hakenkreuzfahnen und Adlerstandarten unter dem Blick des Führers höchstpersönlich durch das Brandenburger Tor. So wie sein Körper im Schießsport ein Zuhause gefunden hatte, fand sein Geist eines in Adolf Hitler.

Vor dem Jungdeutschen Orden hatte es für Heinz Thorwald auf der ganzen Welt keinen anderen Ort als den Schießplatz gegeben, den er sich wirklich zu Eigen gemacht hätte. Sein gesamtes Leben lang war er Deutschland, unsichtbar und bar jeder Wahlmöglichkeit, fremd geblieben.

Nun fühlte er sich als Erbe des Planeten.

Im November 1933 brachte Baron Thorwald seinem Sohn die Nachricht, dass es ihm gelungen war, ihm den Rang eines Hauptsturmführers in der SS, der parteieigenen Schutzstaffel, zu sichern. Er werde als Artillerieoffizier dem Waffenarsenal in Berlin zugeteilt werden. Der Baron versicherte Heinz, dass seine Pflichten in Friedenszeiten kaum mehr umfassen würden als eine Teilnahme in der Scharfschützeneinheit der SS und Demonstrationen seiner Fertigkeit als Scharfschütze bei Anwerbungsveranstaltungen. Heinz umarmte seinen Vater und nahm dankend an.

Sechs Jahre lang entwickelte SS-Hauptsturmführer Heinz Thorwald seine Talente als Scharfschütze. Unter der Woche verbesserte er seine Treffsicherheit bei statischen Schüssen und weitete schließlich seine Maximaldistanz mit Hilfe eines Sechsfach-Zielfernrohrs auf eine Entfernung von eintausend Meter aus. Am Wochenende übte er sich im Skeetschießen mit der schwereren Entenflinte; er gewann Dutzende Wettkämpfe und Preise für die SS. Die Abende verbrachte er mit Büchern oder besuchte die Oper, vor allem jene von Wagner.

Natürlich hatten einige Frauen Heinz' Lebensweg gekreuzt. Ihr Hauptzweck hatte jedoch darin bestanden, ihn zu bewundern. Die Aussichten, eine Frau zu lieben und sein Leben mit ihr zu teilen, erschreckte ihn. Er benutzte seine Loyalität für die arische Sache, um die flüsternden Stimmen der Sorge und Angst in seinem Inneren zum Schweigen zu bringen. War die Zeit einer Frau abgelaufen, erklärte er ihr: »Die Welt ist noch nicht reif für eine andere Hinwendung als die zum Vaterland.« Den Mädchen, die er nach der Oper bei Kaffee und Kognak traf, sagte er, dass es turbulente Zeiten seien.

»Nicht jetzt«, meinte er aufseufzend, während er den Blick abwandte. »Vielleicht ... Ich weiß nicht.«

1941 gehörte Heinz der Armee bereits acht Jahre lang an. Obwohl sich Deutschland seit zwei Jahren im Krieg befand, hatte er bei zwei Feldzügen insgesamt erst zehn Wochen auf dem Schlachtfeld verbracht: während der Invasion in Polen, wo er aus sechshundert Meter Entfernung über eine offene Fläche hinweg verängstigte, besiegte polnische Soldaten fällte; und in Dünkirchen, wo er während des Rückzugs der englischen und französischen Truppen einhundert Soldaten zu Boden streckte, die auf ihre Rettung über den Ärmelkanal warteten. In beiden Fällen hatte Thorwald aus bemerkenswerter Entfernung gefahrlos geschossen, da er wusste, dass kein Scharfschütze der Gegenseite ihm etwas anhaben konnte. In Polen und Frankreich zusammen verbuchte er mehr als dreihundert bestätigte tödliche Treffer. Und jedes Mal war er dankbar, als Scharfschütze einen so sicheren Platz in diesem Krieg einzunehmen.

Seiner beeindruckenden Trefferquote und dem Einfluss seiner Familie verdankte er schließlich die Beförderung zum Standartenführer. Im Sommer 1941 verlagerten sich die deutschen Kriegsbestrebungen in Europa auf die Besetzung bereits eroberter Länder und auf unablässige Bombenangriffe auf Großbritannien. Zu Lande erfolgten in dieser Phase auf dem Kontinent kaum Kampfhandlungen. Als Thorwald der Direktorposten der Scharfschützenschule in der Kleinstadt Gnössen in der Nähe von Berlin angeboten wurde, nahm er an. Auf seinen Befehl errichteten Pioniere der SS einen Schießstand und ein Skeetfeld nach dem neuesten Stand der Technik. Sich in diesen beiden Disziplinen zu üben, sei für eine Erhöhung der Treffgenauigkeit und der Reaktionsgeschwindigkeit unablässig, erklärte er stets aufs Neue. Thorwald hoffte, die Zeit bis zur Beendigung des Krieges in Gnössen verbringen zu können. Sonntags würde er mit seinem Vater frühstücken und während der Woche todbringende Scharfschützen ausbilden, die an seiner Stelle an dem bewaffneten Konflikt teilnehmen und sich mutig schlagen würden. Sich selbst stellte er die Aufgabe, als Lehrmeister unentbehrlich zu werden, sodass er nicht wieder ins Feld geschickt wurde.

Nun riss ihn der frostige Wind von Stalingrad aus seinen Tagträumen und rief in seiner Brust das traurige Gefühl wach, dass irgendwie ein Versprechen gebrochen worden war. Über die Treppe blickte er zur grünen Wolga hinab. Der Fluss war mit Eisschollen bedeckt, die unter der Oberfläche trieben. Hier kommen keine Boote durch, dachte er. Ostarhild hat mir von den Nachschubproblemen der Russen erzählt. Ich bin während einer Kampfpause eingetroffen, die Auseinandersetzungen werden sich jedoch wieder verstärken, sobald die Wolga gefriert und erst zu einer riesigen Fußgängerbrücke und dann zu einer breiten Straße für den russischen Nachschub wird. Bevor das eintritt, muss Saitsew tot sein und ich mich auf dem Rückflug in die Heimat befinden.

Links von der Treppe lag die Ruine eines Geschäfts. Auf der anderen Seite des Fußwegs sah man die Reste einer Reihe von Statuen und Springbrunnen aus Beton. Bis auf eine der Eisenfiguren waren alle zerbrochen und von ihrem Podest gestoßen worden. Am Ende der Reihe, unmittelbar vor dem mit Trümmern übersäten Bohlenweg entlang der Wolga, stand eine Darstellung von einem russischen Jungen und einem Mädchen. Sie hielten ein Strohbündel über dem Kopf. Die Arbeiter der zukünftigen Sowjetunion. Nach Thorwalds Schätzung betrug die Entfernung bis zu dieser Statue etwa vierhundert Meter.

Er nahm das Gewehr von der Schulter, sah durch das Zielfernrohr und fügte für einen bergab angesetzten Schuss ein Achtel der Distanz hinzu. Aufgrund der klaren, eisigen Luft zog er zwanzig Meter ab. Da ihm der Wind von der Wolga her mit etwa acht Knoten entgegenblies und sein Haar unter der weißen Kapuze aufwühlte, fügte er wiederum zehn Meter hinzu.

Thorwald kauerte sich auf den Boden und legte das Fadenkreuz auf die dunkle Stirn des eisernen Jungen an. Er zielte auf das linke Auge und drückte den Abzug. Der Knall des Schusses dröhnte durch die stillen Fassaden zu seiner Linken, prallte von ihnen ab und raste an ihm vorüber in den offenen Park hinaus. Sein erster Schuss in Stalingrad.

Als der Wind etwas abnahm, verringerte er die Entfernung. Nun zielte er auf das rechte Auge der Statue und drückte ab. Mit dem Zielfernrohr ließ sich die Genauigkeit seiner Treffer nicht feststellen. Eiserne Jungen stürzten nicht zu Boden, wenn man auf sie schießt, dachte er.

Von dem hoch gelegenen Uferweg blickte Thorwald zu den riesigen Inseln hinüber, die die Wolga teilten. Jenseits der breiten Sandstrände und immergrünen Pflanzen der Inseln breiteten sich im fernen Dunst des Winters die Ebenen von Russland aus. Wie groß dieses Land doch war, dachte er. Deutschland ließe sich auf seiner Fläche mindestens zwanzigmal unterbringen. Auch er hatte von Hitlers Plänen für Russland gehört, die von hunderten Podien verkündet wurden. Er genoss es, Hitler zu beobachten, wenn er seine Reden hinausbrüllte, die Fäuste schwang, auf die Knöpfe seiner Uniform schlug und mit seinem gesamten Leib schwankte, während ihm die Worte aus dem Mund flogen, als wäre er eine Kanone und seine Rede ein Artilleriegeschoss. Wir werden das Russland westlich der Wolga erobern. Dann wird Moskau um Frieden bitten, und der Krieg wird enden. Wir werden das Land, das sich von Polen aus nach Osten an die Wolga erstreckt, »Ostland« nennen. Wir werden seine Herren sein und es mit unserer Rasse bevölkern. Die Russen, die niedrigen Untermenschen, werden uns Trauben und Honig servieren und den Weizen für unser Brot dreschen.

Wenn ich von hier abreise, werde ich nicht wieder zurückkehren, selbst wenn es dann Ostland ist, dachte Thorwald. Mir gefällt dieser Ort nicht mit seiner düsteren Stimmung und seinem Wind.

Als er bei der Statue ankam, stieg er über die niedrige Marmorumkleidung in den Boden des Springbrunnens. Die dünne Schneeschicht der letzten Nacht lag auf dem Boden und machte die Oberfläche rutschig. Er schlitterte zu der Figur des Jungen hinüber und strich mit dem Finger über das linke schwarze Auge. Grauer Staub blieb an seinem Finger hängen. Der Kupfermantel des Projektils hatte sich beim Aufprall auf das härtere Eisen abgeflacht, und der dunkle Staub kennzeichnete die Stelle, an der der Bleikern aufgeschlagen war. Er untersuchte auch das andere Auge und fand den grauen Bleifleck tief unten an der Wange. Das Gewehr ist genau genug, dachte er.

Am oberen Ende der Treppe wartete der Soldat, den er von Ostarhild als Führer verlangt hatte.

»Guten Morgen, Hauptgefreiter«, sagte er. »Wie haben Sie geschlafen?«

»Wie meinen Sie?« Den Mann schien die Frage zu erstaunen.

»Nur eine Höflichkeitsfrage, in der Art von ›Wie ist das Wetter heute?‹«

Der Hauptgefreite griff nach Thorwalds Gewehr. »Ich habe verstanden. Nun, ich habe nicht gut geschlafen. Der Oberleutnant hat mich mitten in der Nacht ausgeschickt, um eine Telefonleitung zu reparieren.«

»Lag sie nahe an den russischen Linien?«

»Ja.«

»Haben Sie sie repariert?«

»Ja.«

»Hatten Sie Angst?«

Der Hauptgefreite schüttelte den Kopf und spuckte auf den Boden. »Ich habe immer Angst. Das passiert eben, wenn man hier ist.«

Thorwald schritt an seiner Seite die Straße entlang nach Norden, auf die russischen Linien zu.

»Warum haben Sie Ihr Gewehr nicht dabei?«

»Ich habe angenommen, dass wir heute lediglich die Front beobachten. Wenn Sie jedoch wünschen, werde ich es holen.«

Thorwald schüttelte den Kopf. »Nein, keine Sorge. Wir werden den Russen nicht so nahe kommen, dass wir in Schwierigkeiten geraten. Wir wollen es Saitsew überlassen, in Frontnähe auf dem Bauch durch den Schlamm zu kriechen. Wie ich in den Artikeln gelesen habe, ist er geradezu versessen darauf. Außerdem«, fügte er hinzu, während er dem Jungen auf die Schulter klopfte, »muss ich ihm nicht so nahe sein wie er mir.«

Schweigend wanderten die beiden Männer durch die Ruinen. Der Hauptgefreite schien sich seiner Ziele sehr sicher zu sein und kannte die besten Routen, um dorthin zu gelangen. Thorwald erschütterte die Zerstörung der Stadt. Das war pure, vollständige Vernichtung. Nichts war ganz geblieben. Alle Gebäude waren verstümmelt und auseinander gerissen. Wer konnte darin kämpfen? Wer konnte darin durchhalten?

Ich, schien ihm der russische Wind zuzuraunen. Thorwald zog den Mantel enger um seinen Körper.

Mit seiner weiß behandschuhten Hand deutete er auf die Ruinen. »Wo, glauben Sie, steckt er, Hauptgefreiter?«

Als Mond auf dem Boden eine Karte der Stadt ausbreitete, kniete sich Thorwald neben ihn.

»Sehen Sie, Standartenführer. Wir haben die russischen Streitkräfte in drei Teile aufgespalten.« Mit seinem Finger zog Mond drei Ringe auf der Karte. »Hier, in Rynok, nördlich der Traktorenfabrik, liegt eine ganze Division«, sagte er, während er auf den ersten, nördlichsten Kreis wies. »Südlich davon, in der Roter-Oktober-Fabrik, haben wir uns durch ihre Mitte bis an die Wolga gekämpft und diese Streitkräfte isoliert.« Dabei klopfte er mit dem Finger auf den Kreis rund um die Roter-Oktober-Fabrik. »Dieser kleine Kessel tief in den Fabrikhallen ist nahezu unmöglich zu durchbrechen.«

Mond sah von der Karte auf. »Ich habe die Russen beobachtet, wie sie die Einzelteile von Artilleriegeschützen durch die Trümmer zur Frontlinie schleppten, sie dort zusammensetzten und uns in die Luft jagten.«

Schließlich legte der Hauptgefreite die Fingerspitze auf die Südostecke der Roter-Oktober-Fabrik und zog eine Linie westlich des Gebäudes bis zum Osthang des Mamajew Kurgan, dem Hügel, von dem aus man die ganze Stadt überblickte. Von dort glitt seine Hand südwärts um die Chemiefabrik, den Rangierbahnhof und zehn Kilometer am Ufer entlang bis zu einem Punkt, der nördlich des großen Fährhafens lag.

Thorwald blickte von der Karte zu Mond hinüber, der seine Augen nicht von der Karte abwandte. »Wo ist er, Hauptgefreiter?«

»Meiner Meinung nach in diesem Gebiet im Süden, dem größten der drei.«

»Warum glauben Sie, dass er sich gerade dort aufhält?«

»Es ist nur eine Vermutung, aber dort hat er die größte Bewegungsfreiheit und die meisten Ziele. In diesen beiden kleineren Gebieten könnte er eingeschlossen werden. Das würde ihm nicht gefallen. Außerdem herrscht hier vorwiegend eine Pattsituation. Auf Saitsews Rechnung gehen mehr als hundertvierzig tödliche Treffer. Daher nehme ich an, dass er da arbeitet, wo das beste Wild zu erwarten ist.«

»Wild? Warum sprechen Sie von Wild?«

Mond zuckte die Achseln, als wollte er ausdrücken, wie einfach seine Logik sei. »Er ist ein Jäger aus Sibirien. Für ihn ist alles eine Jagdbeute. So denkt er. Haben Sie die Artikel in *Die Verteidigung unseres Landes* gelesen, Standartenführer?«

Thorwald nickte. »Nicht alle, aber einige. Diese habe ich aber sehr aufmerksam studiert. Wir können also sagen, dass ich das Wichtigste mitbekommen habe.«

Der Hauptgefreite senkte den Blick.

»Ich versichere Ihnen, dass ich alle lesen werde«, antwortete Thorwald rasch. »Ich war gestern bloß zu müde.«

»Schon in Ordnung. Sie sind ohnehin größtenteils Prahlerei.«

»Sie sagen, Saitsew betrachtet uns als Wild. Ich nehme an, Sie haben die Artikel gelesen. Welche Art von Wild sind wir für ihn?«

Mond dachte einen Augenblick über die Frage nach und antwortete schließlich: »Wölfe. Sibirische Wölfe. Er glaubt, uns durchschaut zu haben. Die Deutschen tun dies, die Deutschen tun jenes. Saitsew liest Taktiken und Routineabläufe wie Spuren, als wären wir Tiere.«

»Dann müssen wir uns wie sibirische Wölfe verhalten. Wir werden gefährlich sein, gleichzeitig aber auch berechenbar und ihn in dem Glauben lassen, dass er uns durchschaut hat. Und dann werden wir ihn überraschen.«

Thorwald lächelte, ihm gefiel, was er dem jungen Hauptgefreiten erzählte. Saitsew hatte zweifellos Recht. Die deutschen Scharfschützen waren tatsächlich berechenbar. Darüber bestand nicht der geringste Zweifel. Immerhin hatte er viele jener Scharfschützen ausgebildet, die Saitsew getötet hatte. Sicher hatten sie sich hier in Stalingrad wie träge, vorhersagbare Tiere benommen. Er hatte es in ihren Augen gesehen, während er sie in Gnössen unterrichtete. Die sorglose arische Selbstzufriedenheit der nationalsozialistischen Jugend. Diese Jungen herrschten über die gesamte Welt, noch ehe sie den ersten Schuss abgefeuert hatten. Sie kannten keinen Respekt vor dem Feind. Nicht einmal Respekt vor der Macht der Angst. Sie hatten in den Straßen mit Fäusten und Bierflaschen gekämpft und betrachteten diese Handgemenge als ihre Feuerprobe. Die jungen Scharfschützen traten mit der Gewissheit in den Krieg ein, dass sie mutig waren und dass sich die Welt vor ihrer Kühnheit öffnen würde wie ein Tor, wenn man bloß das richtige Passwort nannte. »Zeigen Sie mir einfach, wie es geht«, schien alles zu sein, was sie von ihm wissen wollten – »den Rest erledige ich schon, alter Mann.« Sie hatten vergessen, dass nicht Kugeln oder Bomben die gefährlichste Waffe des Krieges waren, sondern die Angst.

Hitler hatte dem deutschen Volk die Angst genommen, dachte Thorwald; darin bestand die größte Macht des Führers. Er hat es auch bei mir beinahe geschafft, mich beinahe von meiner Angst befreit.

»Und diesen Saitsew«, überlegte er laut, während Mond die Karte zusammenfaltete, »den werden wir wie eine Ente behandeln. Wir werden uns hinter einem Jagdschirm verbergen und ihn auf freiem Gelände aufscheuchen. Wir werden ihn erschreckt hochfliegen lassen und ihn dann in einem Gewirr von Federn abknallen.«

Thorwald sah zu dem Hauptgefreiten hinüber, der sich nach Norden zur Chemiefabrik und zum Niemandsland wandte. »Ich bin sicher, dass wir Saitsew zu uns locken können.«

Mond nickte.

»Das Wichtigste ist, ihn wissen zu lassen, dass ich hier bin.«

Der Hauptgefreite senkte den Kopf. »Wie …« Der Junge zögerte. »Wie können wir das erreichen, Standartenführer?«

»Keine Sorge. Uns wird etwas einfallen, Ihnen und mir.«

3.

Als ein Gegenstand klirrend gegen Stein schlug, sah Tanja von ihrem Tagebuch auf. Ein Zinnteller war klappernd auf dem Boden gelandet. Sidorow, ein junger Soldat, der erst seit zwei Wochen der Scharfschützeneinheit angehörte, hatte den Teller nach Schaikin geworfen.

Die Stimmen der beiden Männer schwollen an. Ein Blick quer durch den Raum zeigte Tanja, dass sie bereits die Fäuste zum Kampf erhoben hatten.

Augenblicklich eilten Saitsew und Kulikow herbei. Tschekow hingegen sah ungerührt zu.

Während Kulikow den Arm von Schaikin packte und ihn zurückzog, trat Saitsew zwischen die erhitzten Gesichter. »Ruhe! Alle beide!«, brüllte er über ihre Stimmen hinweg. Dann wandte er sich an Schaikin. »Ilja! Was ist hier los?«

Schaikin befreite seinen Arm aus Kulikows Griff und stieß Sidorow den Finger in die Brust. »Ich habe genug von diesem Hundesohn! Mit seinen siebzig Treffern hält er sich für einen Meisterschützen. Er ist bloß gekommen, um mit ihnen groß zu tun. Aber er frisiert seine Treffer auf.«

»Du bist nur eifersüchtig«, erklärte Sidorow lachend. »Er hat erst dreiundsechzig und ist deshalb wütend auf mich. Er sollte besser auf sich selbst wütend sein«, meinte er zu Saitsew gewendet.

Schaikin hob sein Tagebuch vom Boden und hielt es Saitsew entgegen. »Hier, sieh selbst. Jeder ein Maschinengewehrschütze, Kundschafter, Scharfschütze oder Offizier. Alle höchste Prioritätsklasse!« Schaikin starrte zu Sidorow hinüber. »Vorwärts, Meisterschütze! Zeig ihm *dein* Tagebuch.« Schaikin wandte sich zu Saitsew. »Weißt du, was er tut? Während eines Angriffs schießt er auf Infanteristen anstatt auf Maschinengewehrschützen oder Offiziere. Statt die Truppen zu schützen, sammelt er Treffer für sich. Er ist ein verdammtes Schwein.«

Saitsew sah zu Sidorow hinüber. »Und?«, fragte er mit ruhiger Stimme.

Der hagere Soldat blinzelte vor Wut. »Alles Unsinn!«, erklärte er entrüstet und deutete durch die Bunkerwand auf das Schlachtfeld. »In meinem Abschnitt gibt es keine Maschinengewehrschützen. Vor einer Woche habe ich einen erschossen, und bis heute haben sie ihn nicht ersetzt. Dieser verlogene Hurensohn ist nur zu langsam, um selbst Treffer zu sammeln. Deshalb ist er wütend auf mich.«

Saitsew gab Schaikin sein Tagebuch zurück, ohne hineinzusehen. »Setz dich, Ilja.«

Schaikin ließ sich mit verschränkten Armen neben Tanja zu Boden fallen.

»Du hast siebzig Treffer«, sagte Saitsew nun zu Sidorow gewendet. »Das ist ausgezeichnet. Wie du weißt, habe ich doppelt so viele.«

»Auch eine ausgezeichnete Leistung, Starschina.«

»Und was hältst du von Schaikins dreiundsechzig Treffern? Ich will deine ehrliche Meinung«, forderte er ihn auf.

Sidorow zuckte die Achseln, als wollte er einer ehrlichen Antwort lieber ausweichen. Der Hase hatte jedoch darauf bestanden, dass er die Wahrheit sagte. »Das ist nicht dasselbe, Starschina.«

»Ist Schaikins Leistung nicht ausgezeichnet?«

Schaikin spannte seinen Körper, als wollte er im nächsten Augenblick aufspringen. Tanja legte ihm die Hand auf den Arm.

Sidorow schüttelte mit gespieltem Widerwillen den Kopf.

»Genosse Sidorow«, erklärte Saitsew, während er sein Kinn hob, »du wirst zu einer anderen Einheit versetzt.«

Sidorow trat vor, als hätte man ihn gestoßen. »Starschina, was …?«

»Bei den Hasen ist kein Platz für deine Einstellung, Sidorow. Wir sind eine kleine Gruppe, und wir sind Kommunisten. Wir streiten nicht über persönliche Leistungen. Eine ausgezeichnete Leistung lässt sich nicht in Zahlen messen. Soldat Schaikin benötigt keine siebzig Treffer, um als Scharfschütze ebenso gut zu sein wie du. Wegtreten.«

Saitsew starrte den Soldaten an. Sidorow und er hatten etwa dieselbe Körpergröße, und doch schien Saitsew ihn weit zu überragen. »*Wegtreten*, Soldat.«

Saitsew wartete, bis Sidorow Tagebuch, Gewehr und Rucksack zusammengepackt hatte und durch die mit einer Decke verschlossene Tür verschwand. Kaum war Sidorow gegangen, erhob sich Schaikin. Tanja stand ebenfalls auf. Sie hatte Schaikin in den zwei Wochen seit Beendigung ihres Übungslehrgangs als zuverlässigen, findigen Scharfschützen kennen gelernt, da sie denselben Sektor bearbeiteten. Nahezu die Hälfte seiner eingetragenen Treffer trug ihre Unterschrift als Beobachterin und Zeugin. Schaikin seinerseits hatte 23 ihrer 31 tödlichen Treffer bezeugt.

Nach Sidorows Abschied waren von den ursprünglich dreißig Hasen und Bären noch 22 übrig. Wenn ihre Zahl auf zwanzig absinke, werde er zehn weitere ausbilden, um die Stärke der Einheit immer auf einem Stand zwischen zwanzig und dreißig zu halten, hatte Saitsew erklärt. Dann wird er wohl schon bald neue Schüler unterrichten, dachte Tanja.

Vergangene Nacht war Kostikew gestorben. Er war in Stücke gerissen worden, als er bei einem Überraschungsangriff tief hinter den deutschen Linien auf eine Mine getreten war. Kostikew war der stets vorauskriechende, todbringende Anführer ihrer Einheit gewesen. Der Ruhm der Hasen wuchs. Sie wurden von der gesamten Division für Spezialaufträge angefordert, bei denen sie auch Trupps leiteten, die nicht der Scharfschützeneinheit angehörten. Kostikew war auf dem Rückweg gewesen, als er südlich der Chemiefabrik auf die Mine trat. Schaikin und Tanja tranken eine Flasche Wodka in Kostikews Andenken, des mutigen Jägers mit den Goldzähnen, dessen Mund häufig aufblitzte, der jedoch nur selten sprach.

Sidorow war der Erste der Hasen und Bären, der zum Gehen aufgefordert worden war. Das war eine Schande. Die anderen, die ihre Reihen verlassen hatten, waren bei einem Einsatz ums Leben gekommen.

Saitsew wandte sich an Schaikin. »Sidorows Abschnitt grenzte an deinen, stimmt das?«

Schaikin nickte. Sidorow hatte zu jenen vier Scharfschützen gehört, denen ein etwa 2500 Quadratmeter großes Gebiet am Osthang des Mamajew Kurgan zugewiesen worden war. Saitsew und Medwedew hatten die gesamte Front in 15 Sektoren unterteilt. Zwei aus je zwei Mann bestehende Trupps waren von den beiden Unteroffizieren angewiesen worden, die Regionen mit der stärksten Kampfaktivität zu bearbeiten beziehungsweise die russischen Truppenbewegungen zu unterstützen, wann immer das Kommando einen derartigen Befehl erteilte.

Jede Nacht wurden die Sektoren auf Veränderungen im Kampfgeschehen überprüft. Unablässig waren zumindest zehn Abschnitte mit geschickten und erfahrenen Scharfschützen bemannt. Saitsew vermied es, die Trupps zu häufig zu verlagern. Er wollte, dass sie sich mit dem Gelände ihres Gebiets vertraut machten.

Schaikin und Tanja waren zwischen Sektor 5, ihrem derzeitigen Abschnitt, und Sektor 6 hin und her gewechselt und hatten mit Sidorows Einheit getauscht. Beide lagen am östlichen Fuß des Mamajew Kurgan.

Jeder Einheit war ein Anführer zugeteilt; Schaikin, Kulikow und Tschekow waren die Anführer ihrer Abschnitte, Sidorow der seines Gebiets. Wann immer es möglich war, trafen diese Anführer einander nachts in dem Bunker, den Saitsew mit Medwedew bewohnte. Seit kurzem nahm Tanja auf ihre Bitte gemeinsam mit Schaikin an den nächtlichen Zusammenkünften teil. Schaikin hatte ihr als Freund und Partner gestattet, zu den Treffen zu kommen, jedoch lediglich als Beobachterin. Danach arbeiteten sie gemeinsam die Strategie für den nächsten Tag aus.

Nun wandte sich Saitsew an Tanja. Seit ihrem folgenschweren Fehler vor zwei Wochen hatte er Distanz zu ihr gewahrt. Er hatte sie nur selten angesprochen und Aufträge an sie zumeist über Schaikin erteilt. In der ersten Woche durfte sie lediglich für Schaikin auf Erkundung gehen. Schließlich erhielt sie von Saitsew die Erlaubnis, selbst zu schießen. Sie nahm sich Schaikins Sorgfalt und Geduld bei der Jagd zum Vorbild, um ihre Leidenschaften besser zügeln zu können, sobald ein Deutscher in ihrem Blickfeld erschien. Bisher war ihr dies mit tödlichem Erfolg gelungen.

Tanja dachte ständig an den Tag zurück, an dem die Granate Fedja getötet hatte. Sie wusste, dass sie in Ungnade gefallen war. Seit dem Zwischenfall herrschte zwischen ihr und Saitsew eine Kälte, die der der wachsenden Eisschollen auf der Wolga glich. Nun, da er vor ihr stand und sie mit seinem flachen Gesicht betrachtete, seine Hände und sein gesamter Körper beherrscht wie bei einem Fuchs oder einem in der Luft segelnden Vogel, wünschte sie nichts sehnlicher, als dass er sie wieder »Partisanin« nannte, ihr Tagebuch durchsah und bemerkte, wie kontrolliert sie nun operierte und welch guter Hase sie geworden war. Sie wollte wieder mit ihm im Schützengraben Wodka trinken, auf die Jagd gehen, ihn in der Morgendämmerung begleiten und seinen Blick auf sich fühlen.

»Soldatin Tschernowa«, sagte Saitsew, »du wirst Sidorows Stelle übernehmen. Er hat mit Redinow, Megolin und Dyenski zusammengearbeitet. Kennst du seine Grenzen?«

Tanja nickte. »Jawohl, Starschina.«

Dies war der Augenblick, den sie in ihrem Herzen Stück für Stück zusammengefügt hatte wie ein Puzzle. Nun war alles wieder vollständig. Sie war wieder aufgenomen. Saitsew hatte ihr die Leitung über Sektor 6 anvertraut. Die Zeit der Bewährung, die mit dem Schlag in ihr Gesicht begonnen hatte, war vorüber.

Saitsew sah sie ernst an. »In diesem Sektor arbeiten mehrere deutsche Scharfschützen. Der Mamajew Kurgan ist ein heißes Pflaster.«

Der neben ihr stehende Schaikin meldete sich zu Wort. »Dort geht es bereits seit Wochen heiß her, Starschina. Tanja hat sich mit einem Dutzend deutscher Scharfschützen duelliert. Sie finden sich alle in ihrem Tagebuch, mit meiner Unterschrift darunter.«

Saitsew lächelte ihr zu. Viel zu viel Zeit war vergangen, seit der Hase sie das letzte Mal angelächelt hatte.

Sag »Partisanin« zu mir, wünschte sich Tanja, doch er tat es nicht.

Saitsew teilte Schaikin mit, dass er einige Tage allein zurecht kommen müsse, bis er ihm einen Ersatz für Tschernowa zuweisen könne.

»Schick mir lieber zwei«, meinte Schaikin, während er Tanja mit dem Ellbogen in die Seite stieß.

Tanja drängte es, sogleich in die eisige, windige Kälte hinauszueilen, um zu jagen. Als Dank für sein Vertrauen berührte sie Schaikin am Arm.

Vor der Tür erklang eine dröhnende Stimme. »Kugeln und Borschtsch!«

Die Decke zum Bunker wurde zur Seite geschlagen, und ein eisiger Windstoß folgte dem breiten Rücken von Atai Tschebibulin, einem stämmigen alten Baschkiren aus der Ortschaft Chisma in Turkmenistan. Atai war der Kurier der Scharfschützeneinheit und der Mann, der ihnen Munition und Verpflegung brachte.

Tanja hatte Atai bislang selten mehr mit den Scharfschützen sprechen hören, als sein einleitendes »Kugeln und Borschtsch«, sobald er eintraf, oder »Viel'n Dank« in seinem stockenden Turkdialekt. Vor einer Woche war Atai in der Abenddämmerung früher als üblich in den Bunker gekommen, wo Tanja allein auf den Munitionsnachschub wartete. Er erzählte ihr, dass er Moslem sei und dass sein Sohn Sakaika hier in Stalingrad gefallen sei.

Tschebibulin kniete nieder und ließ den großen Blechbehälter für die Suppe von seinem Rücken gleiten. Er stellte ihn in der Mitte des Raumes auf den Boden und nahm aus einem Munitionssack ein Dutzend Patronenschachteln. Die Wodkaflasche aus seiner Jackentasche streckte er Tschekow entgegen, der sich weit vor beugte, um sie zu ergreifen.

Seit Tanja als Scharfschützenschülerin Tschebibulin vor einigen Wochen zum ersten Mal begegnet war, staunte sie, wie es ihm Nacht für Nacht gelang, Essen für die Einheit aufzutreiben. Er kehrte nie mit leeren Händen zurück. Stattdessen stöhnte er stets unter der Last der Munition und der Verpflegungspakete. Tschebibulin trug weder Gewehr noch Handgranaten bei sich. Er nutzte all seine Kräfte und Fähigkeiten, um herbeizuschaffen, was die Scharfschützen brauchten. Wäre Atai ein Scharfschütze, so wäre er ein Bär, dachte Tanja. Mit seinen klirrenden Blechbehältern und

Schüsseln und seinem scheuen Murmeln bewegte er sich wie ein Ochse.

Tschekow stieß die Wodkaflasche in seinen Mund wie ein Schwertschlucker im Zirkus das Schwert. »He, Esel! Du hast doch hoffentlich nicht schon wieder Borschtsch gebracht«, rief er, nachdem er einige tiefe Züge getan hatte. »Ich hasse kalte Suppe, und gestern war sie wieder kalt.«

Atai wandte Tschekow den Rücken zu, der sich erneut an der Flasche zu schaffen machte.

Saitsew ging zu Tschekow und streckte seine Hand nach dem Wodka aus.

»Iss deine Suppe, ehe sie wieder kalt wird, Anatoli.«

Tschekow übergab Saitsew die Flasche, schlenderte zum Suppenbehälter und öffnete den Deckel. Heißer Dampf stieg aus der Öffnung hoch.

»Ah, der Esel ist heute Nacht schnell gelaufen«, erklärte er mit einem Blick auf Tschebibulins Rücken. »Kartoffelsuppe.«

»Das genügt, Anatoli«, wies Schaikin seinen Kameraden zurecht.

»Nun ist es wirklich genug«, ließ sich auch Tanja vernehmen.

Tschekow blickte von dem Suppenkessel hoch. Seine Augen waren bereits vom Wodka gerötet.

»Was ist los? Stellt ihr euch auf die Seite des Esels?«

»Esel! Warum Esel? Warum nennst du mich Esel?« Jeder Muskel am Körper des grauhaarigen Baschkiren war gespannt. Er schnaubte unter seinem großen, herabhängenden Schnurrbart und ballte die Hände zu Fäusten. Sein von dichten Bartstoppeln bedecktes Kinn zuckte, als versuchte er, seinen wachsenden Ärger zu kauen und hinunterzuschlucken.

Verwundert sah Tschekow zu Tanja und Schaikin hinüber. Kulikow murmelte etwas und senkte dann den Kopf wieder über sein Tagebuch. Saitsew, der sich in eine Ecke zurückgezogen hatte, ließ seine Finger an der Flasche auf- und abwärts gleiten.

»Kommt schon, Tanjuschka, Iljuschka, dieser alte Mann

trägt doch nur Essen hin und her«, murrte Tschekow. »Er kämpft nicht. Er ist kein Soldat. Ihr werdet mir doch nicht seinetwegen das Leben schwer machen. Er trottet eben einfach herum wie ein Esel. Na und? Lasst uns essen.«

Tanja legte Tschebibulin die Hand auf seine kräftige Schulter. »Atai, erzähl noch mal von Sakaika. Ich will, dass auch die anderen die Geschichte hören.«

Tschebibulin starrte, an seinem Schnurrbart kauend, auf den Boden.

Tanja beobachtete Tschekow, während er weiße Kartoffelsuppe in eine verbeulte Schüssel schöpfte. »Sein Name ist nicht Esel, Anatoli, sondern Atai Tschebibulin. Und wenn du kein so mieser Säufer wärst, hättest du vielleicht etwas mehr Respekt vor ihm. Der Sohn dieses Mannes ...«

Tschebibulin hob seine dicken Hände. »Schon in Ordnung. Ich werde es erzählen,« erklärte er schließlich.

Tanja setzte sich neben Schaikin, während Tschekow einen Schritt zur Seite trat und Atai mit schwungvoller Geste die Bühne überließ. Aus seiner Verbeugung sprach purer Sarkasmus.

Mit dem Rücken zu Tschekow setzte sich Tschebibulin in die Mitte des Raumes und kreuzte grunzend die Beine. »Vor drei Monaten ich bringe Sakaika, meinen Jungen, zu Zug in Chisma. Er zur Armee. Ich bringe ihn mit Wagen, langer Weg. Beim Bahnhof ich sehe Armeepferde fressen Heu, trinken Wasser. Gut, ich denke, dann ich bekomme auch Wasser und Heu für mein Pferd. Ich binde es an Pfosten mit Armeepferden. Viele Menschen am Bahnhof, viele Soldaten. Ich verliere Sakaika. Gehe in jeden Wagon, rufe seinen Namen. Keine Antwort. Weg.«

Der alte Baschkire kniff die Augen zusammen, während er sich mit der Hand durch sein dichtes graues Haar fuhr. »Gut, ich denke, ich schon Lebewohl gesagt. Sakaika versteht. Ich gehe zurück zu Pferd, weg. Armee es mit anderen Pferden in Zug genommen. Ich nicht kann nach Hause kommen. Kein Pferd, um Wagen zu ziehen. Brauche Pferd auf Hof. Ich laufe auf und ab. Rufe: ›Armee mein Pferd gestohlen!‹ Rufe Namen, Prinza, und höre ihn stampfen. Brrrr.«

Tschebibulin blies durch seinen Schnurrbart, um das Schnauben und Stampfen des Pferdes nachzuahmen. »Ich springe auf Zug, finde mein Pferd bei Armeepferden. Gehe zu Soldat. ›He, das mein Pferd!‹ Soldat schüttelt Kopf, sagt, kann nicht helfen. Anderer Soldat, noch anderer, keine kann helfen. Zug fährt los, ich versuche abspringen. Ein Soldat mich greift. Er sagt: ›He, wohin, alter Mann?‹ Ich sage: ›Abspringen, ihr mein Pferd, ich nach Hause laufen.‹ Mann sagt: ›Wir dich brauchen in Armee, alle Russen kämpfen.‹ Ich sage: ›Wo Sakaika?‹ Soldat hilft suchen. Ich rede mit Sakaika, wir sagen, gut, wir kämpfen, Vater und Sohn. Armee gibt später Pferd zurück, und noch ein Pferd und neuen Wagen. Ich und Sakaika selbes Regiment, 39. Garde. Kommen nach Stalingrad. Viele Kämpfe. Viele Tote. Tag und Nacht ich gehe mit toten Jungen zu Fluss, immer zurück mit Kugeln und Borschtsch.«

Tschebibulin lächelte unter seinem Schnurrbart über seinen Erkennungssatz. Dann erinnerte er sich jedoch an das Ende seiner Geschichte. Augenblicklich verlosch sein Lächeln, und er senkte kopfschüttelnd den Blick zu Boden. »Zwei Wochen nachdem wir nach Stalingrad gekommen, ich finde Sakaika. Hat Kugel in Brust bekommen bei Kampf um Landesteg. Ich lege ihn auf Wagen, fahre zu Lazarett wie Verrückter. Dann tötet große Bombe meine Pferde.«

Nun sah der alte Mann zu Saitsew hinüber. »Ich selbst gezogen meinen Wagen, aber zu langsam. Sakaika tot.«

Seine Augen blieben unverwandt auf Saitsew geheftet. Mit seinem Blick forderte er Saitsew als Leiter der Scharfschützeneinheit auf, Tschekow zu befehlen, ihm den gebührenden Respekt zu erweisen.

»Ich habe Sakaika auf Boot gelegt. Ist auf anderer Seite begraben. Werde manchmal dorthin gehen, später, wenn Krieg hier zu Ende. Erst ich gegangen zu Regiment, ich Hauptmann gesagt, dass ich für Sakaika kämpfe, habe sein Gewehr. Hauptmann sagt: ›Nein, Atai, ich besorge neues Pferd, du zu wichtig nur für Kugeln fangen. Du Mann für Kugeln und Borschtsch.‹«

Tschebibulin erhob sich. »Dann ich Danilow getroffen.

Fetten kleinen Danilow. Kommunist, richtig? Mich gebeten, für euch sorgen, sorgen für Scharfschützen, wichtige Soldaten. Ihr die Besten, er sagt mir, ich der Beste. Ich sorgen für euch.« Nun wanderte sein Blick erstmals zu Tschekow. »Und du mich nennst Esel. Ich kein Esel. Ich Atai Tschebibulin, Vater von Held Sakaika.«

Nachdem Tschebibulin geendet hatte, ging er zu dem Suppenkessel und begann, die Suppe in Blechschalen zu gießen. Währenddessen trat Tschekow zu Saitsew und nahm ihm die Wodkaflasche aus der Hand.

»Tschebibulin«, sagte Tschekow und streckte dem knieenden alten Mann die Flasche entgegen.

Der Baschkire schüttelte den Kopf. »Nein. Alkohol nicht für Moslem. Ist Sünde.«

Daraufhin kniete Tschekow neben Tschebibulin nieder, stellte die Flasche auf den Boden und ließ den alten Mann seine Schüssel ein zweites Mal füllen.

»Hier«, sagte Tschekow, während er ihm die Schüssel anbot.

»Nein, ich nicht nehme euer Essen. Ihr Soldaten.«

Tschekow hielt Tschebibulin die Suppe noch immer hin. »Und du bist Atai Tschebibulin, der Vater des Helden Sakaika. Nimm«, forderte ihn Tschekow auf.

Tschebibulin sah in Tschekows Augen. Tanja beobachtete die beiden Männer genau. Die Furchtlosigkeit des Alters sprach aus dem Gesicht des Baschkiren. Sie verstand das Wesen seines Mutes und wusste, dass es nichts anderes als Resignation war. Nun, da er seinen Sohn verloren hatte, konnte er nichts mehr verlieren. Ihm war nichts geblieben als diese Tage, die sein Leben ausmachen, dem der Mittelpunkt fehlt. Dann sah sie zu Tschekow hinüber. Er versuchte, dem Blick des alten Mannes mit der Kühnheit der Jugend standzuhalten. Seine Augen hatten jedoch noch nicht genug vom Leben gesehen, um zu begreifen, was für ihn auf dem Spiel stand. Tanja kannte die Herzen beider Männer, fühlte sie in ihrem eigenen schlagen. Ihr erschienen diese beiden in der Mitte des Bunkers knienden Männer, die einander unverwandt anblickten, wie die beiden Seiten eines Zauberspiegels. Ich trage diese beiden Seiten in mir, dachte sie, während sie die Augen schloss. Ich will leben, und ich will sterben.

»Nein«, hörte sie Tschebibulin sagen, »ich nicht esse deine Mahlzeit. Sag mir, ich kein Esel.«

Saitsew antwortete für ihn. »Du bist kein Esel, Atai«, erklärte er. »Ich werde dich zu einem Hasen machen, denn du bist schnell, mutig und ein Freund.«

Tanja öffnete die Augen und lächelte Saitsew an, der nicht zu ihr sah.

»Ja?« Tschebibulin sah Tschekow fragend an, und dieser zuckte die Achseln.

»Ja.«

»Dann du bekommst von mir das.« Bei diesen Worten griff Tschebibulin in seine Jackentasche, zog eine zweite Flasche Wodka hervor und stellte sie auf den Boden.

Kulikow schnippte mit den Fingern und legte den Zeigefinger an seine Kehle, das russische Zeichen für Wodkadurst. Als Tschekow ihm die Flasche zuwarf, zog Kulikow den aus einem Stofflappen gefertigten Korken heraus und setzte sie an.

Tschebibulin hob den leeren Suppenkessel und ließ die gefüllten Suppenschüsseln auf dem Boden zurück. Dann warf er sich den Riemen des Suppenkanisters über die Schulter, schlug die Decke zurück und machte sich auf den Weg.

»Gute Nacht, Hase«, sagte Saitsew. »Und eine sichere Reise!«

Die Hand an der Decke, sah Tschebibulin zu Saitsew zurück. »Wenn so viel Wodka in euch Hasen, ich lieber bleibe Esel. Viel'n Dank.«

Hauptmann Igor Danilow bückte sich unter der Decke hindurch und ließ sie seitlich von sich gleiten, während er in den Bunker trat. Mit nach wie vor tief in den Taschen vergrabenen Händen schüttelte er die nächtliche Kälte von seinen Schultern. Verwundert beobachtete Tanja, wie schnell der kleine Kommissar seinen Körper bewegen konnte. Er erinnerte sie an ein Pferd oder an eine tartarische Tänzerin. Sie lächelte bei der Vorstellung eines rundlichen, dunklen, haarigen Danilow mit Schleier.

»Postverteilung«, rief der Kommissar. »Ein Brief für den Hasen.« Er hielt zwei zerknitterte Umschläge hoch, von denen er einen in Saitsews Hände fallen ließ. In der Roten Armee war es Sitte, Briefe vor der versammelten Mannschaft laut vorzulesen, damit alle Soldaten an den Gefühlen aus der Heimat teilhaben konnten. Man gestand dem Leser zu, schlechte Nachrichten oder heikle Worte abzuändern, er war jedoch verpflichtet, den Großteil des Briefes weiterzugeben. Post an der Front war eine Seltenheit, dennoch war es Schaikins Frau gelungen, mehrere Briefe bis zu ihm durchzubringen. Man hatte sie und ihre Kinder aus ihrer Heimat in Georgien in den Osten umgesiedelt, nach Novosibirsk in Sibirien. Derartige Umsiedlungen gehörten zu Stalins Taktik, die Fabriken der Sowjetunion vor den Deutschen zu retten. Schaikins Frau war Tanjas bevorzugte Briefschreiberin geworden. Sie erzählte ihrem Mann – und unabsichtlich vielen aus der Scharfschützeneinheit – von ihrem Garten, der schlechten Qualität der Stoffe, aus denen sie die Kleidung für ihre Kinder nähte, der beunruhigenden Schönheit des sibirischen Herbstes und zahllosen anderen Einzelheiten eines Lebens fern der Kämpfe. Nun beugte sich Tanja interessiert vor, um zu erfahren, wer Wassili Gregoriewitsch Saitsew schrieb.

Er befühlte erst den Umschlag, als bewunderte er ihn für all die Mühen, die er auf sich genommen hatte, um bis zu ihm zu gelangen, und hielt ihn dann mit beiden Händen hoch. »Von meiner Marineeinheit im Pazifik. Aus Wladiwostok.«

Als der Hase zu lesen begann, lagen die Augen aller auf ihm und seinem ersten Brief:

»Lieber Wascha,
Wir haben in Verteidigung unseres Landes *von dir gelesen. Wer hätte vorhersagen können, dass unser kleiner Freund, der Buchhalter, solch ein Held werden würde?«*

Saitsew hob den Blick vom Papier. Hastig sahen die Scharfschützen einander an, während Tanja zu Schaikin und Kulikow hinüberspähte, die ihr Lachen kaum unterdrücken konnten.

»Ja, ich war Buchhalter«, bestätigte Saitsew ruhig. »Das bedeutet, dass ich addieren und subtrahieren kann und das Alphabet kenne. Habt ihr daran etwas auszusetzen?«

Saitsew räusperte sich, um seine Mannschaft zur Stille zu mahnen. »*... solch ein Held werden würde*«, wiederholte er, und sah noch einmal auf.

»Wir sind hier am Rande der Welt, denken mit großer Zuneigung an dich und trinken auf dein Wohl. Die Zeitungen halten uns über deine Leistung auf dem Laufenden, und an der Küchenwand haben wir eine Tabelle aufgehängt. Jedes Mal, wenn du in der Zeitung erwähnt wirst, trinken wir am Abend bis zur Zahl deines letzten Abschusses eines Deutschen. Du hast uns alle schon ziemlich betrunken gemacht, Wascha, aber wir vertragen mehr. Wie wir lesen, trägst du noch immer dein Marineunterhemd. Vergiss nie, dass du ein Seemann bist wie wir, Wascha. Deine Kraft stammt von den blauen Wellen und der weißen Brandung, wie weit entfernt von uns du auch kämpfen magst. Wir wissen, das du und deine Kameraden den Vormarsch der Deutschen in Stalingrad zum Stillstand bringen werdet. Der Sieg wird unser sein. Viel Glück. Wir umarmen dich.«

Als Saitsew den Brief zusammenfaltete und wieder in den Umschlag schob, applaudierten die Scharfschützen, wie es Brauch war. Die Aufmerksamkeit bringt ihn nicht in Verlegenheit, dachte Tanja. Er hat sich daran gewöhnt, im Rampenlicht zu stehen.

Sobald sich Saitsew setzte, trat Danilow in die Mitte des Raums und hielt den zweiten, unadressierten Brief hoch.

»Ich habe hier einen Brief von einem Mädchen aus Tscheljabinsk. Sie hat auf den Umschlag die Anweisung geschrieben, dass er dem mutigsten Soldaten übergeben werden soll. Wer könnte das sein?«

Tanjas Blick schweifte durch den Bunker und blieb an Anatoli Tschekow hängen. Wie sie hatte er seit seinem Aufbruch aus der Heimat keinen Brief erhalten. Seine Familie lebte in der Ukraine hinter den deutschen Linien. Anatoli sprach oft mit Tanja über seine Sorgen, da er wusste, dass auch ihre Familie in einer der besetzten Republiken wohnte. In letzter Zeit hatte er überlastet gewirkt. Anzeichen von Spannung lagen um seine Augen und spielten um seine Brauen und Lippen. Die hässliche Szene mit Tschebibulin entsprach in keiner Weise dem Wesen des mutigen, unbekümmerten Wilderers. Tschekow stand kurz vor dem Zusammenbruch. Tanja hatte mit Schaikin erst am Morgen zuvor darüber gesprochen, in welch erschreckender Weise sein Alkoholkonsum gestiegen war und wie unberechenbar ihn seine Stimmungsschwankungen machten.

Sie hatten auch über die Einsamkeit der Scharfschützen gesprochen, und wie sehr sich ihr Leben von dem der Infanteristen unterschied. Sie bekamen nie genug Schlaf, wurden ständig an der Front zu gefährlichen Einsätzen eingeteilt, lebten in unablässigem Wettbewerb mit ihren Kameraden, wie sehr sich Saitsew und Danilow auch bemühten, die Einheit davon frei zu halten und sie sozialistischen Idealen zu verschreiben. Und dann die tödlichen Schüsse. Selbst lautlos und aus großer Entfernung sahen sie das durch ihre Zielfernrohre vielfach vergrößerte Blut und das wilde Zucken ihrer ahnungslosen Opfer. All das erschöpfte die Seele. Tanja wusste, wie öde und leer der Platz im Inneren aussah, an den sich der Scharfschütze zurückzog. Er war ebenso zerrüttet und düster wie die zerbombte Stadt dort draußen in der Kälte der Nacht. Nur wenn sie den Abzug drückten, löste sich ihre Anspannung für einen Augenblick. In den vergangenen Wochen hatte Tschekow die in ihm aufsteigenden Bilder in der Flasche ertränkt. Durch seinen Alkoholkonsum hatte er jedoch nicht die Freundschaft der anderen Hasen eingebüßt. Der Alkohol überschattete seine gute Laune, ohne seinen Mut zu schmälern.

»Anatoli!«, rief Tanja. »Der Brief ist für ihn.« Alle, einschließlich Saitsew, nickten.

Danilow ging zu Tschekow hinüber, der auf dem Boden saß. Er hatte die Beine ausgestreckt. Die Zehen in seinen Stiefeln zuckten nervös. Danilow streckte ihm den Brief entgegen und bedeutete ihm, sich zu erheben.

Tschekow drehte den Brief in den Händen. Nach einem zögernden Blick auf die anderen Scharfschützen riss er den Umschlag auf.

»›Lieber, tapferer Soldat.‹« Er brach ab und sah zu der Wodkaflasche hinüber, die neben seinem Tagebuch stand.

»Lies Anatoluschka«, forderte ihn Schaikin auf. »Wir wollen hören, was deine neue Freundin schreibt.«

Tschekow befeuchtete sich die Lippen und fuhr fort:

»Mein Name ist Hannah. Ich weiß nicht, wer diesen Brief lesen wird, aber ich bin mir sicher, dass du der Tapferste deiner Truppe bist, wenn du ihn erhältst.
Ich bin 17 Jahre alt. Wenn mich das zu deiner Tochter macht, werde ich dich Vater nennen. Wenn nicht, werde ich dich Bruder nennen. Die Mädchen in meiner Fabrik haben Geschenke für die Verteidiger von Stalingrad zusammengetragen. Wir wissen, dass es für euch schwer ist in den Schützengräben, und unsere Herzen sind mit euch. Wir arbeiten und leben nur für euch. Wenn ich auch jetzt weit hinter dem Ural lebe, habe ich die Hoffnung nicht aufgegeben, eines Tages in meine Heimatstadt Smolensk zurückzukehren. Ich höre meine Mutter in der Küche weinen. Töte die Deutschen, damit wir nach Hause gehen können. Mach, dass ihre Familien in ihrem Heimatland Trauer tragen, und nicht die unseren. In ihren Familien sollen Tränen strömen. Ich bin bloß ein Mädchen und stehe an einem Fließband, an dem Teile für Lastkraftwagen und Panzer zusammengesetzt werden. Aber auch ich habe das Gefühl zu kämpfen, nur dadurch, dass ich am Leben bleibe und die Deutschen in jeder Minute dieses Lebens hasse. Ich mag den Hass nicht; für einen Russen ist er nicht natürlich, glaubst du nicht auch? Aber wir müssen hassen, bis sie vertrieben sind. Kämpfe tapfer, mein Vater, mein Bruder, so wie auch ich kämpfen werde.«

Tschekow legte den Kopf in den Nacken und starrte zu den Balken empor, die die Decke des Bunkers stützten. Seine Brust arbeitete schwer. Der dünne Brief in seiner Hand zitterte.

Kulikow schlug die Hände zweimal zusammen, ehe er verlegen abbrach. Niemand außer ihm hatte applaudiert. Der Brief hatte Tschekow sichtlich bewegt. Wie war es möglich, dass Kulikow das nicht bemerkt hatte?, fragte sich Tanja.

Tschekow übergab Danilow den Umschlag.

»Bewahren Sie ihn für mich auf. Ich verliere ihn nur.«

Er holte eine Tasche mit Handgranaten aus einer Ecke, nahm seine Maschinenpistole vom Haken an der Wand und verließ den Bunker, ohne sich noch einmal umzublicken.

Danilow sah zu Saitsew hinüber. »Wohin geht er?«

Saitsew gab Kulikow ein knappes Zeichen.

Augenblicklich sprang Kulikow auf. Tanja wollte sich ebenfalls erheben, doch Saitsew befahl ihr, sitzen zu bleiben. Kulikow war mit Tschekow eng befreundet. Er würde ihn zurückbringen.

Eine tiefe Stille legte sich über die Scharfschützen. Da es Danilow unmöglich war, ruhig zu sitzen, ging er mit kleinen Schritten auf und ab. Seine Arme waren so kurz, dass es ihm kaum gelang, die Hände hinter seinem Rücken zu verschränken. Schließlich trat Tschekow durch die Tür. Ihm folgte Kulikow, der den Sack mit den Handgranaten und die Waffe trug.

Tschekow warf sich neben der Wodkaflasche zu Boden. Sobald er sie sah, rieb er sich das Kinn und schnitt eine Grimasse, als antwortete er auf eine Frage der Flasche.

Kulikow trat in die Mitte des Raumes. »Tschekow hat einen Plan«, verkündete er. »Es ist ein guter Plan, und ich schlage vor, dass wir ihn ausführen. Er will einen deutschen Offiziersbunker überfallen.«

»Wo liegt er?«, fragte Saitsew aus seiner Ecke.

»In Sektor 6.«

Das war Sidorows Sektor gewesen, der nun unter Tanjas Leitung stand.

Kulikow sah zu Tanja hinüber. »Haben wir deine Erlaubnis?«

Tanja legte ihr Tagebuch zur Seite und erhob sich.

»Ich gehe mit«, erklärte sie und blickte zu Saitsew hinüber.

»Selbstverständlich.« Der Hase erhob sich. Auch er würde sich dem Unternehmen anschließen.

»Kennst du den Weg zu dem deutschen Bunker?«, fragte Saitsew den kleinen Kulikow.

Dieser deutete auf Tschekow, der noch immer die Wodkaflasche anstarrte. »Ich glaube, Anatoli sollte uns führen. Immerhin war es sein Plan.«

Saitsew blickte zu Tschekow hinunter.

»Kannst du uns die Lage des Bunkers auf der Karte zeigen?«

»Ich komme mit«, meinte Tschekow, während ihm die Tränen in die Augen traten.

»Nein, mein Freund, du bleibst hier. Nimm noch einen Schluck und versuche, etwas zu schlafen. Doch zeige mir zuvor den Standort.«

Saitsew breitete die Karte von Sektor 6 aus und wartete, während der traurige kleine Scharfschütze seine Nase am Hemdärmel abwischte.

»Hier«, sagte Tschekow und legte seinen Finger auf das Ende eines langen Grabensystems in der südwestlichen Ecke des Sektors, etwa einen Kilometer von den vordersten russischen Stellungen entfernt.

Ein Kilometer, dachte Tanja. Keine große Entfernung für zwei Scharfschützen, insbesondere, wenn sie im Schutz der Nacht und des Schneefalls operierten. Einen Überfall auf einen Bunker so weit im deutschen Hinterland zu wagen, das war jedoch eine andere Sache. Auf dem Hinweg mussten sie lediglich unbemerkt bleiben, eine Spezialität der Hasen. Der Rückweg war bedeutend gefährlicher, denn sobald der Lärm losbrach, wussten die Deutschen, dass sie da waren.

Schaikin trat vor. »Ich kenne jeden Quadratmeter von Sektor 6 und kann uns durch Sektor 5 hinführen« – Schaikin zeichnete mit dem Finger eine Linie auf die Karte – »und dann hinter diese Hütten. Hier liegt ein deutscher Schützengraben, den Sokolows 45. vor einer Woche eingenommen hat. Er ist nicht auf der Karte eingezeichnet, aber ich kenne ihn. Er verläuft genau hier.«

»Schneit es noch immer, Nikolai?«, fragte Schaikin den kleinen Kulikow, während er den Blick von der Karte hob.

»Stärker als je zuvor.«

Begeistert sah Schaikin zu Saitsew hinüber. »Ausgezeichnet, Wascha. Dann können wir uns so leise wie Schneeflocken bewegen.«

Als Saitsew die Karte an Schaikin weitergab, las Tanja von seinem Gesicht ab, dass er noch immer die Vorteile und Gefahren des Überfalls gegeneinander abwog. Das ist eine spontane Idee und kein Befehl von oben, dachte sie. Das ist bloß für uns, für Tschekows traurige rote Augen und uns Scharfschützen. Wird Saitsew das Risiko eingehen?

Ihr Blick fiel auf den am Boden zusammengerollten Tschekow. Dieser Mann sollte in seiner Heimat in der Ukraine sein, Hühner köpfen und in den staatlichen Wäldern Wachteln wildern, anstatt sich hier in einem Erdbunker zu betrinken und sich zu zerstören, während der Krieg ihn ebenfalls zerstörte. Dann sah sie zu dem stillen, attraktiven Kulikow hinüber, den es zu kämpfen drängte. Etwas in seinem Inneren, über das Tanja ihn nie hatte sprechen hören, fraß ihn auf, eine blutige Schuld aus der Vergangenheit, die sich nur mit Unmengen an deutschem Blut tilgen ließ. An der Wand stand der knochige Schaikin, getrennt von seinen Kindern und seiner Frau. Und hinter ihnen lagen die Toten, offen aufgebahrt wie Leichen in Katakomben. Und all die Toten, die noch kommen würden.

»In Ordnung. Jeder nimmt seine Maschinenpistole mit. Die Gewehre bleiben hier«, erklärte Saitsew und ging zu dem schniefenden Tschekow hinüber. »Anatoli, du bleibst hier«, wiederholte er, während er ihm die Hand auf den Kopf legte. »Wir reden später, aber erst werden wir dies hier für dich in Ordnung bringen.«

Tschekow blinzelte, besorgt und beschämt zugleich. Tanja wandte ihren Blick ab, ehe sie von ihrem Mitleid für ihn übermannt wurde, und griff nach Medwedews Maschinenpistole, die in der Ecke lehnte. Seit sie in Stalingrad war, hatte sie noch keine Maschinenpistole benutzt, aber sie fühlte sich gut an in ihren Händen; es war eine kraftvolle Waffe.

Saitsew zog den Tiegel mit Tarnfarbe aus seinem Rucksack hervor und warf ihn Schaikin zu. »Vorwärts.«

Mit dem Tiegel in der Hand wandte sich Schaikin zum Ausgang.

»Wartet.« Danilow, der das Treiben im Bunker der Hasen wortlos beobachtet hatte, stemmte nun die Hände in die Hüften. In dieser Haltung erinnerte er an eine große graue Zuckerdose. »Ich komme mit.«

Saitsew sah zu dem kleinen Kommissar hinüber, seufzte und senkte nachdenklich den Kopf.

»Sie sollten Ihre Zeit nicht damit vergeuden, mir auf höfliche Weise zu erklären, dass ich nicht mitkommen kann«, durchbrach Danilow die Stille. »Ich werde für Ihren betrunkenen Scharfschützen nicht das Kindermädchen spielen. Ich möchte das Schauspiel mit eigenen Augen sehen und werde mitkommen.«

Saitsew hob den Kopf. Ein dünnes Lächeln umspielte seine Lippen, während aus seinen Augen Missfallen sprach. »Genosse, das ist eine gefährliche Aktion. Sie sind nicht für derartige Einsätze ausgebildet«, meinte er.

Ohne sich zu bewegen und ohne sein Lächeln zu verlieren, berief sich der Kommissar auf seine Macht. Es war eine dunkle Macht, die aus seinem Kinn aufzusteigen schien, das er entschlossen straffte, während sein Hals wie der einer zuschnappenden Schildkröte vorschnellte. Missbilligend runzelte er seine zusammengewachsenen schwarzen Brauen. »Genosse Hase«, erklärte Danilow in drohendem Ton, während er sich mit finsterem Blick im Bunker umsah. »Ich möchte Sie nicht an die Gefahren erinnern, für die ich ausgebildet bin. Die Kommunistische Partei wird bei diesem Überfall anwesend sein. Haben Sie … verstanden?«

Mit dieser Pause und dem abschließenden Wort löste Danilow den Bann, in den er alle im Raum anwesenden Personen geschlagen hatte. Nun lächelte er wieder entspannt.

»Bis zu unserer Rückkehr werde ich mich vollkommen Ihrem Befehl unterstellen, Genosse Saitsew. Einverstanden?«

Saitsew nickte.

»Abgesehen davon wird es für mich nicht allzu gefährlich werden«, erklärte Danilow kichernd, sodass die Hände an den Knöpfen seines Uniformmantels über dem wogenden Bauch auf und ab hüpften, »immerhin werde ich von euch Hasen begleitet, und ihr seid die Besten.« Dann wandte er sich an Schaikin. »Und nun her mit der Tarnfarbe!«

Ein Damenregenschirm schützte den Soldaten, der sich hinter dem schweren Maschinengewehr zusammenkauerte, vor dem dichten Schneefall. Seine genaue Farbe konnte Tanja nicht feststellen. In dem mit den Schneeflocken herabfallenden Mondlicht wirkte er rosa. Tagsüber verwendet er ihn gewiss nicht, dachte sie. Sämtliche russischen Scharfschützen würden durch die Hölle kriechen, um eine Kugel auf einen deutschen Maschinengewehrschützen unter einem rosafarbenen Regenschirm abzufeuern.

Das Maschinengewehr stand in der Mitte eines zwanzig Meter langen Grabens hinter einer hohen Mauer aus Sandsäcken. Vom Schützen aus betrachtet am linken Ende des Grabens befand sich der mit einer Decke verhängte Eingang zu einem Bunker, den man zur Tarnung mit Trümmern überschüttet hatte.

Schaikin hatte die Gruppe in weniger als zwei Stunden in gerader Linie durch Sektor 5 geführt. Auf ihrem Weg waren sie an zwei russischen Maschinengewehrposten vorübergekommen, denen sie das Passwort des Sektors genannt hatten. Geschützt durch die Nacht und den dichten Schneefall, der ihre Schritte dämpfte, hatten sie diesen Teil von Sektor 6 durch einen langen, leeren Graben betreten. Schaikin huschte voraus. Ihm folgten Kulikow, Danilow und Saitsew. Den Abschluss bildete Tanja, die den Platz des stellvertretenden Kommandeurs einnahm. Damit anerkannte Saitsew ihre Stellung als Anführerin von Sektor 6.

In einem Krater, 25 Meter von dem Maschinengewehrschützen entfernt, rang Danilow, die Hand über den Mund gelegt, nach Atem. Sein Mantel war feucht vom Schnee, seine glänzenden schwarzen Stiefel von Flecken übersät und seine Hose an den Knien durchnässt.

Saitsew und Schaikin spähten Schulter an Schulter über den Rand des Kraters. Nachdem der Hase Schaikin etwas zugeflüstert hatte, übergab er ihm seine Maschinenpistole und glitt durch den zarten Spitzenvorhang des Schneetreibens davon.

Tanja schob sich neben Schaikin, und auch Kulikow kroch heran. Danilow drehte sich mühsam um und versuchte ebenfalls, neben Tanja den Rand des Kraters zu erreichen. Da jedoch nicht genug Platz war, stieß sie ihn zurück.

Als der Kommissar auf dem Rücken liegend an ihrem Fuß zog, glitt Tanja zu ihm hinunter, bis ihr mit Tarnfarbe bestrichenes Gesicht dicht vor seinem war. »Genosse«, flüsterte sie, »während er fort ist, habe ich das Kommando. Sie bleiben hier unten, haben Sie mich verstanden?« Ohne eine Antwort abzuwarten, wandte sie sich ab und nahm ihren Späherposten neben Schaikin wieder ein.

In der Dunkelheit konnte Tanja hinter dem Maschinengewehr den Kopf des deutschen Soldaten unter dem Regenschirm als Kontur erkennen, aber keine weiteren Einzelheiten. Saitsew war aus ihrem Blickfeld verschwunden, als er in den feindlichen Schützengraben hinabgeglitten war. Nun konnte sie sich die Bewegungen des Hasen über den feuchten Boden des Grabens nur noch vorstellen: wie er wartete, den Atem anhielt und vorsichtig mit der Hand nach Trümmern tastete, die unter seinem Gewicht krachen oder brechen könnten. In ihrem Geist wartete sie mit ihm, hielt selbst den Atem an und krümmte ihre Finger, wie er es tun musste, um sich durch die kalte Erde und die wachsende Schneedecke zu wühlen. Wie Saitsew riss sie die Augen weit auf, um besser zu sehen, kroch mit ihm von hinten an den Wachsoldaten heran und beobachtete ihn, während er hinter dem Maschinengewehr stand und vielleicht ein Bein anwinkelte, um seinen Rücken zu entlasten. Gemeinsam warteten sie, bis der Mann gähnte, sich streckte oder sich die

Augen rieb. Dann sprangen sie hoch, schlugen ihre Linke über den Mund der Wache und führten die Klinge in der rechten Faust erst abwärts und dann quer über die Kehle, so dass die Luftröhre durchtrennt wurde und die Lungen ein letztes Mal ausatmeten. Die Linke fest über den keuchenden Mund gelegt, stießen sie ihm schließlich das Messer in das Herz oder die Aorta. Die Leiche lehnten sie gegen die Mauer des Grabens und befestigten ein Stück Holz oder Rohr unter ihrem Kinn, so dass der Kopf aufrecht blieb. Dann steckten sie den Regenschirm wieder in den Schnee, während sie sich in der verhangenen Nacht noch immer fragten, welche Farbe er tatsächlich hatte.

Als ein Schneeball leise vor dem Krater landete, nickte Tanja zu Schaikin hinüber. Er erhob sich und lief tief gebückt in die Dunkelheit hinaus. Tanja folgte ihm. Kulikow half Danilow auf die Beine und über den Rand des Kraters.

Hinter Schaikin glitt Tanja in den feindlichen Graben, wo Saitsew auf sie wartete und von Schaikin seine Maschinenpistole entgegennahm. Dunkles Blut glitzerte an seinen Händen und befleckte seine Ärmel. Als Kulikow mit Danilow eintraf, wies Saitsew mit einer Bewegung des Kopfes ihn und Schaikin an, das andere Ende des Grabens auf weitere Wachen zu kontrollieren. Saitsew hockte am Boden des Grabens und Tanja neben ihm, während Danilow im Schnee saß. Sobald Schaikin und Kulikow zurückkehrten, erhoben sich Tanja und Saitsew. Tanja war dankbar für den Schutz, den die Finsternis und der Schneefall den Hasen boten; gleichzeitig verbargen sie jedoch auch den Feind.

Auf Saitsews Zeichen hin setzte sich die Gruppe in Bewegung. Sie schlich an dem stehenden, toten Wachsoldaten unter dem Regenschirm vorüber bis zum Ende des Grabens, wo eine Decke über dem Eingang zu einem Bunker hing.

Plötzlich stieß Danilow den Hasen mit dem Ellbogen zur Seite. Eine Pistole blitzte in seiner Hand auf, als er die Decke zurückschlug und in den feindlichen Bunker eindrang.

Augenblicklich tauchte Saitsew neben Danilow durch die Öffnung, die Maschinenpistole in seinen Händen schussbereit. Schaikin, Tanja und Kulikow folgten seinem Beispiel.

Im Inneren des Bunkers hing eine Laterne von einem Sparren. Ihr gedämpfter gelber Schein beleuchtete die unbewegte Luft und die Erdwände. An Haken neben dem Eingang hingen mehrere Maschinenpistolen und darunter Helme und Taschenlampen. An drei Wänden standen jeweils vier einfache Holzpritschen. Auf Regalen lagen die gefalteten, mit Streifen und Abzeichen versehenen Uniformen. Schnarchen, gelöstes Atmen und verschlafenes Gemurmel grüßte die Russen, die nebeneinander in Schussposition gingen.

Tanja presste den Schaft der Maschinenpistole gegen ihre Taille. Der Lauf ihrer Waffe lag auf derselben Höhe wie die von Saitsew, Kulikow und Schaikin. Die russische Maschinenpistole vom Typ PPSh hatte die gewaltige Feuergeschwindigkeit von neunhundert Schuss pro Minute. Tanja biss die Zähne aufeinander und stemmte die Füße fest auf den Boden.

Danilow straffte die Schultern und hob zu sprechen an: »Für den ruchlosen Mord an Frauen und Kindern verurteile ich euch Naziverbrecher zum Tode.«

Daraufhin hob er die Pistole und schoss auf die Pritschen. Pulverrauch und der Knall der Schüsse erfüllten den Bunker. Die Köpfe und Leiber der Männer zuckten auf den Lagern hoch, während ihre Schreie im dröhnenden Widerhall der Pistole untergingen. Noch ehe die anderen reagieren konnten, drückte Tanja den Abzug.

Die Maschinenpistole in ihren Händen sprang hoch, so dass sich ihre Projektile oberhalb der Lager in die Decke gruben. Augenblicklich gab sie den Abzug frei und senkte den Lauf der Waffe.

In dieser kurzen Zeitspanne erwachten die Maschinenpistolen von Saitsew, Kulikow und Schaikin zum Leben. Tanja verstärkte den Griff um ihre Waffe und schoss wieder. Danilow trat zur Seite, während die vier Schützen eine Salve von Kugeln auf die Lager abfeuerten.

Tanja schwenkte die Waffe von links nach rechts über die zersplitternden Pritschen. Alles vor ihr wurde zerfetzt: Holz, Matratzen, Erde und Fleisch. Sie wusste nicht, was sie traf, denn ihre Projektile mischten sich mit den Kugeln der Männer an ihrer Seite. Die noch immer in zerrissene Decken gehüllten Körper wurden gegen die Wände geschleudert und stürzten zurück auf ihre Lager. Nach den ersten Salven schwoll der Lärm an, wie eine Flasche, in die man Wasser gießt. Die Luft wurde von Explosionen zerrissen. Rauch und Splitter erfüllten den Raum.

Erst als Saitsew den Lauf von Tanjas Waffe nach unten stieß, löste sie den Finger vom Abzug. Die anderen hatten bereits zu schießen aufgehört. Ein beißender Nebel hing in der Luft. Tanjas Ohren waren taub vom Aufschrei der Maschinenpistolen in dem engen Bunker. Ihr Kopf dröhnte. Das Pochen ihres Blutes in den Schläfen war der einzige Laut, der zu ihr durchdrang.

Einen Augenblick lang verharrten die fünf Russen regungslos, ehe Kulikow die Decke am Eingang hob und die erstickende Wolke von Pulverdampf in den Graben hinausrollen ließ.

Das Licht der Laterne durchdrang mit schwachem Schein den Rauch. Die Lager waren in Stücke geschossen. Weißes, zersplittertes Holz quoll aus tausenden Löchern. Die Erdwände glitzerten, als hätte man sie mit frischem, feuchtem Teer besprüht. Die kleine Flamme der Laterne spiegelte sich in den roten Flecken an den Wänden. Zahllose Patronenhülsen bedeckten den Boden und mischten sich mit Holzsplittern und blutigen Baumwollflocken aus den Matratzen.

Erst als das Dröhnen in ihrem Kopf nachließ, wurde Tanja von den Nachwirkungen der blutigen Tat erfasst. Ihre Nerven vibrierten. Eine Bewegung links von ihr ließ sie zusammenzucken. Saitsew hatte Kulikow einen Stoß versetzt, sodass dieser zum Ausgang taumelte. Eine Hand legte sich um ihre Taille. Schaikin wirbelte sie herum und drängte sie ebenfalls unter der Decke hindurch. Danilow stand bereits im Schützengraben.

Saitsew sagte etwas zu ihr, doch sie konnte ihn durch das Dröhnen in ihren Ohren nicht verstehen. Schaikin, der ihren Arm festhielt, begann zu laufen und zog sie hinter sich her, bis sie von selbst lief. Am Ende des Grabens sprang er hoch, glitt auf dem Bauch über dessen Rand und erhob sich hastig auf die Knie. Als Tanja ihm ihre Maschinenpistole hinaufreichte, fühlte sie, wie heiß der Lauf geworden war. Hastig kletterte sie an der Wand hoch und rannte hinter Schaikin durch den weißen Vorhang des fallenden Schnees, der sich gegen den Hintergrund der dunklen Nacht abhob. In ihrer Welt herrschte Stille; der Lärm der Waffen hatte ihre Ohren taub werden lassen. Umgeben von den anderen Hasen und dem beleibten Danilow eilte sie durch die Nacht. Selbst wenn ihr nun deutsche Soldaten nachriefen und deren Kugeln pfeifend an ihr vorübersausten, hörte sie weder den Knall der Gewehre noch das Zischen der Projektile, die vor ihr in den Boden schlugen. Sie rannte, so schnell sie konnte, erregt von dem Gedanken, dem Tod zu entfliehen, indem sie durch ihn hindurchlief.

Als sie etwa zweihundert Meter vom Bunker entfernt waren, ließen sich die Scharfschützen und der schnaufende Kommissar hinter einem Wall zu Boden fallen. Saitsew wartete einige Augenblicke, bis er wieder zu Atem kam, befahl dann den anderen, ihm in fünf Minuten zu folgen, und kroch davon.

Tanja legte den Kopf in den Nacken, um in den fallenden Schnee emporzublicken. Schwindel ergriff sie, sodass sie glaubte, zu den Flocken hinaufzuschweben. Stattdessen legte sich der Schnee auf ihre Nase und ihre Wimpern und schmolz auf ihrer heißen, mit Tarnfarbe bestrichenen Haut. In Gedanken durchlief sie die letzten zehn Minuten. Ungeordnete Bilder tauchten vor ihrem inneren Auge auf: das machtvolle Zucken der Maschinenpistole in ihrer Hand, der liegende Danilow, Saitsews blutverschmierte Hände, die Splitter der Holzpritschen auf dem Boden des Bunkers.

Der Regenschirm. Welche Farbe hatte er wirklich?

Tanja öffnete die Augen. Verdammt, dachte sie, ich habe vergessen nachzusehen.

Tschekow lag mit ausgestreckten Armen und Beinen schnarchend auf dem Boden. Neben ihm hielt eine leere Flasche Wache wie eine gläserne Hauskatze.

Saitsew war hinter Tanja unter der Decke hindurch in den Bunker geglitten. Ihm folgten Kulikow und Schaikin. Danilow hatte die Gruppe verlassen, sobald sie laufend die russischen Linien erreicht hatten. Es drängte ihn, so rasch wie möglich den vernichtenden Streich der Scharfschützen zu Papier zu bringen. Diese Geschichte handelte nicht von dem lautlosen Tod, den die Hasen aus weiter Ferne verbreiteten. Diesmal waren die Scharfschützen in einen Offiziersbunker gekrochen und hatten ihre Opfer in ihren Betten hingerichtet. Die heutige Nacht trug den Gestank eines Schlachthauses. Sie war erfüllt von ungehemmter Brutalität und roch nach Rache. Und Danilow war dabei gewesen. Dieses eine Mal berichtete er nicht bloß von der Tat eines anderen, dieses eine Mal hatte er die Nachricht selbst geschaffen.

Saitsew stieß den schlafenden Tschekow mit dem Stiefel an. Der schnaubte, ohne zu erwachen.

»Anatoli.« Der Hase schob seinen Stiefel unter Tschekows Rippen, hob ihn hoch und ließ ihn zurückrollen. »Bring ihn zurück in die Chemiefabrik, Ilja«, sagte er an Schaikin gewandt. Dann lächelte er Tanja zu. »Viktor wird ihn umbringen, wenn er ihn bei seiner Rückkehr wie ein Pferd schnarchend hier antrifft.«

Kulikow trat zu Schaikin. »Wir werden ihn tragen müssen, Ilja. Ich helfe dir.«

Nachdem Schaikin den schlafenden Tschekow mit Kulikows Hilfe geschultert hatte, warf sich dieser die Gewehre und Rucksäcke der drei Männer über. Tanja schlug die Decke zur Seite, und die beiden Männer stapften gebückt unter ihrer Last ins Freie.

Nun war sie mit Saitsew allein im Bunker.

»Gute Nacht«, sagte sie und wandte sich zum Gehen.

»Warte. Ich begleite dich ein Stück.«

Gemeinsam schlüpften sie unter der Decke hindurch. Vor ihnen schwankte der schnarchende Tschekow auf Schaikins schmalen Schultern. »Sei ruhig«, knurrte Kulikow und versetzte ihm einen Schlag auf den herabhängenden Kopf.

Tanja zog einen Lappen aus ihrem Rucksack hervor, um Wangen und Nacken von der Tarnfarbe zu reinigen, und rieb ihr Gesicht mit frischem Schnee ein. Die kalten Kristalle kratzten wie eisiger Sand über ihre Haut. Saitsew sah Kulikow und Schaikin nach, während sie mit ihrer betrunkenen Last durch das Schneetreiben in der Nacht verschwanden.

Eine Brise traf Tanjas feuchte Brauen und ihr Kinn und kühlte sie wie frische Minze. Ihr Blick fiel auf Saitsews noch immer von Tarnfarbe bedecktes Gesicht. Als er ihr in die Augen sah, senkte sie den Blick auf seine Hände.

»Du bist ganz blutig«, sagte sie, während sie erneut in den Schnee griff. »Gib mir deine Hand.«

Sie rieb seinen Handrücken mit dem Schnee ab, bis sich die Schneeflocken burgunderrot verfärbten und das Fett und das Blut abgewaschen waren. Durch den schmutzigen Schneematsch hindurch kamen seine bleiche sibirische Haut und seine hervorstehenden blauen Venen zum Vorschein.

Nachdem Tanja seine Hände abgerieben hatte, wischte sie sein Gesicht mit dem Lappen ab. Saitsew hielt still und blinzelte bloß, als sie mit dem Tuch über seine Augen fuhr.

Ein Aufruhr erhob sich in Tanjas Brust. Was tue ich hier?, dachte sie. Ich schrubbe ihn wie eine Mutter ihr schmutziges Kind. Sie wollte ihren Händen Einhalt gebieten. Doch wenn sie jetzt abbrach, würde sie ihm lediglich früher von Angesicht zu Angesicht im Schneetreiben gegenüberstehen, ohne seinen Worten ausweichen zu können. Dann hätte sie keinen unschuldigen Vorwand für den Blick, der sie in diesem Moment aneinander kettete. Darauf hatte sie gewartet, ihm so nahe zu sein. Diese wenigen Sekunden hatten sich aus der Hitze der Ereignisse des Abends ergeben. Bei der Besprechung vor dem Überfall hatte Saitsew ihr vergeben und sie rehabilitiert, indem er sie mit der Leitung über Sektor 6 beauftragt hatte. Als Nächstes hatten sie die deutschen Offiziere getötet. Sie erinnerte sich an die Erregung, die sie erfasst hatte, während die Kugeln aus ihrer Maschinenpistole flogen und sie durch Schnee und Dunkelheit rannte. Nun, da sie mit Saitsew allein war, stieg dieselbe Erregung in ihr hoch, obwohl sie ihn bloß durch einen Lappen hindurch berührte.

Wird er mit mir sprechen, sobald ich von meinem Vorwand ablasse, seine Hände und sein Gesicht zu reinigen? Oder wird er schweigen und mir die Entscheidung überlassen? Werde ich handeln oder mich verabschieden und mit meiner Last auf den Schultern davontaumeln? Er wird mit mir sprechen, sobald ich meine Hände sinken lasse. Er wartet darauf, dass ich fertig werde. Er wird mir sagen, dass … Was wird er mir sagen?

Tanja zwang sich, ihre Aufgabe zu beenden. Mit einer letzten Bewegung führte sie das Tuch unter seiner Unterlippe hindurch. »Fertig«, erklärte sie, während für einen Augenblick ein Lächeln auf ihre Lippen trat. Dann steckte sie das Tuch zurück in ihren Rucksack.

Als sie sich wieder aufrichtete und zu ihm hinübersah, blickte er sie nicht an, sondern starrte auf die vom dämmrigen Mondlicht erhellten Ruinen und auf den Schnee, der sich am Ufer der Wolga sammelte. Die geröteten Hände hatte er unter die Achseln gesteckt.

»Was haben wir heute Nacht getan, Tanja?«, fragte er kopfschüttelnd.

Sie verstand seine Frage nicht. Welche Stimmung hatte ihn ergriffen? Wo war er plötzlich, fragte sie sich, während sie die kalten Hände in die Taschen steckte. »Was meinst du, Wassili?«

Nie zuvor hatte sie ihn beim Vornamen genannt. Er war ihr einfach über die Zunge geglitten. Wie er nun vor ihr stand, in sich gekehrt, mit verlorenem Blick, irritiert über das, was geschehen war, wirkte er kleiner als sonst. Seine Glut, die Aura des Helden, des Anführers der Hasen, waren verschwunden, als hätte sie sie mit der Tarnfarbe und dem Blut abgewaschen. Dies war nicht Starschina Saitsew, dies war Wascha. Er war hier, verletzlich, neben ihr in der verschneiten Stille der Nacht. Sie konnte es fühlen.

Ihre Stimme schreckte ihn aus seinen Gedanken. »Was wir getan haben?«, fragte sie achselzuckend. »Wir haben ein Dutzend feindlicher Offiziere getötet und den Deutschen eine Botschaft geschickt.«

Saitsews Augen lagen nun auf ihr, während er noch immer in weite Ferne zu blicken schien. »Welche Botschaft haben wir geschickt? Und wem haben wir sie geschickt? Uns oder ihnen?«

Wovon sprach er? Die Deutschen waren Eindringlinge. Was machte es aus, ob sie in einem Bunker schliefen, über Bauerndörfern Bomben abwarfen oder in einem Park Zivilisten exekutierten? Sie waren alle gleich: Ungeziefer, Stöcke, die gebrochen werden mussten, gekennzeichnet für den Tod. Für jede Art von Tod, nicht nur für die saubere, augenblickliche Dunkelheit, die das Projektil eines Scharfschützen versprach. Sie mussten von tausenden Kugeln aus fünf Meter Entfernung durchlöchert und zerfetzt werden. Man sollte sie in diesem Zustand am Morgen finden. Bei Tagesanbruch würden sie auf der deutschen Seite der Front eine neue Geschichte erzählen.

Saitsew zog die Hände unter den Achseln hervor, um seine Gedanken zu unterstreichen, doch sie warteten vergeblich auf seine Worte, während sein Blick unverwandt auf Tanja lag. »Es war nicht …«, begann er, brach ab und kniff die Augen zusammen. Tanja sah, wie sorgsam er seine nächsten Worte wählte. »Es war nicht das, was man mich gelehrt hat. Nicht unsere Art. Nicht, wie es sein sollte. Das war kein Töten. Das war nicht einmal Krieg.«

Tanja zog seine erhobenen Hände nach unten und trat einen Schritt näher, um sie zu umfassen. Sie waren kalt. »Doch, Wascha, das war Töten«, flüsterte sie, »töten, wie es der Krieg lehrt.«

Sie trat einen letzten Schritt näher an ihn heran, presste ihre Brust gegen seine und zog seine Hände um ihre Taille, bis sie sich in ihrem Rücken schlossen. Den Kopf an seine Schulter gelehnt, betrachtete sie seinen Hals, sein Ohr und sein kurz und kotelettenlos geschnittenes Haar. Dann hob sie den Kopf von seiner Schulter. Seine Augen starrten noch immer verloren in die Ferne. »Du hast Recht, Wascha. Es war keine ehrenwerte Tat«, flüsterte sie. »Aber das wird es, sobald Danilow darüber geschrieben hat.«

In Saitsews Brust erklang ein kurzes Lachen. Tanja zog seine Arme enger um ihre Taille.

»Überlass uns das Töten«, hauchte sie. »Wir werden für dich töten. Ich werde für dich töten. Du, Wascha, musst jagen.«

4.

Saitsew drehte die Flamme seiner Laterne kleiner, fast zu niedrig. Bevor sie flackerte und ausging, stellte er den Docht wieder höher. Tiefe Schatten schnitten scharfe Umrisse in die schmutzigen Wände und den Fußboden des Scharfschützenbunkers.

Was riskiere ich schon?, fragte er sich. Er schaute auf die Uhr. Halb drei morgens. Viktor kommt selten vor Tagesanbruch zurück.

Er zog Tanja in den Bunker hinein. Sie klammerte sich an seiner Hand fest, als hinge sie von einer Klippe herab, als ginge es um ihr Leben. Seine Sinne nahmen über seine Hand Kontakt mit ihr auf. Die Kraft, mit der sie sich festhielt, ließ sie zum ersten Mal für ihn wirklich werden. Selbst als sie ihn noch Augenblicke zuvor draußen umarmt hatte, war er nicht in der Lage gewesen, sie zu spüren. Er hatte über sie hinweggeschaut, in Gedanken bei Ehre, Tod und Krieg. Was sie in dieser Nacht im deutschen Bunker getan hatten, war akzeptabel für den Soldaten, für den Jäger jedoch abschreckend und fremd. Sein Großvater hätte ihn dafür geschlagen. In der Taiga tötete man nicht mutwillig.

Er dachte an Tanja, wie sie beim ohrenbetäubenden Knall der Maschinenpistole durch die herumwirbelnden Holzspäne hindurchblinzelte. Tanja, die die Zähne zusammenbiss, die neben mir durch die Trümmer und die Nacht lief. Tanja, die mich durch den Schnee in der hohlen Hand hindurch berührte, das warme, schmutzige Tuch auf meinem Gesicht. Tanja, die mich in den Armen hielt. Er schaute sie an, wie sie dastand, mitten im Raum, eine Armlänge von ihm entfernt. Das blonde Haar, dicht wie ein Weizenfeld, hüllte ihre Schultern und ihr Gesicht in Dunkel. Nur die Nasenspitze war zu erkennen. Er drehte sie so, dass das Licht ganz auf ihr Gesicht fiel und in ihren blauen Augen schimmerte.

Seit ihrem ersten Tag als Soldatin war Tanja eine Ablenkung, ja sogar ein Problem gewesen, so wie er es Danilow vorausgesagt hatte. Sie war Danilows Experiment, eines, von dem Saitsew gedacht hatte, es würde nicht lange dauern. Sie war hitzig, ungeduldig und hatte ihre Gefühle nicht im Griff. Zur Frau wurde sie nur für ihn, wenn er mit Viktor, so wie es unter Männern üblich war, über ihre Formen oder ihr Haar scherzte oder darüber, ob sie Fedja, den großen Jungen, an sich herangelassen hatte; oder wenn er bei den Besprechungen sah, wie sie Schaikin berührte. Doch wenn er nicht in ihrer Nähe war, dachte er nicht an Tanja Tschernowa.

Nun schlich er sich wie ein Dieb in seinen eigenen Bunker. Warum? Nur weil er eine Frau bei sich hatte? Er wurde von Gefühlen überwältigt. Was riskiere ich schon?, fragte er sich erneut.

Wenn jemand hereinkommt, lache ich darüber. Ich werde Viktor erzählen, dass ich das Mädchen verführt habe, dass sie gut war und dass einmal genug ist. Er soll es als Nächster versuchen, werde ich sagen. Aber wenn wir uns ungestört umarmen dürfen, Zeit haben, einander in den Armen zu wiegen, uns zu küssen und leise miteinander zu sprechen, was dann? Im Augenblick habe ich alles unter Kontrolle. Was aber, wenn mir die Sache entgleitet? Will ich das?

Hör auf zu denken, sagte er sich. Du kannst sowieso nichts dagegen tun. Das wusstest du in dem Moment, als sie dich draußen berührte.

Tanja ließ seine Hand los und drehte das Gesicht aus dem Licht. Er beobachtete, wie sie zu seiner Ecke hinüberging.

Sie hatte ihm den Rücken zugekehrt und knöpfte ihren Mantel auf. Dann ließ sie die Arme hängen. Der Mantel glitt zu Boden, die Ärmel abgespreizt, die Kapuze nach oben, wie ein Körper, der im Schmutz niedersinkt. Ihre Hände wanderten hoch zu ihrem Hals. Die Ellbogen zur Seite angehoben, bewegte sie die Handgelenke ruckartig und öffnete die Knöpfe ihrer Hemdbluse. Sie beugte sich nach vorne, um die Riemen ihrer Stiefel zu lösen. Unter der straff gespannten Hose zeichneten sich deutlich ihre weiblichen Formen ab.

Als sie sich aufrichtete, fuhren ihre Hände an die Taille. Dann wandte sie sich ihm zu. Alle Hindernisse zu ihrem Körper waren beseitigt. Ihr Hemd hing seitlich der Brüste, die Brustspitzen hart unter dem grau-grünen Unterhemd. Die Ärmel waren an den Handgelenken aufgeknöpft. Sie hatte den Reißverschluss ihrer Hose nach unten gezogen und die Stiefel geöffnet.

Jetzt schleuderte sie die Stiefel von sich und stand in Socken vor ihm. Im Licht der Laterne erinnerte ihr Gesicht an einen weißen Mond. Ihre Augen strahlten Saitsew an, zwei azurblaue Punkte, in denen sich das Licht widerspiegelte.

Während Saitsew auf sie zuging, beobachtete er, wie sein Schatten ihre Beine hinaufwanderte und schließlich ihren Körper und ihr Gesicht verdunkelte. Er griff ihr an die Schulter, um das aufgeknöpfte Hemd zurückzuschieben. Bei seiner Berührung hob sie den Kopf, sodass ihr Haar schwer auf seinen Handrücken lag. Ihr Kragen öffnete sich und rutschte abwärts. Als ihre Uniformbluse zu Boden glitt, stieg von ihrem Unterhemd, ihren Armen und ihrem Hals ein Duft zu ihm auf. Der scharfe Geruch von Schweiß, vermischt mit dem Geruch von Erde. Er dachte an die süße Lehmerde auf dem Boden des Birkenwaldes. Das Hemd fiel hinter ihr zu Boden. Tanja stand zwischen Mantel und Hemd innerhalb eines Reifs von Ärmeln und Knöpfen.

Als sie die Hände in die Luft streckte, schoben sich ihre Brüste sichtbar unter dem Unterhemd nach oben, senkten und hoben sich. Saitsew legte die Handflächen darauf und fühlte ihre Brustwarzen. Er zog ihr das dünne Baumwollhemd über den Kopf und ließ es vor ihren Füßen zu Boden fallen.

Dann fasste er nach ihrer Taille, doch Tanja gebot ihm Einhalt und drückte seine Hände nach unten. Sie griff nach seiner Taille, öffnete die Messingschnalle des Rote-Armee-Gürtels, den er über seinem Mantel trug, und warf ihn in den Schatten, wo er klirrend zu Boden fiel. Ihre Hände wanderten hoch zu Saitsews Brust. In den harten, linearen Schatten des Bunkers wirkten ihre bloßen Brüste und Schultern wie Elfenbeinovale. Sie öffnete die Knöpfe seines Mantels und schob ihn an den Schultern zurück, sodass er hinunterfiel.

Dann zerrte sie an den Knöpfen seiner Uniformbluse. Die ganze Zeit über vermied sie es, ihm in die Augen zu sehen. Stattdessen beobachtete sie, wie sich ihre Hände auf ihm bewegten.

Die Knöpfe lösten sich. Saitsew zog sich Uniformbluse und Marinehemd über den Kopf und warf beides auf den anwachsenden Stapel.

Tanja senkte die Arme und presste die Brüste gegen seinen nackten Brustkorb. Sie atmete aus, und er spürte ihren warmen, weichen Atem über seine Wange streichen.

Endlich schaute sie ihm fest in die Augen. Sie setzte sich vor ihm auf den Boden und lehnte den Kopf zurück, um seinen Blick festzuhalten. Dann zog sie Hose und Socken aus, griff hinter Saitsew, nahm seinen Mantel und sein Hemd und stapelte sie auf ihre eigenen Kleidungsstücke, sodass sie in ihrem Rücken eine Art Kissen bildeten.

Saitsew stieg aus seinen Stiefeln, entledigte sich seiner Hose und warf sie zu Tanja hinüber, die sie betont sorgfältig dem Haufen hinzufügte.

Als er sich auf den Kleiderstapel kniete, deutete Tanja auf seine Socken.

»Glaub mir«, murmelte er und brach damit das Schweigen, »wir lassen sie lieber dort, wo sie sind.«

Tanja kicherte. Ihr Lachen hüllte ihn ein, wärmte den kalten Boden des Bunkers, war wie Arme, die seinen Brustkorb vor ihren Brüsten berührten und ihn zu ihr hinunterzogen.

Tanja ließ sich nicht auf das Kleiderkissen fallen. Sie presste den Brustkorb fest gegen seinen Körper und stützte sich mit Händen und Armen am Boden ab. Das überraschte Saitsew und erregte ihn. Er bedeckte ihren Mund mit einem Kuss, um sie nach unten zu drücken, so als spannte er die

Feder einer Falle. Ganz langsam ließ sie sich nach hinten sinken, entspannte sich und schlang ihm die Arme um den Hals. Er legte die Hände in die Rundungen ihrer Hüften, ließ sie an den Seiten hochwandern und strich weiter über ihre Rippen und hinter ihren Nacken. Tanja räkelte sich unter ihm wie eine Katze in der Sonne.

Saitsew zog die Hand unter dem weichen Gewicht ihres Haars hervor und betrachtete seine Handfläche und seine Finger. Die Hand war rau und schwielig von den vielen Monaten, die er durch die Trümmer von Stalingrad gekrochen war. Unter den Nägeln klebte das getrocknete Blut des nächtlichen Mordens. Dies ist keine Hand, mit der man eine Frau berührt, dachte er.

Sanft zog er die andere Hand hinter ihrem Nacken hervor und stützte sich auf den Ellbogen. »Gib mir deine Hand«, sagte er.

Er schaute auf ihre geschlossenen Lider hinab und legte seine Hand auf ihre. Langsam führte er ihre Finger an ihre Brust. Ihr Handgelenk versteifte sich und verriet ihm die Frage. Doch dann entspannte sie die Hand wieder und überließ sie vollständig seiner Führung. Er ließ ihren Zeigefinger in einem kleinen Kreis über die aufgerichtete Knospe ihrer Brust gleiten. Tanja schnappte nach Luft und atmete dann mit einem tiefen gemurmelten Seufzer aus. Saitsew führte ihre Hand fort von den Brüsten zu dem Spalt zwischen den beiden Hügeln und hinunter in die weiße Ebene des Bauches, ließ sie dort träge kreisen, presste sie und verringerte den Druck wieder. Ihre Hüften bewegten sich unter ihrer beider Hände. Als er ihre Hand abwärts zwischen ihre Beine schob, spürte er keinen Widerstand. Sie bewegte sich mit ihm und überließ ihm die Führung. Dann begannen die Finger unter ihm in ihrem eigenen Rhythmus zu kreisen, glitten über ihren Körper und in ihn hinein.

Er schaute ihr ins Gesicht und atmete schwer, als sie aufseufzte. Nun führte er ihre Hand nicht länger, sondern ließ sich von ihr führen, während sie ging, wohin es ihr gefiel. Wie ein Tanzpartner harmonisierte er mit ihren Bewegungen.

Saitsew beobachtete, wie Tanja sich selbst zum Höhepunkt brachte. Vor Erregung zitternd streckte sie die freie Hand aus, zog ihn zu sich hinab und küsste sein Gesicht im Rhythmus ihres Körpers. Sie hob das Becken und presste ihrer beider Hände zwischen die Oberschenkel. Nur wenige Augenblicke später spannte sie den Rücken, bis sie sich schwer atmend zurücklehnte.

Sie öffnete die Augen. Aufgrund ihrer Reglosigkeit spürte er die Aufmerksamkeit, die sein eigener Körper nun drängend forderte.

»Wascha«, flüsterte sie, »komm morgen mit mir.«

Er betrachtete ihren Körper. Sie hatte die Knie angezogen. Die weiche Haut ihrer Beine steigerte seine Lust ins Unendliche und drängte ihn, sich Bahn zu brechen.

»So ist das einmal in der Taiga«, flüsterte er, beugte sich über sie, schob seine Knie zwischen ihre und ließ sich hinunter. »Erst paaren sich die Tiere, dann jagen sie.«

Im Morgenlicht sah man die Narben des Mamajew Kurgan. Der Schnee, der bis zum Morgengrauen gefallen war, verdeckte weder die tief eingeschnittenen Schützengräben, noch füllte er die Krater, die dem Osthang das Aussehen einer Mondlandschaft verliehen. Der Frost schickte diamantene Blitze in Saitsews Zielfernrohr, während sein Fadenkreuz über Sektor 6 glitt.

»Schau dir den Gipfel an«, sagte Tanja. »Dort liegt kein Schnee. Es soll damit zusammenhängen, dass der Boden von dem Granatfeuer ständig warm bleibt.«

Der Mamajew Kurgan bot Sicht auf die Stadt und die Wolga. Vor drei Monaten, im August, hatten Soldaten der Roten Armee von den Wassertürmen auf dem Berghang zum ersten Mal den Staub der Panzervorhut der deutschen Armee gesehen, die durch die Steppe heranjagte. An diesem Morgen wusste Saitsew, dass deutsche Beobachter die Herrschaft über den Gipfel hatten. Die beiden Armeen hatten sich bei der Kontrolle über den Berg mehrmals abgelöst. Sie hatten ihn niemals längere Zeit gehalten und stets alles aufgeboten, um den Kamm zurückzuerobern. Der Berg war so oft und so heftig von Artilleriegranaten getroffen worden, dass der Boden des Mamajew Kurgan eine ungewöhnliche Wärme ausstrahlte.

Saitsew und Tanja kauerten sich in einem Schützengraben am Westrand des Niemandslandes nieder. Vor ihnen lag ein unglaublicher Wirrwarr zerborstenen Kriegsgeräts, herrenloser Gewehre und durchsiebter Erde. Schneewechten bedeckten die hingestreckten Leichen.

Saitsew zog das Periskop aus dem Rucksack, um das vor ihm aufsteigende Feld genauer abzusuchen. Ich muss dafür sorgen, dass etwas geschieht, dachte er. Die Jagd auf dem Mamajew Kurgan würde nur langsam vonstatten gehen. Es war stets so heftig gekämpft worden, dass jeder, der hier noch am Leben war, sicher wusste, wie er auch weiterhin überleben konnte. Saitsew wollte nicht mehrere Tage damit verbringen, Tanja zu ihrem ersten Treffer als Frontabschnittskommandeurin zu verhelfen.

Eine Stunde lang sah er durch das Periskop zur deutschen Brustwehr hinüber. Tanja entfernte sich kriechend fünfzig Meter, um die Deutschen unauffällig aus einem anderen Winkel zu beobachten. Während die Sonne höher stieg, verkürzten sich die Schatten. Die Spiegelungen des glitzernden Schnees verblassten. Zweimal entdeckte Saitsew etwas, das er für die Bewegung eines Scharfschützen hielt. War das dort drüben aufsteigender Zigarettenrauch oder Schnee, der im Wind trieb? Kurz danach glaubte er etwa an derselben Stelle einen Helm aufblitzen zu sehen, der einmal und dann ein zweites Mal über dem Schützengraben auftauchte. Doch auch dieses Bild verschwand, bevor er sein Periskop darauf einstellen konnte.

Saitsew war es gewohnt zu warten. Doch etwas an Tschernowa trieb ihn zur Eile. Ihre gespannte Energie untergrub seine Disziplin, obwohl sie keine offenen Forderungen stellte, ja nicht einmal andeutete, dass sie die Geduld verlor. Sie strahlt eine Hitze aus, dachte er, wie ein Ofen oder wie die Spitze des Mamajew Kurgan. Sie bringt alles um sich herum aus dem Lot.

Er legte das Periskop auf den Boden und zündete sich

eine Zigarette an. Damit brach er eine Grundregel für Scharfschützen. Saitsew war aufgeregt und ruhelos.

Nun, dachte er, ich wollte immer schon etwas ausprobieren. Warum nicht heute Morgen?

Er schulterte sein Gewehr und kroch zu Tanja hinüber, die unter ihrem Periskop kauerte. Während er sich näherte, blickte sie unverwandt durch das Okular.

»Du rauchst?«, sagte sie.

»Bleib hier. Ich hole Danilow.«

Tanja fuhr herum. »Was? Warum? Er nützt uns nichts hier oben. Lass ihn in Ruhe.«

»Ich habe einen Plan. Bleib hier.« Saitsew drohte ihr mit dem Zeigefinger. »Und auf keinen Fall schießen. Verstanden?«

Noch einmal hob er nachdrücklich den Finger. Dann wandte er sich ab, um lautlos und unsichtbar zur Chemiefabrik zurückzukehren.

»Stellen Sie ihn direkt hier auf.«

Saitsew schichtete weitere Ziegelsteine auf die zwei Stapel, die er oberhalb des Schützengrabens aufgebaut hatte. Dann trat er zur Seite, damit Danilow den Lautsprecher links hinter die Mauer aus Ziegelsteinen stellen konnte. Der Kommissar ließ den Schalltrichter einige Zentimeter nach rechts hinausragen und richtete ihn auf den Berg und die Stellungen der Deutschen.

Als Nächstes entrollte Danilow das Kabel zwischen Mikrofon und Lautsprecher. Mit einiger Mühe setzte er sich auf den Boden des Schützengrabens und drückte zweimal auf den Knopf des Mikrofons. Der Lautsprecher erwachte für einen Augenblick mit blechernem Krachen zum Leben.

»Warten Sie«, forderte Saitsew den Kommissar mit erhobener Hand auf. »Warten Sie auf mein Zeichen, wie wir es besprochen haben.«

Dann kroch er auf allen vieren zu Tanja hinüber, die ihm, Gewehr und Periskop auf dem Schoß, entgegenstarrte.

»Und?«, fragte sie.

Saitsew studierte kurz ihr Gesicht. Ihre Wangen waren

vor Kälte gerötet, und um ihr rechtes Auge hatte das Periskop einen ringförmigen Abdruck hinterlassen. Auf ihren Lippen zeigte sich kein Lächeln. Sie waren zu einem Schmollen verzogen, das noch von ihrer aus einem einzigen Wort bestehenden Frage herrührte: Und?

Saitsew hielt einen Augenblick lang inne. Er war sich der Wirkung bewusst, die sie auf ihn hatte, dieser Mischung aus Schönheit und Willenskraft. Nun hatte er sie neunzig Minuten lang hier allein gelassen, während er zur Chemiefabrik zurückgekehrt war, um Danilow zu holen. Die ganze Zeit über hatte sie nichts anderes zu tun gehabt, als den Hang hinaufzustarren. Der Ofen ist heiß geworden, während ich weg war, dachte er.

»Tu einfach, was ich dir sage, Partisanin«, flüsterte er und blickte zu Danilow zurück. »Unser kleiner Kommissar versteht sein Handwerk gut – und das ist Propaganda machen. Er wird gleich zu seinem Mikrophon greifen und einige sehr gemeine Flugblätter auf Deutsch vorlesen, die seine Politruk-Brüder vorbereitet haben. Ich vermute, dass Danilows Deutsch nicht besonders gut ist, aber wahrscheinlich gut genug, um jeden Deutschen in Hörweite in Rage zu bringen. Vielleicht schon allein durch seine Aussprache, wer weiß?«

Saitsew grinste über seinen Scherz. Tanja deutete ein Lächeln an. Eine kleine blaue Welle brach sich in ihren Augen.

»Ich nehme an, dass es hier schon bald wie in einer Schießbude zugehen wird, sobald er den Lautsprecher aufdreht. Du gehst zwanzig Meter nach links, ich bleibe in der Nähe von Danilow. Wenn es Scharfschützenfeuer gibt, dann wahrscheinlich in meine Richtung. Ich bin darauf vorbereitet und habe mir einen kleinen Trick ausgedacht, den ich ausprobieren will. Alles andere, wahrscheinlich Maschinengewehre, wirst du wohl zuerst entdecken. Schieß auf alle Ziele, die du siehst. Wir wechseln die Stellung eine Minute nach dem ersten Schuss, deinem oder meinem.«

»Wascha.« Tanja streckte die Hand mit nach oben gerichteter Handfläche aus, als wollte sie eine Münze entgegennehmen. »Du sagst immer, ein Scharfschütze muss seine

Position geheim halten.« Mit ihrer Geste forderte sie eine Erklärung für die Anwesenheit des Kommissars und seines Lautsprechers.

»Genau.« Saitsew grinste. »Deshalb probieren wir heute etwas Unerwartetes aus.« Er griff nach dem Periskop auf ihrem Schoß und legte es in ihre ausgestreckte Hand. Sein Lächeln verschwand. »Du wolltest eine Jagd. Also lass uns jagen.«

Dann kroch er davon, um sein Täuschungsmanöver vorzubereiten und die ausgestopfte Stoffpuppe aufzustellen, die er von der Chemiefabrik mitgebracht hatte. Er lehnte die Attrappe hinter den rechten Ziegelstapel und schob sie gerade weit genug nach links, sodass ihr Helm von Südwesten aus nur in einem Winkel von etwa zwanzig Grad zu sehen sein würde. Schließlich stützte er die Attrappe mit einem Rohr ab, damit sie nicht umfiel.

Saitsew hatte bislang nicht oft Attrappen eingesetzt. Keiner der Hasen hatte das getan. Ihre Spezialität war das Gegenteil, wie Tanja richtig bemerkt hatte: Die Hasen strebten danach, unsichtbar zu sein. Die Attrappe hatte den Zweck, Aufmerksamkeit auf sich zu lenken. Derartige Finten eigneten sich besser für Viktors Aufgabenbereich. Die Bären gingen eher auf Konfrontation. Saitsew hatte sogar davon gehört, dass Viktors Männer während eines Angriffs aus ihren Schießverstecken hervorgestürmt waren. Scharfschützen sollten nicht auf diese Weise arbeiten, dachte Saitsew, aber er würde Viktor Medwedew nie vorschreiben, wie er jagen und was er seinen Männern beibringen solle. Doch Stürmen und Brüllen gehörten nicht zu den Methoden von Saitsews kleinen, geschmeidigen Menschenjägern.

Die Attrappen standen jederzeit zur Verfügung. Ihre Produktion war für die rund eintausend Frauen, die in Stalingrad zurückgeblieben waren, zu einer Textilindustrie im Untergrund geworden. Saitsew sah sie vor sich, wie sie in einem abgedeckten Granattrichter oder einem Kellergeschoss beim Schein einer Laterne im Kreis saßen, aus alten Decken Attrappen nähten, sie mit Matratzenfüllung ausstopften und ihnen Namen gaben. Das war die Art, wie diese alten Frauen kämpften – mit Nadel und Faden. Saitsew war froh, nun eine ihrer Kreationen zu verwenden. Er klopfte ihr auf die Schulter und nannte sie Pjotr.

Zufrieden mit seinem Werk bezog er zehn Meter rechts von der Attrappe Stellung. Mit seiner Schaufel grub er einen Schlitz in den Rand des Schützengrabens. Dann legte er je einen Ziegelstein auf beide Seiten der Spalte, um eine Schießscharte herzustellen. In diese Furche bettete er seine Handschuhe und legte darauf sein Gewehr, und zwar so, dass es in den Zwanzig-Grad-Winkel zielte, den er mit dem Kopf der Attrappe provozierte. Schließlich gab er dem auf dem Boden des Schützengrabens wartenden Danilow das Zeichen, dass alles vorbereitet sei.

Der Kommissar schaltete das Mikrofon an und blies hinein. Aus dem Lautsprecher drang ein Geräusch, als würde Holz gespalten. Er hatte das Gerät sehr laut aufgedreht.

Der Kommissar ordnete die vor ihm liegenden Papierseiten und führte das Mikrofon dicht an den Mund, um mit der Propaganda zu beginnen. Saitsew lauschte der fremden Sprache, die der Lautsprecher ausspie. In Stalingrad war er erstmals mit dieser Sprache in Kontakt gekommen. Als er sie schließlich aus dem Mund von Gefangenen, Deserteuren und Sterbenden vernahm und die Schreie beim Nahkampf in den Häusern des Zentrums hörte, empfand er sie als hässlich. Dies war eine Kriegssprache. Deutsch wurde hinten in der Kehle gesprochen, wurde mit den Zähnen gebissen und gekaut. Im Gegensatz dazu erschien ihm Russisch wie eine Flüssigkeit. Es war eine Sprache, die man sich auf der Zunge zergehen und wie Kognak über den Gaumen rollen ließ. Russisch konnte man einer Geliebten durch ein Schlüsselloch hindurch zuflüstern, um sie zu bewegen, die Türe zu öffnen. Deutsch war die Sprache, mit der man die Tür einschlug. So räusperte man sich oder sprach mit seinem Hund.

Saitsew blickte an Danilow vorüber zu Tanja. Sie beobachtete das Feld aus der Deckung heraus durch ihr Periskop. Er bevorzugte das Zielfernrohr. Das Vierfach-Zielfernrohr bot eine geringere Reichweite, jedoch eine klarere Sicht als das Periskop. Langsam schwenkte er über den zu erwartenden Zielbereich. Er hatte die Sonne noch im Rücken, obwohl es schon spät am Morgen war.

Die vielfach verstärkten, harten deutschen Konsonanten aus dem Lautsprecher wurden von dem Berg als nervöses Echo zurückgeschleudert. Schon allein der Klang ist abscheulich, dachte Saitsew, selbst wenn sie von dem, was er sagt, kein Wort verstünden.

Pamphlete, wie Danilow sie vor sich liegen hatte, wurden von beiden Krieg führenden Seiten verwendet und üblicherweise aus der Luft über dem Schlachtfeld abgeworfen. Die Flugblätter waren ein gewohnter Anblick. Sie wehten über den Boden zwischen den einander gegenüberstehenden Armeen, als ob sie flüchten wollten.

Saitsew blickte von seinem Zielfernrohr auf. Auf diesem Hang schien es kein Leben zu geben. Danilows Stimme glitt über ihn hinweg wie ein krächzender elektronischer Bussard. Nicht die kleinste Bewegung. Doch Saitsew wusste, dass sich in den Mulden und Spalten um ihn Soldaten und Gewehre verbargen, deutsche und russische. Vor Monaten schon hatte er begriffen, dass man sich in Stalingrad niemals durch Ruhe täuschen lassen durfte.

Wieder spähte er durch sein Zielfernrohr. Wenige Augenblicke später bemerkte er 350 Meter vor sich den kaum sichtbaren Lauf eines deutschen Maschinengewehrs. Es war unbemannt. Das besagte nichts. Es konnte Ladehemmung haben und dort zurückgelassen worden sein. Vielleicht war es eine Attrappe aus Holz. Ebenso gut konnte es ein funktionierendes Maschinengewehr sein, dessen Schützen sich im Graben versteckten, während ein getarnter Kundschafter Wache hielt. Hier draußen ist nichts das, was es scheint, dachte Saitsew. Der weiche Schnee ist nichts weiter als ein Mantel über einem zackigen Hang. Die scheinbar blinde Stille hat hunderte Augen. Auch er hatte dafür gesorgt, dass Danilows knatternde Mikrofonstimme der Gestalt eines Mannes zugeschrieben wurde, bei der es sich in Wirklichkeit um eine ausgestopfte Attrappe handelte.

Plötzlich hörte Saitsew, wie Kugeln in die Erde und die

Ziegelsteine um den Lautsprecher herum einschlugen. Das Knattern eines Maschinengewehrs drang an sein Ohr. Danilow verstummte. Hastig sah Saitsew von seinem Zielfernrohr auf und zu dem Kommissar hinüber, der zusammengekauert auf dem Boden des Schützengrabens lag. Er hatte das Mikrofon fallen lassen, um den Kopf mit beiden Händen vor den Ziegelsplittern und der herabfallenden Erde zu schützen, während das Maschinengewehr den Lautsprecher bestrich. Im Zentrum des Geschehens stand Pjotr unverwundet hinter den Ziegelsteinen.

Saitsew spähte durch das Zielfernrohr nach links. Das Maschinengewehr, das er vor wenigen Augenblicken gesehen hatte, war nicht in Aktion. Das Gewehr, mit dem auf den Lautsprecher geschossen wurde, musste sich rechts von ihm befinden, außerhalb seines anvisierten Zielbereichs. Ehe er sein Gewehr aus der Schießscharte nehmen konnte, hörte er von Tanja einen Schuss.

Das Maschinengewehr verstummte.

Gut. Sie hat den Bastard erwischt. Eine Minute.

Saitsew sah auf die Uhr.

Eine weiteres Maschinengewehr erwachte zum Leben. Es zielte nicht auf den Lautsprecher, sondern auf eine Stelle weit links von ihm. Tanja! Sie haben sie entdeckt.

Saitsew presste das Auge gegen das Zielfernrohr und fand das unbemannte Maschinengewehr. Dahinter waren nun der Kopf und die Hände eines Soldaten zu sehen, der auf Tanjas Position feuerte. Neben dem MG-Schützen stand ein weiterer Deutscher mit einem Feldstecher.

Saitsew atmete aus, um sich wieder zu beruhigen. Er beobachtete die Arbeit des Maschinengewehrs, um seine Gedanken auf das Ziel zu richten, fort von dem Schlachtfeld. Lass ihn den Abzug drücken. Lass ihn anfangen. Es eilt nicht. Mach es gut. Nur ein Schuss. Nur einmal abdrücken.

Ohne dass er den Moment berechnet hatte, presste sich das Gewehr plötzlich in seine Schulter. Er hörte den lauten Knall der Kugel, die zu ihrem Ziel unterwegs war. Auf diese Weise gelangen ihm seine besten Schüsse – wenn er sich nicht sagte: »Jetzt«, sondern die Kugel in das Ziel hineindachte, instinktiv abdrückte und sich selbst ein wenig überraschte.

In seinem Zielfernrohr schnellte der Helm des MG-Schützen zurück, als dieser hinter dem Gewehr zusammenbrach. Eine Hand des Soldaten hatte sich im Gewehrgriff verfangen. Das Gewehr schwenkte unter dem Gewicht des Toten nach oben und feuerte weiter, sandte ziellos Kugeln in die Luft. Der Kundschafter befreite die verhakten Finger des Soldaten und duckte sich dann hinter der Wand des Schützengrabens, sodass er und die Leiche seines Kameraden nicht mehr zu sehen waren.

Saitsew nahm Periskop und Rucksack und eilte zu Danilow, der den Staub von seiner Kleidung schüttelte. Auf seinen Schultern und der Pelzmütze waren noch kleine Reste vom roten Ziegelstein und dem schmutzigen Schnee zu sehen. Nun kam auch Tanja heran, Gewehr und Ausrüstung in den Händen, bereit zu gehen.

»Gute Arbeit«, sagte Saitsew und kniete sich neben den Kommissar. Lächelnd sammelte Danilow die verstreuten Pamphlete ein. Dann zog er das Mikrofon aus der Erde.

»Das hat gut funktioniert«, fuhr Saitsew fort. »Aber wir müssen jetzt fort von hier.«

»Jetzt? Warum? Ich bin noch nicht fertig.« Danilows Lächeln wurde verkniffen, und sein Mund verschmälerte sich zu einem Strich. Er drückte auf den Schalter und blies in das Mikrofon. Der Lautsprecher knisterte.

»Ich habe euch Hurensöhnen noch einiges zu sagen!«, schrie er auf Russisch. Seine Stimme dröhnte aus dem kaputten Schalltrichter. Saitsew war erstaunt, dass das Ding noch funktionierte.

»Nein, das ist keine gute Idee«, unterbrach er, während er das Mikrofon von den Lippen des Kommissars zog. »Unser Spiel hat gut funktioniert. Sehr gut sogar. Aber jetzt müssen wir gehen. Sie dürfen nicht vergessen, dass wir an vorderster Front sind.«

»Ich weiß genau, wo wir sind.«

»Dann wissen Sie auch, dass wir besser gehen sollten, und zwar sofort.«

Kaum hatte Saitsew seinen Satz beendet, sah er zu Tanja hinüber, die neben Danilow stand. Sie hörte es auch. Das jaulende Pfeifen einer Granate.

Saitsew packte Danilow an den Mantelaufschlägen, warf den Kommissar mit dem Gesicht nach unten auf den Boden des Schützengrabens und ging neben ihm in Deckung.

Der Boden erbebte von der Explosion. Die erste Granate landete oberhalb von ihnen. Schrapnell und Druckwellen fegten über sie hinweg. Weitere Detonationen folgten. Erde regnete auf ihre Rücken herab und klatschte auf ihre Helme.

Das Gesicht in die Erde gedrückt, warteten sie sechs Explosionen ab. Der Boden erzitterte bei jedem Granateneinschlag. Sobald Saitsew das Gefühl hatte, dass das Bombardement vorbei war, zog er an Tanjas Bein. Sie hob den Kopf.

Danilow richtete sich auf. Erde und Schnee klebten an seinem Mund und den Augenbrauen. Er spuckte, um den Schmutz loszuwerden. »Genosse Saitsew«, sagte er. »Ich stimme Ihnen zu – wir sollten gehen.«

Die beiden Scharfschützen schulterten ihre Ausrüstung, während Danilow seine Pamphlete vom Boden aufhob. Saitsew raffte ebenfalls ein paar Seiten zusammen, um den Kommissar zur Eile anzutreiben. Schließlich sah er zu Pjotr hoch. Die Attrappe hatte den Granatenhagel überstanden, das Rohr fest im Rücken.

Mit den Papieren in der Hand rollte Danilow das Kabel des Mikrofons auf und steckte es ein. Dann griff er über den Rand des Schützengrabens, um den Lautsprecher herunterzuziehen.

Eine Kugel prallte von einem Ziegelstein ab, der direkt unterhalb des Schalltrichters lag, und zersplitterte ihn in tausend Stücke. Danilow fiel auf den Boden des Schützengrabens, als hätte er sich verbrüht. Tanja und Saitsew duckten sich rasch.

Der Kommissar starrte Saitsew fragend an. »Was war das? Wer zum Teufel schießt hier?«

»Bleiben Sie unten«, antwortete Saitsew.

Er packte seinen Rucksack, kroch damit nach rechts, zog

sein Periskop heraus und schob Spiegel und Linse über den Rand des Schützengrabens. Während er hastig das Feld absuchte, entdeckte er an dem aufgewühlten weißen Hang nichts Beachtenswertes außer den beiden toten Maschinengewehrstellungen.

Saitsew ließ das Periskop sinken. Nur ein deutscher Scharfschütze, der bei einem Schläfchen überrumpelt worden ist, dachte er. Wir haben ihn mit der Übertragung und dem Artilleriefeuer geweckt, und nun will er sich mit einiger Verspätung an dem Spektakel beteiligen. Er hat gewartet, bis jemand den Lautsprecher herunterholt. Kluger Schachzug. Ich hätte dasselbe getan. Aber ich hätte nicht auf eine Hand gezielt. Ich hätte auf einen Kopf gewartet.

Saitsew beschloss, dem deutschen Scharfschützen seinen Spaß zu lassen. Vielleicht komme ich morgen mit Tanja zurück und kümmere mich um ihn. Vielleicht auch nicht. Er ist es wahrscheinlich nicht wert.

Er sah zu Pjotr hoch. Nimm ihn herunter, dachte er, gönn dem Baumwolljungen eine Pause. Stell ihn morgen wieder auf und erteil diesem hochnäsigen, kleinen Scharfschützen eine Lektion.

Saitsew hastete zu Pjotr hinüber. Als er die Hand ausstreckte, um die Attrappe am Arm nach unten zu ziehen, schnellte der Stoffkopf plötzlich nach hinten. Ein metallisches Klirren ertönte, Pjotrs Helm ruckelte und wurde nach hinten geschleudert. Dort hielt ihn der um seinen Hals liegende Sturmriemen fest.

Saitsew sprang zur Seite. Er sah zu Tanja und Danilow hinüber, während in der Ferne der Knall eines Gewehrschusses den Hang hinunterglitt. Die beiden starrten gebannt auf Pjotrs Kopf.

Als Saitsew den Blick zum Gesicht der Attrappe hob, entdeckte er in der Mitte des einst gesichtslosen Antlitzes ein Loch. Die herausquellende Füllung hatte Pjotr eine zerklüftete Nase geformt.

Saitsew setzte erneut das Periskop ans Auge. Der Scharfschütze muss in meinem Zielbereich sein. Er muss hier sein. Aus keinem anderen Winkel ist Pjotrs Kopf zu sehen.

Bevor er das Periskop einstellen konnte, sauste eine weitere Kugel in das Stoffgesicht. Der Schuss knallte in den hinter dem Nacken festgeschnürten Helm. Pjotr zitterte, stand aber unerschütterlich gegen das Rohr gelehnt.

Saitsew war entsetzt. Der Schuss war innerhalb weniger Augenblicke nach dem letzten gefallen, höchstens vier Sekunden später!

Eine weitere Kugel krachte in den Helm. Saitsews Erstaunen wuchs. Der Abstand zur vorherigen war noch kürzer, etwa drei Sekunden, vielleicht dreieinhalb. Pjotrs Kopf wackelte wieder, als wäre auch er überrascht.

Saitsew warf sich mit der Schulter gegen die Wand des Schützengrabens und hob sein Periskop hoch. Wütend suchte er den Zielbereich ab. Das Periskop hatte eine Reichweite von 350 Metern. Bei dieser Treffsicherheit und Geschwindigkeit konnte der Scharfschütze nicht weiter als 250 Metern entfernt sein. Doch der Knall hatte so geklungen, als hätte er einen weiten Weg vom Berg herunter zurückgelegt.

Selbst wenn der feindliche Scharfschütze in der Nähe war, ließ sich die Qualität der Schüsse nur schwer erklären. So schnell und doch so mörderisch zielgenau. Vielleicht war es eine Gruppe von Scharfschützen, die sich mit dem Schießen abwechselte.

Eine weitere Kugel brachte Pjotr ins Wanken. Sie traf den Hals, durchtrennte den Lederriemen und prallte gegen den Helm. Klirrend fiel der Helm auf den Boden des Schützengrabens und spie die vier verformten Projektile aus. Saitsew sah nichts. Nirgendwo zeigte das Aufblitzen eines Gewehrlaufs die Position des Scharfschützen an. Nirgendwo das Nicken eines Kopfes, auch kein aufsteigender Zigarettenrauch. Keine Bewegung vor dem eisigen Hintergrund verriet das Geheimnis des weißen Berges.

Verdammt, dachte Saitsew. Wo ist er? Er muss in der Nähe sein. Ich muss ihn übersehen haben, muss direkt an ihm vorbeigeschaut haben. An *ihnen*. Es müssen mehrere sein.

Das ist lächerlich, dachte er, kroch zu dem Rohr, das die Attrappe stützte, und warf es um. Pjotr wankte und fiel quer über seine Beine. Die Füllung, die aus den Löchern hervorquoll, verlieh ihm ein schräg stehendes Paar Augen, eine Nase und einen kleinen, erstaunten Mund.

Saitsew hob den Helm und die vier Projektile auf und wog sie in der Hand.

Tanja rannte gebückt zu ihm hinüber und zog an seinem ausgestreckten Bein.

»Lass uns gehen, Wascha«, sagte sie. »Dort draußen spielt jemand verrückt.«

Saitsew bewegte sich nicht. Unverwandt starrte er auf die Kugeln in seiner Hand. Tief in seinem Innern erhaschte er für einen flüchtigen Moment einen Blick aus zwei grauen Augen der Angst, die im Dunkeln glühten. Die Augen verengten sich; die Angst knurrte einmal.

Er schloss die Hand mit den Kugeln zur Faust.

Tanja zog ihn wieder am Bein. »Wascha, lass uns gehen. Irgendjemand hat uns in seinem Fadenkreuz. Jemand, der verdammt gut ist.«

Saitsew sah hoch und befeuchtete sich die Lippen. Er hatte plötzlich eine trockene Kehle.

5.

Nikki traf bei Tagesanbruch im Vorzimmer von Ostarhilds Büro ein. Erst kurz nach neun Uhr ließ sich ein träger Thorwald blicken. »Kein Grund zur Eile«, sagte er zu Nikki. »Wir werden die Sonne erst nach zwölf Uhr mittags im Rücken haben. Nehmen Sie einen holländischen Kaffee.«

Der junge Soldat führte Thorwald zunächst zum Kundschafterhügel 102,8. Von dort aus konnten sie das gesamte Schlachtfeld überblicken: die Fabriken im Norden, das Stadtzentrum im Süden und die Inseln im Fluss.

Den ganzen Morgen über trug Nikki das Gewehr und den mit Lebensmitteln voll gestopften Rucksack des Standartenführers. Er hatte nichts dagegen einzuwenden. Thorwald teilte seine Vorräte großzügig und erklärte immer wieder, dass er nicht lange genug in Stalingrad sein werde, um auch nur die Hälfte dessen essen zu können, was er mitgebracht habe.

Nachdem sie eine Stunde lang in einem Netz von Schützengräben unterhalb des Kammes des Mamajew Kurgan hin- und hergewandert waren, hielt Thorwald inne und starrte den Hang hinab. Nikki blieb neben ihm stehen. Vom Hang weit unter ihnen ertönte ein russischer Lautsprecher, aus dem eine unangenehme, blecherne Oberstimme kam. Die Stimme sprach Deutsch mit so starkem Akzent, dass die einzelnen Worte kaum verständlich waren.

»Verstehen Sie, was er sagt?«

»Kaum.« Nikki schnitt eine Grimasse.

»O weh.« Thorwald schüttelte den Kopf. »Welch grauenhaftes Deutsch.«

Der Sprecher schien sich seiner Unzulänglichkeit nicht bewusst zu sein. Voller Überzeugung brüllte er in sein Mikrofon. Das entsetzliche metallische Krächzen, das den Berg hinauf und hinunter hallte, würde bei den deutschen Soldaten wahrscheinlich Kopfschmerzen verursachen, lange bevor die Worte ihre germanische Leidenschaft entfachen konnten.

Nikki hatte Standartenführer Thorwald schätzen gelernt. Der Mann besaß Humor, etwas, was man in Stalingrad sonst nicht fand. Er war sauber, hatte noch keine Läuse. Großzügig gab er ihm von dem aus Berlin mitgebrachten Käse und dem Brot. Nikki gefiel seine Redseligkeit und Selbstsicherheit. Der Standartenführer hatte nicht darauf bestanden, dass Nikki sein Gewehr mitnahm. Er hatte Thorwald noch nicht schießen gesehen, nahm jedoch an, dass es stimmte, was er zu sein behauptete: der Beste.

Nikki duckte sich neben Thorwald im Schützengraben und bewunderte dessen weißen Mantel und die weiße Hose. Seine Kleidung schien mit dem Schnee auf dem Boden des Schützengrabens zu verschmelzen. Aus einer gewissen Entfernung musste er unsichtbar sein, dachte Nikki. Dann blickte er an seinem eigenen grau-grünen Mantel und der schmutzigen grauen Hose hinab.

Nikki hatte die russischen Agitatoren schon früher gehört, mindestens einmal pro Woche während der heftigen Kämpfe von September und Oktober um jedes einzelne Haus. Er und seine Kameraden hatten damals über die Vorträge gelacht. In jenen Tagen war die deutsche Armee stark gewesen, hatte nicht daran gezweifelt, dass die Russen keine Chance hätten, die Stadt zu halten. Sie piepsen nur, wie Mäuse in einer Falle, hatten die deutschen Soldaten gesagt.

Jetzt war alles anders. Nun konnte man über diese Botschaften nicht mehr lachen. Das einzig Mögliche war, sie zu ignorieren, obwohl sich die Worte, die aus dem Verstärker drangen, in sein Ohr bohrten.

Der deutsche Soldat wird belogen, schallte es aus dem Lautsprecher. Russland ist friedfertig. Kommt zu uns und esst gut. Denkt daran, wie schlecht dieses Jahr die Ernte in eurem Heimatland war; denkt an den Hunger eurer Kinder und Eltern. Nikki versuchte, die Worte nicht an sich heran zu lassen und nur das kratzende Dröhnen der schreienden Stimme zu hören.

»Er sollte ihn leiser stellen«, kicherte Thorwald. »Er hat ihn viel zu laut aufgedreht.«

Nikki schloss die Augen. Das ist nichts Neues, bloß gewöhnliche Proganda. Wenn sich der Standartenführer diesen Unsinn anhören will, nun gut, dann soll er das tun. In Berlin kann er sich dann mit seinen Studenten und Opernfreunden darüber lustig machen.

Thorwald sprach erneut. »Er hat Recht, weißt du.«

Nikki antwortete nicht.

»Dieses Jahr war die Ernte in Deutschland tatsächlich miserabel. Schlechtes Jahr für die Bauern. Viele Leute verhungern.«

»Beachten Sie es einfach nicht, Standartenführer.«

»Natürlich. Es ist nur … tun sie das immer?«

»Die ganze Zeit.«

»Funkioniert es? Macht es dir zu schaffen?«

Nikki starrte Thorwald an. Er stellt viele Fragen. Hattest du Angst? Was war das für ein Gefühl? Macht es dir zu schaffen? Er ist Standartenführer, Soldat. Hat er etwa noch nie Propaganda gehört?

»Ja, Standartenführer. Manchmal funktioniert es. Und nein, es macht mir nicht zu schaffen. Ich höre einfach nicht hin.«

Thorwald neigte den Kopf. Er sah zum Himmel empor, der erfüllt war von der von unten heraufdringenden, rasselnden Stimme.

»Nicht schlecht, was die da machen«, sagte er. »Sie sind auf der Höhe der Zeit. Sie sind gut darin, die Russen. Ich vermute, sie probieren es an ihren eigenen Leuten aus, oder?«

Wieder dieser Humor. Lächelnd blickte Nikki Thorwald in die Augen, die trotz der vielen Lachfältchen noch immer riesig wirkten. Lass uns weitergehen, dachte er. Hier geschieht doch nichts.

Plötzlich knatterte unterhalb von ihnen ein Maschinengewehr. Nikki und Thorwald kletterten zum Rand des Schützengrabens. Beide Männer suchten mit ihren Feldstechern den Hang ab. Das Maschinengewehr war 150 Meter links von ihnen positioniert, versteckt hinter einer Reihe von Sandsäcken. Es schoss auf eine Stelle am Fuß des Berges. Durch seinen Feldstecher konnte Nikki zwei kleine Ziegelstapel ausmachen, die das Maschinengewehr unter Beschuss nahm.

Nach der ersten Salve verstummte der Lautsprecher.

So plötzlich wie das Maschinengewehr zum Leben erwacht war, brach der Beschuss wieder ab. Ein anderes Maschinengewehr weit rechts von den Ziegelsteinen eröffnete jetzt das Feuer.

Wenige Sekunden später wurde auch dieses Gewehr zum Schweigen gebracht. Thorwald flüsterte unter seinem Feldstecher. »Scharfschützen.«

Nikki richtete seinen Feldstecher auf den Ziegelstapel. Kaum hatte sich der durch den Kugeleinschlag aufgewirbelte Staub gesetzt, erblickte er den kleinen Bogen eines metallenen Schalltrichters, den Lautsprecher. Hinter einem weiteren Ziegelstapel erkannte er die Umrisse einer Gestalt.

Ein Mann mit Helm? Schwer zu sagen. Muss vierhundert Meter entfernt sein, vielleicht noch weiter.

»Standartenführer …«

»Mein Gewehr«, sagte Thorwald, der noch immer durch den Feldstecher blickte.

Er will das Gewehr. Für einen Schuss aus dieser Entfernung, bergab. Nun sehe ich ihn bei der Arbeit. Gleich werden wir wissen, was für einen Scharfschützen wir an diesem weichen weißen Opernfreund haben.

Nikki legte das Präzisionsgewehr in den Schnee neben den Standartenführer. Mörsergranaten fegten hoch über ihre Köpfe hinweg. Einen Moment später wurde der Lautsprecher von einer Säule aus Erde und Rauch verschlungen. Der Knall der Explosionen rollte den Berg hoch, als die Mörser von der Spitze des Mamajew Kurgan den russischen Schützengraben unter Beschuss nahmen.

Sobald das Granatfeuer vorüber war, hob Thorwald sein Gewehr. »Dieser Mann mit dem Mikrofon und dem schlechten Deutsch … Er wird versuchen, seinen Lautsprecher herunterzuholen. Er ist ihm sehr wichtig«, sagte er kühl. Er bewegte nur seinen Kiefer, als er sprach. Das Gewehr, das Visier, bewegte sich nicht. »Seine Scharfschützen-Freunde sind zu weit weg, um ihm zu sagen, dass er ihn dort lassen soll. Er wird nach ihm greifen, sobald er den Staub abgeschüttelt hat.«

Während Thorwald angestrengt beobachtete, maß Nikki die Zeit in Atemzügen und Herzschlägen. Dann schoss Thorwald, wortlos, ohne Vorwarnung. Der Knall krachte auf Nikkis Trommelfell.

»Haben Sie ihn getroffen?«

Thorwald antwortete nur mit einer schnellen Bewegung des Repetierhebels. Eine rauchende Patrone landete im Schützengraben neben Nikkis Arm.

Nikki nahm seinen Feldstecher, um die Arbeit des Standartenführers zu begutachten. Schnell hatte er den Ziegelstapel im Visier. Der Lautsprechertrichter war noch da. Thorwald muss getroffen haben, dachte Nikki.

Er blickte an den Ziegeln vorüber und sah erneut die undeutlichen Umrisse des behelmten Kopfes. Er steht noch immer. Wie ist das möglich?

Thorwald feuerte erneut. Nikki fuhr beim Knall des Gewehrs zusammen. Der Helm kippte hinter den Kopf des Zieles. Ehe sich Nikki entspannen konnte, flog Thorwalds Gewehrverschluss auf, und auf dem Wall neben ihm landete eine weitere rauchende Patronenhülse. Der Standartenführer schoss erneut. Der Kopf in Nikkis Feldstecher wackelte heftig, richtete sich jedoch sofort wieder auf. Blitzschnell zielte Thorwald noch zweimal auf den Kopf. Der Meisterschütze schoss schneller, als Nikki es für möglich gehalten hätte. Thorwald, der das Gewehr schon wieder geladen hatte, zögerte. Nikki sah, dass der Kopf verschwand, worauf Thorwald das Gewehr zur Seite legte.

Wie konnte er so schnell schießen? Wie konnte er etwas so Kleines wie einen Kopf, der sich so weit unterhalb von ihm befand, aus vierhundert Meter Entfernung treffen? War er so gut? Und warum fiel der Kopf nicht, explodierte nicht, starb nicht?

Nikki starrte Thorwald an. Einen Moment lang erwiderte dieser seinen Blick und richtete die blauen Augen auf ihn. Dann schlitterte er den Schützengraben hinunter.

»Kommen Sie, Hauptgefreiter! Die werden gleich schießen!«

Nikki glitt aus und landete auf dem Boden des Schützengrabens. Er öffnete den Mund, um zu sprechen. Ihm drängten sich jedoch so viele Fragen auf, dass er nicht wusste, wo er beginnen sollte.

»Es war eine Attrappe, Nikki. Eine List. Die Scharfschützen haben sie dort hingestellt, um uns herauszulocken.«

Es hat funktioniert. Er hat darauf geschossen. Aber wie konnte ein echter Scharfschütze auch nur den Kopf heben, wenn der Mann so schießen kann? O Gott!

Nikki holte tief Atem, um seine Gedanken zu ordnen, und starrte auf das Gewehr zu Thorwalds Füßen.

»Aber warum auf eine Attrappe schießen? Welchen Zweck hatte das?«

Thorwald nahm ein Stück Brot aus seinem Rucksack. Er

teilte es in zwei Hälften und reichte Nikki eine davon. »Ich habe Ihnen gesagt, Hauptgefreiter, dass wir uns wie Wölfe benehmen werden.« Er kaute. »Wir werden uns Saitsew mit kleinen Kunststückchen wie diesem ankündigen. Wir werden sehr, sehr gefährlich sein, sogar ein bisschen tollwütig. Eine Zeit lang werden wir auf alles schießen, was sich bewegt, und auch, wie Sie gesehen haben, auf manches, was sich nicht bewegt. Saitsew wird von dieser kleinen ... Demonstration meiner Fähigkeiten hören. Er wird wissen, dass sich hier etwas geändert hat, dass ein Neuer für die Deutschen operiert. Dann werden wir zu seiner Herausforderung, seinem Schreckgespenst. Er wird an nichts anderes mehr denken als an uns. Meine Güte, wird er zu sich selbst sagen, gibt es auf der anderen Seite einen Scharfschützen, der besser ist als ich? Einen besseren Scharfschützen? Unmöglich! Er wird sich über mich Gedanken machen, und ich werde ihm keine Ruhe mehr lassen. Dann wird er nach mir suchen. Er wird sich nach mir erkundigen, wird versuchen herauszufinden, wer ich bin, wird schlaflose Nächte verbringen. Wir zwingen ihn heraus, Nikki, wie Eiter aus einer Wunde. Er wird mich unaufhörlich suchen. Und das wird ihn an mich fesseln.«

Nikki sah zu, wie der Standartenführer redete und kaute. Er konnte ihm nicht sagen, dass die Russen bereits von ihm wussten, dass Saitsew ihn vielleicht in diesem Moment schon jagte. Er musste Thorwald schützen, bis er ihn in eine günstige Position bringen konnte, um den Hasen zu töten. Aber er musste es tun, ohne seine eigene Feigheit zuzugeben, seinen Verrat letzte Nacht an den Mann mit den Goldzähnen und der Klinge an seinem Hals.

Thorwald nahm von Nikki das Brot zurück und verstaute es im Rucksack. Mit hochgezogenen Augenbrauen sah er auf und nickte. »Ja. Wir werden den Hasen dazu bringen, zu uns zu kommen, Nikki. Dann können wir ihn töten, wann immer es uns passt.«

6.

Nikolai Kulikow wird immer besser, dachte Saitsew, bald ist er ein Meisterschütze.

Er blickte vom Okular des Periskops hinüber zu Kulikow. Er ist wirklich gerissen. Ich werde ihn in meiner nächsten Hasenklasse zum Dozenten machen.

»Bereit?«, flüsterte Saitsew Kulikow zu.

Der kleine Scharfschütze starrte in sein Periskop. Er hatte den Riemen seiner Moisin-Nagant fest um das Handgelenk geschlungen, damit seine Hand einen festen Griff hinter dem Abzug hatte. Der abgenutzte Holzkolben war gegen seine Schulter gepresst. Der Gewehrlauf lag auf einem Stück Stoff auf einem riesigen, rostigen Stahlträger.

Kulikow deutete ein Nicken an.

Saitsew gab Zwiad Baugderis, Kulikows georgischem Partner in Sektor 2, ein Zeichen, worauf dieser zweimal kräftig an einer Schnur zog.

Sogleich legte Saitsew das Auge erneut an das Periskop. Er war mit dem Spähen an der Reihe, während Kulikow zu schießen hatte. Auf einem einen Meter hohen Bahndamm standen in einer Entfernung von 250 Metern fünf von Kugeln durchlöcherte Güterwagons. Er hielt den Atem an, um das vergrößerte Bild im Periskop ruhig zu halten.

Saitsew bemühte sich, in dem Labyrinth von Schienen, Ziegelsteinen und schneebedeckter Erde Bewegungen auszumachen. Als er in diesem Gewirr etwas Fleischfarbenes hervorschimmern sah, zischte er Kulikow zu: »Dort. Der Wagen links. Hinter dem Hinterrad. Er späht.«

Im Periskop wurde hinter einem der großen Stahlräder ein Teil des Kopfes eines deutschen Soldaten sichtbar.

Kulikows Stimme verriet, wie konzentriert er war. Er zog die Wörter in die Länge, als sänge er einen langsamen Vers. »Komm da raus, du Scheißkerl. Zeig mir beide Augen.«

Der Deutsche schielte hinter dem Rad hervor. Das erstaunte und amüsierte Saitsew sogar ein wenig. Er wusste, dass dieser Soldat Angst hatte. Er hatte etwas gehört. Aber was? Eine Einheit der Roten Armee, die durch die Trümmer kroch, um einen Überraschungsangriff zu starten? Einen Melder, der sich durch die Ruinenlandschaft schlich? Es klang, als holperte eine Blechdose durch den Schutt und verriete den unachtsamen Schritt eines tollpatschigen Iwan. Zur Sicherheit besser mal nachsehen. Macht euch bereit, Männer, flüstert der Soldat, irgendwas ist hier los. Er hebt den Kopf und fühlt nicht das Fadenkreuz auf seiner Braue, sieht nicht die an einer Schnur befestigte Blechdose, die durch die Trümmer scheppert, nicht die Schnur in Zwiad Baugderis' Hand.

Kulikows Trick war genial, ein beeindruckendes Meisterstück von zwei hervorragenden Scharfschützen aus Saitsews Hasentruppe. Lautlos durch die Trümmer zu gleiten war ein Kunststück, das eine Erwähnung gegenüber Danilow lohnte, damit er es als neue Taktik in *Die Verteidigung unseres Vaterlandes* aufnahm. Saitsew dachte daran, wie er es dem Kommissar unterbreiten würde. Wie ein Rezept: Krieche mehrere Stunden vor Tagesanbruch direkt vor die Füße des Feindes; leg im Abstand von fünfzig Metern fünf an Schnüren befestigte Blechdosen aus; die Schnüre führen zurück zu verschiedenen getarnten und am Vortag vorbereiteten Schützenverstecken; beginn bei Tagesanbruch; zieh an einer Schnur, schieß und entfern dich dann mindestens einhundert Meter weit; dann zur übernächsten Büchse und wieder an der Schnur ziehen. Sei geduldig. Wechsle nach jedem Schuss die Stellung, damit die Deutschen dich nicht mit ihren Geschützen ausmachen können. Geh mit den Dosen um wie mit einer Angelrute; warte, bis sich der Wasserspiegel geglättet hat und der Köder wieder schmackhaft erscheint.

Kulikow schnalzte mit der Zunge. »Hab ihn.«

»Gib's ihm.« Saitsew biss die Zähne aufeinander.

Ein Schuss peitschte durch die Luft. Durch das Periskop sah Saitsew, wie der Kopf des Deutschen zurückschnappte und die Hände wild in die Luft folgen. Dann brach der Körper in sich zusammen. Zwei schwarze Punkte hüpften neben ihm hoch, zwei weitere deutsche Helme. Als der Soldat neben ihnen getroffen wurde, sprangen die Männer, die unter diesen Helmen steckten, erschreckt auf. Dann tauchten sie hinab in den Schatten des Bahndammes, der ihre Zuflucht war, so wie aufgeschreckte Schildkröten unter die Oberfläche eines Sees verschwinden.

Saitsew senkte das Periskop und sah zu Baugderis hinüber. Der dunkelhäutige Landarbeiter aus Tiflis ließ die Schnur fallen und zuckte mit den Schultern. Kulikow kicherte.

»Ist das die Möglichkeit«, sagte Kulikow, als Baugderis von hinten an ihn herankroch. »Wie kann man nur so dumm sein. Der wie vielte war das, Zwiad?«, fragte er, während er sich zu Baugderis umdrehte. »Der Siebte?«

Baugderis hob erneut die Schultern. »Der Siebte oder Achte.«

Kulikow war begeistert. »Lass uns zu Nummer fünf hinübergehen. Wir haben schon seit ein paar Stunden keinen von ihnen mehr getroffen. Inzwischen haben sie uns vergessen.«

Er sah zu Saitsew hinüber. »Willst du noch einen, Wascha?«

Saitsew schüttelte den Kopf. Er war gekommen, als die Sonne hochstand und die Schatten nichts verbargen. Die Jagd war erfolgreich gewesen. Er hatte rasch zwei Deutsche erlegt und dann nach Kulikow und Baugderis Ausschau gehalten.

»Nein, Nikolai Petrowitsch. Ich sehe jetzt mal nach Schaikin.«

Als er sich umdrehte, um fortzukriechen, packte Kulikow ihn am Ärmel.

»Wascha, warum machst du die Runde? Heute Morgen Sektor 6, jetzt hier, als Nächstes Schaikin. Das ist nicht deine Art zu jagen.«

Saitsew zog die Augenbrauen hoch.

Kulikow ließ seinen Ärmel los. »Ich habe gesehen, wie du drei Tage an einer Stelle gesessen hast – mit derselben Patrone in der Gewehrkammer.«

Saitsew schulterte sein Gewehr, ohne auf die Bemerkung zu reagieren.

Kulikow drängte. »Was ist los?«

»Nichts ist los.« Saitsew machte ein finsteres Gesicht. »Mach du deine Arbeit, Nikolai. Ich mache meine.«

Während Saitsew hinter einen schützenden Stahlträger hastete, drang von hinten Kulikows Stimme an sein Ohr. »Geh zu deinem Bunker zurück, Wascha. Ruh dich aus. Die Deutschen werden ohne dich nichts unternehmen. Das verspreche ich.«

Saitsew schob die vor dem Eingang hängende Decke beiseite. Die Luft in dem dunklen Bunker war verbraucht vom Rauch der Laterne. Er zog die Decke von den Nägeln herunter, um die kalte, frische Luft in den Raum zu lassen. Die letzte Glut der untergehenden Sonne sickerte herein. Nachdem er Rucksack und Gewehr in seiner Ecke abgestellt hatte, setzte er sich direkt vor den Eingang, wo die Luft am saubersten und das Licht am besten war, um einen Blick in sein Scharfschützentagebuch zu werfen.

Sieben Treffer heute, dachte er. Ein Soldat gemeinsam mit Tanja heute Morgen in Sektor 6, zwei weitere in Sektor 2 mit Kulikow und Baugderis und vier mit Schaikin und Morozow bei einem ungeplanten Überfall aus dem Hinterhalt in Sektor 5 am Hang des Mamajew Kurgan.

Plötzlich hatte Morozow von seinem Periskop aufgesehen. »Seht nur! Eine ganze Einheit! Sie rennen, direkt dort drüben. Was machen wir?« Zwei der Deutschen wurden getroffen, ehe Morozow zu seinem Gewehr greifen und mitmachen konnte.

Macht 162 Treffer insgesamt. Das ist gut, dachte Saitsew. Mehr als jeder andere Scharfschütze, mehr als Viktor, fast mehr als jedes beliebige Hasenpaar zusammen.

Ich bin erschöpft. Sieben Tote in drei Sektoren. Kulikow hat Recht. Es ist riskant, dumm, egoistisch. Warum habe ich das getan? Die vier mit Schaikin und Morozow am späten Nachmittag waren Glücksache. Der richtige Ort zur richtigen Zeit. Die in Sektor 2 mit Kulikow erforderten Geduld, waren aber mit wenig Risiko verbunden. Wir wechselten oft die Stellung, wir waren clever. Kulikow und Baugderis waren gut vorbereitet. Sie schienen sich fast zu amüsieren. Der

Soldat mit Tanja heute Morgen, das war schwieriger. Ich habe den Ersten nicht einmal gesehen. Tanja sah ihn. Sie traf ihn. Ich traf den Zweiten. Das hätte schief gehen können. Mein Fehler. Zu ungeduldig, suchte das Gebiet nicht genau genug ab, bevor ich losging, um Danilow zu holen. Einfach zu ungeduldig, wenn Tschernowa in der Nähe ist. Wie schafft sie es, am Leben zu bleiben? Und der feindliche Scharfschütze. Ein verdammt guter, wie Tanja gemeint hat. Unwahrscheinlich. Müssen zwei gewesen sein, die sich mit Schüssen auf die Attrappe abgewechselt haben. Zu schnell für einen Einzelnen, drei oder vier Sekunden zwischen den Schüssen aus einer Entfernung von über 350 Metern. Mitten in Pjotrs Kopf. Es *müssen* zwei gewesen sein.

Saitsew holte tief Atem. Der Rauch war aus dem Bunker verschwunden. Während sich die Nacht über Stalingrad legte, ging er in der Dunkelheit zu seiner Ecke auf dem kalten, schmutzigen Boden. Die Abendkälte krallte sich an seine Beine.

Schritte näherten sich rasch.

»Wascha!« Viktors riesige Silhouette tauchte im Eingang auf. »Wascha, bist du da drin?«

»Ich bin hier.«

Viktor trat in den Bunker. »Was machst du hier im Dunkeln? Warum ist die Laterne aus?«

Saitsew verharrte regungslos. Er wusste, dass Viktor ihn nicht sehen konnte. »Ich nehme an, weil du die Laterne heute Morgen, als du zurückgekommen bist, nicht wieder aufgefüllt hast.« Seine Stimme klang müde und matt.

Der Bär nahm seinen Rucksack ab und ließ ihn auf den Boden fallen. »Fahr zur Hölle! Ich habe dich den ganzen Tag gesucht.«

»Warum?«

Viktor kramte in seiner Hosentasche nach Streichhölzern.

Saitsew setzte sich auf. »Viktor?«

Der Bär ging zur Laterne hinüber. Er hob das Sturmglas und zündete ein Streichholz an. Der Docht wollte nicht brennen.

»Viktor, ich habe dir doch gesagt, sie ist leer.«

Medwedew entzündete ein weiteres Streichholz und hielt es hoch, sodass sein breites, finster dreinblickendes Gesicht zu sehen war. »Ich folge dir seit dem späten Vormittag«, sagte er. »Warum kannst du nicht an einem Ort bleiben? Sektor 6, Sektor 2, Sektor 5 ...«

Saitsew verschränkte die Arme vor der Brust, schlug die Beine übereinander und sah zum Bären hoch, der noch immer verärgert war.

Medwedew ließ das Streichholz fallen und sprach im Dunkeln. Saitsew hörte ein breites Lächeln auf den Lippen seines Freundes.

»Du hast den Leninorden bekommen, Wascha.«

Saitsew ließ die Arme sinken.

»Heute Morgen, direkt nachdem ich zurückkam, haben sie nach dir gesucht. Ein ganze Menge Kommissare. Widikow war dabei.«

Widikow. Der stellvertretende Direktor des Geheimdienstes. Viktor meint es ernst. Sie wollen mir den Leninorden geben.

»Ich war dir den ganzen Tag auf den Fersen. Tschuikow will dich sprechen.«

»Jetzt?«

Viktor entzündete wieder ein Streichholz. Mit der freien Hand griff er nach unten und zog den Hasen mit Leichtigkeit auf die Beine. Saitsew spürte Viktors Kraft und Aufregung.

Der Bär lachte. »Tut mir Leid, aber ich habe Widikow nicht um einen Termin für dich gebeten.«

Er hob Saitsews Gewehr und Rucksack auf, drückte sie ihm in die Hände, schob ihn durch den Eingang und trieb ihn in die Nacht hinaus.

»Geh, mein Held. Du Hurensohn.«

Mit zunehmender Vorfreude beschleunigte Saitsew seinen Schritt. Viktors Stimme schallte durch die Dunkelheit: »Geh und hol ihn für uns alle, Hurensohn! Beeil dich!«

Saitsews Weg zu Tschuikows Bunker führte an der Wolga entlang. Der Fluss war ein zwei Kilometer breites Band ungebrochener Dunkelheit. Kein Boot riskierte jetzt die Überfahrt; zu groß war die Angst vor den unter der Oberfläche treibenden, zackigen Eisschollen. Kein Flugzeug zerriss den Abendhimmel, keine roten und grünen Leuchtraketen explodierten und segelten nach unten. Die Stille wurde nur gestört durch die Mahlgeräusche der Eisriesen im Fluss.

Während er rannte, wurde Saitsew klar, dass er wenig über den Mann wusste, zu dem er unterwegs war – den Verteidiger von Stalingrad, den Oberbefehlshaber der 62. Armee, General Wassili Iwanowitsch Tschuikow.

Er wusste, dass die Stadt unter diesem Oberbefehlshaber für die Deutschen zu einem Scheiterhaufen geworden war. Was wusste er darüber hinaus über Tschuikow? Er war nie neben Saitsew durch die Furcht erregende Nacht und den Kugelhagel gelaufen, war nicht unter den Metallgerippen in den Fabriken in Deckung gegangen oder hatte ihm geholfen, das aus der Wunde eines Kameraden quellende Blut zu stillen. Tschuikow war nichts weiter als ein Name. Ein Mann, der, umgeben von seinem Stab, von seinem Bunker aus Entscheidungen traf, für den Frauen die Funkgeräte bedienten und der durch einen Koch, gutes Essen und viele tapfere Soldaten von den Deutschen getrennt war. Saitsew überlegte, wie er sich in Gegenwart von General Tschuikow fühlen würde.

Er erreichte den Kommandobunker und informierte einen Wachposten, dass der General ihn erwarte. Der Wachposten, ein stämmiger Gefreiter, geleitete ihn in den Bunker und blieb hinter Saitsew stehen, während sie im Türeingang warteten. Im nächsten Raum blickte ein großer, schlanker Mann von einem Stapel Papiere auf und kam, einen Handschuh abstreifend, auf ihn zu. Er streckte Saitsew eine warme, feuchte Hand entgegen.

»Starschina Saitsew. Ich bin Oberst Wadim Widikow. Kommen Sie, kommen Sie herein.«

Widikow führte Saitsew an einem Tisch vorüber, auf dem eine umfangreiche Funkausrüstung aufgebaut war. Zwei Männer steckten schweigend Drähte in Buchsen und zogen sie wieder heraus. In diesem Bunker gab es keine Karten.

Saitsew vermutete, dass die Rote Armee einen zu geringen Teil von Stalingrad kontrollierte, um sich noch die Mühe zu machen, ihn kartographisch zu erfassen.

»General Tschuikow wartet schon den ganzen Tag auf Sie, Genosse Saitsew«, sagte Widikow. »Er bewundert Sie sehr.«

Widikow drückte eine weitere schwere Holztür auf. In dem von drei Kerzen und einer Laterne erleuchteten Raum saß ein kleiner, dickhalsiger Mann mit welligem, schwarzem Haarschopf an einem Tisch. Seine Nase und seine Lippen waren ebenfalls dick und wirkten fast geschwollen. Dunkle Stoppeln ließen sein Kinn mit dem Pelzkragen seines Offiziersmantels verschmelzen.

»Starschina Saitsew«, sagte Widikow und schloss die Tür hinter sich.

Der stämmige Mann erhob sich sogleich und betrachtete Saitsew abschätzend von oben bis unten.

»Sie sind ein bedeutender Mann.«

Saitsew war überrascht. Der Mann, der an dem Tisch stand, hatte diese Worte nicht gesagt.

Er drehte sich schnell zu der im Schatten liegenden Ecke um. Die Stimme war von dort gekommen.

Aus der Dämmerung trat ein Mann heraus, der kleiner war als Saitsew und fast noch runder als Danilow. Er hatte eine Stirnglatze; das Haar an den Seiten war kurz rasiert und weiß wie der trockenste Schnee. Seine Augen hatten das Blau eines klaren, kalten Himmels. Er streckte eine dicke, schwammige Hand aus. Saitsew wusste, dass eine solche Hand nur einem Kommissar gehören konnte.

»Ich bin der Abgeordnete Nikita Chruschtschow, Genosse Stalins politischer Berater in Stalingrad. Ich wollte Sie persönlich kennen lernen, Genosse Saitsew.« Chruschtschow deutete auf den Mann neben dem Schreibtisch. »Dies ist General Tschuikow, Ihr Oberbefehlshaber.«

Saitsew sah die drei Männer an. Die Macht in diesem Raum war ihm fremd. Er fühlte sich unbehaglich, als Tschuikow auf ihn zutrat.

»Wir sind sehr stolz auf Sie«, sagte der General, »wir alle. Sie haben Russland einen großen Dienst erwiesen.«

»Danke, Herr General«, murmelte Saitsew.

Chruschtschow kam näher auf ihn zu. Seine breiten Schultern, der Umfang seines Bauchs und das Weiß seiner Haut und seines Haars ließen ihn in dem Bunker so kalt und mächtig erscheinen wie ein Eisberg.

Der Abgeordnete sprach. »Sie sind doch Mitglied des Komsomol?«

»Jawohl, Genosse.«

»Gut. Ist Ihnen klar, was wir Kommunisten getan haben, indem wir den Deutschen hier in Stalingrad das Wasser abgegraben haben?«

Saitsew schüttelte den Kopf.

»Die Partei hat das Gewicht der Welt auf ihre Schultern genommen, nicht nur das der Sowjetunion. Die Welt verlässt sich auf unsere Widerstandsfähigkeit und Geschicklichkeit im Kampf, darauf, dass wir den Feind hier festhalten und zerstören. Sie sehen nur die schrecklichen Einzelheiten des Kampfes. Aber glauben Sie mir, die Wirkung dessen, was in diesen Straßen und Häusern geschieht, betrifft die ganze Welt. Die Amerikaner, die Briten, sogar die bescheidenen Franzosen verschütten jeden Morgen ihren Kaffee, wenn sie in den Zeitungen lesen, dass wir immer noch hier sind.«

Chruschtschows Bauch bebte vor Vergnügen über diesen Scherz. Widikow, der hinter ihm stand, lachte hinter dem Kahlkopf des Abgeordneten, dessen weißer Haarkranz an Eiskristalle erinnerte.

»Die Weltpresse spricht von der ›Festung Stalingrad‹. Und genau das ist Stalingrad. Das haben wir daraus gemacht. Ich sage Ihnen, Starschina, Genosse Stalin kennt Ihren Namen. Männern wie Ihnen ist es zu verdanken, dass er keine Truppen nach Süden verschieben muss. Er muss die Truppen in Leningrad und Moskau nicht schwächen, um Stalingrad zu stärken.«

Tschuikow, der bewegungslos dagestanden hatte, während Chruschtschow sprach, hielt nun seinen Auftritt bei der Zeremonie für gekommen. Er nahm einen kleinen Orden von seinem Schreibtisch, eine runde Bronzemedaille an einem roten Band. Auf der Vorderseite prangte das vertraute spitzbärtige Antlitz von Lenin im Profil, der vor dem Hintergrund eines fünfzackigen Sterns leicht nach oben blickte.

Der Orden glänzte in Tschuikows Handfläche.

»Genosse Saitsew, jenseits der Wolga liegt ein weites Land. Können Sie mir sagen, wie wir unseren Leuten dort in die Augen sehen sollen, wenn wir die Deutschen hier nicht aufhalten? Sie kennen das Motto der 62. Armee?«

»Jawohl, Herr General: ›Keinen Schritt zurück‹.«

»Glauben Sie daran?«

Erstaunt über die Frage, sah Saitsew den General an. Wie kann er mich das fragen? dachte er. Diese verdammten Kommunisten; immer fragen sie, ob du tapfer bist, ob du bereit bist, bei der Verteidigung des Vaterlandes für die Partei zu sterben.

Aber warum fragen sie *mich* das? Um meine Entschlossenheit zu prüfen? Stellen die Deutschen sie nicht täglich oft genug auf die Probe? Muss ich in diesen in den Fels gehauenen und von Soldaten der Roten Armee geschützten Bunker kommen, um mich erneut testen zu lassen? Ich bin ein Kämpfer, ein Jäger für die Rote Armee, für ihre verdammte Partei. Ich habe mich bewährt. Was haben sie unter Beweis gestellt? Gib ihnen einfach, was sie wollen, und sieh zu, dass du aus diesem Bunker hinauskommst.

Saitsew wandte sich an Chruschtschow. Mit lauter Stimme sagte er: »Für uns gibt es kein Land jenseits der Wolga.«

Chruschtschow nickte. Sein Blick war auf Saitsew geheftet und doch nach innen gerichtet. Er sprach zu sich selbst. »Es gibt kein Land jenseits der Wolga«, wiederholte er leise und ließ sich die Phrase auf der Zunge zergehen. »Richtig.« Der korpulente, kleine Abgeordnete wandte sich an Tschuikow. »Geben Sie ihm den Orden, General. Die 62. Armee hat ein neues Motto. Widikow, drucken Sie das. Erzählen Sie den Männern, dass der heldenhafte Saitsew es gesagt hat; dass wir alle daran gebunden sind. Für uns gibt es kein Land jenseits der Wolga.«

Chruschtschow klopfte Saitsew auf den Rücken und wandte sich zum Gehen. »So ist es, junger Genosse«, meinte er lachend. »Das war sehr gut.« Dann nickte er Tschuikow zu, verabschiedete sich mit einem knappen »General« und war verschwunden. Widikow folgte ihm.

Tschuikow überreichte Saitsew die Medaille. »Wassili Gregorewitsch Saitsew, ich verleihe Ihnen den Leninorden für Ihren Einsatz bei der Gründung der Scharfschützenbewegung in der 62. Armee und für Ihren Kampfesmut.«

Der General tätschelte Saitsew den Arm und blickte sich lächelnd im Raum um. »Sieht so aus, als wären nur wir beide übrig geblieben. Nun ja. Dann organisieren wir für uns eine Parade in Moskau, in Ordnung?«

Saitsew betrachtete den Orden, der schwer in seiner Hand wog. Schon ein merkwürdiges Gefühl, ihn zu besitzen, dachte er. Ich halte eine der höchsten Auszeichnungen meines Landes in der Hand, aber mir wäre es lieber, er würde mir mehr Munition für meine Hasen geben. Aus dem Kupfer dieses Ordens hätte man gewiss drei Patronenhülsen herstellen können.

Als Tschuikow einen Schritt zurücktrat, sah Saitsew hoch und erwiderte seinen Blick.

»Ich würde ihn nicht anstecken, Wascha«, sagte der General. »Wenigstens eine Zeit lang nicht. Bewahren Sie ihn in Ihrem Rucksack auf. So bleibt er sauber.«

Saitsew steckte den Orden in die Manteltasche und lächelte Tschuikow an. Zumindest lebt er auf dieser Seite der Wolga wie ein Soldat, dachte Saitsew. Nicht wie diese fette, weiße Ratte Chruschtschow. Ich habe ihn hier noch nie gesehen, nicht einmal von ihm gehört. Wahrscheinlich kann er hier nur wegen des zufrierenden Flusses nicht weg und verleiht Orden, um sich die Zeit zu vertreiben.

»Darf ich wegtreten, General?« Saitsew spielte mit dem Orden in seiner Tasche. Er würde ihn in dieser Nacht Viktor zeigen, vielleicht auch Tanja. Aber keinem anderen Menschen. Natürlich wird Danilow darauf bestehen, ihn zu sehen und darüber zu schreiben. Verdammt, dachte er. Ich bin ein Held. Ein Held. Warum hatte das Wort aus Chruschtschows Mund so abstoßend geklungen? Er gab mir das Gefühl, ein Paradepferd zu sein. Wassili Saitsew, der heldenhafte Traber.

Tschuikow zog beide Stühle von seinem Tisch zurück und bedeutete Saitsew, sich zu setzen. Saitsew wies erneut auf die Tür und bat, diesmal schweigend, gehen zu dürfen.

»Noch nicht, Wassili. Da möchte noch jemand mit Ihnen sprechen.«

Saitsew setzte sich. Tschuikow griff unter den Tisch und holte drei gedrungene Gläser und eine Flasche Kognak hervor.

Durch die Tür trat Oberst Nikolai Filipowitsch Batjuk, Oberbefehlshaber der 284. Division. Saitsew sprang von seinem Stuhl hoch. Dies, dachte er, ist mein Führer. Batjuk, der große, hagere Ukrainer mit dem berühmten Kreislaufproblem, der Oberst, der manchmal wegen seiner Schmerzen in den Beinen nicht laufen kann und von einem seiner Berater huckepack getragen werden muss. Der alte feuerfeste Batjuk. Ich habe gehört, dass er einmal aus einem rauchenden Bunker heraustrat, die Funken auf seinem Uniformrock ausschlug und Befehle schrie wie ein wütendes Marktweib.

Saitsew salutierte. »Herr Oberst.«

Batjuk erwiderte den Gruß.

Die beiden traten aufeinander zu und gaben sich die Hand.

»Meinen Glückwunsch, Starschina. General Tschuikow hat sich wegen Ihres Leninordens mit mir beraten. Sie verdienen ihn.«

Saitsew wusste nicht, was er antworten sollte. Nun ja, wenn sie dieser Ansicht waren, sagte er zu sich. In jedem Fall steckt er jetzt in meiner Tasche.

Tschuikow schenkte drei Gläser Kognak ein.

»Na sdorowje.« Er hob sein Glas, sah die beiden Männer an, einen nach dem anderen, und kippte den Alkohol hinunter. Batjuk und Saitsew prosteten Tschuikow ebenfalls zu und tranken. Saitsew hatte seit Monaten außer Wodka keinen Alkohol mehr getrunken.

Das ist vielleicht ein Tag, dachte er und wischte sich den Mund am Ärmel ab. Die Medaille in meiner Tasche, der vollmundige Kognak auf meiner Zunge, Tanja in dem warmen Kleiderhaufen, sieben Tote in drei Sektoren, ein Toast von Tschuikow und dem feuerfesten Batjuk. Was für ein Tag.

»Genosse Saitsew. Ich will es kurz machen«, sagte der Oberst, während er sein Glas auf Tschuikows Schreibtisch stellte. »Ich weiß, dass der Orden eine Überraschung für Sie war. Heute ist Ihr Glückstag: Ich habe noch eine Überraschung für Sie. Wir haben Informationen, dass die Deutschen einen Spezialisten aus Berlin eingeflogen haben – den SS-Standartenführer Heinz Thorwald. Er ist der Direktor einer deutschen Eliteschule für Scharfschützen.«

Saitsew leckte sich die Lippen, schmeckte die Schwere des Kognaks, der noch an seiner Zunge lag. In der deutschen Armee kann es ein Scharfschütze weit bringen. Das ist ausgezeichnet, dachte er. Das ist Wertschätzung.

Batjuk fuhr fort. »Er wurde hierher geschickt, um Sie zu töten, Wascha.«

Saitsew schaute nach unten, schüttelte den Kopf und lächelte in sich hinein. Da diese beiden Offiziere eine Reaktion erwarteten, nahm er sich einen Augenblick lang Zeit, um eine geeignete zu finden. So wie sie aussahen, war die Sache wichtig. Wo ist das Problem? dachte er. Alle deutschen Scharfschützen werden geschickt, um mich zu töten.

Er drehte das leere Kognakglas in der Hand hin und her und spürte darin seine eigene Wärme. Jetzt haben sie also meinetwegen einen Spezialisten aus Berlin geschickt. Was für ein Tag!

Mit bewusst erstauntem Blick sah er auf. »Was wissen wir über diesen Thorwald?«, fragte er.

»Nichts.« Batjuk schüttelte den Kopf. »Er ist Standartenführer der SS. Ziehen Sie daraus Ihre eigenen Schlüsse. Ich nehme an, die Deutschen denken, er wäre der beste Mann für diesen Auftrag. Es entbehrt nicht einer gewissen Ironie – ihr Meisterschütze gegen unseren Besten.«

Batjuk hielt Tschuikow sein leeres Glas hin. Saitsew dachte über das Wort *Ironie* nach. Es passte. Ironie hatte an diesem Tag noch gefehlt. Nun konnte er sich auch in dieser Hinsicht nicht beklagen.

»Oh, und da war noch etwas. Angeblich soll er ein Feigling sein«, fügte Batjuk hinzu. »Dem sollten Sie aber keinen Glauben schenken.«

Tschuikow trat mit der Flasche auf ihn zu. »Ihr Glas, Starschina.«

Der General schenkte ein, und erneut hoben die drei Männer ihre Gläser. Batjuk brachte den Trinkspruch aus. »Zu schade, dass sie nicht Hitler persönlich geschickt haben. Das wäre eine schöne Jagd für Sie, nicht wahr?«

Nach dem Toast hob Saitsew das Glas an die Lippen, um zu trinken. Den wohlriechenden Kognak unter der Nase, hielt er inne und zwinkerte mit den Augen. Sein Blick schoss an dem Oberst und dem General vorbei, die den Kopf zum Trinken in den Nacken legten. Wie ein Film zog der Tag an ihm vorüber: der Morgen, das Schlachtfeld, Sektor 2 mit Tanja und Danilow im Schützengraben, Pjotrs zitternder, durchlöcherter Kopf. Noch einmal peitschten die Kugeln laut krachend in das Innere des Helms. Der Knall hallte hinter seinen Augen wider und sickerte im Abstand von drei Sekunden sein Rückgrat hinunter.

Nicht zwei Männer hatten geschossen.

Einer.

Der Meisterschütze aus Berlin.

Saitsew konzentrierte sich auf seinen Gesichtsausdruck. Er fragte sich, was die beiden Offiziere, die ihn unverwandt anblickten, in seinem Gesicht gelesen hatten.

Wie in Russland üblich, kippte er den Alkohol in einem Zug hinunter. Der Kognak floss ihm angenehm kratzend die Kehle hinab. Er atmete aus, um dem Alkohol das Brennen zu nehmen.

Dann sah er Batjuk an und lächelte. »Ich glaube, der Scharfschütze aus Berlin und ich, wir haben uns bereits miteinander bekannt gemacht.«

Tschuikow legte den Kopf schief. »Wirklich? Wo?«

»Am Osthang des Mamajew Kurgan. Heute Morgen.«

»Woher wissen Sie, dass er es war?«

Saitsew rieb sich den Nacken. »Er hat …« Er hielt inne, um nach dem richtigen Wort zu suchen. »Er hat Stil.«

»Gut«, sagte Tschuikow, während er die Gläser einsammelte und auf seinen Schreibtisch stellte. »Sie sind ab sofort von allen übrigen Aufgaben entbunden, Wascha. Ihr einziger Auftrag ist es, diesen deutschen Super-Scharfschützen aufzuspüren und zu töten.«

Ihn aufspüren, dachte Saitsew.

Er senkte den Kopf, um seine Augen vor dem General und Batjuk zu verbergen. In Gedanken ging er noch einmal alles durch, was er in den letzten Wochen von Stalingrad gesehen hatte: die Verwüstung, die Fabrikruinen, die aufgerissenen Straßen, Schutt und Rauch, Männer, die rannten, sich versteckten, abertausende Soldaten, die überlebten, starben und töteten. Eine Stadt, die aus nichts anderem bestand. Alles, was in Stalingrad passierte, war zu viel, um es auf diese Weise zu betrachten, um es zusammenzuzählen und als eine einzige Sache zu sehen, in der man einen Mann, einen Meisterschützen, aufspüren konnte, der wiederum die Aufgabe hatte, ihn zu töten.

Ohne die Worte tatsächlich aussprechen zu wollen, die ihm durch den Kopf gingen, murmelte er: »Ihn aufspüren.«

»Ja.« Tschuikow hielt Saitsew die Tür auf.

Saitsew ging hinaus.

Batjuk klopfte ihm den Rücken. »Bevor er Sie aufspürt, natürlich.«

7.

Nikki führte Thorwald den Kundschafterhügel hinab. Der Standartenführer wollte ein paar Tage umherstreifen, »um überall seine Duftmarke zu hinterlassen«. Thorwald bestand darauf, Zonen zu meiden, in denen er durch Gefechte eingeschlossen werden könnte. »Sorgen Sie dafür, dass uns immer eine Hintertür offen bleibt«, sagte er.

Nikki hielt es für das Beste, den Meisterschützen von den Fabriken fern zu halten. Obwohl die Deutschen die Barrikadenfabrik und fast die gesamte Roter-Oktober-Fabrik sowie die Traktorenfabrik kontrollierten, ließ er die Werksanlagen bei dieser Tour am besten links liegen. Die Männer in diesem Metalldschungel waren längst zu gequälten, erschreckenden Kreaturen geworden. Seit sechs Wochen warteten sie Tag und Nacht blutrünstig auf Kämpfe, krümmten sich vor Hunger und Durst und kratzten sich die Spuren, die die Läuse hinterließen. Dort war der Krieg längst vergessen; geblieben war nur das Töten. Um seine außergewöhnliche Treffsicherheit unter Beweis zu stellen, benötigte Thorwald überaus große Entfernungen. Nikki wusste, dass diese in den Fabriken nicht zu erwarten waren. Dort kämpfte man in der Regel noch Mann gegen Mann. Handgranaten und Schaufeln zerfetzten ebenso viel Fleisch wie Kugeln.

Nikki schüttelte den Kopf. Nein, die Fabriken waren kein Ort für den Standartenführer.

Wir werden uns an die südlich verlaufenden Kampflinien heranpirschen. Die Chemiefabrik ist ein starker russischer Vorposten hinter einem riesigen Niemandsland von Eisenbahnschienen. Auch im Korridor zur Wolga zwischen der Roter-Oktober-Fabrik und der Chemiefabrik gäbe es geeignete Ziele. Der fünf Kilometer breite Streifen zwischen der Zariza-Schlucht und dem Krutoy-Kanal wäre ein dritter Brennpunkt. Die Schlucht mit ihren unzähligen Spalten und Bunkern, den vielen Scharfschützen und Zielen gleicht dem Kundschafterhügel. Im Zentrum kriechen die Roten durch die verfallenen Gebäude und klammern sich, an manchen Stellen nur fünfzig Meter von der Wolga entfernt, verzweifelt an die Abhänge des Flussufers fest. In all jenen Gebieten, in denen der Krieg nur noch aus Warten besteht, kann man gut jagen.

Wir locken Saitsew heraus, genau wie Thorwald es gesagt hat. Wir hinterlassen eine Spur, der er folgen wird. Wenn wir dann sicher sind, dass er uns auf den Fersen ist, bleiben wir stehen, drehen uns um und treffen ihn direkt zwischen die Augen.

Nikki dachte daran, was Thorwald auf dem Kundschafterhügel geleistet und wie er mit seinem Präzisionsgewehr fast wie mit einer Maschinenpistole geschossen hatte. Thorwald machte ihm Angst, nicht weil er Nikki gefährlich, sondern weil er zu stark war, als dass man ihn unbeaufsichtigt lassen könnte. Er war wie eine Maschine, die von einer kräftigen Hand gesteuert werden musste. Ohne diese Hand würde sie außer Kontrolle geraten. Mit diesen Augen und Händen wird Thorwald tausende Männer erschießen. Er wird so weit gehen, dass wir beide getötet werden. Es ist kaum zu glauben, aber Thorwald scheint unerfahren zu sein. Ihm fehlt es an Geduld und Kampferfahrung. Wie hat er es geschafft, Standartenführer in der SS zu werden? Beziehungen? Offensichtlich. Nein, ich muss ihn zurückhalten, ihn in sein Duell mit Saitsew hineinmanipulieren.

Duell.

Ich kann ihm nicht einmal sagen, dass es tatsächlich ein Duell ist, dass ich selbst es dazu gemacht habe, als ich den Russen seine Anwesenheit in Stalingrad verraten habe.

Nikki blieb im Schützengraben stehen und drehte sich zu Thorwald um, der ihm langsam folgte.

»Standartenführer, könnten wir kurz etwas besprechen?«

Thorwald streckte die Hände nach seinem Rucksack aus. Sobald Nikki ihn abgenommen hatte, legte ihn der Scharfschütze auf den Boden und setzte sich darauf.

»Ja, Nikki?«

Nikki hockte sich hin. »Ich will nicht respektlos erscheinen, Standartenführer, aber ich habe etwas bemerkt.«

Thorwald wartete. Nikki fühlte seine Augen auf sich wie Hände. Einen Moment lang stellte er sich vor, dass Thorwald ihn durch ein Periskop hindurch anstarrte. Bei diesem Gedanken lief ihm ein kalter Schauer über den Rücken.

»Standartenführer, ich weiß nicht, was es heißt, ein Scharfschütze zu sein. Aber ich habe gelernt, auf einem Schlachtfeld am Leben zu bleiben. Wir wären ein besseres Gespann, wenn Sie mich an Ihren Entscheidungen, wann und wo Sie schießen werden, teilhaben ließen. Ich glaube, wenn wir nicht zusammenarbeiten, werden wir hier draußen getötet, Standartenführer.«

Thorwald rieb sich die Hände. »Es hat dir nicht gefallen, dass ich auf die Attrappe geschossen habe.«

»Das war es nicht. Keiner von uns weiß genug darüber, was der andere tun wird. Ich weiß, dass ich mehr über die Arbeit der Scharfschützen lernen muss, und Sie müssen wissen …« Nikki hielt inne. Er fürchtete, bereits zu weit gegangen zu sein.

Thorwald räusperte sich. »Schon gut, Nikki. Ich muss mehr darüber wissen, was es heißt, ein Soldat zu sein. Das ist nur allzu wahr. Nun, ich denke, wir sind Partner. Ohne dich würde ich mich, wie wir beide wissen, sofort verlaufen und direkt in Moskau landen. Und ohne mich würdest du …. hm.« Thorwald rieb sich das Kinn. »Nun, ich nehme an, du kämst auch ohne mich zurecht, oder?«

Nikki grinste. »Nicht besser als jeder andere in Stalingrad.«

Der Standartenführer klatschte in die Hände. »Weißt du was? Wenn wir mit diesem Saitsew fertig sind, werde ich sehen, was ich tun kann, damit die Partner zusammenbleiben. Ich werde versuchen, dich als meinen Assistenten mit nach Berlin zu nehmen. Wir holen dich aus Stalingrad raus. Na, was hältst du von diesem Vorschlag?« Thorwald spreizte die Hände wie ein Magier, der gerade ein Kaninchen aus dem Hut gezaubert hat. »Jetzt musst du dafür sorgen, dass ich am Leben bleibe.«

Nikki holte tief Luft. Das war fantastisch. Besser, als er es sich erhofft hatte. Er streckte die Hand aus, um die Abmachung mit einem Händedruck zu besiegeln.

Saitsew war nun auch Nikkis Beute, seine Rückfahrkarte nach Deutschland. Der junge Hauptgefreite dachte an Thorwalds unglaubliche Fähigkeiten. Wir können es schaffen. Wir können ihn kriegen. Und wir können nach Hause fahren.

»Wo fangen wir an?« fragte Thorwald.

Erneut wurde Nikki von Unruhe erfasst. Er erinnerte sich an die Übersetzung mehrerer Artikel in *Die Verteidigung unseres Vaterlandes*, die Thorwald mit Sicherheit nicht sorgfältig gelesen hatte. Saitsew ist nicht wie Thorwald. Der Hase wird warten. Er wird arbeiten, sogar leiden, um diesen einen Schuss abzufeuern, diesen besonderen Treffer. Er ist ein stolzer Mann, der die Legende lebt, wie das Leben es ihm vorschreibt, einen Tag nach dem anderen. Er wird der Legende nie untreu werden. Er wird eher sterben, als sie zu entweihen.

Schon seltsam. Saitsew ist der Jäger, und wir sind die Wölfe, so wie Thorwald es gesagt hat. Der Jäger ist eingeschränkt durch seine Menschlichkeit und seine Kampfregeln. Saitsews Problem besteht darin, ein Held zu sein, ein Beispiel für die Kommunisten und ihre Armee, sogar für sein gesamtes Volk. Der Standartenführer und ich tragen diese Verantwortung nicht. Wir sind die Eindringlinge. Dies ist nicht unser Land, also steht es uns frei, es zu verwüsten. Dies sind nicht unsere Leute, also steht es uns frei, sie zu vernichten. Wir sind keine Helden, also steht es uns frei, entschlossen zu handeln. Wir sind frei vom blendenden Glitzern der Menschlichkeit.

Nikki war eines klar: Seit seiner Ankunft in Stalingrad hatte er ausschließlich getötet, um am Leben zu bleiben. Nicht ein einziges Mal hatte er aus Rache oder aus Kampfeslust zur Waffe gegriffen. Er tötete die, die ihn und seine Einheit bei der Ausführung ihrer Befehle bedrohten, und sonst niemanden. Gewiss hat es schon bisher genug Tote in Stalingrad gegeben, um zahllose Sterbe- und Geschichtsbücher zu füllen, und doch werden noch einige durch mich sterben, dachte er. Selbst wenn nicht mein Finger am Abzug liegen wird, werde ich es sein, der Saitsew tötet.

Dann wollen wir loslegen und ein paar Leute erschießen, Standartenführer. Gerade so viele, um Saitsews würdig zu sein. Das wird ihn veranlassen, schnell und mit aller Kraft auf uns loszugehen. Er wird alle seine Hasen nach Ihnen suchen lassen, Standartenführer Thorwald. Dessen bin ich mir gewiss, auch wenn ich es Ihnen nicht sagen kann. Das spielt keine Rolle. Der Hase wird überall dorthin rennen, wo es Tote gegeben hat, die offenbar auf das Konto des Meisterschützen gehen. Wir werden dort sein und auf ihn warten.

Nikki dachte an den Korridor zwischen der Roter-Oktober-Fabrik und der Chemiefabrik. Er hatte in den letzten Wochen dort die Lage ausgekundschaftet und für Ostarhild

Aufzeichnungen gemacht. Während dieser Zeit hatten sich die Aktivitäten der russischen Scharfschützen verdreifacht. »Wir sollten nach Norden gehen«, sagte er.

»In Ordnung. Und warum?« Thorwald hob seinen Rucksack vom Boden, warf ihn Nikki zu und übergab ihm sein Gewehr. Nicht alles ändert sich einfach so. Man bekommt eben nichts geschenkt, stellte Nikki fest.

»Saitsew wird keine Notiz davon nehmen, wenn wir ein Dutzend Soldaten erschießen. Selbst ein paar Offiziere werden ihn nicht schnell genug aufhorchen lassen.«

Nikki schulterte das Gewehr und machte sich auf, Thorwald den Hang hinunterzuführen. »Wenn wir uns aber mit ein paar seiner Hasen anlegen, wird ihn die Botschaft erreichen. Und wo wir Hasen finden können, weiß ich genau.«

Drei Stunden später saßen Nikki und Thorwald im Erdgeschoss eines zerstörten Gebäudes, das als Hauptquartier von Hauptmann Manhardt von der 67. diente.

Nikki rutschte unruhig auf seinem Stuhl hin und her. Der weiße Tarnumhang und die Hose, die ihm Thorwald an diesem Nachmittag besorgt hatte, brachten ihn zum Schwitzen. Kaum hatte Nikki die Uniform aus der Schachtel genommen und angezogen, hatte Thorwald lachend auf die Falten gezeigt. »Du wirst kaum auffallen, solange der Schnee auch so ordentlich gefaltet ist.«

Während des Gesprächs kratzte sich Hauptmann Manhardt geistesabwesend unter dem Arm und drehte und wendete rastlos seinen Oberkörper. Zweimal unterbrach er seine Schilderung des Massakers in der Traktorenfabrik und im Korridor und murmelte: »Verdammte Läuse.«

»Sieben Tote. Vielleicht mehr. Ich bin nicht sicher«, antwortete er auf Thorwalds Frage. Die Verzweiflung des Mannes war offensichtlich. Wie es schien, versuchte er lediglich, die Befragung hinter sich zu bringen und diese beiden weiß gekleideten Eindringlinge loszuwerden, um in der Einsamkeit des Kellers seine Wut hinausschreien zu können.

»Verdammte Idioten.« Der Hauptmann schob die Zunge hinter die Unterlippe, die anschwoll, als hätte er einen

Fausthieb auf den Mund bekommen. Zutiefst niedergeschlagen fuhr er fort: »Erst hören sie ein Geräusch in den Trümmern, ein klapperndes Geräusch, wie wenn jemand mit einer Dose herumkickt, und wenn dann so ein armer Narr seinen Kopf über den Rand des Schützengrabens hebt, wird er abgeknallt. Seit Tagesanbruch geht es schon so, den ganzen Bahndamm entlang. Ich bin selbst dort gewesen und habe ihnen wieder und wieder gesagt, dass hier eindeutig diese verdammten Scharfschützen am Werk sind. Sie werfen diese Dosen von irgendwo her oder machen das Geräusch. Ich weiß nicht, wie. Ich habe es ihnen gesagt, habe es ihnen befohlen! Schaut nicht hoch, wenn ihr das hört! Aber was sollen sie tun? Sie müssen einfach nachsehen. Sie kennen die Russen. Wenn die Iwans das ein, zwei Tage lang tun, bringen sie die Männer so weit, dass sie überhaupt nicht mehr aus dem Schützengraben schauen. Sie werden einfach nur dasitzen, die Augen schließen und Angst haben, sich zu bewegen, Angst haben, sich nicht zu bewegen. Dann werden sich die Russen in der Morgendämmerung heranschleichen und meinen Männern an die Kehle springen, weil sie nicht über den Schützengraben geschaut haben.«

Der Hauptmann kratzte sich im Nacken und wischte sich die übermüdeten, glänzenden Augen. »Was sollen sie tun?«, fragte er Thorwald. »Was soll ich ihnen sagen? Scharfschützen! Für die ist es bloß ein Sport, verdammt noch mal.«

Thorwald ließ sich Zeit, ehe er den Hauptmann erneut mitfühlend ansprach. »Zeigen Sie mir ein paar der Leichen«, forderte er ihn auf, während seine Stimme einen besänftigenden Tonfall annahm, als legte er Manhardt einen kühlenden Umschlag auf die Stirn. »Hauptgefreiter Mond und ich werden uns um die Angelegenheit kümmern.«

Als sich der Hauptmann erhob, sah man, dass er vor Waffen strotzte. Er war beladen wie ein todbringender Obstbaum. Quer über seine Brust lag ein Patronengurt; an seinem Bein war ein Bajonett festgebunden; Handgranaten wölbten sich an seiner Taille. Eine Mauserpistole war unter den Gürtel geklemmt. Schließlich warf er sich noch die Maschinenpistole über den Rücken.

Er führte Nikki und Thorwald die Treppe aus dem Keller hinauf in einen riesigen grottenähnlichen Raum, der als Einziger im zerstörten Inneren des Gebäudes übrig geblieben war. Wie bei einer baufälligen Kathedrale bestand die Decke aus einem Gewirr von verbogenen Stahlträgern und riesigen Betonstücken. Auf dem Boden lagen verwundete Soldaten mit blutdurchtränkten Verbänden. Einige streckten die Hände aus, andere schaukelten hin und her, wieder andere verharrten still und regungslos. Ihr Stöhnen und Flüstern vermischte sich mit den qualvollen Rufen nach den beiden braun gekleideten Krankenschwestern. Die Frauen eilten zwischen den Verwundeten hin und her, redeten leise mit ihnen, nickten, wenn diese sprachen, und tupften sie mit nassen Tüchern ab.

Der Hauptmann blickte zu Nikki hinüber. Sieh dir all das Blut an. Wofür?, schienen seine Augen zu sagen. »Die Leichen sind hier draußen«, erklärte er.

Thorwald und Nikki folgten ihm durch den beißenden Geruch von Wunden, Verbandmull und Desinfektionsmittel in einen Tunnel, der zur Straße hinausführte.

Neben dem verkohlten und schneebedeckten Wrack eines deutschen Panzers lagen sieben Leichen unter grau-grünen Decken. Der Hauptmann blieb im Hintergrund, während sich Thorwald den Leichen näherte. »Sie finden sich hier sicher alleine zurecht«, sagte Manhardt, drehte sich um und verschwand um die Ecke. Das Klappern von Handgranaten und Patronengurt begleitete den Abgang des Hauptmanns.

Thorwald kniete neben einer der Leichen nieder und zog die Decke vom Kopf zurück. Blut war aus einem Loch in der Stirn des Jungen geflossen. Es hatte sich in den Augenhöhlen gesammelt, war dann an Nase und Ohren entlanggeronnen und hatte sich wie eine dunkle Spinne auf dem grauen Gesicht niedergelassen.

Thorwald sah zu Nikki hinüber. »In Gnössen unterrichtet ein Arzt meine Scharfschützen in der Deutung von Wunden. Es ist ein wenig makaber, aber oft ist die Wunde die einzige Spur, die ein Scharfschütze hinterlässt.« Vorsichtig berührte er die Wange des Toten. »Jetzt wünsche ich mir, ich hätte selbst besser aufgepasst«, meinte er mit einem matten Lächeln.

Der Standartenführer seufzte und betastete den Rand des Lochs direkt über dem linken Auge des Leichnams. Er atmete laut hörbar durch die Nase.

Dann führte er die Hand unter den Kopf des Jungen und zog sie mit verzerrtem Gesicht sofort wieder zurück. »Der Hinterkopf ist nicht mehr da.«

Thorwald legte die Decke wieder über das Gesicht und erhob sich. Seine Arme hingen schlaff herunter, und die Finger beider Hände zuckten.

Einen Augenblick später kniete Thorwald neben einer weiteren Leiche nieder und schlug erneut die Decke zurück. Dieser Kopf war sauber und blass. Er zog die Decke weiter hinunter und fand ein Loch im Mantel mitten auf der Brust. Er knöpfte den Mantel auf. »Gib mir dein Messer.«

Nikki zog das Messer aus dem Stiefel. Der Standartenführer öffnete den Mantel und schnitt die Knöpfe der Uniformbluse und der beiden Hemden darunter ab.

Die tödliche Wunde fand sich auf der unbehaarten weißen Brust des Jungen unter dem linken Schlüsselbein, nahe dem Herzen. Sie sah aus wie ein kleiner Krater auf der fahlen Oberfläche des Mondes. Thorwald nahm einen Bleistift aus seiner Manteltasche und führte dessen Spitze wenige Millimeter in den Wundkanal ein. Mit den Fingern betastete er das die Wunde umgebende Gewebe, drückte und massierte Muskeln und Haut.

Schweigend und ohne Nikki anzusehen, untersuchte er die nächsten vier Leichen auf die gleiche Weise. Zwei weitere hatten Kopfwunden. In beiden Fällen griff Thorwald unter den Kopf und stellte fest, dass die russischen Kugeln den hinteren Teil des Schädels weggerissen hatten. Bei den anderen beiden befand sich der Einschuss auf der Brust. Thorwald führte seinen Bleistift in den Wundkanal und bewegte ihn darin, während er das geschwollene Gewebe um das Loch mit den Fingerspitzen betastete.

Nikki hielt sich im Hintergrund. Thorwalds Detektivarbeit beeindruckte ihn mehr als die schmerzliche Langeweile des Todes.

Nach zehn Minuten beugte sich Thorwald über den letzten der sieben eingehüllten Körper und schlug die Decke zurück.

»Was haben Sie gefunden, Standartenführer?«

»Noch nichts.«

Nikki betrachtete den Leichnam. Er erwartete einen weiteren durchlöcherten Schädel mit einem sauberen schwarzen Einschuss in der Wange oder der Stirn, aus dem dunkles Blut getropft war wie erkaltete Lava. Oder ein Loch in der Uniform direkt über dem Herzen.

Doch an diesem Körper fand sich kein Hinweis auf die Todesursache. Der Kopf war unverletzt. Thorwald zog ihm das Hemd aus. Keine Wunde verunstaltete die Brust.

Nun schlug Thorwald die Decke ganz zurück, um den gesamten Körper freizulegen. Er schnitt die Uniform entzwei. Das leblose Gewebe war an den Schulterblättern, am Gesäß, den Waden und Fersen mit dunkelrot-violetten Flecken übersät.

Mit dem Fuß drehte Thorwald den nackten Leichnam auf den Bauch. Auch am Rücken gab es keinen Einschuss. Unzufrieden hob er die Hände und schob seinen Stiefel erneut unter den Leichnam, um ihn wieder auf den Rücken zu drehen.

Während der tote Soldat hin und her rollte, entdeckte Nikki hinter dem rechten Ohr einen Flecken, der dunkler war als das Haar des Jungen. Es hätte ein Muttermal oder ein Dreckklumpen sein können.

»Sehen Sie hier am Nacken. Hinter dem Ohr«, machte er den Standartenführer aufmerksam.

Thorwald fuhr mit den Fingern durch das kurze braune Haar und ließ sie dann den Nacken hinab und unter das Ohr wandern. Dann beugte er sich vor, um den Fleck hinten am Schädel genauer anzusehen.

»Das ist eine Ausschusswunde. Sieh nur hier, um den Ausschuss herum. Da gibt es weder Prellungen noch Abschürfungen.«

Die Kugel war hinter dem Ohr des Jungen ausgetreten. Der Mantel des Projektils hatte sich beim Aufprall nicht verformt und beim Austritt den Hinterkopf nicht weggerissen, wie es normalerweise der Fall war.

Wo war die Kugel eingetreten?

Thorwald griff zum Messer und öffnete damit den Mund des Toten. Die Lippen waren auf Grund der Leichenstarre fest zusammengepresst. Als er die Klinge zwischen den Zähnen hin- und herbewegte, gaben die erstarrten Muskeln nach.

Nikki beugte sich über die Schulter des Standartenführers, um einen Blick auf das Gesicht zu werfen. Der nun weit geöffnete Mund störte das Bild der Ruhe, das die geschlossenen Augen und der unbewegliche, starre Körper ausstrahlten. Der Mund wirkte trotzig, schien noch verzweifelt aufzuschreien, während sich der übrige Körper bereits mit seinem Ende abgefunden hatte.

Thorwald untersuchte mit seinem Bleistift die Mundhöhle. »Sieh her«, forderte er Nikki auf.

Er zeigte auf den linken Schneidezahn, von dem ein Stück abgebrochen war.

Dann legte er den Bleistift unter den abgebrochenen Zahn und ließ die Spitze in die Kehle gleiten, in ein Loch hinten in der Luftröhre. Als er den Bleistift los ließ, blieb dieser aufrecht stehen.

»Wahrscheinlich hat er den Scharfschützen im letzten Moment gesehen und versucht, etwas zu rufen. Die Kugel flog ihm direkt in den Mund, brach ihm ein Stück vom Zahn ab und drang hinten in die Kehle ein. Sie traf einen der obersten Halswirbel, durchschlug das Rückgrat, wurde abgelenkt und trat hier unter dem Ohr aus.«

Thorwald tippte den stehenden Bleistift mit der Fingerspitze an. »Dies ist der Weg der Kugel. Sie ging direkt hinein. Er hatte das Gesicht dem Scharfschützen zugewandt, als ihn die Kugel traf. Mal sehen …«

Er betastete das Loch unterhalb des Ohrs, zog den Bleistift aus dem Mund und steckte ihn in die Wunde am Nacken. Wieder massierte er die Muskeln und die Haut, die den Bleistift umgaben.

Thorwald untersuchte die Wunde genau, nahm dann den Bleistift heraus, zog die Decke über den Körper des Toten und tätschelte den verhüllten Kopf.

Während er noch neben dem Jungen kniete, ließ er seinen Blick über die Reihe zugedeckter Leichen gleiten. Dann sagte er, an sie gerichtet: »Die Brustschüsse haben mir nicht viel verraten. Denn sobald eine Kugel im Körper auf Knochen oder Muskeln trifft, wird sie abgelenkt. Aber …« Er wandte sich an Nikki. »Sieh her.«

Er zog eine der Decken zurück und zeigte auf die blasse Wölbung auf dem Brustkorb des toten Jungen. Mit dem Finger kreiste er um die Wunde. »Bei allen Brustverletzungen sind die Eintrittslöcher rund«, sagte er. »Das weist auf einen Eintrittswinkel von neunzig Grad hin.«

Er berührte einen blau-roten Wundring um das Loch. »Siehst du diesen farbigen Kreis? Wenn eine Kugel eindringt, dehnt sich die Haut und bekommt Schrammen. Dann schnappt sie zurück und hinterlässt um den Einschuss herum diesen blauen Fleck. Diese Abschürfung ist wie die Abschürfungen bei den anderen Brustschüssen symmetrisch.«

Thorwald deckte die Leiche zu, stand auf und streckte seine Rückenmuskeln. Kopfschüttelnd wies er daraufhin mit dem Bleistift auf die toten Körper. »Die Kopfschüsse sagen uns nichts. Keiner, außer diesem letzten. Der Schuss in den Mund hingegen verschafft uns Aufschluss. Zunächst konnte ich nur vermuten, wohin der Mann blickte, als ihn die Kugel traf. Da die Austrittswunde direkt unter dem Ohr liegt, verrät sie, dass er auf den Boden sah. Hätte er hochgeschaut, wäre die Austrittswunde tiefer im Nacken.«

Aufgrund des Winkels der Austrittswunde bei der letzten Leiche, der runden Form der Eintrittswunden bei den Kopfschüssen sowie der Abschürfungsringe auf der Brust gelangte Thorwald zu der Schlussfolgerung, dass die Scharfschützen der Roten Armee nicht von hoch oben aus den Gebäuden auf die Soldaten geschossen hatten, sondern von derselben Ebene aus. Hätten sich die Scharfschützen oberhalb, unterhalb oder seitlich ihrer Opfer befunden, wären die Abschürfungsringe seitlich des Kugeleintritts breiter gewesen, wie ein Schmiss oder eine Reifenspur, und die Löcher wären oval und nicht kreisrund gewesen. Nach der Genauigkeit der Schüsse zu urteilen, musste die Entfernung, soweit es sich um einen erfahrenen Scharfschützen handelte, etwa dreihundert Meter betragen haben. Mindestens zwei Scharfschützen waren in dem Gebiet unterwegs, ein Beobachter und einer, der schoss. Diese Russen waren ausgezeichnete Schützen. Wie Hauptmann Manhardt gesagt hatte, hatten sich die Opfer nur einen Moment lang gezeigt. Die russischen Scharfschützen operierten aus der Nähe und trotzdem gänzlich ungesehen. Auf diese Weise wurde das Töten zu einer leichten Arbeit.

Thorwald warf einen letzten Blick auf die sieben Militärdecken. Die von ihnen verhüllten Soldaten waren ausnahmslos junge Männer gewesen. Keiner sah älter aus als Nikki. »Diese Scharfschützen sind auf ihre Kosten gekommen«, meinte er betroffen.

Nikki führte Thorwald durch die Trümmer zur Krankenstation. Eben beugte sich eine Krankenschwester über einen bewusstlosen Soldaten, aus dessen um die Brust gewickeltem Verband Blut sickerte.

»Schwester, entschuldigen Sie«, flüsterte Nikki, während er an sie herantrat.

Sie ließ die Hände auf dem verwundeten Soldaten ruhen und blickte zu ihm auf. Das Gesicht, das sie Nikki zuwandte, war rund und von tiefen Falten gezeichnet. Um die Augen und den Mund hatten sich tiefe weiche Falten gebildet, in denen sich die Erschöpfung wie in einem Schwamm sammelte.

»Der Standartenführer und ich müssen mit einigen der Männer reden«, erklärte Nikki, den Blick auf den am Boden liegenden blutenden Soldaten gerichtet. »Wir wollen etwas über die russischen Scharfschützen erfahren, die am Bahndamm operieren. Könnten Sie fragen, ob einer der Männer dort verwundet wurde?«

»Keiner hier wurde am Bahndamm verwundet, Hauptgefreiter«, erklärte die Krankenschwester kopfschüttelnd. »Alle, die dort getroffen wurden, sind tot.«

Leise wie ein fallendes Blatt beugte sich Thorwald nach vorne. »Schwester, bitte sagen Sie mir, sind Sie selbst am Bahndamm gewesen?«

Sie wandte sich wieder dem Soldaten zu, um ihm das Blut und den Speichel vom Mund zu wischen. »Siebenmal. Ich habe sie von dort weggetragen.«

Als Thorwald seine Hand sanft auf den Arm der Schwester legte, hielt sie inne und senkte das Tuch, mit dem sie die Lippen des Soldaten abgetupft hatte. »Wir sind hier, um gegen die russischen Scharfschützen zu kämpfen. Wir sind Spezialisten. Wollen Sie uns helfen?«

Die Krankenschwester legte das Tuch auf die Brust des Soldaten und richtete sich auf. Nikki sah die Blutflecken auf der Vorderseite ihrer Tracht. Auf ihren breiten Schultern und ihrer Brust hatte sich eine rostbraune Kruste gebildet. Sie hat sie getragen, dachte er. Sie hat die im Schützengraben liegenden Körper hochgehoben und von dort weggeschleppt. Sie hat sie hingelegt, ihnen die Augen geschlossen und mit einer dieser Decken zugedeckt.

Thorwalds Stimme verriet Respekt. »Wenn Sie uns zeigen könnten, wo diese Männer gefallen sind, würde uns das helfen festzustellen, wo sich die feindlichen Scharfschützen verbergen. Es dauert nicht lange. Sie können sofort wieder hierher zurückkehren.«

Die stämmige Krankenschwester rief eine andere Pflegerin zu sich: »Madeleine. Dieser hier ist der Nächste.« Rosafarbener Schaum trat aus dem Mund des Mannes …

Im Freien duckte sich die Frau hinter dem vereisten Panzer und rannte dann zu einem Schutthaufen hinüber. Mit einer Behändigkeit, die es Nikki schwer machte, ihr zu folgen, eilte sie zwischen Schutthaufen und Granattrichtern hindurch, um hinter einem verlassenen russischen Güterwagen mit abgebranntem Dach Halt zu machen. Mit weiten Sprüngen legte sie eine ungeschützte Strecke von zehn Metern zurück und sprang hinter eine Reihe zerstörter Eisenbahnwagons, die auf dem einen Meter hohen Bahndamm standen.

Dort angekommen, glitt sie in den hinter dem Erdwall gelegenen Schützengraben hinunter. Nikki folgte ihr, erleichtert, hier angekommen zu sein, ohne die Aufmerksamkeit der russischen Scharfschützen auf sich gelenkt zu haben.

Die Krankenschwester ist diese Strecke siebenmal hin und her gehetzt, dachte er. Sie hat immer wieder angehalten, sich geduckt, gewartet, Haken geschlagen und sich bis zum Äußersten angestrengt, als sie die Toten von hier forttrug. Wir sind dreihundert Meter hinter den Linien, normalerweise ein sicherer Abstand. Die Anwesenheit russischer Scharfschützen ändert alles. Jeder Schritt muss vorausberechnet sein, ansonsten wird er zur Einladung für eine Kugel. Sobald feindliche Scharfschützen ein Gebiet im Visier haben, riskiert man sein Leben, wenn man aufrecht geht oder auch nur über einen Schützengraben schielt. In ihrer Nähe wird jede Bewegung zur Strapaze. Bedroht von einem Fadenkreuz, wird jede Sekunde bedeutsam.

Sobald Nikki im Schützengraben hinter dem Wall hockte, spähte er zurück zu dem Standartenführer. Thorwald kauerte dreißig Meter hinter ihm im Schatten des russischen Güterwagens und winkte ihm, ohne ihn weiterzugehen. Ihm wird schon nichts passieren, dachte Nikki. Es hat keinen Sinn, meinen Rückflug nach Deutschland aufs Spiel zu setzen und dieses ungeschützte Stück wieder zurückzulaufen. Um diese Angelegenheit hier kann ich mich auch ohne ihn kümmern.

Die Krankenschwester führte Nikki durch den Schützengraben, der sich über zweihundert Meter weit den ganzen Bahndamm entlangzog. Auf den Schienen standen fünf einzelne Wagons, deren Aufbauten sich aus irgendeinem Grund noch nicht von ihren stählernen Fahrgestellen gelöst hatten. Im Schutz eines jeden Wagons saß eine Einheit von rund zwölf Soldaten um ein MG, das zwischen Sandsäcken eingeklemmt war. Keines der fünf Gewehre war bemannt.

Die Schwester hielt bei der ersten, zweiten und fünften Einheit im Schützengraben. Bei der ersten zeigte sie zweimal auf die Stelle, wo sie die Leichen aufgesammelt hatte.

Jedes Mal, wenn die Schwester auf eine der sieben Stellen deutete, sagte sie nur »hier«. Nikki fragte, ob sie sich an die Reihenfolge ihrer Wege zu den Einheiten erinnern könne. Sie erinnerte sich nur an die beiden ersten sowie die beiden letzten. Dann fragte er, welche Verwundungen die Soldaten erlitten hatten, die sie von hier fortgeschafft hatte. Sie schüttelte bloß müde den Kopf und blickte den Schützengraben hinunter zum nächsten Wagon. Das war Antwort genug. Nikki hörte auf, ihr weitere Fragen zu stellen.

Schließlich kniete er neben den Männern der nächsten Einheit nieder und befragte sie nach den Angriffen der Scharfschützen. Hatten sie etwas gesehen? Was hatten sie gehört? Welches Geräusch hatte die Soldaten dazu gebracht hochzuschauen? Erklang stets das gleiche Geräusch, ehe der Schuss eines Scharfschützen fiel? Hatten sie das Geräusch später noch einmal gehört?

Nikki hatte sich seit mehreren Wochen nicht mehr unter Infanteristen aufgehalten. Seine Arbeit für Ostarhild hatte ihn von ihnen fern gehalten. Er war allein über das Schlachtfeld gezogen, hatte Karten gezeichnet und Aufzeichnungen gemacht. Die etwa sechzig Männer, die er nun in diesem Schützengraben sah, boten einen furchtbaren Anblick. Viele der leeren Gesichter waren hinter Bärten versteckt, und im Schützengraben herrschte Kälte. Die Männer kauerten auf dem Boden, miteinander verbunden durch die Atemluft und die allgegenwärtige Angst. Einige boten ihm aus Parfümflaschen etwas zu trinken an. Nikki war entsetzt. Sie trinken erbeutetes Parfüm als Alkoholersatz. Mein Gott, was geschieht mit diesen Männern?

Während Nikki neben den Soldaten kniete, verstand er, dass diese Männer nicht mehr um den Sieg in Stalingrad kämpften. Gepeinigt von der Novemberkälte hielten sie nicht nur gegen die Rote Armee stand, sondern auch gegen ihre Angst und das Grauen, das sie erfasste, wenn es den Kameraden neben ihnen ohne Vorwarnung erwischte. Natürlich waren Männer ihre größten Feinde; in jedem Augenblick jedoch trugen sie auch andere, kleinere Kämpfe aus: gegen die Läuse, den Hunger und den Durst, der brannte, ohne zu wärmen, und gegen die kalte Stille, die sie Tag und Nacht einzuschließen drohte.

Die niedergeschlagenen Augen und mahlenden Kiefer der Männer verrieten Nikki, dass diese Soldaten bereits einen Blick von ihrem Schicksal erhascht hatten. Mit Kanonen, Gewehren und Granaten ließ sich in Stalingrad kein Sieg mehr erringen. Stalingrad war ein schmutziges, baufälliges Grab, ohne Reue, Mitleid oder Erlösung. Die Stadt war längst kein Schlachtfeld mehr, sie bedeutete bloß noch Leiden. Ihre letzte Waffe war die Hoffnung.

Während er an den ihm entgegengestreckten Händen vorbeischlüpfte, hörte Nikki die Männer flüstern:

»Schnapp ihn dir. Schnapp dir den Hurensohn.«

»Seht ihn an, Männer. Er weiß, was er tut.«

»Die Generäle haben ihn hierher geschickt.«

»Sie haben uns nicht vergessen, Männer.«

Für diese Männer hatte man Thorwald hierher gebracht, erkannte Nikki. Die Generäle haben gesehen, dass in unserer Armee die Hoffnung schwindet, während die Russen diesen sibirischen Hasen zu einem verfluchten Helden emporheben.

Nikki schwor sich: Wir werden Saitsew kriegen.

Sein Versprechen bekräftigte er mit dem Elend dieser Männer. Er gelobte, die Rinnsale getrockneten Blutes unter den sieben Decken auf der Straße und den Ekel erregenden Parfümduft in den Schützengräben niemals zu vergessen.

Als Nikki zurückkehrte, fand er Thorwald neben den Leichen. Die schweigsame Schwester, die nun nicht länger seine Führerin war, ging, ohne ihn eines Blickes zu würdigen, davon.

Nikki erzählte Thorwald, was er herausgefunden hatte. Er beschrieb die Anordnung der Stellungen im Schützengraben: ein Dutzend Männer und ein Maschinengewehr pro Einheit, jeweils eine Einheit hinter jedem der fünf Eisenbahnwagons mit fünfzig Meter Abstand zwischen den Einheiten. Die Männer hatten klappernde Geräusche in den

Trümmern gehört. Sobald einer von ihnen aufgeschaut hatte, war er von einer Kugel getroffen worden.

Thorwald hörte schweigend zu und nickte. »Die Dosen hängen an Schnüren. Die Scharfschützen ziehen daran«, erklärte er, sobald Nikki mit seinem Bericht zu Ende war.

Er sprach, als hätte er diesen Plan selbst ausgeheckt. Nikki war zwar zu dem gleichen Schluss gekommen, empfand es jedoch als beruhigend, mit welcher merkwürdigen Selbstsicherheit Thorwald Fakten verkündete.

»Der erste Schuss wurde auf Einheit zwei abgefeuert«, sagte Nikki, während er auf die verhüllten Körper hinabblickte, um sich besser erinnern zu können. »Der zweite auf Einheit fünf. Die letzten drei Schüsse auf die dritte, dann die erste und schließlich die vierte. Die Russen huschen von Standort zu Standort und warten ab, ehe sie erneut aktiv werden.«

»Was schlägst du vor?«

»Standartenführer, ich glaube, wir sollten im Schützengraben zwischen Einheit zwei und drei in Stellung gehen. Dort werden sie meiner Meinung nach als Nächstes zuschlagen. Wenn wir das Klappern der Dose hören, heben wir etwas hoch, das wie ein Helm aussieht, locken ihn damit heraus und erschießen ihn.«

Thorwald nickte. »Simpel. Direkt.«

Nikki wartete.

Der Standartenführer atmete aus. »Selbstmord. Vergiss nicht, da draußen operiert nicht nur ein russischer Scharfschütze. Während ich auf den einen ziele, der auf den Helm schießt, entdeckt mich der andere. Nein, wir gehen nicht in den Schützengraben.«

Nikki war bestürzt. Er wollte den sibirischen Scharfschützen inmitten dieser ausgezehrten Männer töten. Wollte ihnen zeigen, dass sich ein deutscher Soldat zur Wehr setzen konnte. Vor seinem inneren Auge sah er, wie er und der Standartenführer bei den armen Kerlen einen Funken entfachten und sie aufmunterten.

Thorwald würde einen Plan vorschlagen, bei dem sie anonym vorgingen; sie würden den Gegner vernichten, dabei aber von keinem gesehen werden. Die Männer im Schützengraben würden es nicht erfahren. Sie würden Nikki und einander nicht auf die Schulter klopfen, würden nicht zusehen, wie Nikki und Thorwald das Schloss ihres Gefängnisses aufbrachen.

Thorwald hatte Nikki versprochen, dass er seine Meinung äußern dürfe. Das hatte er getan.

»Mir nach«, forderte ihn der Standartenführer auf.

Er ließ sein Gewehr gegen das Gebäude gelehnt stehen und marschierte los. Während Nikki das Gewehr holte, kämpfte er gegen seine Verärgerung über die Schroffheit Thorwalds an.

»Ich habe einen Ort gefunden, während du im Schützengraben warst«, sagte Thorwald über die Schulter. »Wenn die Russen in Bodennähe postiert sind, müssen wir über ihnen in Stellung gehen.«

Er führte Nikki zum hinteren Teil der skelettartigen Fassade des Gebäudes. Sie stiegen über einen Fensterrahmen, rutschten durch Abfall und kletterten über Betontrümmer. Dann tasteten sie sich eine Metalltreppe empor, die die Bombardements überstanden hatte. Am Ende der Treppe schoben sie sich am Rand der ehemals dritten Etage des Gebäudes entlang. Zehn Meter weiter im Gebäudeinneren war der Boden verschwunden. Er war in das Chaos hinuntergestürzt und hatte ein vierzig Meter breites, gähnendes Loch hinterlassen. Nikki hatte das Gefühl, als kletterte er am Rand eines Vulkans entlang.

Thorwald ging vorsichtig weiter und führte Nikki zu einigen versengten Fensterrahmen. Nikki näherte sich einer der Öffnungen und spähte vorsichtig hinaus. Unter ihnen lagen der Bahnhof und die hinter den zerstörten Wagons verborgenen fünf deutschen Stellungen. Thorwald hatte ihn zu einem Punkt zwanzig Meter rechts von Einheit zwei gebracht.

Nikki richtete seinen Feldstecher auf einen Bereich, der etwa 350 Meter jenseits der Einheiten lag. Die russischen Scharfschützen müssen dort sein, in den Trümmern verborgen, dachte er. Sie kriechen in den Schützengräben umher oder verstecken sich in einem Granattrichter. Vielleicht sind sie auch verschwunden. Immerhin dämmert es bereits. Mit wie vielen Toten am Tag geben sich die Russen zufrieden?

Thorwald kauerte sich unter den Fenstersims, lehnte sein Gewehr gegen die Wand und blickte zu dem violettfarbenen Himmel empor.

»Wir haben jetzt die Sonne im Rücken«, erklärte er und deutete mit dem Kinn auf das Gebiet rechts von Einheit zwei. »Du beobachtest diesen Bereich. Ich bleibe hier links. Sobald du etwas siehst, will ich es wissen.«

Er hat vor, hier zu bleiben und zu warten, dachte Nikki. Er lässt mich nicht einmal die Männer im Schützengraben warnen. Ich könnte ihnen sagen, dass sie unten bleiben und nicht aufschauen sollen, und dass wir die Scharfschützen schon kriegen. Ich könnte ihnen sagen, dass sie einen Helm auf einen Stock stecken und in Deckung bleiben sollen.

Er benutzt die Männer im Schützengraben als Köder!

Nikki legte den Feldstecher auf den Boden. »Standartenführer?«

»Ja?«

»Lassen Sie mich zum Schützengraben hinunter gehen. Ich bringe die Scharfschützen dazu zu schießen. Und Sie machen sie fertig.«

Thorwald schüttelte den Kopf. »Nein, ich brauche dich hier.«

»Dann lassen Sie mich die Männer warnen. Sie fürchten sich zu Tode.«

Thorwald wirkte plötzlich angespannt. »Sie bleiben hier, Hauptgefreiter. Nehmen Sie Ihren Feldstecher. Auf diese Weise helfen Sie mir am besten.«

»Standartenführer, diese Männer ...«

»Verdammt noch mal, heb das Glas auf.« Thorwald zeigte auf den Feldstecher, der neben Nikki lag. »Diese Männer sind mir egal! Verstehst du? Wir sind nicht hier, um sie zu retten oder ihren Dank entgegenzunehmen. Wir haben einen Auftrag! Findet Saitsew. Tötet ihn und geht dann nach Hause.«

Thorwalds Augen verengten sich. Er hielt inne und beugte sich vor. Nikki sah, dass er fast unmerklich den Kopf hob, wie ein Raubtier, das Witterung aufgenommen hat. »Ich werde Saitsew töten. Wenn du mir nicht hilfst, tut es eben ein anderer.« Damit wandte sich Thorwald ab.

Nikkis Blick schweifte zu den Männern von Einheit zwei hinunter. Wir spielen hier oben Gott, dachte er. Einer von diesen Soldaten ist ein toter Mann. Ich weiß es. Ich selbst sorge dafür, indem ich durch meinen Feldstecher sehe. Ich könnte es verhindern. Doch das werde ich nicht tun.

Ich werde für diese Soldaten nicht der Held sein. Auf Helden dürfen sie nicht mehr rechnen. Helden sind Männer, und Männer können sie jetzt nicht mehr retten. Hitler kann es nicht, Stalin kann es nicht. Ich kann es nicht – und sie selbst ganz gewiss nicht. Saitsew ist ein Held, und er wird sterben. Ich bin nicht ihr Eigentum, ich gehöre mir, und ich will nach Hause.

Ich gehöre Thorwald. Und Saitsew. Sie haben ein gemeinsames Schicksal, diese beiden. Und ich bin zwischen ihnen eingezwängt.

Thorwald reckte sich. »Nein, es ist jetzt zu dunkel. Sie versuchen es nicht noch einmal. Geh hinunter und hol uns bei der Schwester etwas zu essen.«

Nikki stand auf, ohne ihn anzusehen.

»Nikki«, rief ihm Thorwald, auf dessen Gesicht nun ein freundlicherer Ausdruck lag, verhalten nach. »Du wolltest, dass jeder von uns das tut, was er am besten kann. Auf diese Weise wollten wir ihn kriegen. Wir waren einer Meinung.« Der Standartenführer zog die Knie an, um sich vor der Kälte zu schützen. »Genau das tun wir jetzt. Das hier ist, was ich am besten kann. Ich bin der Todesschütze, und du bist mein Führer und Beschützer. Zerstör die Partnerschaft nicht. Wir kriegen ihn und gehen dann gemeinsam nach Hause.«

Nikki nickte. »Jawohl, Standartenführer.«

»Wir verbringen die Nacht hier«, erklärte Thorwald, ehe sich der junge Soldat abwandte. »Ich bin mir sicher, dass es die Scharfschützen bei Tagesanbruch wieder versuchen werden.«

Nikki wusste, dass er Thorwalds Plan vereiteln konnte. Er konnte der Schwester einen Wink geben oder nach Einbruch der Dunkelheit in den Schützengraben schlüpfen und die Männer warnen, in Deckung zu bleiben, gleichgültig, welche Geräusche sie in den Trümmern hörten. Aber er wusste, dass er es nicht tun würde.

»Und bring die sieben Decken mit«, rief Thorwald ihm nach.

Rund um sie erwachte dröhnend der Tag. Beim Aufwachen hörte Nikki das Grollen der Panzer, die Beton zu Staub zermahlten, und das Klappern der auf unzähligen Armen getragenen Gewehre. Über dem Getöse waren die herausgeschrienen Befehle zu hören. Funkgeräte knisterten.

Das ist es, dachte Nikki. Paulus' allerletzter Vorstoß gegen die in den Fabriken verschanzten Russen. Weit zu seiner Linken drang vom Banny-Kanal und der Barrikadenfabrik das Stampfen der Artillerie herüber. Handfeuerwaffen knatterten im Roter-Oktober-Korridor.

Thorwald hob das Gewehr an die Schulter und spähte durch das Zielfernrohr. »Wir können nicht lange hier bleiben. Vielleicht klimpern unsere Freunde ein letztes Mal mit ihren Dosen, ehe sie zum Rückzug gezwungen werden. Denk daran, dass sie in Bodennähe zu finden sind.«

Nikki suchte die Trümmer jenseits von Einheit drei ab. Hinter ihm lärmten Panzer und Truppen, die auf die links von ihm gelegene Roter-Oktober-Fabrik und die Wolga zusteuerten. »Es wird hier unruhig, Standartenführer«, sagte er, während er von seinem Feldstecher aufblickte.

»Ein wenig.« Thorwald sah freundlich zu Nikki hinüber.

Plötzlich erstarrte er: Seine Augen weiteten sich erst und verengten sich dann zu Schlitzen, die über Nikkis Schulter hinwegstarrten. »Nikki«, sagte er, ohne sein Ziel aus dem Auge zu lassen. »Sieh dir das dritte Haus am Ende der Straße an. Sofort.«

Nikki spähte erneut durch den Feldstecher. Ehe er nach den Hütten suchte, blickte er flüchtig in den Schützengraben zu Einheit drei hinab. Die Soldaten kauerten sich nicht mehr wie gewöhnlich zusammen. Einige krochen auf den Knien von ihrer Gruppe fort, andere standen vornüber gebeugt, den Blick auf den Boden des Schützengrabens gerichtet. Zwischen den Rücken und Schultern der Soldaten entdeckte Nikki einen blutenden, wild zuckenden Körper mit zum Himmel gewendeten Gesicht. Sogleich schwenkte er den Feldstecher wieder nach oben und fand schnell die gesuchten Häuser. Es waren einfache Ziegelhütten, die zu einer schon vor Monaten völlig zerstörten Arbeitersiedlung der Roter-Oktober-Fabrik gehörten. Er nahm das dritte Gebäude ins Visier.

Während er seine Augen über die Hütte wandern ließ, drang Thorwalds Stimme leise an sein Ohr, wie ein Filmkommentar zu dem sich vor ihm bewegenden vergrößerten Ausschnitt. »Zehn Meter links. Was ist da?«

Nikki drehte am Ring des Feldstechers, um ihn schärfer einzustellen. »Eine Wellblechplatte. Ein Dach. Ich denke, von einer der Hütten.«

»Ja, ja. Gut. In Ordnung. Such jetzt die kleine Hütte hinter dem Dach. Es könnte ein Pumpenhaus sein.«

»Hab' ich. Rote Fensterläden.«

»Richtig. Jetzt zehn, zwanzig Meter weiter links. Ist dort ein Graben vor dem Gebäude mit dem ... was ist das?«

»Eine Fahne ... nein, ... ein Bild von Stalin.«

»Gut. Ist da ein Schützengraben? Ich habe etwas in diesem Areal gesehen. Such den Graben. Schnell, Nikki.«

Ziegelhaufen machten den Bereich vor der zerstörten Häuserreihe schwer überschaubar. Schnee verdeckte die meisten Einzelheiten. In einer gezackten Linie schienen der Schnee und die Ziegelsteine jedoch zu verschwinden. Dort muss eine Senke sein, dachte Nikki. Ein Schützengraben. »Ja. Ja, da ist einer.«

»Folg ihm. Finde sie. Ich habe in diesem Graben einen Lauf blinken sehen.«

Nikki strengte die Augen an. Die Entfernung betrug mindestens vierhundert Meter, und das Gebiet lag im Schatten. Er wusste nicht, wonach er suchte. Männer, ja. Aber was würde er sehen? Einen Gewehrlauf oder ein Gesicht aus dieser Entfernung? Unmöglich. Verzweiflung ergriff ihn.

Er zwang sich zur Ruhe und hörte auf, nach Gegenständen oder Formen zu suchen. Stattdessen bemühte er sich, Bewegungen zu erkennen. Sekunden danach erspähte er etwas wie eine graue Kugel, die sich direkt unterhalb der Brüstung des Schützengrabens auf- und abbewegte. Ein Helm! Er kommt in diese Richtung!

Die russischen Scharfschützen machen ihre letzte Runde entlang der Frontlinie, ehe sie sich zurückziehen. Sie reißen an der Leine und warten dann auf ihre Chance. Wenn sich eine Gelegenheit zum Schuss bietet, schlagen sie zu und wechseln augenblicklich zur nächsten Position entlang der Linie. Einheit fünf, dann vier, gerade jetzt drei, als Nächstes zwei. Direkt vor uns.

»Hab' ihn!«, flüsterte Nikki. Er starrte den Helm an – da! Ein zweiter! Sie bewegen sich durch den Schützengraben! Nikki dirigierte Thorwalds Augen zu den Zielen. Er sprach schnell und in knappen Worten.

Wenn Thorwald durch sein Präzisionszielfernrohr blickte, sah er ebenfalls ein vergrößertes und sogar noch schärferes Bild. Sein Gesichtsfeld war jedoch begrenzter als das von Nikkis Feldstecher.

»Die letzte Hütte, Standartenführer. Sehen Sie sie? Nun fünf Meter nach unten. Ein kleiner Granattrichter, aus dem ein Wagenrad herausragt.«

»Ja.«

»Wieder nach links. Da liegt ein Stapel Holz unter einem weiteren Stück Metall.«

»Ja.«

»Zehn Meter nach unten. Eine Zisterne oder ein Fass.«

»Ja, ja.«

»Jetzt vom Turm aus direkt nach unten. Da ist das Bild. Noch fünf Meter nach links. Sie sind direkt hinter einem Ziegelhaufen.«

Thorwald zögerte. Nikki wartete.

»Jaaaa«, hörte er dann den Standartenführer hauchen.

»Haben Sie sie?«

Thorwald antwortete wie aus weiter Ferne: »Nicht sprechen.«

Nikki war von der Situation gefesselt. Mit Hilfe seines Feldstechers nahm er teil an der Macht und Tötungskunst des Meisterschützen aus Gnössen. Er zitterte vor Aufregung – ein Gefühl, das der Standartenführer, wie er wusste, nicht verspürte.

Die russischen Scharfschützen hielten erst gegenüber von Einheit zwei in etwa dreihundert Meter Entfernung und trennten sich dann: einer ging zehn Meter im Schützengraben nach rechts. Durch den Feldstecher betrachtet, waren sie kaum mehr als Flecken. Nikki hatte jedoch das Gefühl, sie mit der Klarheit der Augen Gottes zu sehen. Einer der Helme duckte sich unter den Rand des Schützengrabens, während der andere aufrecht stehen blieb. Der Stehende war der Schütze, der Unsichtbare der Späher. Er muss sich geduckt haben, um sein Gewehr auf den Boden zu legen und die Schnur und sein Periskop zur Hand zu nehmen. Denkt Thorwald dasselbe? Verfolgt er ihre Bewegungen ebenso wie ich und stellt auch er Vermutungen darüber an, was sie als Nächstes tun werden? Nikki blieb keine Zeit, um Fragen zu stellen, er konnte lediglich beobachten.

Es drängte ihn, von den Scharfschützen einen Augenblick lang zu Einheit zwei hinüber zu spähen. Er wusste jedoch, dass er zu lange brauchen würde, um die winzigen Umrisse des weit entfernten Feindes wieder ins Visier zu bekommen. So konzentrierte er sich auf den grauen Punkt, der von dem braun-weißen Hintergrund abstach. Die zweite Kugel rechts von ihm tauchte nicht wieder auf. Da, dachte Nikki, da ist der Schütze. Aber ist das Ziel für einen genauen Schuss deutlich genug zu sehen? Ist es hoch genug über dem Graben? Thorwald wird doch wohl nicht all unsere Anstrengungen durch einen Schuss auf die Kuppe des Helms zunichte machen!

Zwei Minuten lang beobachteten sie die feindlichen Scharfschützen. Der Späher blieb unterhalb der Brüstung des Schützengrabens verborgen und starrte aus der Deckung durch ein Periskop. Der Schütze wartete tief geduckt auf das Stichwort seines Spähers, dass wieder ein Ziel in Schussweite sei, ehe er den Kopf ans Gewehr hob.

Thorwald brach das Schweigen. »Sie greifen nicht an.«

Nikki war enttäuscht. Nach all den Stunden, die er und der Standartenführer auf dem kalten Boden dieser knarrenden Ruine gezittert und gefroren und unter Leichentüchern geschlafen hatten, sollten sie nun mit leeren Händen weggehen?

»Nikki, wie weit kannst du werfen?«

Nikki wusste, was Thorwald von ihm wollte. Die Männer im Schützengraben gingen auf den Köder der Russen nicht mehr ein. Sie bissen nicht an, unterließen es, ein letztes Mal über die Brüstung zu spähen. Die Russen werden den angreifenden Deutschen auf keinen Fall entgegenkriechen. Die da unten im Schützengraben wissen das. Sie denken, zur Hölle mit den russischen Scharfschützen. In ein paar Minuten haben wir sie, wenn die Panzer ihre Stellungen überrollen. Wir bleiben in Deckung.

Thorwald konnte nicht schießen. Noch nicht.

Er war darauf angewiesen, dass einer der Soldaten den Kopf hob. Nur dann konnte er auf den zielenden Scharfschützen der Russen anlegen. Nur dann blinkte vielleicht nochmals ein Gewehrlauf auf, den Thorwald ins Visier nehmen konnte.

Er benötigte ein neues Geheimnis, ein neues Geräusch in den Trümmern.

Der Meisterschütze brauchte ein Opfer. Jetzt.

Einen kurzen Moment lang überlegte Nikki, sich zu weigern. Seine Abneigung verflog jedoch, sobald er an sein Zuhause und den Hof seines Vaters in Westfalen dachte und daran, seine Schwester in die Arme schließen zu können.

Ich bin schutzlos, dachte er. Aber was soll's? Von mir ist nichts mehr übrig, was es zu schützen gilt.

Thorwald fragte erneut: »Wie weit kannst du werfen?«

»Weit genug.«

Nikki legte den Feldstecher auf den Boden und trat einen Schritt vom Fenster zurück. Er wählte ein rundes Stück von einem Ziegelstein, das gut in seine Hand passte. Es wird gerade und weit fliegen, dachte er. Weit genug.

Nikki machte sich bereit. »Jetzt«, flüsterte er.

Mit aller Kraft schleuderte er den Stein. Er segelte hoch über die Köpfe der deutschen Soldaten im Schützengraben hinweg wie ein harter, kleiner Engel des Todes. Nikki sah nicht, wo er landete, aber er wusste, dass er weit genug geworfen hatte.

Aus Angst, Thorwalds Konzentration zu stören, trat er noch weiter vom Fenster zurück.

Nur Sekunden nachdem Nikki den Ziegelstein geworfen hatte, feuerte Thorwald. Die rechte Hand bewegte sich blitzschnell vom Abzug zum Verschluss und wieder zurück zum Abzug. Der zweite Schuss brach bereits, noch ehe die rauchende Patronenhülse der ersten Kugel klirrend zu Boden fiel.

Thorwald warf die zweite Hülse aus und starrte durch sein Zielfernrohr. Dann senkte er das Gewehr, drehte sich um und nahm die beiden verbrauchten Hülsen an sich.

Draußen schlugen Panzer- und Mörsergranaten krachend ein. Der Schlachtlärm, den Nikki in den letzten Minuten aus seinem Bewusstsein verdrängt hatte, stürzte nun wieder voll auf ihn ein. Er fragte sich, wie nahe die Truppen inzwischen waren.

Thorwald hatte sich erhoben und stand nun vor ihm. Um sein rechtes Auge hatte das Zielfernrohr einen kreisförmigen Abdruck hinterlassen, der dem Standartenführer ein Aussehen verlieh, als trüge er ein Monokel. Er klimperte mit den beiden Messinghülsen in seiner Hand und ließ sie klingen wie kleine Glöckchen.

»In Ordnung, Hauptgefreiter«, sagte er mit einem Blick zum Bahnhof hinüber.

Nikki griff nach Thorwalds Gewehr.

»Vorerst behalte ich es selbst, Nikki«, sagte der Standartenführer. »Für dich habe ich noch eine andere Aufgabe.«

8.

Als Saitsew aus Tschuikows Hauptquartier in seinen Bunker zurückkehrte, geriet er mitten in eine Feier.

Das von Medwedew veranstaltete Fest hatte ohne den Ehrengast begonnen. Der Bär hatte allen Sektoranführern, die er finden konnte, von Saitsews Auszeichnung erzählt. Er hatte ihnen gesagt, dass sie alle die Ehrung verdient hatten, auch wenn der Orden in Waschas Tasche gelandet war.

Kaum schob Saitsew die Decke zur Seite, wurde er von Viktor, Tanja, Schaikin, Morozow, Tschekow, Wojaschkin und Danilow begrüsst, die jeweils eine Halbliterflasche Wodka in der Hand hielten. Atai Tschebibulin hatte sie irgendwo besorgt und mit der Abendsuppe gebracht.

Sämtliche Scharfschützen bewunderten den Orden, hoben ihre Flaschen zu einem Toast und klopften dem Hasen anerkennend auf die Schulter. Nach einer halben Stunde fröhlichen Feierns rief Saitsew seine Truppe zu einer Besprechung zusammen. Er unterrichtete sie vom Eintreffen des Direktors der deutschen Scharfschützenschule und erzählte ihnen, dass dieser den Auftrag habe, ihn, den Hasen, ihren Anführer, zu töten. Danilow lachte ein wenig betrunken und versicherte, dass man mit diesem verfluchten Deutschen kurzen Prozess machen werde. Saitsew erinnerte den Kommissar daran, dass der Deutsche mit seiner Hilfe den Vorteil genoss, die Taktiken des Hasen zu kennen – wegen der Artikel, die er im letzten Monat in der *Verteidigung unseres Landes* veröffentlicht hatte. In einer Ausgabe war sogar ein Foto von Saitsew erschienen.

Danilow wirkte einen Augenblick lang eingeschüchtert, doch dann kehrte sein schwarzes Lächeln wieder, und er hob die Flasche zu einem Toast. »Umso besser!« Ohne weitere Erklärung torkelte der Kommissar unter der Decke hindurch in seine eigene Nacht hinaus.

Die Beratung, bei der jeder der Scharfschützen seine Vorschläge vorlegte, wie man Thorwald in die Falle locken könnte, dauerte bis Mitternacht.

»Er ist bloß ein Lehrer. Du hingegen bist ein Jäger. Geh direkt auf ihn zu und fordere ihn heraus!«

»Nein, lass dir Zeit. Stell ihm eine Falle. Zermürb ihn.«

»Mach es dir zum Vorteil, dass du die Stadt kennst. Er irrt vermutlich die ganze Zeit über ziellos umher.«

»Schick ihn in meinen Sektor. Wir werden uns schon um ihn kümmern.«

»Quäl ihn, reiz ihn, treib ihn zum Wahnsinn.«

»Spür ihn auf und knall den verdammten Deutschen nieder! Was ist das Problem?«

»Warte nicht, sondern ergreif die Initiative.«

»Lass dir Zeit. Er soll zu dir kommen.«

Saitsew hörte sich all die Ratschläge an. Jeder Einzelne seiner Hasen hatte Recht, und jede ihrer Methoden hatte zum einen oder anderen Zeitpunkt funktioniert. Verwende eine Attrappe, errichte einen unechten Gefechtsstand, mach Gefangene, ärger ihn, schleich dich an ihn heran, folg ihm, lock ihn zu dir, forder ihn heraus und vieles mehr. Darin lag die Faszination eines Duells zwischen zwei Scharfschützen. Über diese kleinen Schlachten würde man nie in Lehrbüchern über Militärstrategie schreiben. Hier gab es keine klassischen oder historischen Manöver, auf die man sich stützen könnte, wie bei den großen Panzerschlachten in freiem Gelände oder den umfangreichen Infanteriekampagnen. Hier befahl man keine Igelverteidigung gegen eine umzingelnde Macht, keine Begleitaktion gegen die Nachschublinien der Armee, keinen Vorstoß einer Sturmtruppe gegen einen feindlichen Brückenkopf. Das Duell zwischen zwei Scharfschützen war primitiv und beruhte auf Intuition: Jäger gegen Jäger, Köder gegen Köder. Jedes Aufeinandertreffen wurde vom Charakter der beiden Duellanten geprägt. Beide Scharfschützen trugen ein Gewehr. Die beiden Männer arbeiteten im selben Gelände, unter demselben Himmel. Die Chancen und Gefahren waren so gleichmäßig verteilt wie in keinem anderen Bereich des Krieges.

Saitsew lauschte aufmerksam, hörte jedoch von keinem seiner ehemaligen Schüler einen Vorschlag, den er nicht schon kannte oder über den er nicht schon nachgedacht hatte. Vorerst würde er keine Pläne schmieden, sondern versuchen, die Methoden des Deutschen kennen zu lernen, und sich danach entscheiden. Wie wird er gegen mich vorgehen? Wird er sich bewegen oder an einem Platz ausharren? Wird er sich verbergen oder zu erkennen geben? Wird er …?

Genug, dachte er, und nahm einen letzten Schluck Wodka. Ich kenne all diese Kriegslisten und Finten. Immerhin habe ich sie meinen Leuten beigebracht.

Schließlich schickte er die Hasen in die Chemiefabrik zurück und versicherte ihnen, dass er ihren Rat suchen und sie auf dem Laufenden halten werde. Darüber hinaus forderte er sie auf, ihm jede außergewöhnliche Aktivität eines deutschen Scharfschützen in ihren Sektoren zu melden.

Wenige Minuten nachdem Viktor zu seiner nächtlichen Jagd aufgebrochen war, stahl sich Tanja zurück in den Bunker.

Wortlos und uneingeladen stand sie im Eingang und nahm allein durch ihre Anwesenheit von dem Raum Besitz, als wäre es ihre eigene Unterkunft. Während ihre Augen fest auf Saitsew geheftet waren, bewegte sie sich lautlos auf ihn zu und schritt dann an ihm vorüber. Saitsew folgte ihrem Gesicht und ihrer Bewegung, als würde er von einer zentrifugalen Kraft angetrieben. Tanja legte ihre Uniformbluse ab und hielt sie mit gestrecktem Arm in die Mitte des Raums, das Zentrum ihres Orbits. Dann ließ sie sie fallen und knöpfte ihr Unterhemd auf. Saitsew tat es ihr nach, sodass sie schließlich beide ihre Kleidungsstücke in den Mittelpunkt des von ihren Füßen beschriebenen Kreises fallen gelassen hatten, wie Blumen in einen Teich.

Zwei Stunden später stahl sich Tanja davon. Sie hatten sich in der Dunkelheit schweigend angekleidet und Stück für Stück ihre Kleidung aus dem ineinander verwobenen Haufen herausgezogen. Eines Tages wird sie aus Versehen mit meiner Hose den Bunker verlassen, dachte Saitsew lachend. Für diesen Fall sollte ich mir jetzt schon eine gute Geschichte für Viktor einfallen lassen.

Am nächsten Morgen erwachte Saitsew spät in seinem Schlafsack. Graues Licht drang mit der Kälte ein. Seine Uhr zeigte 6.45 Uhr. Er rieb sich die Augen und lockerte seine Muskeln, um die Steifheit zu vertreiben, die durch das Schlafen auf dem zugigen Erdboden in seine Glieder gekrochen war.

Dann zündete er die Laterne an, während der Wodka und das nächtliche Liebeserlebnis durch seinen Kopf tobten. Abwesend nahm er ein Stück Brot aus seinem Rucksack und kaute es. Wo soll ich beginnen? fragte er sich. Wo soll ich nach einem Meisterschützen suchen, der mich sucht?

Er beschloss, zu Sektor 2 zurückzukehren, zum Mamajew Kurgan, wo er und Tanja am Morgen zuvor auf Thorwald gestoßen waren. Hätte er von der Ankunft des Direktors gewusst, dann hätte er Danilow fortgeschickt und Thorwald mit Tanjas Unterstützung sofort erledigt.

Mit Tanja. Der Gedanke überraschte ihn ein wenig. Ja. Sie ist gut genug. Ich würde es heute wagen, mit ihr an meiner Seite zu kämpfen.

Es war Zeit aufzubrechen. Nun rasch hinüber zur Chemiefabrik, um Tanja zu holen, und dann doch zunächst in ihren Sektor, um dort diesen SS-Standartenführer zu jagen.

Viktor stürmte durch den Eingang.

»Wascha! Die Deutschen haben die Roter-Oktober-Fabrik angegriffen. Eine große Sache! Sechs oder sieben Divisionen!«

»Verdammt. Jetzt ist es so weit.« Dies musste das letzte große Aufgebot der Deutschen sein, um die Stadt zu erobern. Wir wussten, dass sie zuschlagen würden, ehe die Wolga zufriert. Jetzt ist es so weit. Am 11. November im Morgengrauen. Und ich habe verschlafen.

Saitsew griff nach seinem Gewehr.

Viktor sprach weiter, während er für Saitsew den Rucksack und zusätzliche Munition zusammentrug. »Sie haben zwischen dem Banny-Kanal und der Wochowstrojewskaja-Straße eine fünf Kilometer breite Front eröffnet.«

»Wer sind unsere Verteidiger?«

»Gorischnis 95. in der Fabrik und dem Korridor und Lyudnikow und die 138. in den Maschinenhallen.«

Saitsew warf Viktor das letzte Stück Brot zu.

»Sie werden die Stellung halten. Wo sind …«

»Ich war bereits in der Chemiefabrik und habe jeden Bären und Hasen, den ich finden konnte, hinübergeschickt. Wir müssen uns beeilen. Sie kommen rasch näher.«

Das Gewehr in einer Hand, eilte Saitsew hinter Viktor aus dem Bunker, während er sich mit der zweiten den Riemen seiner Maschinenpistole über die Schulter warf. Die schwere PPSh und ihr rundes, gedrungenes Magazin stießen bei jedem Schritt gegen seine Wirbelsäule. Viktors Sammlung an Handgranaten, Patronen, Messern, Ferngläsern und Waffen klirrte.

Der Angriff erfolgte in Sektor 2 und 3, dachte Saitsew, den Abschnitten von Kulikow und Morozow.

Nikolaj Kulikow hatte am Vorabend nicht an der Feier teilgenommen. Vermutlich war er mit Bugderis über Nacht in dem Schützengraben geblieben, um im Morgengrauen ein Dosenschießen zu veranstalten. Sie steckten nun bereits mitten im Kampfgeschehen. Ich muss zu ihnen durchkommen.

Tschuikow hat mich von allen Aufträgen zurückgezogen, um den Scharfschützen aus Berlin zu jagen. Da war nichts zu machen. Mit Thorwald werde ich mich später befassen. Er muss warten.

Vielleicht erwartet er mich auch bereits in Sektor 2.

Der Hase und der Bär liefen durch Schützengräben und einsame Gassen bis zur Wolga hinab. Die Hauptverbindungsroute zwischen der Chemiefabrik und den Truppen, die den Fabrikbezirk verteidigten, führte im Schutz der Klippen über den mit Kriegsgerät übersäten Strand.

Vor allem während der Versorgungskrise hatte Feldmarschall Paulus, der Befehlshaber der deutschen Truppen, den Vorstoß zum Fluss zur obersten Priorität erhoben. Damit wollte er die russischen Stellungen in kleine Brückenköpfe aufsplittern. Während Saitsew dahinhastete, fühlte er, dass diese letzte krampfhafte Offensive der Deutschen zum Scheitern verurteilt war. Er wusste, dass sich Tschuikows 62. Armee gut eingegraben hatte. Die russischen Soldaten wurden bis zum letzten Mann durch den Wodka angefeuert und durch die unaufhörlichen Bunkerreden der Kommissare, ihr Flüstern im Schützengraben und ihre eisernen Aufmunterungen zu höchstem Einsatz angetrieben.

Als sich Saitsew der Roter-Oktober-Fabrik näherte, drang ihm das Dröhnen des Artillerie- und Panzerfeuers entgegen. Viktor verlangsamte keuchend seinen Schritt. Schwaden von heißem Atem kamen aus seinem Mund, während seine breiten Schultern unter ihrer Last zusammensanken.

Saitsew klopfte Viktor auf den Rücken. »Bär, wir müssen uns beeilen.«

»Wir sollten einen Augenblick ausruhen«, erklärte Viktor nach Atem ringend. »Hat keinen Sinn, zu müde dort einzutreffen, um die Deutschen zu töten.« Er hielt taumelnd auf dem Sand an, beugte sich vor, die Hände auf die Knie gestützt, und atmete schwer, wie ein Zugpferd beim Pflügen.

Saitsew fühlte die Schweißtropfen, die unter seiner Pelzmütze hervorquollen. Sein Blick glitt über die Wolga zu den bewaldeten Inseln hinüber, die zwei Kilometer vom Strand entfernt im Fluss lagen. Hinter diesen Inseln gab es Verpflegung, Munition, Wodka, Medikamente und warme Stiefel, dachte er. Die Wolga, der geliebte Fluss der russischen Geschichte, stand vor der Entscheidung, ob sie ihren Landsleuten helfen oder sie zerstören wollte.

Riesige Eisschollen trieben auf dem Wasser und stießen grollend unter der Oberfläche gegeneinander. Entlang der Ufer hatte sich eine milchige Eisschicht gebildet, die noch immer zu dünn war, um sie gefahrlos zu betreten. Aber das Eis sammelte sich bereits. Wie lange würde es noch dauern, bis es dick genug war, um einen Lastwagen zu tragen? Vielleicht einen Monat? Ob wir wohl dann noch hier sind?

»Ich gehe voraus, Viktor«, erklärte Saitsew. »Gute Jagd!« Er ließ den schwer atmenden Viktor hinter sich und hastete über den Strand davon. Der Sand knirschte unter seinen Stiefeln.

Wascha, flüsterte der Sand, vergiss Thorwald nicht.

Die Eisriesen auf der Wolga glitten mit durchdringendem Knirschen aneinander vorüber. Wascha, er sucht nach dir.

Sobald er den Strand verlassen hatte, beugten sich die verödeten Gebäude zu ihm herab und flüsterten in sein Ohr.

Wascha, sei vorsichtig, wisperte die Stadt.

Er hielt an und sah sich um. Etwa einhundert russische Soldaten liefen in der Straße an ihm vorüber. Schreie und der Knall von Gewehren umgaben ihn.

Thorwald, Wascha, vergiss Thorwald nicht.

Sobald das Kampfgeschehen hinter ihm lag, tauchte er in die Gräben hinab und kroch auf seinem Weg durch die Fenster zahlreicher Gebäude. Seine Augen und Ohren waren in höchster Alarmbereitschaft. Bei der geringsten Bewegung oder dem leisesten Geräusch in den Trümmern würde er wie ein Chamäleon erstarren. Auf diese Weise schob er sich unbemerkt vorwärts. Dass er dazu imstande war, wusste er.

Saitsews Kraft kam nicht nur aus den Armen und Beinen. Sie kam auch aus dem Bauch und seinen Sinnen. Der Krieg selbst schenkte ihm keine Beachtung, er war mit anderen Dingen beschäftigt. Was seine körperlichen Fähigkeiten und seine Geschicklichkeit betraf, stand Saitsew auf dem Zenit. Er rechnete mit jeder Art von Bedrohung und war bereit, sich der Gefahr zu stellen und sie zu überwinden, während er am Rande der Schlacht dahinkroch und im Gefüge des Konflikts verschwand, sobald es ihm sein Instinkt befahl. Wie oft hatte er bei einer Flasche Wodka und einer Zigarette, in Dutzenden Schützengräben und im flackernden Licht der Laternen oder im Schein der herabstürzenden Leuchtraketen versucht, Neulingen und altgedienten Soldaten das Wesen des Krieges zu erklären. Nie hatte er die richtigen Worte gefunden. Für den, der den Krieg kannte und in sich trug, war er wie ein Tier. Er konnte den Krieg verjagen, sich vor ihm verbergen, ihn sogar ärgern und ihm eine andere Beute vorwerfen als den eigenen Leib. Der Krieg ließ sich nicht beherrschen, aber es war möglich, sich seine Denkweise anzueignen. Dies war die einzige Fähigkeit, die Saitsew seinen Hasen nicht vermitteln konnte. Sie lebte in seinen Eingeweiden und verbarg sich in seinen Worten und seinem Verstand. Diese Fähigkeit hatte bereits in der Taiga in ihm geschlummert und war von seinem Großvater in seinem Blut geweckt worden. Entweder ein Soldat besaß sie, wie Viktor und Tschekow, oder er erwarb sie sich, wie Tanja es getan hatte – oder er erlangte sie nie, wie mutig und klug er auch sein mochte. Dabei dachte Saitsew an den toten Jungen, den bärenstarken Fedja.

Besaß auch Thorwald diese Fähigkeit?, fragte er sich. Entstammte sein Tötungsinstinkt seinem Verstand oder seinen Eingeweiden? Ist er ein Lehrer, ein Soldat oder ein Jäger?

Was wird mir Thorwald zeigen? Wie geduldig ist er? Wo verbirgt er sich? Wartet er darauf, dass ich in sein Fadenkreuz laufe, oder pirscht er sich noch immer an mich heran? Wird er versuchen, mich aufzuscheuchen, oder wird er mir eine Falle stellen, in die ich tappen soll?

Saitsew sah zu den Rümpfen der Gebäude auf der anderen Straßenseite hinüber. Dann schwenkte sein Blick über die beschädigten Schlote des Industriebezirks, nach Norden zu den Überresten der Roter-Oktober-Fabrik und zu der in weiter Ferne rauchenden Barrikadenfabrik. Seine Gedanken wanderten zu der Stadt zurück, die hinter ihm wie ein Halbmond der Zerstörung in einer Biegung der Wolga lag. Nun war alles anders. Bisher war Stalingrad ein Schlachtfeld gewesen, mit Landkarten, Kampfabschnitten, Frontlinien, Flanken, Nachschubrouten, dem Fluss und den Gebäudekomplexen, die die Stadt kennzeichneten. Er hatte die Stadt auf die bestmögliche Weise kennen gelernt, indem er sich in ihr verborgen hatte. Seit seinen ersten Tagen bei den Sturmtruppen hatte sich die Stadt in einem Rhythmus bewegt, den Saitsew instinktiv fühlte, wie den Wald oder die Gezeiten des Pazifik in Wladiwostok. Nun lauerte in den Schatten und Ritzen ein wildes, unberechenbares Element: ein Mann, der den Auftrag hatte, ihn, den Hasen, zu finden und zu töten. Ein SS-Standartenführer, ein Meisterschütze, dessen Fähigkeiten Saitsews Vorstellungen überstiegen und der mit dem Foto seiner Beute und Danilows Artikeln ausgestattet war. Sie boten ihm eine Beschreibung sämtlicher Taktiken, die Saitsew für Scharfschützen ersonnen hatte.

Wenn Thorwald der Scharfschütze war, der in Sektor 2 auf die Attrappe geschossen hatte, dann zeichnete er sich durch eine geradezu unheimliche Geschwindigkeit und tödliche Präzision aus. Saitsew fühlte jedoch noch etwas, wenn er an das zerfetzte Gesicht von Pjotr dachte, etwas Verdrehtes, Bizarres.

Der Hase war so weit in das Gebiet der Kühlhäuser nördlich der Chemiefabrik vorgedrungen, dass er bereits den Rangierbahnhof sehen konnte, der an die Arbeitersiedlung der Roter-Oktober-Fabrik grenzte. Striakows Gegenangriff war einen halben Kilometer hinter ihm erfolgt. Links von ihm brach sich das Echo von Panzern und Soldatenstiefeln an den Ziegelfassaden der Gebäude. Die Deutschen rückten auf, um Striakows Offensive zu begegnen.

Die Verstecke, die er mit Kulikow und Baugderis verwendet hatte, lagen in der Nähe. Mit seinem Zielfernrohr suchte er nach den fünf beschädigten Güterwagons. Der Feldstecher hätte sich für diese Aufgabe besser geeignet. In unsicheren Situationen wie dieser zog er es jedoch vor, den Finger am Abzug zu haben. Die Güterwagons markierten den deutschen Schützengraben, Kulikows Jagdrevier vom Nachmittag zuvor.

Saitsew glitt etwa zwanzig Meter vorwärts, bis der erste der Wagons am entfernten Ende des Bahnhofs auf einer Anhöhe vor einigen Lagerhäusern sichtbar wurde. Er erkannte das Gelände wieder. Dort drüben, etwa fünfzig Meter weiter links, musste Kulikows Graben liegen.

Diese letzte Strecke führte über offenes Gebiet, das mit Trümmern übersät war. Saitsew widerstand dem Drang, die wenigen Meter in geduckter Haltung zu laufen, und zog stattdessen einen Stoffbeutel aus seinem Rucksack. Er steckte Gewehr und Maschinenpistole in den Sack und verschloss ihn mit dem Durchziehband. Flach auf dem Bauch liegend, schob er sich in die freie Fläche vor. Für eine Entfernung von zwanzig Metern benötigte er fünf Minuten. Nach jeweils fünf Sekunden hielt er an, um mit der aufgewühlten Erde zu verschmelzen. Sobald er in einen seichten Granattrichter hinunter gekrochen war, holte er seine Schnur ein und zog den schmutzig braunen Sack ebenso langsam über den offenen Hof zu sich heran.

Während er die Schnur aufrollte, dachte er darüber nach, wie sich diese Art von Schlachtfeld zu seinem Vorteil nutzen ließ. Wenn ein Mann vorsichtig und aufmerksam war, fand er überall Deckung. Und wenn er wusste, wie er sich bewegen musste, konnte er durch die gesamte Stadt schleichen und in den ineinander verwobenen Schatten und Trümmern unsichtbar bleiben. Als die Deutschen Stalingrad im September und Oktober mitleidlos in Trümmer geschossen hatten, war ihnen gewiss nicht bewusst gewesen, dass sie damit lediglich Rattennester, Kriechröhren, Krater und Schattenverstecke für russische Soldaten geschaffen hatten.

Nach einer weiteren halben Stunde erreichte er die Brüstung des Grabens, ohne zu wissen, was ihn erwarten würde. Rasch zog er den Sack heran und nahm seine Waffen zur Hand.

Saitsew hielt inne, um den Bahnhof und die angrenzenden Gebäude abzusuchen. Er war sicher, unbemerkt geblieben zu sein. Der deutsche Angriff hatte sich in seinen Rücken verlagert. Er fühlte geradezu die Leere im Bahnhofsgelände. Weniger als einen Kilometer vom Kampfgeschehen entfernt, erfüllte Stille die Gebäude. An ihren Wänden brach sich lediglich das Echo der Kämpfe, das aus Nordosten von den Wolgaklippen und aus dem Zentrum des Fabrikbezirks bis hierher drang.

Während er in den Graben hinunterglitt, hoffte er, nicht auf die beiden Hasen zu stoßen. Wie er sich eingestehen musste, bestünde in der Stille des Bahnhofs wenig Aussicht, sie lebend anzutreffen. Wenn sie sich noch im Graben befinden, sind sie tot, dachte er. Vor dem Morgengrauen hatte der Graben direkt an der Frontlinie gelegen. Der deutsche Vorstoß wäre unvermutet und in voller Geschwindigkeit über die beiden Männer hinweg gefegt, bevor irgendetwas ihm Einhalt gebieten hätte können. Ein Rückzug über das offene Bahnhofsgelände wäre nur in gestrecktem Lauf möglich gewesen, und dann wären sie gewiss von hunderten Kugeln niedergestreckt worden.

Saitsew begriff, dass er einem unausgesprochenen Befehl gefolgt war, als er zu Kulikows und Baugderis' Stellung gekrochen war. Selbst wenn er nur ihre Leichen fände, wäre es ihm unmöglich, seine Freunde einfach unter dem Winterhimmel erstarren und vermodern zu lassen. Gleichzeitig durfte er nicht darauf hoffen, sie für ein angemessenes Begräbnis bergen zu können. Das musste warten, bis die Deutschen aus Stalingrad vertrieben waren. Um jedoch ihren Müttern schreiben zu können, wie ihre Söhne gestorben waren, musste er hierher kommen. Insgeheim wünschte er, dass auch ihm dieser Dienst erwiesen werden würde, sollte er eines Tages gestellt und getötet werden.

Ehre für die Toten, Treue von den Lebenden. Niemand konnte dies von anderen erwarten, wenn er es nicht ehrlich verdiente und bereit war, es anderen zu geben. Das war Gerechtigkeit, eine der Grundregeln von Leben und Tod.

Saitsew kroch fünfzig Meter durch den Graben, ehe er sie erblickte. Während er zu den am Boden des Grabens zusammengesunkenen Körpern hastete, stürzte sein Herz den Abhang zur Wut hinab.

Die erste Leiche war die von Baugderis. Der Georgier lehnte mit weit ausgebreiteten Armen und verdrehten Beinen an der Wand. Seine Haltung wirkte fröhlich, als wäre er in die Luft gesprungen, hätte die Arme geschwenkt und seine Fersen zusammengeschlagen. Das Gesicht strafte das Bild jedoch Lügen. Seine rechte Augenhöhle war eine dunkle Masse aus zerfetztem Fleisch. Schwarzes Blut klebte an seiner Schulter und seinem rechten Arm. Saitsew wusste, dass es von dem Loch in seinem Hinterkopf stammte.

Nur einen Meter rechts von Baugderis sah er Kulikow. Der Helm neben ihm war seitlich von einer Kugel durchbohrt worden. In der Nähe seiner Hand lag ein Artilleriepeiskop.

Saitsew stieg über Baugderis' Leiche, um neben Kulikow niederzuknien. Gestocktes Blut bedeckte die Hälfte des Gesichts und des Halses seines Freundes. In seinem Ohr hatte sich eine dunkle Lache gebildet.

Der Hase beugte sich über die schlitzförmige Wunde an

Kulikows Schläfe. In der Mitte der von getrocknetem Blut überzogenen Wunde zeigte sich eine hellrote Spalte, wie eine Zunge, die herausgestreckt und wieder zurückgezogen wurde. Ein wenig Blut sammelte sich zu einem Tropfen, der als purpurfarbenes Band über die Kruste rann. Als er anhielt, war er immerhin weit genug geronnen, um Saitsew zu sagen, dass Kulikow noch am Leben war.

Augenblicklich umschloss er das Gesicht seines Freundes mit den Händen, sodass die Daumen auf seinen Wangen lagen, und schüttelte heftig den Kopf: »Nikolai! Öffne die Augen!«

Kulikow atmete aus, während sein Kopf zur Seite schwankte. Seine Lider flatterten, und in seinen Augen war das Weiße zu sehen.

Saitsew tätschelte Kulikows Wangen immer stärker, bis dieser die Augen öffnete und sein Blick klar wurde. Dann zog er die Feldflasche aus dem Rucksack, öffnete den Mund des Verletzten und goss Wasser hinein. Der Großteil rann an Kulikows Hals hinab, bis er schließlich zu schlucken begann.

»Ruhig. Ganz ruhig, Nikolai. Alles in Ordnung.«

Kulikow stieß hustend die Feldflasche zur Seite, blinzelte und stöhnte. Er hob die Hand zum Kopf, konnte die Wunde jedoch nicht erreichen.

»Was … Was? …«, stammelte Kulikow, während er sich zu Baugderis umwandte. Sein Blick fiel auf die unförmige Masse im Gesicht seines Freundes. »Oh. Oh, verdammt«, murmelte er, während Angst in seine Augen trat.

»Mit dir ist alles in Ordnung, Nikolai«, versicherte ihm Saitsew. »Du hast bloß eine Fleischwunde an der Stirn. Du wirst nicht sterben. Ich werde dich zurückbringen.«

Kulikow schloss die Lider und atmete tief ein. »Der Angriff … Wo? …«, sagte er mit einer Stimme, die nach Kraft suchte.

Saitsew unterbrach ihn. »Alles in Ordnung. Sie sind hinter uns. Sie sind an dir vorübergezogen.«

Kulikow lehnte seinen Kopf in den Nacken, um zum Morgenhimmel hinaufzublicken. Seine Lippen verzerrten sich zu einer Grimasse. »Ich erinnere mich nicht mehr. Mehr Wasser ...«

Saitsew reichte ihm die Feldflasche. Was meinte er damit, dass er sich nicht mehr an den Angriff erinnerte? Er war mehr als zwei Stunden bewusstlos gewesen, aber war Baugderis nicht bei dem Angriff getötet und war er nicht während des feindlichen Vorstosses verwundet worden? Der deutsche Angriff war über sie hinweggerollt, man hatte ihnen den Rückzug abgeschnitten; sie hatten sich zur Wehr gesetzt und waren niedergeschossen worden.

»Nikolai«, fragte er, »wie wurdest du verwundet?«

Kulikow sah zu Baugderis hinüber. »Ein Scharfschütze.«

Die Muskeln um Saitsews Kinn spannten sich.

Mühsam versuchte Kulikow, sich aufzusetzen. »Der Angriff kam kurz nach der Morgendämmerung. Wir konnten nicht hier bleiben. Aber« – er stieß ein trauriges Lachen aus – »ich schätze, wir blieben doch.«

Saitsew wartete, bis Kulikow sich wieder gesammelt hatte.

»Wir wollten an diesem Ende aus dem Graben ausbrechen. Wir dachten, wenn wir laufen, können wir möglicherweise die Kühlhäuser erreichen. So krochen wir hier herüber und zogen ein letztes Mal an den Schnüren. Wir warteten nicht lange, gerade lange genug, um zu sehen, was wir aufscheuchten. Wir haben noch einen Deutschen erledigt.«

Nikolai berührte seine Wange. Seine Finger glitten zitternd über die Blutklumpen, die sich wie gestocktes Wachs angesammelt hatten. Als er sich mit der Hand durchs Haar fuhr, bemerkte er, wie hart es an seiner Schläfe geworden war.

Sobald sich die Fingerspitzen der Wunde näherten, stöhnte er auf.

»Lass«, meinte Saitsew. »Wir werden uns bald darum kümmern.«

Kulikow ließ die Hand sinken und kicherte schmerzlich und nervös zugleich angesichts seines unermesslichen Glücks.

»Als wir hierher kamen, zog ich an der Schnur und beobachtete die Umgebung«, fuhr er fort. »Zu diesem Zeitpunkt waren wir bereits in Eile. Nichts geschah. Wir wollten eben zu unserer letzten Position weiterkriechen, als ich plötzlich den Kopf eines Deutschen auftauchen sah. Ich forderte Zwiad auf zu schießen. Da drückte er den Abzug und wurde im gleichen Augenblick selbst getroffen.«

Baugderis' Moisin-Nagant lag auf der Brüstung des Grabens, wo sie ihm nach dem Schuss aus den Händen gefallen war. Saitsew zog die Waffe an sich, betrachtete sie und stieß entsetzt die Luft aus.

Das Zielfernrohr war zersplittert. Eine Kugel war durch die Röhre des Zielfernrohrs in Baugderis' rechtes Auge eingedrungen.

Baugderis waren nicht einmal die zwei Sekunden geblieben, um den Abzug zu drücken und den Kopf vom Fernrohr zu nehmen, ehe der Deutsche ihn tötete.

Als Saitsew den Verschluss des Gewehrs zurückzog, fiel eine leere Patronenhülse heraus. Ihm war nicht einmal genug Zeit geblieben, um einen einzigen Muskel zu bewegen, dachte er. Baugderis hatte geschossen, den Einschlag seiner Kugel beobachtet und war noch stehend gestorben.

»Ich habe nicht gesehen, woher der Schuss kam«, erklärte Kulikow kopfschüttelnd. »Ich ... ich war so ... er wurde aus dem Nichts getroffen. Hat mich zu Tode erschreckt, Wascha. Ich muss wohl aufgestanden sein.«

Saitsew nickte. »Nur eine Sekunde lang«, murmelte er, mehr zu sich als zu Kulikow.

Thorwald. Er war hier. Und er will, dass ich es weiß.

»Nur eine Sekunde lang«, wiederholte Kulikow. »Müssen zwei oder drei gewesen sein. Wir ... wir sind einfach zu lange geblieben.«

Kulikows Augen begannen zu glänzen. Wieder sah er zu Baugderis hinüber. Eine Träne zog eine schimmernde Spur über seine blutverschmierte Wange.

»Wir haben ein Spiel daraus gemacht, Wascha«, flüsterte er. »Es gab keinen Grund zu bleiben. Wir hätten gestern Nacht aufbrechen sollen. Aber wir sind geblieben, um noch mehr verdammte Treffer zu sammeln.«

Saitsew nickte. Er verstand ihn nur allzu gut. Nikolai Kulikow weinte, einer seiner besten und gerissensten Hasen weinte. Ein speziell ausgebildeter, Verderben verbreitender Scharfschütze beklagte mit Tränen in den Augen den Tod seines Freundes. Saitsew wusste, was Kulikow gesehen hatte. Auch er hatte in seine eigene Seele geblickt, den Makel des Mörders darauf gesehen und war entsetzt von diesem Bild zurückgeschreckt. Dies hatte das Leichenhaus des Krieges Kulikow und den Männern beider Armeen angetan. Erst machte es sie zu gerechten Mördern für ihr Land und dann zu Raubtieren, die zur eigenen Unterhaltung oder aus Rache töteten. Wie oft kann man den Abzug drücken und ein Leben zerstören, ehe man die Wahrheit erkennt, ehe die begangene Tat den eigenen Geist tötet?

Kulikow hatte annähernd einhundert Männern die tödliche Kugel gesandt, Saitsew beinahe doppelt so vielen. Kulikow und Baugderis hatten die Kunst, die Notwendigkeit und die Hässlichkeit des Tötens in einen Zeitvertreib verwandelt. Saitsew dachte an das Massaker im Offiziersbunker zurück. In jener Nacht, in der er von der Sinnlosigkeit seiner aus militärischen Überlegungen vollkommen unnötigen Tat gepeinigt wurde, hatte er Glück gehabt. Damals hatte er die Abscheulichkeit seiner Morde mit derselben Heftigkeit gefühlt, die Kulikow nun durchbohrte. Tanjas Glut hatte das Eis in seinem Herzen jedoch geschmolzen und den Schmerz gelindert, bis er ihn wieder unter Kontrolle hatte. Kulikow hingegen kauerte in diesem Schützengraben, starrte über seine blutige Schulter auf das Ergebnis seines leichtfertigen Zeitvertreibs, die Totenmaske von Baugderis, und verwünschte die Fäulnis von Stalingrad in seiner Seele.

Wessen Schuld war es?, fragte sich Saitsew, während Kulikow neben ihm schluchzte. Hat man uns nicht aufgetragen, dies zu tun? Deutsche zu töten, sie in den Boden zu stampfen, zu zermalmen, in die Luft zu sprengen, zu zerreißen, zu durchbohren, zu erschießen, zu töten, bis sie die Erde unseres Landes verlassen haben? Wir alle befinden uns in einer Raserei, sind wie tollwütige Hunde. Jedes Wort, das wir hören oder in der *Verteidigung unseres Landes* und dem *Roten Stern* lesen, befiehlt uns, die Deutschen zu töten. Die Politruks rufen, töte die Deutschen oder stirb. Der Wodka, der nie zu versiegen scheint, flüstert, bleib betrunken, verharre in diesem Dämmerzustand und töte die Deutschen. Wo immer du sie findest, auf dem Schlachtfeld, beim Austreten, beim Schlafen in ihren Bunkern, sie sind überall dasselbe: Eindringlinge, elende, stinkende Nazis, Feinde des Kommunismus, für die es weder Vergebung noch Mitleid noch Rettung gibt. Töte die Deutschen oder stirb.

Saitsew legte das Gewehr in den Schoß des toten Georgiers. Dann knöpfte er Baugderis' Jacke auf und zog aus der Innentasche seine Komsomol-Mitgliedskarte heraus.

»Komm, Nikolai. Kannst du aufstehen?«

Sobald sich Kulikow mühsam erhoben hatte, stützte ihn Saitsew und drückte gleichzeitig den Rücken des verwundeten Mannes nach unten, um ihn daran zu erinnern, den Kopf tief zu halten.

Schließlich hob er Kulikows Periskop auf und suchte den Boden des Grabens mit seinem Blick ab. »Wo ist dein Gewehr?«

Kulikow senkte ebenfalls die Augen. »Es ist hier ... Wo ist es?«

Das Gewehr war verschwunden.

Saitsew überfiel ein Gefühl, als befände er sich inmitten der auf der Wolga treibenden Eisschollen. Eisige Nadeln drangen in seine Haut.

Er war hier, dachte er. In diesem Graben.

Vor seinem inneren Auge sah Saitsew die hohen schwarzen Stiefel des deutschen Standartenführers auf derselben Stelle, auf der er nun stand.

Vielleicht hat er eine Spur hinterlassen? Nein, nicht dieser Mann.

Ein letztes Mal sah er zu Baugderis hinüber. Genügte das noch nicht?, fragte er sich. Machte der Bastard nun ein Spiel daraus, von seinen Opfern Trophäen zu sammeln?

Nein, warte, es ging nicht um Trophäen. Er wusste, dass er heute zwei Scharfschützen getroffen hatte. Selbstverständlich war er gekommen, um zu sehen, ob ich einer der beiden war. Immerhin ist das sein Auftrag. Sobald er mich getötet hat, kehrt er nach Hause zurück.

Aus der *Verteidigung unseres Landes* hat er mein Foto.

Der Schütze wartete ab, bis der deutsche Angriff vorüber gerollt war, und kam danach hierher. Jetzt weiß er, dass er nicht mich getroffen hat. Als Bonus hat er die Moisin-Nagant mitgenommen. Auch er weiß, dass sie besser ist als sein Mauser.

Saitsew duckte sich tiefer in den Graben hinab und stieß Kulikow behutsam vor sich her. Liegt Thorwald noch immer in einem dieser Gebäude? Hält er sich in ihnen verborgen und wartet, bis ich komme, um einen meiner Hasen zu retten? Ist dies eine Falle? Ist Nikolai der Köder? Oder hat er ihn am Leben gelassen, um mir seine Schießkunst zu beweisen?

»Komm, Nikolai«, sagte er. »Lass uns von hier verschwinden. Schnell.«

9.

Thorwald streifte den Ärmel seines weißen Tarnanzugs über seine Uhr. Nikki war nun schon annähernd eine Stunde lang unterwegs.

Er blickte durch das Fenster in den im Licht der aufgehenden Sonne umherwirbelnden Staub und Rauch hinaus. Dann lehnte er sich zurück. Sein Körper erinnerte sich noch an die Nacht, die er auf dem waschbrettharten Boden verbracht hatte. Der Junge bewegt sich offenbar mit äußerster Vorsicht, dachte er. Vierhundert Meter Hinweg, vierhundert Meter Rückweg, und dafür benötigt er eine Stunde. Geduld ist ein Hilfsmittel, eine Waffe. Nikki versteht das, er hat das Zeug zu einem Scharfschützen. Wenn ich nach Berlin zurückkehre, könnte ich ihn persönlich ausbilden.

Thorwald legte erneut die Arme um sein Gewehr und zog es an die Brust. Seit Nikki aufgebrochen war, lag er auf dem Boden wie eine Leiche, die anstatt einer Lilie ein Gewehr umklammert hielt. Nun hob er den Kopf, um über seinen weißen Segeltuchanzug zu seinen Stiefeln hinabzublicken, und schlug die Zehen gegeneinander. Er genoss die Bewegung. Noch immer am Leben, dachte er, noch immer imstande zu treten. Mit seiner Nase berührte er den Lauf seines Gewehrs. Die Waffe war nun wieder metallisch kalt. Die Wärme der beiden Schüsse hatte schon längst ihre schwarze Haut verlassen. Aus der Mündung wehte ihm der Geruch von Öl und Rauch, von Blitz und Geschwindigkeit entgegen. Thorwald umarmte das Gewehr und rieb die Unterseite seines unrasierten Kinns am Zielfernrohr, das bis zur Laufmündung reichte. Das Gewehr in seinen Armen stellte alles dar, was er nicht war. Mit der seinem Körper unbekannten Härte und Klarheit bildete es den fehlenden Teil seines Wesens. Die Waffe wird ihrem Geist gerecht, dachte er. Sie riecht nach Tod und offenbart ihre wahre Natur: gefährlich, kalt und hart. Sie ist einfach vollkommen, zu allem entschlossen.

Der Lärm des deutschen Angriffs drang durch das Fenster herein. Ehe Nikki aufgebrochen war, hatte Thorwald ihm erklärt, dass vermutlich nicht Saitsew dort drüben in dem Graben lag. Der Hase hätte diese Fehler nicht begangen, er wäre nicht für einige zusätzliche Treffer bis zum bitteren Ende geblieben. Das wäre unter seinem Niveau, seiner Legende nicht würdig. Schlechter Geschmack. Nein, dachte Thorwald, dieser Saitsew ist kein Sportsmann wie ich, kein einfacher Scharfschütze. Er ist ein Jäger. Er liebt es, seine Beute in der Wildnis aufzuspüren.

Thorwald sah zu den verkohlten Sparren empor und konzentrierte sich auf einen von der Decke hängenden Gipsbrocken, der durch eine unsichtbare Kraft gehalten wurde und in der hereinströmenden Kälte hin und her schwang. Tag für Tag lernte er Saitsew und Stalingrad besser kennen. Der Mann und die Stadt sind untrennbar miteinander verbunden, dachte er. Sie sind das genaue Gegenteil voneinander und ergänzen sich daher vollkommen. Die Stadt ist ein grausames, von Willkür geprägtes Schlachtfeld.

Mit ihren Läusen, dem Schmutz und ihren furchtbaren Gesichtern ist sie die Verkörperung des Elends. Jeder ihrer Schatten ist von Tod und Verwundung verseucht. Stalingrad ist eine in sich zusammengestürzte, zerfetzte, hässliche Riesin. Bei jedem Hieb brüllt sie vor Schmerzen und zuckt zusammen wie ein altes, sterbendes Maultier. Inmitten des Aufschreis der Stadt bleibt Saitsew ruhig. Er ist das feste, stille Eis und die durchdringende Kälte des russischen Morgens. Sein Wille ist ungebrochen, und im Gegensatz zur Stadt ist er nicht nackt und bloß. Ihn kleiden sein Stolz und seine hündische sibirische Entschlossenheit zu überleben. Dieser Unteroffizier mit den Wäldern seiner Heimat in den Adern weiß nicht einmal, wo er sich befindet. Er glaubt, noch immer in den verdammten Wäldern und Bergen zu sein, und hat nicht einmal bemerkt, dass die Farben verblichen sind. Die Wälder sind niedergebrannt und die Opfer dieses ersten Vernichtungsschlags vorbestimmt: Es sind Ehre, Ordnung und Erbarmen – jene Eigenschaften, die uns über Saitsews kostbare Wildtiere erheben. Wie uns die großen Opern von Wagner, die Moral Schopenhauers und der Übermensch Nietzsches verkünden, stehen wir über den Tieren. Wir sind die edleren Geschöpfe. In skrupellosen Schlachten, in denen der Mensch einzig danach strebt, sein Gegenüber zu töten, verbrennt die tobende Hitze des Hasses seine Menschlichkeit. Er wird zu einer wilden, angsterfüllten Bestie. Saitsew jagt die Tierhaftigkeit des Menschen, spürt ihn durch sie auf und vernichtet ihn um ihretwillen.

Saitsew wird weder aus seinem Glaubensgrundsatz – eine Kugel, ein Mann – noch aus seiner Moral erwachen. Er ist ein Schlafwandler. Welch alberner Gedanke, auf ehrenvolle Weise zu töten – das ist ein Paradoxon. Der Unterschied zwischen dem Hasen und Stalingrad ist so groß, dass die Stadt ihn tarnt und sogar schützt. Da er in der intuitiven Art eines Jägers nach wie vor in den Wäldern lebt, anstatt aus ihnen herauszukommen, berührt ihn die Stadt überhaupt nicht.

Nein. Das ist er nicht, nicht Saitsew liegt tot in diesem Graben. Noch nicht.

Thorwald hatte Nikkis Annäherung nicht wahrgenommen.

»Standartenführer, ich bin zurück. Kommen Sie herunter«, rief er die Treppe hinauf.

Thorwald erhob sich steifbeinig. Seine Gelenke schmerzten von den neunzig Minuten, die er untätig auf dem kalten Boden gelegen hatte. »Nun?«, fragte er, während er die Treppe hinabstieg. »Wie haben wir abgeschnitten?«

Nikki hob ein langes russisches Gewehr mit Zielfernrohr. »Zwei Scharfschützen lagen in dem Graben, aber kein Saitsew.«

»Hm. Nun, das überrascht mich nicht. Ich nehme an, wir müssen gut sein, anstatt bloß auf unser Glück zu vertrauen. Nicht wahr, Nikki?«

Thorwald deutete auf die Moisin-Nagant. Er hatte in Gnössen viele dieser Gewehre gesehen und sie für den Unterricht verwendet. Ausgezeichnete Waffen, bei schwierigsten Bedingungen zuverlässig, wenn auch ein wenig langsam.

»Wenn alle beide tot waren, warum dann nur ein Gewehr?«, fragte er mit einem Blick auf die Moisin-Nagant.

Thorwald tauschte seinen Mauser gegen die Moisin-Nagant. Das russische Gewehr war schwerer. Es fühlte sich grob an, wie ein Ackergaul, dachte er. Ackergäule brechen jedoch nicht zusammen. Die Russen wussten das.

»Na, Hauptgefreiter, wo ist das andere Gewehr?«, erkundigte sich Thorwald ungeduldig.

»Das andere Gewehr war nicht gut«, erklärte Nikki mit abwesendem Blick, als hätte er das Bild von etwas vor Augen, was er in dem Graben gesehen hatte, »deshalb habe ich es dort gelassen.«

»Ausgezeichnet. Hätte keinen Sinn, eine beschädigte Waffe quer über den Bahnhof zu tragen. Wie du weißt, habe ich dir vor deinem Aufbruch gesagt, dass möglicherweise mit einem der beiden russischen Gewehre etwas nicht in Ordnung ist.«

Thorwald sah durch das Vierfach-Zielfernrohr der Moisin-Nagant. Er wendete Nikki das Profil zu und schwang die Waffe auf und ab. Zielen. Abdrücken. Nein, nicht geeignet für einen schnellen Schuss, zu kopflastig. »Was genau war mit dem Gewehr, Nikki?«

Nikki zögerte, während sich Thorwald auf das russische Zielfernrohr konzentrierte und mit der Zuversicht eines Mannes wartete, der einen Ball hochgeworfen hatte und wusste, dass er wieder herunterfallen musste.

Nikki scharrte mit dem Fuß auf dem Boden. »Niemand ist so gut, Standartenführer.«

Ohne zu ihm hinüberzublicken, wusste Thorwald, dass Nikki ihn anstarrte. Durch das, was der junge Hauptgefreite in dem Graben gesehen hatte, waren sie nun verbunden wie ein Fisch und sein Köder.

Wieder hob und senkte Thorwald das Gewehr. Schwerfällig. Aber zuverlässig und tödlich. Ich kann auch mit diesem Gewehr treffen, ganz gewiss.

»Machen Sie mir die Freude, Hauptgefreiter. Sagen Sie mir, was mit dem anderen Gewehr war.«

»Das Zielfernrohr des anderen Gewehrs war durchschossen.«

Thorwald ließ die Moisin-Nagant sinken. »Tatsächlich?«, fragte er grinsend.

Nikki warf sich den Riemen des Mauser über die Schulter und streckte die Hand aus, um Thorwald das russische Gewehr abzunehmen. »Verdammt guter Schuss, Standartenführer.«

Thorwald zog seine weißen Fausthandschuhe über und stieg hinter Nikki die Treppe zur Straße hinab. Soldaten liefen in allen Richtungen durcheinander.

»Nicht wirklich ein Schuss«, murmelte Thorwald vor sich hin, »mehr eine Visitenkarte.«

Thorwald kümmerte sich nicht darum, wohin er ging; er wusste, dass Nikki ein guter Führer war. Er hatte richtig gehandelt, als er diesen Jungen einem von Ostarhilds Scharfschützen vorgezogen hatte. Der junge Hauptgefreite kannte das Schlachtfeld. Gewiss hatte Thorwald den Schuss gelöst, aber Nikki hatte ihn an diesem Morgen zu seinem Ziel geführt und den Stein ins Rollen gebracht, der den beiden russischen Scharfschützen zum Verhängnis geworden war. Außerdem war der junge Soldat auf seinen Befehl hinübergekrochen, hatte das russische Gewehr geholt, sich vergewissert, dass sich Saitsew noch nicht unter den Opfern befand, und seine »Visitenkarte« bestätigt.

Gut, dachte er. Alles funktioniert, wie gewünscht. Nikki muss mit eigenen Augen sehen, wozu ich imstande bin.

Die beiden Männer marschierten fünf Kilometer nach Westen ins Hinterland, wo sich das eifrige Hin und Her von Männern und Geräten allmählich verlangsamte. Der Kampflärm verebbte, und das Donnern der Minenwerfer und Panzer klang nur noch gedämpft durch das Gewirr von Straßen und Gassen. Ein Motorradmelder schoss an ihnen vorüber auf das Kampfgeschehen zu. Selbst das Knattern des dahinrasenden Motorrads ging schon bald in den geschwärzten Steinen und Ziegelhaufen um sie unter. Die zerstörte Stadt schien jede Art von Geräusch, Licht und Leben aufzusaugen.

Thorwald hielt an, setzte sich auf seinen Rucksack und forderte Nikki auf, es ihm gleichzutun. Er wollte reden.

Er sah zu den Ruinen hinüber, über deren Spitzen der Lärm und Rauch der deutschen Offensive wie soeben erlöste Geister in den Himmel stiegen. Die Stadt grollte, während sich die beiden Armeen ineinander verkrallten.

»Sieh dich um, Nikki«, forderte er den jungen Soldaten auf, während er mit seinem Arm einen Bogen über die sie umgebende Zerstörung beschrieb. »Sieh nur. Zehntausende Männer, die alle in eine Richtung stürmen. Und du und ich folgen unserem eigenen Pfad, nur wir beide. Wir kämpfen einen anderen Krieg.«

Das Dröhnen der Granaten bestätigte seine Worte. »Wir verwenden nicht einmal dieselben Waffen. Wir versuchen nicht, alles niederzureißen und jeden Russen zu vernichten, auf den wir stoßen. Wir arbeiten allein, folgen einer stillen Mission aus Aufspüren und Zerstören. Anstatt russische Divisionen mit Bomben, Panzern und zehn Bataillonen zu bekämpfen, suchen wir mit diesen hier nach einem einzigen Mann.« Er wies mit dem Finger auf das russische und das deutsche Präzisionsgewehr, die Nikki auf dem Boden abgelegt hatte.

»Wie wollen wir unseren Auftrag erfüllen? Wie finden wir einen lautlosen Mann inmitten all dieses Lärms? Diese Frage verwirrt mich und, um ehrlich zu sein, beunruhigt mich ein wenig.«

Thorwald betrachtete die Ruinen rundum. Betongeister, dachte er, Skelette und Trümmer, wohin man sah. Saitsew konnte sich überall verbergen, in jedem dieser Fenster, Keller, Gräben, Kanäle, Schlupflöcher, Ruinen und Tunnels. Und am nächsten Tag, in der nächsten Stunde konnte er bereits an einem anderen Ort sein. Möglicherweise war er bereits tot, gefällt durch die Kugel eines anderen Soldaten oder einen durch die Luft fliegenden Granatsplitter. Und ich bin hier festgekettet auf der Suche nach einem Toten oder im besten Fall einem verborgenen Ziel, das sich frei umher bewegt und nicht einmal weiß, dass ich nach ihm suche.

Was soll ich tun? Ich kann nicht weitermachen wie bisher, diesem Jungen durch Stalingrad folgen und auf alles schießen, was er mir als Ziel anweist. Ich kann nicht jede wache Stunde darauf verwenden, russische Scharfschützen in jedem Frontabschnitt dieser teuflischen Stadt aufzuspüren und Nikki zwei- bis dreimal täglich aussenden, um festzustellen, ob es mir gelungen ist, ein Loch in diesen Hundesohn Saitsew zu schießen. Nein, das ist ein absurder, verhängnisvoller Plan. Ich und ein verwegener Halbwüchsiger auf der Suche nach einer Nadel in einem endlosen, höllischen Heuhaufen. Nikki will, dass ich jeden russischen Scharfschützen beseitige, den wir finden, wie ein Trickschütze in einem Wanderzirkus, nur um Saitsews Aufmerksamkeit auf mich zu lenken. Bei dieser Geschwindigkeit erhalte ich vermutlich selbst eine Kugel, lange bevor ich dem Hasen eine auf sein Fell brennen kann.

»Nikki«, begann er schließlich, plötzlich zufrieden, eine Entscheidung getroffen zu haben, »uns fehlt die Zeit, in ganz Stalingrad nach Saitsew zu suchen. Obwohl wir erst am Anfang stehen, müssen wir unsere Taktik ändern. Ich wurde nicht ausgeschickt, um die Stadt von Scharfschützen zu säubern. Ein einziger Mann. Das ist alles, was wir brauchen, um eine Fahrkarte nach Hause zu bekommen.«

Nikki ließ den Kopf hängen und spielte mit Kieselsteinen.

»Wir sollten uns eine bessere Methode ausdenken, Saitsew wissen zu lassen, dass ich hier bin«, fuhr er fort. »Er wird es nicht ertragen. Die Legende, der Held – er wird auf uns losstürmen wie ein wilder Stier. Was denkst du?«

Nikki ballte seine Hand um einen Stein zur Faust und starrte auf den Boden.

»Was denkst du?«, wiederholte Thorwald.

Nikki sah auf. »Ist schon geschehen.«

Thorwald lachte. Wovon sprach der Junge? Was war bereits geschehen? Saitsew kann nicht wissen, dass ich nach ihm suche. Er mag ein ausgezeichneter Jäger sein, aber er ist kein Hellseher.

Thorwald warf einen Kieselstein über seine rechte Schulter. Dieses Stoßgebet für etwas Glück hatte er an den Teichen seiner Kindheit gelernt. Ihr Wasser glitzerte hinter dem grünen Anwesen seiner Familie, fern von dieser Stadt. »Wie denn? Durch diesen einen Kunstschuss durch das Zielfernrohr? Ich müsste diesen Schuss noch zehnmal wiederholen, ehe Saitsew ihn auch nur bemerkt. Er wird glauben, es wäre Zufall gewesen.«

»Nicht der Schuss, Standartenführer. Saitsew weiß, dass Sie hier sind. Er weiß es seit einigen Tagen.«

Bei diesen Worten setzte sich Thorwald kerzengerade auf und legte die Fingerspitzen aneinander.

Nikki senkte erneut den Blick und sprach mit zu Boden gerichtetem Gesicht weiter. »Ich habe es ihnen erzählt.«

Thorwald blinzelte. »Du … du hast was getan? Wem hast du es erzählt?«

»Den Russen.«

Saitsew weiß, dass ich hier bin? Thorwalds Sinne schlugen Alarm. Dieser Junge hat Saitsew gesagt, dass ich hier bin? Wie ist das möglich? Wie kann er mit Saitsew gesprochen haben? Ist dieser Hauptgefreite ein Agent der Russen? Ein Spion? Ein Verräter? In Thorwalds Kopf überstürzten sich die Gedanken, plötzlich entfesselt durch Nikkis Geständnis. Warum sagt er mir das? Er sah zu Nikkis Füßen, wo die beiden geladenen Gewehre lagen. Dies waren die einzigen greifbaren Waffen, mit Ausnahme des Messers, das Nikki an der Hüfte trug.

»Ich wurde gefangen genommen«, fuhr Nikki fort. »In der Nacht nach Ihrer Ankunft. Die Russen waren hinter unseren Linien und überwältigten mich, während ich eine Telefonleitung reparierte. Sie wollten mich töten. Ich musste ihnen etwas sagen, sonst hätten sie mir die Kehle durchgeschnitten.«

Nikki erhob sich mit einem Gewehr in jeder Hand. »Da habe ich von Ihnen erzählt, Standartenführer. Ich dachte, es würde nichts ausmachen. Ich sagte ihnen, dass Sie hier sind, um Saitsew zu töten. Der Gedanke gefiel ihnen. Ein Duell zwischen ihrem Meisterschützen und unserem Meisterschützen. Sie ließen mich am Leben, damit ich Ihnen davon berichte. Aber das habe ich nicht getan.«

Thorwald starrte zu dem Hauptgefreiten empor. Das Geständnis des Jungen klang einleuchtend. Nikki war gefangen genommen worden, in Panik geraten und hatte geplaudert, wie ich es getan hätte, dachte er. Die Geschichte zerstreute jedoch nicht seinen plötzlich aufgetretenen Verdacht gegen Nikki. Dieser Junge wusste die ganze Zeit über, dass Saitsew nach ihm suchte. Er wusste es und hatte es ihm nicht gesagt. Er hatte ihn manipuliert, sein Leben aufs Spiel gesetzt und möglicherweise weitere Konfrontationen mit Saitsew, dem roten Meisterschützen geplant, von denen er nichts wusste. Nun, nun, kleiner Nikki. Ein Mörder, ein Lügner, ein Verräter und ein Feigling.

Das war mehr als genug.

»Hauptgefreiter« sagte er mit eisiger Stimme. »Ich glaube Ihnen. Und ich begreife, warum Sie gezögert haben, mir von Ihrem Abenteuer mit den Russen zu erzählen. Immerhin ist es Hochverrat, wenn man Informationen an den Feind weitergibt. Das ist strafbar und wird, soviel ich weiß, mit sofortiger Exekution geahndet.«

Die Knöchel an Nikkis Händen, die die Gewehre umspannten, wurden weiß. Die Haltung des Jungen änderte sich. Thorwald fragte sich, ob der Hauptgefreite fürchtete, dass sich der SS-Standartenführer zu seinen Füßen erhob, sein Gewehr verlangte und ihm für seinen Verrat eine Kugel in den Kopf verpasste. Nikkis Körper spannte sich, als würde er im nächsten Augenblick eines der Gewehre fallen lassen, das andere anlegen und Thorwald erschießen, ehe ihm dieser zuvorkommen konnte.

»Ich verstehe auch, warum Sie sich entschlossen haben, mir davon zu berichten. Wenn mir Saitsew den Kopf wegpustet, können Sie nicht mit mir nach Hause zurückkehren. Ist es nicht so? Gibt es noch etwas, das ich wissen sollte, Hauptgefreiter?«

Nikki blieb regungslos stehen. Er wirkte ebenso zerstört wie Stalingrad.

Thorwald sah zu den niedrigen, am Himmel dahinjagenden Wolken auf, während er über diese Neuigkeit nachdachte. Saitsew weiß, dass ich hier bin. Das verändert das Spiel. Nun muss ich mich nicht mehr von diesem Kind durch die ganze Stadt schleifen lassen und Leichen produzieren, nur um Saitsews Aufmerksamkeit auf mich zu ziehen. Die ist mir bereits sicher. Würde man mir erzählen, dass ein Spezialist aus Berlin gekommen ist, bloß um mich zu töten, würde ich mich an Saitsews Stelle verbergen und hoffen, dass ein anderer ihn vor mir tötet. Aber Saitsew? Nein. Die Legende wird ihren Bau verlassen und nach dem deutschen Meisterschützen suchen. Das normale Leben ist für diesen Besessenen längst Vergangenheit. In einer russischen Zeitung werden Artikel über ihn verfasst. Das wird sein Anker, sein Untergang. Jetzt kann ich ihn mit Leichtigkeit zu mir locken. Wenn ich ihn auf meine Spur setze, wird er direkt zu mir kommen. Nun hofft er auf seine größte Geschichte – seine Chance, den deutschen Meisterschützen aufzuspüren und ihn in einer Auseinandersetzung Mann gegen Mann vor den Augen der Welt zu zerstören. Diese Geschichte werde ich jedoch in seinen Nachruf umschreiben. Ich werde den Stolz des Hasen in seinen Grabstein verwandeln.

Nikki wartete schweigend. Thorwald sah ihm an, dass er nicht wusste, was geschehen würde. Er gehört mir. Ich habe ihn so tief getroffen, dass er sich keinen Rat mehr weiß. Von nun an habe ich die Macht, ihn mit nahezu allem zu überraschen, was ich sage und tue.

Wir werden die Jagd auf Saitsew abblasen. Stattdessen werde ich dem Hasen eine Falle stellen und ihn zu einem Duell einladen, das er nicht gewinnen kann.

Thorwald versuchte, ein strenges Gesicht zu machen. Der Augenblick schien es zu verlangen. Aus tausenden Spiegeln wusste er jedoch, dass seine Haut zu weiß und seine Wangen zu rundlich waren. So verlieh er stattdessen seiner Stimme einen strengen Ton. »Nun, da wir uns, wie ich hoffe, auf einem ausgeglichenen Spielfeld befinden, haben wir eine Chance. Wir werden aufhören, durch die Stadt zu kriechen und wie zwei fahrende Ritter nach Zweikämpfen zu suchen. Stattdessen werden wir für mich einen einzigen Standpunkt wählen. Der Ort wird perfekt und nicht aufzuspüren sein. Von dieser Stellung aus werde ich jeden Russen töten, der mein Blickfeld kreuzt. Ich werde einen Kreis von einem Kilometer Durchmesser in eine Todeszone verwandeln. Saitsew wird zu mir kommen, weil er auf mein Erscheinen wartet, wie Sie mir soeben mitteilten. Ich werde ihm den Gefallen tun, und er wird zu mir kommen, einfach so. Dann werde ich ihn erschießen und nach Hause zurückkehren.«

Thorwald erhob sich, trug seinen Rucksack zwei Schritte weit und ließ ihn vor Nikkis Füßen zu Boden fallen. »Und ich werde Sie mitnehmen, Hauptgefreiter. Wie ich nun erkenne, sind Sie nicht besser als ich. Sie müssen ebenso dringend hier raus wie ich.«

10.

Saitsews Bein zitterte. Das Klopfen seines Stiefels auf den Boden veranlasste Tanja, das Zielfernrohr zu senken und zu ihm hinüberzublicken.

Sein Bein zuckte erneut.

»Ich kann nicht«, murmelte er. »Wird mich ... nicht finden ... Lauf.«

Tanja zog ihr Gewehr von der Brüstung des Grabens, von dem aus sie den Osthang des Mamajew Kurgan überblickt hatte, und glitt zu Saitsew hinüber. Sobald sie ihm die Hand auf das Knie legte, beruhigte sich das Bein.

Saitsew hatte sich wie eine Efeuranke um sein Gewehr gewunden und ihr aufgetragen, ihn nach 15 Minuten zu wecken. Sie hatte ihn jedoch eine Stunde schlafen lassen. Seit dem Morgengrauen war sie mit ihm, Schaikin und Tschekow auf der Suche nach Thorwald durchs Gelände gekrochen und über Trümmer geklettert. Tanja streichelte Saitsews Schienbein. Die Jagd auf Thorwald hat ihn ziemlich angestrengt, dachte sie. Den Großteil der Nacht hatte er mit Medwedew Strategien entwickelt und Landkarten und Berichte durchgesehen.

Seit Thorwald ihr, Saitsew und Danilow vor drei Tagen hier am Abhang des Mamajew Kurgan zufällig begegnet war, hatte man wenig von ihm gehört. Das ist gut, dachte sie. In Baugderis' Gesicht hatte er eine grausige Visitenkarte hinterlassen. Vielleicht ereilte ihn die Kugel eines anderen. Vielleicht war er gar nicht so gut. Das wäre günstig und würde Waschas Sicherheit erhöhen. Der Hase hatte sich in sämtlichen Sektoren in größte Gefahren begeben. Er hatte mit Soldaten gesprochen, Verwundete, Artilleriebeobachter und Maschinengewehrschützen entlang der gesamten Front befragt, Leichen untersucht und war auf jedem Schritt seines Wegs den Kugeln des Feindes ausgesetzt gewesen, nur um diesen Thorwald zu finden.

Ich hoffe, der Meisterschütze aus Deutschland ist bereits tot, dachte sie.

Saitsew zuckte zusammen. Das Gewehr in seinen Händen klirrte. Mit flatternden Lidern streckte er das Kinn hoch, als wollte er den Kopf über eine hereinströmende Flutwelle heben. Seine Atmung beschleunigte sich. »Wo ...«, murmelte er, »wo ...«

Als Tanja fühlte, wie sich die Muskeln seiner Beine

spannten, stieß sie seinen Oberschenkel an, um ihn zu wecken.

Befreit von dem, was ihn im Schlaf gequält hatte, entspannte er sich und öffnete die Augen. Als er plötzlich zusammenzuckte, schreckte Tanja hoch. Sie zog sich ein wenig zurück und kauerte sich auf ihre Fersen, sodass er Raum bekam, um sich aufzusetzen und zu fassen.

»Wo warst du?«, fragte sie.

Saitsew schniefte und blinzelte. Dann holte er tief Atem, als müsste er einen schweren Gegenstand hochheben. »Wie lange habe ich geschlafen?«

»Eine Stunde.«

»Eine Stunde? Ich habe dir gesagt …«

»Du hast den Schlaf gebraucht«, erwiderte sie, während sie ihr Gewehr über die Oberschenkel legte. Die Abenddämmerung war inzwischen hereingebrochen. »Du warst erschöpft.«

Saitsew rieb sich die Stirn. »Das nächste Mal möchte ich, dass du tust, worum ich dich bitte.«

Wieder schniefte er und sah dann durch den Graben zu dem zweiten Scharfschützenteam hinüber, das aus Schaikin und Tschekow bestand, etwa einhundert Meter entfernt Stellung bezogen hatte und zu dem zerfurchten Antlitz des Mamajew Kurgan emporblickte.

»Irgendetwas gesehen?«

Tanja schüttelte den Kopf.

»Was hast du geträumt?«

»Oh … hm …« Er brach ab, als erinnerte er sich an etwas oder als hätte er soeben den Beschluss gefasst, ihr etwas nicht zu sagen.

»Du hast ›lauf‹ und ›wird mich nicht finden‹ gesagt. Worum ging es in dem Traum, Wascha?«, forschte sie weiter.

Als er sich mit der Hand über das Kinn fuhr, knisterten die Bartstoppel unter seiner Handfläche. »Ich wurde gejagt, in der Taiga. Ich bin vor einem Jäger davongerannt. Ich hatte keine Waffe, nur … ich bin einfach wie ein Tier geflüchtet.«

Tanja wartete darauf, dass er den Namen nannte. Schließlich konnte sie sich nicht länger beherrschen und sagte ihn selbst. »Thorwald?«

Saitsews erwiderte ihren Blick, während seine Hand mitten in der Bewegung innehielt.

Wie töricht von mir, dachte sie augenblicklich und legte ihm die Hand auf das Bein. »Vermutlich war es dein Großvater. Du sagtest, er wäre der Beste. Abgesehen davon würdest du nie vor Thorwald fliehen«, erklärte sie, während sie kopfschüttelnd ihre Hand zurückzog.

Saitsew schwieg. Seine Augen verrieten jedoch, dass sie Recht hatte. Es war Thorwald. Das Fadenkreuz des Deutschen hatte seinen Stempel in die Träume des Hasen gebrannt. Das bevorstehende Duell beunruhigte ihn, ängstigte ihn sogar, und sie hatte ihn darauf angesprochen.

Sie war gedankenlos gewesen, zu direkt, und sie war ihm zu nahe gekommen. Warum musste sie sich immer ungeduldig und selbstsüchtig in alles hineinstürzen?, fragte sie sich. Sie hatte nicht genug Erfahrung mit Männern, zumindest nicht mit dieser Sorte. Du darfst sein Selbstbewusstsein nicht zerstören, Tanja. Wenn du seine Ängste kennst, darfst du ihn nicht auffordern, sie laut auszusprechen. Wie töricht von dir.

»Die Sonne wird bald untergehen«, sagte sie, um ihre vorigen Worte zu überspielen. »Was hast du vor?«

Saitsew erhob sich auf die Knie und schulterte seinen Rucksack. »Wir werden aufbrechen«, erklärte er, ohne sie anzusehen.

»Geh nur voraus.« Es war das Beste, wenn sie ihn eine Weile sich selbst überließ, nachdem sie ihn unabsichtlich verletzt hatte. Sollte er allein vorausgehen und sie im Stillen verfluchen. Sie würde ihren Fehler heute Nacht wieder gutmachen.

»Wir sehen uns später. Ich werde Schaikin und Tschekow holen«, erklärte sie.

Saitsew griff nach seinem Präzisionsgewehr.

»Sehe ich dich heute Nacht?«, fragte sie, während er sich umwandte.

Saitsew fuhr herum. Ein Lächeln trat in seine Augen, als

er ihr zunickte. Dann machte er erneut kehrt und ging durch den Graben davon. Tanja hörte noch, wie er still vor sich hin lachte.

»Ich will mitkommen«, beharrte Tanja, während sie die Arme über der Brust verschränkte.

»Das geht nicht, Tanjuschka!«, erklärte Schaikin und schlug sich auf den Oberschenkel. »Das wäre nicht richtig.«

»Ha! Aber bei dir ist es richtig? Was würde deine Frau in ihrem nächsten Brief schreiben, wenn sie davon wüsste? ›Lieber Ilja Alexejawitsch, es freut mich, dass du in Stalingrad ein Bordell gefunden hast. Wirklich erstaunlich, ich hoffe, es hilft dir, deine Spannungen zu lösen.‹ Wohl kaum!«

Tschekow kicherte hinter Schaikins Rücken.

»Ich komme mit«, wiederholte sie.

»Iljuschka, lass sie mitkommen«, meinte Tschekow, während er Schaikin die Hand auf die Schulter legte. »Tanja, versprichst du zu gehen, wenn wir dich darum bitten?«

»Nein. Ich werde gehen, wenn ich dazu bereit bin.«

»Siehst du«, rief Schaikin, während er verärgert die Arme hob. »Sie wird uns alles verderben.«

Tanja stieß mit dem Fuß gegen den Boden, sodass Erdbrocken auf Schaikins Stiefel spritzten. »Wie soll ich alles verderben? Die beiden Frauen führen in einem Keller mitten in einem Schlachtfeld ein Bordell! Wie könnte ich sie davon abhalten? Hältst du sie für so schüchtern? Oder glaubst du, dass ich zusammenbrechen und zu weinen beginnen werde?«

Schaikins Gesicht nahm einen abweisenden Ausdruck an. Tanja hatte nicht mit so heftigem Widerstand gerechnet. Sie wechselte zu einem anderen Tonfall über. »Keine Sorge, Ilja«, erklärte sie, während sie sich vorbeugte, um ihren Freund in die Rippen zu stoßen. »Ich bin längst weg, wenn du deine Hosen fallen lässt. Ich will bloß diese beiden Frauen kennen lernen. Aus reiner Neugier. Nehmt mich mit. Ich werde mich anständig benehmen. Das schwöre ich.«

Tanja zog sich zurück, damit ihre Freunde ungestört eine Entscheidung treffen konnten. Die Sonne ging in den Ruinen im Westen zur Ruhe. Der hinter den Gebäuden aufsteigende Kamm des Mamajew Kurgan war von einer rauen Glasur überzogen wie eine von der Sonne verbrannte Haut. Seine schneefreie Spitze, die durch den ständigen Artilleriebeschuss erwärmt wurde, befand sich fest in deutscher Hand.

Während ihr Blick über die Ruinen streifte, dachte sie an das Bordell, das inmitten dieser Zerstörung lag. Welch ein Gegensatz, welch ein Widerspruch. Es war einfach perfekt: ein von jeglicher Liebe entblößter Geschlechtsakt, bei dem schmutzige Männer und Frauen schnaufend in eine Höhle vordrangen. Beide auf der Suche nach etwas Weichem, Tröstendem, während sie lediglich mehr Leere, mehr Höhle und mehr Stalingrad fanden. Und doch ist es dasselbe, wenn ich bei Wascha liege. Ein kostbarer Augenblick, erfüllt von komplexen, verwirrenden Empfindungen, hoffnungsvoll und vom Schicksal verdammt zugleich.

Schaikins Sorge, dass sie ihren Besuch verderben würde, war lächerlich. Sie wollte weder zusehen, noch mit den Frauen Geschlechtsverkehr haben, und ganz gewiss nicht mit ihren Freunden. Der Gedanke, dass in einem der zahlreichen Bunker von Stalingrad ein kleines Freudenhaus existierte, faszinierte sie einfach. Gleichzeitig sagte ihr die weibliche Intuition, dass an diesen beiden Frauen, die die russischen Soldaten »unterhielten«, wie Tschekow sich ausdrückte, möglicherweise etwas Heroisches war. Sie fühlte etwas Schicksalhaftes. Handelte es sich bei diesen beiden Frauen vielleicht nicht bloß um billige Prostituierte, sondern um stattliche, traurige Frauen, denen der Tod ihrer Familienmitglieder den Boden unter den Füßen weggezogen hatte und deren Leben von den Deutschen zerstört worden war, wie das ihre? Waren sie in Schmerz und Erniedrigung wiedergeboren worden? Oder waren sie lediglich leichte Mädchen, denen alles recht war? Sollten die Deutschen die Stadt einnehmen, würden die ansässigen Huren gewiss zu den begünstigten Überlebenden zählen.

Tanja fühlte sich durch die Ablehnung der Männer beleidigt. Sie hatte ebenso viele Deutsche getötet wie Schaikin.

Was sollte sie an einem schmutzigen Kellerloch mit zwei aufgeputzten Frauen schockieren? Ich würde ohnehin nicht lange bleiben. Gerade lange genug, um einen Blick auf diese Prostituierten zu werfen, mir ein Bild von ihnen zu machen und Schaikin und Tschekow ein wenig zu ärgern. Dann würde ich zu meinem eigenen Vergnügen zurückkehren, zu meiner Entschuldigung bei Wascha.

Als Schaikin und Tschekow zu Tanja zurückkamen, bewegte Schaikin seine Hände, als wollte er sie wie ein Schaf auf der Straße vor sich her scheuchen. »Na gut. Wenn du mitgehen willst, dann komm. Los! Vorwärts!«, forderte er sie auf, während seine Hände weiterhin durch die Luft fuhren. »Vorwärts!«

Tschekow zwängte sich in dem Schützengraben an ihr vorüber. »Es ist nicht weit von hier, Tanja. Folge mir.«

Er führte die kleine Gruppe bis zum Nordende des Grabens, wo er jeweils bis drei zählte, ehe einer nach dem anderen aus dem Graben sprang und im Zickzack die 25 Meter lange, ungedeckte Strecke bis zu einem Granattrichter überbrückte.

Nach Atem ringend, blickte Tschekow prüfend zum Himmel empor. »Die Sonne steht bereits sehr tief«, erklärte er. »Wir müssen uns beeilen.«

Tanja rollte sich auf den Rücken. »Beeilen? Warum?«

»Sie schließen bei Einbruch der Dunkelheit.«

»Du scheinst die beiden Frauen recht gut zu kennen, Anatoli.«

Tschekow verzog den Mund zu einem Grinsen, bei dem seine Zähne aufblitzten. »Gut genug.«

»Hm«, brummte Tanja aufmunternd. »Dann sollten wir aufbrechen, ehe du mir vorwirfst, dass du meinetwegen zu spät gekommen bist.«

Tschekow sprang auf und führte sie einen Kilometer lang an der Nordostflanke des Mamajew Kurgan entlang, über einen weiten Boulevard und schließlich in ein Labyrinth von Arbeiterwohnungen am Rande des Fabrikbezirks. Die Front war kaum zweihundert Meter von ihnen entfernt, und dennoch wirkte Tschekow so unbeschwert, als würde er seine Freunde zu sich nach Hause bringen, um seine Familie kennen zu lernen.

Tanja dachte an die Gefahren, denen sie sich aussetzten, nur um die beiden Prostitutierten aufzusuchen. Wenn sie sich auch weit hinter den eigenen Linien befanden, konnten feindliche Artillerie oder Scharfschützen sie im verbleibenden Tageslicht doch jederzeit aus einem der hohen Gebäude im Westen unter Feuer nehmen. Die untergehende Sonne und ihr schneller Schritt verringerten das Risiko. Was aber, wenn Thorwald zu den feindlichen Scharfschützen gehörte, die in diesem Augenblick auf der Suche nach geeigneten Opfern durch ihre Zielfernrohre spähten? Liefen sie tatsächlich schnell genug?

Tschekow hielt am Fuß einer pockennarbigen Steinmauer an. »Wir sind fast da«, erklärte er keuchend und grinsend.

Nach weiteren fünfzig Metern durch die verkohlten, zusammengestürzten Hütten der Arbeitersiedlung machten sie erneut Halt. Tschekow bedeutete Schaikin und Tanja, in Deckung zu gehen und zu warten. Er selbst verschwand in den Trümmern eines zerstörten Hauses, dessen versengte Holzschindeln zwischen den Brandflecken ein weiß-gelbes Muster erkennen ließen.

Die langen Schatten des Nachmittags zerschnitten die schneebedeckte Straße zu gezackten Flecken. Geschwärzte, unbelaubte Bäume ragten tot neben aufgerissenen Bürgersteigen empor. Die Häuser waren nicht mehr als Schutthaufen, trockene, leblose Hüllen, denen man ihre Geschichte entrissen hatte. In diesem verlassenen, ausgelöschten Viertel brannte nur in der Unterkunft der beiden Prostituierten eine einsame Kerze.

Nach Atem ringend, lächelte Tanja bei dem Gedanken an die beiden Frauen, die sie inmitten der Trümmer erwarteten. Die beiden glichen wild aufgegangenen Bäumen, die nach einem Waldbrand Schösslinge in die Asche entsandten. Das Leben selbst ist nur schwer auszurotten, dachte sie.

Neben ihr schlug sich Schaikin unruhig auf den Oberschenkel. »Wo bleibt er bloß?«, fragte er. »Es wird dunkel.«

Tanja schnalzte mit der Zunge. Ihr gefiel es, Schaikin ein

wenig zu necken und zu beschämen. Verärgert hob er die Augenbrauen, während er mit den Fingerspitzen auf den Schaft seiner Maschinenpistole trommelte.

»Starr mich nicht so an«, knurrte er gereizt. »Das verstehst du nicht. Du bist kein Mann.«

Tanja zwinkerte ihrem Freund zu, der jedoch ihrem Blick auswich. »So dumm, wie ihr jetzt ausseht, will ich das auch gar nicht sein.«

Tschekow kehrte mit strahlendem Grinsen zurück. »Wir sind die Nächsten.«

Tanja sah ihn mit vor Erstaunen offenem Mund an. »Die Nächsten?«, fragte sie, während ihre Stimme zu einem hässlichen Flüstern absank. »Du meinst, es gibt eine Warteschlange?«

»Natürlich«, antwortete Tschekow ungerührt. »Jeder Mann in der 284. weiß von diesen Frauen. Aber wir haben Glück. Es ist bereits so spät, dass wir die Letzten sind«, erklärte er mit einem viel sagenden Blick zu Schaikin. »Da können wir uns ein wenig Zeit nehmen.«

Tanjas Erstaunen wandelte sich in Entrüstung. Jeder Mann in der 284. Division? Sie alle setzten ihr Leben aufs Spiel, nur um zu …

So schnell, wie ihr Ärger gekommen war, verflog er wieder.

Ihr Blick streifte über die Ruinen, in denen jeder Stein nach Gefahr roch. Warum nicht, dachte sie. Jede Art von Zärtlichkeit, selbst wenn die Männer sie in den Armen von Huren fanden, bot ihnen die Gelegenheit, für kurze Zeit der Wirklichkeit zu entfliehen. Vielleicht war dies die einzige Zuflucht, die ihnen außerhalb der Wodkaflasche blieb.

Tanja kannte die Macht dieser Empfindung. Nur wenige Augenblicke lang die Wärme und Sanftheit eines anderen zu fühlen, bedeutete auch für sie eine Erlösung inmitten eines endlos erscheinenden Kampfes. Sie beobachtete den letzten purpurfarbenen Streif der Sonne, die hinter dem Abhang des Mamajew Kurgan unterging. Auf diesem Hügel waren mehr als 50 000 Soldaten gefallen. Sie selbst hatte dort Dutzende getötet.

Schaikin behauptet zu Recht, dass ich kein Mann bin. Aber er hat Unrecht, wenn er sagt, dass ich ihn deshalb nicht verstehe.

Tanja vernahm Schritte und Stimmen, die zu laut waren für die Gefahren, die rund um sie lauerten.

Drei Soldaten bogen um die Ecke. Einer von ihnen schlug Tschekow freundschaftlich auf die Schulter. Die Männer brummten einstimmig eine lebhafte Melodie. Der Letzte von ihnen warf einen erstaunten Blick auf Tanja. Dann verbeugte er sich spielerisch und zog mit den anderen summend davon.

Tschekow trat einen Schritt vor. »Lass uns gehen.«

»Warte«, hielt Schikin ihn zurück, ehe er sich an Tanja wandte. »Du bleibst nur fünf Minuten und kehrst dann zurück und wartest hier. Einverstanden? Versprochen?«

Tanja sah den davongehenden Männern nach. Ihren beiden Freunden gönnte sie dieselbe fröhliche Stimmung. »Ja, Iljuschka. Natürlich.«

Tschekow führte Schaikin und Tanja um die Ecke. Zehn Meter vor ihnen befanden sich die Überreste eines Fundaments. Ein zersplitterter Holzbalken stach wie der gezackte Rücken eines sich erhebenden Tieres aus dem Schnee. Ziegelsteine kennzeichneten die Stellen, an denen einst die Zwischenwände gestanden hatten. Die verkohlten Trümmer eines rosafarbenen Holzhauses lagen jenseits des Fundaments.

Aus dem schneebedeckten Boden ragte eine noch in ihren Angeln hängende doppelte Kellertür empor. Die Paneele der Türen waren pastellgrün bemalt und die metallenen Griffe himmelblau. Als Schaikin eine der Türen aufriss, starrte Tanja in eine Dunkelheit hinab, die sie an eine von blauen Schatten erfüllte, unterirdische Grotte erinnerte.

Sie stieg hinter Tschekow eine kurze Treppe hinab. Sobald Schaikin die Tür über ihren Köpfen schloss, wurde sie sich des würzigen Dufts von Menschlichkeit bewusst, der sie, gemischt mit dem öligen Geruch von Kerosin, umgab.

Tanja hielt sich hinter Tschekows Rücken, während Schaikin voranging. Verborgen hinter ihren beiden Freunden, wartete sie mit verschränkten Armen darauf, entweder vorgestellt oder entdeckt zu werden.

»Anatoli Petrowitsch«, erklang eine kehlige Frauenstimme, deren Quelle Tanja nicht entdecken konnte. Die Stimme wirkte energievoll und nicht abgespannt, wie Tanja sie von einer Prostituierten am Ende eines langen Tages erwartet hatte.

»Warte«, gebot die Stimme, »ich weiß, was dir gefällt.«

Tanja spähte über die Schultern von Schaikin und Tschekow. Die Seitenlänge des quadratischen Raums betrug nicht mehr als fünf Meter. Die Decke war aus den Balken und Dielenbrettern des Hauses gefertigt, das einst über diesem Keller gestanden hatte. Eine dünne Kalkschicht bedeckte die Betonwände. Im bernsteinfarbenen Licht der Laterne, das tiefe, scharfe Schatten in den Raum warf, konnte sie weder Spinnweben noch Staub in den Ecken erkennen. Zumindest sind die Frauen gute Haushälterinnen, dachte sie.

Ein Grammophon erwachte krächzend zum Leben. Trompeten und Holzblasinstrumente schmetterten die Einleitung zu einem Stück, das lebhaft zu sein versprach. Tanja sah auf Tschekows Hüften. Der kleine Scharfschütze hatte die Arme erhoben, schnippte mit den Fingern und wiegte sich zu der Melodie – einem Tango.

»Nun sag, Anatoluschka, wer sind deine Freunde?«, ertönte die heisere Stimme über der Musik.

Im Rhythmus des Liedes stieß Tschekow dem neben ihm stehenden Schaikin die Hüfte in die Seite, sodass dieser einen Schritt nach rechts tat. Die Hände in den Manteltaschen, blieb Schaikin stehen, ohne auf den Rhythmus einzugehen.

»Das ist Ilja Alexejawitsch Schaikin.«

Jetzt konnte Tanja einen ersten flüchtigen Blick auf die beiden Frauen werfen. Sie hatten sich auf einer Matratze auf dem Betonboden niedergelassen. Die eine hatte braunes Haar, ein rundes, weiches Gesicht und war größer als die andere. Sie trug einen weißen Leinenrock und eine Bluse, die wie Unterwäsche aussahen. Ihre bloßen Arme und Beine waren dick, doch keineswegs abstoßend, sondern lediglich kräftig und weich. Wie die Federn einer weißen Taube, dachte Tanja.

Neben der Brünetten lehnte eine dünne blonde Frau mit teigigem Gesicht. Sie trug ein olivfarbenes Armeeunterhemd über einem Rock, der aus einer Wolldecke genäht war. Ein ausgefranster rosa Schal lag um ihre Schultern. Die junge Frau wirkte schwach und kränklich. Unter ihren Augen zeigten sich blaue Ringe. Wie dunkle Blitze zogen sich die Adern über ihre Arme und ihren Hals. Tanja fühlte, welche Anstrengung es sie kostete, ihren Besuchern entgegenzulächeln.

Hinter den beiden barfüßigen Frauen lagen pastellfarbene Kissen verstreut. Als Tanja zwischen Schaikin und dem sich wiegenden Tschekow hervortrat, schlug die brünette Frau die Hände über den Mund.

»Oh! Ach du meine Güte!«, stieß sie durch die Finger hervor. »Bleibt, wo ihr seid.«

Die Frau tauchte zwischen die Kissen hinter der Matratze, zog eine kleine bronzefarbene Hülse hervor, drehte sie erst in der Hand und führte sie dann zum Mund. Sogleich begannen ihre Lippen rot zu glänzen.

»Wartet, nur einen Augenblick«, rief sie hastig. »So, geschafft.«

Die üppige Frau erhob sich, während die zierliche Blondine abwesend lächelnd auf der Matratze sitzen blieb.

»Hallo!«, grüßte die rundliche Brünette mit dem glänzenden Lippenstift, deren Mund wie eine Damaszenerrose gegen ihre weiße Haut und den gelblichen Schein der Laterne abstach. Mit ausgestreckter Hand stelzte sie wie ein großer weißer Vogel, begleitet von dem kratzigen Tango, über die weiche Matratze.

»Ich heiße Olga Kopolewa, und dies ist meine Freundin Irina Gobolinka«, stellte sie sich vor. »Und du bist ...?«

»Soldatin Tanja Tschernowa.«

Während sich die blonde Irina tiefer in ihren Schal hüllte, reichte Olga Tanja die Hand. Ein breites Lächeln erschien auf ihrem runden Gesicht, und sie schüttelte Tanja nochmals fester die Hand, als grüßte sie einen hohen Würdenträger.

Einen Augenblick lang dachte Tanja an Danilow. Er sollte diese Frau kennen lernen.

Olga zog Tanja einige Schritte vor, ohne Schaikin und Tschekow weiter zu beachten. »Komm. Setz dich.«

Ihre Lippen schienen Tanja zu verschlingen, während sie sprach. »Du bist Soldatin? Ist das deine Waffe?«, fragte sie mit einem Blick auf die Maschinenpistole, die Tanja an einem Riemen über der Schulter trug. Tanja fühlte ihre eigene Zurückhaltung und die Abneigung, die sich bis zu diesem Augenblick in ihr aufgestaut hatte.

»Ja. Selbstverständlich ist das meine Waffe.«

Erneut sah Olga zu der stillen bleichen Irina hinüber. »Sie hat eine eigene Maschinenpistole. Sie ist Soldatin. Eine Frau, die tatsächlich kämpft.« Dann wandte sie ihre Aufmerksamkeit wieder ihrem Gast zu. »Tanja, meine Liebe, magst du Musik? Wir haben hier ein paar Schallplatten.«

»Diese ist sehr schön.«

»Das ist ein argentinischer Tango«, ließ sich nun Irina erstmals vernehmen. »Wie er heißt, wissen wir aber nicht.« Ihre Stimme klang unsicher und erregt wie ein Schmetterling im Wind. Die bleiche junge Frau kicherte. »Wir können die Aufschrift nicht lesen. Ich glaube, sie ist auf Englisch.«

Olga fiel Irina ins Wort: »Anatoluschka hat dieses Lied am liebsten. Schon seltsam, die meisten Männer, die uns besuchen, ziehen es allen anderen vor. Ich wette, sie wissen nicht mal, wo Argentinien ist.«

Tschekow setzte sich neben Tanja. »Tanja gehört zur Einheit der Scharfschützen. Sie ist eine unserer Besten. Lautlos wie die Nacht und tödlich wie eine Frau.«

Das gefiel Olga. »Anatoli, du Hundesohn«, stieß sie lachend hervor, während sie ihm einen Klaps auf das Bein gab, »nicht alle Frauen sind lebensgefährlich.«

»Du schon«, gab Tschekow zurück.

»Hör auf«, lachte Olga.

Tanja beobachtete, wie sich der Lippenstift der kräftigen Frau in den Mundwinkeln verschmierte. Olgas üppige Brüste wogten unter ihrer Bluse, während sie von Tschekow zu Irina und zurück zu Tanja blickte, die noch immer wie gebannt auf die Brüste starrte. Auf der ganzen Welt gibt es nichts, das sich wie die Brüste einer Frau bewegt, dachte sie. Sie können jeden Raum, sogar eine unterirdische Behausung inmitten eines Krieges, mit knisternder Spannung erfüllen. Ich selbst habe das bereits getan, und Olga tut es jetzt.

»Hast du tatsächlich Deutsche getötet, Tanja?«, fragte Irina mit weit aufgerissenen Augen.

»Ja.«

»Wie viele?«

»Mehr als hundert zwischen hier und Moskau.«

»Du warst in Moskau? Während der Kämpfe?«, forschte Olga nach.

»Nein. Ich war außerhalb von Moskau. In den Wäldern bei den Partisanen. Wir haben deutsche Konvois angegriffen.«

Die Aufmerksamkeit aller war nun auf Tanja gerichtet. Es war jedoch nicht ihre Absicht gewesen, bei diesem Besuch Raum und Energie für sich zu beanspruchen. Sie hatte bloß beobachten, ihre Neugier stillen und sich dann zurückziehen wollen. Mit der unvorhergesehen Erinnerung an ihre Tage im Widerstand tauchten auch die zahllosen Opfer an die Oberfläche, die sie gebracht hatte. Plötzlich erkannte sie, dass sie sie ohne Vorwarnung in ihrem Gesicht und ihrer Stimme trug. Ihre Haut hatte sich erwärmt durch die an ihr vorüberhuschenden Visionen: ihre Eltern in ihrem gemütlichen Zuhause, mit denen sie seit mehr als einem Jahr keinen Kontakt mehr hatte – gewiss bangten sie Tag und Nacht um ihre Sicherheit und die ihrer Großeltern, ohne zu wissen, dass es für ihre Ängste längst zu spät war; ihre Freundinnen aus Manhattan, die in ihren zweifarbigen Schuhen mit Soldaten flirteten und Kriegsanleihen kauften; der junge, tote Fedja; der alte Juri, der in dem Abwasserkanal gestorben war; so viele ihrer Kameraden im Widerstand, die in den Feldern gefallen waren; und all die trauernden jungen und alten Frauen und Kinder in Weißrussland, der Ukraine, Moskau, Leningrad und Stalingrad.

Als Tanjas Blick auf die kindliche Hure Irina fiel, die so dünn und weiß war wie ein Spinnennetz, erinnerte sie sich an ihre eigene verlorene Mädchenzeit in Amerika: Autos und Partys, Bücher und Reden, Herzklopfen beim Anblick eines attraktiven Jungen und ein unstillbares Verlangen ihres Verstandes nach neuen Ideen. Plötzlich wurde sie sich schmerzlich bewusst, wie sehr sie Amerika vermisste – wie sehr sie sich in ihrem tiefsten Inneren nach ihrem früheren Ich sehnte. In denselben Tiefen ihres Inneren, in denen sie nichts anderes eindringlicher fühlte, brannte auch ihr Hass gegen die Deutschen, die ihr dies angetan hatten.

Tanja versuchte, sich gegen diese Visionen zur Wehr zu setzen, doch die Geister umschwärmten sie, wie so oft, wenn sie allein war oder, in jüngster Zeit, wenn sie mit Saitsew die Liebe genossen hatte. Manchmal, wenn ihr Frauenkörper in seinen Armen zum Leben erwachte, rief er diese Schreckgespenster herbei, als würden sie aus einem Grab aufsteigen. Nun bewirkten diese Frauen dasselbe: die Atmosphäre schwelender Sexualität des Kellers, Olgas wogende Brüste, Irinas geschmeidige weiße Haut, der argentinische Tango; Tanja fühlte, wie sie ihren Leib durchbohrten und ihren Kummer zu Tage förderten.

Tschekow, der neben ihr saß, zog eine Flasche Wodka aus seiner Manteltasche und reichte sie Olga. Sie presste das Geschenk erfreut gurrend an ihre Brust.

Dann sah Tschekow zu Schaikin hinüber, der nun ebenfalls in seine Taschen griff. Er erhob sich, ging um die Matratze herum zu Irina und streckte dem Mädchen vier Riegel Schokolade entgegen.

Olgas Blick glitt erneut zu Tanja. Das Geschäftliche war in den Kellerraum zurückgekehrt. Tanja erkannte, dass sie keine Fragen an Olga und Irina hatte und es zwischen ihnen keine Gemeinsamkeiten zu erforschen gab. Ihre Neugier war befriedigt. Sie wusste genug; die beiden waren nur an der Oberfläche Huren. Was sich darunter verbarg, interessierte sie nicht. Sie würde die Absicht, die sie in Stalingrad verfolgten, akzeptieren, sogar den Beitrag, den die zwei Frauen für die Stadt leisteten. Schaikin und Tschekow lächelten, während sie ihnen ihren Tribut überreichten. Zufriedenheit erfüllte Tanja. Auch diese Frauen dienten Russland, gestand sie sich ein. Denn ihre Freunde grinsten nun ebenso breit wie die jungen Soldaten, die zehn Minuten zuvor mit einem Lied auf den Lippen aus diesem Keller ihrem Schicksal entgegengezogen waren.

Tanja musste aufbrechen. Diese Frauen hatten in ihrem Leib etwas entfacht. Der Funke in ihrem Herzen und ihren Lenden würde sie in ihren Körper aus Fleisch und Blut zurückziehen, wenn sie zuließ, dass er zu glühen und zu brennen begann. Das Fleisch barg jedoch Erinnerungen und unsäglichen Schmerz. Die Hässlichkeit des Gewerbes der beiden Prostituierten, die sich in der Bezahlung von Tschekow und Schaikin offenbart hatte, riss sie aus ihren Visionen. Augenblicklich verdrängte sie die warmen Empfindungen in ihrem Herzen und zog sich in die Tiefen ihrer emotionslosen, leeren Hülle zurück.

Diese Frauen gehören zu den unzähligen Toten des Krieges, dachte sie. Das haben wir gemeinsam. Sie sind wie die verstorbenen Patienten meines Großvaters, zu deren Begräbnissen er mich während meiner Sommeraufenthalte mitgenommen hat. Im Flüsterton sprach man über die hübsch geschminkten, im Tod gefassten Leichen.

Olga starrte Tanja unverwandt an, während Irina hastig einen der Schokoladeriegel aus dem Papier wickelte. Auch sie würde den beiden Frauen ein Geschenk machen, ehe sie den Keller verließ.

»Ich habe etwas für dich«, sagte sie zu Olga.

»Wirklich?« Die Prostituierte ließ sich wieder auf der Matratze nieder und steckte die Wodkaflasche zwischen ihre Oberschenkel, um ihre Hände frei zu bekommen.

Tanja griff an Tschekows Taille und zog mit einer schnellen Bewegung die deutsche Luger-Pistole aus seinem Gürtel, die er erbeutet hatte.

»Tanja, gib sie zurück! Was tust du?«

Sie warf die Pistole in Olgas Schoss. Die Waffe prallte von deren Oberschenkel ab, fiel neben ihr auf die Matratze und blieb dort liegen. Sie wirkte abstoßend auf dem pastellfarbenen Untergrund.

Die bleiche Irina zog ihre Knie vor der Pistole zurück, als

fürchtete sie, von ihr getroffen zu werden. Die Hände um die zwischen ihren Oberschenkeln eingeklemmte Flasche gelegt, starrte Olga die Waffe misstrauisch an.

»Im Augenblick befindet sich dieser Keller auf unserem Territorium«, erklärte Tanja. »Doch das ist heute. Morgen könnte euer kleines Liebesnest bereits hinter den deutschen Linien liegen.« Sie wies zur Treppe. »Wenn ein Deutscher diese Treppe herunterkommt, verwendest du die Waffe. Du tötest ihn. Hast du mich verstanden? Du tust es.«

Ihr Finger schien Irina und Olga durchbohren zu wollen. »Ich kämpfe auch für euch beide, Mädchen, aber ihr werdet sterben wie wir alle. Als Russen.«

Dann griff Tanja in ihre Manteltasche, zog zwei Schokoladeriegel hervor und warf sie Irina zu. Im nächsten Augenblick wandte sie sich ab, stapfte die Treppe empor und griff nach der meerblauen Kellertür.

Noch ehe ihre Hand den Griff erreichte, öffnete sie sich, sodass das letzte Licht des Tages mit der Kälte in den Keller strömte. In der Öffnung erschien die Silhouette von Saitsew. Die Klinke in der Hand, starrte er auf sie hinab.

»Wascha? Was tust du hier?«, rief Tschekow überrascht. »Komm runter und schließ die Tür. Die ganze Wärme geht verloren.«

Saitsew trat in den Keller, schloss die Tür und ging an Tanja vorüber zum Rand der Matratze. Er nickte Schaikin zu, der neben Irina stand, sah dann zu Tschekow hinüber und deutete mit dem Daumen auf Tanja, die noch immer auf der Treppe wartete. »Interessante Idee, Tanjuschka mitzunehmen, Anatoli. Hat sie diese Entscheidung für dich getroffen?«

Tschekow senkte den Kopf, während Schaikin zustimmend den Daumen hob.

Saitsew nahm die Luger vom Bett und streckte sie Tanja entgegen. »Ist das deine?«

»Nein, meine«, meldete sich Tschekow zu Wort.

»Dann steck sie ein«, forderte der Hase den kleinen Scharfschützen auf.

Sein Blick kehrte zu Tanja zurück, die im Schatten stand.

»Wirbst du jetzt auch schon Rekruten an, Tanja? Danilow wird eifersüchtig sein, wenn er davon erfährt. Das fällt in seine Zuständigkeit.«

Dann wandte sich Saitsew an Tschekow und Schaikin. »Nach dem heutigen Tag sagt ihr ihnen Lebewohl«, erklärte er in ruhigem Ton. »Ihr kommt nicht wieder hierher. Habt ihr verstanden?«

Die beiden Männer nickten.

»Meine Damen!«, verabschiedete sich Saitsew mit gespielter Vornehmheit, ehe er zu Tanja ging und sie am Ellbogen fasste. »Du wirst jetzt gehen.«

Tanja riss sich von ihm los. »Warum soll ich gehen?«, fragte sie, während sie auf Tschekow und Schaikin deutete. »Wenn die beiden bleiben, bleibe ich auch.«

Schaikin hob verzweifelt die Arme und seufzte, als würde er aufgespießt werden.

»Was tust du überhaupt hier?«, erkundigte sie sich in scharfem Ton.

»Sie haben einen Befehl erhalten, Soldatin Tschernowa.«

»Von wem?«

»Von Ihrem Starschina.«

Tanja stieß ein Lachen aus. »Bist du auch noch in einem Bordell mein Vorgesetzter?«

Saitsew hob die Hände und stieß die Tür auf. »Nun ist es genug.« Er fasste Tanja am Handgelenk und zog sie die Treppe empor, während sie mit ihrer freien Faust auf ihn einschlug.

»Tanja, lass das. Es ist bloß ein kleiner Scherz«, rief ihr Tschekow durch das Klirren der Waffen und das Dröhnen der Stiefel hindurch nach.

»Ich hab's dir gesagt, Anatoli«, erklang hinter den beiden Schaikins klagende Stimme.

Im Freien gab Saitsew Tanjas Hand frei und warf die Türe mit einem lauten Knall ins Schloss, während sie davonstapfte.

Saitsew eilte ihr nach, fasste sie erneut am Arm und zog sie an sich, bis sein Gesicht dicht vor ihrem war. »Was hattest du dort unten zu suchen?«

Als sich Tanja loszureißen versuchte, legte er beide Hände um ihr Handgelenk und zog den Arm kräftig nach unten. »Hör auf damit. Was hattest du dort unten zu suchen?«

Er wagt es, mir diese Frage zu stellen, dachte sie. Wie kann er es sich erlauben, erst selbst ein Freudenhaus aufzusuchen und dann von mir eine Erklärung zu fordern, wenn er mich dort antrifft? »Schaikin und Tschekow haben mich eingeladen, und ich bin mitgekommen, um es mir anzusehen. Und wer hat dich eingeladen?«, fragte sie höhnisch, während sie mit ihrer freien Hand in seinen Schritt griff. »Er?«

Tanja zog ihre Hand zurück, ehe Saitsew sie dazu zwingen konnte. »Lass mich in Ruhe.«

Saitsew gab ihren Arm frei. »Beruhige dich und hör mir zu.«

Sie stemmte die Hände in die Hüfte und spreizte die Beine, als würde der Boden unter ihr beben.

Augenblicklich zog sich Saitsew zwei Schritte zurück. Er glaubt, dass ich nach ihm treten werde, dachte sie. Vielleicht hat er sogar Recht.

»Ich bin gekommen, um dich da rauszuholen«, erklärte er. Seine Hände unterstrichen seine Worte. »Nachdem ich dich im Schützengraben verlassen habe, bin ich zurückgekehrt, um mit dir zu sprechen. Da habe ich gesehen, wie du mit Schaikin und Tschekow aufgebrochen bist. Ehe ich erkannt habe, wohin euer Weg führt, und euch einholen konnte, warst du schon dort unten.«

Tanja deutete auf die hinter ihr im Schnee liegende Kellertür. »Und warum musste mich mein Vorgesetzter in solcher Eile von dort wegschleppen? Warum mich und nicht auch Schaikin und Tschekow?«

»Tanja, das … das ist ein Ort für Männer«, erklärte er.

»Und ich gehöre nicht an solch einen ›Ort für Männer‹. Willst du das damit sagen?«, fragte sie, während sie ihre Hand und ihre Stimme senkte.

Saitsew holte tief Atem, um Zeit für eine Antwort zu gewinnen. Als ihm keine geeignete einfiel, zuckte er die Achseln.

Tanja dachte an das Schachspiel. Könnte der weiße König die Achseln zucken, wenn er schachmatt war, würde er aussehen, wie Saitsew in diesem Augenblick. »Ist es das, Wascha?«, forschte sie weiter, während sie die Hände zur Brust hob. »Was muss ich tun, um von dir als ebenbürtig anerkannt zu werden? Muss ich noch mehr Treffer erzielen? Dann tu ich auch das. Du musst es mir bloß sagen.«

»Tanjuschka, du bist eine Frau.«

»Ich verstehe«, meinte sie sarkastisch. »Das steht mir also im Weg. Mein weiblicher Körper. Ich danke dir, Wascha, dass du mir nun endlich klargemacht hast, was ich tun muss. Ich muss aufhören, das Bett mit dir zu teilen.« Sie schnippte mit den Fingern. »So. Es ist vorüber. Nie wieder. Nun bin ich keine Frau mehr, sondern ein Scharfschütze wie all die anderen.«

»Tanja ...«

»Nein! Jetzt sind wir beide Männer. Das ist in Ordnung. Nun können wir auch wie Männer miteinander reden. Offenbar waren Sie bereits früher hier, Starschina. Warum gehen Sie nicht zurück und schließen sich der Feier an diesem Ort für Männer an? Sie müssen sich aber beeilen, die Damen schließen nach Einbruch der Dunkelheit. Aber das ist Ihnen sicher bekannt.«

Damit wandte sie sich ab und rannte durch die Trümmer davon.

Sobald Tanja hinter der Decke am Eingang Saitsews Schritte vernahm, suchte sie nach einem Gegenstand, den sie ihm entgegenschleudern könnte.

Neben ihr auf dem Boden des Scharfschützenbunkers stand eine volle Flasche Wodka. Während der letzten Stunde, die sie allein in seiner Ecke auf dem kühlen Erdboden gesessen hatte, hatte sie versucht, sich zu betrinken, schließlich aber das Interesse daran verloren. Sie hätte sich dann nur schlecht gefühlt, und sie kannte genügend andere Methoden, sich schlecht zu fühlen.

Als Saitsew die Decke zur Seite schob, griff sie nach der Flasche, holte aus und ließ sie wieder sinken. Sie würde ihm stattdessen Worte entgegenschleudern. »Verschwinde und such dir eine andere für deine Begierden.«

Sie überkreuzte die Arme und zog die Beine eng an den Leib wie ein Käfer, den man berührt hatte.

Saitsew ging zu der Wand hinüber, an der sie saß, hängte seine Maschinenpistole, den Helm und die Feldflasche an einen Haken und kniete vor ihr nieder. Augenblicklich verschloss sie sich noch fester gegen ihn.

»Such dir eine andere Hure.«

Saitsew zuckte bei ihren Worten zusammen. Sein Schmerz war auch der ihre; er umgab sie beide.

»Ich habe keine Lust, diese Frauen an dir zu riechen.«

»Tanja ...«

»Nur zu, Wascha, such dir dein Vergnügen.«

»Tanja, ich ...«

»Schweig!«, stieß Tanja hervor, während sie nach der Flasche griff.

Saitsew nahm ihr die Flasche aus der Hand und stellte sie außerhalb ihrer Reichweite ab.

Nun versuchte Tanja, ihn mit ihrem Blick zu durchbohren. Sie glaubte, zerbrechen zu müssen, wenn sie auch nur ein einziges Mal zwinkerte. In dem unterirdischen Bordell war sie zu Eis erstarrt. Bereits ehe sie Saitsews Gestalt in der Türöffnung erblickt hatte, war sie vor den in ihrem Körper erwachenden Begierden und Empfindungen zurückgeschreckt, sobald sie sah, wie sich Irina und Olga mit Schaikin und Tschekow zu Paaren zusammenschlossen.

Ihre Wut über Saitsews plötzliches Erscheinen und die bevormundende Weise, in der er sie von diesem »Ort für Männer« fortgeschleppt hatte, hatten sie durch die Eisschicht in ihrem Inneren in das tiefe Wasser zurückgestoßen, in dem sie nun kauerte.

Wie konnte er es wagen, mich so vor Schaikin und Tschekow zu demütigen! Er hat mich wie einen Hund behandelt, der sich von der Leine losgerissen hat und verfolgt und zurückgeschleppt werden muss! Tanja, du bist eine Frau, hatte er gesagt. Auch diese beiden Huren waren Frauen. Sah er in mir dasselbe wie in ihnen?

Sie erhob sich, griff zu ihrer Maschinenpistole und nahm die Wodkaflasche vom Boden.

Saitsews Stimme ließ sie innehalten. »Es tut mir Leid.«

Tanja lachte höhnisch auf, während sie sich zu ihm umwandte. »Kein Grund, sich zu entschuldigen. Wir sind beide frei und können uns entscheiden, wie es uns beliebt. Und ich habe mich soeben entschieden, anderswo Befriedigung für meinen weiblichen Körper zu suchen.«

Saitsew ließ Kopf und Schultern hängen. Gut so, dachte sie. Während ich zu Eis gefriere, schmilzt er.

»Tanja, triff keine Entscheidung, die …«

»Das habe ich bereits getan. Wir beide haben es getan.«

Saitsew der Jäger, dachte sie, während er einen Schritt auf sie zu machte. Mal sehen, wie er nun vorgeht, wie er den Spuren folgt und jagt. Mal sehen, was er in diesem großen, zu Eis erstarrten Wald findet.

Ein kummervoller Ausdruck lag auf Saitsews Gesicht, als er sich zu ihren Füßen niederließ.

Ohne aufzusehen, hob er zu sprechen an. In seiner Stimme hallte die Bitterkeit des Windes wider, der durch die menschenleeren Gebäude strich. Während Tanja seinen Worten lauschte, wurde sie von einer Traurigkeit ergriffen, die tiefer war als seine.

»Was soll ich sagen?«, begann er. »Auch für mich ist es schwer. Rund um mich gibt es so viele Tote. Meine Freunde werden erschossen. Meine Familie wartet in Sibirien. An keinem Tag, keinem einzigen verdammten Tag so etwas wie Erholung oder eine kurze Pause. Und nun auch das noch … Thorwald, der mich jagt.«

Tanja kniete vor ihm nieder und legte ihr Gewehr und die Flasche auf den Boden.

Saitsew blickte nicht zu ihr auf, hielt jedoch im Sprechen inne, nun, da sie ihm so nahe war. Sie sah auf seinen Kopf hinab, dessen kurzes dichtes Haar nach ihr zu greifen schien.

»Nachdem du gegangen warst, habe ich mich auf die Jagd gemacht. Ich bin jedoch lediglich umhergestreift, ohne mich konzentrieren zu können.« Er streckte ihr die Hände entgegen, als wollte er ihr etwas Kleines, Zartes zeigen. »Dann habe ich nach dir gesucht. Ich musste dich finden, um mit dir zu sprechen. Um dir zu sagen, wie wichtig du für mich bist. Nur durch dich bleibe ich am Leben. Wenn ich dich verliere, würde ich wieder zurück in die Hölle stürzen.«

Saitsews Augen glänzten, während er zu ihr hochsah. Er blinzelte, als blicke er in die Sonne. »Jetzt habe ich das Gefühl, als wärst du an einem Ort, wohin ich dir nicht folgen kann.«

Er fasste nach ihren im Schoß verschränkten Händen, und sie gestattete ihm, sie zu ergreifen.

Seine Hände umschlossen ihre warm und fest.

»Vergib mir, Tanja. Ich wusste nicht, wie viel du mir bedeutest. Ich wusste nicht, was mich trieb, dir zu folgen und so zu handeln, wie ich es getan habe. Du hattest Recht, ich wusste nicht ...«

Tanja zog die Hände zurück, kauerte sich zusammen und legte den Kopf auf die eng an die Brust gelegten Knie. Sie starrte in die kleine dunkle Höhle hinab, die sich aus ihrem Gesicht, den Armen und den Knien gebildet hatte. Als eine Träne über ihre Wange rollte, schüttelte sie den Kopf, sodass sie vom Kinn auf den Erdboden flog.

Tanja fühlte, dass Saitsew näher gerückt war. Seine Stimme erklang nun dicht neben ihrer in den Armen vergrabenen Stirn.

»Doch jetzt weiß ich es«, flüsterte er.

Saitsew griff nach ihrem Haar und zog ihren Kopf aus der Höhle. Tanja wusste, dass das Licht der Laterne sie verriet. Die Spur der Träne musste noch auf ihrer Wange glitzern.

Er beugte sich vor, streifte mit seinen Lippen ihre Wange, tauchte in die nasse Spur der Träne und folgte ihr bis zu ihrem Auge. Sein Atem strich sanft über ihr feuchtes Gesicht.

Sie presste die Lider aufeinander und zuckte zusammen, während das Eis in ihrem Inneren Risse bekam und aufbrach. Augenblicklich tauchte sie durch die Schollen aus der Tiefe empor. Das nun nicht mehr gefrorene, sondern erwärmte Wasser überflutete sie und strömte aus ihren geschlossenen Augen über die Wangen in seine geöffneten Lippen. Sie entfloh ihrem Gefängnis hoch in die Lüfte und ließ ihren von Empfindungen bebenden Körper in seinen Armen zurück. Als sie hinabblickte, sah sie alles, was sie umgab: die Leichen, den Hass, die Scham. Das alles lag nun offen vor ihr, schimmernd und geläutert durch ihre herabstürzenden Tränen.

Saitsew hielt sie eng an sich gepresst. Seine Arme waren wie Schwingen, die sie von dem Eis befreiten und durch den Wolkenbruch in den Sturm emporhoben, der durch die Ruinen der Stadt unter ihr tobte.

11.

Blut war durch das dünne Leinentuch gesickert, das den Toten bedeckte, und hatte sich über dem Kopf zu einer Rosette gesammelt. Verdammt, dachte Saitsew. War bei all den Decken, die sie auf dem Luftweg über die Wolga transportierten, nicht eine dicke für Morosow übrig?

Der aus Sibirien stammende Konstantin Danilowitsch Morosow hatte zu Viktors Bären gehört und sich in der 284. Division mit Saitsew angefreundet. Nun war er bloß noch ein riesenhafter Leichnam mit einem Schuss durch die Wange unterhalb des rechten Auges und einem Schädel, dem die hintere Schale des Gehirns weggesprengt worden war. Das Projektil, das ihn getötet hatte, war von seinem Zielfernrohr abgeprallt und hatte es zerschmettert.

Als zwei Männer Morosows Bahre auf einen Schlitten hoben, trat Saitsew zurück. Sie würden ihn zu den Höhlen am Flussufer bringen, wo die Toten gelagert wurden, bis die Wolga fror und sie zu ihrer Begräbnisstätte weitertransportiert werden konnten.

Sobald das Eis fest genug war, werden wir diese Leichen in einem langen Zug von Schlitten wiedersehen, dachte er, wie schwarze Ameisen, die zu tausenden von einem Picknick wegströmen. Die Leichen werden fortgebracht und Decken und Wodka angeliefert. Doch nach wie vor keine Munition und keine Verstärkungseinheiten.

Das ist ein sicheres Zeichen dafür, dass etwas Großes bevorsteht. Seit August haben uns die Deutschen zehn Divisionen entgegengeworfen, die wir mit gerade fünf Divisionen Verstärkung abgefangen haben. Meine Scharfschützen haben den gesamten November über nicht einen einzigen Tag lang mit einem vollen Munitionsvorrat gearbeitet. Selbst Atai Tschebibulin war es nicht gelungen, zusätzliche Munition aufzutreiben.

Die Generäle und Politruks fordern uns auf durchzuhalten. Durchzuhalten wofür? Man hat uns den Befehl erteilt, so viele deutsche Soldaten wie möglich in die Stadt zu locken und sie hier festzuhalten. Mit genügend Männern und Munition auf unserer Seite könnten wir sie jetzt sofort aus Stalingrad vertreiben. Die Deutschen zittern vor Angst, sie haben alle Kraft und Hoffnung verloren. Sie sind keine Soldaten mehr, sondern bloß noch schlaffe, abgestreifte Häute ehemaliger Kämpfer. Stalin und die Generäle zögern jedoch jedes militärische Eingreifen hinaus, horten unsere Munition und halten uns unter Kontrolle. Gewiss bereiten sie den Gegenstoß vor. Sie müssen es einfach. Sie können uns nicht vergessen haben.

Etwas Großes steht bevor, und zwar bald.

Thorwald weiß davon. Er muss davon wissen. Immerhin ist er ein Standartenführer. Er ist kein schmutziger kleiner Unteroffizier wie ich, der seine Informationen durch Flüsterpropaganda oder aus nichts sagenden Artikeln erhält, die von Männern wie Danilow verfasst werden. Er wurde eingeflogen, um mich zu töten, mich allein. Sobald er seinen Auftrag erfüllt hat, kehrt er nach Hause zurück. Gewiss will er es schnell hinter sich bringen.

Saitsew blickte über die eisige Kruste, die sich am Ufer bildete. In Sibirien hatte er viele zugefrorene Flüsse gesehen. Er wusste, dass dieses Eis bis Mitte Dezember nicht stark genug sein würde, um Lastwagen und Pferdekarren zu tragen.

Auch Morosow war aus Sibirien gewesen, dachte Saitsew. Er würde nun nie wieder etwas sehen – keine Flüsse, keinen Himmel, kein Leben.

Der Hase wandte sich ab. Ein weiterer Freund, ein weiterer Held, der wie ein Gepäckstück abtransportiert wurde. Eine weitere Erinnerung, die er bewahren und rächen musste.

Morosow.

Das roch nach Thorwald. Er spricht zu mir, übermittelt mir eine Botschaft, zeichnet eine Karte, wo ich ihn treffen soll. Seine Feder taucht er in das Blut von Baugderis, Kulikow und Morosow.

Und von Schaikin.

Ilja Schaikin hatte als Beobachter für Morosow in Sektor 15, an der Südgrenze des Stadtzentrums, eine Kugel in den Hals erhalten. Dieser Abschnitt verlief entlang der Frontlinie, von der Chemiefabrik bis in den nachmittäglichen Schatten des Mamajew Kurgan. In diesem schmalen Streifen im Stadtzentrum hatten sich russische Soldaten in mehreren großen, gut platzierten Gebäuden fest verschanzt. Diese uneinnehmbaren Brückenköpfe hatten unzähligen deutschen Angriffswellen standgehalten. Jeder Vorstoß wurde mit vernichtendem russischem Abwehrfeuer zurückgeschlagen. Durch ihren unbezwingbaren Widerstand waren diese Festungen auf den russischen Militärkarten zu wichtigen Orientierungspunkten geworden. Zumeist trugen sie ihre ehemaligen Namen, wie »Haus der Spezialisten«, »Staatsbank« und »Bierhalle«. In einigen wenigen Fällen war die ursprüngliche Bezeichnung eines Bauwerks einer neuen Identität gewichen, die von den bemerkenswerten Abenteuern ihrer russischen Verteidiger herrührte. Zu diesen zählten das »L-Haus« und die »Alte Mühle«, die mit ehrfurchtsvollem Gemurmel für die im Kampf bewiesene Tapferkeit ihrer Hüter genannt wurden. Die berühmteste aller Festungen war jedoch »Pawlows Haus«. Der schwer beschädigte Wohnblock hatte inoffiziell den Namen des unbeugsamen russischen Unteroffiziers Jakob Pawlow erhalten, der diese direkt an der Frontlinie in der Soletschnaja-

Straße gelegene Ruine seit dem 29. September mit zwanzig Mann besetzt hielt. Pawlow versperrte den Deutschen nach wie vor den Zugang zu der kaum zweihundert Meter hinter dem Gebäude gelegenen Wolga. Er harrte nun schon so lange in seiner Stellung aus, dass ihm die Kommandeure den Beinamen »der Hausbesitzer« verliehen hatten.

In den vergangenen drei Tagen hatte man Saitsew und Viktor von einem verstärkten Einsatz deutscher Scharfschützen an der Südseite des Mamajew Kurgan in der Nähe des Stadtzentrums berichtet. Sanitäter waren beschossen worden, während sie Verwundete aus den Straßen und Gassen rund um Pawlows Haus geborgen hatten. Zwei Offiziere und ein einfacher Soldat waren durch einen Schuss ins Herz getötet worden. Eine Krankenschwester war von einer Kugel unter dem Kinn tödlich getroffen und eine andere durch eine Kugel in den Nacken verwundet worden.

Saitsew erschien es logisch, dass Thorwald den Fabrikbezirk mied: Die hohe Anzahl an Toten in diesem Gebiet würde seine Kunstfertigkeit in den Schatten stellen. Sie würde seine Duftmarke verbergen, den Gestank eines Schlachthauses, der seine Beute, den Hasen, zu ihm locken sollte.

An diesem Morgen hatte sich Schaikin freiwillig gemeldet, mit Morosow die Aktivitäten deutscher Scharfschützen in Sektor 15 auszukundschaften. »Du kannst nicht überall gleichzeitig sein, Wascha«, sagte Schaikin am Ende der Besprechung im Bunker der Scharfschützen. »Nur für den Fall, dass es unser Direktor ist, der dort Schießübungen veranstaltet, werde ich mit der verwundeten Krankenschwester reden. Danach werde ich mich mit Morosow ein wenig umsehen.«

Schaikin hatte bereits die Decke gehoben, um den Bunker zu verlassen, als er sich noch einmal umwandte. »Das von gestern Nachmittag tut mir Leid. Tschekow und Tanja haben mich dazu überredet. Sie hätte uns nie in diesen Keller begleiten sollen. Du warst sehr nachsichtig.«

»Warum sollte es dir Leid tun, Iljuschka? Und warum sollte es mir etwas ausmachen, dass Tanja dort war?«

»Ich will es dir mit Tschekows Worten sagen«, erwiderte sein Freund lächelnd. »Tschekow sagte: ›Genosse Saitsew ist ein lautloser Scharfschütze, aber ein ziemlich lautstarker Liebhaber.‹«

Schaikins Lachen wurde durch die herabfallende Decke gedämpft.

Nun wartete er in einem Feldlazarett auf seinen Abtransport. Tanja war am Nachmittag zu Saitsew gerannt und hatte ihm davon berichtet. »Wascha! Morosow ist tot. Eine Kugel in den Kopf. Schaikin wurde in den Hals getroffen. Er hat Morosow noch aus dem Graben gezogen. Ein Artilleriebeobachter hat sie entdeckt und Hilfe geschickt. Morosows Leiche liegt in der Chemiefabrik. Schaikin ist im Lazarett von Sektor 13. Sein Zustand ist kritisch. Sie sagen, er hat seine Hand auf den Hals gepresst, um das Blut zu stoppen.«

»Iljuschka.«

Schaikin öffnete die Augen. Es waren die flehenden Augen eines verwundeten Tieres.

»Waschinka«, hauchte er. Der Name verlor sich beinahe in dem Luftschwall, der dem Mund des Verwundeten entströmte. Es schien, als müsste er die gesamte Luft aus seinen Lungen pressen, um das Wort durch die schmerzende Schwelle in seiner Kehle hervorzustoßen.

Saitsew blickte auf seinen Freund hinab, der in einer auf Ziegeln gelagerten Bahre zusammengesunken war. Um den Hals trug er einen sauberen Verband. Zwischen den Fingern hatte sich aus seinem eigenen Blut eine dunkelrote Kruste gebildet.

Schaikin biss die Zähne zusammen. Wenn er einatmete, blieb sein Mund offen wie ein leidender Kreis oder ein kleiner dunkler Brunnen. Betroffen lauschte Saitsew dem gurgelnden Geräusch tief in der Kehle seines Freundes.

Er legte die Hand auf Schaikins blutige Faust. »Sprich nicht, Ilja, nick einfach mit dem Kopf. War es Thorwald?«

Schaikin drückte Saitsews Finger. Mit weit geöffneten Augen bewegte er seinen Kopf zitternd auf und ab. Ja.

»Hast du mit der verwundeten Krankenschwester gesprochen? War auch das sein Werk?«

Schaikin zuckte zusammen, doch nicht vor Schmerz, wie es schien, sondern von einem Gedanken.

Wieder drückte er Saitsews Hand. »Kranken…schwester«, stieß er mühsam hervor.

Seine gurgelnden Laute stimmten Saitsew trauriger als der Verband am Hals und sein bleiches Gesicht.

Schaikin verzog die Lippen. »Tot.« Er hob die Hand zu dem Einschuss an seinem Hals, aus dem nun Blut durch den Verband sickerte. »Krankenschwester, hier.«

Saitsew erinnerte sich, was Tanja ihm am Morgen erzählt hatte. Zwei Offiziere und ein einfacher Soldat waren durch Kugeln ins Herz getötet worden. Die beiden Krankenschwestern und Schaikin hatten Kugeln in den Hals getroffen und durchbohrt wie aufgespießte Fische. Morosow war wie Baugderis durch sein Zielfernrohr erschossen worden.

Das roch erneut nach Thorwald. Er schoss auf alles, was er sah, selbst auf Sanitäter und Krankenschwestern. Und jedes Mal mit einem Kunstschuss, seinem unverkennbaren Stil, damit Saitsew seine Spur nicht übersehen konnte.

Vor vier Tagen hatte er seine Fähigkeiten am Osthang des Mamajew Kurgan an der Attrappe Pjotr unter Beweis gestellt, am Morgen darauf Baugderis und Kulikow erledigt. Danach hatte sich Thorwald nach Süden gewandt und gewartet. Was hatte er getan? Warum diese dreitägige Pause?

Er hatte sich auf die Suche nach einem perfekten Versteck gemacht, einer Schießzelle, in der er verschwinden und von der aus er jeden Russen töten konnte, der sich in seiner Nähe bewegte. Und er hatte sie gefunden. Er kann sie unentdeckt erreichen und augenblicklich wieder verschwinden. Ich kenne ihn. Er hat sich in seiner kleinen Festung wie eine Schlange zusammengerollt, in den letzten beiden Tagen fünf Personen des medizinischen Personals zur Strecke gebracht und an diesem Morgen die beiden Scharfschützen Morosow und Schaikin, nachdem sie ihn gestellt hatten.

Ja. Er hat sich niedergelassen. Er will es hier hinter sich bringen. Eines hat er damit klargemacht: Er will so schnell wie möglich nach Hause zurückkehren. Deshalb hat er eine Einladung in Blei, Kupfer, Fleisch und Blut geschrieben und sie mir zugesandt.

Komm, hat der Direktor geschrieben. Komm, Starschina Wassili Gregorewitsch Saitsew, komm an dieselbe Stelle, an der ich mich heute mit deinen Freunden getroffen habe. Frag den kleinen sterbenden Schaikin. Er wird dir die Adresse herausgurgeln.

Komm, mein lieber Hase.

Danke, Direktor. Ich nehme die Einladung an.

Die Temperatur sank schneller als die Sonne. Saitsew zog die steifen Schultern hoch. Ein kalter Schmerz lief von seinem Nacken den Rücken hinab. Seit zwei Stunden spähte er ununterbrochen durch seinen Feldstecher.

Die Konturen der Ruinen und Schutthaufen verschwammen im Okular, während sich der Vorhang der Abenddämmerung über ihn senkte. Er befand sich nun an der Stelle, an der sein Freund angeschossen worden war. Schaikin hatte sie ihm mühsam beschrieben. Hinter Saitsew prangte auf dem Boden des Schützengrabens ein schwarzer Fleck wie die Markierung eines Jägers. Hier war Morosow gestürzt. Erneut suchte Saitsew die Wohnblöcke im Südwesten an der Soletschnaja-Straße ab. Dann senkte er den Feldstecher und überprüfte die 250 Meter breite, offene Fläche des Platzes des 9. Januar zu seiner Rechten mit den umgestürzten Springbrunnen, zerbrochenen Bänken und entwurzelten Bäumen und Sträuchern. Der Park hatte sich in ein Gewirr von Schützengräben, zerstörten Fahrzeugen und Granattrichtern verwandelt. Links wurde er durch drei an der Soletschnaja-Straße gelegene Wohnblöcke begrenzt. In der linken Ecke des Parks ragte Pawlows Haus empor. Im Nordwesten, auf der Saitsew gegenüberliegenden Seite, reihten sich Geschäfte und Bürogebäude aneinander, die durch Straßen und Gassen unterbrochen wurden. Vor dem Krieg musste dies das Zentrum von Stalingrad gewesen sein, vermutete er.

Seine Hände waren müde und taub geworden, als er den

Feldstecher schließlich absetzte. Er hatte vollbracht, wozu er gekommen war. Von seinem Aussichtspunkt aus hatte er sich jede Einzelheit der Frontlinie eingeprägt. Wenn sich in den nächsten Tagen etwas veränderte, Steine bewegt oder Ziegel aufeinander gestapelt wurden, würde er es bemerken.

Er zog die weißen Fausthandschuhe aus und hauchte in die Hände. Dann ließ er seine Knöchel krachen und massierte die Handflächen, um die Gefühllosigkeit aus seinen Händen zu vertreiben. Aus seinem Rucksack nahm er einen Notizblock und einen Bleistift und fertigte im verblassenden Licht des Tages hastig ein paar Skizzen an.

Dann streckte Saitsew seine Beine, die vom langen Sitzen in der beißenden Kälte steif geworden waren. Auf dem Boden unter seinen Füßen hatte Morosows Blut einen Fleck gebildet und war versickert. Der Hase schob sich einige Meter zur Seite. Es gehörte sich nicht, auf dem Platz zu verweilen, auf dem ein Freund sein Leben in den Erdboden vergossen hatte und ein anderer lebensgefährlich verletzt worden war. Es erschien ihm wie ein Sakrileg, hier zu sitzen, als hätte er auf einem Grab Platz genommen. Der Ort, an dem ein Mann sein Leben verloren hatte, war erfüllt von Geistern. Sein Großvater hätte ihm für diesen Gedanken heftigste Vorwürfe gemacht. Seine den Birkenbesen schwingende Großmutter Dunja hingegen hätte ihm erklärt, dass er die Geister achten und auf sie hören solle. Sie stünden mit den Toten in Verbindung und wüssten von Dingen, die uns unbekannt seien.

Schließlich legte er Bleistift und Block zurück in den Rucksack. Ich erinnere mich gut genug an jede Einzelheit, dachte er. Abgesehen davon ist es unwahrscheinlich, dass Thorwald derartige Fehler begeht. Er wird einen wesentlich kühneren Fehler machen, als bloß einen Ziegelstein zu bewegen oder sich eine Zigarette anzuzünden. Wenn dies geschieht, werden mir die Mächte helfen, die über diesem Blut schweben, ihn zu finden. Sie werden einen Geist freisetzen, der ihn jagen wird, wo auch immer er sich befindet.

Zum ersten Mal, seit Saitsew von der Anwesenheit des

deutschen Meisterschützen in Stalingrad gehört hatte, fühlte er den Instinkt der Wälder in sich aufsteigen. Die flüsternden Stimmen seines Vaters, seines Großvaters und all seiner Vorfahren, die sich ihr tägliches Brot in der Taiga verdienten, hatten geschwiegen, bis er sich an diesem Ort niedergelassen hatte, von dem er wusste, dass Thorwald ihn beobachtete. Die Stimmen hatten auf Hinweise, Ähnlichkeiten und Spuren gewartet, die das Tor zu seinem tieferen Wissen aufschließen würden. Thorwald war ein Wild, das er noch nie zuvor gejagt hatte. Daher hatten die Stimmen Schweigen bewahrt.

Nun, da sich Thorwald schließlich in greifbarer Nähe befand und der Beweis für Morosows Tod und Schaikins Sterben in der winterharten Erde zu seinen Füßen lag, erwachte Saitsews Intuition zum Leben. Thorwald war auch nur ein Mann, wie die hunderte, die der Hase bisher zur Strecke gebracht hatte. Doch er besaß einzigartige Fähigkeiten. Er war ein hervorragender Schütze und konnte einer Stoffattrappe in wenigen Sekunden ein Gesicht einkerben, als würden die Schüsse aus zwei Gewehren abgefeuert. Seine Treffsicherheit auf große Entfernungen war geradezu unheimlich. Er hatte Morosow und Baugderis getötet, indem er ihnen eine Kugel durch das Zielfernrohr gesendet hatte. Kulikow und Schaikin, zwei der erfahrensten Hasen, waren als Späher neben den Schützen getroffen worden. Darüber hinaus kannte er das Schlachtfeld. Er war erst am Mamajew Kurgan, dann im Bereich der Roter-Oktober-Fabrik und schließlich hier in diesem Park im Stadtzentrum aufgespürt worden.

Thorwald war ein kühner Mann. Er war in Kulikows Schützengraben gekrochen und hatte dessen Gewehr an sich genommen. Gleichzeitig war er ein wenig verrückt und vielleicht sogar fanatisch. Er schoss auf alles, was sich bewegte, und vergeudete seine Kugeln für Attrappen und Krankenschwestern. Thorwald war grausam und gerissen. Und wie jeden anderen Menschen aus Fleisch und Blut erfüllte Stalingrad gewiss auch ihn mit Angst.

Er konzentriert sich auf eine einzige Aufgabe: mich zu erwischen. Er gleicht einem tollwütigen sibirischen Wolf, der nicht mehr isst und trinkt, sondern lediglich tötet. Jede Handlung des Tieres ist auf dieses eine Ziel ausgerichtet. Das ist seine Schwachstelle. Sie kann ihn verraten.

Saitsew erhob sich langsam, um einen letzten Blick an diesem Abend über den Platz zu werfen. Die Sonne war untergegangen, nun krochen die Schatten über den Boden. Es war Zeit aufzubrechen. Er schulterte sein Präzisionsgewehr und bückte sich, um den Feldstecher aufzuheben. Auf dem Boden des Schützengrabens vor seiner Hand erblickte er eine Fläche, die dunkler war als die hereinbrechende Nacht. Das Mal, das Morosows Blut hinterlassen hatte.

»Morgen komme ich wieder«, sagte er zu dem Blutfleck.

Als Saitsew zwei Stunden später in den Bunker der Scharfschützen trat, erhob sich Kulikow.

»Wascha.«

»Nikolai!« Saitsew umarmte ihn, küsste ihn auf beide Wangen und hielt ihn dann eine Armlänge von sich. »Du bist zurück. Wie fühlst du dich? Wie geht es deinem Kopf?«

Kulikow neigte den Kopf, damit Saitsew den um seine Ohren gewundenen Verband untersuchen konnte.

Vorsichtig legte Saitsew einen Finger auf die Stelle, an der sich die Naht befand. »Na, das Ohr hängt noch fest«, erklärte der Hase lächelnd. »Damit geht es dir besser als manchem anderen.«

Kulikows Grinsen erlosch. In diesem Augenblick der Fröhlichkeit hatte Saitsew Baugderis vergessen. Nun kehrten die Bilder von dessen zerfetztem Gesicht, dem von Morosow und Schaikin und vielen anderen wieder.

»Mir geht es gut«, bestätigte Kulikow. »Sie haben mich heute Nachmittag aus dem Bett geworfen. Ich habe gehört, was Ilja und Morosow zugestoßen ist.«

Saitsew stellte Gewehr und Rucksack in seiner Ecke ab. »Ich habe ihn gefunden, Nikolai. Schaikin hat mich direkt zu ihm geführt. Ich kann ihn fühlen, diesen deutschen Hundesohn.«

Kulikow blickte in Saitsews Augen. Der kleine Scharfschütze schluckte schwer, sein Gesicht blieb jedoch eine stumme Maske. Saitsew hatte schon oft über die Regungslosigkeit von Nikolai Kulikows Gesicht nachgedacht. Es verriet nichts von dessen inneren Kämpfen. Seine Züge, ebenso wie seine Arme und Beine, verkündeten stets die Stille des Mondes. Saitsew war davon überzeugt, dass Kulikows Fähigkeit, sich unauffälliger als all die anderen Scharfschützen zu bewegen, auf dieser Stille beruhte. Er trug das Schweigen in seinen Gliedern.

Saitsew dachte an den Schützengraben zurück, in dem Kulikow und Baugderis vier Tage zuvor das Dosenschießen veranstaltet hatten. Unabsichtlich war sich Kulikow seiner Sünden bewusst geworden. Sie hatten ihn als blutiges Loch in Baugderis Schädel und Fleischwunde in seinem eigenen Kopf heimgesucht. Kulikow hatte eine Rechnung zu begleichen. Und Thorwald hatte sein Gewehr.

»Möchtest du mich begleiten, Nikolai? Wir beide haben ihn bei der Arbeit gesehen und sind am Leben geblieben. Wir können ihn erwischen.«

Kulikow blinzelte. »Wird Tanja nichts dagegen haben?«

»Was ...« Saitsew brach kopfschüttelnd ab und ging in seine Ecke. Als Nächstes wird Danilow in der *Verteidigung des Landes* eine wöchentliche Kolumne darüber schreiben. »Nein, Nikolai. Tanja wird nichts dagegen haben. Setz dich.«

Kulikow ließ sich auf den Boden fallen. Saitsew hörte keinen Laut, während er beobachtete, wie Kulikow in den flackernden Schatten unter dem Lampenschirm glitt. Er wählt die dunkelste Stelle, bemerkte Saitsew.

Der Hase beschrieb die Einzelheiten jenes Ortes, an dem Schaikin und Morosow auf Thorwald gestoßen waren. Er wusste nicht, wie es ihm gelungen war, die beiden Scharfschützen niederzuschießen. In diesem Stadium war das Wie jedoch nicht so wichtig, wie der Ort an sich. Kulikow und er würden einen eigenen, neuen Feldzug gegen den deutschen Meisterschützen führen.

»Die Sonne geht in unserem Rücken auf und sinkt schräg rechts vor uns. Am Morgen und am frühen Nachmittag sind wir daher im Vorteil. Wir müssen ihm einige Schüsse herauslocken, um zu erfahren, wo er steckt. Das sollte uns nicht allzu schwer fallen. Thorwald scheint begierig darauf zu sein, den Abzug zu drücken.«

Kulikow schwieg, während seine schiefergrauen Augen alles aufmerksam beobachteten, als könnte er durch sie auch hören.

Saitsew fuhr fort: »Selbstverständlich könnten wir uns auch bewegen. Ich glaube aber, dass er bleibt, wo er ist. Er hat ein Versteck gefunden, das ihm gut genug erscheint, um mich zu erwischen. Solange er sich sicher fühlt, wird er in seiner Zelle ausharren.«

»Woher weiß er, dass er dich nicht bereits getötet hat, als er auf Schaikin und Morosow geschossen hat?«, fragte Kulikow.

Saitsew dachte einen Augenblick nach, ehe er antwortete. »Er weiß es nicht. Vermutlich wird er den Ort beobachten, an dem er seine letzten beiden Scharfschützen niedergestreckt hat. Sollte morgen oder in den nächsten Tagen niemand auftauchen, um mit ihm zu spielen, wird er annehmen, dass er mich getötet hat und das Spiel vorüber ist. Wenn sich ihm jedoch jemand stellt, wird er vermuten, dass ich ihm nun im Schützengraben gegenüberstehe, weil ich von seinem Schuss durch das Zielfernrohr von Morosow und seinen anderen üblen Tricks erfahren habe. Immerhin war das seine Absicht. Ich gehe davon aus, dass er ein bis zwei Tage in seinem Versteck wartet, um zu sehen, wer vorbeikommt.«

Kulikow erhob sich. »Ich werde ein wenig schlafen. Um vier Uhr hier?«

»Ja, Nikolai.«

Der kleine Scharfschütze verschwand, ohne das geringste Geräusch zu verursachen. Saitsew starrte noch lange auf den schwankenden, kreisförmigen Schatten unter der Lampe, in dem Kulikow gesessen war. Nur Sekunden nach seinem Aufbruch wirkte es, als wäre er bereits vor einer Stunde gegangen. Wie macht er das?, fragte sich Saitsew.

Er dämpfte die Laterne, legte sich in seinen Schlafsack und verwendete den Rucksack als Kissen. Sein Blick schweifte durch die Dunkelheit des Bunkers.

Morgen. Morgen beginnt das Duell.

Als die kühle Luft des Erdbodens an seiner Wange emporkroch, zog er die Decke höher. Er lauschte seinem Atem und fühlte seinen Puls am Hals.

Thorwald. Standartenführer Thorwald. Bisher bloß ein Name, ein paar blutige Löcher in Leichen, ein paar Vermutungen und Schlussfolgerungen. Morgen wird Thorwald zur Tatsache, wird er für mich Wirklichkeit, so wirklich wie eine Kugel.

Er fragte sich, wie es sich anfühlte, wenn sich eine Kugel in sein eigenes Fleisch bohrte. Er selbst war in Stalingrad noch nicht verwundet worden, während er tausende Wunden gesehen hatte. Welche Art von Schmerz war es? Und wie fühlte es sich an, getötet zu werden … Drang die Finsternis des Todes augenblicklich mit der Kugel in den Leib ein, ehe der Schmerz zupacken konnte? Verlief die Überfahrt in die Ewigkeit still und friedlich? Oder wurde man von entsetzlichem Grauen erfasst, wenn man mit einer Kugel zwischen den Augen starb? Brach plötzlich jede Qual im Körper auf, die in ihm verborgen gewartet hatte, für wenige Sekunden aller Fesseln entledigt, ehe die Sinne erloschen? Saitsew verspürte ein Jucken zwischen den Augenbrauen, dort, wo vielleicht schon am nächsten Tag eine Kugel seinen Schädel durchbohren würde. Er rieb sich die Stelle, um das Gefühl zu vertreiben.

Thorwald. Saitsew ging nochmals durch, was er seine Hasen über die Jagd auf einen feindlichen Scharfschützen lehrte. Die Suche nach dem Scharfschützen beginnt mit der Erkundung der Verteidigungslinie des Gegners. Betrachte und katalogisiere jede physische Einzelheit. Das hatte er vor einigen Stunden getan. Prüfe als Nächstes, wie und wo andere in dieser Region erschossen wurden. Saitsew erinnerte sich an die zehn Minuten des Nachmittags, die er neben dem von Todesqualen gepeinigten Schaikin und zuvor neben Morosows Leiche zugebracht hatte. Die Kugel für Morosows Kopf war vom Zielfernrohr abgeprallt. Auch das Zielfernrohr selbst bot keine Aufschlüsse. Wohin war Morosows Gewehr gerichtet gewesen, als es getroffen wurde?

Schaikin wusste es nicht. Er hatte durch den Feldstecher einen Helm beobachtet, der sich jenseits eines Grabens entlang der Soletschnaja-Straße bewegt hatte, und Morosow zugerufen, auf ihn zu feuern. In diesem Augenblick hatte Thorwald zugeschlagen. Entweder gab es in der Nähe von Pawlows Haus Truppenbewegungen, oder Thorwald hatte einen Helfer, der diesen Helm auf einem Stock trug, überlegte Saitsew.

Schaikin und Morosow hatten einen Fehler begangen. Sie hätten nicht schießen sollen. Ihr Auftrag hatte gelautet, Thorwald am Platz des 9. Januar zu lokalisieren, nicht, ihn anzugreifen. Als sie den Köder schluckten, bei dem es sich vermutlich um einen Helm handelte, musste Thorwald nur noch den Finger um den Abzug krümmen.

Als Nächstes galt es, die Stärken und Schwächen des Gegners zu ergründen. Meide seine Stärken, hebe seine Mängel hervor. Einen erfahrenen Scharfschützen wie Thorwald musste man mit Finten und falschen Positionen prüfen. Biete ihm leichte Ziele, sodass er seine Stellung preisgibt, ohne dass du selbst zum Ziel wirst. Spiel mit seinen Fähigkeiten, indem du vorgibst als Scharfschütze ein Neuling zu sein; mach kleine, kontrollierte Fehler, um sein Selbstvertrauen in diesem Wettbewerb zu erhöhen. Wenn er ungeduldig ist und darauf brennt zu schießen, um nach Hause zurückzukehren, wie Thorwald, dann verwickle ihn in einen langen, komplizierten Kampf. Wenn er hartnäckig ist, lenk ihn ab und ärger ihn durch diese Ablenkungen. Zermürb seine Konzentration und seine körperlichen Fähigkeiten, stundenlang durch das Zielfernrohr zu spähen und einen präzisen Schuss abzugeben. Wenn er die Initiative übernommen hat, wie Thorwald, bring sie wieder an dich.

Wenn die Zeit zum Schuss gekommen ist, sorg dafür, dass das Ergebnis zählt. Erinnere dich an die alte Volksweisheit: miss siebenmal und schneide einmal.

Die Decke im Eingang hob und senkte sich. Vorsichtige Schritte überquerten den im Dunkel liegenden Boden zu Saitsews Ecke.

Er öffnete die Lider, ohne etwas zu sehen. Lautlos zog er

die Hand aus dem Schlafsack hervor und streckte sie in die Nacht hinaus. Kühle Luft strich über sein Handgelenk, während ein Bein gegen seinen Arm stieß.

Er hörte, wie sie sich neben ihm auf den Boden setzte. Ihre Fersen gruben sich in die Erde, als sie die Beine überkreuzte und sich niederließ.

Sie nahm seine Hand in ihre und hielt sie, ohne sie zu drücken, als wären seine Finger zu zerbrechlich. Nachdem sie seine Hand eine Minute lang in der Dunkelheit umfangen und gestreichelt hatte, sprach sie.

»Kulikow war eine gute Wahl. Ich bin froh, dass er zurück ist.«

Er holte einmal tief Atem. Zu seiner Überraschung klang es wie ein Seufzer. Der noch wenige Augenblicke zuvor kalte, düstere Bunker schien plötzlich mit Tanja an seiner Seite zu pulsieren und sich zu entfalten, wie die Flügel einer Krähe. Sie verleiht der Welt in jedem Moment etwas Dynamisches, dachte er. In ihrer Gegenwart verschieben sich die Dinge, als fühlten sie sich unbehaglich. »Bleib heute Nacht hier«, forderte er sie auf.

Es war nicht seine Absicht gewesen, diese Worte auszusprechen. Aber verdammt, dachte er, sie zieht die Dinge aus mir heraus, entlockt meinem Mund und meinen Händen Ideen und formt sie zu Worten und Handlungen, ehe ich ihnen Einhalt gebieten kann.

»Nein, Waschinka«, flüsterte sie. »Du triffst am Morgen mit Thorwald zusammen. Du brauchst einen klaren Kopf. Ich werde warten.«

Sie hielt seine Hand eine weitere Minute lang inmitten des Strudels aus Zeit und Finsternis. Saitsew sah nichts, nicht einmal die Nacht. Sein Geist stand still, verbunden mit Tanjas Geist, während ihre Finger kaum fühlbar über seine Handfläche strichen. Sie umgibt mich, dachte er. Selbst wenn sie neben mir sitzt und bloß meine Hand berührt, nimmt sie mich als Ganzes ein.

Er zog die Hand zurück, streckte sie nach ihrer Stirn aus und grub die Finger tief in ihr Haar. Es war dicht und dick wie Stroh; er hätte seine Finger nicht durch die einzelnen

Strähnen ziehen können. So ließ er die Hand an ihrer Stirn abwärts über ihre Augen und ihre Nase gleiten. Er berührte ihr Gesicht sanft wie ein Blinder, gerade fest genug, um eine Wasseroberfläche zu kräuseln. Sein Herz und sein gesamtes Bewusstsein lagen in dieser Hand und drängten sich in die Fingerspitzen wie Touristen, die durch ein Fenster einen Blick auf sie erhaschen wollten. Als die Hand die Muskeln an ihrem Hals über dem Kragen berührte, hielt er an und ließ sie neben sich auf die Decke sinken.

Ich brauche einen klaren Kopf, hat sie gesagt.

Tanja erhob sich. Das Rascheln ihrer Kleidung brach den Bann.

»Es ist Zeit, dass Thorwald eine neue Lektion lernt«, erklärte sie durch die Dunkelheit auf dem Weg zum Ausgang. »Wie es ist zu sterben. Eine Kugel, eine Lektion vom Hasen.«

Tanja hob die Decke. Einen Augenblick lang zeichnete das Mondlicht ihre Beine und ihre Taille nach, ehe sich ihre Konturen auflösten.

»Töte ihn, Wascha«, sagte sie und verschwand. Die Decke fiel wieder über die Öffnung. Ein kalter Windstoß erfüllte ihren Platz im Raum und kroch über den Boden neben Saitsew, wo sie eben noch gesessen hatte.

12.

Es war bereits später Nachmittag, als Nikki und Thorwald am Platz des 9. Januar eintrafen. Beim ersten Blick auf den Park erwachte Thorwalds Interesse.

Dieser Ort sei wie geschaffen für seine Aufgabe, erklärte er. Er spähte über die niedrige Steinmauer und strich mit der Hand wieder und wieder über das dunkle Panorama mit einer Seitenlänge von 250 Meter, als wollte er es auf Hindernisse oder Unregelmäßigkeiten prüfen. Der Park bot ihm ein weites, freies Blickfeld. Die Sonne würde in seinem Rücken untergehen, sodass er den Nachmittag über im

Schatten lag. In der westlichen Hälfte des Parks fanden sich zahlreiche mögliche Verstecke: mehrere ausgebrannte Panzer, eine verlassene Schanze und viele Trümmer und Schutthügel. Die gegenüberliegende Hälfte des Parks, die russische Seite, wies weniger Erhebungen auf. In dieser Region hatten sich die Kämpfe vorwiegend auf das Gebäude zu ihrer Rechten konzentriert, das als Pawlows Haus bezeichnet wurde. In ihm hatten sich die Russen hartnäckig gehalten, während der Park selbst ein leeres Schlachtfeld blieb. Ein Niemandsland.

»Perfekt«, rief Thorwald aus.

Nikki kauerte sich in den Schutz der Mauer, während Thorwald aufgeregt das Gelände des Parks mit seinem Feldstecher absuchte. »Ah, ja. Dort«, erklärte er, nachdem er nahezu eine Minute lang aufrecht gestanden hatte.

Gefolgt von Nikki, hastete er an der Mauer entlang fünfzig Meter nach links. Sie hielten an einer Bresche in der Wand an, wo sich ein Panzer seinen Weg gebahnt hatte. Zehn Meter vor ihnen lag eine große Wellblechplatte auf einem Ziegelstapel.

Dreißig Minuten später hatte Thorwald hinter der Front die Schaufel eines Soldaten requiriert, und sobald es vollkommen dunkel geworden war, wurde Nikki ausgesandt, um unter der Metallplatte ein Schützenloch zu graben.

Die ausgehobene Erde lud er auf eine wasserdichte Plane, die der Standartenführer vom Loch zu sich heranzog und hinter der Mauer entleerte. Thorwald mahnte Nikki, beim Graben sorgfältig darauf zu achten, die Anordnung der Ziegel auf der russischen Seite des Parks nicht zu verändern.

Zwei Stunden später spähte Nikki aus dem Schützenloch, das er geschaffen hatte. Es war nun tief genug, dass sich ein Mann auf seine Kniee erheben konnte, ohne sich den Kopf an dem metallenen Dach zu stoßen. Wegen der Platte befände sich der Standartenführer den gesamten Tag über im Schatten. Das Loch, die Steine und die Platte würden nicht nur seinen Körper verbergen, sondern auch den Knall seines Gewehres dämpfen. Er könnte unsichtbar, unhörbar und geschützt vor dem russischen Wind in der neutralen Zone liegen und zwischen den Ziegeln nach Osten zielen.

Nachdem Nikki sein Werk vollendet hatte, kroch er aus dem Loch und ließ sich erschöpft neben Thorwald nieder.

Der war guter Laune. »Mal sehen, was wir hier haben, Hauptgefreiter«, sagte er, während er unter die Metallplatte kroch.

Nikki hörte ihn in seinem Versteck lachen.

»Oh, das ist sehr gut.« Hohl und geisterhaft drang die Stimme unter dem Metall hervor, ohne dass ihr Ursprung zu entdecken gewesen wäre.

Am nächsten Morgen trug Thorwald mehrere Decken, zwei Schachteln mit Munition, eine Thermosflasche und zwei belegte Brote in seinen Fuchsbau. Nikki ließ er, ebenfalls mit Proviant versorgt, zehn Meter entfernt hinter der Mauer zurück. Dort würde er auf die Befehle des Standartenführers warten.

Thorwald verharrte bis zum späten Nachmittag schweigend in seinem Versteck. Während Nikki durch den Feldstecher spähte, schoss er schließlich mit der Sonne im Rücken auf mehrere russische Sanitäter und Krankenschwestern, die nur einen Augenblick lang zu sehen waren, während sie Verwundete aus Pawlows Haus bargen. Nikki zuckte bei jedem Knall des Gewehres zusammen, obwohl er nur gedämpft zu ihm herüberdrang und nicht so scharf, wie er es gewöhnt war. Die Schüsse trafen ihn wie Schläge und ließen seine Bauchdecke beben.

Nikki verachtete Thorwald, weil er auf Krankenschwestern und Sanitäter schoss, und verabscheute das schadenfrohe Grinsen des Standartenführers, wenn er einen weiteren Treffer erzielt hatte. Sobald er den Abzug gedrückt hatte, zählte Thorwald bis zu seiner aktuellen Trefferquote: »Eins ... zwei ... uuund drei.« Nikki hatte bereits Tage zuvor sein Gewissen zu Boden gerungen. Nun kämpfte er erneut darum, es zum Schweigen zu bringen, während der Standartenführer ein nichts ahnendes Opfer nach dem anderen tötete. Er kannte die Antwort auf seine Frage, noch ehe er sie stellte: War es richtig? Durfte man Krankenschwestern, Sanitäter und verwundete Soldaten niederstrecken und als Köder für den Hasen verwenden, als wären sie nichts anderes als Karotten und Kohlblätter, die man unter eine Hasenfalle legte? Ja, selbstverständlich. In Stalingrad ging es längst nicht mehr um richtig oder falsch oder gar um den Sieg. Es ging einzig ums Überleben. Gewiss waren dies keine militärischen Ziele. Aber, dachte Nikki, was ich hier tue, hat nichts mit Militärtaktik zu tun. Ich will nach Hause. Wie viele werde ich für dieses Ziel opfern? Nikki konnte keine Zahl nennen. Alle.

Der zweite Morgen begann wie der erste, vor Sonnenaufgang. Thorwald kroch in sein Versteck und verhielt sich wieder bis zum Nachmittag still. Dann schoss er zweimal nahezu mit der Geschwindigkeit einer Schnellfeuerwaffe, pausierte kurz und gab dann einen dritten Schuss ab. »Wieder drei«, war alles, was er zu Nikki sagte.

In dieser Nacht kehrten Thorwald und Nikki schweigend zu ihren Unterkünften zurück. Der Standartenführer schien in ein abgesondertes Reich der Konzentration eingetaucht zu sein. Sobald er sein Auge an das Zielfernrohr legte, sah er keinen Moment lang auf, bis er sein Ziel getroffen hatte. Das Duell mit Saitsew war vereinbart und das Ziel ausgewählt, wenn es sich auch noch nicht im Fadenkreuz des Standartenführers befand.

Kurz nachdem die Sonne dem Park am dritten Morgen seine Farben zurückgegeben hatte, vernahm Nikki Thorwalds blecherne Stimme aus dem Versteck. »Hauptgefreiter, wir haben Gesellschaft bekommen.«

Nikki schob die Decke von seinen Schultern zurück und griff nach dem Feldstecher.

»Unten bleiben. Scharfschützen«, zischte ihm Thorwald aus seinem Unterschlupf zu, als er eben die Augen über die Brüstung schieben wollte.

Den restlichen Morgen saß Nikki eng an den Fuß der Mauer gekauert. Aufgewühlt fragte er sich, ob sich nun endlich der Hase selbst im Blickfeld Thorwalds zeigte.

Stundenlang wartete er regungslos, während die Langeweile seine Aufmerksamkeit auf eine schwere Probe stellte. Seine Nerven waren zum Zerreißen gespannt. Als die Sonne mittags ihren höchsten Stand erreichte und kurze Schatten auf den Boden zeichnete, erklang aus dem Versteck Thorwalds gedämpfte Stimme.

»Geh dreißig Meter nach links, halt da an und heb deinen Helm auf den Griff der Schaufel. Schieb ihn gerade so weit über die Mauer, dass er wie dein Kopf aussieht, und spazier dann mit ihm nach links. Hast du mich verstanden, Nikki?«

»Ja, Standartenführer.«

»Dann tu, was ich dir gesagt habe. Und wenn der Helm getroffen wird, lass ihn gleich fallen.«

Nikki griff nach der Schaufel und kroch hastig dreißig Meter nach links. Dort nahm er den Helm ab, setzte ihn auf die Schaufel und schob ihn über die Mauer.

Er hatte noch nicht einmal zehn Meter zurückgelegt, als der Helm, getroffen von einem Projektil, herumwirbelte und das Schaufelblatt gegen seine Hand schlug. Augenblicklich ließ er es fallen. Von der anderen Seite des Parks hallte das Echo eines Schusses herüber. Rasch nahm er die Schaufel und den Helm an sich und hastete zu seinem Posten hinter Thorwalds Versteck zurück.

»Ich habe keinen Schuss von Ihnen gehört, Standartenführer«, rief er zu dem Loch hinüber. »Haben Sie geschossen?«

»Ja.« Die blecherne Stimme wirkte müde.

»Eins – zwei, Standartenführer?«

»Eins – zwei.«

Nikki wartete, ehe er seine nächste Frage stellte. »War es Saitsew?«

Thorwald seufzte. Nikki stellte sich vor, dass er sich nun zur Seite rollte, um in der Wärme der Decken und der von der Metallplatte zurückstrahlenden Nachmittagssonne zu schlafen, wie ein Bär, der sich den Bauch voll geschlagen hatte.

»Das werden wir morgen herausfinden.«

Während die Morgendämmerung noch eine Stunde auf sich warten ließ, saß Nikki bereits wieder neben Thorwald, mit dem Rücken gegen die Mauer gelehnt. Der Standartenführer wollte ein wenig rasten, ehe er durch den seichten Graben in sein Schützenloch kriechen würde.

Nikki hegte an diesem vierten Morgen auf dem Platz des 9. Januar große Erwartungen. Er stimmte mit Thorwald überein, dass die russischen Scharfschützen des Vortages vermutlich lediglich Saitsews Schüler gewesen waren. Die Wahrscheinlichkeit war gering, dass sich der Meisterschütze der Russen unter ihnen befunden hatte. Um ihn hereinzulegen, war der Trick mit dem Helm zu einfach und zu schlecht ausgeführt gewesen. Hätte Saitsew, der scharfsinnige Mann aus den Wäldern, als Beobachter fungiert, dann hätte er gewiss nicht auf den Köder angebissen. Er hätte in dieser Finte das Werk eines gewöhnlichen deutschen Scharfschützen erkannt und den Helm nicht angegriffen, wie es jene beiden russischen Scharfschützen getan hatten. Saitsews Ziel war Thorwald und kein anderer. Der Hase würde seine Stellung für keine geringere Beute preisgeben. Viel eher stand zu vermuten, dass es sich bei den feindlichen Scharfschützen auf der gegenüberliegenden Seite des Parks bloß um eine beliebige Jagdgesellschaft oder um Kundschafter in Saitsews Auftrag gehandelt hatte. Denn diese waren stets bereit, auf jedes Ziel zu schießen, das sich ihnen bot, insbesondere, wenn ein deutscher Scharfschütze grausam genug war, auf Verwundete und medizinisches Personal zu schießen.

Der heutige und der morgige Tag würden es zeigen. Wenn Saitsew tot war, würden sie keine weitere Antwort erhalten. Die Russen würden Thorwald nicht nochmals Schüler entgegenschicken. Er hatte ihnen bereits mehrmals bewiesen, dass das Selbstmord war. Sollte sich an diesem oder dem nächsten Tag ein Scharfschütze auf der gegenüberliegenden Seite des Parks zeigen, wäre es Saitsew persönlich.

Endlich.

Thorwald hatte sich lange genug erholt und griff nun

nach dem Rucksack, der seine Thermosflasche und die Brote enthielt, die er sich aus dem mitgebrachten Käse und Fleisch zubereitet hatte. Er hatte noch Verpflegungsreserven für weitere vier Tage. Das sollte reichen, dachte er.

Grinsend nahm Thorwald die erbeutete Moisin-Nagant zur Hand und machte sich bereit, in das Versteck zu kriechen. Woher nimmt er die Geduld, den ganzen Tag über zu beobachten und zu warten?, fragte sich Nikki mit einem Blick auf den Berliner Direktor. Er ist weich und empfindlich. Woher stammt der Wille dieses unvergleichlichen Meisterschützen, des gefährlichsten Scharfschützen des Dritten Reiches? Wenn sich in seinem Inneren eine so mächtige Kraft verbarg, hätte sie sich dann nicht auch an der Außenseite zeigen müssen, in seinen Muskeln und an seiner Haut?

So ist es, Nikki – er konnte die erklärende Stimme des Standartenführers geradezu hören. Sie liegt in meinen Augen und meinen Händen. Du hast sie gesehen. Mitunter auch in meiner Stimme. Diesen Willen lege ich in meine Kugeln, in das Aufblitzen des Pulvers und in das Blei und den Kupfermantel des Projektils. Zum deutschen Meisterschützen werde ich, sobald ich zum Gewehr greife.

»Sei heute vorsichtig«, warnte Thorwald ihn, während er sich auf die Knie erhob. »Verhalt dich ruhig, bis ich dir weitere Anweisungen gebe. Ich glaube, dass uns ein Hase in die Falle gehen wird, ehe der Tag vorüber ist.«

Der Standartenführer schob sich auf dem Bauch liegend hinter die Wand und unter die Metallplatte. Er stieß seinen Rucksack und das Gewehr vor sich durch den weichen Schnee, der in der Nacht gefallen war.

Nikki hatte sich in eine Decke gewickelt. Der Morgen roch nach schneidender Kälte. Das schwere, feuchte Wetter, das wie ein nasser Schwamm während der vergangenen Woche über Stalingrad gelegen hatte, hatte sich über Nacht verzogen. Der heutige Tag würde klar sein und kaum windig.

In dieser zu Ende gehenden Nacht blinkte nur noch ein einsamer Stern tief am östlichen Horizont über der Wolga. In seinen letzten glühenden Augenblicken kämpfte er gegen den rosa- und violettfarbenen Schimmer der aufsteigenden Sonne an. Heute wird man weit sehen und hören können, überlegte Nikki. Ein ausgezeichneter Tag für die Jagd.

Nikki erwachte, als ihm die Sonne voll ins Gesicht schien. Er hob das Kinn, um seinen Nacken zu wärmen, zog seine weiße Tarnkapuze vom Kopf und nahm den Helm ab. Die Sonne stand noch nicht hoch genug, um auf seinen Scheitel herabzuscheinen, der fehlende Wind machte die Kälte jedoch erträglich. Er dachte an die trockene Kälte und den Pulverschnee zurück, der die Felder seines Vaters in Westfalen bedeckte. Wie regungslos die Rinder und Schafe nach einem Schneefall inmitten dieser weiten weißen Fläche standen und sich töricht fragten, wohin die Erde plötzlich verschwunden war. Seine Gedanken wanderten zu seiner Schwester, die an den kältesten Tagen des Jahres Schinken mit heißem Sauerkraut auf den Mittagstisch gestellt hatte, sobald sich sein Vater und er an der Haustür Schnee und Mist von den Stiefeln geschüttelt hatten. Dann saßen sie in der Küche unter dem vergilbten Foto seiner Mutter, die ebenso viele Jahre tot war, wie Nikki zählte. Sie wäre dir eine gute Mutter gewesen, sagte sein Vater immer, und Nikki lächelte über den Tisch hinweg seiner Schwester zu, die ihm die Mutter ersetzt hatte.

Zu Hause war es nie so kalt, und nie drang die Kälte so tief in die Glieder ein, wie in diesem Krieg in einem fremden Land, während man darauf wartete zu sterben, zu töten oder zu überleben – in jedem Fall jedoch wartete.

Er zog einen Fausthandschuh aus, griff nach seinen beiden Broten, wickelte eines aus und aß es. Er hätte es für den Nachmittag aufsparen sollen, wenn er hungriger war. Die Ungewissheit trieb ihn jedoch, es jetzt zu essen, in dem Augenblick, in dem er es wollte.

Nikki saß in der Friedhofsstille der Wand unter dem seltenen blauen Himmel, umgeben von den Überresten zerstörten Kriegsgeräts. Eine Zeit lang dachte er nicht an Thorwald, der sich wie eine fette weiße Made auf der Erde zusammengerollt hatte. Stattdessen sah er zur Anhöhe des

Mamajew Kurgan hinüber und zu den Eisenbahngleisen, die jenseits der Straße verliefen. Die verkohlten, in sich zusammengestürzten Ruinen waren heute klar zu sehen. Er stellte sich vor, der einzige Lebende in Stalingrad zu sein. Was würde er in diesem Fall tun? Sich aus den Trümmern einen Unterschlupf bauen? Sich erheben und fortgehen? Doch wohin? Nein, er würde einfach hier in der Sonne sitzen bleiben, sein letztes Brot aufessen und vielleicht in das Nest der Made kriechen und auch deren Brote verspeisen.

Den ganzen Nachmittag über blieb Nikki regungslos sitzen. Er durfte sich nicht von seinem Posten neben der Bresche in der Mauer entfernen, da ihn Thorwald jeden Augenblick benötigen könnte. Schließlich streckte er sich aus, rollte sich auf den Bauch und zog die Decke über sich. Er hätte gerne vor sich hin gesungen oder gebrummt, unterließ es jedoch. Glaubte Thorwald an Gott?, fragte er sich. Bittet er Gott um Kraft? Oder ist er wie ich und glaubt nur dann an Gott, wenn er ihn braucht, wenn er in Schwierigkeiten steckt?

Gott, hol mich hier heraus. Bitte, Gott, ich glaube an dich. Ich glaube immer an dich, auch wenn du nichts von mir hörst. Bring mich sicher nach Hause, dann werde ich noch fester an dich glauben. Das verspreche ich.

Am späten Nachmittag warf die Sonne lange Schatten über den Park und sank tief genug, um über Thorwalds im Versteck verborgene Schulter zu scheinen. Nikki aß sein letztes Brot, nachdem er mit sich ein Spiel gespielt hatte, um herauszufinden, wie groß sein Hunger werden konnte. Stundenlang hatte er beobachtet, wie der Hunger stärker wurde. Der Schmerz in seinem Magen hatte ihm geholfen, wachsam zu bleiben.

»Nikki, bist du da?« erklang plötzlich Thorwalds Stimme.

Nach der schier endlosen Langeweile musste Nikki erst über eine Antwort nachdenken.

»Nikki?«

»Ja, Standartenführer, ich bin da.«

»Es ist Zeit, einmal nachzusehen, ob wir Gesellschaft bekommen haben.«

Nikki hielt den Atem an.

»Haben Sie etwas gesehen, Standartenführer?«

»Könnte sein. Ich bin nicht sicher. Aber ich glaube, ich habe etwas aufblitzen gesehen, genau an der Stelle, an der gestern die beiden Scharfschützen waren.«

»Ist es der Hase?«

In Thorwalds gedämpfter, hohler Stimme lag ein Grinsen. »Na ja, zumindest ist es die Stelle, an der ich Saitsew erwarte.«

Ja, dachte Nikki, er hat Recht. Saitsew, der Zeitungsheld, wird an jenen Ort kommen, an dem seine Freunde gestorben waren. Sein Rachedurst neigt zum Dramatischen. Der Hase kennt Thorwald nicht, aber der kennt ihn. Er hat die Stelle den gesamten Tag über beobachtet und darauf gewartet, dass die Sonne gerade weit genug sinkt, um diese Spiegelung zu erzeugen.

»Setz deinen Helm wieder auf den Griff der Schaufel. Kriech fünfzig Meter nach links, heb ihn dann und geh damit nach rechts.«

Während Nikki zu der Schaufel kroch, hörte er, wie Thorwald in seinem Versteck in singendem Tonfall vor sich hin sprach. »Komm, mein kleiner Hase. Hierher, mein Häschen.«

13.

»Da, Wascha, ich sehe etwas. Einen … einen Helm. Schau doch! Verdammt!«

Saitsew hatte gerade eine Stunde lang mit dem Feldstecher den Park abgesucht. Seine Augen waren erschöpft. Er war in seine Fausthandschuhe geschlüpft und hatte sich kaum eine Minute an die Wand gelehnt, als Kulikow etwas entdeckte.

Er zog die Handschuhe aus und griff hastig nach dem Feldstecher. Kulikow fluchte abermals.

»Wo?«, fragte Saitsew, drückte seine Brust gegen die Mauer und hob den Feldstecher über die Ziegel. »Wo?«

»An der Mauer am hinteren Ende des Parks. Hinter dem Panzer. Da. Da!«

»Nikolai, beruhig dich. Ich finde es schon.« So aufgeregt hatte er Kulikow noch nie erlebt. Er ist fasziniert von diesem Direktor. Gut, ich lebe jetzt seit einer Woche mit Thorwald. Nikolai hat eben erst angefangen.

»Er bewegt sich von links nach rechts«, flüsterte Kulikow.

Kein Grund zu flüstern, dachte Saitsew. Thorwald ist zwar in Schussweite, aber wir können normal reden.

Saitsew spähte zu der 250 Meter entfernten Mauer. Die vor ihm untergehende Sonne erschwerte es, Gestalten zu identifizieren, denn sie umgab alles im Blickfeld seines Feldstechers mit einer gespenstischen Aura. Thorwald weiß das natürlich. Er hat sich eine Position gesucht, in der ihm die Sonne zum Vorteil gereicht. Am Morgen war ich im Vorteil. Auch das weiß Thorwald, und am Morgen habe ich keine Spur von ihm gesehen.

»Hast du ihn gefunden?«, flüsterte Kulikow.

Noch nicht. Nicht an dieser Stelle. Nicht hinter dem Panzer. Nicht an der Mauer ... aber was ist das? Ist das ein Stein? Nein, es ... doch, es hat sich bewegt. Das muss ein Helm sein. Eindeutig feststellen konnte man das auf diese große Entfernung jedoch auch mit dem ausgezeichneten Periskop nicht. Mittlerweile vertraute Saitsew stärker auf die Sehfähigkeit und die Instinkte Kulikows als auf seine eigenen. Bewegt er sich tatsächlich, fragte er sich, oder bringt mich lediglich Kulikows nervöses Gerede dazu, es zu glauben?

»Ich sehe ihn«, sagte er, noch ehe er sicher war, dass er ihn wirklich sah. Aufmerksam beobachtete er den zitternden grauen Fleck am Ende der Mauer. Seine müden Augen begannen sich automatisch auf das Flimmern im Sichtfeld des Periskops einzustellen. Der Fleck bewegte sich. Da. Eindeutig ein Helm. »Ich sehe ihn«, wiederholte er.

»Er gehört dir, Wascha. Was sollen wir tun?«

Saitsew beobachte den schwankenden Helm. Er bewegte sich unnatürlich, ruckte auf und nieder, nicht wie ein Mann, der hinter der Mauer entlangging. Er war eine schlechte Nachahmung, ein Helm auf einem Stock, und er zitterte, als hätte sein Träger nur ein Bein oder rutschte auf den Knien. Die Mauer war hoch genug, dass ein Mann sich nicht auf den Knien bewegen musste, um sich zu verbergen, sofern er nicht einen Helm auf einem Stock in die Höhe hielt. Nein, das ist nicht Thorwald. Der Hundesohn liegt irgendwo in einem Versteck, in Sicht- und Schussweite, und wartet darauf, dass ich schieße, so wie Schaikin und Morozow es getan haben. Er wartet darauf, dass ich meine Position preisgebe. Der Helmträger ist ein Helfer, ein ziemlich stümperhafter Helfer.

Saitsew setzte das Periskop ab. Diese niederträchtige Finte, dieser Anfängertrick Thorwalds empörte ihn. Das war nicht der Eröffnungszug, mit dem er gerechnet hatte. Er wusste nicht genau, was er erwartet hatte, aber gewiss nicht so etwas.

»Es ist ein Trick. Und zwar ein ziemlich schlechter.« Saitsew blinzelte, um seine Augen zu entspannen. »Wir tun gar nichts.«

Saitsew und Kulikow beobachteten, wie sich der Helm an der Brüstung der Ziegelmauer immer wieder hob und senkte. Nach einigen Minuten wurden demjenigen, der ihn bewegte, die Arme schwer, und er ließ ihn sinken.

Die Sonne stand nun schon ziemlich tief und schien durch die Gemäuer am westlichen Ende des Parks. Das Licht war zu schwach, um mit dem Periskop noch etwas erkennen zu können. Das einzige Ziel, das Viktor Medwedew und seine Bären zu dieser späten Stunde noch sicher treffen würden, wären eine brennende Zigarette oder ein Mündungsfeuer, die irgendwo in der hereinbrechenden Dämmerung aufblitzten. Doch einen solchen Fehler würde Thorwald nicht begehen. Oder doch? Schließlich hatte er einen Helm auf einem Stock vor dem Hasen umhergeführt. Was für eine Enttäuschung. Der deutsche Meisterschütze war alles andere als brillant, er beherrschte nicht einmal sein Handwerk.

Etwa eine halbe Stunde später, als es bereits völlig dunkel geworden war, packten Saitsew und Kulikow ihre Rucksäcke und Gewehre, um zu gehen.

»Wo steckt er?«, murmelte Kulikow. »Der verdammte Dreckskerl.«

Amüsiert stellte Saitsew fest, wie redselig der ansonsten ruhige Nikolai geworden war, sobald es um Thorwald ging.

Als sie zum Bunker der Scharfschützen zurückkehrten, erwarteten sie Medwedew und Tanja. Saitsew berichtete ihnen, dass sie den größten Teil des Tages zur Untätigkeit verdammt gewesen waren, und schloss mit der Geschichte von dem Helm. Er hörte ihnen eine halbe Stunde lang zu, während sie ihre Ansichten zum Besten gaben, welche Taktik er und Kulikow nun einschlagen sollten. Dann stand Kulikow still auf und ging.

»Haben wir seine Gefühle verletzt?«, fragte Medwedew.

»Nein«, antwortete Saitsew, »aber er nimmt dieses Duell mit Thorwald persönlich. Ich glaube, dass er für Ratschläge nicht sehr empfänglich ist. Aber ich bin mir nicht sicher. Vielleicht belastet ihn die Sache mit Baudgeris noch. Er wird sich wieder fangen. – Ich glaube, das reicht für heute.«

Medwedew stand auf. »Vielleicht sollte ich heute Nacht in eurem Park patrouillieren. Möglicherweise greift Thorwald zu einer Zigarette.«

Saitsew lachte. »Wenn er's tut, zünd sie ihm an.«

Tanja, die Saitsew mit gekreuzten Beinen gegenübersaß, sah Viktor nach, als dieser den Bunker verließ.

»Wie geht's Schaikin?«, fragte Saitsew.

»Ich weiß es nicht, und ich will es auch nicht wissen. Ich sage mir immer, dass er noch lebt.« Tanja rieb mit den Handflächen über ihre Knie. Saitsew saß schweigend neben ihr und versuchte die aufwühlenden Empfindungen in seiner Brust zu dämpfen, die nach außen strebten und darauf drängten, Tanja einzubeziehen.

»Warum verhält sich Thorwald wie ein Anfänger?«, fragte sie.

Saitsew schüttelte den Kopf. »Um mir vorzugaukeln, dass nicht er es ist. Ich könnte zehn Gründe dafür nennen, warum er das alles tut. Aber trotzdem werde ich nicht schlau daraus.«

Als Tanja die Beine streckte, zeichneten sich die Umrisse

ihrer Waden und ihres Beckens durch den weißen Leinenstoff der Hose ab.

»Er will herausfinden, ob er es mit dir zu tun hat. Er kennt dich, Wascha. Wir können davon ausgehen, dass er alle Artikel über dich gelesen hat. Er weiß, dass der Hase nicht auf einen Helm auf einem Stock schießen würde. Als du heute darauf verzichtet hast zu schießen, hast du ihm mitgeteilt, dass du da bist.« Tanja rieb ihre Hände aneinander. Dann hielt sie inne und sah auf ihre Handflächen, als blickte sie auf den Grund einer Teetasse, in der sie mystische Zeichen vermutete. Dann fuhr sie fort: »Er ist unberechenbar. Du bist derjenige, der sich nach einem bestimmten Muster verhält.«

Saitsew legte sich auf seinen Schlafsack, ohne auf ihre Bemerkung zu reagieren. Was weiß sie denn? dachte er. Eine Frau, noch fast eine Anfängerin. Sie ist nicht mit mir da draußen, starrt nicht in das Dämmerlicht und sucht nicht nach dem Mann, der sie umbringen will. Ein Muster? Das einzige Muster, dem ich folge, ist dieses: Wenn ich schieße, stirbt jemand. Eine Kugel, ein Mann. Thorwald wird keine Ausnahme sein.

Doch Tanjas Bemerkung nagte an ihm. Hat sie Recht? Ich bin in dieser Auseinandersetzung mit Thorwald durch manche Vorgaben gebunden. Kann sie das aus der Distanz besser erkennen als ich aus der Nähe?

Verdammt. Sie hat Recht. Es ist ein Muster. Thorwald weiß es. Eine Kugel, ein Mann. Mein von mir selbst verkündetes, *gedrucktes* Glaubensbekenntnis. Nein, kein Glaubensbekenntnis. Meine verdammte Prahlerei. Er weiß es. Wie oft hat er es wohl in diesen verdammten Artikeln gelesen. Ich müsste Danilow seinen fetten Hals umdrehen dafür, dass er das alles in der *Verteidigung unseres Landes* ausgebreitet hat. Er hat mir Fesseln angelegt, hat mich zu einer Marionette gemacht, die Thorwald nach Belieben zum Tanzen bringen kann. Thorwald weiß, wie ich jage, kennt alle meine Verhaltensweisen. Als ich heute Morgen nicht auf diesen Helm gefeuert habe, wusste er, dass ich es bin, genau wie Tanja gesagt hat. Und als Schaikin und Morozow gestern geschossen haben, wusste Thorwald, dass er es nicht mit mir zu tun hatte. Ich hätte aufhören sollen, mit Danilow zu reden, hätte dem Wicht sagen sollen, dass es keine Interviews mehr gibt. Aber das habe ich nicht getan. Es hat mir gefallen. Ich habe mich in der Eitelkeit gewälzt, wie ein Hund im Gras. Und jetzt ist mein Geruch so stark, dass Thorwald mich dadurch aufspüren kann. Ein Held? Ein verdammter Idiot! Ich habe es mit einem Scharfschützen zu tun, über den ich nichts weiß, während er über das Niemandsland hinweg auf einen Feind starrt, über den er ein ganzes Buch gelesen hat.

Und er setzt meine Taktik gegen mich ein. Tut so, als wäre er ein Anfänger. Um seinen Feind in Sicherheit zu wiegen. Ihn unvorsichtig zu machen. Ihn zu irritieren. Seine Ruhe zu erschüttern, seine Ausdauer auf die Probe zu stellen. Der Helm auf dem Stock. Ganz und gar keine törichte List. Er hat mich zornig gemacht. Das weiß er. Schlimmer noch, er erteilt mir in meiner eigenen Taktik eine Lektion.

Saitsew dachte an die dutzenden Male, als er eben diese Taktik bei deutschen Scharfschützen angewendet hatte. Sie zornig machen, die Auseinandersetzung in einen Rachefeldzug verwandeln, es zu einer persönlichen Angelegenheit werden lassen. Er erinnerte sich daran, wie er vor einem Monat in der Nähe der Barrikadenfabrik einen von zwei deutschen Scharfschützen erschossen hatte, der sich hinter einem Bahndamm verschanzt hatte. Nach der ersten Kugel, die, wie er annahm, dem ersten Scharfschützen das Nasenbein zertrümmert hatte, hielt er mit einem Stock eine Tafel mit der Ziffer 10 hoch. Diese Zahl bedeutete in einem Schießwettbewerb einen perfekten Treffer. Nachdem er dem Deutschen ein paar Minuten Zeit gegeben hatte, sich über die Unverschämtheit dieses russischen Scharfschützen zu ärgern, setzte Saitsew seinen Helm auf den Stock. Er führte ihn an der Brustwehr entlang, und nach wenigen Augenblicken erledigte Schorkow den zweiten deutschen Scharfschützen. Der wütende Narr hatte sich nicht beherrschen können und auf den Helm gefeuert. Die Lektion, die man daraus ziehen konnte, lautete: Nimm es nie persönlich.

Tanja hat Recht. Ich bin in einem Muster gefangen. Thorwald hat mich verwirrt und zornig gemacht. Er lenkt mich, als würde ich an einem Gängelband hängen. Ich habe diese Auseinandersetzung zu einem persönlichen Rachefeldzug werden lassen, um ihm heimzuzahlen, dass er meine Hasen getötet hat. Sie zu jagen war für ihn die beste Möglichkeit, auch mich zu bekommen. Es hat funktioniert.

Bevor Saitsew Tanja antworten konnte, wurde die Decke am Eingang des Bunkers zurückgeschlagen. Die Messingknöpfe eines wollenen Wintermantels, in dem Hauptmann Danilow steckte, blitzten auf.

Für Saitsew war Danilow im Bunker der Scharfschützen fehl am Platz, obwohl der Kommissar schon oft hier gewesen war. An diesem Abend, da er so tief in sein Duell mit Thorwald verstrickt war, störte Saitsew die Anwesenheit des dicken Mannes besonders. Das ist ein Ort für Kämpfer, dachte er, für Männer und Frauen, die stark sind, todbringend, vital und hart. Aber Danilow ist ein weicher, kleiner Mann, kleiner als ein Hase und breiter als ein Fass, und er steht in der Mitte eines Raumes, in dem schon andere Männer, bessere als er, gestanden haben und nie mehr dort stehen werden. Saitsew verspürte den Drang, sich auf Danilow zu setzen oder die Lampe auf ihm abzustellen, als wäre er ein Tisch.

»Genossen«, begrüßte Danilow den Hasen und Tanja jovial. Das matte Licht der Lampe verdüsterte sein freundliches Lächeln.

»Genosse Kommissar«, erwiderte Saitsew den Gruß des Politruks. Er fühlte sich gestört, wollte sich weiter mit Thorwald beschäftigen und zusammen mit Tanja die Jagd für den nächsten Tag planen.

Danilow setzte sich nicht. Gut, dachte Saitsew. Wenn er sich setzt, bleibt er länger.

»Starschina«, begann der Kommissar, »was hat sich heute bei der Suche nach dem deutschen Scharfschützen ergeben?«

Saitsew schüttelte den Kopf. »Nichts. Aber ich bin sicher, dass ich jetzt weiß, wo er steckt. Wir, Thorwald und ich, haben uns darauf verständigt, dass wir uns in einem Park in der Stadt treffen.«

»Ausgezeichnet«, sagte Danilow. »Die Idee mit dem Park gefällt mir. Eine weite, offene Fläche. Nichts zwischen euch außer der Entfernung. Nichts, wohinter man sich verschanzen kann, außer dem eigenen Verstand. Eine wunderbare Szene. Das würde ich gern mit eigenen Augen sehen.«

Saitsew und Tanja wechselten einen Blick. Sie hat es auch gehört. Danilow will mich begleiten!

»Morgen«, fügte der Kommissar hinzu.

Saitsew widersprach sofort. »Nein, Sie können nicht mitkommen.«

»Natürlich kann ich.« Nur Danilows Lippen bewegten sich.

Saitsew ballte die Fäuste. Dann schüttelte er sie in Richtung des Kommissars. »Das ist etwas anderes, als Sie glauben. Es ist ein Kampf der Konzentration. Thorwald und ich sind in etwas verwickelt, das Sie nicht in Ihren Artikeln darstellen können. Er wird keine Nachsicht haben mit meinen Fehlern. Er ist ein Mörder.«

»Und Sie auch, Hase. Wie gewählt Sie sich ausdrücken, wenn Sie aufgeregt sind, wussten Sie das? Ich bin zwei Stunden vor Tagesanbruch hier.«

Danilow wandte sich zum Gehen.

»Nein!«, schrie Saitsew ihm nach.

Tanja zog an seinem Hosenbein.

»In Ordnung«, erklärte sie einlenkend.

Danilow wandte sich den beiden zu. »Danke für Ihre Unterstützung, Soldatin Tschernowa«, sagte er, wobei seine Augen wie mondbeschienenes Wasser glänzten. »Der Hase kann manchmal ziemlich starrköpfig sein, nicht wahr?«

»Ja, Genosse, das stimmt. Als Sie hereingekommen sind, haben wir uns eben über unsere Taktik gegenüber dem deutschen Scharfschützen unterhalten. Er ist ein sehr gefährlicher Gegner. Ich bin sicher, auch Genosse Saitsew weiß, dass wir bei der Suche nach ihm jede Hilfe, die wir bekommen, gut brauchen können.«

Danilow stand in der Tür und hielt die Nase in die Luft.

Er schien zu prüfen, ob ihm in diesem Raum Gefahr drohte. Dann sah er Tanja misstrauisch an. Vermutlich stellt er sich dieselbe Frage wie ich, dachte Saitsew. Welches Spiel treibt sie?

»Also dann, bis morgen«, verabschiedete sich Danilow, ehe die Decke schlaff hinter ihm zurückfiel.

Saitsew wartete und beobachtete die Decke, den einzigen Gegenstand im Raum, den Danilow berührt hatte. Worte und Impulse klopften an sein Gehirn, zornige Fragen, die er Tanja am liebsten entgegenschleudert hätte. Stattdessen blieb er regungslos sitzen und zog sich in den Schutz des Schweigens zurück.

»Wascha, sieh mich an.«

Er wandte sich ihr langsam zu und blinzelte.

»Ja?«

Sie lächelte. »Ich habe vielleicht gerade etwas sehr Kluges getan, aber es könnte auch sehr dumm gewesen sein. Darf ich dir sagen, warum es klug war?«

»Ja.«

»Danilow hat etwas Unwiderstehliches an sich. Wir haben es beide erlebt. Du bist letzte Woche deswegen sogar zu ihm zurückgegangen. Erinnerst du dich? Als du mit mir am Mamajew Kurgan gejagt hast.«

Saitsew spürte, dass sich ein besonderer Augenblick aufbaute, wie eine steigende Flut. Er fühlte die Zuwendung von Tanja, und er wollte sie erwidern. Es verlangte ihn nach ihrer Geborgenheit und Wärme. Seine schlechte Laune musste in die Kälte und die Dunkelheit hinausgescheucht werden, zusammen mit Danilow.

Tanja neigte den Kopf zur Seite, erhob sich auf die Knie und brachte ihr Gesicht so nahe an seines, dass ihn ihre blauen Augen umfingen, als würden sie selbst an seine Wange atmen. Behutsam hob er die Hand an ihre Wange, als wollte er ein Insekt von ihrem Gesicht verscheuchen. Sie erwiderte die Geste, sanft, verführerisch und so sachte, dass sie kaum eine Kerzenflamme zum Flackern gebracht hätte.

»Immer wenn er in der Nähe ist«, flüsterte sie, »geschehen solche Dinge, nicht wahr? Das hast du selbst gesagt.

Also nimm ihn mit, wenn du Thorwald besuchst. Und warte ab, was geschieht.«

Eine Stunde nach Einbruch der Dämmerung griffen die Deutschen Pawlows Haus erneut an.

Saitsew, Kulikow und Danilow konnten den Kampf nicht verfolgen, der zweihundert Meter von ihrem Versteck entfernt hinter der Parkmauer stattfand. Der Angriff wurde von der Südseite des Gebäudes aus vorgetragen, weshalb ihnen die Sicht darauf versperrt war. Der Lärm von Geschützen und automatischen Waffen erfüllte die Luft. Der Rauch aus den Gewehren und der Ziegelstaub aus den Mauern von Pawlows Haus legten sich über den Park. Das Donnern einschlagender Handgranaten erschütterte den Boden unter ihnen und pflanzte sich in der Straße fort wie das Geräusch eines Teppichs, der mit einem Besen ausgeklopft wird.

Mitte des Vormittags flaute der Angriff ab. Aus den Fenstern des Wohnhauses kam Maschinengewehrfeuer. Unteroffizier Jakob Pawlow, der Hausbesitzer, befand sich noch immer im Gebäude.

Saitsew und Kulikow hielten die Feldstecher an ihre Augen gepresst. Da sie die Morgensonne im Rücken hatten, brauchten sie nicht zu fürchten, dass die Gläser reflektierten. Vielleicht entdeckt Thorwald uns, dachte Saitsew. In jedem Fall wird er vermuten, dass wir da sind. Es wird ihn nicht überraschen. Und in diesem Kampfgetümmel ist es unwahrscheinlich, dass ihm das wenige, das wir ihm vielleicht zeigen, zu einem sicheren Schuss genügen wird.

Danilow setzte sich neben Kulikow. Die Schultern des Kommissars waren über einen seiner Notizblöcke gebeugt. Nur der untere Teil seines Rückens lehnte an der Wand. Als der Kommissar an diesem Morgen Saitsew und Kulikow in der dunklen Kälte vor dem Bunker der Scharfschützen empfangen hatte, trug er das alte Megaphon mit Batterien und Mikrofon unter den Arm geklemmt.

»Wir werden uns ein wenig mit dem SS-Standartenführer unterhalten«, hatte Danilow anstelle eines Grußes bemerkt. Wieder musste Saitsew beim Anblick des Kommissars an ein zum Bersten gefülltes Fass denken, das auf sie zurollte.

Danilow richtete sich auf. »Thorwald wird mir antworten, dann könnt ihr beide ihn erledigen.«

Saitsew hatte seine ganze Überredungskunst aufgewendet, um den Kommissar davon abzuhalten, das Megaphon mitzunehmen. Vielleicht morgen, hatte er gesagt. Legen wir uns lieber noch eine Weile auf die Lauer, um uns ein klareres Bild davon zu machen, mit wem wir es zu tun haben. Kulikow hatte hinter dem Kopf des Kommissars Grimassen geschnitten.

Saitsew blickte zur Rückseite von Pawlows Haus. Nachdem es zwei Tage lang ruhig gewesen war, rauchte es an diesem Morgen. Es wirkte bedrohlich. Tanja hatte Recht. Danilow war ein Ereignis für sich.

Der Kommissar klappte seinen Notizblock zu und schob ihn in seinen Rucksack. Dann rollte er sich grunzend auf die Knie, um seinen Bauch an der Mauer abzustützen. »Haben Sie ihn schon entdeckt?«, erkundigte er sich flüsternd.

Saitsew seufzte. »Ich habe absolut keine Ahnung, wo er steckt. Ich weiß nur, dass er irgendwo da drüben auf der anderen Seite des Parks ist. Um ihn zu finden, müsste er entweder einen Fehler machen, was er nicht tun wird, oder den ersten Schritt tun, wozu ich ihn zwingen muss. Aber wenn sich Thorwald bewegt, werden unseren Leuten die Köpfe weggeschossen. Das ist die schlechte Nachricht.«

Danilow griff nach seinem Notizblock, um die Aussage des Hasen festzuhalten.

Kulikow setzte seinen Feldstecher ab und legte einen Arm leicht auf Danilows Handgelenk. »Kommissar, bitte. Hören Sie auf zu schreiben, das macht mich verrückt.«

Saitsew unterstützte ihn: »Er hat Recht. Es lenkt ab.« Er griff nach einem zweiten Feldstecher. »Möchten Sie uns dabei helfen, die Front abzusuchen?«

»Ja, natürlich. Wohin soll ich schauen?«

»Sie nehmen sich die Mauer auf der anderen Seite vor, während Nikolai und ich das Gelände beobachten.«

Danilow nahm den Feldstecher. Schnell, fast gierig drehte sich der Kommissar um und setzte ihn an die Augen. Saitsew beobachtete ihn dabei. Er ist sicher, solange wir die Sonne im Rücken haben und er unten bleibt. Die Luft ist diesig. Er wird nicht viel sehen. Lassen wir ihn schauen.

Saitsew setzte seinen Stahlhelm ab und kroch hinter Danilow. »Halten Sie sich ruhig«, sagte er. Er nahm Danilow die Pelzmütze ab und setzte seinen Helm an ihre Stelle. Danilow behielt die Augen am Glas und blickte in den Park. Der Helm saß höher auf seinem Kopf, als er es eigentlich hätte tun sollen. Verdammt, dachte Saitsew, der Mann hat einen Kopf so breit wie ein Kübel.

Saitsew klopfte auf den Helm, um ihn weiter nach unten zu drücken. Er bewegte sich nicht.

»Hören Sie auf damit«, flüsterte Danilow. Er ist jetzt ganz bei der Sache, dachte Saitsew. Er spielt den Scharfschützen-Jäger, wie ein Kind.

»Erfolgreiche Jagd, Kommissar.«

»Danke. Gehen Sie zurück auf Ihren Posten.«

Saitsew schüttelte den Kopf. Er soll nur eine Stunde lang durch das Fernglas schauen, dann reicht es ihm. Vielleicht verschwindet er dann und schreibt einen Artikel über jemand anderen, und Nikolai und ich können uns wieder auf Thorwald konzentrieren.

Saitsew kehrte zurück zu seinem Feldstecher. Er hob ihn langsam über die Mauer und richtete ihn auf den Park. Nichts hatte sich verändert in den drei Tagen, seit sie hier Ausschau hielten. Kein Stein, kein Ziegel. Wo immer Thorwald gewesen ist, als er Morozow und Schaikin erschossen hat, dort steckt er noch immer. Er hatte keinen Grund, sich an einen anderen Ort zu begeben. Seit wir gekommen sind, hat er keinen Schuss mehr abgefeuert.

Die Minuten vergingen. Sie berührten Saitsew nicht stärker als die morgendliche Brise. Alle seine Sinne hatten sich in seinen Augen und Händen versammelt und waren im Feldstecher verschmolzen. Seine Stimme, sein Geruchsinn, sein Tastsinn – sie alle wurden vervielfältigt und über die von Granattrichtern übersäte Landschaft geworfen. Er wusste nicht, wonach er sonst Ausschau halten sollte, wenn nicht nach einem unbekannten Hinweis, der sich irgendwann zeigen würde, einem Zeichen von Leben in dem Geröll und dem Nebel vor ihm.

Mach dir keine Sorgen, sagte er sich, da draußen ist Stalingrad, der ideale Hintergrund für einen Scharfschützen, der auf der Lauer liegt und wartet. Was hier lebt, wird sich irgendwann unweigerlich verraten.

Wo steckt er? Wo ist die Schlange? So viele Spalten, Fenster, Schatten, Krater, so viel Schutt, die Sonne, der Dunst, der Wind, die Kälte, verdammt! Um mich herum ist alles so riesig und tot. Und da draußen, wie eine Nadel in einem Heuhaufen, ist dieses unsichtbare, todbringende Wesen, das nach mir sucht, das mich kennt und auf mich wartet. Das auf meinen Kopf wartet mit einer Kugel und einem blutbespritzten Ende. Eine traurige Geschichte heute Abend unter der Lampe im Bunker, eine Schlittenfahrt am Ufer des Flusses zu dem kalten Lagerplatz in den Höhlen. Vielleicht wird sich Tanja heute Nachmittag an der Wolga von mir verabschieden und morgen früh an dieser Stelle hinter der Mauer sitzen, um mich zu rächen. Wird es schneien, wird der Schnee meine Blutspuren überdecken, bevor mein Geist hier erscheinen und sie in Sicherheit bringen kann?

Nichts zu sehen in dem Schutt. Auch nicht in den Gebäuden, dem Schatten der Häuser, den Schneeflecken, den Gräben, den Panzern, den Granattrichtern.

Nichts. Wo steckt er?

Eine raschelnde Bewegung neben ihm lenkte ihn ab, saugte die Konzentration aus seinen Augen. Saitsew nahm die Hand vom Glas. Seine Gedanken, die draußen im Park verweilt hatten, wurden unsanft in das raue, kalte Jetzt zurückgeholt. Die ruckartige Veränderung machte ihn benommen.

Er wandte sich zu Kulikow, der neben ihm kniete. Nikolai starrte intensiv in seinen Feldstecher und bewegte sich nicht. Saitsew lehnte sich zurück, um auf die andere Seite von Kulikow zu sehen. Da, Danilow streckte langsam seine Knie aus und rutschte mit dem Bauch an der Wand nach oben. Er umklammerte den Feldstecher fest mit seinen Fausthandschuhen und drückte sich das Glas ins Gesicht. Die Wangen des Kommissars blähten sich unter seinen verborgenen Augen und quollen unter dem Okular wie Teig auf.

»Bleiben Sie unten, Kommissar!«, befahl Saitsew. Wie lange steht er schon aufrecht, fragte er sich. Verdammt. Ich hätte ihn im Auge behalten sollen.

Danilow antwortete mit einer Stimme, die so angespannt war wie eine Bogensehne: »Ich sehe den Schweinehund.«

Bevor Saitsew etwas erwidern konnte, kam Danilow ganz hoch. Sein behelmter Kopf und die Schultern seines Wintermantels befanden sich über der Brüstung.

»Da ist er!« Danilow nahm eine Hand vom Feldstecher. »Ich zeige ihn euch!«

»Runter!«

Kulikow ließ sein Fernglas fallen und rutschte nach rechts. Er packte die Beine des Kommissars, um ihn hinter der Mauer nach unten zu ziehen.

In diesem Augenblick wurde Danilow von der Wand weggestoßen, als hätte er einen Schlag erhalten. Seine Hände sausten nach unten und schleuderten den Feldstecher auf den Boden. Die Beine schnellten nach oben und trafen Kulikow am Kinn. Sein Helm kullerte davon.

Danilows Kopf war unversehrt. Ein Schuss in den oberen Brustbereich. Noch während der Kommissar stürzte, sah Saitsew das Loch in seinem Wintermantel unterhalb des rechten Schlüsselbeins.

Danilow blieb einige Sekunden lang liegen. Saitsew und Kulikow waren entsetzt über das unbedachte Verhalten des Kommissars und verblüfft darüber, wie plötzlich die Kugel gekommen war. Er hatte kaum zwei Sekunden über die Mauer gesehen. In diesem winzigen Zeitabschnitt hatte Thorwald ihn getroffen.

Danilow schlug um sich und wand sich wie ein gestrandeter Lachs, der in den Fluss zurückzukommen versuchte. Sein Bauch zuckte, und sein Rücken wölbte sich vom Boden empor. Er rollte zur Seite und ruderte mit den Armen.

Saitsew sprang hinzu und drückte den Kommissar nach

unten, während Kulikow sein ganzes Gewicht auf die Beine des Kommissars legte, um ihn ruhig zu halten.

Er hat einen Schock aufgrund der Verwundung, dachte Saitsew. Wir müssen ihn festhalten, bis er sich wieder beruhigt hat oder ohnmächtig geworden ist.

Danilow grunzte und kämpfte darum, sich vom Boden zu erheben.

»Bleiben Sie liegen!«, rief Kulikow ins Ohr des Kommissars. »Die Schmerzen vergehen gleich!«

Danilow stemmte sich heftig gegen die beiden Männer über ihm. »Geht runter von mir, verdammt!«, schrie er. »Runter von mir!«

Saitsew blickte in Danilows Augen. Sie waren weit geöffnet und klar.

»Lasst mich los! Ich bringe ihn um, diesen Dreckskerl! Ich bringe ihn persönlich um! Er hat mich angeschossen, dieser verdammte Mistkerl! Lasst mich los! Ich bringe ihn um!«

Saitsew und Kulikow lockerten ihren Griff. Danilow setzte sich auf. Sein Gesicht war so rot, als wäre es blutverschmiert. Die Adern an den Schläfen und am Hals traten unter der Haut hervor. Nicht vor Schmerzen, sondern vor Wut hatte Danilow einen Krampf bekommen. Er war vollkommen außer sich. Dieser zähe kleine Bastard.

Danilow blickte zu dem Loch in seiner rechten Schulter. Graue Wollfasern ragten aus dem zerrissenen Gewebe heraus, als entwiche über diese Öffnung Luft aus dem Körper. Saitsew sah kein Blut, aber er wusste, dass der Kommissar unter dem Mantel und der Uniform stark bluten musste.

»Verdammt!«, stieß Danilow bebend hervor, während er den Blick auf Saitsew richtete, der neben ihm kniete.

Saitsew legte dem Kommissar eine Hand auf die unverletzte Schulter. »Sind Sie in Ordnung?«

»Ja, ich lebe noch.« Er schwieg einen Moment. »Ich hatte noch nie eine Schussverletzung. Es tut höllisch weh.«

»Ich weiß. Wir müssen Sie zurückbringen.«

»Ich würde gern hier bleiben, aber ich glaube, ich blute.«

Saitsew lächelte. Danilow blinzelte und verzog die Lippen zu einem unsicheren, matten Grinsen.

Als der Kommissar Anstalten machte, sich wieder auf den Boden zu legen, schob ihm Saitsew eine Hand unter den Nacken und half ihm dabei. Danilow seufzte.

»Danke, Genosse Hase.«

Saitsew beugte sich zu dem Verwundeten hinunter. »Was haben Sie gesehen? Wohin haben Sie geschaut?«

»Ich habe die Mauer beobachtet, wie Sie mir gesagt haben.« In Danilows Stimme lag ein Anflug von Verärgerung, als unterstellte man ihm mit dieser Frage, er hätte irgendwo anders hingesehen und Saitsews Anweisungen nicht korrekt befolgt.

»Ja, natürlich.« Saitsew schlug einen milderen Ton an. »Was haben Sie gesehen? Sie haben gesagt, Sie hätten ihn gesehen?«

»Ja, das stimmt.« Danilow streckte Saitsew seine linke Hand entgegen, damit dieser ihn hochziehen und zum Sitzen bringen konnte. Der Politruk spuckte auf den Boden, aus Wut, doch es hatte den Anschein, als könnte er lediglich einmal die Kraft dazu aufbringen. »Ich habe den Helm des Mistkerls gesehen«, fuhr er fort. Speichel, vermischt mit Blut, lief ihm über das Kinn und blieb dort hängen. »Er ist an der Mauer entlanggegangen. Das habe ich gesehen.«

Saitsew war nicht überrascht. Natürlich. Der Direktor, der oberste Spielleiter. Noch immer Anfängertricks, nicht wahr? Versucht noch immer, mich verrückt zu machen und zu unbedachtem Handeln zu verleiten. Seine List hat funktioniert, aber ein Unbeteiligter ist sein Opfer geworden.

Saitsew sah zu Kulikow hinüber. »Nikolai, hast du irgendetwas gesehen? Ein Mündungsfeuer, eine Spiegelung?«

Kulikow schüttelte den Kopf. »Nein, nichts.«

Auch Saitsew hatte nichts bemerkt. Thorwald hatte den ersten Schritt getan, genau wie er Danilow gewarnt hatte. Der Hase hingegen hatte nichts anderes vorzuweisen als einen verwundeten, schwergewichtigen Politkommissar.

»Kommissar, erlauben Sie bitte. Ich muss mir Ihre Wunde ansehen.«

Danilows Augen weiteten sich noch mehr. »Nein, ist

schon in Ordnung«, erwiderte er schwach. »Mir wäre lieber, ein Arzt sieht sie sich an.«

Saitsew strich behutsam über die Schulter des Kommissars. »Genosse, die Wunde könnte mir etwas darüber verraten, wo Thorwald sich versteckt. Es gibt mehrere Möglichkeiten.«

Danilow kniff die Augen zusammen.

»Es wird ein wenig weh tun«, warnte Kulikow von hinten.

Danilow nickte benommen. »Ja, natürlich. Fangt an.«

Während der Kommissar mit zusammengebissenen Zähnen stöhnte, half ihm Kulikow, seinen Wintermantel aufzuknöpfen und vorsichtig von der rechten Schulter zu ziehen. Der meergrüne Pullover unter dem Mantel war blutgetränkt. Saitsew entfernte mit dem Messer den Stoff um die Wunde herum. Dann schnitt er sich ein Stück Stoff als Tupfer zurecht und ein weiteres als Verband.

»Halten Sie still. Ich muss die Wunde reinigen.«

»In Ordnung.« Danilow lehnte sich gegen Kulikow.

Ein rotes Rinnsal sickerte aus dem unteren Lappen der Wunde. Danilows fleischige Schulter war dicht behaart. Als Saitsew mit dem Tupfer das Blut aus dem Wundbereich entfernte, zuckte der Kommissar zusammen.

»Gleich haben wir's«, flüsterte Saitsew.

Das Einschussloch war sauber und rund. Ein purpurfarbener Bluterguss zog sich als vollendeter Kreis rund um das Loch. Das ließ darauf schließen, dass die Kugel gerade von vorn gekommen war, wie Saitsew seinerzeit sein Großvater anhand der in der Jagdhütte zum Trocknen aufgehängten Tierhäute erklärt hatte. Schau dir den Einschuss an, Wascha, hatte der alte Mann gesagt und mit seinem Gehstock auf die entsprechende Stelle gezeigt. Die Kugel hinterlässt eine Spur auf der Haut, genau wie eine Pfote im Schnee. Wahrscheinlich befindet sich Thorwald in einer ebenerdigen Position. Was meinst du, Großvater? Es ist schwer zu sagen, in welchem Winkel Danilows Brust dem Park zugewandt war. Aber die Verwundung liefert uns wenigstens ein paar Anhaltspunkte.

»Sie haben geradeaus gesehen, nicht wahr?«, fragte Saitsew, während Kulikow dem Kommissar half, sich die Uniform und den Mantel wieder über die rechte Schulter zu ziehen.

»Mhm. Ja, ich glaube schon.«

»Tut mir Leid, dass das passiert ist.« Er ist selbst schuld, aber warum sollte ich ihn nach seiner Verwundung auch noch beschimpfen? Jetzt ist nicht die Zeit, ihn zu belehren.

Saitsew rieb sich das Blut des Kommissars mit einem Stofffetzen von den Händen. Ich hätte nicht zulassen dürfen, dass Danilow mitkommt. Ich hätte mich weigern sollen, auch nachdem sich Tanja eingemischt hatte. Aber Tanja hätte sich durchgesetzt; sie wollte, dass er mitkommt, und jetzt liegt er hier. Das hat sie beabsichtigt, das ist das Ergebnis, das sie vorhergesehen hat. Sie hat Danilow kaltblütig dieser Kugel ausgesetzt und mich dazu gebracht, das zu erlauben. Warum? Um mir zu helfen, Thorwald zu finden, oder um uns alle von Danilow zu befreien? Wie auch immer, der Kommissar wird Stalingrad lebend verlassen. Er hat Glück gehabt. Die Ärzte im Feldlazarett werden die Kugel aus seiner Schulter herausoperieren, und dann, wenn der Fluss zugefroren ist, erwartet Sie eine Schlittenfahrt nach Krasnaja Sloboda, Genosse Kommissar. Ach ja. Wen die Götter verschonen wollen, den lassen sie in Frieden leben. Vielleicht hat der Kommissar Geister, die ihn umschwirren und beschützen. Wenn ja, dann hört auf mich, Geister, und geht mit Danilow. Entschädigt ihn für die Verwundung, die er erlitten hat, und beschützt ihn weiter. Er besitzt Mut und Zähigkeit, auch wenn er gefährlich und dumm ist. Jedenfalls nach den Begriffen des Waldes, wie ein wildes Tier, was ihn aber auch schuldlos macht.

Kulikow half Danilow beim Aufstehen, wobei er jedoch dafür sorgte, dass dieser seinen Kopf unten hielt. Dann entfernten sich die beiden. Sie bewegten sich im selben Rhythmus, eng aneinander gedrängt, ein Dicker und ein Dünner, wie ein Junge mit seinem verletzten Pony.

Saitsew dachte an die Kugel in Danilows Schulter und an das Blut, das, wie er wusste, die Seiten und Beine des Kommissars wärmte und sich vielleicht auch in seinen Stiefeln sammelte. Wie hatte es dazu kommen können? Batjuk hat mir den Auftrag erteilt, Thorwald zu finden und zu töten. Warum? Er ist doch auch nur ein Mensch. Weshalb all dieser Aufwand, ihn auszulöschen, weshalb all die Kugeln, die Schaikin, Morozow, Baugderis, Danilow, die Krankenschwestern und die anderen Verwundeten getroffen haben? Warum sitze ich hier und liefere mir mit einem einzelnen Scharfschützen ein Duell auf Leben und Tod, statt in einer Fabrik zu arbeiten, um die russischen Truppen zu unterstützen und den Kampf um die Stadt voranzutreiben?

In der schmerzverkrümmten Haltung von Danilow lag die Antwort. Stalingrad ist jetzt nicht mehr ein Kampf um einen bestimmten Punkt auf der Landkarte. Es ist zu einem Krieg der Ideen zwischen Hitler und Stalin geworden, zwischen den Generälen beider Armeen, der dieses Land zerreißt und die Gebäude zerstört. Stalingrad ist Hitlers tiefster Dolch in Russland. Hier will er sich nicht aufhalten lassen. Aber auch für Stalin spielt diese nach ihm benannte Stadt eine entscheidende Rolle. Da er weiß, von welch großer strategischen Bedeutung sie für Hitler ist, hat er die Stadt dem Tod überantwortet, um das Leben des Vaterlandes zu erhalten. Und das Ergebnis der Ideen dieser beiden Führer, die sich in ihren sicheren Festungen verschanzt haben, sickert aus Danilows Körper: Blut. Menschliche Körper und Zerstörungen sind realer als Ideen, doch für die Führer zählen sie weniger. Und wir, Thorwald und ich, die wie zwei Kampfhähne aufeinander losgehen, sind keine Menschen mehr, sondern Ideen. Man hat uns aufgebauscht, wir haben eine Bedeutung erhalten, die weit über unsere Körper hinausreicht. Für propagandistische Beobachter wie Danilow, für die Meinungsmacher, die Zeitungen und die Generäle, für Hitler und Stalin ist es der Kampf zwischen dem Hasen und dem Direktor, der russischen Legende und dem deutschen Wunder. Wer immer von uns die tödliche Kugel erhält, wird nicht nur sein Blut vergießen, sondern auch eine Schlagzeile und eine Geschichte liefern. Die Pläne des einen Diktators werden Auftrieb erhalten, die des anderen einen Rückschlag erleiden. Und ein weiterer menschlicher Leib wird erkalten wie die schwarze Tinte der Zeitungen und der Propaganda, die zusammen mit dem Blut fließen wird.

Nun gut, Herr Thorwald. Grübeleien werden dich nicht umbringen. Dazu bedarf es einer Kugel. Also gehen wir es ernsthaft an.

Saitsew griff nach seinem Helm und stülpte ihn wieder über; der Stahl war kalt, weil er auf dem Boden gelegen hatte. Dann nahm er Danilows Feldstecher. Ich habe nichts gesehen. Kulikow hat nichts bemerkt. Aber Danilow hat den sich bewegenden Helm gesehen.

Wie konnte Thorwald schießen, ohne dass Kulikow oder ich einen Blitz sahen? Er ist auf Bodenhöhe. Aber er muss so tief darin stecken wie der Schatten, verborgen in der Dunkelheit, eingegraben in sie. Er kann nicht feuern, ohne einen Lichtblitz zu verursachen. Wo könnte er stecken, sodass er uns sieht, aber nicht befürchten muss, dass ihn sein Mündungsfeuer oder eine Spiegelung seines Fernglases verrät? Er muss sich an einem außerordentlich gut getarnten Platz aufhalten, an einer Stelle, an der zu suchen mir nicht im Traum einfiele. Einem Platz, von dem er sicher sein kann, dass ich ihn nicht im Blick habe, wenn er den Abzug drückt und feuert.

Wo gibt es da draußen eine solch ideale Stelle zum Schießen? Wo?

Saitsew ließ seine Augen über den Park schweifen, ließ seinen Sinnen und seiner Intuition freien Lauf im Dschungel der Gegebenheiten und Wahrnehmungen. So hatte er als Junge immer in der Taiga gejagt und sich als Mann im Krieg verhalten.

Er vergegenwärtigte sich die Szene noch einmal: Danilow ist zwei Sekunden lang auf den Beinen gewesen, nicht länger. Thorwald ist nahe genug, um in dieser Situation schießen zu können, er kann deutlich durch den Nebel sehen, obwohl die Morgensonne ihn blendet. Und der vollendete Ring um die Wunde? Ein offener Mund, der mit der Stimme meines Großvaters flüstert.

Wo steckt er?

Thorwald hat zweifellos einen Helfer, den er beauftragt hat, den Helm wieder auf den Stock zu setzen. Der Direktor muss sich nahe an der Mauer aufhalten, hinter ihr oder vor ihr, um seinem Helfer Befehle zurufen zu können. Vielleicht mit einem Abstand von zehn Metern. Wie sonst hätte er diese Falle aufstellen können?

Wo steckt er?

Saitsew suchte das Gelände mit dem Feldstecher ab. Er wählte ein Teilstück aus, das sich rechts und links von ihm erstreckte, einen logischen Ausschnitt, innerhalb dessen sich Thorwald befinden musste, um den Schuss abgeben zu können, der Danilow getroffen, ein Loch in die Uniform gerissen und im Fleisch des Kommissars einen Ring aus Blutergüssen hinterlassen hatte.

Am linken Rand dieses Bereichs lagen mehrere zerklüftete Granattrichter, ein umgestürzter Springbrunnen und ein ausgebrannter deutscher Panzer. Der Panzer war nach Osten gerichtet, zu Saitsews Position. In den vergangenen beiden Tagen hatte er hundertmal zu diesem Panzer hinübergesehen, aber jetzt bekam die leere Metallhülle eine neue Bedeutung. War Thorwald da drinnen? Möglicherweise. Das Wrack lag innerhalb der Schussdistanz und war nahe genug an der Mauer, um einem Helfer Anweisungen zurufen zu können. Thorwald konnte vor Beginn der Dämmerung mühelos unter den Panzer kriechen und durch die Notaustiegsluke hineingelangen. Er konnte aus dem Führerstand herausschießen oder durch das Loch, das durch die Entfernung des Maschinengewehrs vom Gefechtsturm entstanden war.

Aber das war keine Position für einen erfahrenen, raffinierten Scharfschützen. Sie bot ihm keine rasche Fluchtmöglichkeit, wenn er durch Infanterie oder Mörser angegriffen wurde. Zudem hatte er von hier nur einen begrenzten Blick auf das Schlachtfeld, was die Zahl der möglichen Ziele einschränkte, und Thorwald hatte bisher nicht erkennen lassen, dass er sich nur bestimmte Opfer aussuchte.

Saitsew richtete das Glas nach Norden, zur rechten Seite

des von ihm ausgewählten Bereiches. Er konzentrierte sich auf die Mauer und stellte sich vor, dass Thorwald in einem Unterschlupf lag und seinem Helfer hinter der Mauer etwas zurief. »Setz den Helm auf den Stock und geh damit herum. Beweg ihn auf und ab, als würdest du über einem Lagerfeuer etwas rösten. Aber mach es so schlecht, dass der Hase das Gefühl bekommt, ich würde ihm mit der Hand ins Gesicht schlagen!« Der Feldstecher brachte Saitsew zum Rand eines weiteren Granattrichters. Nein, er steckt nicht in einem offenen Loch im Boden, dachte er. Mehrere Haufen schneebedeckten Gerölls verteilten sich über den Park wie weiße Insektenstiche. Er liegt auch nicht hinter einem von diesen Haufen. Am hinteren Ende des Parks befand sich ein verlassener deutscher Bunker, ein kleiner Unterstand aus Sandsäcken, aufeinander gestapelten Betonklötzen und Holzbalken. Verbarg sich Thorwald vielleicht darin? Möglich wäre es. Saitsew drückte sein Gesicht gegen das Fernglas, als könnte er seine Augen wie Falken in die Luft schicken, hinüberfliegen lassen zu diesem Unterstand, um ihn auszukundschaften und dann mit Einzelheiten zurückzukehren. Saitsew malte sich die Spalten des Unterstands in seiner Vorstellung aus, klopfte daran, rief Thorwalds Namen: Bist du da drin? Wie kann Thorwald zu diesem Versteck gelangen? Wie kann er es wieder verlassen? Aus welchem Winkel feuert er? Nein, da drin ist er nicht. Wie im Falle des ausgebrannten Panzers am anderen Ende des ausgewählten Bereiches konnte Saitsew nicht glauben, dass sich Thorwald einen solch nahe liegenden Platz als Versteck aussuchte, eine Stelle, die ein weniger versierter Scharfschütze gewählt hätte. Er richtete den Feldstecher auf die Mitte des Parks und musterte den Schutt am Fuße der Mauer. Weitere Ziegel, weitere Krater sowie einige Metallteile lagen über den Boden verstreut.

Saitsew hielt bei seiner Suche einen Moment inne, um festzustellen, ob er müde wurde. Er starrte jetzt seit zwei Stunden durch das Fernglas, seit Kulikow mit Danilow gegangen war. Die Sonne zeigte Mittag an. Er überprüfte seine Hände, seine Augen, die gekreuzten Beine, seine Konzentrationsfähigkeit. Stell keine Mutmaßungen an und triff keine Entscheidungen, wenn du nicht hellwach bist, sagte er sich. Brauchst du eine Pause? Wenn ja, dann hör auf. Mach keinen Fehler. Du musst wachsam sein, die Ohren offen halten, die Nase in den Wind stecken. Bist du in Ordnung? Kannst du weitermachen? Gut. Dann sag mir: Ist er in diesem Panzer, dem Bunker, hinter dem Ziegelhaufen, in einem der Gebäude, hinter der Mauer? Bist du dir sicher, Wassili? Sag mir, ob du dir sicher bist. Ist es dein Instinkt, oder weißt du es? Sag es mir jetzt.

Nein. Er ist irgendwo anders. An einem Ort, an dem ich ihn finden werde. Ich bin mir sicher, denn ich spüre es.

Er ist der Direktor.

Aber ich bin ein Jäger. Sein Jäger.

14.

Als Erstes bemerkte er die Bewegung. Ein grauer Gegenstand kroch oben auf der Mauer entlang, wie ein junger Vogel auf dem Vorsprung vor seinem Nest. Das Ding bog sich nach links und nach rechts und schüttelte sich dann wie eine zornige Faust. Nachdem er es mehrere Sekunden lang beobachtet hatte, erkannte er, dass es sich um einen Feldstecher handelte, offenbar das Lieblingswerkzeug des versteckten roten Scharfschützen.

»Nikki!«

Thorwald blickte konzentriert durch sein Zielfernrohr und versuchte, mit dem Fadenkreuz den Dunst des Schlachtgetümmels zu durchdringen, der über dem Park hing. Ein russischer Stützpunkt in der rechten Ecke des Parks war früh am Vormittag unter Beschuss genommen worden. Den Angriff hatte man zwar vor einer Stunde eingestellt, aber noch immer hingen Rauch und Staub über der freien Fläche, fingen das Licht ein, brachen es wie Berliner Nieselregen und behinderten dadurch Thorwalds Sicht.

Er wandte sich vom Zielfernrohr ab. Sein linkes Auge,

das den größten Teil des Vormittags geschlossen gewesen war, ließ sich nur langsam öffnen. Vor seinem rechten Auge – mit dem er zielte – stand ein transparentes, vergrößertes Bild der Mauer am anderen Ende des Parks. In der Dunkelheit seines Verstecks wirkte dieses Bild wie ein übermächtiger Geist.

Er rief abermals nach Nikki. Das Sonnenlicht, das um seinen Unterschlupf tanzte, ohne in ihn einzudringen, ließ die Erscheinung auf seiner rechten Seite schrumpfen und brachte sie schließlich zum Verschwinden, wie Papier, das verbrennt. Er blinzelte.

Der Hauptgefreite antwortete. »Ja, Standartenführer.«

»Hol den Helm und den Stock.«

Thorwald spähte erneut durch das Zielfernrohr. Wer ist dieser Narr mit dem Feldstecher, der umhertorkelt wie ein seekrankes Kind? Das kann kein Scharfschütze sein. Er ist zu bemüht, versucht den gesamten Kampfplatz zu erfassen, statt sich vorsichtig und unauffällig zu bewegen, um nicht entdeckt zu werden. Nein, dieser Feldstecher liegt nicht in den Händen eines Scharfschützen, jedenfalls keines alten, erfahrenen. Es muss sich um einen Dritten handeln, vielleicht einen unerfahrenen Offizier oder Späher.

Nikki hat gestanden, den Russen erzählt zu haben, dass ich hier bin, um ihren Hasen zu töten. Vielleicht handelt es sich bei diesem Idioten um jemanden, der über unseren kleinen Krieg berichten will. Einen Geheimdienstoffizier, einen Korrespondenten dieser dämlichen Frontzeitungen der Russen, wie auch immer. Aber bestimmt ist er kein Scharfschütze.

Ich könnte eine Kugel in diesen Feldstecher schicken. Ich könnte diesen tollpatschigen Beobachter zu Tode erschrecken. Ich könnte dafür sorgen, dass Glassplitter über ihm und Saitsew niederprasseln, der bestimmt neben ihm sitzt. Warum sagt Saitsew ihm nicht, dass er sich setzen oder verschwinden und ihn, den Scharfschützen, seine Arbeit tun lassen soll? Wer immer das ist, er ist hier fehl am Platz. Ich könnte einen Finger krumm machen und ihm das demonstrieren. Möchte gern wissen, was dieser torkelnde

Feldstecher tut, wenn ich Nikki sage, er soll den Helm hochhalten.

Aber das werde ich nicht. Das wäre zu einfach. Saitsew legt mir anscheinend einen Köder aus. Ja, das ist es. Er beobachtet alles und wartet darauf, dass ich feuere und mich als Ziel preisgebe. Jetzt erkenne ich es: Dieser Feldstecher ist eine Falle. Aber ich komme nicht aus meiner Deckung, Hase. Da musst du dir schon etwas Besseres einfallen lassen.

Dieser Feldstecher. Dumm. Ich könnte die Linse ins Fadenkreuz nehmen. Saitsew würde mein Mündungsfeuer nicht sehen. Ich liege in diesem Loch weit genug im Dunkeln. Er müsste schon genau zu mir hersehen, um es zu entdecken. Da. Genau in die Mitte, wenn der Dummkopf nur einen Moment still halten würde.

Es wäre ein schönes Gefühl, Saitsew zu zeigen, mit wem er es zu tun hat.

Warte. Spür dein Gewehr, lass es auf die Hände wirken. Das Holz in beiden Handflächen, die Haut des Gewehrs, mein Blut wärmt das Holz. Meine Wange liegt am Schaft, ruht dort, so still wie das Holz. Das Metall an meiner Augenhöhle und der Abzug unter meinem Finger, glatt, ebenfalls Haut, aber härter, er will etwas von mir. Das Zielfernrohr saugt mein Auge in sich hinein und wirft es größer wieder heraus, hinüber zu diesem Feldstecher. Der Abzug will etwas von mir.

Plötzlich machte der Feldstecher einen Satz über die Mauer. Ein Helm und der Oberkörper eines Mannes kamen zum Vorschein. Nun hob der Mann eine Hand und zeigte direkt auf Thorwald.

Thorwald feuerte.

Was war geschehen?

Der Mann stürzte zu Boden.

Verdammt! dachte Thorwald. Verdammt! Wie konnte das passiert? Ich habe geschossen.

Er ließ das Gewehr sinken. In seinen Ohren dröhnte es; der Knall des Schusses wurde aufgefangen und durch das Metalldach und die Ziegel zu ihm zurückgeworfen. Thorwald prallte von der Öffnung zwischen den Ziegeln zurück, als schnappte dort ein Hund nach ihm. Er presste sein Gesicht auf den Boden und erwartete, dass Saitsews Antwort in nächsten Augenblick erfolgen würde. Die Knie zur Brust hochgezogen, rollte er sich zusammen und wartete auf den Einschlag einer Kugel.

Sekunden vergingen. Thorwalds Muskeln schmerzten von dem Druck, der auf seinem Körper lastete. Sein Herz raste. Er atmete keuchend mit offenem Mund. Seine Augenlider waren geschlossen; dahinter schossen die Augäpfel hektisch nach rechts und links. Ein kalter Schauer überlief seinen Körper.

Langsam entspannte er sich wieder. Keine Kugel hatte auf seinen Schuss geantwortet. Zumindest bis jetzt nicht. Er bewegte sich vorsichtig, streckte sich am Boden aus, wusste nicht, welche Art von Bewegung ihn verraten würde. Angst kroch in ihm empor. Er hasste das Gefühl, beobachtet zu werden, den Gedanken, dass der Hase ihn durch seinen Feldstecher sehen konnte, die Vorstellung, im Fadenkreuz zu liegen, wenn auch nur für eine Sekunde.

Er hat mich gesehen. Er muss mich gesehen haben. Der verdammte Hase hat mich überrumpelt, hat mich dazu gebracht, auf seinen Köder loszugehen. Er muss mich gesehen haben.

Thorwald schüttelte die Schultern und die Beine, als wollte er sich einer Eisschicht entledigen. Außen war er kalt, innen heiß. Die Kälte lag schwer auf seinen Augenbrauen. Er wischte sich mit der Hand über die Stirn und zog dann seine feuchten Fingerspitzen wieder zurück.

Mehrere Minuten lang blieb er auf dem Rücken liegen, bis sich seine Nerven wieder entspannten und er seinen Atem unter Kontrolle bekam. Sein Blick glitt zu der gewellten Unterseite der Metallplatte empor. Wie ein Sargdeckel, dachte er. Fast wie ein Sarg.

Warum habe ich das getan? Warum habe ich den Abzug gedrückt?

Allmählich beruhigte sich sein Körper. Er konnte wieder klarer denken, ohne in Panik zu geraten. Zur Hölle mit diesem Saitsew, dafür, dass er mich so weit gebracht hat. Zur Hölle mit ihm. Ich hasse diese Angst. Ich hasse es, wenn sie kommt.

Das werde ich ihm heimzahlen. Darauf kann er sich verlassen. Gestern noch war das lediglich ein Auftrag, eine Aufgabe, die meine Arbeit in Gnössen unterbrochen hat. Eine Aufgabe, die zu erledigen ich mich nicht gedrängt habe. Aber jetzt wird er sterben. Jetzt ist es eine persönliche Angelegenheit. Der Hase wird schon bald sterben.

Aber zunächst einmal geht es darum, ein Deutscher zu bleiben, Heinz, Ordnung zu bewahren, trotz der Angst. Nicht wahr? Gut. Und jetzt mach weiter, kühl und präzise.

Ich frage mich, warum ich geschossen habe. Aber eigentlich ist das nicht so wichtig. Ich habe den Abzug gedrückt, weil ich dazu bereit war, weil ich völlig angespannt war. Das Ziel hat den Schuss selbst ausgelöst. So läuft es eben, wenn es läuft, ohne dass man nachdenkt.

Einverstanden. Aber weshalb ist der Feldstecher nach oben gekommen?

Er vergegenwärtigte sich den Moment, in dem er den Abzug gedrückt hatte. Das Fadenkreuz lag auf dem sich bewegenden Feldstecher; dann war der Mann ohne Grund und ohne Vorwarnung hochgesprungen und hatte seinen Kopf und Oberkörper gezeigt. Thorwald hatte den Rückstoß des Kolbens an seiner Schulter gespürt. Er konnte sich nicht erinnern, ob er sein Ziel im Visier angepasst hatte und dem Kopf nach oben gefolgt war. Wahrscheinlich hatte er einen Brustschuss abgegeben. Auch gut. Es war auf jeden Fall ein Treffer, keine Frage.

Das Ziel kam hoch. Er zeigte mit der Hand.

So. Auf mich.

Er muss mich gesehen haben. Er hat mit der Hand auf mich gezeigt.

Auf mich. Ich habe geschossen. Er ist zu Boden gegangen.

Auf wen sonst hätte er zeigen können? Auf Nikki?

Nikki.

Thorwald drehte sich in seiner Zelle um. Dringlichkeit lag in seiner Stimme.

»Nikki!«

Der Hauptgefreite antwortete nicht.

Thorwald rief abermals. Er kann mich nicht hören in diesem verdammten Loch, dachte er. Er wartete.

Der Hauptgefreite antwortete hinter der Mauer. »Haben Sie geschossen, Standartenführer? Ich dachte, ich hätte Sie gehört. Haben Sie ihn erwischt?«

»Wo warst du?«

»Ungefähr fünfzig Meter weit rechts mit dem Helm auf dem Stock.«

Thorwald erstarrte. »Hast du den Helm gehoben?«

»Ja. So wie Sie es mir befohlen haben.«

Thorwald hätte den Jungen geohrfeigt, wäre er vor ihm gestanden. »Hauptgefreiter, ich habe Ihnen gesagt, dass Sie Helm und Stock bereithalten sollen. Nicht heben. Sie hätten mich beinahe umgebracht.«

Bei diesen Worten lief Thorwald ein Schauer über den Rücken. Er dachte daran, wie er sich zusammengerollt hatte wie ein Kriechtier unter einem Felsblock. Das demütigte ihn; es stellte seine Befehlsgewalt in Frage.

»Hauptgefreiter, bleiben Sie, wo Sie sind, und verhalten Sie sich ruhig! Sie tun nichts, aber auch gar nichts, bevor ich es sage! Haben Sie verstanden?«

Nikki klang verwirrt und zerknirscht. »Jawohl, ich dachte bloß …«

»Sei still!« Thorwald ließ die schmachvolle Scham aus sich entweichen, die die Angst in ihm hinterlassen hatte, als sie verschwand. Es tat gut, sie verschwinden zu spüren. Dann senkte er den Kopf, als wollte er weitere Beschimpfungen über Nikki ausgießen.

»Hör auf zu denken! Ich bin derjenige, der denkt. Du brauchst nur sitzen zu bleiben und zu warten, bis ich etwas sage. Nichts weiter. Und jetzt setz dich!« Er wusste, dass er mit dem Hauptgefreiten redete, als wäre der Junge ein ungehorsamer Tölpel. Um noch eins draufzusetzen, fügte er hinzu: »Und bleib, wo du bist!«

Thorwald kroch zur Vorderseite seines Lochs. Sein Gesicht war rot angelaufen vor Zorn. Er spähte durch die Öffnung hinaus. Der Mann mit dem Feldstecher hatte Nikkis Helm gesehen. Aus diesem Grund war er hochgesprungen.

Wer war dieser Mann? Er war kein Scharfschütze, denn ein solcher hätte sich nicht über die Mauer erhoben. Was hat er in meiner Auseinandersetzung mit Saitsew verloren?

Und was hatte Saitsew mit dem zu tun, was gerade geschehen war? Beherrschte der Hase die Situation? Gehörte der Mann, der hochgesprungen war, zu einem planmäßig ausgelegten Köder, oder war es unabsichtlich passiert? Hat Saitsew, der weiß, dass ich in den beiden vergangenen Tagen immer wieder den Helm auf dem Stock eingesetzt habe, irgendeinen Dummkopf gefunden, der ihn bei seiner Jagd nach mir begleitet? Hat er ihm gesagt: »Wenn du über der Mauer da hinten einen Helm siehst, steh auf und zeig ihn mir.«? War die rote Legende zu so etwas imstande? Ist er so kaltblütig, dass er einen lebenden Köder gegen mich verwendet? Oder habe ich es mit Saitsew selbst zu tun? Vielleicht gehört der Mann, der hochgesprungen ist, zu einer anderen Patrouille, zu einem Trupp weniger erfahrener Leute, angehender Scharfschützen, die ausgesandt wurden, um nach Spuren von mir zu suchen. Oder vielleicht war es auch jemand anderes, irgendein unglückseliger Soldat, der nicht wusste, dass der Park unter intensiver Beobachtung liegt, jemand, den es zufällig auf unseren Kampfplatz verschlagen hat, ein bemitleidenswerter Journalist aus Amerika oder London, der auf der Suche nach Nachrichten an der Front umherstreift.

Was war geschehen?

Thorwald gestand sich ein, dass er es nicht wusste.

Das beunruhigte ihn. Er hatte sich darauf verlassen, dass er den Hasen überlisten konnte. Bis jetzt hatte er den Lauf der Dinge kontrolliert; auch Nikkis Verrat an die Russen hatte lediglich zu einem Zeitverlust von ein paar Tagen geführt. Mit diesem letzten Vorfall verhielt es sich jedoch anders: dass Nikki ohne sein Wissen den Helm hochgehoben hatte, dass der Mann auf der anderen Seite des Parks aufgesprungen war und dass er instinktiv geschossen hatte. Thorwald misstraute dem Instinkt. Er hielt sich für einen Mann, der sich vom Verstand leiten ließ. Während der Instinkt teils aus Reflexen, teils aus dem Gefühl im Bauch bestand, leitete sich der Verstand nicht aus dem Magen ab, sondern aus dem Geist. Das Ergebnis des Instinkts war Glück, der Verstand jedoch erzeugte Kontrolle. Und der deutsche Geist war in Bezug auf die Kontrolle der beste der Welt.

Die Morgensonne stieg höher, und die Schatten verschwanden. Der Nachmittag war noch nicht angebrochen, und obwohl die Sonne vor ihm stand, lag sein unterirdisches Versteck im Schatten, so wie abgestandenes Wasser in einer Schale. Er schaute auf die Uhr und hielt sie in dem gedämpften Licht nahe an sein Gesicht. 10 Uhr 45. Abermals fragte er sich: Hat Saitsew mein Mündungsfeuer gesehen? Falls ja, hätte er das Feuer erwidert oder nicht? Eine Kugel, ein Mann. Er hätte die Sache beendet, wenn er dazu in der Lage gewesen wäre. Darf ich daraus schließen, dass er mich nicht gesehen hat? Hatte ich Recht mit meiner Vermutung, dass dieser Schießstand unter der Metallplatte und inmitten dieser Ziegel, dieses harmlos wirkenden Schutthaufens, ein idealer Platz für einen Scharfschützen ist? Bin ich hier sicher? Vielleicht. Ja, vielleicht bin ich hier wirklich sicher.

Vorerst sitze ich hier jedoch fest. Ich kann erst nach Einbruch der Nacht herauskriechen. Was wird Saitsew als Nächstes unternehmen? Wird er es mit einem weiteren Köder versuchen? Oder wird er ungeduldig und unachtsam werden? Werde ich heute noch eine Gelegenheit bekommen, auf die Ohren des Hasen zu feuern?

Thorwald nahm die Moisin-Nagant vom Boden. Er wiegte sie in den Händen. Dann warf er die Schlaufe um sein linkes Handgelenk, setzte den hölzernen Kolben sorgfältig an seine rechte Schulter und senkte das Auge hinab zu dem kalten Metall des Zielfernrohrs. Mit einem Zucken der Schulter rückte er das Gewehr zurecht, um es besser halten zu können, zog es an seine Wange und in seinen Arm. Sein Finger wanderte zum Abzug.

Na gut, Hase, dachte er, für den Rest des Tages hast du Publikum. Was würdest du mir gern zeigen? Ich lege eine

Kugel für dich ein. Ich sehe dich, aber ich glaube nicht, dass auch du mich sehen kannst.

In den folgenden drei Stunden lag Thorwald still und beobachtete die Mauer, hinter der der mysteriöse Mann nach seinem Sprung verschwunden war. Nach dem Schock und dem Ärger von heute Morgen schien sich Thorwalds Durchhaltevermögen vervielfacht zu haben. Er konnte nun eine Stunde lang ununterbrochen durch das Zielfernrohr spähen und benötigte nur wenige Minuten Ruhe, ehe er sich wieder seiner Aufgabe zuwandte. Ich kann alles, dachte er. Das weiß der Hase.

Während er durch das Fernrohr starrte, gab er sich einer Fantasie hin. Er stellte sich vor, er könnte riechen, wie die Angst des Hasen in den Park strömte. Es war ein beißender, fauliger Geruch, wie Urin.

Die Sonne stand nun genau über ihm. Dies war die Tageszeit, in der weder Thorwald noch Saitsew befürchten mussten, sich durch Spiegelungen zu verraten. Die Gebäude am Rande des Parks und der Schutt, der über die freie Fläche verteilt war, lagen im Schatten. Thorwalds Loch war in dieser Zeit in tiefstes Dunkel gehüllt; er fühlte sich unsichtbar und kühn.

Dann stellte er sich vor, wie er Saitsew tötete. Er malte sich aus, wie er den Hasen ins Visier bekam und den Finger an den Abzug legte. Er sah, wie Saitsew eine Kugel in den Kopf erhielt, aber nicht fiel, sondern an der Stelle stehen blieb, wo er getroffen worden war. Weitere Russen kamen, gossen Beton über ihn und bauten eine Statue, genau an diesem Platz. Auf dem Sockel der Statue stand: *Im Gefecht erschossen von Heinz von K. Thorwald, Standartenführer, SS, 17.11.42*. Thorwald sah sich selbst, wie er die Geschichte in der Berliner Oper vor modisch gekleideten Damen und Herren schilderte, dieses grausame Duell in der russischen Steppe, in der Hölle der zu einer Ruine gewordenen Stadt, an der Speerspitze der deutschen Invasion. Ich werde ihnen von dem Katz-und-Maus-Spiel zwischen den beiden Meisterschützen erzählen und davon, wie außergewöhnlich mein Gegner war. Der deutsche Geheimdienst wird später ein Exemplar der russischen Zeitung aufspüren, in dem über den Tod des berühmten Hasen berichtet wird. In diesem Artikel werden alle russischen Soldaten aufgerufen, die Ermordung ihres Helden durch SS-Standartenführer Heinz von K. Thorwald zu rächen. Jemand wird für mich einen Spitznamen prägen, einen schmeichelhaften Kosenamen aus ein oder zwei Worten. Alle wirklichen Helden haben einen solchen Spitznamen, wie auch der Hase. Ich werde »der Lehrer« sein, »der Meister der Scharfschützen« oder etwas Ähnliches.

Und Nikki. Richtig, Nikki. Was soll ich mit dem jungen Hauptgefreiten anfangen? Könnte mir Nikki in Berlin eine Hilfe sein? Auch er kennt die wahre Geschichte meines Duells mit dem russischen Meisterschützen. Wird er in seiner Version die Vorgänge wahrheitsgemäß darstellen, wird er berichten, wie ich durch meine List den Hasen in eine Falle gelockt und ihm eine Kugel in den Kopf geschossen habe? Aber wenn er lügt und seinen Kameraden im Quartier erzählt, dass in Wirklichkeit sein Wissen über den Kampf und die Stadt Saitsew zum Verhängnis geworden ist? »Ich habe Thorwald den Russen gezeigt«, könnte er sagen. »Er musste nur noch den Abzug drücken.« Wenn ich als Einziger diese Geschichte zu Hause in Berlin erzähle, kann ich sie kontrollieren. Dann brauche ich keine Befürchtungen zu haben. Gut, ich habe versprochen, Nikki mit nach Hause zu nehmen. Aber welchen Wert hat ein Versprechen, das einem erwiesenen Verräter, einem Lügner, einem ungehorsamen Versager gegeben wurde, der mich heute Morgen fast umgebracht hätte? Wir werden sehen. Wir werden uns noch unterhalten, Nikki und ich, wenn Saitsew tot ist.

Während in Thorwalds Geist Bilder seiner eigenen Berühmtheit vorüberglitten, hielten sein unermüdlicher Körper und seine Augen Ausschau nach einer Bewegung an der gegenüberliegenden Mauer. Als die Bewegung schießlich erfolgte, erschien sie ihm überhaupt nicht überraschend, selbst nach diesem langen Warten. Jetzt ist es so weit, dachte er. Das ist Saitsews nächster Schritt. Oder Saitsews Fehler. Aber das spielt auch keine Rolle.

Ein weißer Gegenstand erschien über der Mauer. Er war

zu klein, als dass Thorwald ihn genau identifizieren konnte. Nach der Art, wie er sich bewegte, war es ein menschlicher Körperteil, eine Hand in einem Fausthandschuh vielleicht, die Seite einer Schulter oder auch ein Kopf mit einer weißen Kapuze. Das Ziel hob sich gut von dem gesprenkelten Hintergrund ab. Thorwald verschob das Fadenkreuz einen Millimeter nach links. Eine Stimme in ihm sagte: Warte – warte, bis du sicher bist, worauf du schießt.

Er antwortete dieser Stimme: Zur Hölle mit dem Warten und zur Hölle mit Saitsew. Er sieht mich nicht. Ich kann tun, was mir beliebt. Ich bin unsichtbar. Und außerdem bin ich zornig. Ich spüre, dass ich jetzt sofort schießen muss. Das kann ich am besten. Also zeigen wir dem Hasen noch etwas von dem, was wir können.

Saitsew ist der Scharfschütze, der wartet. Ich schieße.

Das weiße Ziel befand sich kaum drei Sekunden oben, als er es perfekt ins Visier genommen hatte. Das Fadenkreuz lag ruhig.

15.

»Danilow wird nicht sterben.«

Saitsew schnellte herum, abermals beeindruckt von Kulikows Fähigkeit, sich unbemerkt anzuschleichen. Er hatte nicht gehört, dass der kleine Scharfschütze zurückgekommen war. Kulikows Hände waren vom getrockneten Blut des Kommissars gefärbt.

Als sie das Feldlazarett auf den Kalksteinfelsen über der Wolga erreicht hatten, war Danilow bei Bewusstsein gewesen. Kulikow blieb nur so lange, bis eine Krankenschwester die Wunde des Politkommissars untersucht hatte. Sie betupfte sie mit einem Tuch und einer Metallzange, was Danilow einen wilden Schrei entriss. Er schien noch immer zu Grobheiten fähig zu sein. Kulikow wünschte ihm alles Gute und begab sich zu Saitsew in den Park zurück. Er war kaum drei Stunden fort gewesen.

Als er seinen Platz neben Saitsew wieder einnahm, stellte er jene Frage, die ihn schon auf dem Weg den Fluss entlang und durch die Ruinen beschäftigt hatte. »Wenn Thorwalds Auftrag allein darin besteht, dich zu töten, Wascha, warum verschwendet er dann eine Kugel auf ein Ziel, von dem jeder erfahrene Scharfschütze weiß, dass es sich nicht um einen anderen Scharfschützen handelt? Warum riskiert er es, entdeckt zu werden, nur um einen dicken Mann mit einem Feldstecher anzuschießen, der seinen Kopf nicht unten halten kann?«

Kulikow hatte sich bereits eine Antwort zurechtgelegt, er wollte jedoch wissen, was Saitsew darüber dachte, bevor er damit herausrückte.

Saitsew antwortete schnell. »Weil der Direktor glaubt, wir können ihn nicht finden.«

»Und deshalb«, fügte Kulikow lächelnd hinzu, »bleibt er wahrscheinlich auch dort, wo er gerade steckt, bis wir ihn an den Füßen aus seinem Unterschlupf herauszerren.«

Saitsew legte einen Finger an den Kopf. »Auch ich habe mir ein paar Gedanken gemacht, während du unterwegs warst, Nikolai. Schau dir das mal an.«

Er zeigte Kulikow ein Brett, das ungefähr einen Meter lang war, zog einen seiner weißen Fausthandschuhe aus und steckte ihn auf das Brett.

»Das halten wir über die Brüstung und warten, ob es einen Schuss auslöst. Wenn er den Handschuh trifft, haben wir ein Loch im Holz, aus dem wir viel mehr lernen können als aus der Wunde in Danilows Schulter.«

Kulikow nickte. »Es gefällt ihm, uns zu beeindrucken.«

»Stimmt. Und vielleicht bringen wir ihn auch dazu, uns zu zeigen, wo er sich verbirgt.«

Saitsew prüfte das Tageslicht. Die Sonne stand hoch am Himmel; es bestand keine Gefahr, dass sie sich Thorwald durch eine Spiegelung verrieten. Vielleicht schnappte er nach dem Köder.

»Fertig?« Saitsew legte das Brett auf seinem Schoß zurecht. »Dann lass uns dem Meister zuwinken und ihn begrüßen.«

Er hob das Brett hoch, bis sich der Handschuh über die Mauer schob, und bewegte es ein Stück nach rechts. Hallo, Standartenführer.

Mit angehaltenem Atem zählte er: »Eins ... zwei ...«

Das obere Ende des Bretts zuckte wie von einem Schlag getroffen. Eine Kugel zerfetzte die weiße Fläche des Handschuhs, und Saitsews Hände wurden nach oben gerissen.

Rasch holte er das Brett ein und drückte einen seiner Zeigefinger an die Mauer, um festzuhalten, wo sich die untere Kante des Brettes befunden hatte. Dann zog er mit einem Stück Seife eine Linie an der Wand.

Wollfasern und Holzsplitter mischten sich in dem Loch in der Mitte der Handfläche des Fausthandschuhs. Die Kugel war gerade hindurchgegangen und hatte im Holz eine ausgefranste Öffnung hinterlassen, die ungefähr den Durchmesser eines Fingers hatte.

Saitsew nahm den Handschuh vom Brett und schob seine Hand hinein. Durch die beiden Löcher an der Vorder- und Rückseite drang die Kälte an seine Haut. Er machte im Handschuh eine Faust und schüttelte sie gegen Nikolai Kulikow, der neben ihm kniete.

»Gut«, sagte Saitsew. »Gut, Nikolai.« Dann deutete er zur Sonne. »Wir warten hier ungefähr eine Stunde, bis er sich wieder beruhigt hat. Dann beobachten wir weiter, bis es dunkel wird.«

Kulikow schlug seine weiße Kapuze zurück. Er nahm den Helm ab und fuhr sich mit der Hand durch das kurz geschnittene Haar. »Wascha, hast du einen Gewehrschuss gehört, als die Kugel das Brett getroffen hat? Oder vorher, als Danilow getroffen wurde?«

Saitsew runzelte die Stirn. »Nein.« Er vergegenwärtigte sich den Augenblick, als der Handschuh zerfetzt worden und als Danilow an diesem Morgen zu Boden gegangen war. Dann versuchte er, den Schleier der Aufgeregtheit beiseite zu schieben, der stets vorhanden ist, wenn Kugeln fliegen. Er verdunkelte seine Erinnerung wie der bewölkte Himmel über ihnen. Saitsew konnte sich nicht entsinnen, in einer dieser beiden Situationen den Knall eines Schusses gehört zu haben.

Er sah zu Kulikow hinüber und lächelte. »Ein weiteres merkwürdiges, kleines Stückchen in unserem Puzzle, Nikoluschka.«

Kulikow zog eine nahezu leere Wodkaflasche aus seiner Tasche und reichte sie Saitsew. »Auf den Hasen«, sagte er.

»Auf Nikolai«, gab Saitsew zurück.

Mit der Hand in dem durchlöcherten Fausthandschuh griff er nach der Flasche. Dann betrachtete er das Loch auf seinem Handrücken und erstarrte bei der Vorstellung, die ihn dabei überkam. Er spürte, wie die Kugel in den Handschuh eintrat und sich durch seine Hand fraß. In seiner Fantasie schickte er die behandschuhte Hand von seinem Arm fort und sandte sie über die Mauer, um den Ursprung der Kugel zu verfolgen. Die Hand entfernte sich von selbst, als kletterte sie an einem Seil entlang, und kehrte zu dem Gewehrlauf zurück, aus dem sie abgefeuert worden war.

Da stecken Sie also, Standartenführer Thorwald. Seien Sie gegrüßt.

Saitsews Gedanken kehrten wieder zurück, während seine rechte Hand in der Luft schwebte. Kulikow starrte ihn an und wartete darauf, dass er die Flasche nahm. Saitsew besann sich und griff nach dem Wodka.

Der Hase hob die Flasche hoch und prostete der gegenüberliegenden Seite des Parks zu. »Zum Wohl, Herr Thorwald.«

Die Nacht war nun bereits zwei Stunden alt. Weit im Norden wurde der Himmel durch Geschützfeuer erhellt. Im Park war es ruhig und dunkel. Saitsew lauschte dem Grollen der Explosionen. Er stellte sich die Stadt als einen schlafenden Riesen vor; er selbst befand sich an dessen Füßen, während das andere Ende schnarchte.

Bestimmt hat sich Thorwald inzwischen fortgeschlichen. Er hat sich bis jetzt nicht als Nachtjäger erwiesen. Saitsew griff nach dem Brett und nickte Kulikow zu. »Ich glaube, wir können es jetzt versuchen.«

Kulikow entzündete ein Streichholz und hielt die Flamme an die Markierung, die an der Wand angebracht war. Saitsew schob das Brett langsam nach oben, um es in dieselbe Position zu bringen, in der er es am Nachmittag gehalten hatte.

»Fertig, Nikolai.«

Kulikow entfernte sich von Saitsew, hob eine Leuchtpistole hoch und feuerte sie ab.

Die Waffe entlud sich mit einem dumpfen Rückschlag. Dreihundert Meter in der Luft entzündete sich die Leuchtmunition. Ihr kleiner Fallschirm öffnete sich und tauchte den Park in einen hellen, goldenen Schein.

Kulikow legte die rauchende Pistole beiseite und trat schnell zu Saitsew. Er reckte sein Gesicht hoch zu dem Brett, das Saitsew in den Händen hielt. Dann blickte er durch das Loch, als schaute er durch ein Teleskop. Kulikow hielt sein Auge mehrere Sekunden lang an dem Loch. Als schließlich das Licht der Leuchtpatrone in ockerfarbenen Blättern zu Boden regnete, kniete er neben Saitsew nieder. Er legte seine Hände an das Brett und drückte es fest gegen die Wand, damit es an der von der Seife markierten Linie verharrte.

»Jetzt du, Wascha.«

Saitsew überließ das Brett Kulikow. Er richtete sich auf, schloss sein linkes Auge und blickte durch das Loch.

Die Öffnung umrahmte einen Bereich im Zentrum des Parks, einen fünfzig Meter breiten Ausschnitt, der vor der Mauer verlief. Thorwald muss irgendwo in diesem Bereich sein, dachte er.

Im herabfallenden Leuchtfeuer nahm der Park die Farbe von Stroh an. Saitsew kannte jede Einzelheit innerhalb des Sektors, der sich durch das Loch auftat. Einige Schutthaufen und zwei Granattrichter, das war alles. Der ausgebrannte Panzer, der Bunker und die übrigen, größeren Hinterlassenschaften der Kämpfe lagen alle außerhalb dieses Kreises. Genauso hatte Saitsew es erwartet. Nun erteilte er sich selbst den Befehl, Thorwalds Unterschlupf zu finden. Er hält sich in diesem ebenen Geländeteil vor der Mauer verborgen. Hier ist alles flach – wo könnte er sich verstecken?

Sieh dich um. Erinnere dich. Denk nach. Fühle. Wo würdest du dich verkriechen, Wasili? Was würdest du als Deckung benutzen? Flieg zur anderen Seite des Parks und blick dann hier herüber. Denk wie Thorwald. Wo versteckst du dich? Hinter Trümmern, einem Panzer?

Halt.

Sie hatten kein Geräusch von Thorwalds Gewehr gehört! Der Knall seiner Schüsse war nicht über den Park zu ihnen herübergedrungen. Von den Gebäuden um uns wurde kein Echo zurückgeworfen. Ich habe nichts gehört.

Hinter etwas? Nein.

Thorwald steckt nicht *hinter* etwas. Er steckt *in* etwas.

Oder darunter. Darunter!

Diese Metallplatte. Wo ist sie? Da. Sie lag auf einem Ziegelhaufen, fast flach auf dem Boden. Unschuldig, schlicht, unauffällig auf dieser von Schutt übersäten Fläche. Saitsew hatte sie schon so oft gesehen, dass er sich angewöhnt hatte, sie zu ignorieren. Aber sie lag da, in diesem runden Ausschnitt von möglichen Verstecken, den er durch das Loch im Brett sehen konnte. Im Park wurde es wieder dunkel, während das von der Leuchtpatrone erzeugte Licht allmählich erlosch. Ja, Thorwalds Versteck konnte unter dieser Metallplatte liegen, hinter diesen Ziegeln. Heb einen Graben darunter aus. Kriech vor Beginn der Dämmerung hinein. Halte Verbindung zu deinem Helfer, der zehn Meter hinter dir ist. Der Helfer bleibt hinter der Mauer verborgen, um diesen verdammten Helm herumzutragen. Unter dem Metalldach bist du den ganzen Tag im Schatten. Du brauchst nur im Dunkeln liegen und feuern, ohne befürchten zu müssen, dass sich das Licht in deinem Zielfernrohr spiegelt. Da du von allen vier Seiten geschützt bist, kann aus diesem Loch kein Knall nach außen dringen, der 250 Meter entfernt, auf der anderen Seite des Parks, noch zu hören wäre. Und um dein Mündungsfeuer zu entdecken, müsste ein Gegner direkt in deinen Lauf sehen, wenn du den Abzug drückst. Doch in diesem Augenblick hätte es keinen schlechteren Platz für deinen Gegner geben können.

Perfekt. So perfekt, dass Thorwald sogar das erste Überlebensgebot eines Scharfschützen verletzte: schießen und verschwinden. Den Abzug drücken und abhauen. Er ist in dieser Zelle geblieben, hat zuerst die Krankenschwestern erschossen, dann Schaikin und Morozow, und heute war Danilow an der Reihe. So viele Kugeln von demselben Platz aus. Er fühlt sich sehr sicher. Ja. So lange, bis wir ihn an den Füßen aus seinem Loch herauszerren.

Saitsew entfernte sich von dem Brett, richtete sich auf und spähte zur Mauer hinüber. Die Leuchtpatrone glomm noch ein wenig, wie ein winziger Vulkan. Dann erlosch sie, und es wurde wieder dunkel im Park.

Kulikow trat neben ihn.

»Er steckt unter dieser Metallplatte. Hat sich ein Loch darunter gegraben«, erklärte Saitsew.

Kulikow erwiderte nichts und brachte damit sein Einverständnis zum Ausdruck.

»Morgen wird er dorthin zurückkehren.« Saitsew tat es gut, aufrecht an der Wand zu stehen. Er fühlte sich als Herausforderer.

»Ich könnte durch den Park schleichen und mir das Ganze aus der Nähe ansehen. Einfach feststellen, ob er sein Nest wirklich unter dieser Metallplatte gebaut hat. Was hältst du davon?«, fragte Kulikow.

»Nein, Nikolai. Das ist zu gefährlich. Ich glaube zwar, dass er für die Nacht in sein Quartier gegangen ist, aber wer weiß? Vielleicht hat er eine Wache zurückgelassen, für den Fall, dass wir es versuchen. Warten wir bis morgen früh. Dann wird er wieder da sein. Glaub mir.«

Wenn er auch Kulikow verboten hatte, hinauszukriechen und nachzusehen, schweifte Saitsews Fantasie doch über den Park und hinüber zu der Metallplatte. Für ihn lag Thorwald tatsächlich dort und spähte zwischen den Steinen hervor. Hallo, Direktor. Verzeihung, darf ich mal! Saitsew wirft einen Blick durch das Zielfernrohr des Direktors und sieht zu seiner Seite des Parks zurück. Dort, gezeichnet mit dem schwarzen Kreuz des Zielfernrohrs, erblickt er den Kopf des Hasen. Das bin ich. Ein schöner, sauberer Schuss, Direktor. Hol ihn dir. Meinen Glückwunsch!

Nur 250 Meter. Eine Kugel überwindet eine solche Entfernung während eines Herzschlags und bringt dieses Herz zum Stehen. »Er wird seine Position nicht verändern«, sagte Saitsew und wandte sich vom Park ab. »Also müssen wir es tun.«

Saitsew und Kulikow packten ihre Rucksäcke und griffen nach ihren Waffen und Feldstechern. Als er aufstand, spürte Saitsew, wie schwer seine Ausrüstung wog. Ein Gefühl von Freiheit überkam ihn. Er fühlte sich wie ein kleiner Junge, der einen Rucksack trägt und sich darauf freut, zu einem Jagdausflug aufzubrechen. Dann warf er einen letzten Blick auf den Schmutz am Fuß der Mauer. Jetzt in der Nacht konnte er Morozows Blut nicht erkennen, dennoch verabschiedete er sich von ihm. Er dankte den Geistern dieses Platzes für ihre Hilfe und ihr Verständnis. Thorwald hatte ihn hier drei Tage lang fest gehalten. Jetzt brach er aus.

Gefolgt von Kulikow, ging er los. Bis auf das Knirschen ihrer Stiefel auf dem Boden war kein Laut zu vernehmen. Saitsew hörte seine eigenen Schritte und die von Kulikow, die sich nicht im Gleichklang mit seinen befanden. Er versuchte, sich einen Plan für die Auseinandersetzung mit dem Direktor am nächsten Tag zurechtzulegen, aber Kulikows Nähe hinderte ihn daran, sich zu konzentrieren. Er hatte das Gefühl, von einem Schwarm Wachteln umgeben zu sein, die plötzlich aus dem Gebüsch aufgeflogen waren.

Saitsew hielt an. »Nikolai, bitte warte hier eine Weile. Ich will allein vorausgehen, um nachzudenken.«

Wortlos setzte sich Kulikow auf seinen Rucksack.

Froh über die Loyalität seines Kameraden, drehte sich Saitsew um. Während er langsam an der Mauer entlangging, lauschte er dem Rhythmus seiner einsamen Schritte auf dem gefrorenen Boden. Er spähte über die Mauer in den Park, der von bleichen Schatten erfüllt war; kleine Lichtpunkte regneten vom Nachthimmel herab. Das Glitzern der Sterne hatte ihm in der Taiga am besten gefallen. Früher hatte er geglaubt, die Sterne wären kleine Spalten am Himmel, durch die die unendliche Helligkeit des Universums hinter der Sonne und dem Mond auf die Erde herableuchte. Seine

Mutter hatte ihm erzählt, die Sterne seien die zehn Millionen Augen Gottes, mit denen er die Erde beobachte. Gott. Welche Rolle spielte Gott in Stalingrad?, fragte er sich.

Vom Fabrikgelände hörte man die dumpfen Einschläge des Granatfeuers, dessen fernes Licht ihm hier im Park keine Hilfe war. Dreißig Meter von der Stelle entfernt, wo Kulikow saß, ließ er sich auf den Boden nieder, verschränkte die Beine und zog seine Handschuhe aus. Er schlug seine weiße Kapuze zurück, nahm den Helm ab und öffnete die beiden obersten Knöpfe seines Mantels. Der Wind wehte leicht. Er fühlte sich an wie ein kalter Vorhang. Saitsew ließ die Kälte auf sich wirken. Die Ruhe verlieh der Nacht eine vollkommene Reinheit, eine Klarheit, die die Welt nicht besitzt, wenn der Wind kräftig bläst. Lass die Nacht herein, dachte er. Er atmete tief ein und füllte seine Lungen mit der Kälte; lass die Nacht sprechen. Die Sterne, die Erde, die Kälte, auch die Stadt, lass sie alle herein. Geselle dich zu ihnen.

Dann schloss er die Augen und atmete aus.

»*Bai, dscha nai*«, sagte er. Gott der Taiga. Mit diesem Spruch wünschten die Jakuten einem Jäger Glück.

Er drängte seine Gedanken zu Thorwald. Ich weiß, wo er steckt. Ich habe in ihm gelesen. Saitsew trieb seine Gedanken an. Thorwald. Er kennt mich. Was bleibt mir in diesem Fall zu tun? Ich muss jemand anderer sein, nicht ich. Nicht der Hase. Nicht das, was er erwartet.

Die Kälte kratzte an seinen Wangen und seinem Hals. Sie ließ die Teile seines Körpers erwachen, in denen die Instinkte und Sinne saßen, denen er am meisten vertraute, schon seit langem – seinem Bauch, seinen Schultern, seinem Rücken und seinen Handgelenken.

Thorwald erwartet den Hasen. Also muss ich etwas sein, was er nicht erwartet. Er weiß, ich kann die Nacht sein, die Erde, die Ruinen.

Ich bin ein Russe. Die Stadt ist russisch. All das weiß er.

Artilleriedonner von Norden erschütterte den Boden. Saitsew schlug die Augen auf.

Die Stadt ist aber auch deutsch.

Deutsch.

Ich werde ein Deutscher sein.

Er kennt alle meine Taktiken, alle Taktiken, die ich gelehrt habe und die von Danilow in allen Einzelheiten beschrieben worden sind. Diesmal werde ich eine benutzen, die in der *Verteidigung unseres Landes* nicht erwähnt wurde.

Ich werde die Taktik benutzen, die die Deutschen mir beigebracht haben.

Saitsew setzte seinen Helm wieder auf und schlug die Kapuze nach vorne. Mit steifen Fingern knöpfte er seinen Mantel zu und schlüpfte in die Fausthandschuhe. Dann warf er einen Blick zum Firmament empor, das von den Sternen und dem Artilleriefeuer erhellt wurde.

»Danke«, sagte er zu den Geistern der Nacht und des Krieges.

Rasch kehrte er zu der Stelle zurück, wo Kulikow auf ihn wartete. »Nikolai, ich habe einen Auftrag für dich. Dabei ist besonders deine Fähigkeit gefragt, dich leise zu bewegen.«

Kulikow antwortete mit einem interessierten Blick, wie ein Hund, der begierig darauf ist, auf eine Spur angesetzt zu werden.

»Geh zum östlichen Hang des Mamajew Kurgan«, sagte Saitsew, froh darüber, nach langem Warten endlich wieder etwas tun zu können, »und bring mir eine Granatkartusche.«

16.

Thorwald trommelte mit den Fingern auf den Boden. Sechs Morgen hintereinander, sechs Tage in diesem verdammten Loch, dachte er. Und was hat es mir eingebracht, stundenlang über diesen kleinen Park hinwegzustarren? Nichts als einen Hasen, der nicht aus seinem Bau kommen will.

Zeig dich, Hase. Auf uns wartet ein Wettkampf. Du bestimmst die Ziele, Schießscheiben, Tontauben, was immer du willst. Wer besser schießt, der gewinnt. Der Verlierer schießt sich anschließend selbst eine Kugel in den Kopf, dann sind wir miteinander fertig. Lass es uns endlich hinter uns bringen, Hase. Schluss mit dem Herumkriechen in der Kälte, diesem gegenseitigen Belauern. Schluss mit den belegten Broten und dem Käse. Es ist Zeit für ein dunkles Bier und ein Schnitzel, das auf feinem Porzellan und gestärktem Leinen serviert wird. Ich habe genug von diesem Fraß aus einer Papiertüte, den man auf einem schmutzigen Boden hinunterschlingt.

Sieh dir an, was du bis jetzt erreicht hast, Hase. Du bist von der Stelle, wo du die letzten drei Tage verbracht hast, dreißig Meter weiter nach rechts gerückt. Du hast oben eine Schießscharte in die Mauer geschlagen. Du musst letzte Nacht gearbeitet haben. Aber schon eine Stunde nach Tagesanbruch habe ich deine List bemerkt. Ein schöner Versuch, kleiner Freund. Fast hättest du mich zum Narren gehalten. Für kurze Zeit glaubte ich, das wäre dein heutiges Spiel, eine Prüfung, die du mir auferlegst. Du wolltest herausfinden, ob ich Aufzeichnungen über das Gelände gemacht habe? Ob ich mir alles gut eingeprägt habe? Ob ich eine kleine Veränderung des Geländes auf deiner Seite des Parks bemerken würde? Ja, natürlich, Hase. Das ist eine elementare Sache. Es gehört zu den ersten Dingen, die ich in Gnössen lehre. Du hast vergessen, ich bilde Leute deines Schlages aus. Aber dann ist mir eingefallen, dass mir noch nie Leute von deiner Art untergekommen sind. Du gehst nicht lehrbuchmäßig vor; darauf gründet dein Ruhm. Deshalb bin ich von Berlin hierher bestellt worden, um dich zu töten. Also habe ich begonnen, etwas über deine kleine Schießscharte hinauszublicken. Konnte es sich um ein Täuschungsmanöver handeln? Um etwas, das meine Aufmerksamkeit von einem anderen Trick ablenken soll? Es war nicht mehr weit bis zum Morgen, warum die Zeit also nicht zum Nachdenken verwenden? So habe ich gesucht. Ich habe meine Augen angestrengt und brennen lassen wie billige Batterien und habe jeden Zentimeter deiner Mauer abgesucht. Und dann, vor fünf Minuten, da habe ich es entdeckt. Es war kein Blitz, eher ein matter Schimmer, aber heller als die Mauer. Ein gelblicher Ton, messing- oder goldfarben wie ein alter Ehering. Zwanzig Meter rechts von der Scharte hast du einen schönen kleinen Tunnel am Fuß der Mauer gegraben. Ist das, was du dort hineingeschoben hast, eine Granatkartusche? Wie listig von dir, Hase. Du hast nicht damit gerechnet, dass ich es bemerke, nicht wahr? Zwei Positionen: die eine offensichtlich, um meine Aufmerksamkeit auf sich zu ziehen, die andere verborgen, um mich zu töten. Ausgezeichnet. Du hättest meine Prüfung in Gnössen bestanden, Hase. Aber nur mit der Note zwei. Wäre ich dein Lehrer gewesen, hätte ich dich dazu gebracht, eine Hand voll Steine in deine Röhre zu legen, damit sie weniger auffällig glänzt. Nun, wir alle machen Fehler, Hase, nimm's nicht tragisch. Nur eine kleine Unachtsamkeit, die man einem sibirischen Unteroffizier durchaus verzeihen kann. Schließlich kann man nicht an alles denken, oder?

Wie spät ist es? Verdammt. Ich liege jetzt schon seit fünf Stunden hier und beobachte. Es ist später Vormittag. Die Sonne steigt immer höher, vorbei an deiner Schulter. Das bringt dir einen Vorteil, und du hast bis jetzt nichts unternommen. Du wartest darauf, dass ich einen Fehler mache. Aber das wird nicht passieren, Hase. Ich habe dich gefangen. Mach nur eine Bewegung, und ich lasse die Falle zuschnappen. Wirst du etwas unternehmen, oder besteht deine Strategie darin, mich durch Langeweile zu töten? Weshalb das? Du giltst als Held. Bist du vielleicht doch kein Meisterschütze, sondern nur ein tapferer kleiner Soldat vom Ural? Vielleicht hast du auch zu viel Angst, um irgendetwas zu unternehmen. Oder, was noch schlimmer wäre, vielleicht bist du nur eine Erfindung. Vielleicht gibt es dich gar nicht. O nein, das kann nicht sein! Saitsew, ein Mythos? Eine Finte der russischen Militärzeitungen, ein Propagandatrick, um die Zweifelnden wieder aufzurichten? Nein, unmöglich. Doch, es ist *auch* eine Möglichkeit. Denk nach, Heinz, welche Beweise hast du dafür, dass es Saitsew tatsächlich gibt? Keine. Die Russen dagegen haben eine Menge von mir zu sehen bekommen. Ich habe Schüsse abgefeuert, von denen sie noch monatelang reden werden. Aber vom Hasen habe ich in der ersten Runde noch nichts gesehen. Eine Kugel, ein Mann? Könnte es sich um eine Lüge handeln, irgendeinen Firlefanz, um die Tatsache zu verschleiern, dass er nie schießt, weil er gar nicht existiert? Oh, verdammt, ist das ein Scherz?

Das ist es. Nach dem nächsten Russen, den ich erschossen habe, sage ich Nikki und den Generälen, dass ich den Hasen erledigt habe, und fliege zurück nach Berlin. Es wird einige Tage dauern, bis die russischen Zeitungen erscheinen und behaupten, ich hätte ihn verfehlt. Aber dann bin ich schon weg, und die Generäle können mich nicht mehr zurückholen.

Nikki. Ich werde ihn mitnehmen. Das Wort eines Ehrenmannes ist bindend. Er wird denen in Berlin erzählen können, wie oft ich in dieses elende dunkle Loch gekrochen bin. Ich werde Nikki in meiner Nähe behalten, weiter meine Macht über ihn ausüben; so kann er keine Lügen über mich verbreiten. Wenn ich sage, ich habe den Hasen durch einen Schuss zwischen die Augen erledigt, wird er das ebenso bereitwillig glauben wie ich. Ich werde dafür sorgen, dass Nikki zum Unteroffizier befördert wird, weil die Uniformen der Unteroffiziere besser aussehen und ich in der Oper keinen Hauptgefreiten neben mir stehen haben möchte. Ich werde ihn zu meinem Chauffeur machen, ja, das ist besser, als ihn zum Scharfschützen auszubilden, denn er scheint Gewehre nicht besonders zu mögen. Ich werde ihn von meinen Schülern in Gnössen fern halten. Es ist nicht notwendig, dass sie mehrere Versionen über meine Zeit in Stalingrad zu hören bekommen. Schließlich bin ich ein Lehrer. Sie müssen zu mir aufschauen.

Und wenn Nikki Recht hat? Was, wenn sich die Russen tatsächlich irgendwo auf einen gewaltigen Gegenangriff vorbereiten? Was, wenn ich, während ich es hier in meinem Loch am Rande dieses gigantischen Schuttplatzes, der einmal ein Park war, gar nicht mit Saitsew zu tun habe, sondern nur mit einigen jungen, angehenden Scharfschützen? Vielleicht ist der wirkliche Saitsew ganz woanders und macht sich daran, an einem größeren, wichtigeren Unternehmen teilzunehmen. Warum sollten sie ihn von dieser

Aufgabe freistellen und ihm den Auftrag geben, mich zu finden? Bin ich so wichtig, dass ich die ganze Aufmerksamkeit des großen Hasen auf mich ziehe? Es war einfach, mich auf ihn anzusetzen. Ich war mit nichts Wichtigem beschäftigt, bin nur in Gnössen meinem üblichen Dienst nachgegangen, habe am Vormittag meinen Jungen beigebracht, andere Jungen zu erschießen, und meine freien Nachmittage am Schießstand verbracht. Her mit der nächsten Tontaube! Ah, Heinz, es ist durchaus möglich, dass Saitsew nur eine Vorspiegelung ist, eine Täuschung, genau wie diese Schießscharte, die in die Mauer geschlagen wurde. Aber jetzt spielt es eigentlich keine Rolle mehr, ob auf der anderen Seite des Parks wirklich Saitsew sitzt oder irgendein anderer Iwan. Das ist genauso ein roter Hundesohn, und den nächsten, den ich zu Gesicht bekomme, töte ich. Vielleicht erledige ich an diesem Vormittag zwei, einen in der Scharte und den anderen im Tunnel.

Sieh da, in der Scharte tut sich etwas. Gerade, als meine Aufmerksamkeit nachzulassen drohte. Da taucht ein Helm auf. Ist darunter ein Kopf, oder ist es lediglich ein Helm auf einem Stock? Er bewegt sich wie ein Mensch, gelenkig. Ich glaube, es steckt ein Kopf unter diesem Helm, ein lebendiger Kopf. Im Augenblick jedenfalls ist er noch lebendig. Ich werde eine Kugel durch ihn hindurchjagen. Ich werde diesen Kopf in einen Skelett-Schlüssel verwandeln, der mir helfen wird, den Sarg aufzuschließen, in dem ich liege. Das ist mein Wunsch, und er wird in Erfüllung gehen.

Und was ist mit dem raffinierten kleinen Tunnel? Wartet dort ein weiterer Kopf auf mich? Richte das Gewehr nach unten, lass das kleine schwarze Kreuz über die Steine kriechen. Da ist er. Der Tunnel. Auffällig, frech. Leuchtend. Sieh ihn dir genauer an. Nein, da ist keiner. Aber ich weiß, irgendwo ist jemand und wartet, ohne gesehen zu werden. Jetzt, Heinz, wende dich wieder dem Helm in der Schießscharte zu. Wie lange ist er schon da? Spielt das eine Rolle? Er ist jetzt da, und ich bin da. Ich bin aber auch dort, bei ihm, meine Augen berühren seinen Helm wie seine eigene Haut. Bleib noch ein paar Sekunden an dieser Stelle, schlauer kleiner Russe. Ich konzentriere mich hier, bereite mich vor auf den Schuss. Als Erstes schieße ich auf den Kopf in der Öffnung, das obere Ziel, die hohe Taube. Dann repetiere ich und halte nach unten auf die Granatkartusche, die tiefe Taube. Ich schieße zweimal, klare Sache. Ob der Hase der Erste ist oder der andere, ist unwichtig. Jeder der beiden Köpfe wird zerplatzen wie eine fallen gelassene Melone. Nimm dir zuerst den Kopf in der Scharte vor. Er ist mutig, dieser Mann, er hat die Sonne im Rücken, bewegt seinen Helm in mein Gesichtsfeld hinein und wieder hinaus, rückt in mein Fadenkreuz und wieder davon weg. Er kann mich nicht sehen. Keine Spiegelung dringt aus meinem Loch. Ich trage Dunkelheit, so wie in Berlin meine neue schwarze Uniform. Wohin schaut er? Er scheint zu ... Da, das ist ein Gewehrlauf, der unten in der Scharte aufliegt. Der Mann sieht zu einer Stelle links von mir. Offenbar glaubt er, ich wäre dort. Ein Schuss! Er hat gerade auf den Bunker gefeuert. Idiot. Hält er mich für so dumm, dass ich dort Unterschlupf gesucht haben könnte? Glauben sie vielleicht, es gibt gar keinen Thorwald? So wie es keinen Hasen gibt? Hör dir den Knall dieses Gewehrschusses an, der auf einen leeren Bunker abgegeben wurde. Welche Verschwendung! All das ist eine Verschwendung. So, jetzt stirb, Russe, am Fuße deiner Schießscharte. Rück noch einmal in mein Fadenkreuz und bleib da. Lass mich diese feinen Linien über deinen Helm zeichnen, wie ein Kreuz auf deinem Grab. Aber dann, Heinz, beeile dich! Richte das Gewehr sofort von der Schießscharte nach unten zu dem Tunnel. Beginne oben. Drück ab! Dann der Verschluss! Zurück, nach vorn und einrasten. Jetzt schwenk nach unten, nach rechts, da! Perfekt! Treffer!

Warte. Was ist das? Ja, ja, ja. Jetzt ist jemand in dem Tunnel da unten. Ein Kreis aus Glas auf einem schwarzen Punkt. Das ist ein Zielfernrohr und ein Gewehr, die in meine Richtung zielen, in meine Dunkelheit. Aha. Sie haben also endlich mein Versteck ausfindig gemacht. Und sie bereiten sich vor. Dieser Schuss auf den Bunker war eindeutig ein Ablenkungsmanöver, um mich zu verwirren. Nun, mein

Freund in dem Tunnel, bleib schön dort. Entfern dich nicht von dem Platz hinter deinem Zielfernrohr. In wenigen Augenblicken mache ich mit all diesen Verwirrungen Schluss.

Dieses Zielfernrohr im Tunnel beobachtet mich und wartet darauf, dass ich als Erster schieße. Das ist der Hase, der durch die Granatkartusche sieht, ich bin mir sicher. Freut mich, dich doch noch kennen zu lernen, russischer Meisterschütze. Gerade noch rechtzeitig, um sich zu verabschieden. Wehmütig oder heldenhaft, das hängt davon ab, wie die Geschichte später erzählt werden wird.

Vielleicht hoffst du, mein Mündungsfeuer zu entdecken, wenn ich den Kopf in der Scharte abschieße, Hase. Vielleicht. Wahrscheinlich beruht dein Plan darauf. Aber wirst du auch *mich* sehen, hier in der Dunkelheit? Nein. Du wirst einen blinden Schuss abgeben müssen, einen perfekten Schuss, bei dem du dich nur nach einem kurzen blauen Aufblitzen ausrichten kannst, das im Bruchteil eines Augenblicks wieder verschwunden sein wird. Ich bezweifle, ob du so geschickt bist. Du bist eher ein Jäger, der sich anpirscht, ein intuitiver, durch Gefühle geleiteter, dummer Naturmensch, kein ausgebildeter und erfahrener Scharfschütze.

Das ist das Finale unseres Duells, Hase. Ich will dir etwas sagen: Ich werde es wie einen Wettkampf gestalten. Ich werde sogar ein Handikap auf mich nehmen. So lauten die Spielregeln: Wenn du aufgrund außerordentlich glücklicher Umstände genau meine Position im Blick haben solltest, während ich mit meinem ersten Schuss deinen Kameraden töte, werde ich mich dir durch mein Mündungsfeuer zu erkennen geben. Dann bleiben dir ungefähr drei Sekunden, um in der Dunkelheit meinen Kopf zu suchen, bevor ich nach unten schwenke und deinen Kopf ins Visier nehme, der im Licht liegt. Die schnellsten Hände, das klarste Auge und der beste Schuss werden gewinnen. Alles gewinnen.

Fertig, Saitsew? Ich, Heinz von Krupp Thorwald, der deutsche Meisterschütze, werde dir nun zeigen, was der Ausspruch »eine Kugel, ein Mann« wirklich bedeutet. Erst die hohe Taube, die Schießscharte oben. Dann die tiefe Taube, der Tunnel unten.

Es ist ein Wettkampf, den du nicht gewinnen kannst, Hase.

So, meine kleinen Helme vor mir. Es ist an der Zeit, dass Nikki und ich unsere Heimflüge organisieren. Kuchen und Kaffee.

Zuerst das obere Ziel. Der Helm in der Schießscharte.

Verlangsame deinen Puls.

Das Fadenkreuz. Ruhig. Schwarz. Scharf.

Es hat etwas Schönes an sich.

Das Ziel wartet. Es lockt die Kugel.

Stirb jetzt, erster Helm. Das obere Ziel.

Die hohe Taube.

Der Schuss. Ich habe den Abzug gedrückt.

Eine wirkliche Kugel.

Er steht. Da ist er.

Ein Mann. Seine Arme sind ausgebreitet. Er fällt.

Warum ist er hochgesprungen? Seltsam. Er hätte sofort zu Boden gehen sollen, zusammenbrechen müssen. Ich weiß, ich habe ihn getroffen.

Heinz! Vergiss ihn! Das zweite Ziel. Der Tunnel.

Such ihn. Schwenk das Gewehr!

Zieh den Verschluss zurück. Glatt. Schnell. Schieb ihn wieder vor.

Schwenk, schwenk nach unten, nach rechts.

Jetzt such den Hasen. Such den glänzenden Tunnel.

Wo ist er? Finde ihn! Schnell!

Zu viel Bewegung. Verdammt!

Wo ist er?

Wie viel Zeit ist schon vergangen? Zu viel!

Sekunden. Nur Sekunden, Heinz.

Bleib ruhig. Er kann dich nicht sehen. Finde ihn.

Halt! Da ist die Granatkartusche.

Da ist sein Zielfernrohr, dahinter sein weiches Auge.

Das niedrige Ziel. Verlangsame deinen Puls.

Das Fadenkreuz. Die Schönheit.

Die tiefe Taube.

Ich bin am Ende angelangt.

17.

Saitsew lag mit dem Bauch nach unten auf dem Boden und hatte die Beine gespreizt, um das Gleichgewicht zu wahren.

Vorsichtig schob er nur den ersten Zentimeter des Laufes der Moisin-Nagant in die Messingkartusche, die er in der Nacht zuvor am Fuß der Mauer eingebaut hatte. Dies war der Trick des heutigen Tages, eine deutsche Finte von den Hängen des Mamajew Kurgan. Saitsew hoffte, dass Thorwald am vierten Tag ihres Duells nicht mehr aufmerksam genug war, um diese kleine Öffnung zu entdecken. Er hatte mehrere Stunden aufgewendet, um die Steine für den Schacht wegzuschlagen, in den er die Mörserkartusche einführte. Kulikow hatte ihn auf eine weitere Idee gebracht, während sie schweigend die kalte Nacht hindurch arbeiteten. Seine Aufgabe bestand darin, zwanzig Meter links von Saitsew mit seinem Spaten einen V-förmigen Einschnitt in die Mauer zu scharren. Keiner der beiden Männer verlor auch nur ein Wort, bis sie ihre Arbeit vollendet hatten.

Die Idee war einfach. Lock den Direktor durch eine Finte zum Schuss heraus. Der Schlitz in der Mauer war so berechnet, dass Thorwald ihn entdecken musste, sobald das Licht des Morgens über dem Park lag. Er sollte Thorwalds Aufmerksamkeit fesseln, sodass er nicht versehentlich auf die Mörserkartusche weiter rechts am Fuß der Mauer stieß. In diesem kleinen Tunnel, der direkt auf seinen Unterschlupf zeigte, lag der wahre Stachel der heutigen Taktik, das Gewehr des Hasen.

Wenn er geradlinig in die Dunkelheit unterhalb der Metallplatte starrte, hoffte Saitsew, das Mündungsfeuer Thorwalds zu entdecken, sobald dieser auf Kulikow schoss. Sollte ihm das gelingen, würde er einen Blindschuss auf den aufblitzenden Punkt wagen. Falls er sein Ziel verfehlte, würde er Thorwald aus seinem Versteck schrecken, und das Duell würde unweigerlich an einem anderen Ort innerhalb der Stadt von neuem beginnen. So unangenehm dieser Ausgang auch wäre, er musste es dennoch versuchen. Eine Kugel, ein Mann? Das klang gut. Thorwald war jedoch nicht irgendein Mann. Er war ein Mann mit dem Instinkt eines Mörders. Es war besser, die erste und vielleicht einzige Gelegenheit zu ergreifen, sobald sie sich bot, selbst wenn der Schuss bei weitem nicht sicher war. Die Jagd auf Thorwald hatte bereits mehrere Tage und mehrere Leben gekostet; möglicherweise würde sie auch mehrere Kugeln erfordern.

Die Sonne stand nun hoch am Himmel und begünstigte für etwa eine Stunde Saitsews Position. Es war Zeit, einen Zug zu machen, dachte er. Thorwald wird von uns etwas erwarten, solange die Sonne nicht im Osten steht. Saitsew lehnte die Wange gegen den kühlen Holzschaft und legte das Auge an das Zielfernrohr, immer sorgsam darauf bedacht, so wenig Bewegung wie möglich zu verursachen. Dann schwenkte er das Fadenkreuz auf die Metallplatte, die auf einem Ziegelstapel ruhte, und hob die Wange einen Millimeter an, bis sich der Mittelpunkt des Fadenkreuzes in die schwarze Tiefe zwischen den Ziegeln senkte, den Fuchsbau des Direktors.

»Jetzt«, rief er Kulikow zu.

Saitsew wusste, was sein Partner tun würde. Eine Minute zuvor hatte sich Kulikow einen Ziegelstein auf den Kopf gelegt und seinen Helm mit dem Sturmriemen unter dem Kinn fest gebunden. Der Ziegelstein hob den Helm zehn Zentimeter über seinen Scheitel. Beide Männer hofften, dass diese Entfernung genügend Sicherheit für Kulikows Skalp bieten würde. Sie waren der Ansicht, dass sich der Direktor nicht durch einen auf einem Stock schwankenden Helm aufscheuchen lassen würde. Der Helm musste sich natürlich bewegen. Er musste auf dem Kopf eines Mannes sitzen. Kulikow stimmte dem Plan kommentarlos zu. Ein tapferer Kamerad, dachte Saitsew, und ein Mann, der auf seine Fähigkeit vertraute, präzise Bewegungen zu vollführen.

Mit dem auf diese Weise auf dem Kopf fest gebundenen Helm sollte sich Kulikow nun immer wieder in der Kerbe zeigen, um Thorwalds Aufmerksamkeit durch die Bewegung auf sich zu lenken. Dann …

Kulikow feuerte einen Schuss ab. So lautete der nächste Schritt des Planes. Die Kugel war auf den leeren Bunker zu ihrer Rechten gerichtet. Dieses willkürlich gewählte Ziel sollte Thorwald die Botschaft vermitteln, dass die russischen Scharfschützen nicht wussten, wo sich sein Unterschlupf befand. Saitsew heftete seine Gedanken an den an ihm vorüberrasenden Knall des Schusses, als wären sie eine Nachricht am Bein einer Brieftaube, die Thorwald in seinem Schlupfloch lesen würde: *Wir wissen nicht, wo Sie stecken, Standartenführer. Sie sind in Sicherheit. Kommen Sie heraus.*

Das Fadenkreuz lag in Saitsews Hand wie zwei Schwerter, die er zu schwingen bereit war. Er schmiegte sich enger an das Zielfernrohr, während sein Finger den Abzug liebkoste. Komm heraus, Thorwald, du Schlange. Rühr dich.

Mehrere Sekunden vergingen. Das Fadenkreuz sprang einmal hoch. Sein Puls war bis in seine Hände vorgedrungen. Entspann dich, dachte er. Geh nicht zu ihm, lass ihn zu dir kommen. Er soll sich die Kugel verdienen.

Nichts geschah. Thorwald war an diesem Morgen nicht zu Hause. Er war bereits abgezogen. War es möglich, dass er aufgebrochen war, ohne das Duell zu beenden? Nein, niemals. Er hatte den Hasen noch nicht im Sack. Oder etwa doch? Danilow. Glaubt er, dass er mich getroffen hat, als seine Kugel Danilow niederstreckte?

Nein, nicht Thorwald. Er weiß, dass ich hier bin. Sei nicht so ungeduldig. Er ist noch da. Er steckt unter der Metallplatte, in der Tiefe der Dunkelheit, wo ich bereits das Kreuz über ihm errichtet habe. Wir sind aneinander gefesselt, er und ich. Er kann nicht einfach aufbrechen. Unsere Augen und Hände sind in diesem Moment über den Park hinweg miteinander verwoben, und der Tod ist das Einzige, das sie voneinander lösen kann. Er steckt dort unten. Ich kann ihn fühlen.

Saitsew erinnerte sich an Baugderis' rosafarbenes, explodiertes Gesicht und an das schwarze, verkrustete Blut auf Morosows Kopf. Der Direktor hatte beide Scharfschützen durch ihre Zielfernrohre erschossen. Durch die Zielfernrohre, überlegte er, während ihn Unruhe erfasste. Starrt er in diesem Augenblick zu mir herüber? Bohrt sich sein Fadenkreuz bereits in diese Mörserkartusche und durchdringt mein Zielfernrohr? Hat er mich entdeckt, hat mich die Sonne trotz der sorgfältigen Tarnung verraten? Die Sekunden, die nun verrinnen – nutzt er sie, um zu warten, bis sich sein eigener Puls beruhigt? Legt er gerade den Finger an den Abzug, während er auf mein rechtes Auge zielt? Thorwald ist dazu imstande. Ich habe das Ergebnis selbst gesehen. Baugderis, Morosow. Ich weiß, dass er so schnell schießen kann wie zwei Männer zugleich. Danilow. Kulikow. Schaikin. Die Attrappe Pjotr. Habe ich mich geirrt? Kennt Thorwald den Trick mit der Mörserkartusche? Hat er ihn seinen Mörderjungs in der Berliner Schule beigebracht?

Saitsew zuckte zusammen, während er durch das Fadenkreuz in die Ferne starrte. Nichts, dachte er zähneknirschend, nichts als eintönige Finsternis.

In Ordnung, Thorwald. Verdammt. Tu etwas! Komm heraus! Lass es uns zum Abschluss bringen! Zeig dich, wenn du mich siehst! Komm schon!

Ein schwacher blauer Lichtpunkt blitzte so schnell vor Saitsews Auge auf, dass er ihn kaum erfassen konnte. Doch er hatte ihn gesehen. Dort, in der Tiefe der Höhle Thorwalds.

In Saitsews Nähe knirschten Kulikows Füße auf der Erde. Das Gewehr des kleinen Scharfschützen fiel klappernd zu Boden.

»Aaaah!« Kulikow stieß einen Schmerzensschrei aus. Seine Arme wurden zur Seite geschleudert, ehe er von der Wand zurückprallte und mit dem Rücken auf dem Boden aufschlug. Der Aufprall raubte ihm den Atem.

Nikolai! Der Direktor hat ihn erschossen! Er hat den Ziegel verfehlt und Nikolai getroffen!

Saitsews Hände wollten sich vom Gewehr lösen. Seine Wange entfernte sich einen Millimeter vom Zielfernrohr. Nikolai! Ich muss mich um ihn kümmern! Er ist getroffen! Der Hundesohn hat ihn erschossen!

Nein, befahl ihm eine Stimme. Nein! Bleib an deinem Platz!

Saitsews Muskeln spannten sich um das Gewehr. Nikolais Seele konnte er nun nicht mehr helfen. Thorwald. Konzentrier dich, Wassili!

Der Blitz. Das war er.

Eine Sekunde verstrich. Angst kroch an seiner Wirbelsäule empor wie ein geduckter, mächtiger Wolf. Ist bereits eine zweite Kugel unterwegs, eine für mich? Eine weitere Sekunde tickte in seiner Stirn. Ich muss schießen. Aber ich kann nicht. Ich sehe ihn nicht. Alles, was ich habe, ist die Erinnerung meines Auges an den Mündungsblitz. Was, wenn ich nicht treffe? Dann wird Thorwald das Feuer erwidern.

Eine dritte Sekunde. Saitsew hielt den Atem an; sein Herz und seine Lungen schienen sich außerhalb seines Körpers zu befinden, wie große Scheunen, die mit gefrorener Luft und strömendem Blut gefüllt waren. Er blinzelte einmal.

Die Angst sprang auf seine Schultern, klammerte sich fest und bellte ihm in Kopf und Augen. Sie verbiss sich in seinen Nacken, während eine weitere Sekunde verging.

Vorwärts, Wascha, nimm den Speer, rief eine Stimme aus der Taiga in seinen Erinnerungen. Die Angst ist mächtig. Töte sie und ergreife ihre Macht! Nimm den Speer! Mach schon! Du bist einer von uns, Wascha, ein Jäger!

Ja, er war ein Jäger.

In diesem Augenblick stieß er zu, so fest er konnte.

Vor seinem Fadenkreuz war nichts als Finsternis. Ein Blindschuss in die tödliche Dunkelheit von Thorwalds Höhle. Die vierte Sekunde. Die Letzte.

Saitsew belegte die Kugel mit einem Fluch. Thorwald glaubt, dass seine Zeit in der Dunkelheit zu Ende ist. Er irrt.

Für ihn beginnt die Dunkelheit erst.

Jetzt.

Der Kolben schlug gegen seine Schulter, während der Knall gegen sein Ohr krachte. Die Höhle hinter dem Fadenkreuz blieb verschlossen.

»Hast du ihn erwischt?« Das war Kulikows Stimme!

Saitsew ließ das Gewehr fallen und stieß sich von der Mörserkartusche ab.

Kulikow saß, den Oberkörper auf die Ellbogen gestützt, auf dem Boden und grinste ihm entgegen. Sein Helm war an der Vorderseite eingebeult, und sein Gesicht und seine Ohrmuscheln waren mit Ziegelstaub bedeckt.

Saitsew war wie betäubt. Die Angst zog sich in die Schatten des Waldes in seinem Inneren zurück, während Kulikow aus diesen Schatten heraustrat. All dies geschah im selben Augenblick.

Sobald die Luft wieder in seine Lungen zurückkehrte, atmete Saitsew aus. Dann griff er nach einem kleinen Stein und schleuderte ihn mit aller Kraft gegen die Brust seines Freundes, sodass er abprallte. »Du Hund! Du bist nicht tot!«

Kulikow gab vor, seinen eigenen Puls zu fühlen, und schüttelte den Kopf. Als Saitsew einen weiteren Kieselstein nach ihm warf, hob er die Arme schützend vor das Gesicht.

»Warum hast du nicht gesagt, dass du so springen wirst?« fragte Saitsew. »Du hast mich zu Tode erschreckt.«

Nikolai legte den Kopf zur Seite. Mehr rostfarbener Staub rieselte auf seine Schulter. Dann nahm er den Helm ab und ließ die Bruchstücke des Ziegelsteins in seinen Schoß fallen.

»Ich dachte, es würde dir ein oder zwei Sekunden zusätzliche Zeit einbringen, wenn ich eine solche Show abziehe«, sagte er. »Vielleicht hält der Direktor inne und bewundert sein Werk. Ich weiß nicht. Aus irgendeinem Grund schien es mir das Beste, was ich in diesem Augenblick tun konnte.«

»Das Beste«, knurrte Saitsew, als wäre er verärgert. Möglicherweise hatte Nikolai Recht. Thorwald hatte seinen zweiten Schuss nicht innerhalb von drei Sekunden, nicht einmal innerhalb von vier Sekunden abgegeben.

»Was ist nun?« fragte Kulikow. »Hast du ihn erwischt?«

»Ich weiß nicht«, erklärte Saitsew achselzuckend.

Kulikow fegte sich den Staub von den Schultern.

Der Hase lachte. Er strahlte vor Glück beim Anblick des unversehrten Nikolai.

»Hier, für dich.« Kulikow warf Saitsew einen abgeplatteten grauen Metallklumpen zu, den er aus den Bruchstücken in seinem Schoß gefischt hatte. »Diese Kugel war für dich bestimmt. Ich glaube, sie kam aus meinem Gewehr.«

Saitsew befühlte den Bleiklumpen. Er spürte die Hände

Thorwalds auf ihm, ebenso wie er seine Anwesenheit in diesem Loch unter der Metallplatte spürte. Sein Blick schweifte zum Himmel, während er zu begreifen versuchte, was geschehen war und wen er soeben vor sich gehabt hatte. Thorwald. Einen sagenhaften, Furcht erregenden Mann mit einem Gewehr. Thorwald besaß einen starken Geist. Ebenso wie ich. Auf unsere Geister haben wir Jagd gemacht. Durch sie haben wir einander gerufen und uns in diesem riesigen Gräberfeld von Stalingrad gehört. Thorwalds Geist ist wie Teer; wenn du ihn berührst, klebt er an deinen Händen. Die Kugel in Saitsews Handfläche hätte genauso gut in seinem Kopf landen können. Sie fühlte sich schwarz an wie Pech und nahezu so klebrig wie der Tod, den sie mit sich hätte bringen können. Er warf sie fort.

Dann betrachtete er die Delle in Kulikows Helm, das schwarze Loch direkt in der Mitte seiner Stirn. Thorwalds Schuss war makellos gewesen.

Saitsew nahm ein Stück Schwarzbrot aus seinem Rucksack. »Wir warten, bis es Nacht ist, Nikolai«, erklärte er, während er die dunkle Rinde an seine Lippen führte. »Vielleicht bekommen wir dann unsere Chance, Thorwald an den Füßen aus seinem Loch zu zerren.«

»Und wenn er nicht dort ist?« fragte Nikolai, während er nach dem Brot griff.

Der Hase lehnte sich zurück. »Dann weiß ich auch nicht weiter.«

18.

Der Knall eines Schusses verjagte Nikkis Schläfrigkeit.

O Gott! Sie schießen auf mich! Im Aufwachen spannte er die Muskeln, um sich auf den Bauch zu rollen und zu fliehen. Das Blut pochte an seinen Schläfen. Plötzlich begriff er, dass er nur ein Echo gehört hatte, das von den hoch aufragenden Wänden der Ruinen zurückgeworfen worden war.

Der Schuss war nicht aus dem nur zehn Meter von ihm

entfernten Versteck des Standartenführers abgegeben worden. Was er gehört hatte, war kein gedämpfter Knall gewesen. Vielmehr hatte er die Klarheit im Winde flatternder Fahnen gehabt. Der Schuss war von der anderen Seite des Parks gekommen.

Saitsew. Er hatte geschossen.

Nikki presste die Brust gegen die Mauer. Wenn Saitsew den Abzug gedrückt hatte, konnte dies nur eines bedeuten. Der Standartenführer hatte ihn mit dem einen oder anderen Trick aufgescheucht. Thorwald wird den Schuss jeden Augenblick erwidern. Gleich kommt er. Auf, wir fahren nach Hause.

Die Sekunden verstrichen, gewiss waren es schon mehr als zehn. Die Stille drückte auf Nikkis Magen. Schieß, Standartenführer. Töte ihn. Worauf warten Sie?, wollte Nikki um die Ecke der eingestürzten Mauer rufen. Schieß! Pack ihn!

Nikki legte seine Handflächen an die Steine und grub die Nägel in den Mörtel, als wollte er aus seiner knienden Stellung an der Wand hochklettern. Schieß, Standartenführer! Bitte!

Da ertönte aus Thorwalds Loch ein Antwortschuss. Der Knall löste Nikkis Griff von der Mauer. Er zog die Finger aus den Spalten zwischen den Steinen und sank auf die Knie zurück. Die Hände über das Gesicht geschlagen, senkte er den Kopf wie zum Gebet. »Ja«, flüsterte er.

Vier Sekunden später hallte ein Echo von den Ruinen an der gegenüberliegenden Seite des Parks zu ihm herüber.

Nikkis Kopf schoss hoch.

Wie war das möglich? Zwei Schüsse von der anderen Seite des Parks? Aber der Hase war tot. Der Standartenführer hatte ihn zum ersten Schuss herausgelockt, ihn dann bestraft und getötet. Wer schießt hier? Hatte Thorwald ihn verfehlt? Nein. Wenn Thorwald schoss, dann traf er auch. Er verfehlte sein Ziel nie. Das musste der Helfer des Hasen sein. Ja. Gewiss schoss er blind vor Wut zurück, während der Hase tot neben ihm am Boden lag, die Wange mit Gehirn bespritzt.

Nikki drängte es, in Thorwalds Zelle hineinzurufen: Sie haben ihn, Standartenführer! Fliegen wir morgen nach Hause! Wie viele Brote sind noch übrig? Wir können sie jetzt alle essen.

Er lehnte sich mit dem Rücken zur Wand, zog die Knie an, um sich zu wärmen und starrte zu den stummen, zerstörten Gebäuden auf der anderen Seite des Boulevards hinüber. Sonnenstrahlen fielen glitzernd auf die leeren Fassaden. Eigentlich traurig, diese riesigen Hüllen, dachte er. Überreste von Leben, die nicht niederstürzen können und noch im Tod aufrecht stehen. Ich wünschte, ich wüsste, was sie wissen. Wie es ist, tot zu sein und auf den Füßen zu stehen. Vielleicht fällt das Sterben dadurch leichter? Seid ihr noch lebendig genug, um mir zu erzählen, was ihr gehört und gesehen habt? Hat Thorwald den Hasen erledigt? Ich bin nur ein kleiner Mann hinter dieser Mauer und weiß nicht, was geschehen ist.

Die geschwärzten Fenster der Häuser hielten Wache wie Bussarde, die in einer Reihe saßen; sie gaben Nikki nicht den geringsten Hinweis darauf, wer überlebt hatte, der Hase oder der Direktor.

Nikki überließ sich wieder der Schläfrigkeit. Ich kann im Augenblick ohnehin nichts tun, dachte er. Ich kann nicht zu Thorwald hinüberrufen, denn er hasst Unterbrechungen. Er würde den ganzen Tag nicht mehr mit mir sprechen, das ist nun mal seine Art. Vermutlich hält er in seiner Höhle ein Schläfchen; für heute ist die Arbeit sowieso schon getan, und vielleicht auch für längere Zeit.

Die Novembersonne lastete schwer auf der eisigen Luft. Bleib ruhig sitzen, dachte er. Verkriech dich hinter dieser Mauer, sie bietet dir Schutz vor der Brise. Die Steine werden sich während des Tages erwärmen. Nikki zog die Fausthandschuhe aus und griff nach einem Brot.

Zeit, überlegte er. Zeit hat eine Schwere an sich, die besonders fühlbar wird, wenn dir nichts anderes bleibt, als zu warten. Dann drückt sie deine Schultern nieder wie ein Joch.

Eine Stunde lang rasten Gedanken ziellos durch Nikkis Kopf, während die Sonne hinter ihm in den Horizont tauchte und kein Laut die ihn umgebende Stille störte.

Thorwalds Versteck ist wohl der ruhigste, dunkelste Ort auf dieser Welt, dachte Nikki. Was tut er dort drin? Schläft er? Sollte ich ihn wecken? Vielleicht hat der Standartenführer eine neue Falle für den Hasen aufgestellt, einen Trick für die Nacht. Etwas, mit dem er Saitsew überraschen will. Gewiss hat Thorwald einen russischen Plan entziffert, der heute Nacht ausgeführt werden soll, und liegt deshalb hier im Hinterhalt. Darum sind wir noch immer hier. Der Standartenführer hat aber noch nie nach Sonnenuntergang gearbeitet; wir haben den Park immer verlassen, sobald es dunkel wurde. Denn dann sinkt die Temperatur, und ich weiß, wie sehr er die Kälte hasst. Über sie beklagt er sich wie ein altes Weib. Was tut er in seinem Versteck?

Nikki schlug mit den Stiefeln auf den Boden, um seine Füße aufzuwecken, rollte sich dann auf die Knie und kauerte sich zusammen. Seine Hüften schmerzten von der vom Boden aufsteigenden Kälte.

Der Nachmittag war wolkenlos und nahezu angenehm gewesen, da Nikkis Posten direkt in der Sonne lag. Nun verflüchtigte sich allmählich die Wärme aus den Steinen der Mauer und der Erde unter ihm. Sie wurde von der Nacht aufgesogen. Der nächste Morgen würde neblig sein. Auf den Weiden seines Vaters folgte Nebel häufig auf eine sternenklare, kühle Nacht. Werde ich bald nach Hause zurückkehren?, fragte er sich. Wie weit bin ich von zu Hause entfernt? Zweitausend Kilometer? Komm, Nebel, senk dich morgen über Russland. Geh in meiner Nähe nieder, damit ich mich unter deinem Schutz aus Stalingrad fortstehlen kann. Der Nebel wird mir Deckung bieten, niemand wird mich sehen. Selbst im Nebel weiß ich, wo das Bächlein an der Grenze zu unserem Anwesen liegt. Wenn man ihm folgt, erweitert es sich und fließt ostwärts in die Elbe. Der Fluss strömt durch eine tief gelegene Hügellandschaft, die auf und ab wogt, wie junges Grün über frischen Gebeinen. Diesmal werde ich bis zur anderen Seite des Bächleins hinüberspringen. Ich bin jetzt älter. Am Tag vor meinem Aufbruch zur Armee bin ich noch bis zu den Knien in das Bächlein hineingefallen. Auch mit einem Rucksack beladen, könnte ich jetzt leicht hinüberspringen. Der Hund wird es auch versuchen, aber es wird ihm nicht gelingen. Er verfehlt das andere Ufer immer um einen ganzen Meter. Er wird im Wasser landen, hinüberschwimmen und sich schütteln. Dann wird er vorauslaufen, die Kühe aufschrecken und meine Heimkehr ankündigen. Ich werde aus dem Nebel treten. Das Gebell der Hunde wird meine Schritte übertönen, sodass mich mein Vater erst hören wird, wenn ich am Tor stehe. Er wird meine Schwester aus dem Krankenhaus holen lassen, und während wir auf sie warten, werden wir gemeinsam frühstücken. Und wir werden reden, aber nicht über den Krieg, sondern über die Kühe und den Hund.

Das dumpfe Grollen eines fernen Donnerschlags drang an Nikkis Ohren. Nein, das war kein Donner. Das war Metall, eine Metallplatte, die gerüttelt und bewegt wurde.

Thorwald schiebt sein metallenes Dach zur Seite. Was geschieht hier?

Nikki kroch zu der Bresche in der Mauer und beugte sich gerade so weit vor, dass er einen Blick auf das Versteck des Standartenführers werfen konnte. Im Schein des Mondlichts griffen zwei Gespenster, zwei Männer in weißen Tarnanzügen, nach der Platte über Thorwalds Zelle und zogen sie zur Seite. Einer der Männer trug ein Gewehr mit Zielfernrohr, das er auf die Grube im Boden richtete.

Nikki hielt den Atem an. Sobald die Platte entfernt war, schien das Mondlicht auf die zerkratzten Stiefelabsätze des Standartenführers. Sie waren aufeinander gestapelt; er lag auf der Seite. Der Soldat mit dem Gewehr stieg über die Ziegelreihen in das Versteck hinunter und versetzte den Stiefeln einen Tritt, sodass Thorwald auf den Rücken rollte und die schwarzen Spitzen seiner Stiefel in den Nachthimmel emporragten. Der zweite Soldat bückte sich, griff nach einer Hand voll Papieren und hielt sie im gesprenkelten Licht des Mondes dicht vor sein Gesicht, das von einer Kapuze verdeckt wurde. Er ließ einige Seiten fallen, behielt die anderen und nickte dann seinem Begleiter zu. Dieser griff nach Thorwalds Gewehr, einer russischen Moisin-Nagant. Die Papiere und das Gewehr in Händen, bückten sich die beiden Gestalten tief hinunter und rannten in den Park zurück, während sich die Dunkelheit über ihre weißen Tarnanzüge legte.

Nikki sah den beiden Soldaten nach, bis sie verschwanden. Selbst mit einem Gewehr in der Hand hätte er nicht geschossen. Selbstverständlich hätte er zumindest einen der beiden töten können. Vielleicht wäre es sogar der Hase gewesen. Doch das war nun einerlei. Es war vorüber.

Er huschte durch die Bresche in der Mauer, um einen Blick in den Unterschlupf zu werfen. Thorwald lag auf dem Rücken ausgestreckt auf der russischen Erde. Seinen rechten Arm hatte er erhoben, als meldete er sich freiwillig für einen Einsatz, als versuchte er, ein Taxi zu rufen, oder als winkte er aus weiter Ferne zu einem letzten Lebewohl. Das nun von oben sichtbare Loch im Boden, die zerbrochenen Steine und Ziegel entlang der Wände, der Proviantsack, die Thermosflasche und das Gewirr weißer Papiere, all dies verlieh Thorwald das Aussehen eines ausgegrabenen Fossils oder einer gut erhaltenen Leiche inmitten ihrer persönlichen Habe. Der weiße Umhang des Standartenführers war geöffnet und sein Mantel darunter durchwühlt worden. Der linke Arm lag an seiner Seite. Blutflecken benetzten die obere Hälfte seines rechten Arms, auf dem sein zerschmetterter Kopf nach dem Einschlag der Kugel zur Ruhe gekommen war. Ein großer verfärbter Erdklumpen lag neben dem Ellbogen. Der weiße Mond, der mit Nikki in die geöffnete Höhle hinabblickte, bewirkte eine makabre Alchimie: Er entzog dem getrockneten Blut die Farbe und verwandelte Rot in Schwarz.

Während Nikki auf Thorwald hinuntersah, hatte er zum ersten Mal das Gefühl, hoch über ihm zu stehen. Sich ungeschützt im Park aufzuhalten, erschien ihm nun nicht länger gefährlich. Der Hase war gegangen. Der Standartenführer war tot. All die Vermutungen, das Ratespiel, das Misstrauen, die intensive Beobachtung und die Finten und Kniffe des Duells der Scharfschützen waren vorüber. Der Park gehörte wieder zu Stalingrad. Er war nun nicht länger ein seltsamer Ort, der von umherspähenden, tödlichen Fadenkreuzen erfüllt war, sondern bloß noch eine müde, trostlose, fast vertraute Landschaft.

Nikki blickte zu dem unerreichbaren weißen Mond empor, demselben Mond, der über seinem fernen Zuhause schien. Er wollte sich mit weiten Sprüngen von der Leiche in dieser aufgedeckten Krypta entfernen. Am liebsten hätte er nach dem Reif des Mondes gegriffen, sich in ihn hineingezogen und wäre durch den perlenfarbenen Tunnel am Himmel über Russland und Polen nach Deutschland gekrochen, bis er sich über den Wiesen von Westfalen befand. Er wäre herabgesprungen und wie die Zwerge in den Märchen auf den Schneeflocken zu den Weiden hinuntergeritten.

Thorwald war Nikkis einzige Hoffnung gewesen, nach Hause zurückzukehren. Seit er ihm vor einer Woche am Flugplatz von Gumrak begegnet war, hatte er von seinem Vater, seiner Schwester und ihrem Hof geträumt. Nacht für Nacht hatte ihn sein Vater besucht und mit der warmen Berührung eines Wunsches festgehalten. Nun sah er zu der Stadt hinüber, wie sie wirklich war, mit ihren dunklen, versehrten Mauern und den aufgebrochenen Straßen. Jedes Stück von ihr eine Zitadelle des Todes. Bei ihrem Anblick wurde ihm bewusst, dass dies die Heimat war, die Thorwald ihm hinterlassen hatte.

Nikkis Herz stürzte in das Loch neben Thorwald. Sein Traum, nach Hause zurückzukehren, glich nun dem Mond, diesem kleinen weißen Symbol, der vor dem Hintergrund einer endlosen Dunkelheit über Stalingrad hing. Er wandte sich ab, nachdem er der Versuchung widerstanden hatte, Thorwalds Brotsack an sich zu nehmen.

Auf jenem Weg, den er an den vergangenen drei Abenden mit dem Standartenführer zu Oberleutnant Ostarhilds Büro gegangen war, wanderte er in die Nacht hinaus. Seine Schritte klangen einsam, ohne Thorwald an seiner Seite. Er suchte in seinem Inneren nach Kummer über dessen Tod. Immerhin hatte der Offizier ihm in gewissem Maß Vertrauen und Freundlichkeit geschenkt. Er fand nichts, außer Enttäuschung. Nikki erkannte, mit welcher Leichtigkeit er den Tod hinnahm; er hatte bereits so oft seinen Pfad gekreuzt, dass er eine Rille in ihn gegraben hatte. Doch der Standartenführer war ein außergewöhnlicher Mann gewesen, wenn auch nur für eine Woche. Mit seinen Erzählungen über das Leben der deutschen Oberschicht, ihre feinen Manieren, den Broten mit immer frischem Berliner Käse, den Opernbesuchen in Abendkleid und Smoking, den Jagdgesellschaften und den Treffen zum Tontaubenschießen war er eine Art Fernglas gewesen, durch das Nikki weit über Stalingrad hinausgeblickt hatte. Er hätte gerne gewusst, ob er den Tod eines Mannes noch spüren konnte, der vor seinem Dahinscheiden sein Leben berührt hatte. Wenn es ihm möglich gewesen wäre, den Tod in sich mit den Händen zu erfassen, hätte er ihn mit Gefühlen bekämpfen, mit Tränen vertreiben und seinen Bann mit Schlägen gegen seine Brust brechen können. Der Tod von Standartenführer Thorwald erhob seine Seele jedoch ebenso wenig, wie dessen weiß gekleideter Leichnam im Park aus seinem Loch auferstehen würde.

Nikki fühlte die Nähe des Todes. Sie glich einem Nachbarn, den man Tag und Nacht sah, aber niemals grüßte. Er war nicht in der Lage, den Abstand, diese kleine Gasse, zum Tod hinüber zu überbrücken, sich zu ihm zu setzen und ihn zu umarmen. Er war dazu verdammt, als Wache vor dem Haus des Todes zu stehen. Vor seinem Auge zeichnete sich der Anfang des Endes ab. Der Krieg, die Soldaten, die Nationen, sie alle werden sterben, dachte er. Alles wird sterben, außer der Zeit. Dieser Gedanke machte ihm die eigene Leere und Erschöpfung bewusst. Die Zeit und ich. Wir werden nicht sterben. Die Zeit und ich werden immer weitermachen und zusehen, wie der einsame Tod seine Felder aberntet, wie er kommt und geht.

Mir wird jetzt klar, dass ich dem Regiment der Zeit zugeteilt wurde. Gut so. Ich habe im Augenblick ohnehin keine andere Verpflichtung.

Nikki ging zu seinem Keller in der Bäckerei. Er hastete nicht in Deckung und hielt nicht an, um dem Kläffen von Gewehrfeuer zu lauschen, wie er es mit Thorwald auf dem Rückweg üblicherweise getan hatte. Bis Nikki seinen Kopf zum Schlafen auf den Rucksack legte, wurde er das Gefühl nicht los, auf einem Pferd zu sitzen, dass seinen Heimweg kannte. Er war überzeugt davon, dass er mit geschlossenen Augen von Thorwalds Leiche bis zu seinem Schlafsack hätte marschieren können.

Als er erwachte, sah er auf die Uhr. Schon nach elf, beinahe Mittag. Rasch überquerte er die Straße zu Oberleutnant Ostarhilds Büro. Es war leer. Auf dem Tisch türmten sich Landkarten und Verhörprotokolle von Gefangenen. Nikki setzte sich in den Stuhl des Oberleutnants. Dieser Platz vermittelte ihm einen Eindruck von dem freundlichen jungen Offizier. Er war ein besessener, ständig unter Druck stehender Mann, jemand, der sich zu viele Sorgen machte. An diesem Platz hinter dem Schreibtisch schien die Welt auf ihn hereinzustürzen.

Nikki wühlte sich durch die Papierstöße. Unter der ersten Schicht stieß er auf einen Kalender, der auf der Seite mit dem aktuellen Datum, dem 19. November 1942, aufgeschlagen war. Ostarhild oder jemand anderes hatte in aller Frühe an diesem Tisch gesessen und ihn in Eile und einem Durcheinander von Papier verlassen.

Der Hunger riss an Nikkis Eingeweiden wie ein Nagel, an dem sich seine Kleidung verfangen hatte. Er überlegte, in den Schreibtischladen des Oberleutnants nach etwas Essbarem zu suchen, ließ jedoch von seinem Vorhaben ab, da er Schritte im Korridor hörte.

Rasch erhob er sich und hastete zur Tür. Ehe er sie erreichte, trat ein Hauptmann ein. Nikki nahm Haltung an, ohne zu salutieren. »Herr Hauptmann«, sagte er.

Der Offizier, ein älterer Mann mit Glatze und Brille, schwenkte die Hand in einer Mischung aus Gruß und Zeichen zum Wegtreten. Dann eilte er zu Ostarhilds Stuhl und beschäftigte sich mit den Papieren.

»Ja, Hauptgefreiter?« sagte der Hauptmann, ohne aufzublicken.

»Wissen Sie, wo Oberleutnant Ostarhild ist?«

Der Hauptmann fand den Bericht, den er gesucht hatte. »Gehören Sie zu seinen Kundschaftern?«

»Jawohl, Herr Hauptmann. Hauptgefreiter Mond, Herr Hauptmann.«

Der Hauptmann ließ das Papier sinken und sah auf. Sein Gesicht war so weiß und gefurcht wie zerknülltes Papier. Der Stuhl und der Schreibtisch verliehen ihm denselben gehetzten Ausdruck wie Ostarhild. »Ihr Vorgesetzter befindet sich zurzeit in der Steppe, Hauptgefreiter. Gehen Sie Ihren üblichen Aufgaben nach.«

Nikki rührte sich nicht. Nun, da der Standartenführer tot war, hatte er keine Aufgaben mehr. Er wollte Thorwalds Ableben jemandem melden, die Sache zum Abschluss bringen. »Ich habe zurzeit keinen Auftrag, Herr Hauptmann. Ich bin soeben ...«

»Hauptgefreiter«, unterbrach ihn der Hauptmann, »ich habe im Augenblick keine Zeit, mich mit Ihnen zu unterhalten. Aber da Sie zu Ostarhilds Männern gehören, werde ich Ihnen etwas erzählen, damit Sie es nicht aus zweiter Hand hören und womöglich falsch deuten. Vielleicht können Sie mithelfen, die Panik einzudämmen.«

Nikki verlagerte das Gewicht. Die Russen. Sie kommen. Das ist das Ende, das Aus für alles.

»Heute früh um 7.30 Uhr setzten schwere russische Streitkräfte von Serafimowitsch im Nordwesten zum Gegenangriff an. Einige tausend Artilleriegeschütze eröffneten das Feuer auf die 3. rumänische Armee. Um 8.50 Uhr brachen mehrere Wellen russischer Panzer und Infanterieeinheiten aus dem Nebel hervor. Die Rumänen haben ihre Stellungen aufgegeben und befinden sich auf dem Rückzug. Ostarhild ist da draußen und versucht, den Schaden abzuschätzen.«

Der Hauptmann schien ihm alle Informationen mitgeteilt zu haben. Nikki wartete.

»Wie es scheint, versuchen die Russen, uns einzukreisen.«

»Ja, Herr Hauptmann.«

»Nun wissen Sie alles, was ich weiß, Hauptgefreiter. Wegtreten!«

Nikki starrte den Hauptmann mehrere Sekunden lang

unverwandt an. Der Blick des Offiziers verriet seine Hilflosigkeit. Nikki zuckte die Achseln. »Wegtreten wohin, Herr Hauptmann?«

»Das wissen Sie am besten, Hauptgefreiter, dessen bin ich mir sicher.« Damit wandte der Hauptmann seine Aufmerksamkeit wieder den Papieren zu.

Als Nikki die Tür erreichte, erklang hinter ihm die Stimme des Hauptmanns, trocken wie Salz. »Versuch, am Leben zu bleiben, mein Sohn«, sagte er. »Das ist der beste Rat, den ich dir geben kann.«

19.

Tanja saß in Saitsews Ecke und wartete darauf, dass die Feier begann.

Ein Dutzend Scharfschützen lief im Bunker umher. Atai Tschebibulin brachte eine Kiste mit klirrenden Wodkaflaschen und zahlreiche Tafeln Schokolade. Bevor er wieder in der Nacht verschwand, bat er Tanja, dem Hasen in seinem Namen zum Sieg zu gratulieren.

»Er wird jeden Moment von seinem Treffen mit Tschuikow zurück sein. Lasst bloß die Hände vom Wodka«, wiederholte Viktor noch einmal.

Tanja nahm ihr Scharfschützentagebuch aus dem Rucksack. An seinem abgenutzten schwarzen Umschlag erkannte man, dass es häufig in Gebrauch war. Es enthielt 48 Eintragungen.

Sie blätterte bis zu einer Seite, die Saitsews Unterschrift trug, fuhr mit dem Daumen über die Tinte, mit der er seinen Namen geschrieben hatte, und spürte seine Hände auf der Seite. Kein anderer Körperteil lässt seine Kraft so deutlich werden wie seine Hände, dachte sie. Manchmal zeigt sich seine Kraft in den Augen, ja – aber die schließt er, wenn wir uns lieben. Doch in seinen Händen liegt sie immer. Er sagt, er ist so kräftig wie ein junger Bär, der den Arm eines Mannes brechen kann, noch ehe er ein Jahr alt ist. Wascha ist ein ungeschickter Liebhaber. Das sind wir wahrscheinlich beide, wenn wir auf dem Boden unter so vielen Mänteln miteinander ringen. Aber er ist ein starker und ehrlicher Liebhaber, und ich gebe ihm alles, was ich habe. Er liebt mich, obwohl er es nicht sagt. Ich vertraue ihm voll und ganz. Würde ich für ihn sterben? Ich weiß es nicht. Würde ich an seiner Seite sterben? Ja.

Saitsews Sieg. Wenn Danilow hier wäre, würde er ihn in großen Worten beschreiben, als Sieg des Kommunismus über den Faschismus, als Sieg russischer Willenskraft über deutsche Arroganz, als Sieg des Guten über das Böse. Ist es so großartig, so bedeutsam, dass Wascha Thorwald getötet hat? Ein Mann, ein Gewehr weniger in Stalingrad? Rechtfertigt das Jubelrufe und Trinksprüche? Ja. Thorwald war der Beste der Deutschen, die handverlesene Hoffnung ihrer Generäle, und er wurde vernichtet. Ja, wir können darauf trinken, dass die Hoffnung der Deutschen gestorben ist.

Als Tanja hörte, dass sich draußen Schritte näherten, legte sie ihr Tagebuch beiseite und stand auf. Wascha betrat den Bunker. Während die Kameraden ihm zujubelten und auf die Schulter schlugen, ruhte sein Blick auf Tanja.

Sie ließ sich wieder in seiner Ecke nieder, um ihm zu zeigen, dass er das Lob annehmen solle. Du bist der Mittelpunkt, Wascha. Wir werden später Zeit füreinander haben, du und ich.

Jemand warf ihm eine Flasche zu. Saitsew hielt sie stolz in die Höhe, als wäre sie Thorwalds Kopf, und setzte sie dann an den Mund. Unter dem Applaus der Scharfschützen tat er einen großen Schluck, setzte die Flasche schwungvoll ab und fasste Viktors Hals in einem Zangengriff. Die Nase im Haar des Bären vergraben, stieß er den Atem aus, um das Brennen des Wodkas um einen genussvollen Augenblick zu verlängern.

Nun griffen auch die anderen nach den Wodkaflaschen in Tschebibulins Kiste, hoben sie hoch und stießen an. Tanja lachte und klatschte bei ihren Trinksprüchen in die Hände.

Als der letzte Trinkspruch verklungen war, trat Nikolai Kulikow in die Mitte des Bunkers. »Dies ist die Geschichte vom Hasen und dem Meisterschützen« begann er, während er den ihn umringenden Kameraden die Hände entgegenstreckte. »Falls ich eine Lüge erzähle, kannst du mich erschießen, Wascha.«

»Woher soll ich wissen, ob ich dich getroffen habe?« Saitsew lachte. »Du würdest es vortäuschen.«

Dieser Scherz zwischen den beiden nahm der Geschichte die Pointe vorweg. Kulikow blickte Saitsew mürrisch an.

Dann erzählte er von dem Meisterschützen, den das deutsche Oberkommando geschickt hatte, um den Hasen zu töten. Er erinnerte daran, dass mehrere ihrer Kameraden – der tapfere Morozow, der verrückte Baugderis, der gut aussehende Schaikin – mit ihrem Blut eine Karte von dem Gelände gezeichnet hatten, wo der Meisterschütze wartete, jenseits des Platzes des 9. Januar. Dann hatte ausgerechnet der Schuss auf den unmöglichsten aller Helden, den Fuchs Danilow, Wascha den Einfall mit dem Brett und dem weißen Handschuh gegeben. Er berichtete von den Leuchtraketen bei Nacht, die über den leeren Panzer, den Bunker und die Granattrichter geglitten waren, und schließlich von der Metallplatte auf der anderen Seite des Parks, wo der Scharfschütze, wie sie vermuteten, sein Versteck hatte. Er schilderte die List vom nächsten Morgen mit der Mörserkartusche ohne Boden, seinen Lockschuss auf den Bunker und den Antwortschuss des Meisterschützen, der den Ziegelstein unter seinem Helm traf. Schließlich gelangte er zu der Stelle, an der er, einer plötzlichen Eingebung folgend, die Arme hochgerissen hatte, wie die ausgebreiteten Flügel einer erlegten Wildente.

»So«, erklärte Kulikow, während er den gespannt zuhörenden Scharfschützen demonstrierte, wie er mit den Armen um sich geschlagen hatte. »Auuuuuuu. Er hat mich getroffen!«

Mit erhobenen Händen, um diesem Moment seiner Erzählung Ewigkeit zu verleihen, flüsterte Kulikow: »Der Meisterschütze war verwirrt. Er zögerte.« Nikolai deutete hinter sich auf Saitsew, der still vor sich hin lachte. Der schweigsame Kulikow war ein wunderbarer Geschichtenerzähler.

»Wascha zielte auf den blau aufblitzenden Lauf des Meisterschützen tief in dem dunklen Loch.« Seine Stimme schwoll an. »Sicher, ruhig, wie nur ein wahrer Jäger es vermag, ließ der Hase ein paar Sekunden verstreichen, bis der Deutsche seinen Kopf ganz still hielt. Der Meisterschütze bereitete sich auf seinen zweiten Schuss vor. Er hatte mich getroffen, und nun lud er die Kugel nach, die Wascha gelten sollte. Aber Wascha wartete mutig bis zum letztmöglichen Augenblick und zahlte dann dem Meisterschützen seinen ersten und einzigen Fehler heim, den Fehler, den er unter dem Fadenkreuz des Hasen machte. Seinen einzigen Schuss in diesem Duell feuerte Wascha in die Dunkelheit ab, auf den unsichtbaren Kopf des Meisterschützen. Was folgte, war eine Eintragung in sein Scharfschützentagebuch, die ich natürlich als Zeuge unterschrieben habe.«

Die Scharfschützen klatschten. Nikolai war noch nicht fertig. Die Geschichte endete mit dem weißen Körper des Deutschen und seinem eingeschwärzten, zerstörten Gesicht in dem Versteck unter der Metallplatte.

»Wir haben die Metallplatte zurückgezogen, als würden wir eine Dose mit Kaviar öffnen.« Kulikow schlug sich mit der Faust an die Brust. »Dass ich dort auch mein Gewehr gefunden habe, hat unseren Sieg vollkommen gemacht.«

Die Scharfschützen warteten. Kulikow hob die Wodkaflasche. »Auf Wascha. Den Besten von uns.«

Alle, einschließlich Viktor, wiederholten den Trinkspruch und tranken auf den Hasen.

Saitsew erhob sich und dankte Nikolai und den Scharfschützen für ihre Hilfe und ihre eigenen Siege gegen den Feind. Dann erstattete er ihnen als ihr Anführer Bericht. »Ich will euch sagen, was mir General Tschuikow heute Abend mitgeteilt hat. In diesem Augenblick sind siebenhundertfünfzigtausend Deutsche in der Steppe eingekesselt. Gestern und heute Morgen starteten eine Million russischer Soldaten, dreizehntausend Artilleriegeschütze und neunhundert Panzer einen Gegenangriff, um die deutsche Armee von ihren Versorgungslinien abzuschneiden. Der Feind sitzt in einem fünfzig Kilometer langen und fünfunddreißig Kilometer breiten Streifen in der Falle. Die Deutschen nennen ihn den ›Kessel‹.

Stalingrad bildet die Ostgrenze des Kessels. Und obwohl die deutsche Armee fünfundneunzig Prozent des Zentrums besetzt, ist es unsere Aufgabe, sie hier zu halten, bis wir sie erledigt haben oder Stalin sie zur Kapitulation zwingt.«

Viktor erhob sich. »Klingt, als wartet noch einiges an Arbeit auf uns, Männer.« Der Bär warf Tanja einen raschen Blick zu und lächelte. Er verzichtete darauf, »und Frauen« hinzuzufügen. Tanja streckte ihm die Zunge heraus. Demonstrativ schob Viktor die Wodkaflasche in die Tasche, um draußen in der Nacht weiterzufeiern. Er gab den anderen ein Zeichen, dass sie ihm folgen sollten.

Die Scharfschützen erhoben sich und marschierten hinaus, alle, außer Tanja. Sie versuchte erst gar nicht zu verbergen, dass sie zurückblieb, während die anderen dem Hasen noch einmal die Hand schüttelten.

Saitsew setzte sich neben sie.

»Während Nikolais Schilderung habe ich mich gefragt, wie gut Thorwald wirklich war«, meinte er. »Er muss unglaublich gut gewesen sein.«

Tanja schnaubte verächtlich. Wie konnte Wascha auch nur einen Gedanken daran verschwenden, Thorwald zu bewundern? Diese Art von Bescheidenheit machte sie wütend. Wascha wunderte sich, dass er den Meisterschützen geschlagen hatte. Aber warum auch nicht? Er hatte Recht: Thorwald hatte nie danebengeschossen. Die Bilanz, die der Meisterschütze nach dieser einen Woche in Stalingrad vorzuweisen hatte, war erschreckend. Aber Wassili Saitsew war der gefährlichste Mann in der russischen Armee, mit einem Gewehr vielleicht der gefährlichste der Welt. War Thorwald besser? Sie würden es nie erfahren, dachte Tanja. Der Meisterschütze war tot, und nur danach wurden seine Fähigkeiten an diesem Tag bemessen.

Saitsew nahm ihre Hand. Seine Finger waren vom Händedruck der vielen Kameraden warm. Tanja zog es vor, wenn sich seine Hände zunächst kühl anfühlten, damit sie sie wärmen konnte.

»Danke für die Feier«, sagte er. »Das war eine nette Überraschung.«

»Ich habe noch mehr Überraschungen für dich.«

Er drückte ihr die Hand. »Da bin ich sicher. Aber jetzt habe *ich* eine Überraschung für dich. Tschuikow glaubt, dass die Deutschen bald einen Ausbruch versuchen. Heute Nacht werden vier Hasen Paulus töten.«

Tanja runzelte die Stirn. »Nach dem Motto, hacke der 6. Armee den Kopf ab, dann bleibt der Körper liegen?«

»Genau. Tschuikow hat mich gebeten, den Einsatz zu leiten.«

Kein Einsatz, dachte Tanja. Ein Mordanschlag. »Und welche drei Hasen gehen mit dir, Wascha? Ich hoffe, dies ist meine Überraschung.«

»Du bist meine Stellvertreterin.«

Saitsew erzählte, dass er auch zwei Hasen aus der jüngsten Scharfschützenklasse ausgewählt habe. Tanja kannte die beiden. Die dunkle Haut des hoch gewachsenen, schlanken, litauischen Juden Jakobsin schien vor Elektrizität zu knistern, wenn er sprach. Sie hielt ihn für einen Schwätzer, hatte ihn jedoch auch ruhig und gefährlich erlebt. Er ist stark, und er kann schießen, dachte sie. Seine zusammengekniffenen schwarzen Augen fixieren das Ziel konzentriert. Der zweite war eine Frau, Jelena Mogilewa. Sie hatte nur hundert Kilometer östlich von Stalingrad in der menschenleeren Steppe Kasachstans gelebt. Über sie wusste Tanja wenig. Mogilewa war während ihrer Scharfschützenausbildung sehr schweigsam gewesen. Sie war hager, aber ihre Hände waren so kräftig wie die eines Mannes, mit ausgeprägten Sehnen und blauen Adern. Ihr einst rabenschwarzes kurzes Haar färbte sich allmählich grau. Das Alter der Kasachin war nicht zu schätzen. Man konnte kaum etwas über sie sagen, außer dass sie zweifellos mit einem Gewehr umgegangen war, ehe man ihr in Stalingrad eines in die Hand gedrückt hatte. Sie war eine gute Schützin und konnte stundenlang reglos hinter ihrem Zielfernrohr sitzen. Mogilewa hatte eigene Beweggründe, sich den Scharfschützen anzuschließen. Wie immer diese auch aussehen mochten, Tanja hoffte, dass sie gut genug waren. Warum kommt sie mit? Wieso brauchen wir zwei Frauen bei diesem Einsatz? Wascha bildet sie doch auf die gleiche Weise aus wie uns alle. Ich freue mich, dass er mich ausgewählt hat. Es schmeichelt mir, es sagt mir, dass er mich im Kampf nicht als Frau betrachtet. Er will, dass ich in der Gefahr in seiner Nähe bin. Er vertraut mir, wenn es Zeit zum Töten ist.

Der Geheimdienst hatte herausgefunden, dass sich der Kommandobunker der 6. Armee im Stadtzentrum befand. Paulus sollte sich im Gorkitheater an der Südseite des Roten Platzes verschanzt haben.

Saitsew sah auf die Uhr. »Nach Mitternacht erhält jeder von uns zwei tragbare Sprengladungen. Wir schleichen uns am Flussufer entlang und dringen dann am Haus der Spezialisten vorbei zum Park vor. Tschuikow teilte mit, dass Paulus' Kommandozentrale und sein Schlafzimmer an der Westseite des Gebäudes liegen. Wir bringen die Sprengladungen an der unteren Kante der Mauer an.«

Tanja kannte den Rest. Sie tat dies nicht zum ersten Mal. Sie würden die acht Sprengladungen zünden und dann unter dem Schutz der Detonation zum vereisten Ufer der Wolga flüchten.

»So viel Dynamit sollte genügen, um das Gorkitheater heute Nacht zum Einsturz zu bringen«, erklärte sie lachend, und Saitsew grinste.

Tanja beobachtete, wie Saitsew die Segeltuchrucksäcke kontrollierte. Sorgfältig prüfte er, ob sie die Sprengladungen enthielten, zählte die Dynamitstangen und inspizierte Drähte und Verbindungen. Sein Respekt vor den Werkzeugen des Todes war deutlich zu erkennen.

Wie schon so oft faszinierte sie die Wirkung, die sein Körper auf sie ausübte. In Gedanken sah sie seine nackten Gliedmaßen unter der weißen Tarnuniform. Die drahtigen Arme und die unbehaarte Brust wirkten im fahlen Licht der Laterne bleich wie Leinen. Für seine Körpergröße hatte er lange Muskeln; die glatten Muskelstränge zuckten unter der Haut, als er die Rucksäcke neben den Bunkereingang stellte.

»Alles ist bereit.« Er blickte auf die Uhr. »Es ist fast Mitternacht. Wo bleiben sie?«

Tanja lehnte sich gegen die kalte Erdwand. Jakobsin und Mogilewa würden in wenigen Minuten bei ihnen sein. Diese letzten Augenblicke vor ihrer Ankunft gehörten ihr und Wascha.

Er ging zur gegenüberliegenden Wand und lehnte sich mit dem Rücken dagegen wie sie. Fast wie Spiegelbilder sahen sie einander quer durch den Bunker an.

»Glaubst du, dass es weitergehen wird?« fragte sie, den Blick fest auf seine Augen gerichtet, während sie mit der ausgestreckten Hand hin und her deutete. »Mit dir und mir?«

Saitsews Unterkiefer arbeitete. Er schwieg.

»Wir sind Soldaten. Und wir sind Liebende. Das passt nicht zusammen«, fuhr Tanja fort.

»Willst du damit sagen, dass es vorüber ist?«

»Ich weiß es nicht. Ich weiß, dass ich nur wirklich lebe, wenn du bei mir bist. Ich weiß, dass ich mich sehne, nach Liebe, nach Rache, danach, dass es vorüber ist, und danach, dass es weitergeht. Ich fühle mich zerrissen, Wascha, und ich kann die Einzelteile nicht mehr zusammensetzen.«

Tanja senkte den Kopf. Das Licht der Laterne fiel nur auf ihre Wangen und verbarg die Augen hinter dem Schleier ihres Haares. »Ich will dir nur sagen, Waschinka, dass ich Angst habe. Ich fühle mich verloren. Vorher war es leichter, als ich nur den Hass in mir trug. Nun findet auch in mir ein Kampf statt, ein Kampf zwischen Liebe und Hass, und ich werde zerrissen wie diese Stadt. Ich weiß nicht, wer gewinnen soll. Ich kämpfe gegen beide Gefühle an. Es ist nicht vorüber. Ich … Ich musste dir einfach sagen, dass ich nicht weiß, was wir da begonnen haben.«

Saitsew ging auf sie zu und blieb eine Armlänge vor ihr stehen. Sie wünschte, er würde sie berühren, wünschte, er würde für sie die Entscheidung treffen, sich für die eine oder andere Seite im Kampf entscheiden und diesen Kampf gewinnen.

»Es wäre wunderschön, Tanjuschka, dich für immer zu

lieben. Dich zu heiraten und mit dir zu leben und zu arbeiten. Unsere Kinder schießen zu lehren, wie ihre Mutter, die Partisanin.«

Sie hörte ihn kichern, als er ihren alten Spitznamen aussprach, und lächelte unter dem Schleier ihres Haares.

»Ich weiß es auch nicht, Tanja. Jede Nacht tauchen wir in das Leben des anderen ein, und am Morgen brechen wir wieder auf und schwimmen bis zum Hals im Tod. Es ist seltsam und verwirrend, und ich kann es nicht festhalten, um es mir genauer anzusehen. Ich kann nichts weiter tun, als es der Zeit und dem Schicksal zu überlassen, was daraus wird. Denn sie sind die Einzigen, die wissen, was mit der Welt und mit dir und mir passieren wird.«

Tanja hob den Kopf. Es wäre wunderschön, hatte er gesagt. »Und was möchtest du?«, fragte sie.

Saitsew schien die Frage zuerst in seinem Kopf zu beantworten. Dann erteilte er den Worten mit einem Nicken seine Zustimmung und sprach sie aus. »Dich für immer lieben. Dich niemals gehen lassen.«

Tanja stockte der Atem.

Saitsew griff nach ihrer Hand. Er zog sie zu sich, fort von der Wand. Da ist sie wieder, seine Kraft, dachte sie – in der Hand.

Er liebt mich also. Dann sollte er alles von mir wissen. Ich werde mich ihm öffnen, diesem einen Mann.

Lächelnd, wobei ihre Lippen fast die seinen berührten, fragte sie: »Erinnerst du dich, Wascha, dass ich gesagt habe, ich hätte noch mehr Überraschungen für dich?«

Er grinste begehrend. »Tanja, wir haben keine Zeit. Nicht jetzt.«

»Für diese eine haben wir Zeit. Ich hätte es dir schon eher sagen sollen. Ich hatte Angst, du würdest mich wegschicken oder Danilow würde mich aus der Haseneinheit ausschließen. Aber nun muss ich es dir sagen. Nach allem, was du mir eben gesagt hast.«

Saitsew runzelte die Stirn. »Gut, sag es mir.«

Tanja neigte den Kopf ein wenig zurück, um sein Gesicht beobachten zu können. »Ich bin Amerikanerin.«

Weder seine Augen noch die um ihre Taille geschlungenen Arme verrieten auch nur die geringste Bewegung. Er schien ungerührt, regungslos. Der Jäger, dachte sie, er wartet, wie immer.

»Nein«, sagte er, »bist du nicht.«

»Doch, bin ich, du cleverer, kleiner Sibirer. Du hast keine Ahnung, was ich sage, oder?« erwiderte sie auf Englisch.

»Tanja, du sprichst Englisch.«

»Das tun wir in Amerika«, sagte sie, nun wieder auf Russisch.

»Du bist keine Amerikanerin.«

»Doch. Meine Eltern sind Russen. Aber sie leben jetzt in New York.«

Saitsew richtete sich auf. Tanja spürte, dass er auf dem Sprung war, der Jäger, der aus der Deckung kommt und zielt. »Was machst du hier?«

»Kämpfen.«

»Bist du eine Spionin?«

Tanja schlug ihn mit der flachen Hand vor die Brust. Die Messer, die Pistole, die Patronen, alles klirrte. »Nein!«

»Wie bist du dann …«

Tanja legte ihm den Finger auf die Lippen und brachte ihn zum Schweigen. »Wenn wir Zeit haben, Wascha. Aber du verstehst, warum ich vorher nichts sagen konnte, und warum es unser Geheimnis bleiben muss. Wenn die Politruks davon erfahren, werden sie mich zur Heldin erklären, aber nur in den Zeitungen. Sie werden mich nicht kämpfen lassen. Bitte sag, dass du es in Ordnung findest. Bitte.«

Saitsew schüttelte den Kopf. Zunächst dachte Tanja, dass er sie vielleicht ablehnen würde oder den Gedanken nicht ertragen könnte, dass sie eine Ausländerin und keine Russin war. Lächelnd machte er aus dem Kopfschütteln eine übertriebene, komische Geste.

»Ja, Amerikanuschka«, sagte er, und täuschte schielend einen Schwindelanfall vor. »Ja, es ist in Ordnung.« Dann zog er sie näher an sich heran. »Wenn der Krieg vorbei ist, können wir dann nach Florida ziehen?«

Seine Worte entlockten Tanja ein herzliches Lachen.

Vor dem Bunker erklang der schwere Schritt von Stiefeln. Saitsew gab Tanja frei und trat achselzuckend zurück. Siehst du, schien er zu sagen, so schnell muss ich dich wieder gehen lassen.

Nein, musst du nicht, dachte Tanja. Sie stellte sich auf die Zehen und näherte ihr Gesicht dem seinen. Ehe er ihr ausweichen konnte, und genau in dem Augenblick, in dem sich die Decke hob, gab sie ihm einen flüchtigen Kuss.

Na also, dachte sie. Der Kreis musste geschlossen werden. Dieser Moment musste mit einem Kuss besiegelt werden, selbst wenn es nur ein kleiner war.

Die Hände hinter dem Rücken, stand sie wie beim Appell, während Saitsew mit den beiden neuen Hasen sprach. Der große, dunkelhäutige Mann und die hagere Frau hatten sich nur einen Schritt in den Bunker hineingewagt. Ihre Gesichter verrieten die scheue Ehrfurcht, mit dem Hasen persönlich auf diesen Raubzug gehen zu dürfen.

Saitsew blickte Tanja erst wieder an, als alle vier Scharfschützen ihre Gewehre aufgenommen und die mit Sprengstoff gefüllten Rucksäcke geschultert hatten. Während die beiden neuen Hasen den Bunker verließen, formten seine Lippen hinter ihrem Rücken die Frage: »New York?«

Tanja schnitt eine Grimasse und antwortete lautlos: »Hör auf.«

Dann schlossen sie sich mit ernster Miene Jakobsin und Mogilewa an und traten in das nächtliche Stalingrad hinaus, um den Mordanschlag auf General Paulus auszuführen.

Die vier schwer beladenen Scharfschützen suchten sich ihren Weg über die Klippen hinunter zum Eis der Wolga. Der Schnee knirschte unter ihren Stiefeln, als sie sich an der hohen Kalksteinwand entlangbewegten. Eine Mondsichel, die durch die Wolkendecke hindurchbrach, erhellte die Nacht. Tanja stellte sich die Orientierungspunkte vor, an denen sie vorüberkamen, und hakte sie auf dem ihrem Gedächtnis eingeprägten Stadtplan ab. Die Bierfabrik. Die Staatsbank. Das Haus der Spezialisten, das die Südspitze des Brückenkopfes der 62. Armee entlang der Wolga kennzeichnete. Einen Kilometer vor ihnen lag der wichtigste Landungsplatz der Wolgafähre, der sich zurzeit in deutscher Hand befand. Tanja erinnerte sich daran, wie sie, mit Fedja und Juri an einen Balken geklammert, im brennenden Fluss an dieser Stelle vorübergetrieben war. Heute Nacht kehrte sie als Scharfschützin zurück, auf einer geheimen Mission mit dem berühmten Hasen, der sie liebte und sie niemals gehen lassen wollte. Der mit ihr in Amerika, im warmen, sonnigen Florida, leben wollte.

Links von ihr schimmerten feine Lichtstrahlen auf der vereisten Wolga. Der Fluss war schwarz und kalt. Doch von oben und von rechts sandte die Stadt eine Wärme aus, als hielte ihr jemand ein Streichholz an die Wange. Die Kerle sind immer noch da oben, dachte sie. Die Stadt schien zu brennen. Flammen zischten aus ihren Eingeweiden heraus wie in der ersten Nacht, als sie Stalingrad vom gegenüberliegenden Ufer aus erblickt hatte.

Der Kampf geht hier und in ganz Russland weiter, dachte sie. Solange die Deutschen nicht von unserem Boden vertrieben sind, kann das Töten nicht enden.

Vergiss Florida. Vergiss Amerika.

Der Hass hatte sie wieder erfasst. Er sitzt so tief und unerschütterlich, dachte sie, überrascht, wie schnell er an die Oberfläche drang. Der Teil von mir, der nicht hasst, ist dünner als meine Haut. Ich kann diesen Hass beinahe von außen betrachten. Ich kann ihn beschreiben, kann ihn berühren, als wäre er ein Standbild in meinem Inneren. Das Standbild wächst; es füllt mich ganz aus. Der Hass und ich sind eins geworden. O Wascha, ich möchte … ich möchte. Aber in mir ist nur Hass. Bei jedem Schritt auf diesem Eis, bei jedem Knirschen meiner Stiefel höre ich die Gewehre, sehe die Körper zucken und fallen, bis sie sich zu einem hohen Leichenberg auftürmen. Wird das nie ein Ende nehmen?

Die Frau aus Kasachstan strauchelte und verlor das Gleichgewicht. Das Geräusch ließ Tanja die Beherrschung verlieren. »Steh auf«, zischte sie. Alle Fröhlichkeit und Zärtlichkeit, die sie noch vor einer Stunde im Scharfschützenbunker mit Saitsew geteilt hatte, waren verschwunden.

Doch der Klang ihrer Stimme brach den Bann des Hasses wie ein Hypnotiseur, der mit dem Finger schnippt. Der aggressive Ausbruch Mogilewa gegenüber brachte sie jäh zurück – zur Kälte der Nacht, dem Gewehr und der Dynamitladung auf ihren Schultern, dem Auftrag und den drei Scharfschützen, die ihr vorausgingen.

Die abrupte Rückkehr zur Realität legte sich ihr auf den Magen. Geh einfach, dachte Tanja. Hör auf zu denken. Folge einfach dem großen Mann vor dir. Wascha führt die Reihe an. Wascha wird sich um alles kümmern. Er wird auf die Deutschen zeigen und dich auf sie schießen lassen. Heute Nacht, morgen, immer wieder – folge einfach nur Wascha. Bleib in seiner Nähe. Der Teil des Lebens, der nicht aus Krieg und Hass besteht, wird warten. Bleib nur in Waschas Nähe.

Der Gedanke an Nähe rührte Tanja. Bleib in seiner Nähe, wiederholte sie. Bleib bei Wascha.

Tief in ihrem Inneren, im Zentrum ihres Schmerzes, erfüllte sie ein berauschender Gedanke: Du lebst, Tanja. Du bewegst dich, du lebst, du liebst. Bleib einfach am Leben.

In diesem Moment lernte sie die Wärme eines Herzens kennen, das noch nicht verhärtet war, eines Herzens, das nicht zu dem Standbild des Hasses gehörte, sondern das ihre war, das weich war, höher schlug, einfach ihres war.

Zehn Meter vor ihr stolperte Mogilewa und stürzte vornüber. Wie eine Rakete schoss aus ihren Stiefeln ein Strahl orangefarbenen Lichts. Sand und Eis wurden mit der Detonation aus dem Boden gerissen. Tanja erstarrte. Selbst als sich die Splitter der Tretmine bereits in ihren Magen krallten, fragte sie sich noch, ob sie ihre Liebe zu spät gefunden hatte.

Die Arme wie zum Gruß ausgebreitet, fiel sie auf den Rücken. Sie konnte sich nicht bewegen. Ein Gewicht drückte auf ihren Brustkorb und ihren Unterleib und presste sie zu Boden. Ihr Mund war völlig trocken, doch sie konnte nicht schlucken. Vor ihren Augen tanzte ein blauer Punkt, wie die Lampe eines Schweißers. Sie fühlte nichts. Dann begann ihr Puls zu hämmern, und etwas quoll aus ihrem Magen, eine anschwellende Wärme, so als hätte jemand in der kalten Nacht eine Tür offen gelassen.

Langsam hob jemand das Gewicht an und legte es neben sie. Als sie den Kopf zur Seite drehte, sah sie Jakobsin. Seine weiße Uniform war schwarz und zerrissen. Geisterhaft stieg Rauch aus dem zerstörten Gesicht und der zerfetzten Brust auf.

Hände gruben sich unter Tanjas Schultern. Ihr Kopf wurde in einen Schoß gehoben; ein Gewirr von Armen und Beinen umschloss sie. Verzweifelt bemühte sie sich, das Augenrollen unter Kontrolle zu bekommen. Die aus ihrem Magen hochsteigende Wärme lockte sie, ihr zu folgen und durch die geöffnete Tür hinauszutreten. Nein, dachte sie. Noch nicht. Lass mich noch ein wenig bleiben.

Wassili Saitsews Stimme drang an ihr Ohr. Doch sie konnte nicht aus ihrem Inneren ausbrechen, um zu hören, was er sagte. Seine Hände lagen unter ihrem Kopf, aber irgendwie waren sie nicht stark genug, um ihre Augen still zu halten. Wo ist er?, fragte sie sich. Er ist überall um mich herum.

Eine Welle des Schmerzes stieg von ihrem Magen hoch bis in die Kehle. Sie öffnete den Mund, um sie auszuspucken. Warme Tinte plätscherte mit ihrem Atem heraus und lief ihr über die Wangen.

Tanja konnte sich nicht bewegen, während ein verwirrender Sturm von Gedanken durch ihren Kopf tobte. Sie schloss die Augen, um all die Eindrücke auszublenden, die auf sie niederprasselten. Zu viel, dachte sie. Zu viel auf einmal. Sind dies Waschas Hände? Wo ist er?

Der Boden unter ihr verschwand. Sie wurde auf die Seite gelegt. Ihr Kopf und der rechte Arm baumelten in der Luft, zeigten auf die Erde. Ich möchte mich wieder hinlegen, dachte sie. Es war warm und ruhig, und ich habe nur einmal einen Schmerz verspürt.

Tanja wurde sich eines Drucks auf ihren Magen bewusst. Etwas presste sich dort fest gegen sie. Anstatt der Wärme, die aus ihrem Körper entwichen war, gab es nur noch Schmerz. Unzählige Klingen stachen tief in sie hinein, vorbei an ihrem Rückgrat und hinaus in die Nacht wie das Glühen einer Flamme. Sie brannte. Rhythmisch durchzuckte sie der Schmerz, trat nach ihr und hämmerte wie das Stampfen von Stiefeln.

Durch den Schmerz kehrten ihre Geisteskräfte zurück. Noch lebte sie. Oh, es tut weh! Was ist passiert? Panik umkreiste ihren Verstand wie ein Schakal. Ich bin verwundet, mein Magen, eine Explosion. Schmerz und Blut. Jakobsin tot. Mogilewa. Eine Tretmine. Die Druckwelle. Was ist los? Wo ist Wascha? Arme sind unter mir, Waschas Arme. Beine laufen. Oh, die Stufen tun weh! Geh langsamer. Nein renn! Renn mit mir, gib nicht auf!

Der Geschmack von Blut füllte Tanjas Mund. Der Schmerz in der Magengegend drohte, sie einzuhüllen. Sie öffnete die Augen.

Saitsew hält mich an sich gepresst. Er schließt meine Wunde mit seinem Brustkorb. Lauf, Wascha! Er ist mein Verband. Sein Leben bewahrt meines, während wir laufen.

Bleib in seiner Nähe, Tanja. Bleib am Leben.

Lauf, Wascha, lauf!

Tanja versuchte, sich den Mund mit der Zunge zu säubern. Blutstropfen rannen über ihre Lippen.

»Lauf«, murmelte sie auf Englisch.

Saitsew verlangsamte den Schritt. Er sprach. Er atmete schnell und schwer, aber seine Worte waren deutlich.

»Verlass mich nicht, Tanjuschka. Wir schaffen es bis zum Lazarett.«

Tanja konnte nicht antworten. Sie hatte all ihre Kräfte aufgebraucht. Es gab so vieles, was sie noch sagen wollte, und alles, was sie herausbrachte, war »lauf« – in der falschen Sprache.

Langsam sank sie in ihren Körper hinab, in den pochenden Schmerz, tauchte in ihn ein und glitt durch ihn hindurch in die Bewusstlosigkeit.

20.

Tanja stöhnte laut auf, als Saitsew stolperte. Er stand hastig wieder auf, verminderte jedoch nie den Druck und hielt seine blutverschmierte Brust fest gegen Tanjas offenen Bauch gedrückt.

Der Sand knirschte unter seinen fliegenden Schritten. Das Knirschen vermischte sich mit seinem stoßenden Atem. Er schwankte zwischen Panik und Konzentration. Tanjas schlaffer Körper in seinen Armen machte ihm Angst. Ihr Blut lief in seine Stiefel.

Saitsew versuchte, den Kopf auszuschalten, sich vorwärts zu treiben wie eine Maschine, jenseits aller Gedanken und Müdigkeit. Dennoch stürzten Bilder auf ihn ein, alle von Tanja – schlafend, nackt, lachend, das Gewehr angelegt, neben ihm rennend in den Blitzen der Explosionen. Er schob sich durch sie hindurch, ließ die Erinnerungen platzen wie Seifenblasen, bis nur noch eines die Nacht beherrschte: der Körper in seinen Armen und sein Laufen.

In der Nähe eines mit Stacheldraht umzäunten Kontrollpunkts wich er auf dem dunklen Strand einem zertrümmerten Pferdewagen aus. Schweigend öffnete der Wachposten ein wackeliges Tor. Saitsew beschleunigte seinen Schritt wieder. »Weiter!« schrie hinter ihm eine Stimme.

Die Krankenstation lag fünfzig Meter vor ihnen in einer Höhle am Fuß der Kalksteinklippen. Dort hatte Schaikin gelegen und seinen Hals umklammert. Und in dieser Höhle war er auch gestorben.

Saitsew schob sich an der Decke am Eingang vorbei in die Krankenstation. Keuchend stand er in einem kleinen Vorraum, dessen Wände und Decke aus Holzbalken gebaut waren und von Pfeilern aus Metall gestützt wurden. An einem Draht baumelte eine nackte Glühbirne. Auf dem Fußboden lagen drei Soldaten auf Tragbahren nebeneinander. Eine Krankenschwester in grüner Uniform beugte sich über den von Saitsew am weitesten entfernten Soldaten.

Er hatte das Feldlazarett erreicht. Tanja wog schwer in seinen Armen. Bei dem Gedanken, sie loszulassen, überkam ihn Panik. Er würde sie an diese Krankenschwester übergeben müssen, die sich nicht einmal umgedreht hatte, um ihn, mit Tanja auf den Armen, anzusehen. Er schluckte und sprach. »Wir brauchen Hilfe.«

Die Schwester hob den Kopf. Wie ein erschöpftes Pferd schnaubte Saitsew laut durch die Nase. Er wusste, dass sein Gesicht seine Panik verriet.

Die Schwester trat auf ihn zu und streckte die Hände aus, um Tanjas Kopf zu stützen. »Legen Sie sie hier hin«, sagte sie.

Als die Schwester an Tanjas Kopf zog, um Saitsew zu einem freien Platz am Boden zu führen, schloss er Tanja noch fester in die Arme.

Die Schwester sah den Wahnsinn in seinem Blick. »Starschina.«

Er rührte sich nicht.

»Starschina, legen Sie sie hin. Ich muss mir ihre Wunde ansehen«, sagte sie streng.

»Wo ist der Arzt?«

Während sie sprach, zog sie Tanjas Augenlider hoch, um die Augen zu untersuchen. »Er operiert. Ich bin die Triage-Schwester. Ich mache die Aussonderung. Er wird so bald wie möglich hier sein. Legen Sie sie hin.«

Aussonderung. Diese Frau entscheidet, wen der Arzt als Nächsten untersucht. Wenn ich Tanja hinlege, wird sie auf dem Fußboden sterben. Sie wird sterben, während sie hinter diesen Tragen aufgereiht wartet.

Die Schwester trat einen Schritt zurück und starrte auf das viele Blut auf Saitsews Uniform. Dies schien ihr zu genügen, um Tanjas Chancen abzuwägen. Sie zeigte auf den Fußboden. »Legen Sie sie hin, oder sie stirbt in Ihren Armen.«

Ihre Worte trafen ihn. Er kannte den Tod, und er wusste, dass diese Schwester Unrecht hatte. »Nein.«

Hinter sich hörte er ein Schnappen. Noch ein Schnappen, wie von Gummi, dann eine Stimme. »Was ist hier los?«

Die Schwester schob eine Hand unter Tanjas Kopf und gestikulierte mit der anderen. »Er will sie nicht hinlegen. Ich muss sie mir ansehen. Es steht schlecht um sie.«

Der Arzt warf zwei blutverschmierte Chirurgenhandschuhe in einen Mülleimer. Dieser Mann war alt, der älteste, den Saitsew in Stalingrad gesehen hatte. Er war groß, beleibt und kahl rasiert. Tiefe Augenränder zeugten von seiner Erschöpfung. Sein weißer Kittel war sauber und kaum mit Blut befleckt. Ehe er Saitsew die Arme entgegenstreckte, richtete er den müden Körper auf.

»Geben Sie sie mir. Wir werden sehen, was wir tun können.«

Saitsew schreckte zurück, obwohl er Zutrauen zu dem alten Mann verspürte. Seine Arme, die Tanja umklammerten, schmerzten.

Der Arzt schüttelte den Kopf, bedächtig wie eine große Eiche. »In meinen Armen wird sie auch nicht sterben, mein Sohn. Gib sie mir.«

Er berührte Tanja. Saitsew ließ die Arme sinken, sodass ihr Körper von seiner Brust wegrollte, während die Schwester weiterhin Tanjas Kopf hielt. Als der Arzt sie übernahm, fielen Tanjas Arme herab.

Saitsew betrachtete den tropfenden Riss in ihrem Mantel. Er war so groß, dass man eine Faust hineinstecken konnte.

»Doktor!« flehte er, doch der alte Mann und die Schwester hielten Tanja bereits fest, wandten sich von ihm ab und legten sie auf den Boden.

Die Hände des Arztes machten sich an Tanja zu schaffen, wie zwei weiße Küken, die nach ihr pickten. Die Schwester ging zu den Tragbahren zurück und kniete sich nacheinander neben allen dreien nieder. »Stabil!« rief sie dem Arzt zu, als sie fertig war. Murmelnd beugte sie sich tief über den Mann auf der letzten Trage.

Der Arzt knöpfte Tanjas Mantel und Uniformbluse auf. Dann nahm er eine Schere, zerschnitt ihr Unterhemd und schob die burgunderroten Hälften wie einen Samtvorhang zur Seite. Seine Hände und sein Kittel färbten sich rot.

Die Wunde sprang Saitsew an. Ein Loch von der Form und Größe eines geöffneten Mundes war in die linke Seite ihres Leibes unterhalb des Brustkorbs gerissen. Aus der Öffnung schaute ein rosafarbener, geäderter Klumpen hervor. Der Druck in ihrem Körper hatte dazu geführt, dass ein Teil des Dünndarms durch die Öffnung gedrungen war. Blut entwich an den Rändern, tropfte seitlich an ihr herunter und sammelte sich in einer Lache auf dem Boden.

Die Krankenschwester stellte sich wieder neben den Arzt. Saitsew trat hinter sie. Tanjas Gesicht war wachsbleich. Schatten lagen auf ihren Augenhöhlen und Wangen, als hätte man sie mit Holzkohle eingerieben. Ihr Anblick bestürzte Saitsew. Das Gesicht sah hohl aus, wie ein Schädel.

Hastig steckte die Krankenschwester Verbandsmull in die ausgestreckte Hand des Arztes. Er legte ihn auf die Wunde und presste ihn an. »Heb sie wieder hoch.« Seine Stimme klang eindringlich.

Saitsew trat zwischen Arzt und Krankenschwester und schob seine Hände so vorsichtig er konnte unter Tanjas Körper.

»Mach schon, Junge«, brüllte der Arzt ihn an.

Sie trugen Tanja durch den Korridor in einen großen Raum. In der Mitte standen zwei Tische, die beide von auf Ständern befestigten, grellen Lampen erhellt waren. Von der Wand drang das leise Grollen eines mit Benzin angetriebenen Generators herüber. Nur ein Tisch war leer und mit einem frischen, weißen Laken bedeckt. Auf dem anderen lag ein bewusstloser Soldat. Neben ihm wickelte eine zweite Schwester einen Verband um den Stumpf unter seinem rechten Knie. Das amputierte Bein lag, noch im Stiefel steckend, in ein Tuch eingerollt auf dem Boden.

Saitsew legte Tanja auf den Tisch. Der Arzt nahm die Hände vom Verband über der Wunde, um sich saubere Gummihandschuhe anzuziehen. Statt seiner drückte die Schwester auf den Verband. Mit der freien Hand tastete sie unter Tanjas Kinn nach dem Puls. Saitsew trat vom Tisch zurück und stieß gegen einen hohen Wagen mit Operationsinstrumenten. Sie klirrten, doch keines fiel herunter. Die Schwester und der Arzt ignorierten ihn. Sie waren mit Vorbereitungen beschäftigt und hielten ein intensives Zwiegespräch. Der Arzt stellte ein Feuerwerk von Fragen, und die Schwester antwortete in Ein- oder Zweiwortsätzen.

Schließlich ging der Arzt zur Mitte des Tisches, um Tanjas nackten Bauch zu säubern. Die Schwester nahm den Verband von der Wunde und warf ihn in den Eimer neben dem Tisch. Mit einem anderen Tupfer trug sie ein orangefarbenes Desinfektionsmittel um die Wunde herum auf, aus der der Darm ballonartig herausragte.

»Äther?« fragte die Schwester.

Der Arzt schüttelte den Kopf.

Unaufgefordert schaltete die zweite Schwester das Licht an ihrem Tisch aus, ließ den amputierten Soldaten allein zurück und stellte sich gegenüber von Arzt und Triage-Schwester neben Tanja. Während die beiden Schwestern Chirurgenhandschuhe anzogen, prüfte der Arzt die in Reichweite liegenden, glänzenden Instrumente.

Saitsew verzog sich in eine Ecke hinter den alten Mann. Wenn er aufgefordert würde, den Operationssaal zu verlassen, würde er sich weigern. Der Arzt und die Schwestern beugten sich über Tanja, ohne einander während der Arbeit auch nur ein einziges Mal anzublicken.

Als der Arzt die Hand ausstreckte, nahm eine der beiden Schwestern ein Skalpell vom Instrumentenwagen und reichte es ihm. Zunächst zog er einen Schnitt mitten durch das Zentrum der Wunde, die er mit einem weiteren Schnitt an den Rändern der Öffnung weitete.

Zu beiden Seiten des Tisches ließen die Schwestern ihre Finger unter die Fleischlappen gleiten, die der Arzt freigelegt hatte, und zogen sie behutsam zurück. Saitsew verspürte den in ihm anschwellenden Drang, die drei beiseite zu schieben und Tanja wieder auf die Arme zu nehmen. Seine Angst zwang ihn zu einem Schritt nach vorn.

Feuchte Dünndarmspiralen füllten das gähnende Loch. Der Doktor schob sie mit den Fingern hin und her und beugte den Kopf tiefer. »Ein paar kleine Risswunden«, raunte er den Schwestern zu. »Darum kümmern wir uns später.« Die Frauen rührten sich nicht.

Der alte Mann schob den Darm beiseite und untersuchte

den darunter liegenden Bereich. Er streckte wieder die Hand aus, und erneut wurde ihm ein Skalpell hineingelegt. Die neben ihm stehende Schwester saugte mit einem Schwamm Blut aus dem lebenden Krater.

Saitsew beobachtete, wie der Arzt und die Frauen schnell und sicher in Tanjas Innerem arbeiteten. Ihm selbst waren die Eingeweide von Lebewesen nicht fremd. Er hatte unzählige Tiere in der Taiga aus der Decke geschlagen, seine Hände in ihre Eingeweide gegraben, sie herausgerissen und seinen Hunden hingeworfen. Solange er den Blick auf die Operation, auf die Hände des Arztes, die freigelegten Organe richtete, konnte er seine Angst beherrschen. Doch wenn er Tanjas auf dem Tisch drapiertes, blondes Haar und die bewegungslos daliegenden Hände betrachtete, überfiel ihn Panik.

Schon seit Monaten, als Saitsew sein blutiges Handwerk in Stalingrad aufgenommen hatte, war er mit dem Gedanken an den Tod ausgesöhnt. Das war das Geschäft des Krieges. Er riskierte sein Leben, um andere zu töten. Er hatte jedoch nicht damit gerechnet, stückweise zu sterben. Tanja schien der größte Teil von ihm zu sein. Wenn sie auf diesem Tisch starb, würde dieser Teil sterben. Er müsste ohne sie weiterleben, am Boden zerstört, in einer eisigen Landschaft, ohne ihre Leidenschaft und Wärme, seinem Schicksal überlassen.

Welche Neuigkeit, nur wenige Augenblicke, bevor das Schreckliche geschah. Eine Amerikanerin. Was für eine Frau war das, die von so weit her, aus Amerika kam, um so hart für Russland zu kämpfen und diesem Land so viel zu geben? Was für eine Frau? Saitsew schüttelte stumm den Kopf.

Der Arzt grub das Skalpell tiefer in Tanja hinein. Die Triage-Schwester legte eine Klammer in seine Hand, die glitzerte wie ein Rubin. Der Arzt drehte die Handgelenke, als binde er hastig einen Knoten. Eine der Schwestern hob einen Eimer hoch. Der Arzt zog noch einmal und hielt dann Tanjas rote Milz wie einen Klumpen in den Händen. Er ließ das Organ in den Eimer fallen.

Saitsew zitterte, ballte die Hände zu Fäusten und öffnete

sie wieder. An seinen Fingern klebte noch immer Tanjas Blut.

Die Schwester, die dem Arzt gegenüberstand, beugte sich vor, blickte in Tanja hinein und nickte dem Arzt zu. Wieder streckte er die Hand nach einer Klammer aus, ergriff dann das Skalpell und entnahm mit einer schnellen Drehung Tanjas linke Niere. Auch die warf er in den Eimer.

Plötzlich schoss Blut fontänenartig aus der Wunde hoch. Überrascht trat der Arzt einen Schritt zurück und tauchte dann beide Hände in das Loch, aus dem mehrere Sekunden lang unkontrolliert Blut spritzte, bis der Arzt die Blutung zum Stillstand brachte. In der Stille nach dem Schock blickten der Arzt und die Schwestern einander durch rote, tropfende Masken an.

»Klemm sie ab! Klemm sie ab!« befahl der Arzt.

Die Triage-Schwester versenkte ihre Hände neben denen des Arztes. Im Nu waren sie fertig. Als sich der Arzt vom Tisch abwandte, um sich das Gesicht mit einem Tuch abzuwischen sah Saitsew, dass Tanjas Blut in den Falten um Mund und Augen klebte.

Der Arzt, der noch vor wenigen Augenblicken dynamisch und sicher gewirkt hatte, war wieder alt geworden. Als er mit Saitsew sprach, hatte ihn wieder eine traurige Müdigkeit erfasst. »Ein Splitter hat ihre Milz und eine Niere zerfetzt. Sie kann ohne sie leben. Es war das Beste, sie zu entfernen«, erklärte er, während er mit dem Taschentuch über seine Augen wischte.

Saitsew nickte.

Als der Arzt wieder zu Tanja hinübersah, folgte Saitsew seinem Blick. Vor seinem inneren Auge tauchte das Bild der roten Blutsäule auf, die aus der Mitte ihres Körpers aufgestiegen war.

»Der Splitter war in ihre linke Niere gedrungen. Seine Spitze stand hinten aus der Niere hervor und hatte die Aorta durchbohrt. Das hatte ich nicht gesehen. Als ich die Niere herausnahm, ist die Aorta gerissen.«

»Ja«, sagte Saitsew lediglich.

»Starschina, ich habe getan, was ich tun konnte.«

Die beiden Schwestern, die hinter dem Arzt standen, lockerten den Druck auf die Fleischlappen in Tanjas Unterleib. Dann traten sie gemeinsam vom Tisch zurück und warteten neben dem bewusstlosen Körper – ein ruhiges, endgültiges Bild.

Saitsew ließ nicht zu, dass es endgültig war. »Sie lassen sie doch nicht sterben.«

Der Arzt seufzte. »Das liegt nicht mehr in meiner Macht.«

Er wandte sich ab, hielt jedoch inne und blickte zurück, als er das Klicken von Saitsews Pistole hörte.

Die Waffe war auf das Herz des Arztes gerichtet. Hinter ihm traten die Schwestern wieder synchron einen Schritt zurück.

»Sie haben mir gesagt, dass sie nicht sterben wird, Doktor. Sie können sie retten.«

Der Arzt schürzte die Lippen, um seine Antwort zu formulieren. Seine Augen verrieten keine Angst vor der Gefahr, die ihm drohte. Er hob den Kopf und sprach, als hätte er einen Studenten vor sich. »Starschina, die Patientin, die Sie mir gebracht haben, hat die Milz, eine Niere und viel Blut verloren. Ich habe keine Blutvorräte, um das zu ersetzen, was sie verloren hat. So nahe an der Frontlinie können wir nicht mehr tun, als die Verwundeten zu stabilisieren, bis sie über den Fluss transportiert werden können. Der Riss in der Aorta kann genäht werden. Dafür benötige ich zwanzig Minuten. Aber bei der Blutmenge, die sie bereits verloren hat, ist die noch vorhandene Niere wahrscheinlich unwiderruflich geschädigt. Wenn nicht, dann wird sie es sein, bevor sie wieder mit Blut versorgt werden kann. Ein Nierenversagen wird eintreten, und sie wird sterben.«

Saitsew ließ die Waffe nicht sinken. Tanja lebte noch, und der Doktor musste an ihre Seite zurückkehren.

»Sie wird sterben, Starschina. Und in den zwanzig Minuten, die ich damit verbringe, sie wieder zusammenzuflicken, wird möglicherweise einer der Verwundeten sterben, die im Vorraum auf mich warten. Können Sie damit leben?«

Saitsew blickte zu Tanja hinüber, die auf dem Tisch lag. Ihr Herz schlug noch immer; es war in einem Schützengraben, in schrecklicher Not und kämpfte um sein Leben. Die Soldaten, die auf den Tragen im Korridor lagen, waren in ihren eigenen Schützengräben. Er war nicht ihretwegen hier.

»Ich habe keine Wahl«, sagte er und hielt die Waffe auf den Kopf des Arztes gerichtet. Im Geist sprach er mit Tanja, versicherte ihr, dass er ihr zur Seite stehe. »Ich liebe sie zu sehr, als dass ich eine Wahl hätte.«

Der Arzt blickte sich um und sah zu den beiden Schwestern, die weiß und bewegungslos hinter ihm standen, wie gemalte Engel. Dann zog er einen Handschuh aus und rieb sich mit der Hand über die Glatze, als wollte er eine zündende Idee hervorlocken. Schließlich betrachtete er Saitsews Waffe. »Wenn Sie beabsichtigen, mit dieser Waffe in der Nähe meiner Patientin herumzufuchteln, dann sterilisieren Sie sie bitte.«

Nun zog er auch den zweiten Handschuh aus und warf beide in eine Ecke. Als er wieder zu Saitsew blickte, steckte die Waffe im Halfter.

Der Arzt stürmte zum Operationstisch, wieder voller Tatendrang. Er griff nach sauberen Handschuhen und streifte sie über. »Er liebt sie, meine Damen«, verkündete er mit erhobenen Händen den Schwestern, die im gleichen Augenblick wie er ruckartig in Aktion getreten waren.

Die Schwestern zogen die zerschnittenen Laken zurück und legten schweigend Tanjas Eingeweide wieder frei. Am Boden unter dem Tisch sammelten sich blutgetränkte Tupfer und Verbandmull. Mit Binden wischten die Schwestern dem Arzt den Schweiß von der Stirn. Saitsews Rücken schmerzte. Er hatte Angst, sich zu bewegen, Angst, er könnte die empfindliche Dynamik im Raum stören. Als Tanja einmal aufstöhnte, biss er die Zähne aufeinander. Er sehnte sich danach, in ihr Unterbewusstsein vorzudringen, neben ihr zu stehen und sich mit ihr gemeinsam den Weg nach draußen zu erkämpfen oder Schulter an Schulter mit ihr zu sterben.

Schließlich hielt der Arzt eine Nadel hoch, in die Catgut eingefädelt war. Er tauchte sie in das Loch ein, zog sie wieder heraus und schnitt. Auf diese Weise nähte er lange Zeit. Wie es schien, musste ein Dutzend Risse in Tanjas Eingeweiden versorgt werden. Als er fertig war, trat er vom Tisch zurück und zog seine Gummihandschuhe aus, während die Triage-Schwester begann, Tanjas Haut zu nähen und die Wunde zu schließen.

Als der Arzt sich umwandte, versuchte Saitsew, in seinen unter buschigen weißen Brauen versteckten blauen Augen zu lesen. Der alte Mann sah erst zu Saitsew und blickte dann zur Seite. Schließlich hob er die Hände und ließ sie wieder sinken, als wäge er etwas ab.

Saitsew betrachtete die Hände des Chirurgen mit den langen, faltigen Fingern, die aussahen wie Zweige. Haben diese alten Hände Tanja gerettet? Er wünschte, der Arzt würde sich schnell zu Tanjas Zustand äußern, aber er sah, dass er seine Worte vorsichtig wählte. Warum?, fragte sich Saitsew. Wie schlecht ist die Nachricht?

»Doktor?«, begann er ungeduldig.

Der alte Mann ließ die Hände sinken, die für den Augenblick ihre Arbeit getan zu haben schienen, und vergrub sie in den Taschen seines Ärztemantels. »Ich habe alles wieder in Ordnung gebracht«, sagte er. »Sie steht unter Schock. Ich weiß nicht, wie lange es dauern wird. Ein oder zwei Tage vermute ich.«

»Und wenn sie aufwacht?« Saitsew sah, wie der Arzt Luft holte.

»Wenn die verbliebene Niere die Operation überstanden hat, werden wir es wissen. Sie wird Wasser lassen müssen. Wenn sie in den nächsten achtundvierzig Stunden kein Wasser lässt, bewusst oder unbewusst, wird sie sterben, und wir können nichts dagegen tun.«

Die Krankenschwester nähte die letzten dunklen Stiche. Zwei gerade Linien schnitten sich auf Tanjas Bauch und hinterließen ein schwarzes Fadenkreuz.

Der alte Mann legte Saitsew die Hand auf die Schulter und tätschelte sie einmal ganz leicht. »Vergessen Sie nicht,

Starschina, was immer mit Ihrer Freundin geschieht, auch sie hat keine Wahl.«

Damit ging er davon. Seine gebeugte Haltung war nun wieder deutlich sichtbar. Zwei weiß gekleidete Sanitäter betraten den Operationsraum und hoben die Tragbahre des Soldaten an, dessen Bein amputiert worden war. Der Kopf des Soldaten rollte hin und her; er erwachte. Die Sanitäter trugen ihn an seinem amputierten Bein vorbei nach draußen.

Nachdem die Schwestern die Lampen um Tanjas Tisch ausgeschaltet hatten, folgte eine den Sanitätern und dem Arzt aus dem Raum, während die andere, die Triage-Schwester, in den Vorraum zurückkehrte.

Saitsew beobachtete sie, als sie neben dem Soldaten auf der ersten Trage niederkniete. Um seinen Brustkorb war ein Verband gelegt. Die Schwester zog ihm die Augenlider hoch. Nur einen Moment lang starrte sie in seine Augen; sie war inzwischen darin geübt, den Tod zu erkennen. Ohne Saitsew anzusehen, stand sie auf und ging zur nächsten Trage. Dieser Soldat begrüßte sie mit ausgestreckter Hand.

Saitsew legte die Handfläche auf die kühle Stirn des Leichnams. Der Mann war älter als er und hatte sich, nach der rauen Haut und den dicken Fingern zu urteilen, als Landarbeiter seinen Lebensunterhalt verdient. Saitsew griff unter den Mantel in die Tasche seiner Uniformbluse, zog den Leninorden hervor, den Tschuikow ihm verliehen hatte, und heftete ihn an die leblose Brust.

Fast stündlich schlüpften Sanitäter in weißen Kitteln leise in den kleinen Aufwachraum hinein, um die Verwundeten aus den vier Betten des Raums zu heben, auf Tragbahren zu legen und zur Evakuierung hinauszutragen. Einige der Soldaten wimmerten, als man sie bewegte. Jene, die nach der Operation hier erwachten, mussten feststellen, dass Teile ihres Körpers weggeschossen, verbunden oder verbrannt waren. Tanja ließ man in Ruhe. Saitsew, der neben ihr saß, hatte ihre Hand nicht losgelassen, seit man sie in dieses Bett gelegt hatte.

Der Arzt besuchte Tanja am Morgen nach der Operation.

Er schlug die Decke zurück und griff mit der Hand zwischen ihre nackten Beine, um die dort liegenden Betttücher, ihr Schambein und ihre Oberschenkel zu befühlen. Alles war trocken. Dann zog er ihre Augenlider hoch, nahm den Puls und maß die Temperatur. »Hat sie sich bewegt? Gesprochen?«, erkundigte er sich bei Saitsew.

»Nein.«

»Haben Sie gegessen?«

»Nein.«

Der alte Mann klopfte Saitsew auf die Schulter. Wieder war es eine leichte, kaum merkliche Berührung. »Sie werden ihr keine Hilfe sein, wenn Sie vor Hunger zusammenbrechen, Starschina. Ich lasse Ihnen Brot und Käse bringen. Bitte essen Sie.«

Saitsew nahm das Essen von einem Sanitäter entgegen, aß aber nur mit der freien Hand. Tanja lag bewegungslos neben ihm. Ihr flacher Atem und das gelegentliche Zittern ihrer Hand waren die einzigen Anzeichen dafür, dass sie noch lebte.

Auf der Suche nach Möglichkeiten, ihr Botschaften zu schicken, legte er den Kopf auf ihr Bett und sprach leise in ihr Ohr, um ihr Geschichten zu erzählen: von Jagden, die sie zusammen unternommen hatten, von dem Moment, wo er sie zum ersten Mal in der Chemiefabrik erblickt und wie schön sie ausgesehen hatte; von dem Kühlhaus, das sie in die Luft gesprengt hatten; vom ersten Mal, als sie einander geliebt hatten. Dass er sich wünschte, sie wäre an seiner Seite gewesen, als er sich mit Thorwald duelliert hatte, dass dann wahrscheinlich die Partisanin und nicht der Hase den Meisterschützen getötet hätte.

Mit den Fingern zeichnete er Bilder von Hirschen und Wölfen auf ihre Handfläche, von Schießscheiben und Gesichtern und der aufgehenden Sonne in Florida, Amerika. Und immer wieder drückte er ihr die Hand, führte sie an seine Wangen und Lippen und wischte sich mit ihrem Daumen die Tränen ab.

Alle paar Stunden tastete Saitsew unter der Decke nach Feuchtigkeit, so wie der Arzt es getan hatte. Jedes Mal, wenn er feststellte, dass die Tücher unter ihr trocken geblieben waren, hatte er das Gefühl, selbst auszutrocknen. Es ist so einfach, Tanjuschka, dachte er. Lass einfach Wasser und rette dein Leben.

Als er die Decke das erste Mal hochhob, berührte er ihre Verbände. Er dachte an das rosafarbene und rote Durcheinander, das er darunter gesehen hatte, die Teile, die man aus ihr heraus geschnitten und in den Mülleimer geworfen hatte. Als er die Decke wieder sinken ließ, weinte er.

Die zweite Nacht, seit Tanja ins Koma gefallen war, begann. Saitsew legte den Kopf auf das Bett. Einmal zupfte ihn ein Sanitäter am Arm, um ihn zu wecken. Er hob eine halb volle Urinflasche hoch, die neben Saitsews Stuhl stand, und lächelte aufmunternd. Doch Saitsew schüttelte den Kopf. Es war sein Urin, nicht Tanjas.

Saitsew war in den Halbschlaf gefallen, als ihre Hand zuckte. Ohne den Kopf zu heben, drückte er sie. Als ihre Finger den Druck erwiderten, hob er den Kopf und sah, dass sie ihn anblickte.

»Hallo, Waschinka.«

Er war sprachlos.

»Tanja, ich …« Erstaunt starrte er sie an. Ein zartes Rosa hatte die Blässe von ihrem Gesicht ein wenig vertrieben. »Wie lange bist du schon wach?«

»Nicht lange.«

Er hielt ihre Hand zwischen seinen Händen. »Ich war die ganze Zeit hier, Tanja. Ich bin kein einziges Mal weggegangen.«

Sie versuchte, ihre andere Hand auf seine zu legen, aber irgendetwas hinderte sie daran. Die Anstrengung ließ sie zusammenzucken, aber sie brachte heraus: »Ich weiß.«

Tanja öffnete eine seiner Hände. Mit dem Finger malte sie zwei Kreise in die Handfläche und setzte in die Mitte einen Punkt als das Schwarze einer Schießscheibe.

Saitsew legte seine Lippen auf ihren Mund. Ihre Lippen waren trocken.

»Ich habe große Schmerzen, Wascha. Werde ich sterben?« flüsterte sie an seiner Wange.

Saitsew vergrub das Gesicht in ihrem Haar. Nun konnte man nichts mehr für sie tun, hatte der Arzt gesagt.

»Ich weiß es nicht, Tanja.« Er wusste nicht, was er sagen sollte. »Du hast viel Blut verloren. Sie haben dir eine Niere entfernt.«

Tanja sah zur Decke empor. Sie nickte, als wüsste sie, was er als Nächstes sagen würde. Ihm fiel ein, dass sie die Enkelin eines Arztes war.

»Wir warten darauf, dass die andere Niere zu arbeiten beginnt.«

Zwei Sanitäter betraten den Raum und trugen einen verwundeten Hauptmann zu dem Bett, das am weitesten von Tanja entfernt war. Um Hals und Schulter des Mannes war ein frischer, weißer Verband angelegt worden. Der Hauptmann war bei Bewusstsein.

»Vorsichtig«, sagte er zu den Sanitätern, als sie die Tragbahre auf den Boden stellten. Der Offizier stützte sich auf seinen gesunden Arm, um den Sanitätern zu helfen, ihn von der Trage auf das Bett zu befördern. »Verdammt«, stieß er durch die zusammengebissenen Zähne hervor, ehe er tief einatmete.

»Wascha ...« Tanja leckte sich die Lippen. »Ich habe Durst.«

Saitsew stand auf, um einen Sanitäter auf sich aufmerksam zu machen. Als er dazu ihre Hand losließ, griff sie vor Schmerz aufstöhnend nach ihm.

»Wascha. Nicht ...«

Er blickte in ihr gequältes Gesicht, umschloss ihre Finger und fühlte, wie ihre Kraft zunahm. »Tanja?«

Sie drängte den Schmerz aus ihren Augen. »Lass mich ... nicht los.«

Saitsew lächelte und setzte sich. Zeit und die Schicksalsgöttinnen, dachte er. Ich will bleiben. Sie nie gehen lassen. Wie lange werden die Göttinnen mich bleiben lassen? Interessiert es sie, was ich möchte? »Sanitäter. Etwas Wasser, bitte.«

Einer der Sanitäter, der neben dem verwundeten Hauptmann stand, verließ den Raum, um Wasser zu holen, während der andere die Trage des Hauptmanns zusammenklappte.

Der Hauptmann rollte sich auf seine gesunde Schulter, um zu Saitsew und Tanja hinübersehen zu können. Sein großer Kopf war kahl rasiert, und die Glatze reflektierte das Licht. Der Mann hatte ein riesiges Pferdegebiss. »Verdammtes Pech«, sagte er. »Wird sie es schaffen?«

»Ja, Herr Hauptmann«, antwortete Saitsew.

»Ich auch. Die Kugel ging glatt durch.« Der Hauptmann sah sich im Raum um. »Bin froh, dass ich den Arm behalten habe.« Er schnitt eine Grimasse und legte sich auf den Rücken. Dann sprach er weiter. »Hab' gestern zwanzigtausend Gefangene gemacht. Die Deutschen waren verdammt überrascht, als wir hinter ihnen auftauchten.«

Sobald der Sanitäter mit einem Becher Wasser zurückkehrte, hob Saitsew den Kopf Tanjas an, damit sie trinken konnte. Wasser tropfte ihr das Kinn hinab, als sie schluckte. Vorsichtig trocknete er es ihr mit seinem Ärmel ab.

Tanja legte den Kopf auf das Kissen und schloss die Augen.

»Wir werden gewinnen«, sagte der Hauptmann. Dann verstummte er.

III.

DER KESSEL

1.

»Alle sieben Sekunden stirbt ein deutscher Soldat in Stalingrad. Eins … zwei … drei … vier … fünf … sechs … sieben. Alle sieben Sekunden stirbt ein deutscher Soldat in Stalingrad. Eins … zwei … drei …«

Der Mann neben Nikki sprang auf, ging zum Radio hinüber, das auf einer Werkbank stand, und stellte den anderen Militärsender ein.

Keiner der zwölf auf dem Fußboden der Fabrik zusammengekauerten Soldaten rührte sich. In sich gekehrt saßen sie da, während sich der zweite Sender meldete.

»… fünf … sechs … sieben. Alle sieben Sekunden …«

»Herrgott noch mal! Warum senden sie nicht Lale Anderson?«, schrie der Soldat.

Ein anderer Soldat schaute hoch. »Die Russen blockieren die Sender. Sie kommt und geht. Sie wird bald wieder auf Sendung sein. Setz dich einfach.«

»Herrgott noch mal«, murmelte der stehende Mann erneut und ging nach nebenan in die Werkstatt.

Nikki sah sich um. Erst heute Morgen, am Heiligen Abend 1942, war er zu diesem kunterbunten Trupp in den Tiefen der Barrikadenfabrik gestoßen. Den gesamten Tag hatten diese Männer damit zugebracht, Weihnachtsschmuck herbeizuzaubern. Um einen kleinen Baum zu fertigen, hatten sie Metallstangen mit Draht zusammengebunden. Wattebälle aus Verbandskästen dienten als Kugeln. An den Eisenzweigen hingen aus Buntpapier ausgeschnittene Sterne, und Tassen mit Öl und Wasser und einem Docht aus verzwirbelten Fäden beleuchteten den Baum von unten wie Kerzen.

Der Soldat, der den Raum verärgert verlassen hatte, weil das von ihm gewünschte Programm nicht gesendet wurde, war vor zwei Stunden angekommen. Wie Nikki gehörte er zu den unzähligen deutschen Nomaden, die nach der Auflösung ihrer Einheiten in der Stadt umherirrten. Dieser Soldat, dessen Namen Nikki nicht kannte, hatte den Rückzug von der Steppe am äußersten Rand des Kessels angetreten. In seinem Pionierszug war er der letzte Überlebende gewesen. Er hatte sich erst nach Osten in Richtung Stadtzentrum gewandt, ehe ihn die beißende Kälte unter ein Dach trieb. Er irrte durch die Barrikadenfabrik, ohne zu wissen, wonach er suchte. Alles, was er fühlte, waren nagender Hunger und quälende Müdigkeit. So wie zuvor Nikki luden die Männer dieses Trupps den Pionier ein, am Heiligen Abend mit ihnen zu essen. Am frühen Morgen hatten sie ihre beiden Dobermänner – ihre Maskottchen – geschlachtet und gekocht. Der Rest der vor einem Monat beim Sturm auf die Barrikadenfabrik noch fünfzig Mann starken Kompanie war tot und konnte keine Einwände mehr gegen das Festmahl erheben. Der Pionier ließ sich im Kreis der neuen Kameraden nieder und nahm die ihm angebotene Zigarette gerne an. Emotionslos erzählte er das Schicksal seiner Heeresgruppe. Sie waren alle umgekommen, als ihr Fahrzeug bei einem der unzähligen Gefechte mit den Russen am Rande des Kessels durch Panzerbeschuss getroffen worden war. Er hatte Glück gehabt, dass er auf dem Trittbrett des Lasters stand. So entkam er der Explosion. Seine Geschichte beendete er mit einem Achselzucken und einem melancholischen Lächeln. »Glück gehabt«, wiederholte er immer wieder leise.

Seit Thorwalds Tod vor fünf Wochen war auch Nikki auf den Schlachtfeldern herumgeirrt. Oberleutnant Ostarhild galt als in der Steppe verschollen. Da Nikki vom Nachrichtendienst keine anders lautenden Befehle erhalten hatte, fühlte er sich frei, seine Streifzüge durch die Stadt fortzusetzen. Er wurde zum Sammler verzweifelter Geschichten. Überall, in den Trümmern im Zentrum, am Mamajew Kurgan und in den Fabriken, glaubten die Soldaten, dass man sie im Stich gelassen habe. Stunde um Stunde sank ihre Hoffnung, Hitler werde die 6. Armee retten, ehe sie vollkommen vernichtet wurde.

Obwohl die Russen die Steppe kontrollierten und die dort operierenden deutschen Truppen geschwächt waren, gaben die Russen in der Stadt ihren Kleinkrieg zu keiner Zeit auf. Nikki verstand ihre Taktik: Wenn sie uns hier in der Stadt in der Defensive halten, können wir nicht zum Angriff übergehen. Wir können nicht aus dem Kessel ausbrechen. Das ist ihr Ziel: die Vernichtung der 6. Armee.

Angesichts der unaufhörlichen Angriffe war Nikki Zeuge eines Mutes und einer Entschlossenheit geworden, die in ihm ein vollkommen neues Bild vom menschlichen Charakter entstehen ließen. Überall in Stalingrad kämpften deutsche Soldaten – erschöpft, demoralisiert und ohne ausreichende Lebensmittel, Munition oder auch Hoffnung – diszipliniert weiter. Die Russen gönnten ihnen keine Pause und störten sogar am Feiertag die Radioprogramme.

Doch wenn Nikki an diesem Abend hätte Bericht erstatten müssen, dann hätte er nicht von der Stärke und Ordnung vieler deutschen Einheiten erzählen, sondern die Szenen des Grauens beschrieben. Er hatte schwarzäugige Männer gesehen, Kannibalen, die wie Geier kreisten und darauf warteten, dass die Verwundeten starben, um die noch warmen Körper fortzuzerren. Solche Leichenschänder wurden gejagt und sofort erschossen. Man hatte spezielle Patrouillen organisiert, um sie aufzuspüren. Und doch spukten vagabundierende Gruppen von Menschenfleischfressern, dicker und rotwangiger als ihre verhungernden Kameraden, in den Korridoren und Fabrikräumen umher. Ihre Zahl wuchs mit ihrer Kühnheit und Verzweiflung.

In seinem Bericht über diese letzten Tage in Stalingrad hätte Nikki auch von unfassbarer, grenzenloser Dummheit erzählt. Er hatte beobachtet, wie einige der wenigen He-111-Flugzeuge, die trotz widriger Wetterverhältnisse über den Kessel flogen, den Nachschub nicht über den Stellungen der 6. Armee abwarfen, sondern über denen der Russen, die die Leuchtspursignale der Deutschen nachahmten. An anderen Stellen innerhalb des Kessels hatte Nikki mit angesehen, wie halb verhungerte deutsche Soldaten gerannt waren so schnell sie konnten, um als Erste bei der an einem Fallschirm herabschwebenden Last zu sein. Die Männer kämpften darum, an die Holzkisten zu kommen. Sie zogen an der Seide des zusammengefallenen Fallschirms und stießen einander beiseite, wie Ferkel, die sich um den Leib des Mutterschweins drängten. Die Männer erbeuteten Ladungen, die nicht den Schinken und das Milchpulver, die Munition und die warme Kleidung enthielten, die sie am Leben halten würden, sondern tonnenweise Majoran und Pfeffer – und das für Truppen, die Ratten und Hunde töteten und grillten. Ein anderes Mal schenkte ihnen die Luftwaffe tausend rechte Stiefel. Nikkis Lieblingsgeschichte aus diesem letzten grauenvollen Monat in Stalingrad war die von der Million sorgfältig eingepackter schwedischer Kondome, die über dem Kessel abgeworfen wurden.

Vorwiegend hätte Nikki jedoch vom Untergang berichtet. Jeden Tag kamen über tausend Soldaten im Kessel von Stalingrad um. Viele starben, nachdem sie in der Steppe von den heranrückenden Russen verwundet worden waren. Andere waren bei den Gefechten in der Stadt erschossen worden. Der überwiegende Teil der Leichen, die, zu Haufen aufgestapelt, von ihren verdrossenen Kameraden vor den Kannibalen geschützt wurden, waren, wie Nikki gesehen hatte, verhungert, erfroren oder von Typhus oder Ruhr dahingerafft worden. Im Kessel gab es keinen Brennstoff für die Generatoren, die Wärme spenden sollten, für die Panzer, die man zur Abwehr brauchte, oder für die Lastwagen zum Transport aus dem Kessel. Als Weihnachgesgeschenk für die verbleibende halbe Million Männer hatte Paulus eingewilligt, die letzten vierhundert Pferde der 6. Armee zu schlachten. Die Tiere litten selbst Not, weil der Einsatz zu hart und das Futter zu knapp waren. Alles innerhalb des Kessels war dem Untergang geweiht, wie in einem verpesteten Fluss.

Nikki dachte an das Festmahl, das er vor kaum einer Stunde gemeinsam mit den um das Radio versammelten Männern eingenommen hatte. Zum ersten Mal seit Wochen war er satt. Er verbot sich, darüber nachzudenken, was seinen Magen gefüllt hatte. Das Stück Fleisch war rot und warm gewesen, so groß, dass es über den Tellerrand hinausragte, und gut mit Majoran gewürzt. Er hievte seinen steif gewordenen Körper hoch, so wie er es nach den großen Weihnachtsessen zu Hause immer getan hatte, und ging in die Werkstatt.

Der Raum hatte einen schweren Eichenholzfußboden, der dazu bestimmt war, mehrere Tonnen schwere Maschinen zu tragen. An der Decke waren die schäbigen Überreste von Kränen und Druckluftzylindern zu sehen. Von den Wänden hingen Ketten und verrostete Sparren herab, die dem Raum die Atmosphäre eines Kerkers verliehen. Die Maschinen waren schon vor Monaten von den sich zurückziehenden Fabrikarbeitern aus dem Boden gerissen und wegtransportiert worden. Übrig geblieben war nur eine Drehbank aus Metall in der Ecke, auf deren Getriebekasten der Pionier aus der Steppe die Hand gelegt hatte.

Nikki näherte sich leise und betrachtete die Drehbank. Das am Motorgehäuse befestigte Firmenschild trug die Inschrift des Maschinenbauers: *Oskar Ottmund, Böblingen, Deutschland.*

Der Soldat streichelte das Firmenschild. »Zu Hause war ich Maschinenschlosser«, sagte er.

Nikki nickte. »Ich habe Milchwirtschaft betrieben.«

»Ich war noch nie in Böblingen. Ist es da schön?«

»Weiß ich nicht. Ich bin nie weit aus Westfalen rausgekommen. Kühe machen keinen Urlaub.«

Der Soldat fuhr mit der Hand über die Drehbank. »Ich könnte sie in Gang bringen. Zu Hause könnte ich sie zum Singen bringen.«

Nikki klopfte ihm auf die Schulter. Er war etwa so alt wie Nikki, obwohl der Krieg sie alle älter gemacht hatte. »Ich nicht«, lachte Nikki. »Wenn etwas nicht muht oder schießt, bin ich verloren.«

Der Soldat lachte. Der Krieg hatte auch sie zu Brüdern gemacht.

Nikki suchte in seinen Taschen nach etwas, das er dem Pionier schenken konnte. Es war Heiliger Abend. Er fand nichts. Seine Taschen waren leer. »Wie ist es draußen in der Steppe?«, fragte er.

Der Soldat nahm die Hand von der Drehbank. »Russen. Sie haben alles eingenommen. Zehntausend Artilleriegeschütze, tausend Panzer, eine Million Männer, die in alle Richtungen laufen. Du weißt nicht, wann sie wieder zuschlagen werden. Sie kommen aus dem Nebel, aus dem Schnee und aus dem Boden. Die Steppe ist voll von Gräben und Spalten. Wir rollen an ihnen vorüber, und sie springen hinter uns hoch und greifen uns an. Wegen des Schnees kannst du keine Entfernungen schätzen. Und jede Nacht dieser Lärm.«

Der Soldat hielt sich die Nase zu, um den blechernen Klang der Lautsprecher nachzuahmen. »Deutsche Soldaten«, krächzte er. »Legt eure Waffen nieder. Euer Krieg ist vorbei. Kommt zu uns. Wir bieten euch warmes Essen und Schutz.«

Der Soldat grinste. Er holte Luft, hielt sich dann wieder die Nase zu und fuhr fort. »Manstein hat den Rückzug angetreten. Hitler hat euch im Stich gelassen. Der Winter ist über euch hereingebrochen. Alle sieben Sekunden stirbt ein deutscher Soldat in Stalingrad. Eins ... zwei ... drei ...« Er nahm die Hand von der Nase. »Immer und immer wieder.«

Nikki verstand. Als er vor Monaten das erste Mal mit der russischen Propaganda konfrontiert worden war, erschien sie ihm albern und leicht ignorierbar. Doch innerhalb des Kessels musste jedes Hilfsangebot, selbst wenn es aus einem Lautsprecher der Russen kam, sorgfältig abgewogen werden. Ergib dich oder stirb. Jeder in der 6. Armee wusste, dass das eine oder andere wohl sein Schicksal sein würde. Neben den Läusen, dem Hunger, der Gefahr und der nackten Angst zerrte die Wiederholung dieser Botschaften auf dem Schlachtfeld oder hier im Radio zusätzlich an den Nerven der Männer.

»Erzähl mir von Manstein«, bat Nikki.

Für jeden Soldaten im Kessel symbolisierte der Name Manstein Hoffnung. Generalfeldmarschall Erich von Manstein würde den Ring der Russen durchbrechen und sie aus dem Kessel befreien.

Es war allgemein bekannt, dass die 6. Armee zu schwach

war und nicht genügend Vorräte hatte, um eine Bresche in die feindlichen Truppen zu schlagen. Der Durchbruch musste von außen kommen. Die Rettungsmission war dem brillanten Manstein zugefallen, dem Helden der Belagerung von Sewastopol im Juli. Seit sich vor einem Monat der Kreis um sie geschlossen hatte, waren unter den Männern Gerüchte kursiert. »Hitler hat uns nicht vergessen«, sagten sie, packten einander an der Schulter und hielten einander fest, als ob sie Angst hätten, von diesem Planeten davonzuschweben. »Hitler hat Manstein geschickt, um uns hier rauszuholen.«

Vor zwölf Tagen, am 12. Dezember, waren diese Hoffnungen Wirklichkeit geworden. Manstein griff an. Der Feldmarschall führte 13 Divisionen aus Kotelnikowo heraus und attackierte die Russen in einer engen Frontausbuchtung von Südwesten her. Nach zehn Tagen heftiger Kämpfe, bei denen sie mit wiederholten Blitzangriffen auf die Russen eingeschlagen hatten wie mit einer Axt auf einen Baum, war eine der Panzerdivisionen, die 4. unter General »Papa« Hoth, bis auf vierzig Kilometer an die Verteidigungslinie der 6. Armee herangerückt.

»Ich habe gesehen, wie sie näher kamen«, sagte der Soldat. »Jeden Abend haben wir nach Süden geschaut. Wir sahen, dass die Blitze heller wurden; wir konnten sie kämpfen hören, wenn der Wind richtig stand. Wir sprangen hoch und riefen: ›Gib's ihnen, Papa. Komm und hol uns.‹ Wir wussten, dass sie kamen. Wir wussten es.«

Der Pionier blickte Nikki nun direkt an. Er wollte sicher sein, dass das mit seiner Geschichte verbundene Leid bei seinem Gegenüber ankam. Seine Augen verengten sich zu Schlitzen und projizierten die Bilder in Nikkis Augen.

»Letzte Nacht wurden die Lichter blasser. Wir standen dort im Dunkeln, die Hände ausgestreckt, wie Kinder. Und dann waren die Lichter verschwunden. Manstein hatte kehrt gemacht. Man befahl uns, den Rückzug anzutreten. Die Russen kamen in unsere Richtung. Dann wurde unser Lastwagen getroffen.«

Er tätschelte die Drehbank. »Hier bin ich nun. Damit wäre der Fall wohl erledigt, glaube ich.«

Nikki betrachtete die auf der Maschine liegende Hand des Pioniers. Er spürte die Verbindung, die zwischen ihnen bestand, eine alte, echte Verbindung. Dieser Mann hatte seine Maschinen geliebt. Sie hatten ihm Halt gegeben, hatten ihn kreischend und Funken sprühend ins Erwachsenenleben begleitet. Das Gleiche ist mit mir in den Feldern bei Vaters Kühen passiert. Ich bin mit ihnen aufgewachsen, habe sie und ihre natürlichen Gewohnheiten verstanden. Jetzt näherte sich alles seinem Ende.

Der Pionier, der die Drehbank sanft streichelte, erinnerte ihn an einen Mann, der seinen eigenen Grabstein berührt.

Ohne aufzusehen, sagte der Soldat: »Ich glaube, ich möchte allein sein, Hauptgefreiter.«

Nikki nickte. Er hätte dem Mann gerne auf die Schulter geklopft und streckte bereits die Hand aus, doch dann ging er, ohne ihn zu berühren.

Ehe er die Tür erreichte, wurde er von einem Gewehrschuss überrascht. Er wollte sich nicht umdrehen und nachsehen, aber er konnte sein Schicksal nicht überwinden, das ihn zwang, zu beobachten und sich einzuprägen, was in den letzten Tagen der 6. Armee hier im Kessel geschah. Nikki wusste, dass ihn andere eines Tages nach dem Leid dieser Männer fragen würden, und er würde ihnen dann davon erzählen.

Er würde ihnen von dem stillen Maschinisten erzählen, der in einer leeren Werkstatt neben der Drehbank aus Böblingen lag, mit dem Gesicht nach unten in einem sich ausbreitenden scharlachroten Meer der Verzweiflung. Von den ausgemergelten Männern im Raum nebenan, die sich den Bauch mit Hundefleisch voll geschlagen hatten. Diese Männer standen nicht vom Fußboden auf, um nachzusehen, was mit dem ruhigen Kerl passiert war, der mit ihnen das Weihnachtsessen geteilt hatte. Sie fragten nicht einmal nach ihm, als sich Nikki wieder zu ihnen in die Runde setzte.

Nikki verbrachte die Nacht in der Barrikadenfabrik. Er ging nicht wieder in die Werkstatt, in der der tote Pionier lag. Soll der Raum sein Totenschrein sein, dachte er. Lass ihn in Frieden neben seiner Drehbank liegen. Dieser Ort ist besser als jeder andere, zu dem ich ihn hätte hinschleifen können.

Die Unterhaltung der um die Laterne Sitzenden war gedämpft und angespannt, als lastete ein schweres Gewicht auf ihnen. Die Männer sprachen von zu Hause, ihren bürgerlichen Berufen, ihren Frauen und Kindern. Einer redete so leise, dass man ihn kaum verstehen konnte; er sprach von sich, als wäre er bereits tot. Er fragte sich, wie seine Familie ohne ihn zurechtkommen würde. Seine Frau und seine drei Söhne würden bei seiner Mutter leben, die den Jungen Manieren beibringen und dafür sorgen würde, dass sie Bücher lasen. Seine Frau war eine gute Frau, arbeitete hart, war aber ungehobelt, ein Mädchen vom Lande. Auch die anderen Männer verfielen ins Grübeln und dachten an das Schicksal ihrer Verwandten nach ihrem Tod in Stalingrad.

In der Eingangshalle warteten die beiden Wachposten auf das Ende ihrer einstündigen Schicht. Nikki sagte, er habe sein Gewehr nicht dabei, werde jedoch eine Schicht übernehmen. Einer der Männer dankte ihm und reichte ihm seinen Mauser.

Die Waffe in der Hand, ging Nikki zur Eingangshalle. Schon über einen Monat hatte er kein Gewehr mehr gehalten, nicht seit er Thorwalds Waffe getragen hatte. Das Gewicht in seiner Hand beschwor Bilder aus seinen Fingern und seinem Arm. Er hatte das Gefühl, wieder nach einem Glied in einer endlosen Kette des Bösen gegriffen zu haben, einer Abfolge von Waffen – Schwertern, Messern, Bogen, Speeren, Knüppeln – aus Vergangenheit und Zukunft. Überall sah er Leichen verstreut, zehn Milliarden Körper, dahingerafft über alle Zeiten, dahingestreckt über einen ewigen Stacheldrahtzaun. Er hielt das Gewehr von sich weg. Schau dir dieses Ding an. Metall und Holz, weiter nichts. Aber es ist auch eine Tür, eine Öffnung, durch die der Teufel und der Tod hindurchmarschieren können und alle, die den Menschen und das Leben hassen. Erstaunlich, was dieses Ding vermag, erstaunlich, was wir damit tun.

Nikki lehnte das Gewehr an die Wand. Er drehte sich um

und ging zu einem Fenster hinüber, das Sicht auf den Fabrikhof bot.

Dort nahm er die kostbare Ruhe dieses Heiligen Abends in sich auf. Nach einer Weile tauchte ein Sperrfeuer die Betonmauern und den Boden des Hofes in schimmerndes Rot. Ein Tupfer Grün legte sich über die Schatten im Hof. Die beiden Farben wirbelten umher, mischten sich miteinander und mit einem bernsteinfarbenen und weißen Flimmern von oben. Hunderte bunte Leuchtkugeln jagten ihre funkelnden Schweife hoch in den Nachthimmel, um am höchsten Punkt zu explodieren.

Nikki rannte zur Treppe, stieg zwei Etagen empor und hastete an ein Fenster, das ihm den Blick über die Hofmauer ermöglichte.

In dem riesigen Halbkreis, der sich von der Orlowka weit im Nordosten bis ins Zentrum zur Zariza-Schlucht an der Wolga erstreckte, schossen deutsche Soldaten Leuchtkugeln in den Himmel, um die Weihnachtszeit willkommen zu heißen. Das Schauspiel war Ehrfurcht gebietend und schön, so als ob der riesige Rand eines Vulkans ausbräche, während das Zentrum dunkel blieb. Der bunte Feuerring am Himmel markierte die Randgebiete der deutschen Truppen im Kessel.

Alles um Nikki herum tanzte: seine Hände, die Wangen und die weiße Uniform hüpften in den Farbblitzen. Nach einer Weile ließ das Knistern nach, und die Lichter verblassten, bis sie schließlich langsam und zögernd verschwanden.

Dann herrschte eine noch tiefere Stille in der Stadt, so als wäre sie, nun, da die Heiterkeit vorbei war, in sich zusammengefallen und hätte einen großen Krater hinterlassen. Nikki drehte sich vom Fenster weg. Durch das zerbrochene Glas drang, vom Wind getrieben, der Klang von Männerstimmen herein.

»O Tannenbaum, o Tannenbaum, wie grün sind deine Blätter …«

Der Gesang schwoll an und breitete sich im Kessel aus, so wie es noch vor Augenblicken das Feuerwerk getan hatte. Auch Nikki sang.

Wir sterben hier in diesem Ring, dachte er, während sich seine Stimme gemeinsam mit den Stimmen der ungesehenen Kameraden hob. Aber dort oben, wo wir dieses Lied hinsenden, jenseits der Wolken, nur berührt von dem Glitzerschmuck aus Sternen- und Mondlicht, ist es ein ruhiges, sauberes, gutes Weihnachtsfest.

Nikki schreckte aus dem Schlaf hoch. Seine Gelenke schmerzten. Nach der Nacht auf dem eisigen Fußboden waren seine Knochen steif. Als er sich mühsam auf die Knie erhob, umfing ihn die Kälte. Es war viel kälter als am Tag zuvor.

Er hinkte zu einem Fenster, wo die Männer zum Austreten hingingen. Während er die Hosenknöpfe öffnete, blickte er nach Osten zur Wolga hinüber. Schnee peitschte über die Landschaft, als rieselte Salz aus einer Schachtel. Die Temperatur draußen musste tödlich sein. Der 6. Armee frohe Weihnachten, dachte Nikki.

Als er fertig war, ging er an den aufwachenden Soldaten vorüber. Ihr Stöhnen machte deutlich, welche Qual es für sie war, einem weiteren Tag in Stalingrad entgegenzusehen. Nikki stieg wieder die Treppe empor, um aus dem Fenster nach Westen zu blicken, über den Hof hinweg zur Steppe.

Ein Vorhang treibenden Schnees nahm ihm die Sicht. Der Wind heulte zornig. Die seufzenden Böen wurden vom unverkennbaren Stampfen der Artillerie übertönt. Kanonen und Katjuscha-Raketen regneten an diesem Weihnachtsmorgen mit dem Schnee in den Kessel und auf deutsche Köpfe herab.

Nikki und die Männer machten sich daran, Bohlen aus dem Fußboden zu reißen, um ein Feuer zu entzünden. Am späten Nachmittag ließ der Schneesturm nach. Die Männer stellten aus Metallresten ein improvisiertes Kohlenbecken her, legten Holz hinein und zündeten es mit Zeitungspapier an. Das Feuer wärmte Nikkis Hände und Gesicht, während sein Rücken vor Kälte schmerzte.

Aus dem kleinen Radio drang Joseph Goebbels' krächzende Stimme. Hitlers Propagandaminister erzählte von der Weihnachtsschau der Wehrmacht und behauptete, sie werde aus dem Reich der von Deutschland eingenommenen Länder übertragen. Er versicherte der Öffentlichkeit, dass bei den deutschen Armeen, die für die Zukunft des Volkes kämpften, alles zum Besten stehe.

Goebbels' hohe Stimme klang wie das Kreischen eines toll gewordenen Adlers. Seine Selbstsicherheit ist angekratzt, dachte Nikki. Er spricht viel zu laut. Wie die Artillerie hält er den Zuhörer unter Beschuss, als versuchte er, etwas mit seiner Stimme zu töten. Er versucht, die Angst zu töten, den Zweifel zu töten. Überall steht alles zum Besten. Alles verläuft gut für Deutschland. Wir gewinnen, die Welt beugt sich vor uns. Macht euch keine Sorgen um eure Söhne. Deutschlands Schicksal umhüllt sie mit Wärme.

Der Propagandaminister leierte eine Liste von Städten herunter, die die Wehrmacht erobert hatte, und nahm seine Zuhörer zu einem großen Ausflug an die Frontlinien des Dritten Reiches mit. An jedem Ort trugen die Soldaten tapfer ein Weihnachtslied vor, um ihren Lieben zu Hause einen beruhigenden Weihnachtsgruß zu schicken.

»Und nun aus Narvik«, säuselte Goebbels. Die um das Radio versammelten Männer fielen in den Gesang der nördlich des nördlichen Polarkreises an der norwegischen Küste stationierten Soldaten ein, die »König Wenzel« angestimmt hatten. Selbst während er sang, wurde Nikki den Verdacht nicht los, dass sich die Sänger nicht wirklich in Norwegen befanden, sondern in einem Studio in Berlin. Der Gesang war zu gut, zu klar, um ein Chor kämpfender Männer zu sein.

»Und aus Tunesien«, brüllte Goebbels, als das Lied zu Ende war. Ein weiterer erfahrener Männerchor sang »Stille Nacht, Heilige Nacht«. Die Männer um das Radio wiegten sich. Flackernd legte sich der Feuerschein auf ihre Gesichter. Ihre Schultern berührten einander, während sie sangen. Das Glühen wurde von den Augenrändern und den feuchten Spuren auf ihren Wangen zurückgeworfen. Eine Träne schoss in Nikkis Auge. Er wünschte, sie würde wachsen. Er sang weiter und genoss ihre kühle Feuchtigkeit, während sie von seinem Kinn herabtropfte. Verloren wie er war, tat es gut, satt zu sein, zu weinen und sich mit diesen Männern hin- und herzuwiegen. Ein Wimpernschlag verwandelte die Träne in seinem Auge in ein Prisma, das die lodernden Flammen in Spektralfarben zerlegte.

»… stille Nacht, heilige Nacht, alles schläft, einsam wacht …«

Nikki sang und weinte. Er spürte endlich den Bruch, den er hatte kommen sehen, wie das Reißen eines durchgescheuerten Seils. In seinem Herzen war er nicht länger ein Soldat der deutschen Armee.

Während er sang, fühlte er sich endlich ungebunden, durch die Lügen und Manipulationen, die aus dem Radio drangen, seiner Pflicht enthoben, durch die Sinnlosigkeit, die er in den letzten vier Monaten mitangesehen und miterlebt hatte. Goebbels tut seine Pflicht und erzählt den Deutschen, dass alles ruhig ist, während die bittere Wahrheit die ist, dass wir sterben, in Stalingrad, in Europa, in Afrika – überall. Und Soldaten und Zivilisten in der ganzen Welt sterben mit uns in der Ausübung ihrer Pflicht.

Nikki ließ die Tränen fließen. Ich habe meine Pflicht in Stalingrad erfüllt. Ich habe eine Spur von Leichen hinterlassen. Das war es, was sie von mir verlangt hatten. Damit ist die Sache erledigt.

Pflicht. Wir Deutschen klammern uns daran, als wäre sie ein Schal, der uns wärmt. Im Namen der Pflicht sind wir zu allem bereit. Wie kalt wird uns sein, wenn man uns den Schal wegreißt, wenn die Lügner schließlich still sind und die Pflicht gegenüber ihren Lügen mit ihnen stirbt? Was werden die, die ihnen geglaubt haben, dann tun? Sie werden behaupten, nicht gewusst zu haben, dass ihre Führer sie betrogen haben! Es war besser, das Pflichtgefühl beim ersten Anzeichen einer Lüge der Führer zu töten, es zu zerstören. Schüttle es ab wie eine Schlange, die von einem Baum auf dich herabgefallen ist!

Wenn sich die Schlange nicht länger um deine Schultern windet, siehst du alle Lügen ganz deutlich, denn die Pflicht macht dich blind. Sieh auf sie hinab, wie sie dir nun von unten her mit gebrochenem Rücken schwach etwas zuzischt. Ich sehe jetzt alles ganz klar. Hitler, Stalin, Churchill, Mussolini, Roosevelt, Hirohito. Wie die Männer, die im Radio singen – ein Chor von Lügnern. Sie müssen Lügner sein, denn dieser Krieg, den sie uns zu führen befohlen haben, *kann nicht* die Wahrheit für die Menschheit sein. Er muss eine irrsinnige Lüge sein!

Ich fühle mich Deutschland gegenüber nicht mehr verpflichtet. Nun bin ich nur noch mir selbst treu, meinem Leben, das Gott allein mir gegeben hat. Meine Liebe gehört nur noch meiner Familie. Hitler hat mich verlassen und belogen, hat den Vertrag mit mir gebrochen. Ich werde seine Feinde nicht töten, werde mich nicht auf seinen Befehl hin meinem Schicksal ergeben. Ich bin frei.

»… schlaf in himmlischer Ruh, schlaf in himmlischer Ruh.«

Die Walzermelodie klang aus. Die Männer schunkelten nicht länger. Viele trockneten mit dem Ärmel ihre Tränen.

»Und nun«, bellte Goebbels' Stimme voller Stolz. »Aus der Festung Stalingrad.«

Die Männer starrten einander ungläubig an.

»Von hier?« fragte einer.

»Das glaub' ich nicht!«

»Hier ist keiner vom Sender! Wann sind die hierher gekommen? Heute, in dem Schneesturm?«

»Das ist Schwachsinn! Goebbels lügt.«

»Habt ihr das gehört? Festung Stalingrad? Verdammt noch mal …«

»War die ganze Sendung eine Lüge? Was denkt ihr?«

Nikki erhob sich aus dem Kreis der einander entsetzt anstarrenden Soldaten. Nun wissen sie es auch, dachte er. Gut. Angesichts des Todes sollten Männer die Wahrheit kennen.

Ehe er das Feuer verließ, beugte er sich vor und berührte den Soldaten unmittelbar neben ihm an der Schulter. »Danke«, sagte er. »Frohe Weihnachten.«

Der Mann blickte mit feuchten Augen zu ihm empor, die Stirn gekraust, flehentlich, mit offenem Mund. In seinem Gesicht las Nikki: Du bist aufgestanden. Du gehst irgendwo hin. Nimm mich mit.

Nikki nahm die Hand von der Schulter des Mannes. »Ich gehe nach Hause«, sagte er. Sollte der Soldat aufstehen und mitkommen, würde Nikki sich über seine Gesellschaft freuen.

Der Mann starrte zu Nikki herauf. Das vom Feuer abgewandte Gesicht wurde von Schatten zweigeteilt. Er schüttelte den Kopf. Sein Leid drückte ihn nieder wie eine schwere Krone.

Nikki ging zur Tür. Hinter ihm krachte die Übertragung des Weihnachtsliedes aus der ›Festung Stalingrad‹ los wie ein Eiszapfen.

Im Dunkel fand Nikki seinen zusammengerollten Schlafsack und bettete erschöpft und frierend den Kopf darauf. Die Fingerspitzen und Zehen schmerzten. Er hatte das Gefühl, als hätte sich eine Eiskruste darüber gelegt. Während er sich auf dem Fußboden zusammenrollte, bewegte er sie hin und her. Schnell übermannte ihn der Schlaf und trug ihn in den Morgen. Im Traum spazierte er durch wirbelnden Nebel.

Kurz nach Tagesanbruch knatterte ein Motorrad an seinem Fenster vorüber zu dem zerbombten Kaufhaus auf der anderen Straßenseite. Dort hatte Ostarhilds Schreibtisch gestanden, an dem nun der ausgezehrte Hauptmann saß. Nikki stand auf und sah, wie der mit Schneebrille ausgestattete und schneebedeckte Motorradfahrer die Treppe hinauflief. Weitere Neuigkeiten, dachte er. Weitere Informationen. Weitere Wahrheiten über das, was hier und in der Steppe passiert. Gut. Erzähl ihnen alles, Melder. Steig auf dein Motorrad und verbreite es.

Nikki hatte nichts zu essen. Er hätte eine Feldküche suchen und sich seine Tagesration von sechzig Gramm Brot, dreißig Gramm Wurst und zehn Gramm Butter sowie Kaffee holen können. Aber heute wollte er nicht in der Schlange stehen. Der Hunger würde ihm helfen, wach zu bleiben.

Er blickte zu seinem Gewehr hinüber, das seit einem Monat gegen die Brotregale gelehnt stand. Seine Augen musterten die Kellerwände, seinen Rucksack, seinen Schlafsack und die Laterne ohne Brennstoff. Dies war der Schutz, den die deutsche Armee ihm bot. Das war nicht genug.

Mit seinem Messer schnitt er den Segeltuchrucksack in Streifen und band sie um seine Stiefel. Aus dem Schlafsack machte er drei lange Stücke und wickelte eines davon um den Körper. Darüber zog er seinen Mantel an. Das zweite Stück legte er sich um die Schultern. Mit dem letzten, das er in weitere Stücke schnitt, bedeckte er Hals, Ohren, Nase und Hände.

Dann stieg Nikki die Treppe zur Straße hinauf. Der Wind wirbelte den Schnee in tanzenden Spiralen umher. Der Himmel war wolkenverhangen. Seine Verpackung nahm der Kälte den ärgsten Biss.

Er schlang die Arme um den Körper und ging zehn Querstraßen in Richtung Westen zum Bahnhof Nr. 1. Er wählte ein Gleis aus, das verbogen und gewunden, aber immer noch ein Stahlband war und nach Süden verlief. Dem folgte er.

So hastete er durch die Stadt. Männer mit Bündeln auf dem Rücken eilten an ihm vorüber. Keiner hielt an, um zu fragen, wohin er ging. Jeder war ganz mit sich selbst beschäftigt. Die Arme um den Körper geschlungen und nach vorne gebeugt, schlugen sie sich durch die peitschende Kälte und zogen die Köpfe ein, um dem beißenden Frost weniger Angriffsfläche zu bieten. Diese Männer versuchen einfach zu überleben, dachte Nikki. Jeder tut es auf seine Weise. Letztlich bist du allein auf dich gestellt, gleichgültig, von wie vielen Menschen du umgeben bist.

Vier Stunden lang folgte Nikki dem Bahngleis, das oftmals unter dem Schnee verschwand. Dann grub er seine Stiefel tiefer in den Schnee ein, um die dicken Holzschwellen zu finden. Manchmal ragte das Gleis auch aus dem Schnee hervor wie ein verbogener Metallfinger, der ihn vorwärtslockte.

Er kam an vielen Orientierungspunkten vorüber, die für die heftigen Kämpfe berühmt waren, welche hier im September und Oktober getobt hatten. Er erkannte die Zariza-

Schlucht, den Bahnhof Nr. 2 und den verdammten Getreideheber. Die Getreidesilos am Wolgaufer waren zehn Tage lang von fünfzig Russen gegen drei Divisionen gehalten worden. Nun war der Heber von Feuer geschwärzt und zum Schweigen gebracht von den zahllosen Toten, die man benötigt hatte, um diesen Punkt auf einer Karte für Deutschland zu gewinnen.

Südlich des Getreidehebers verließ Nikki das Stadtzentrum und ging in die Wohngebiete am Stadtrand. Die Holzhäuser und Hütten der Arbeiter waren von Panzern und Artillerie niedergewalzt worden. Nichts stand mehr, nicht einmal die Bäume. Schnee bedeckte die Landschaft und bildete weiche, weiße Hügel, nur unterbrochen von einem Brett oder Rohr, das aus vereinzelten Schneewechten herausragte. Die Bewohner dieser Viertel waren evakuiert oder getötet worden. Ihren Platz hatten die Eindringlinge eingenommen. Sie stolperten hier umher, verbargen sich in Fuchsbauten vor dem Wind oder lugten über den Rand von Schützengräben.

Am frühen Nachmittag hatte Nikki von den Getreidesilos aus sechs Kilometer zurückgelegt. Die zunehmende Zahl von Männern, die ziellos mit verschneiten Gesichtern an Panzern vorüber durch den Schnee schlurften, sagten ihm, dass er sich der Südfront der Igelformation der 6. Armee näherte. Einige Männer spannten Stacheldraht, während sich andere durch den Schnee zu einem Zelt oder Schützengraben durchkämpften. Vielleicht arbeiteten sie auch nur, um in Bewegung zu bleiben. Nikki wusste es nicht.

Verderben, dachte er. Es wird immer verworrener, von Stunde zu Stunde dunkler, wächst auf den Gesichtern der Männer wie Bärte.

Er ging auf eine Gruppe zu, die sich um ein Ölfass versammelt hatte, in dem ein Holzfeuer brannte. »Ist hier viel los?« fragte er.

Ein Soldat sagte, während er weiter ins Feuer starrte: »Was meinst du mit ›viel los‹? Kämpfe?«

»Ja.«

»Klar, hier ist viel los. Wir kämpfen gegen die Kälte, die Läuse, den Durchfall, den Hunger und gegeneinander.«

Der Mann blickte über das offene, glitzernde Land nach Süden, wo sich die Russen hinter einem Schleier aus windgetriebenem Schnee massiert hatten.

»Und wir kämpfen gegen sie, wenn sie es wünschen. Wo kommst du her?«

Nikki wies mit einem Kopfnicken hinter sich, nach Norden. »Aus dem Zentrum«, sagte er.

»Verdammt. Du hast es gesehen. Was machst du hier?«

»Spazieren gehen.«

Das Lächeln des Soldaten stellte die blonden Stoppeln auf seinen Wangen auf. »Haben die Russen viele Gefangenen gemacht?«

»Du meinst, machen die Russen überhaupt Gefangene?«

Nikki nickte.

»Ja. Manchmal. Kommt darauf an, wie wütend sie gerade sind. Normalerweise sind sie ziemlich wütend. Du kannst hören, wie sie verrückt werden, wie sie schreien und auf Gefangene schießen, auf Kerle, die ihre Gewehre bereits fallen gelassen und die Arme hochgerissen haben. Westlich von hier hämmern sie auf die Rumänen ein. Es ist scheußlich. Ich hab's mit eigenen Augen gesehen. Deshalb bin ich hierher zurückgelaufen und bleibe nun auch hier. Ich würde eher verhungern, danke. Verdammte Russen. Das ist einfach nicht richtig.«

»Sie haben einen Grund, wütend zu sein«, sagte Nikki.

Der Mann spuckte ins Feuer, das kurz aufzischte.

Nikki griff in die Innentasche seines Mantels nach dem Umschlag, der seine Befehle enthielt. Die Papiere waren mit dem Stempel *Nachrichtendienst* versehen. Nikki blieb Oberleutnant Ostarhilds Einheit von Nachrichtensammlern und Horchern zugewiesen. Er hatte die Erlaubnis, sich unbegleitet über das gesamte Schlachtfeld zu bewegen. Nun zog er seine Fausthandschuhe an und umklammerte den Umschlag. Er wollte die Papiere bereit halten.

Er wandte sich vom Feuer ab und sah nach Süden zu den Frontlinien der Russen. Als ihm die Kälte entgegenschlug, zog er den selbst gemachten Schal vor Mund und Nase. Durch den Schal hindurch sprach er zu dem Mann neben ihm. Das Tuch fing seinen Atem ein und wärmte seine Lippen.

»Ich bin Milchbauer«, rief er durch den eiskalten Wind und das knackende Feuer. »Aus Westfalen.«

Dann ging er in das wirbelnde Weiß hinaus.

Epilog

Am Nachmittag des 8. Januar 1943 unterbrachen die russischen Truppen, die den Kessel um Stalingrad besetzt hielten, die vernichtende Offensive gegen die eingekreiste 6. Armee, um die Ergebnisse eines Kapitulationsangebots abzuwarten, das der russische Oberbefehlshaber dem Oberbefehlshaber der deutschen Truppen, Generaloberst Friedrich von Paulus, unterbreitet hatte. Die Kapitulationsbedingungen waren großzügig, begleitet von einer Drohung Stalins, die 6. Armee bis zum letzten Mann zu vernichten, falls sie sich weiter widersetze. Am folgenden Tag wurde das Angebot abgelehnt und der Kampf wieder aufgenommen.

Die Entscheidung, den russischen Vorschlag abzulehnen, traf nicht der vor Ort weilende Paulus, sondern Adolf Hitler in seiner Wolfsschanze in Ostpreußen. Jeder, der mit eigenen Augen das Leid der 6. Armee gesehen hatte, hätte nicht von ihr verlangen können, auch nur einen einzigen Tag weiterzukämpfen.

Hitler entschied, dass Paulus und seine ausgezehrten, frierenden Truppen in der ›Festung Stalingrad‹ auszuharren hatten. Dies war ein tragisches, aber strategisch notwendiges Opfer, um die russischen Kräfte möglichst lange zu binden. Damit sollte es der dezimierten Heeresgruppe Don unter Manstein und der Heeresgruppe B der 6. Armee nahe Rostow unter Generalfeldmarschall Fedor von Bock ermöglicht werden, den Rückzug nach Norden anzutreten. Hitler fürchtete zu Recht die wieder auflebende Kampfkraft der Roten Armee und brauchte Manstein, um deren Vormarsch zu stoppen.

Am 10. Januar begannen die Russen um 8.05 Uhr früh einen verstärkten Angriff auf den Kessel und deckten die deutschen Stellungen mit einem einstündigen Artilleriebombardement ein. Um Punkt 9.00 Uhr stürzten sich tausend russische Panzer und zahlreiche neue Bodentruppen in den Kampf. Der Ring wurde von Stunde zu Stunde enger gezogen. Die Russen metzelten die deutschen Truppen nieder und gewannen an einem Tag hunderte Quadratkilometer zurück, für deren Eroberung die Invasoren Monate gebraucht hatten. Die deutsche Infanterie und die motorisierten Einheiten kämpften tapfer, aber ohne Durchhaltevermögen. Ihr Widerstand war schnell gebrochen.

Im Verlauf des Januar ergaben sich deutsche Soldaten in Gruppen von mehreren tausend. Die Männer, die eher zerlumpten Vogelscheuchen glichen, stolperten aus Nebel und wirbelndem Schnee heraus, die Hände hinter dem Kopf, die Waffen vor sich auf dem Boden. Sie hatten Kleiderfetzen um Kopf und Stiefel gewickelt, und Hunger starrte aus ihrem huschenden Blick.

Trotz des Mitleid erregenden Zustands der sich ergebenden feindlichen Truppen konnten viele russische Soldaten ihren brennenden Hass auf die Deutschen nicht unterdrücken. Ihr Zorn war durch die Invasion ihres Vaterlands, durch Berichte über Grausamkeiten der Deutschen in den besetzten Gebieten, durch die schreckliche Belagerung Leningrads und die Rhetorik des Hasses, die die kommunistischen Agitatoren unaufhörlich verbreiteten, bis aufs Äußerste geschürt worden. Jeder Russe trug neben seinem Gewehr auch den Schmerz des Vaterlandes in der Hand.

Ganze deutsche, rumänische, ungarische und italienische Kompanien wurden mitleidslos niedergemäht, während sie sich unter weißen Fahnen näherten. Die mordenden russischen Einheiten kamen ungestraft davon. Sie hatten das stille, rachsüchtige Einverständnis Stalins und ihrer Generäle, den Feind auszulöschen. Zu Beginn der dritten Januarwoche war die 6. Armee, die zwei Monate zuvor noch über 300 000 Mann gezählt hatte, auf weniger als 90 000 Mann geschrumpft. Der Rest war verhungert, erfroren oder niedergemetzelt worden.

Am 30. Januar telegrafierte Hitler Generaloberst Paulus, dass er ihn zum Generalfeldmarschall befördert habe. Hitler wusste, dass kein deutscher Generalfeldmarschall jemals in einer Schlacht kapituliert hatte. Er hoffte, dass sein belagerter Oberbefehlshaber den Wink verstehen, Selbstmord begehen und damit seine Ehre retten würde, was Hitler für eine letzte, heroische Tat hielte. Paulus erschoss sich nicht. Stattdessen ergab er sich in den frühen Morgenstunden des nächsten Tages dem jungen russischen Leutnant Fjodor Jelschenko, der in einem Panzer vor dem Univermag-Kaufhaus, dem Hauptquartier der 6. Armee, saß, das Turmgeschütz direkt auf Paulus' Fenster gerichtet.

Am 2. Februar endete der gesamte organisierte Widerstand in Stalingrad. Riesige Gefangenenkolonnen strömten in nördlicher Richtung aus der Stadt. Die Gefangenen schlurften über die Wolga durch blendenden Schnee und weiter nach Osten in die Gefangenenlager. Wer bei diesem Marsch nicht Schritt halten konnte, dem jagten NKWD-Posten eine Kugel in den Schädel und ließen ihn am Straßenrand liegen.

Die Gefangenentrupps kamen durch kleine, vom Krieg unberührte Dörfer. Obwohl die Rote Armee den Vormarsch der Wehrmacht in Stalingrad gestoppt hatte, äußerten die Bürger östlich der Wolga ihren Hass auf die Deutschen, als wären sie selbst an den erbitterten Kämpfen beteiligt gewesen. Alte Männer und Frauen stürzten sich in die Reihen humpelnder Gefangener, um nach ihnen zu schlagen oder ihnen Feuerzeuge, Füllfederhalter, Rucksäcke, kleine Lebensmittelvorräte, ja sogar Schreibpapier zu entreißen. Mehrmals ließen russische Soldaten, die die Städte bewachten, ihrem Zorn freien Lauf und feuerten wahllos auf die dahintrottenden Kolonnen.

Am Weg wurden behelfsmäßige Nachtlager für die Gefangenen eingerichtet, selten mehr als hastig aufgestellte Zelte, zugige Scheunen oder fensterlose Fabrikräume. Als Unterlage wurde Stroh auf den Boden gestreut. Jeden Morgen standen weniger Soldaten auf, um den Marsch nach Osten fortzusetzen. Viele Männer starben nachts an Hunger und Kälte. Auch vom Typhus wurden sie dahingerafft, den sie sich durch die Läuse zugezogen hatten.

Schließlich wurden jene, die den Marsch überlebt hatten, auf Lastwagen geladen und zu Arbeitslagern in Sibirien gebracht.

Zu Beginn der deutschen Invasion hatte Stalin viele sowjetische Industriebetriebe in das Gebiet östlich des Uralgebirges umgesiedelt. Diese Fabriken brauchten Bahnverbindungen zum westlichen Teil der Nation. Die Kriegsgefangenen, Soldaten der Achsenmächte, wurden zu unmenschlich harter Arbeit gezwungen und mussten zwölf Stunden am Tag im bitterkalten sibirischen Winter ihren Rücken über Spitzhacken, Schaufeln und Vorschlaghammer beugen. Sie gingen in Tunnel hinein, um Sprengstoffladungen zu legen, spalteten Felsbrocken und luden sie auf Lastwagen oder bauten Stützmauern in die durchbohrten Berge. Abends hielten ihnen die Kommunisten oft Vorträge über die Übel ihrer Regierungen und des Faschismus. Viele der Gefangenen gaben vor, sich von ihrem Land abzuwenden und dem Weltsozialismus zuzujubeln. Je lauter sie jubelten, desto weniger grausam wurden sie behandelt. Ärzte, Krankenschwestern, Nahrungsmittel, Kleidung, ja sogar Post und vereinzelte Nachrichten gelangten im Lauf der Jahre zu den Gefangenen, was deutlich machte, dass die Russen einige am Leben halten wollten, um sie auf dem politischen Spieltisch der Nachkriegszeit als Spielchips verwenden zu können.

Erst 1948 entließen die Russen die Ersten der in Stalingrad festgenommenen Soldaten. Der politische Druck des Kalten Krieges sorgte dafür, dass die Repatriierung nur schleppend voranging. Dennoch befanden sich 1954 nur noch zweitausend deutsche Gefangene in sibirischen Gefangenenlagern. Dabei handelte es sich um Männer, die Ministerpräsident Nikita Chruschtschow nicht als Kriegsgefangene, sondern als ›Kriegsverbrecher‹ deklarierte, Männer, die von russischen Tribunalen wegen ihrer Grausamkeit gegenüber dem russischen Volk formal verurteilt worden waren. Nach gewissenhaften Verhandlungen wurden auch diese Männer schließlich begnadigt und freigelassen.

Von den eineinhalb Millionen Invasionssoldaten, die im August 1942 über die russische Steppe zu den Toren Stalingrads vordrangen, kehrten insgesamt weniger als 30 000 in ihr Heimatland zurück.

Danksagung

Der Autor dankt John F. Young aus Ithaca im Staat New York für seine unschätzbare Gesellschaft und Unterstützung bei der Recherche für dieses Buch in Russland; Dr. Jim Redington aus Bath County in Virginia, meinem langjährigen besten Freund, für seine wertvollen Hinweise in allen medizinischen Fragen, für Jahrzehnte gemeinsamer Abenteuer und ruhiger Ratschläge und die Erlaubnis, über viele Jahre hinweg an der Seite seiner liebevollen Familie durchs Leben zu schreiten; meiner Agentin Marcy Posner von der William Morris Agency, ohne die dieses Buch ein Wunschtraum geblieben wäre; und Katie Hall von Bantam Books, die als Redakteurin einem Wunsch gleicht, der in Erfüllung gegangen ist.

Bibliographie

Der Autor empfiehlt folgende historische Werke über Russland und die Schlacht von Stalingrad:

Beevor, Antony, *Stalingrad*. Bertelsmann, 1999.
Chuikov, Vasili I., *The Battle for Stalingrad*. Holt, Rinehart and Winston, 1964.
Clark, Alan, *Barbarossa: The Russian-German Conflict, 1941–45*. William Morrow, 1965.
Craig, William, *Enemy at the Gates: The Battle for Stalingrad*. Reader's Digest Press, 1973.
Glantz, David M., und Jonathan M. House, *When Titans Clashed: How the Red Army Stopped Hitler*. University Press of Kansas, 1995.
Jukes, Geoffrey, *Stalingrad: The Turning Point.* Ballantine Books, 1968.
Keegan, John, *Atlas Zweiter Weltkrieg*. Bechtermüntz, 1999.
Schröter, Heinz, *Stalingrad ... bis zur letzten Patrone*. Neuer Kaiser Verlag, 1991.
Seth, R., *Stalingrad: Point of Return*. Coward-McCann, 1959.
Shipler, David K., *Russia: Broken Idols, Solemn Dreams*. Times, Books, 1983.
Tantum, William, *Sniper Rifles of Two Wars*. Historical Arms Series Nr. 8, Museum Restoration Service, 1967.
Two Hundred Days of Fire: Accounts by Participants and Witnesses of the Battle of Stalingrad. Progress Publishers, 1970.
Werth, Alexander, *Russia at War, 1941–1945*. E.P. Dutton, 1964.
—. *The Year of Stalingrad*. H. Hamilton, 1946.
Zaitsev, Vasily, *Za Volgoi zemli dlia nas ne bylo* (»Für uns gibt es kein Land jenseits der Wolga«). Moskau, 1971.

Fedjas Gedicht »Fluss der Wäscherinnen« (Übersetzung: Ernst Leitner) stammt von Karen Johnston aus Seattle und wurde mit deren Genehmigung verwendet.